運河碼頭

趙立凡 題

【错爱成殇】

上

房忆雪 著

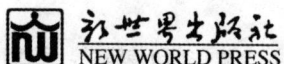

图书在版编目（CIP）数据

运河码头. 第二部. 上，错爱成殇 / 房忆雪著. --北京：新世界出版社，2019.9
ISBN 978-7-5104-6880-3

Ⅰ．①运… Ⅱ．①房… Ⅲ．①长篇小说－中国－当代 Ⅳ．①I247.5

中国版本图书馆CIP数据核字(2019)第181454号

运河码头．第二部．上，错爱成殇

作　　者：	房忆雪
策划编辑：	张铁成
责任编辑：	张晓翠
责任印制：	王宝根
出版发行：	新世界出版社
社　　址：	北京西城区百万庄大街24号（100037）
发 行 部：	（010）6899 5968　　（010）6899 8733（传真）
总 编 室：	（010）6899 5424　　（010）6832 6679（传真）
http://www.nwp.cn	
http://www.nwp.com.cn	
版 权 部：	+8610 6899 6306
版权部电子信箱：nwpcd@sina.com	
印　　刷：	三河市金元印装有限公司
经　　销：	新华书店
开　　本：	880mm×1230mm　1/32
字　　数：	316千字　印张：16.25
版　　次：	2019年9月第1版　2019年9月第1次印刷
书　　号：	ISBN 978-7-5104-6880-3
定　　价：	98.00元

版权所有，侵权必究

凡购本社图书，如有缺页、倒页、脱页等印装错误，可随时退换。
客服电话：(010)6899 8638

目录

第 1 章　无国界医疗援助　/ 001

第 2 章　今生醉了却又醒　/ 008

第 3 章　一批未经报关的枪支弹药　/ 015

第 4 章　砸锅卖铁　/ 022

第 5 章　我这不叫卑鄙　/ 026

第 6 章　明媒正娶的妻子　/ 036

第 7 章　放开我　/ 044

第 8 章　给你们带薪放假　/ 051

第 9 章　差点坏了大事　/ 059

第 10 章　肚子忽然好疼　/ 068

第 11 章　回你们老徐家哭去　/ 074

第 12 章　看你那傻样　/ 081

第 13 章　任凭弱水三千　/ 090

第 14 章　当然是由我说了算　/ 098

第 15 章　为什么不给他机会　/ 104

第 16 章　什么叫出尔反尔　/ 113

第 17 章　航少爷回来了　/ 119

第 18 章　你来追我啊　　/ 126

第 19 章　珍珠耳坠　　/ 134

第 20 章　等着穷死吧　　/ 141

第 21 章　我穿成姐姐那样　　/ 151

第 22 章　做了我仇人的妻子　　/ 158

第 23 章　就说她想要勾引你　　/ 164

第 24 章　太在乎你了　　/ 171

第 25 章　有引狼入室的可能　　/ 181

第 26 章　女追男隔层纱　　/ 188

第 27 章　黑热病　　/ 197

第 28 章　一心不能二用　　/ 204

第 29 章　破而后立　　/ 210

第 30 章　不知道谁是谁的棋子　　/ 219

第 31 章　十指不沾阳春水　　/ 226

第 32 章　他的钱来路不明　　/ 234

第 33 章　天底下最大的笑话　　/ 242

第 34 章　宏图大计　　/ 249

目录

第 35 章　最后的杀手锏　／ 259

第 36 章　张三锤盐行　／ 264

第 37 章　富贵险中求　／ 270

第 38 章　和解是早晚的事情　／ 278

第 39 章　就遭天打五雷轰　／ 287

第 40 章　最大的深水码头　／ 295

第 41 章　骑虎难下　／ 302

第 42 章　借高利贷去澳门赌博　／ 310

第 43 章　你的面子比天还大　／ 317

第 44 章　不该接那个工程　／ 326

第 45 章　哪壶不开提哪壶　／ 332

第 46 章　颇有些格格不入　／ 340

第 47 章　投资越多风险越大　／ 349

第 48 章　内忧外患　／ 357

第 49 章　她心里也有数　／ 363

第 50 章　女流之辈　／ 372

第 51 章　以慰相思之苦　／ 380

第 52 章　给你伞　　/ 387

第 53 章　无法清除外患　　/ 397

第 54 章　迷了心窍　　/ 404

第 55 章　三敬酒　　/ 409

第 56 章　得了一个小公子　　/ 417

第 57 章　快带我去追他　　/ 427

第 58 章　真的彻底完了　　/ 436

第 59 章　区区四十万　　/ 441

第 60 章　全部折合成现钱　　/ 448

第 61 章　连脸都不要了　　/ 457

第 62 章　真是个白眼狼　　/ 463

第 63 章　请你出去　　/ 471

第 64 章　惊喜来得太突然　　/ 479

第 65 章　旧账不还新债不清　　/ 485

第 66 章　少了大半个家底　　/ 496

第 67 章　愿赌服输　　/ 502

第1章　无国界医疗援助

天主教会医院住院部病房内，臧远航正在吉祥的搀扶下，艰难地行走。

徐佩芸却焦躁地在房间里转来转去。

臧远航漫不经心地说："你在担心什么？"

徐佩芸郁闷道："二叔和二大两虎相争，还不知道要闹出什么乱子来。"

臧远航不以为然地说："那就让他们闹去呗。"

徐佩芸却道："不行，我得去码头看看！"

臧远航无奈地笑笑，继续看他的书。

天主教会医院内，赵涟泰正站在一棵古槐树下，一脸忧伤。

徐佩芸正好经过，便招呼道："涟泰。"

赵涟泰立刻转头，惊喜地说："佩芸，我正要去找你呢。怎么样，还习惯吗？"

徐佩芸坦然道:"习惯不习惯无所谓,最重要的是,我觉得自己在这儿好像没有什么用,只负责给他做一日三餐,其实这些事情,请个用人也可以做的嘛,未必一定要我在这里,码头还有一大堆事情,等着我去处理呢。"

赵涟泰提醒说:"可是你现在的主要任务是做好一日三餐、配合治疗,如果换了用人,未必有你这样尽心尽力的。所以,你一定不要三心二意,否则,会影响治疗进度。远航腿部现在知觉越来越明显了,只要在传统针灸和中医药的基础上,再配合西医营养神经的药,他站起来是迟早的事情。"

徐佩芸疑惑地问:"你说的是真的吗?他真的能站起来吗?"

赵涟泰郑重地说:"我不能保证绝对能治好,但至少有百分之八十的希望。"

徐佩芸双眼不由一亮,惊喜地说:"啊,那太好了。"

赵涟泰不禁充满妒意地说:"真没有想到,你对他这么上心,就不怕我难过吗?"

徐佩芸避过他的目光,苦笑着说:"你有什么好难过的呢?对了,你的情投意合的恋人,她现在在哪里呢?"

赵涟泰柔声道:"她现在就在这里呀。"

徐佩芸连忙四下望了望,疑惑地问:"她在哪里?我怎么没看见?"

赵涟泰深情地说:"就是你啊!"

徐佩芸冷冷道："这么俗气的玩笑，你不觉得很无聊吗？"说完，转身就要走。

赵涟泰连忙拉住她，诚恳地说："佩芸，我是认真的。我情投意合的恋人，一直都是你，这些年，从来都没有改变过！"

徐佩芸见他不像撒谎的样子，便半信半疑道："可是后来，我收到你的一封红笔写的绝交信，说我配不上你了，而你，也已在美国找到了情投意合的恋人。"

赵涟泰不由一怔，连忙解释说："这其中一定有误会！让你做我九月的新娘，那是我最后一封给你写的信。刚寄出，就得到一个机会，马上要去非洲参加无国界医疗援助。我去的那个国家，非常落后，交通又不发达，有整整一年时间，不能和外界通信，所以才断了消息。"

徐佩芸吃惊地问："你说的可是真的？"

赵涟泰信誓旦旦道："如有半句谎言，天打雷劈！不信，你可以把那封信拿出来，我们对对笔迹！"

徐佩芸这才恍然大悟地说："对，笔迹！"说完这话，立刻转身狂奔起来。

徐家大院客厅内，徐佩萍呆呆地坐在椅子上，哭丧着脸，有一搭没一搭地织着毛衣。

柳兰香从外面走进来，惊叫道："你怎么织的，都掉那么多针了!"

徐佩萍这才回过神来,手忙脚乱地说:"对不起,对不起,我拆了重织。"

柳兰香责怪道:"又在想俊锋是不是?"

徐佩萍垂下头,小声说:"哪有。"

柳兰香却不以为然道:"佩萍,你别整天唉声叹气的。你公公虽然是有名的'铁公鸡',却也是个极要面子的人。你在娘家住个三五日没问题,但要是十天半个月不回去,那个老东西不急死才怪呢,一准催俊锋过来接你。到时候,看我怎么收拾他!"

徐佩萍却摇摇头说:"妈,我不想再回吴家了。"

柳兰香诧异地问:"为什么?你原先那么喜欢俊锋啊。"

徐佩萍哽咽道:"可是无论我怎么努力,他心里只有姐姐。"

柳兰香闻言,不由愠怒地说:"又是那个死丫头,等她回来,看我怎么收拾她!"

正在这时,门却"砰"地被人推开。

随即,徐佩芸急匆匆地跑进来!

柳兰香双眼一凛,立刻拦住她,阴阳怪气道:"这说曹操曹操就到了!今天就给我说清楚,背后你是怎么勾引俊锋的?弄得他对佩萍不理不睬……"

她还想说什么,徐佩芸却冷冷地将她一把推开,径直向后院走去。

柳兰香趔趄了一下，猛地跳起来，怒骂道："死丫头，你连长辈都敢推，真是反了你了……"

徐佩萍见状，连忙去拉母亲说："妈，你不要这样……"

柳兰香却猛地拉住她的手，气急败坏道："有妈给你撑腰，你怕什么？一天不把她和俊锋的事情搞清楚，你就一天别想过安稳日子！"

边说边拉起女儿，跟着去了后院。

徐家大院后院东厢房内，徐佩芸一口气跑进了卧室，先是从衣柜里抱出一个梳妆匣，打开后，是一沓一沓的信。

佩芸先是拆开最上面那封红笔写的绝交信，然后又拆开另外一封黑笔写的正常的信，两相对比，不由就愣住了！

然后，她自言自语道："同样是一个'九'月的'九'字，涟泰的'弯钩'笔画停止的时候，非常有力，表明他的书法功底非常深厚，事实上，赵家不但是中医世家，同时也是书法世家。而红笔写的'九'字，'弯钩'笔画停止的时候，不但无力，还写得尖尖的，说明虽然练过书法，但仅限于模仿，并不精于此道。那么这个模仿涟泰笔迹的人，会是谁呢？"

正在这时，柳兰香带着女儿气势汹汹地闯进来。

她刚一进门，就叫嚷着说："死丫头，你今天不把话说清楚，就别想出这个门！"

徐佩芸紧皱着眉头，太过专注看信，对她的话置若罔闻。

柳兰香见状，更是生气了，一把将信抓过去，作势就要撕掉："竟然把老娘的话当成耳旁风了，我叫你看，叫你看！"

徐佩芸这才回过神来，焦急地想要抢过去："给我，快给我。"

柳兰香忽然想起什么，眼珠一转道："不就是一封信吗？你这样紧张，一定有问题。"边说边递给小女儿说，"你看看，是不是俊锋给她写的信！"

原先还有些不忍的徐佩萍，听了这话，立刻着急道："给我！"边说边伸手将信拿了过去。

徐佩芸想要去夺，已经来不及了。

没想到，徐佩萍刚看了一眼，便惊叫起来："果真是俊锋写的信！"

柳兰香、徐佩芸闻言，同时惊呼道："啊？"

徐佩芸不仅没有对方想象中的羞愧，反而脸色一凛，疑惑地问："佩萍，你看仔细了，真的是俊锋的字吗？"

徐佩萍又仔细看了看，然后重重地点头说："是的，没有谁比我更熟悉他的笔迹了，绝对不会错的。"

徐佩芸不由"啊"的一声，失魂落魄地跌坐在椅子上。

柳兰香感觉自己终于逮到把柄了，立刻尖酸刻薄地骂道："大姨子勾引妹夫，人赃并获了，我看你这个贱人还有什么可抵赖的，你……"

徐佩萍的脸色却非常难看，不但没有怪罪姐姐，反而责怪母亲说："妈，别闹了。"然后又扬了扬信，茫然地问，"姐姐，这到底是怎么回事啊?"

徐佩芸铁青着脸说:"你是知道的,我之前收到过一封红笔写的绝交信。我一直以为这封信是涟泰写的,所以才在心灰意冷之下接下了俊锋的婚帖。直到今天我才知道,涟泰根本就没写过这封信!"

徐佩萍脸色不由一变,半信半疑地问:"那么这封信?"

徐佩芸冷冷地说:"你都认出是谁的字了,事情不是很明白了吗?"

徐佩萍歉然道:"姐姐,我代俊锋向你说对不起。"

徐佩芸深深地叹了一口气,难过地说:"都已经这样子了,现在再说'对不起',还有什么意思呢?"说完,便拿着信,失魂落魄地走出家门。

柳兰香转头责怪女儿道:"你到底有没有脑子啊!这个死丫头勾引俊锋,你还要向她说对不起?"

徐佩萍苦笑地说:"妈,你怎么到现在还不明白呢?并不是姐姐勾引了俊锋,而是俊锋为了得到姐姐,以涟泰的名义伪造了一封绝交信,再加上机缘巧合,姐姐以为涟泰变心了,才会接受俊锋的婚帖。"

柳兰香不由大吃一惊:"啊?竟然还有这事?"

徐佩萍用力绞着手帕,痛苦万分地说:"我真是没想到,俊锋对姐姐用情竟然这么深。"说完,沮丧地瘫坐在椅子上,欲哭无泪。

第2章 今生醉了却又醒

大运河堰上,赵涟泰站在那棵古银杏树下。

徐佩芸远远地向他走来,不由诧异地问:"你怎么在这里?"

赵涟泰微微一笑道:"我知道你会来的。"

徐佩芸难过地说:"对不起,是我误会你了。"

赵涟泰深情款款道:"没关系,我们都还年轻,一切都还来得及。"

徐佩芸摇摇头说:"一切都来不及了,你知道,我现在已经嫁到臧家了。"

赵涟泰激动道:"可是,你根本就不爱远航,并且他对你似乎也并不怜惜,是不是?"

徐佩芸苦笑着说:"这么多年,我心里只有你,怎么会爱上别人呢?更何况,我嫁到臧家后,公婆虽然对我还不错,但是他对我却是百般刁难。就算现在不那么过分了,也正如他所言,并不是因为我这个人,而是为了臧家和码头而已。"

赵涟泰歉然道:"对不起,是我害了你。"然后他望着大运河水,深情地说,"我记得你十三岁那年,我在这里第一次遇到你。那时候,你刚刚被继母打了一顿,你就哭着跑到这里,一遍又一遍地唱着那首《今生醉了却又醒》,那是你已经去世的母亲生前的最爱。不知道这件事,你是否还记得?"

徐佩芸深有感触地说:"怎么会不记得呢?你在美国的这几年,我经常坐在这儿,唱着这首歌,盼你早日回到窑湾。所以,后来收到那封分手信,我感觉到天都塌了,心灰意冷。其实,当时如果我能冷静下来,仔细核对笔迹,也就不会走到现在这一步。说来说去,还怨我自己对你不够信任吧。"

赵涟泰紧握着她的手,柔声道:"你不要再责怪自己了。你仅仅因为一封绝交信,就对我心灰意冷,正说明你爱我爱得很深,是不是?"

徐佩芸任由他握着,也动情地说:"是的,涟泰。"

赵涟泰情不自禁地回应着:"佩芸,我的佩芸。"然后猛地将她搂在怀里,喃喃自语道,"以后,我再也不离开窑湾,再也不离开你了!"

徐佩芸忽然想起什么,连忙推开他,难过地说:"可是无论如何,远航现在需要我,臧家和码头也更需要我啊。"

赵涟泰急切地表白道:"我明白你肩上的重担,现在家梁叔身体不好，远航又无法站起来，所以你不忍心在这个时候离开臧家，是不是？"

徐佩芸坦率地说："是的，我不能那样自私。"

赵涟泰胸有成竹道："你放心！只要你好好配合我，我一定会治好远航的病。既然他对你不好，说明他并不爱你。等他重新站起来，有了更多的选择，他一定会放手的。"

徐佩芸却摇摇头，不置可否。

赵涟泰见状，坚定地说："我知道你自幼饱受传统文化的熏陶，又从来没出过家门，肯定一时下不了决心。不过没关系，你等了我整整四年，我也可以等四年，不，我会一直等下去，等一辈子都行，直到你同意和我重新开始为止！"

天主教会医院住院部病房内，臧远航在吉祥的搀扶下，正在练习行走。

徐立秋站在外面的窗前，一边抽烟，一边四处张望着什么。

当他远远地看到徐佩芸和赵涟泰一前一后走进院内时，不由一愣，随即唇边露出一丝不易察觉的微笑，然后把烟一扔，就推门走进了病房。

天主教会医院住院部病房外，走廊上空无一人。

徐佩芸忽然停住脚步说："我要进去了，这几天总是跑出来，我怕远航起疑心发火，会影响他的恢复治疗。"

赵涟泰爱怜道:"进去吧,记得想我。"

徐佩芸调皮地说:"不记得也想。"

天主教会医院住院部病房内,徐立秋正在给臧远航剥橘子。

不一会儿,徐佩芸推门走进来。

她见此情景,连忙招呼道:"二叔,你来啦。"

徐立秋却笑了笑说:"刚才和你一起走的那个年轻人,就是赵涟泰吧。"

臧远航听了这话,脸色不由一变,但是却像没听到一般,仍然低头继续看书。

徐佩芸有些尴尬道:"是的,他现在是远航的主治医生。"然后赶忙转移话题问,"对了,二叔,码头这几天的业绩怎么样?"

徐立秋听了这话,脸上立刻闪过一丝不易察觉的阴影,但是随即爽快地说:"码头的事情有我呢,你就不要操心了。你现在的主要任务是配合医生,早日治好远航的病。"

徐佩芸点点头道:"谢谢二叔。"又担心地问,"二大他们,对你还好吧?"

徐立秋哈哈大笑地说:"那几个跳梁小丑啊,我根本没有把他们放在眼里!你就放心吧,你二叔我在北京,大小也是个人物,上到总理下到街头小混混,哪个不对我礼让三分?对付那几条地头蛇,简直比剥橘子还容易!"

徐佩芸听了这话,眉头越皱越紧了,忍不住提醒道:"二叔,虽然二大他们有时候确实无理取闹,但他毕竟是臧家人,码头也有他的股份。所以,有些事情,你能忍就忍了,千万不要像上次在北京那样,把事情闹得太大啊。"

徐立秋嘴角露出一丝冷笑,然后安慰侄女说:"你放心吧,不会闹得太大的。"

太阳已经落山了,有性急的人家,已经开始吃晚饭了。

没想到正在这时,城东边的窑草公路上,忽然出现了两队荷枪实弹的警察!

只见他们步伐整齐,自北向南急行军,很快来到北城门。

小蓬莱二楼包间内,摆了满满一桌子菜,并不时传来推杯换盏声,看上去非常热闹。

臧家栋已经喝得有些醉意了,却又端起酒杯,一饮而尽,然后得意地说:"他徐立秋枉在北京混了这么久,连'强龙难压地头蛇'这个道理,竟然都不懂呐。"

臧增年恭维道:"是啊是啊,不过现在好了,你今天就给了他个下马威,他连屁都不敢放一个,只是苦了他一大把年纪,以后只能到事务部跑腿去了,好惨啊。"

两人不由哈哈大笑起来,然后同时举起酒杯说:"干……"

那个"杯"字还没说出口,门忽然就"砰"的一声,被人从外面推开了。

与此同时,一群警察凶神恶煞般地闯了进来。

臧家栋和臧增年见状,一下子呆住了!

警察头目挥舞着警棍,气势汹汹地说:"这两个人就是犯人,马上给我带走!"

随即,警察们立刻蜂拥而上,七手八脚就将桌子边的两个人按住了。

臧家栋回过神来,便气急败坏地恐吓说:"我是臧家二老爷,还是陆市长的亲家,你们谁敢动我,谁敢动我!"

臧增年也是一边挣扎一边焦急地问:"你们是什么人?为什么要抓我?"

警察头目冷冷地说:"想抓就抓,还要问为什么?"然后把手一挥道,"还不快把人带走!"

警察们立刻强行将臧家叔侄铐了起来。

电光石火间,臧家栋猛地想起,这熟悉的场景,似曾相识。

画面一:

刚才还笑容满面的徐立秋,眼神立刻变得凛冽了,轻蔑地望着他,忽然哈哈大笑起来……

臧家栋的心不由一沉,过往的一幕就浮现在眼前。

画面二:

与此同时,领头的警察局长走进来,恭敬地对着徐立秋喊了声:"敬礼。"

警察们立刻也跟着举起手来。

臧家栋越发惊恐了起来。

徐立秋再也不理他了,却站起身来,热情地招呼道:"温局长,怎么这么晚还在执行公务呢?"

温局长叹了口气说:"唉,别提了,我们接到通知,说有一个罪犯流窜到北京,我在到处抓人呢。"

臧家栋想到这里,立刻恍然大悟道:"徐立秋,一定是徐立秋!"然后一边挣扎,一边放声大骂,"徐立秋,你这个王八蛋……"

警察头目猛地踹了他一脚,厉声怒喝:"走!"

臧家叔侄俩尽管拼命挣扎,但还是被强行带走了。

第3章 一批未经报关的枪支弹药

徐州某看守所看守间内，臧家叔侄俩身着囚服，一身狼狈地坐在木板床上。

臧增年哭丧着脸说："家栋啊，现在我们该怎么办啊？"

臧家栋冷笑一声道："上次在北京，姓徐的就是用了这招，我才没有办法继续查他的账。没想到他用上瘾了，到窑湾也故伎重演，他就不想想，这里是谁的地盘。我们臧家别说在窑湾是名门望族，就是在整个苏北也是排得上号的。家大业大不说，我的亲家又是陆市长，还怕他们不放我出去？"

与此同时，在臧家大院后院二房小院小夫妻俩卧室内。

陆慧珊若无其事地坐在桌子边，慢慢掀起茶杯的盖子，仔细地吹着表面上的茶叶。

臧远胜哭丧着脸，低声下气地哀求道："慧珊，我爸被关到徐州看守所了,你回家求你爸去通融通融,好不好?"

陆慧珊学着公公的语调,阴阳怪气地说:"你爸都说了,'你来臧家时间也不短了,应该明白臧家的规矩。要么,像徐佩芸那样精明能干,要么就像你妈这样天天逛街、做衣服、看戏'。我就想问问你,我这要是去求我爸了,算不算在背后搞小动作呀。"

臧远胜鼓起勇气,还是弱弱道:"可是,要不是你介绍徐立秋进码头当总经理,就不会有这个事情了呀。"

陆慧珊闻言,脸色不由一变,"啪"地将茶杯往桌上用力一摔,然后怒气冲冲地问:"臧远胜,你这是什么意思?你是嫌我引狼入室了,是不是?"

臧远胜着急地连连作揖说:"慧珊,你别误会,我不是、我不是……"

陆慧珊狠狠瞪了他一眼,厉声道:"刚才的话,你还敢再说一遍吗?"

臧远胜没想到她发这么大的火,更加语无伦次了:"不是、是……"因为太过慌乱,他都搞不清自己想要表达什么意思了。

没想到陆慧珊闻言,立刻尖声叫起来:"好你个臧远胜,你终于说出心里话了!"说完,拂袖而去。

臧远胜想了想,还是没想明白,不由悔恨地抽了自己一个响亮的耳光。

徐州看守所看守间内，臧家叔侄虚弱地躺在乱草丛中。

忽然走廊上，传来一阵零乱的脚步声。

与此同时，抓他们的警察头目在前面带路，后面跟着气宇轩昂的徐立秋。

警察头目在臧家叔侄俩的看守间停住，然后恭敬地说："徐先生，请。"

臧增年听到声音，立刻扑到门边，隔着铁窗，气急败坏地问："徐立秋，你个牛皮大王！你凭什么找人抓我们？"

徐立秋瞟了他一眼，皮笑肉不笑道："臧增年，没想到你火气还是这么大，看来关的时间还不够长啊。"

臧家栋却动都没动，而是轻蔑地说："徐立秋，你先弄清楚了，这里是徐州，不是北京。你知道有钱能使鬼推磨，我们臧家也不是吃素的。想把我臧家栋关进大牢的人，还在他娘肚子里没出生呢。"

徐立秋却微微一笑道："家栋兄，话可不能这样说啊。如果你没有犯罪，谁敢无缘无故把你关进大牢？你可别冤枉好人哪。"

臧家栋理直气壮地说："我犯罪？我犯什么罪了？有本事你拿出证据呀？哼，你才到窑湾几天，还想跟我斗，也太不自量力了！"

徐立秋并没有直接反驳他，而是把手向后面一伸，林辉立刻打开文件袋。

他接过文件,冷笑一声,这才义正词严道:"两天前,臧增年在你的指使下,偷偷将一批未经打烙印和报关的枪支弹药,装上蛟龙号运往福建。这份文件,有你们的签名,白纸黑字,写得清清楚楚。怎么,你们还想抵赖吗?"

臧家叔侄闻言,不由大吃一惊,然后面面相觑。

臧家栋好半天才回过神来,结结巴巴地问:"你、你、你是从哪里拿到这份文件的?"

徐立秋将文件递给跟班,冷冷地说:"这不是你该考虑的问题,你现在最需要考虑的是,这件事如何向法官交代吧。"

臧家栋眼珠一转,这才虚张声势道:"哼,你是码头的代总经理,所以在新的蛟龙号走私枪支弹药这件事上,你也别想独善其身。"

徐立秋撇撇嘴,不屑地说:"你以为我和家梁、远航一样,也是吃素的?这几天,我虽然人在事务部,耳目却遍布码头。我已经派人查过码头近一个月的所有出入货记录,这批货根本没有记录在案,甚至运上船之前,既没有打烙印,也没有报关,所以与我们码头半点关系都没有,纯粹是你私人行为。"

臧家栋闻言,不由气急败坏道:"码头是我们臧家的,就算我私运枪支弹药,也是我们臧家的事,与你一个姓徐的有什么关系?"

徐立秋嘲弄地说:"家栋兄,你还没有到老糊涂的地步吧?你刚才也说了,我是码头的代总经理,更是股东之一。你走私没经打烙印和报关的枪支弹药是犯了刑事案的重罪,另外还有欺骗股东的罪名。如果两条罪名加起来,你肯定会被收监,就算不判死刑,你也得把牢底坐穿!"

臧增年已经被他的气势吓到了,苦着一张脸,连声哀求道:"立秋、立秋,再怎么说,我们也算是光屁股玩到大的兄弟,你就放我们一马吧。"

臧家栋却瞪了堂叔一眼,呵斥说:"你求他做什么?"然后转头盯着徐立秋,硬气道,"姓徐的,我劝你也别太嚣张了!我告诉你,窑湾市警察局的姜局长,是我亲家的座上宾,我也经常和他一起吃饭。就算你是天王老子,也休想告得倒我!"

徐立秋讥刺道:"是吗?不过抓你们的并不是姜局长,而是徐州警察厅的人。甚至关押你的这间看守所,也是徐州看守所,而不是窑湾看守所!"

臧增年闻言,更加慌乱起来了,连连作揖说:"立秋,不,立秋兄、立秋老爷,你千万不要啊,我还有一家老小等着我养活呢。"

徐立秋不由哈哈大笑道:"那正好,就让他们准备给你送牢饭吧,哈哈,哈哈哈。"说完,便带着跟班们扬长而去。

臧增年对着他的背影,绝望地哭喊着:"立秋、立秋、立秋,你不能丢下我们啊,呜呜呜。"

臧家栋气急败坏道:"你都一大把年纪了,号什么丧啊号?"

臧增年立刻抓住他的手,惊慌失措地说:"你没听他说吗?他要我们准备送牢饭呢,这下完了、完了、全完了。"

臧家栋强自镇静道:"不会完的,不会完的,家梁不会见死不救的。"

臧家大院后院二房小院客厅内,庄淑环正在用手绢擦眼泪。

正在这时,臧远胜垂头丧气地走进来。

庄淑环连忙迎上去,急切地问:"怎么样?慧珊还是不同意求他父亲出面吗?"

臧远胜摇摇头,沮丧地说:"是的,那天我爸骂了她,她还在生气呢。"忽然想起什么,试探地问,"不如,我们去求一下三叔,让他想个办法吧。"

庄淑环想了一想,却叹了口气道:"那怎么成呢?这些年来,你爸明里暗里没少给三房那边下绊子。现在你爸落难了,他们高兴还来不及,怎么会帮忙呢?"

正在这时,门口却响起一个声音:"远胜,跟我去一趟市礼堂。"

臧远胜抬头一看,竟然是三叔和三婶站在门边。

他想着母亲刚才的话,不禁有些胆怯起来。

庄淑环见状,立刻将儿子拦在自己身后,哀求道:"家梁啊,我知道你二哥这些年,做了很多对不起你的事。可是如今,他已经遭到报应了,你就饶了远胜吧。"

臧远胜也附和说:"是啊,三叔,你就饶了我吧。"

郭文芳连忙解释道:"二嫂,你想到哪里去了?家梁叫远胜去市礼堂,是想去找陆市长,好好商量一下救二哥的事呢。"

庄淑环双眼不由一亮,但还是疑惑地问:"家梁,这是真的吗?"

臧家梁点点头,郑重地说:"二嫂,你放心。虽然我向来不赞成二哥的为人处事方式,但我们毕竟是亲兄弟,打断骨头连着筋。现在二哥莫名其妙被抓,我怎么可能袖手旁观呢?"

庄淑环感动得直掉眼泪,连声道:"谢谢家梁、谢谢文芳,以前是我错怪你们了。"

郭文芳安慰地说:"一家人别说两家话。"转头对侄子道,"远胜,快跟你三叔去吧。"

臧远胜连连点头道:"好、好。"说完便走上前搀扶起三叔,叔侄俩一步一步向门外走去。

与此同时,臧家大院后院二房小院小夫妻俩卧室内。

陆慧珊透过窗户看到这一幕,不由发出一阵冷笑。

第4章 砸锅卖铁

市礼堂内，臧家梁在臧远胜的搀扶下，步履艰难地走了进去。

市礼堂市长办公室内，陆文安端坐在办公桌前，边看文件边苦笑着摇头。

正在这时，市长办公室邵秘书走了进来。

他恭敬地说："市长，臧会长前来求见。"

陆文安闻言，连忙站起身来，快速迎上去，热情道："家梁啊，你来了，快请进。"

臧远胜哭丧着脸，焦急地说："岳父大人，我爸被徐州警察抓了，你可得想办法救救他啊。"

陆文安拍拍他的肩，安慰道："坐下来说，坐下来再说。"

臧家梁在他对面的办公桌前坐下，痛心疾首地说："文安兄，近来我们码头接连出事，都是我的失职啊。以前，无论发生什么，我都想着要一个人硬扛着，可是这件事，我再也扛不住了，无论如何,这回要请你帮忙了。"

陆文安叹了口气,为难道:"家栋兄是我的亲家,就算你不说,这个忙我也是应该帮的。可是,你看。"边说边拿起刚才看的文件说,"这是他走私枪支弹药的证据,人赃并获,这个忙,我就是想帮也帮不了啊。"

臧家梁拿过证据一看,不由大吃一惊地问:"这些文件,是谁给你的?"

陆文安坦率地说:"徐立秋。"

臧家梁立刻皱眉道:"徐立秋?"

陆文安点点头说:"是啊,这次抓人,也是由他直接联系徐州方面的警察厅出面,我们事先完全不知情。你是知道的,走私批量枪支弹药是重罪,如果这些证据真的送到徐州、南京甚至北京,判的肯定是死刑啊。"

臧远胜闻言,就更加着急了:"那怎么办啊?岳父大人,你一定要想个办法才是啊。"

陆文安苦笑着摇了摇头。

臧家梁见状,便将一个大信封推给他,爽快地说:"我知道这件事情不好办。但是徐立秋之所以能调动徐州方面的人,用的不外乎是钱。这个,我们也可以。你放心,只要能救二哥和四叔,砸锅卖铁我也会想尽一切办法的。"

陆文安却把钱推回去,连连摆手道:"有些事情,是钱解决不了的。这件事，我已经问过徐州方面了，是由南京方面命令他们抓人的。所以，问题的关键还在于徐立秋，除了他撤诉，否则没有别的办法。对了，你的儿媳妇徐佩芸，不正是徐立秋的侄女吗？现在也许只有她，才可以说得上话了。"

臧家大院客厅内，臧增福夫妇、庄淑环、臧家梁夫妇、臧远胜等人，个个都是一脸凝重。

徐佩芸提着个行李包走进来，恭恭敬敬地说："爷爷奶奶、爸爸妈妈、二大娘，我去了。"

臧增福叹了口气，担心地说："佩芸啊，这么大的事情，交给你一个女人家去处理，真是难为你了啊。"

徐佩芸连忙安慰道："爷爷，你放心吧。二叔虽然固执，但是一直很疼我，我一定能说服他的。"

庄淑环歉然地说："佩芸哪，二大娘以前有对不起你的事，你千万不要放在心上。你二大的命，就交到你手里了。"

徐佩芸拍了拍她的手："放心吧，二大娘。"

臧远胜虽然没说什么，但看得出一脸的感激。

臧家大院后院二房小院小夫妻俩卧室内，陆慧珊正在悠闲地嗑着瓜子。

臧远胜心事重重地走进来。

陆慧珊抬头瞟了他一眼，便阴阳怪气地问："徐佩芸同意去找她二叔给你爸说情了？"

臧远胜没好气地说："当然同意了，你以为别人都像你一样冷血吗！"

没想到，陆慧珊却冷笑一声道："徐佩芸冷血不冷血我不知道，不过呢，徐立秋再怎么说也是她二叔，你难道就不怀疑，这次爸爸和四爷爷被抓，表面上是徐立秋出面，实际上是徐佩芸在背后主使的吗？"

臧远胜闻言，不由一呆，好半天，才怔怔地说："这个这个，应该不太可能吧？"

陆慧珊却撇了撇嘴，冷哼一声道："可能不可能，只有徐佩芸她自己心里最清楚了！"

第5章　我这不叫卑鄙

说起徐州的花园饭店，可谓是无人不知，无人不晓了。

关于此饭店的起源，还有一个有趣的故事呢。

1915年10月，祖籍苏州的英美烟草商人吴继宏决定在大同街北面的公园里兴建饭店。没想到地基刚挖一米深时，竟然发现一个已经打好的旧地基，全由石头砌成，而且与花园饭店的设计图纸惊人地吻合。

其实徐州自古以来，便是兵家必争之重地，仅有文字记载的战争，就多达四百余次；同时有黄河、大运河等穿境而过，洪水泛滥也是常事，所以徐州城曾数次被摧毁和淹没，"城下城"的奇观十分常见。

但是吴继宏却正是因为这次巧合，更加坚定了兴建大饭店的决心。于是花园饭店的历史，从此开始。

饭店的建筑师是从上海请来的，饭店仿照当时最时兴的德式别墅样式，厅堂内设红木家具，房内设壁炉取暖，还有西式卫生间，同时雇请南北名厨，主理中西餐厅，典雅华贵的西式设施，各式中西精烹美食，使花园饭店一时名噪省内，并于1916年正式开张营业。

最先住进的知名人物，就是辫子军的张勋。后来，又相继入住了很多民国时期叱咤风云的知名人物，此为后话，暂且不提。

既然如此知名，从北京回来的徐立秋，便理所当然地入住进来了。

此时，他正坐在沙发上，有滋有味地喝着茶，同时摇头晃脑地哼着《张郎与丁香》：

……范三打柴进山林，想起了、想起了前朝几辈古人，石崇夜梦蝎蜇手，到明天压惊的盒子送上门。范三我打柴被虎咬，人骂我穷酸不小心。这就是门前拴着高头马，不是亲来也是亲；门前靠着要饭棍，亲戚朋友也不上门。这就是穷在眼前无人问，富在深山有远亲。世上有多少不平事，都是敬富不敬贫，范三我……

正在这时，徐佩芸推门走进来，亲热地说："二叔，你唱得蛮好的。"

徐立秋哈哈一笑道："二叔乱唱的，快进来。"忽然想起什么，"对了，佩芸，你不是在医院里给远航做饭的吗？怎么有时间来徐州的？"

徐佩芸像回到自家一样，很随意地坐下来，责备道："二叔，你还说呢，我正想问你，臧家请你来做代总经理，是想让你管理好码头。可是，你怎么能派人把二大和四爷爷抓起来呢？"

徐立秋理直气壮地说："佩芸，你怎么就不明白呢？我正是想管好码头，所以才派人把那两个跳梁小丑抓起来的。他们个个都只会假公济私，挖码头的墙角，肥自己的腰包。这样的人留在码头，有百害而无一利。再说了，我这样做呢，是帮你清除绊脚石，是为了臧家和码头好啊。"

徐佩芸耐心道："再怎么说，他们也是码头的股东和元老，又是远航的长辈。于公于私，我们都不能采用这种极端的手段。"

徐立秋大义凛然地说："就是因为他们是股东，是元老，又是长辈，才更需要以身作则，好好为码头尽力。可是他们现在倒好，私运批量枪支弹药。一旦被发现，从小的方面讲，会影响我们码头的商誉；从大的方面讲，简直就是公然与政府作对。犯的是刑事重罪，是要被砍头的！"

徐佩芸劝道："我也知道他们这样做是不对的，但是这也同时说明，我们码头监管力度太弱，所以才让他们有机可乘的。以后我们加强管理就是了，这次就饶了他们吧。"

徐立秋眼珠一转，循循善诱地说："佩芸，你要知道，我这次这样做，不仅是为我自己，更是为你好。你一定要想清楚了，要是这次饶了他们，他们就会重回码头，估计有了这次的教训，他们再也不敢走私枪支弹药了。到那时，再想把他们清除出码头，可就难上加难了。"

徐佩芸听到这里,眉头不由一皱,疑惑地问:"二叔,你说到哪儿去了?运河码头本来就是臧家的产业,他们又是股东,我们怎么可以把他们清除出去呢?"

徐立秋立刻面露得意之色,嘿嘿一笑道:"'三十年河东,三十年河西。'码头自康熙年间建成到现在,已经有二百多年的历史。在这二百多年里,不知道几易其主了。虽然之前姓臧,不代表以后也姓臧。现在,我有半成股份,你也有远航的五成五的股份,如果我们叔侄俩加起来,就有六成的股份了。只要你足够狠心,码头就可以改姓徐了!"

徐佩芸闻言,不由大吃一惊,试探地问:"二叔,你这是想把码头占为己有?"

徐立秋重重地点头说:"对,正是这个意思!我虽然在北京混得风生水起,但是毕竟要靠那些达官贵人混饭吃,我早就厌倦了那种生活。其实这些年,我一直想回窑湾投资自己的项目,但是不知道做什么合适。上次帮助码头年审一事,我就意识到,随着中国与世界各地的经济贸易越来越频繁,大运河漕运会越来越重要。而窑湾作为其黄金分割点,码头生意肯定会越来越好。所以最好的投资,就是码头!既然现在,老天爷把这个机会送到我面前了,我当然不会错过啦。"

徐佩芸毫不犹豫道:"二叔,你这是乘人之危,我是绝对不会同意你这样做的！远航在没有生病之前，倾尽全部的身家性命支持你；现在我公公又让你出任码头的代总经理，他们那么信任你，所以你这样做，实在太对不起他们，对不起臧家了。"

徐立秋却据理力争地说："远航他确实是个有魄力的人，码头由他管理，肯定最为合适不过了。可是现在，他已经变成了一个瘫子，那帮跳梁小丑又不服你管，倘若码头落在他们手里，他们假公济私、走私枪支弹药，码头迟早要改姓的！"

他说到这里，忽然偷看了侄女一眼，顿了一顿，继续说："现在改姓徐，和以后改姓吴或别的姓，又有什么不同呢？"

徐佩芸正色道："二大他们确实是不对，可是就算码头改姓，那也要经过正当的程序。我公公已经将远航的股份托管给我，我既然接受了，就一定会努力去管好的。"

徐立秋语重心长地说："佩芸啊，远航以前再好，可现在成了瘫子，重新站起来的几率实在是太过渺茫了。更何况，现在他对你也并没有多好，你还如此年轻，得为你自己的下半生考虑考虑啊。"

徐佩芸语带玄机道："就算明天我就和远航离婚了，我也绝不会利用他们的信任，做出背信弃义的事情！更何况，运河码头是窑湾的经济命脉，我绝不会让这条命脉，落入别有用心的人手中！"

徐立秋听了这话，当即有些尴尬，但是仍然心存希望地说："这件事事关重大，要不你再想想？"

徐佩芸摇摇头，坚定道："我已经想得很清楚了，做人怎可以如此卑鄙！"

徐立秋仍然试图说服她："我这不叫卑鄙，我这叫善于抓住时机，佩芸……"

他很不甘心，想以血缘亲情打动侄女。

没想到，徐佩芸却毫不客气地打断了他的话，严肃地说："二叔，这件事到此为止，你不用再说了。如果你还认我这个侄女的话，就请你别再为难二大和四爷爷他们了。至于他们走私枪支弹药的事，我们码头会无条件接受海关方面的所有处罚。"

徐立秋见她态度如此坚决，不由恼羞成怒道："佩芸，你别怪我没有提醒你，这次若是轻饶了他们，他们以后也会把码头搞垮的！"

徐佩芸自信地说："你放心，只要有我在，有远航在，有我公公在，就绝对不允许任何人搞垮码头！"

徐立秋见她言已至此，只好无奈道："那好吧。"

臧家大院客厅内，臧家一家人或坐或站，不时地望着门外，个个焦急万分。

不一会儿，就见臧增年一拐一拐地走进来，看上去满脸沮丧。

走在后面的臧家栋却高昂着头，一脸的狂傲之色。

众人连忙迎上去，纷纷说："回来啦，回来就好。"

曹秀英连忙说:"我已经让人烧了一锅艾叶水,你们两个,快把衣服脱下来煮煮,去去晦气吧。"

臧增年沮丧道:"唉,确实晦气啊。要是再关下去,就是不判死刑,我也得给吓死了。"

臧家栋却大大咧咧地往椅子上一坐,不屑地说:"判死刑,我看谁敢?以我们臧家今时今日的地位和我臧家栋的名头,他们敢不马上放人吗?哼,这个哑巴亏,我是不会白吃的。过几天,我一定要联系军政商界的朋友,不把徐立秋判个死刑,我绝不会善罢甘休的!"

臧增福和臧家梁都阴冷着脸,臧远胜也是一脸的无奈。

臧增年却连声怂恿道:"对对对,那个徐立秋啊,是太不把我们放在眼里了,一定要给他点颜色看看才行!"

陆慧珊附和地说:"你们想过没有,徐立秋才来码头几天啊?依我看,要不是徐佩芸里应外合,他哪里能轻易拿到那些证据呢?"

臧家栋听了这话,立刻恍然大悟道:"我倒忘了他们两人是什么关系了!只要把我这个老资格一脚踢开了,他们叔侄就可以独霸码头了。"

臧家梁听了这话,脸色立刻变得铁青,再也忍不住了,"啪"地一拍桌子,怒声道:"你们还有完没完了!"然后走到他们面前,一字一顿地说,"你们两个人,加起来都一百多岁了,却连个是非好歹都分不清，还有脸指责佩芸！"

臧家栋却瞪了他一眼，据理力争道："徐佩芸是你儿媳妇又怎么样啊？我还要说，这次要不是她里应外合，徐立秋怎么能拿到那些关键的证据，我和四叔又怎么会被抓起来？"

臧家梁气得"啪啪"连拍桌子，气愤难当地说："我呸！你还有脸提那些证据？要是你没有走私枪支弹药，就算别人有天大的本事，又怎么会凭白无故指证你？现在出了事，你不但不反省自己，还想把责任推到别人头上，你几十年的煎饼，都吃哪去了？"

臧家栋闻言，立刻跳到父亲面前，气急败坏道："爸、爸，你看看你的好儿子，没一句人话。常言道，'长兄如父'，你看他眼里哪里还有我这个二哥？"

臧增福用拐杖指着他，气得浑身颤抖，嘶哑着声音说："混账东西！你怎么不问问自己，你哪点有当二哥的样子？这次要不是家梁和佩芸，你们死定了！"说完，拂袖而去。

臧家栋这才像泄了气的皮球一样，半天没有说出话来。

运河码头上，伴随着一阵汽笛声响，一艘客船停泊在岸边。

徐佩芸将手里一个包袱递给二叔，关切地说："二叔，这是我给你准备的运河三宝'甜油、绿豆烧和桂片糕'，路上渴了就喝口绿豆烧，饿了吃块桂片糕，至于甜油呢，回北京炒菜或做凉拌菜时再用。"

徐立秋接过包袱,恋恋不舍道:"佩芸,我走了,真不忍心把这么大的码头撂给你。你再怎么能干,也毕竟是个女人家啊。"

徐佩芸笑笑说:"放心吧,二叔,还有远航和爷爷、爸爸他们呢。"

徐立秋叹了口气道:"唉,我知道你是担心我留下来,以后会捅更大的娄子。可是你不心狠手辣,是对付不了那几个跳梁小丑的。我看远航这一时半会儿是不可能站起来了,如果以后有需要二叔的地方,你尽管和我说,我一定会回来全力以赴帮你的,谁叫你是我的亲侄女呢。"

徐佩芸点点头说:"好的二叔,我会的。"

这时,又一阵汽笛声响起。

徐立秋只好道:"我上船了,你多保重。"

徐佩芸挥挥手说:"二叔,你也多保重。"

吴家盐行总经理办公室,吴俊锋呆呆地坐在办公桌前,一根接一根地抽着烟。

林辉犹犹豫豫地走进来,深深鞠了一躬,歉然地说:"俊锋,对不起,我让你失望了,你费了那么大的周折,可是这次计划还是没有成功,徐先生已经回北京了。"

吴俊锋"哦"了声,淡淡地问:"那你怎么没跟他一起回去?"

林辉惭愧道:"我请了一天假,想把这个还给你。"说完,摸出一张支票递过来。

吴俊锋将烟头狠狠地掐在烟灰缸中,将支票推回去说:"你留着花吧,这是我们两兄弟间的情分,与计划成功不成功没有关系。"

林辉不由眉开眼笑道:"谢谢老同学。"然后迅速将支票收回。

吴俊锋拍拍他的肩,安慰说:"不是你让我失望,而是臧家在窑湾的根基,实在是太深厚了。我整整考虑了一天一夜,虽然这次失败了,但是我们之前拟订的'从内部摧毁码头'的计划,仍然可行。"

林辉有些受宠若惊,不由拍着胸脯道:"只要有需要我的地方,尽管吩咐就是了。"忽然想起什么,"不过徐立秋这件事,没有人知道是你在背后主使,你必须让大婶去堵住陆慧珊的嘴!如果她乱说,就有可能坏了我们的大事!"

吴俊锋却不以为然地说:"你放心吧,我那个好表妹啊,对远航由爱生恨,绝不会坏我们大事的!"

第6章 明媒正娶的妻子

中宁街某成衣店,窦玉美正在兴致勃勃地看着衣服。

陆慧珊跟在后面,却是一脸心事重重的样子。

窦玉美安慰地说:"你放心吧,就算徐立秋走了,我们也还有别的办法打垮码头,你不用这么泄气的。"

陆慧珊沮丧道:"我不是因为徐立秋,而是因为远胜嫌我引狼入室,又不积极去救他爸,现在对我意见很大。"

窦玉美不以为然地说:"意见大就大呗,反正你也从来没有喜欢过他,不是吗?"

陆慧珊却苦着脸道:"话虽这样说,我还是有些难过。以前,我让他上东他不敢上西,让他打狗他不敢撵鸡;可是现在,他已经好几天没和我说一句话了。"

窦玉美意识到不妙,当即试探地问:"你不会是喜欢上那个纨绔子弟了吧?别忘了,你嫁给他的目的,就是为了报复臧远航,让臧家家破人亡的啊。"

陆慧珊有些郁闷地说:"以前我确实是那样想的,可是现在,我好像有点改变主意了。"

窦玉美闻言,脸色不由一变,语带威胁道:"你现在才改变主意,不是太晚了吗?我告诉你,徐立秋这件事,你不能走漏半点风声。否则,我就把你嫁入臧家的目的大肆宣扬出去,我看远胜还对你好不!"

陆慧珊不由一呆,随即沮丧地说:"我知道了。"

运河码头货仓部外,工人们正在匆忙向外搬运货物。

臧远方叮嘱说:"这些货在这边点清楚之后,上了船还要再点一次,记住了吗?"

曹强郑重道:"记住了。"然后指挥工人们说,"快点,快点,这批货今天五点之前,一定要搬上船。"

臧远方见状,满意地点点头,便拿着账簿,想要走进货仓。没想到刚一转头,就看到徐佩芸正笑眯眯地望着自己。

他连忙迎上去,关心地问:"佩芸,你怎么来了?"

徐佩芸称赞道:"我刚才听到你吩咐曹强的话了,你做得很好。但是以后起航前,不但要点货,还要查清楚是不是夹带了没经报关的私货。一经查到,即刻知会我!"

臧远方有些担忧地说:"可是,二叔他会发脾气的。"

徐佩芸却正色道:"二大发脾气,后果确实会很严重,但是一味地纵容他,若像上次一样再被人抓住把柄,就会将整个码头葬送的。所以以后,我们绝不可以再对二大有任何的手软了。"

臧远方点点头说:"知道了。"

徐佩芸从码头上走上大运河堰,因为想早点到天主教会医院做饭,所以看上去脚步匆匆的。

没想到,还是被正站在堆盐旁边的吴俊锋看见了。

他双眼一亮,立刻迎上来,深情地呼唤道:"佩芸。"

徐佩芸只好止住脚步,却冷淡而疏远地说:"哦,是俊锋啊。"

吴俊锋爱怜道:"臧家码头这么重的担子,放在你一个弱女子肩上,看把你都累瘦了。"边说边想用手去撩她额角的一绺秀发。

徐佩芸立刻皱了皱眉,迅速后退了一步。

然后,她不满地说:"你的妻子是我妹妹佩萍,你应该把她接回家,多关心关心她胖了还是瘦了。"

吴俊锋听了这话,竟然神情激动道:"我为什么要关心她?我从来没有爱过她,我爱的人一直是你!"

徐佩芸郑重地说:"可是,我也从来都没有爱过你!"

吴俊锋却固执道:"你要是不爱我,那当初怎么会接收我的婚帖?"

徐佩芸瞪了他一眼,没好气地说:"这要问你自己!"

吴俊锋不由一怔，疑惑道："我自己？"

徐佩芸愠怒地说："你要是没有模仿赵涟泰的笔迹，伪造那封红笔写的绝交信，我又怎么会接你的婚帖？"

吴俊锋不由吃了一惊，随即心虚道："这、这么说，你都知道了？"

徐佩芸苦笑地说："知道了又能怎样，一切都既成事实了，我只好被迫接受。所以如果你真的爱我，我希望你也能接受既成的事实，好好对佩萍，她同样也很爱你。"

吴俊锋却直视着她的眼睛，一字一顿地问："现在我只想你回答我一个问题，你到底有没有爱过我？"

徐佩芸摇摇头，坚决地说："这一生，除了赵涟泰，我不会爱上任何人！"

吴俊锋有些失望，但仍然固执道："我不论你爱的人是谁，如果不是该死的姐妹易嫁，你现在就是我明媒正娶的妻子！"

徐佩芸见他如此执迷不悟，知道再说下去也无益了，只好无奈地说："或许这正说明，婚姻也是讲究缘分的，请好好对佩萍吧。"说完，决绝而去！

吴俊锋望着她的背影，咬牙切齿道："徐佩芸，你竟然连一点希望都不给我，真是好狠的心！"

天主教会医院住院部病房内，赵涟泰正在搀扶臧远航行走。

虽然臧远航额头直冒汗,但是仍然坚持着。

正在这时,臧家梁夫妇推门进来了。

臧远航连忙招呼道:"爸爸,妈妈,你们来啦。"

郭文芳眼睛不由一亮,惊喜地说:"儿子,你能站起来了?"

臧远航却苦着脸道:"哪有啊,是涟泰哥支撑着我呢。"

赵涟泰安慰说:"别急,这只是开始。你腰椎神经受损情况并不严重,现在双腿的知觉也越来越敏感了,站起来是迟早的事情。"

臧家梁急切地问:"那么,他什么时候可以重新站起来?"

赵涟泰安慰道:"你不要太着急。这次治疗,我主要采用以针灸为主,同时将西药引入腰椎受损部位,促进神经细胞生长,恢复受损的神经系统,另外佩芸每天做的一日三餐,都严格按照膳食营养搭配,进行长期食疗,可以说是针灸、按摩、西药、食疗四管齐下了,所以虽然神经细胞的生长十分缓慢,但是我相信中医的博大精深,他重新站起来是迟早的事情,不过到底什么时候,主要看他自身机体的调节功能,我不好给出一个确切的时间!"

臧家梁感激地说:"我不管还要多久,只要他能有重新站起来的希望,我们臧家也就有希望了,谢谢你,真是太谢谢了。"

赵涟泰客气道:"我是医生,救死扶伤乃是我的本分,请不必客气。三叔三婶,我还有别的病人,失陪了。"

臧家梁连声说:"好的,好的。"

赵涟泰这才转身匆匆离去。

郭文芳却望着他的背影,若有所思地问:"远航,涟泰对你好吗?"

臧远航点点头道:"很好。"

郭文芳犹豫了一下,还是问:"那他和佩芸好吗?"

臧远航有些不耐烦地说:"我天天待在病房,哪里知道他们好不好?"

郭文芳闻言,不由和丈夫对视了一下。

正在这时,徐佩芸推开门,神情疲惫地走了进来。

她看到公公婆婆,连忙强打精神地招呼道:"爸爸妈妈,你们来了。"

臧远梁感激地说:"佩芸,这次要不是你,你二大和四爷爷说不定会被判重刑呢。"

臧家航听了这话,不由吃惊地问:"他们是不是又走私枪支弹药了?"

臧远梁苦笑道:"原来你也知道他们一直在干这种事啊。"

臧远航却瞪了妻子一眼,没好气地说:"要你管他们的闲事,把他们家抓起来才好呢。怪就怪我,当初心太软了。"

郭文芳责怪儿子道:"你怎么说话呢?那好歹也是你二大和四爷爷,血浓于水的。"

臧远航冷哼一声,不再吱声,却是一脸的若有所思。

郭文芳这才转过头来，对儿媳妇说："佩芸，我和你爸是特地来谢谢你的。"

徐佩芸歉然地说："爸爸妈妈，你们千万别这样说。是我二叔太过分了，让一家人担惊受怕，实在是不好意思。"

臧家梁却摇摇头道："这件事是他们自作自受，怪不到任何人。你二大他们，以前就有偷运私货的前科，我为了息事宁人，一直睁一只眼闭一只眼。原以为他们会有所收敛，没想到现在变本加厉。希望这次他们能够吸取教训，别再重犯才是。"

徐佩芸自责地说："其实说起来也怨我。我刚一进码头，就发现这件事情了，只是觉得自己刚刚接手，凡事不好做得太过。但是我保证，只要我在码头一天，以后这种事就绝对不会再发生。"

臧家梁点点头，称赞道："我没有看错人，现在看来，没有比你更合适的总经理人选了。佩芸，你是好样的。以后码头的事，你想怎样做就怎样做，不必考虑他们的感受。"

郭文芳担忧地说："哎呀，这样佩芸会很辛苦的，既要管理码头，又要配合远航的治疗，身体怎么吃得消啊。"

徐佩芸安慰道："爸爸妈妈，你们放心吧。辛苦只是暂时的，只要远航能重新站起来，臧家和码头都会好起来的。"

天主教会医院外，臧家梁夫妇肩并肩走了出来。

郭文芳眉头紧锁，看上去心事重重的。

臧家梁却笑容满面地说:"佩芸既顾全大局,又聪明能干,真不知道是我们哪辈子修来的福气,能娶到这样好的儿媳妇啊。"

郭文芳却不置可否道:"也不知道是福还是祸呢。"

臧家梁不由一怔,随即诧异地问:"你这话怎么说得怪怪的。对了,刚才还问涟泰对佩芸好不好?是什么意思?"

郭文芳叹了口气说:"你是男人,哪里懂我们女人的心思哪。涟泰不但学识渊博,长得也是一表人才,最重要的是,又和佩芸情投意合,我真担心他们旧情复燃啊。"

臧家梁沉吟片刻,无奈地道:"至于感情上的事,就看远航的造化吧。再说他自从出事后,性格喜怒无常,说话也阴阳怪气的,真是委屈佩芸了。"

第7章　放开我

早上刚一上班，吴家盐行总经理办公室内，就传出了激烈的怒吼声。

吴光淮不由一惊，连忙推开门。

此时，吴俊锋正在气急败坏地训人："你脑子进水了？连出货日期都能搞错？你知不知道，那些盐在太阳底下多晒一天，就会因为融化损失多少吗？"

那个被训的职员连忙道歉说："老板，对不起。"

吴俊锋却得理不让人道："一句对不起就完了？所有损失，全部从你工资中扣除，滚！"

职员如获大赦一般，连忙转身就想走，却正好迎面看到吴光淮，立刻恭敬地说："吴老先生早安。"边说边迅速退出门去。

吴俊锋看到父亲，连忙迎上前去说："爸，你怎么来了？"

吴光淮不满道："我早就和你说过了，对待手下人，一定要耐心。你看你，动不动就火冒三丈，叫别人怎么服你？"

吴俊锋歉然地说："我知道了，爸，以后不会了。"

吴光淮拍拍他的肩，叹了口气道："不过呢，这也怨不得你，常言道，'家和才能万事兴'嘛。现在佩萍回娘家那么久了，外面很多闲言碎语，你心里一定也不好受。依我看哪，你还是赶紧去徐家，把她接回来吧。"

吴俊锋倔强地说："我不！"

吴光淮责怪道："那你想怎样？还能让她在娘家过一辈子不成？"

吴俊锋却冷笑一声说："过一辈子也未尝不可。"

吴光淮不满地瞪了儿子一眼，连连摆手道："那怎么能行？女人的名节是最重要的，你要是那样做，会害她一辈子的。"

吴俊锋没好气地说："可是她已经害了我一辈子！我永远不能原谅她在姐妹易嫁时的欺骗，就算勉强把她接回家，我也不会幸福的。"

吴光淮闻言，不由疑惑地问："你是不是还想着她姐姐？"

吴俊锋苦笑道："我想她姐姐，她姐姐想的人却不是我！"

吴光淮眉头一皱问："那你想要怎样？"

吴俊锋双手一摊说："我已经想好了，与其两个人都痛苦，不如离婚算了！"

吴光淮听了这话，不由脸色一变，"啪"地一拍桌子，厉声道:"我们老吴家,从来只有丧偶,没有离婚,再说跟谁过不是一辈子!只要我还有一口气,你就休想!马上跟我去徐家,今天就把佩萍接回来!"边说边去拉儿子的手。

吴俊锋连忙哀求说:"爸、爸,你不能这样做,你得为我想想啊……"

吴光淮哪里还听得进去,边说边强行拖着儿子,向门外走去!

徐家大院后院西厢房内,徐佩萍正倚在窗户边,默默地流泪。

忽然,门口传来了柳兰香急切的声音:"佩萍,佩萍哪!"

徐佩萍连忙擦了擦眼泪,回头问:"妈,什么事?"

柳兰香三步并作两步走上前,惊喜地说:"俊锋和他爸一起来接你回家了。"忽然,她盯着女儿的脸,心疼地问,"怎么?你又哭了?"

徐佩萍连忙掩饰道:"没,眼睛进了沙子。"

柳兰香心疼地说:"你就别骗我了,今天连个风丝儿都没有,哪里来的沙子?"

徐佩萍闻言,眼泪又不争气地流了出来。

柳兰香叹了口气道:"我本来还想好好教训教训俊锋的,看你这样子,就先便宜他吧!跟我到客厅去吧,俊锋来接你回家呢。"

徐佩萍擦了擦眼泪,却噘着嘴说:"我不回去!"

柳兰香疑惑地问:"为什么?你不是一直很喜欢俊锋的吗?"

徐佩萍摇摇头，苦涩地说："以前我喜欢他，是感觉他人品很好。可是自从知道，他竟然为了得到姐姐，不惜模仿涟泰的笔迹，伪造分手信，可见人品是有问题的，所以我已经不像以前那样喜欢他了。"

柳兰香苦笑一声道："傻丫头，你这话的意思是，就算不像以前一样喜欢他，但总归还是喜欢的，是不是？"

徐佩萍低下头，好半天没有言语。

柳兰香见状，便立刻明白了什么，劝慰说："女人嘛，嫁鸡随鸡，嫁狗随狗，嫁根扁担抱着走。就算你明明知道他人品有问题，你也同样放不下他。你是我女儿，我还不知道你吗？走吧。"边说边强行拉起她。

徐佩萍犹豫了一下，还是半推半就地被母亲拉走了。

徐家大院客厅内，吴家父子俩正坐在客厅里等待着。

当柳兰香拉着女儿走进来时，吴光淮连忙示意儿子上前。

吴俊锋只好硬着头皮走到妻子面前，很不情愿地说："是我不好，你跟我回家吧。"

徐佩萍刚想说什么，却忽然感觉胃里一阵翻江倒海地难受，很想呕吐。

她为了掩饰，只好低下了头。

柳兰香见女儿不说话，以为她还在生气，便瞪了女婿一眼，没好气道:"你把我女儿当成什么啊?你想叫她走她就得走,想叫她回她就得回?"

吴光淮连忙摆手道:"哎,亲家母,你可不能这样说,我们家可从来没人让她走啊。"

柳兰香却愠怒地说:"你们家要是没欺负她,她会回娘家吗?"

吴光淮被噎得有些心虚,只好转向儿子问:"臭小子,你欺负佩萍了吗?"

吴俊锋连忙摇头道:"我没有啊,我从来没有打过她,更没有骂过她,我和她从来连架都不吵的。"

吴光淮听了儿子的话,立刻底气十足地说:"亲家母,你看,你看,不怨我儿子吧。"

柳兰香听了这话,脸色这才缓和下来了,劝慰女儿道:"佩萍啊,夫妻之间,不打不骂不吵架就行了,你还想怎样啊?"

这个时候,徐佩萍终于忍住了呕吐,哽咽地说:"可是,我宁愿他打我、骂我、和我吵架,也不想一天到晚眼里都没我。"

吴光淮和柳兰香闻言,不由面面相觑。

吴俊锋刚想发火,忽然嘴角掠过一丝不易察觉的冷笑,随即爽快道:"那你就跟我回去,我改还不行吗?以后你想怎样,就怎样,好不好?"

徐佩萍听了这话,简直不敢相信自己的耳朵,立刻惊讶地抬头,疑惑地问:"你说的,可是真的?"

吴俊锋重重地点点头，信誓旦旦地说："如有半句虚言，天打雷劈！"

徐佩萍忧虑多日的脸上，这才勉强露出一丝笑意来。

柳兰香见状，也不由一喜，趁机将两人的手拉在一起，叮嘱道："以后你们两个，都不准再耍小孩子脾气了，我还急等着早一点抱外孙呢。"

吴光淮也长舒了一口气，哈哈大笑地说："我也急等着抱大孙子呢。"

入夜时分，吴家大院后院小夫妻俩卧室内。

吴俊锋喝得醉醺醺的，摇摇晃晃地走进来。

徐佩萍想起他白天的承诺，立刻迎上去，柔声说："俊锋，你又喝醉了，我去给你煮杯醒酒汤吧。"边说边想往外走。

没想到，吴俊锋却一把抓住她，血红着眼睛，恶狠狠道："不用！"

徐佩萍见状，立刻就有些胆怯，弱弱地问："你、你想要怎样？"

吴俊锋紧盯着她的脸，一字一顿地说："你不是说过想让我打你、骂你、和你吵架吗？我今天就满足你的愿望！"说完这话，便用力扳过她的肩膀。

徐佩萍不由一愣，随即便拼命挣扎道："不要啊，不要！"

吴俊锋却冷笑一声,粗暴地撕开她的衣服。

伴随着"刺啦"一声,徐佩萍的衣服已经被撕掉一半,露出雪白的双肩。

她不由发出一声恐惧的尖叫,同时又羞又愧,下意识地抱住双肩,并拼命躲闪着。

但是在男人强有力的双臂下,一切都是徒劳无功的!

徐佩萍一边拼命挣扎,一边哭喊道:"放开我,放开我!"

吴俊锋却阴冷着脸,粗暴地将她提起来,猛地扔在床上!

徐佩萍赤裸着身体瘫在床上,绝望而无助地哭喊着:"你不能这样对我,你不能这样对我……"

吴俊锋理都不理,反而粗暴地扑了上去……

不知道过了多久,他就滚到床边,随即鼾声大作了。

与此同时,徐佩萍雪白的双肩上,已经多了一缕缕的抓痕。

她脸上默默地流着眼泪,木然地望着空洞的屋顶。

第8章　给你们带薪放假

夜幕刚刚降临,臧家大院后院二房小院小夫妻俩卧室内,非常安静。

臧远胜合衣躺在床上,双眼瞪着天花板。

忽然,门外传来女佣的声音:"二少奶奶,你回来啦。"

臧远胜闻言,双眼不由一亮。

他刚想起身,忽然想起什么,重又躺了下来。

很快,门被"砰"地推开。

随即,陆慧珊走了进来。

臧远胜索性翻了一个身,将脸转向了里面。

陆慧珊看了他一眼,嘴角掠过一丝不易察觉的冷笑。

然后她径直走到大衣柜前,开始"乒乒乓乓"地收拾衣物。

臧远胜用眼角的余光看到,不由紧张起来。

与此同时,陆慧珊也偷偷地看着他。

很快，她就收拾好了，然后提了皮箱，作势就朝门外走去。

臧远胜再也忍不住了，立刻跳下床来，拉住她问："你要干什么？"

陆慧珊板着脸说："回娘家！"

臧远胜闻言，不由一惊道："你回娘家，那我怎么办？"

陆慧珊没好气地说："我管你怎么办！反正不回娘家，你也不理我。"

臧远胜委屈道："我不是不想理你，这次我爸出事，你身为儿媳妇，一点都不着急，好像完全不是我们臧家的人似的，让我很寒心。"

陆慧珊把眼一瞪，先声夺人地说："臧远胜，你把话说清楚，我是你八抬大轿抬进门来的，现在却说我不是你们臧家的人了？到底是我让你寒心，还是你让我寒心！"

臧远胜不由一呆，连连摆手道："我不是那个意思，你误会了，我的意思是……"

陆慧珊却跺了跺脚，佯装嗔怒地说："我说你是这个意思，你就是这个意思，不是也是！"同时还委屈地红了眼圈。

臧远胜顿时心软起来，只好举起双手做求饶状道："好好好，你说是就是，这回满意了吧。"

陆慧珊知道危机解除，立刻破涕为笑，踮起脚尖亲了他一口，撒娇道："哼，这还差不多。"

臧远胜摸了摸脸,不由苦笑着说:"你呀,怎么这么漂亮、这么可爱呢,真让人拿你没办法。"边说边伸出手,爱怜地把她搂进怀里。

小夫妻俩正当浓情蜜意之时,隔壁突然传来一个急切地声音:"远胜、慧珊,你们过来一下。"

臧远胜立刻推开妻子道:"是,妈。"

小夫妻俩只好恋恋不舍地分开了。

臧家大院后院二房客厅内,臧家栋正在生闷气。

臧远胜带着妻子推门进来。

他疑惑地问:"妈,这么晚了,你叫我们来什么事啊?"

庄淑环郁闷地说:"我告诉你爸,是你三叔和佩芸出面救的他,他偏偏不相信,你和他说说吧。"

臧家栋冷笑一声道:"不是我不相信,是因为这些年来,我对三房做了些什么,就算别人不知道,家梁和远航的心里也跟明镜似的,他们巴不得我死呢,怎么会去救我?"

臧远胜却说:"爸,妈说的是真的。这件事,原本是我和三叔一起去找岳父大人的,但是我岳父说,人证物证都是由徐州警察厅直接过问的,连南京方面都知道了,他根本就无法插手。唯一的办法,就是说服徐立秋撤案。最后三叔只好求助于佩芸。徐立秋离开窑湾时,也是佩芸亲自把他送上船的。"

庄淑环连声道:"怎么样怎么样?连儿子都这样说,这下你总该信了吧?"

臧家栋却将头一拧,梗着脖子说:"信又如何?不信又如何?就算把我救出来,码头的总经理,现在还不是他们姓徐的!"

庄淑环见丈夫如此固执,只好无奈地摇了摇头。

臧远胜耐心劝解道:"爸,码头总经理是佩芸有什么不好?我们每天只要把自己本职的工作做好,就可以有工资拿,可以等着分红,又不需要去操心,有什么不好呢?"

臧家栋愠怒地说:"你个臭小子,还有脸说这话!你姐吃里爬外就罢了,你又没半点上进心!这些年,我和三房争来抢去的,你以为我是为了自己啊,还不是为了给你们儿孙后代留点东西!"

臧远胜不服气地撇了撇嘴,小声嘟囔道:"那你也得有本事留啊,别净想着走歪门斜道。"

臧家栋闻言,气得脸都青了,立刻脱下鞋子想要扔过去:"看我不打死你这个逆子!"

一直没说话的陆慧珊,忽然拦住他,认真地说:"爸,除了女儿、儿子,你不是还有一个儿媳妇吗?"

臧家栋举着鞋子的手,便停到了半空中,诧异地问:"你?"

陆慧珊坚定地说:"对,我!"

臧远胜眉头不由一皱,连忙提醒道:"慧珊,你操那个闲心干什么?"

陆慧珊却瞪了他一眼，没好气地说："你自己不上进，我再不去争不去抢，那我们二房以后还有出头之日吗？"

第二天一大早，小蓬莱二楼包厢内，摆了好几桌琳琅满目的酒席。

臧家栋、臧增年坐在饭桌前，一脸严肃。

不大一会儿，码头的职员们陆陆续续走进来。

他们见到面前的酒席，不由议论纷纷。

任青小声问："怎么突然想起来请我们吃饭了？"

杨洪生也说："我也正奇怪呢，今天连周末都不是啊。"

甚至有人担心："是不是要解雇我们啊？"

臧增年提醒侄子说："人都到齐了，可以开始了。"

臧家栋这才站起身来，向大家抱拳道："各位同仁，今天我请你们各部门主管级以上人员前来，主要是看到大家工作太辛苦了，想要给你们集体放一个月的假。"

任青不由惊讶地说："啊，放一个月假？你不是开玩笑吧？"

杨洪生质疑道："现在是码头一年中最忙碌的时节，如果主管级以上人员都放假的话，工人们无人指挥，货物无法搬运，整个码头就都得瘫痪了呀。"

职员们纷纷附和说："是啊，是啊，码头会瘫痪的呀。"

臧家栋见状，便"啪"地一拍桌子，呵斥道："你们一个个的，都给我闭嘴！"

职员们立刻停止了议论，不解地望着他。

臧家栋没好气地说："只是给你们放假，并且是带薪的，你们不上班还可以拿工资，有什么好吵的！"

臧增年附和道："是啊，有福不会享，你们怎么这么不知好歹啊。"

任青据理力争地说："我们当然想要放假。可是，放那么长时间的假，耽误了货期，码头赔钱都要赔垮的。"

杨洪生也道："为了一个月的假期，把码头搞垮了，我们这些人的饭碗了就砸了。这顿饭，我们不吃了。"说罢，便站起身来。

职员们纷纷附和说："是啊，是啊。"边说边纷纷外往走。

没想到正在这时，门口却传来一个冷冷的女声："你们是不是敬酒不吃，想吃罚酒啊？"

职员们抬头望去，只见陆慧珊赫然站在门口。

他们连忙招呼道："二少奶奶。"

陆慧珊趾高气扬地走进来，盛气凌人地说："让你们放假，是为了处理臧家的家庭纠纷。如果你们担心码头因此垮掉，砸了自己饭碗的话，我也没什么话好说。不过呢，同意放假的，会有两个月的工资补助；不同意放假的，我会告诉我爸爸，随便给你们捏造一个罪名，让他出动警察局，把你们全部抓起来，送到徐州贾汪煤矿挖煤去！"

有不知道底细的职员，立刻讽刺地问："你爸是谁啊，本事那么大？"

臧增年朗声道："她爸爸是陆市长，你说本事大不大？"

那个问话的职员，不由一怔，当即闭了嘴。

其余的职员们，也都面面相觑！

一时间，双方陷入了僵局。

终于，任青鼓起勇气问："我们又没做什么坏事，就算你爸爸是市长，也不能随便捏造罪名，是不是？"

陆慧珊却嘲弄地回道："你真是太天真了，没有就不能编吗？你知道什么叫'欲加之罪，何患无辞'吗？"

职员们听了这话，不由你望着我，我望着你，纷纷摇头叹气。

陆慧珊的脸上，立刻露出了得意的笑。

运河码头管理处偌大的办公室内，只有臧远茹一个人。

臧远方急匆匆地走进来说："不好意思，我迟到了迟到了。"见到空荡荡的一片，立刻疑惑地问，"咦，远茹，今天怎么就你一个人？放假了吗？"

臧远茹摇摇头："没啊。我也正奇怪呢，早就过了上班时间了。"

正在这时，一群人走进管理处。

但并不是职员们，而是一群客户。

臧远方和臧远茹不由一怔，连忙迎上去。

客户甲劈头就问："你们码头今天是怎么回事？我们行的货，按照合同，昨天晚上就应该搬上船的，怎么直到今天早上，还没有动静？"

客户乙怒道："我们火柴厂的货，也还堆在河堰上呢。"

客户丙也没好气地说："我的货半夜就到了，什么时候可以提啊？"

臧远方急得脸上的汗都冒出来了，但还是息事宁人地安抚大家："你们别急，我马上去安排，马上安排。"

运河码头上，工人们闲散地站在货物前，却没有一个人干活。

臧远方气喘吁吁跑过来，责怪地问："你们怎么不搬货啊？"

老吕无奈地说："不是我们不干活，到处都是货，我们根本不知道应该搬哪些货，所以没办法把货搬上船。"

臧远方东张西望了一会，然后失望地问："杨主管人呢？"

老吕摇摇头道："我一大早来，就没看到一个来上班的。"

臧远方闻言，急得直跺脚："怎么回事？怎么回事？"

正在这时，曹强带着几个工人急匆匆赶过来。

他急切地问："方少爷，主管级以上人员都不在，蛟龙号的船长说要赶时间，怎么安排？"

臧远方着急地说："你们先等下，我马上去找出货单！"

第9章　差点坏了大事

与此同时,在运河码头管理处内。

臧远茹也被一群客户包围在当中,正焦急地解释着什么。

好在这时,徐佩芸安排好丈夫的早饭后,也急匆匆赶来上班了。

臧远茹像遇到救星似的,连忙迎上去说:"佩芸,你来得正好,码头出事了!"

徐佩芸吃惊地问:"出什么事了?"

臧远茹还没来得及说话,客户们就纷纷围了上来,七嘴八舌的,乱成一团。

客户甲率先发问:"我们行的货应该昨天晚上上船的,怎么现在还堆在运河堰上?耽误了货期,你们要赔钱的!"

徐佩芸诧异地问堂姐:"怎么回事?运河码头上的货,不是一直由杨主管负责的吗?"

臧远茹郁闷地说:"他刚刚来了,说家里有事,要请假。"

徐佩芸不禁自言自语道:"请假?"然后环视了空荡荡的办公室间,"那其他人呢,怎么都没有来上班?"

臧远茹焦急地说:"我也不知道呢,今天除了他,所有组长级以上的职员都要请假。佩芸,我们怎么办呢?"

徐佩芸立刻意识到什么,不由紧皱着眉头问:"那他们人呢?"

臧远茹无奈地说:"都在你办公室里,等着批请假单呢。"

此刻,运河码头管理处总经理办公室内外,气氛从未没有过地凝重。

徐佩芸坐在办公桌前,一张张查看着请假单。

臧远方、臧远茹、郑一飞和要求请假的职员们,均站在办公桌前。

徐佩芸全部看完后,眉头皱得更紧了。

她将请假单放下,便单刀直入地问:"都说实话吧,你们究竟为什么要请假?"

任青犹豫了一下,还是无奈地说:"我胃痛的老毛病又犯了,想休息一个月,养养胃。"

杨洪生想了想也说:"我最近太累了。想出去散散心。"

职员甲则直接说:"我家中有事。"

职员乙也说:"我家中也有事。"

职员们纷纷附和说:"对对对,我家中也有事。"

臧远茹不禁疑惑地问:"怎么你们家中同时都有事?"

郑一飞惊讶道:"是啊,这也太凑巧了吧?"

臧远方不高兴地说:"巧什么巧啊,依我看,肯定是事先串通好了的。臧家一直待你们不薄,现在佩芸接管码头不久,正是需要你们帮助的时候,你们这样做,不是有意让她为难吗?"

职员们被噎得全都闭了嘴。

徐佩芸连忙打圆场道:"大哥,你不要这样说。任经理、杨主管他们,都是码头的元老级人物,之所以这样做,肯定是迫不得已。"然后沉声说,"如果我没有猜错的话,是不是二大他们逼你们请假的,对不对?"

众人闻言,不由面面相觑。

过了好半天,任青才结结巴巴地说:"这、这、这个……"

徐佩芸却摆摆手道:"你们不用说了,我已经明白了。"

运河码头管理处会议室内,大门紧闭着。

室内的会议桌上,摆放着苹果、葡萄、香蕉等各色水果。

臧家栋捏了一只葡萄扔进嘴里,一边有滋有味地吃着,一边得意扬扬地说:"职员们都请假了,货物无人搬运,现在外面肯定已经乱成一团糟了。"

臧增年剥了一根香蕉,然后幸灾乐祸道:"哼,一个黄毛丫头,还想跟我们斗,真是太不知道天高地厚了!"

没想到话音刚落，徐佩芸就推门走了进来。

在她身后，还跟着臧远方、臧远茹、郑一飞以及所有职员们。

臧家栋和臧增年两人完全没有提防，此时他们一个嘴里还嚼着葡萄，一个刚咬了口香蕉，见此情景，同时愣住了。

徐佩芸一改往日的温顺，厉声问："二大、四爷爷，你们为什么要逼他们请假？"

臧家栋强行将葡萄咽了下去，不由恼羞成怒地回道："他们想请假就请呗，关我们屁事！"

臧增年也阴阳怪气地说："对啊，就算你是总经理，也不能冤枉好人，是不是？你要是不信，我们就当堂对质好了。任经理、杨主管，你们凭什么说是我们逼的，有证据吗？"

任青和杨洪生面面相觑。

徐佩芸愠怒道："以前，我念你们是长辈，所以无论你们做什么错事，我都一忍再忍。甚至上次二叔让人把你们抓起来，我也去劝说他放过你们。如果你们仍然一意孤行、恶习不改，我可以马上把你们赶出码头！"

没想到正在此时，陆慧珊却赫然站到了门口。

她望了室内一眼，冷冷地说："徐佩芸，自从你当上码头总经理后，脾气见长了不少啊，竟然敢这样和长辈说话了？"

徐佩芸回头见是她，脸色稍微缓和了一下，客客气气地说："二嫂，你来啦。"

陆慧珊却冷哼一声,趾高气扬道:"是我叫他们放假的!这些人不但是码头的中坚力量,更是窑湾经济发展的命脉所在。他们每天都那么辛苦,我想犒劳犒劳他们,就让他们放一个月假,好好休息休息,有什么不对吗?"

徐佩芸耐心解释说:"除了节假日,他们每周都有一天轮休,年底还有年假。相比较别的行业,我们码头的福利,已经是很好的了。就算犒劳他们,也该轮流放假啊。如果一起放,码头会瘫痪的。"

陆慧珊却嘲弄道:"哼,如果给他们放假,码头就瘫痪的话,说明你这个总经理当得很不合格嘛,不要把责任怪在工人们头上!"

职员们闻言,不由相互摇头。

徐佩芸强压着怒火,耐心地说:"二嫂,虽然你对我一直有成见,但是我拜托你,不要把私事和公事混为一谈,更不要连累码头和工人们,好不好?"

陆慧珊闻言,顿时就怒了,提高声音道:"我怎么连累码头和工人们了?"然后又转向职员位,气急败坏地问,"你们说句公道话,我只是让你们放假,什么时候连累你们了?你们说话,你们说话啊?"

职员们却都低着头,一声不吭。

陆慧珊见状,更加生气了,居高临下地说:"怎么,你们都是哑巴？连人话都不会说了吗？"

终于任青忍无可忍了，不满地咕哝着："连累不连累，你自己心里最清楚。"

杨洪生也道："你不是说自己是陆市长的女儿吗？敢做就要敢当，不要把责任推给我们。"

其余的职员们也纷纷附和道："就是，就是。"

陆慧珊气得脸都红了，用手指戳着他们，恨声道："你们、你们、你们这群不知好歹的东西，我让你们放假，你们不领情就算了，竟然还说我连累你们！"

任青不满地说："码头都垮了，我们饭碗都砸了，领你什么情啊？"

杨主管也道："这都不叫连累，那什么叫连累啊？"

其余职员们纷纷附和道："就是，就是。"

陆慧珊被噎得直翻白眼，不由拍着胸脯说："哎呀，气死我了，气死我了，真是气死我了。"

职员们早就漠然地把头转过去了，没有人再理睬她。

徐佩芸情不自禁地朝他们深深地鞠了躬，感动万分道："大家都很明白事理，我代表码头谢谢你们了！现在，请各位回去继续上班吧！"

职员们闻言，纷纷点头，同时向外走去。

臧家栋见状，气得脸都红了，不由暴跳如雷地说："你们想回去上班前,可一定要搞清楚一件事,现在码头老板姓臧,她姓徐的只不过是我们聘请的总经理。你们到底是听我这个老板的话,还是听她那个总经理的话?"

虽然绝大多数职员听了这话,并不以为然,但极少部分还是有些动摇了。

徐佩芸简直忍无可忍了,当即反唇相讥道:"二大,你要是还知道你是老板,就更不应该在这里捣乱!我知道,你不想让我当这个总经理。不过无论你怎样针对我个人都可以,但是你不应该拿码头的生死做赌注!爸爸信任我,把远航的股份和码头托管给我,我一定不会辜负他的!别说你只让职员们放假,就算你让工人们都放假,我也一定会坚持下去!因为码头倘若落在你这种人手中,一定会垮掉的,那么窑湾的经济,也会受到牵连,我绝不会让这种事情发生!"

臧家栋被噎得一愣一愣的,好半天,才咬牙切齿地说:"徐佩芸!"

但是他却找不到一丝理由,来反驳对方的话!

任青沉吟片刻,便掷地有声道:"总经理说得没错!无论如何,我们都一定要坚持下去,绝不能让码头垮掉了!"

杨洪生也坚定地说:"对!就算不为了码头,只是为了我们的饭碗,我们也绝不放假!"转身又问大家,"你们是想只拿一两个月的薪水就丢掉工作,还是想继续在码头上做下去,以后拿更多的薪水？"

职员们纷纷道："当然是想继续在码头做下去，以后拿更多的薪水了！"

徐佩芸不由红了眼圈，感激地说："谢谢你们，太谢谢了！"

陆慧珊望着她，却气急败坏道："你赢了，但是别高兴得太早了！"

臧家栋也冷冷地说："秋后的蚂蚱，我看你还能蹦跶几天！"然后把手一挥道，"我们走！"

他撂下这话，便拂袖而去。

臧增年和陆慧珊对望一眼，连忙跟在他身后。

他们在经过徐佩芸身边时，均是怒目相视。

徐佩芸像是没看到他们一样，理都不理！

任青惭愧地说："总经理，对不起，臧会长和小老板一直对我们很好，我们不该一时糊涂，同意放假，差点坏了大事。"

职员们也纷纷道歉道："是啊，真的是差点坏了大事啊。"

徐佩芸安慰地说："快别这么说，我代臧会长和小老板谢谢你们了！现在没事了，你们可以去上班了。"

职员们连声道："好的，好的。"

然后，他们就快速地离开了办公室。

臧远方等大家都走了以后，便情不自禁地竖起大拇指，称赞地说："佩芸，你真厉害。我看二大走时，气得脸都绿了。"

臧远茹歉然道:"对不起啊,佩芸,我爸和四爷爷已经是越来越过分了,真没想到,现在慧珊也开始帮他们了。"

徐佩芸微微一笑地说:"我记得远航以前常说,'兵来将挡,水来土掩。'无论什么事情,只要已经发生了,就一定会有解决的办法。不过以后,我还要经常去医院陪远航,一切都靠你们了。"

臧远方连忙摆手道:"我们不行的。你不在码头的时候,他们简直就无法无天,经常无事生非,一会儿说这个,一个儿骂那个,弄得人心惶惶的。"

臧远茹也郁闷地说:"连我都被骂了几次了,真担心再这样下去,不知还会闹出什么乱子来。"

徐佩芸为难地说:"可是涟泰说,现在正是远航康复的关键时刻,食疗的材质更加多样费心,我必须用更多时间熬煮,就无法兼顾码头这边的事情了。不过无论二大他们怎么闹,你们做好自己的事情就是了。还有就是,你们一个管财务的,一个管货仓的,这两项账目是码头的关键所在,你们一定要抓牢,千万不要让他们插手。特别是钱,一个子儿都不要经过他们的手。以后每天的账目,你们都要带来给我看,由我审查后签名。否则,一律无效。"

臧远方和臧远茹同时点头道:"好的。"

第10章　肚子忽然好疼

中午时分,天主教会医院住院部病房内。

臧远航已经丢掉了轮椅,也不需要别人搀扶,而是自己拄着拐杖,独自进行康复训练。

虽然他的双腿仍然不能吃重,但是相比较以前,已经硬朗了不少。

正在这时,徐佩芸提着一个大大的食盒,急匆匆走进来说:"对不起,我来晚了。"

臧远航没好气地说:"不想做就直接说,我好另请用人!"

徐佩芸眉头不由一皱,但还是强忍怒气,赔着笑脸道:"我不是不想做,是码头出了点状况。不过,现在已经没事了。"

臧远航脸色这才缓和下来,但是并没有说话,只是坐到桌边,开始吃起饭来。

徐佩芸在心里长长地叹了一口气,不禁苦涩地想:"自从我接管码头后,二大和四爷爷他们,一个比一个凶,现在又多了一个陆慧珊,把码头搞成一团糟,我真不知道该怎么继续管下去。可是就算我承受了这么大的压力,你不但从来不支持我、鼓励我,反而一直对我都没有好声气,我真不知道自己这么辛苦,到底为的是什么!"

陆家四合院客厅内,陆文安坐在八仙桌前,看上去一脸怒气。

丁红玉则不停地安慰丈夫:"不要生气啦,气坏了身子可不好。"

正在这时,臧远胜夫妻俩肩并肩地走了进来。

陆慧珊装作没事人似的,像平常那样亲热地打招呼:"爸、妈,你们叫我回来有什么事啊?"

陆文安"啪"地一拍桌子,霍地站起来,怒声喝道:"说,是谁让你借我的名义威胁码头职员的?"

陆慧珊不由吓了一跳,但还是连连摇头说:"没有啊,我当然没有。"

臧远胜也帮腔道:"岳父你别生气,慧珊说没有就没有。"

陆文安立刻伸手指向他,恨铁不成钢地说:"我还没说你呢,整天就知道吃喝玩乐,事事都听慧珊的,你到底还是不是个男人?"

臧远胜不由羞愧起来,结结巴巴道:"我、我、我一不听她的话，她就会不开心。可是，我不想让她不开心。"

陆慧珊立刻一怔，脸上情不自禁地浮现一丝感激。

丁玉红连忙劝说："文安，你怎么又扯上远胜了，这件事明明是我们女儿错了嘛。"

陆文安这才想起什么，狠狠地瞪了女婿一眼道："哼，你的账我们以后再算。"再次转向女儿，愠怒地说，"慧珊，你快说，是谁让你借我的名义，威胁码头职员的？现在整个窑湾都已经传遍了，人人都说我利用手中的权力假公济私，你叫我这个市长以后还怎么当？"

陆慧珊倔强地说："这件事与任何人没有关系，完全是我自己的责任！"

陆文安气得差点儿吐血，但是他了解自己女儿的脾气，只好无奈地说："你可真是个犟种啊！罢罢罢，这次的脸我已经丢大了，暂且饶你一回，如果以后再发生这种事，看我不打断你的腿！"

陆慧珊却不服气道："打断就打断！"

陆文安不由气结，气得连声音都颤抖了："老天啊，我陆文安一生光明磊落，怎么就生出你这么大逆不道的女儿？我再也不想看到你了，你给我滚！"说完，无力地跌坐在椅子上，大口大口喘着粗气。

丁玉红连忙走上去，焦急地问："文安、文安，你怎么了？"

臧远胜也焦急地喊道："岳父，岳父。"

陆慧珊吓得眼泪都掉下来了,哭喊道:"爸爸,爸爸。"

两人边说边同时想要走上前。

陆文安正好抬头,看到他们,越发生气了,凝聚全身的力气,大呵一声:"滚!"

丁玉红也呵斥二人道:"你爸的气喘病又犯了,还不快走,是想把他气死吗?"

臧远胜和陆慧珊犹豫了一下,还是相继走了出去。

陆文安深深地叹了一口气,脸色这才稍微缓和了起来,痛心疾首地说:"生此不肖女,真是家门不幸,家门不幸啊!"

中宁街上,陆慧珊边走边低头生闷气。

臧远胜安慰地说:"别气了,岳父的气喘是老毛病,不会有事的。"

陆慧珊犹豫了一下道:"我不是担心我爸,我是在想,也许那件事,自己真的做错了。"

臧远胜却爱怜地说:"要不是爸总想着和三叔家争权夺利,你也不会掺和进去,这件事怎么能怪你呢?"

陆慧珊感激道:"谢谢你,远胜。无论我做错了什么,你总是会无条件地原谅我。"

臧远胜坚决地说:"我说过的嘛,只要你嫁给我,我一定想方设法让你幸福的。"

陆慧珊感动极了,不禁柔声道:"远胜,其实我……"

忽然,她眉头一皱,立刻蹲了下去,痛苦地用手捂住了肚子。

臧远胜不由大吃一惊,焦急地问:"慧珊,你怎么了,怎么了?"

陆慧珊捂着肚子,痛苦地说:"我肚子忽然好疼啊……"

臧远胜闻言,二话不说,立刻把她抱了起来,并飞奔而去!

江西会馆济世堂诊室内,赵延成正在给陆慧珊把脉。

臧远胜焦急地问:"赵先生,慧珊怎么样了?要不要紧?"

赵延成将手拿开,微微一笑道:"她有喜了,恭喜恭喜。"

臧远胜和陆慧珊同时吃了一惊:"真的?"

赵延成郑重地点点头。

小夫妻俩不由大喜!

臧远胜兴奋地说:"太好了,我要做爸爸了。"

陆慧珊虽然并没有说什么,但是依偎在丈夫怀里,一脸的幸福。

臧家大院客厅内,臧远胜和陆慧珊肩并肩坐在沙发上,一脸的喜气洋洋。

臧家人从各处跑进来,纷纷喜笑颜开地说:"慧珊有喜了,慧珊有喜了。"

甚至连一向没有好脸色的曹秀英,也一改之前的厌恶,紧紧握着孙媳妇的手,亲热地问:"告诉奶奶,有几个月了?"

陆慧珊羞涩地回道:"才刚刚两个月呢。"

曹秀英开心地说:"这么说,还有七八个月,我就要做太奶奶了吗?"

臧增福附和道:"我就要做太爷爷了。"

庄淑环更是笑得合不拢嘴:"我也要做奶奶喽。"

曹秀英忽然想起什么,脸色一变,有些难过地说:"远航要是不出事,佩芸应该也有喜了。"

陆慧珊闻言,眼珠不由一转,提议道:"奶奶,我想去医院看看远航和佩芸,顺便把这个好消息告诉他们。"

曹秀英连连点头说:"好好好,让他们也沾沾喜气,快点怀上小宝宝。"。

臧远胜诧异地问:"你怎么想起来去医院了?你不是一直和佩芸不对付吗?"

陆慧珊却瞪了他一眼,诡秘地一笑。

第11章　回你们老涂家哭去

天主教会医院病房内，臧远航拄着拐杖，走着走着，就走到了病房的另一侧。

徐佩芸独自在房中，正在整理药用食材。

忽然，外面传来敲门声。

徐佩芸连忙走过去开门。

没想到，门外赫然站着提着水果的臧远胜和陆慧珊。

徐佩芸立刻戒备地说："是你们？"

臧远胜试探地问："我们来看看远航，你不会不欢迎吧？"

徐佩芸只好招呼道："怎么会呢？快进来吧。"

臧远胜先走进来，陆慧珊傲娇地跟在他身后。

徐佩芸拉过凳子，礼貌地说："二哥、二嫂，快请坐。"

臧远胜走到病床前，关切地问："远航去哪里了？"

徐佩芸答道："他嫌房间里闷，让吉祥扶出去走走了。"

臧远胜点点头,忽然看到床头的书,便有些羡慕地说:"远航从小就喜欢读书,没想到现在还爱读。"

陆慧珊趁机炫耀道:"不知道等我儿子出生后,会不会也爱读书呢。"

徐佩芸立刻明白了什么,诚恳地说:"恭喜二哥二嫂。"

没想到,陆慧珊却冷笑一声,阴阳怪气道:"佩芸哪,我们差不多同时进臧家的,我都两个多月了,你应该也有了吧?"

徐佩芸闻言,不由尴尬起来,涨红着脸道:"我、我、我……"

陆慧珊忽然轻蔑地撇了撇嘴,尖刻地说:"对了,我忘记了,远航是个瘫子!一个瘫子,怎么可能生儿育女呢?"

臧远胜酸溜溜道:"可是你当初,还差点嫁给远航了呢。"

陆慧珊立刻挽住他的胳膊,亲热地说:"幸亏我嫁给了你。否则啊,我只好像某些人一样,不但天天被他冷暴力,还年纪轻轻就夜夜守活寡喽,哈哈哈。"

徐佩芸听了这话,脸色立刻涨得通红!

她再也控制不住自己的情绪了,愤怒地看着面前秀恩爱的两个人,一字一顿道:"这里不欢迎你们,请马上离开!"

陆慧珊却轻笑一声说:"好,我马上就走,我才不想和一个瘫子待在一起呢!"边说边从包里掏出一瓶香水,挑衅道,"噢,对了,远航曾经给你买过一瓶法国巴黎的香水,被我一气之下打碎了。后来,我赌气又买了相同的一瓶,但是却从来没有用过。现在，我把这瓶香水送给你！从即刻起，我与他情分已了，祝你和他白头偕老！如果可能，就生个小瘫子吧，哈哈哈！"

徐佩芸眼睛像是要喷出火来，不禁怒吼道："滚！"

陆慧珊却有些意犹未尽，张了张嘴，似乎还想说什么。

臧远胜忽然觉得妻子做得太过了，连忙把她拉扯走了。

徐佩芸当即追到走廊里，将香水往两个人身上扔去，没想到，不但没扔到他们，却正好撞到柱子上。

随着"砰"的一声巨响，香水瓶被摔得粉碎！

恰在这时，赵涟泰正好看过来，见此情景，不由诧异地问："佩芸，你怎么了？是不是远航又刁难你了？"

徐佩芸看到他，隐忍多时的痛苦和委屈，立刻全面爆发了出来！

她再也不想顾忌后果了，毫不犹豫地扑到他怀里，放声大哭起来。

赵涟泰拍着她的肩，心疼地说："我知道你受了太多的委屈，哭吧哭吧，哭出来就好了。"

不知道过了多久，徐佩芸终于停止哭，哽咽道："我不想待在臧家了，你带我走吧，走得越远越好！"

赵涟泰深情地说："我带你去哪里都行，北京、上海甚至国外，但是你舍得丢下码头，舍得离开窑湾吗？"

徐佩芸毫不犹豫地点点头，坚定道："没有什么舍得舍不得。通过这段错误的婚姻，以及臧家与码头的内忧外患，我更加深刻地意识到，人生最重要的，不是权力和金钱，而是青春和爱情。这一生，除了你，我绝不会再爱上任何人。我们已经错过了六年时光，我不想再错过整个后半生！"

赵涟泰激动地抓住她的手，深情地说："佩芸，你终于想通了！"

与此同时，他情不自禁地低下头，贪婪地吻着她的手。

徐佩芸的眼泪，一颗颗滴在两个人的手上。

她抚摸着他的头，笑中带泪地提议道："很快就要到中元节了，晚上我们也去放河灯吧，祈求河神保佑，保佑我们的爱情天长地久！"

赵涟泰这才抬起头，红着眼圈说："好！"

与此同时，在走廊的尽头，臧远航被吉祥搀扶着，正在练习行走。

他正好远远地看到这一切，脸色不由一黯，但随即就释然了，迅速转过身去，并渐行渐远。

吴家大院后院小夫妻俩卧室内，吴俊锋坐在桌前，正在喝着闷酒。

徐佩萍端来一个大盘子和一个小碗，低眉顺眼地说："你要的白水煮豆腐。"

吴俊锋抬头看了看，便"啪"的一声将筷子摔在桌子上，怒声道:"为什么不放辣椒!"

徐佩萍连忙又递过来一个小碗说:"这里有。"

吴俊锋却更怒了:"为什么拿这么多,你想辣死我!"

徐佩萍低声道:"我就是不知道要放多少,所以才另放在碗里的,你吃多少,拨多少过去不就行了吗?"

她因为委屈,声音忍不住有些哽咽了。

吴俊锋不但没有丝毫的怜悯,反而厉声说:"我还没死呢,你整天哭丧着脸,做给谁看!"

徐佩萍只好勉强笑了笑:"对不起,我马上笑,马上笑……"

吴俊锋却撇了撇嘴,嘲弄道:"就你这副倒霉丧气的样子,笑简直比哭还难看!"

徐佩萍无助地哀求说:"那你到底想要我怎么样啊?你怎么说,我就怎么做,好不好?"

没想到,吴俊锋却目光一凛,一个耳光就扇过去,同时恨声道:"硬塞进我裤腰带里的东西,你怎么做都让我感到恶心!"

徐佩萍再也控制不住自己的情绪,崩溃地哭了起来,但又不敢哭出声,只能压抑着,肩头一耸一耸的!

与此同时,在吴家大院后院小夫妻俩卧室外。

吴俊莹拿着一块糨糊粘过的黑色硬布走了过来,看着紧闭的大门,不由奇怪地自言自语地说:"咦,大白天的关什么门呀?"然后用手拍门,同时喊道,"嫂子,把你上次剪的鞋样借给我用用。"

吴家大院后院小夫妻俩卧室内,徐佩萍正在压抑地痛哭着。

吴俊锋更加烦躁起来,又"啪"地一拍桌子,几乎是咆哮了:"别给我们老吴家找晦气,再哭,回你们老徐家哭去!"

徐佩萍吓得立刻噤了声。

门外的吴俊莹听到这里,不由怒目圆睁,猛地把门推开!

此时,吴俊锋已经喝得醉醺醺的了。

徐佩萍坐在床上,虽然拼命压抑着哭,大大的泪珠却成串成串地流下来。

吴俊莹其实并不喜欢这个嫂子,但是出于同情,还是忍不住怒声道:"二哥,你怎么可以这样对嫂子,真是太过分了!"

吴俊锋却恶狠狠地说:"我过分?不,我一点都不过分!自从大哥死后,我接手吴家的产业,做生意从来没吃过半点亏,可是这个女人,却让我吃了这么大一个哑巴亏,你说我该不该骂她!"

吴俊莹据理力争道:"不错,嫂子当初是有错在先,但是自从她嫁到我们家以后,每天伺候一家老小吃穿用度,无论我怎么讽刺她,她都是对我以礼相待,再大的委屈,也都是自己默默承受,从来都不会发火。连我都被感动了,你的心,难道是石头做的吗?"

吴俊锋却丝毫不为所动,反而冷哼一声说:"她敢不这样做?否则,我马上就休了她!"

吴俊莹见他丝毫不知悔改,便威胁道:"你再这样粗声大气和嫂子说话,我马上去告诉爸妈,我要让整个窑湾的人都知道,你打骂自己的妻子，完全不是个男人！"

吴俊锋脸色一变，立刻暴跳如雷地说："你敢！"

吴俊莹坚定道："你看我敢不敢！"边说边作势要走。

没想到，徐佩萍却连忙拉住她的手，哀求地说："俊莹，我求你了，不要去。"

吴俊莹不由一呆，随即恨铁不成钢道："嫂子，他这样对你，你还护着他干什么？"

徐佩萍苦笑一声说："走到这一步，是我咎由自取。婚姻是做给外人看的，虽然我每天挨打受骂，可是外人还以为我很幸福呢；如是这件事传扬出去，不但是我，我们全家都会成为整个窑湾的笑柄的！"

吴俊莹无奈地喊道："嫂子，你怎么这么糊涂呢？"

徐佩萍却继续哀求着说："俊莹，算嫂子求你了！"

吴俊锋轻蔑地望着她，不由冷笑道："算你还有自知之明！"

吴俊莹气得连连跺脚！

第12章　看你那傻样

中宁街上，依然是人流如织。

吴俊莹行走在人群中，手里拿着一根柳条，无意识地抽来抽去。

她一边抽，一边喃喃自语地说："难道婚姻真的是做给外人看的？哥嫂的婚姻，门当户对、郎才女貌，在外人眼里是多么幸福的一对啊，可是谁又知道，两人却像仇人一样，真是太可怕了。"

正在这时，臧远方夹着一沓文件急匆匆迎面而来。

两人擦肩而过之时，吴俊莹将手中的柳条猛地一甩，恰好甩到了对面人的脸上！

臧远方不由惨叫一声，用手一捂脸，夹着的文件便散落在地。

他顾不得疼痛，连忙弯腰去捡，一边捡一边着急地说："哎呀，文件，我的文件。"没想到一阵风起，当即将几张文件刮到了半空中。

他连忙起身去扑，但是文件纷纷扬扬的，顾了这头顾不了那头。

吴俊莹看到他的狼狈相，顿觉有趣，忍不住哈哈大笑起来。

臧远方好不容易才将文件捡齐了，不由气恼地说："你走路不看人的？"

吴俊莹嘲弄道："我当然看人，不过我不看桃的！"

臧远方茫然地问："你这话是什么意思？"

吴俊莹促狭地说："我的意思，你是美猴桃呗。"

臧远方立刻气结，瞪了她一眼，作势就想朝前走。

吴俊莹却拦住他，好奇地问："看你这行色匆匆的，是要去哪儿啊？"

臧远方尽管很郁闷，但还是老实地回答道："我去天主教堂。"

吴俊莹惊讶地问："你去那儿做什么？难道你信天主教了？"

臧远方摇摇头道："没有。是佩芸陪远航在那儿做康复治疗，我去看看他们。"

吴俊莹闻言，眼睛不由一亮，急切地问："佩芸？她现在还在那儿吗？"

臧远方点点头说："是啊，请问我可以走了吗？"

吴俊莹却道："走，我和你一起去看她。"边说边率先走在了前头。

臧远方无奈地摇摇头，只好跟在了她的身后。

天主教会医院住院部病房内，徐佩芸正在查看账目。

臧远方和吴俊莹坐在她对面,前者一脸严肃,后者则不住地东张西望。

终于,徐佩芸看完了。

臧远方立刻问:"佩芸,你看这些账目有什么问题吗?"

徐佩芸谨慎地说:"大多数没什么问题。不过二大那份涉及金额比较大,感觉有点不太正常。"

臧远方无奈地回道:"是啊,从来没有停止过。我也真是服了他了,连自家的生意都不肯放过。"

徐佩芸安慰他说:"没关系,无论他怎么做小动作,我不签就是了。"

臧远方连连点头道:"我知道了,幸好有你过目,否则,又不知道出什么乱子呢。"

吴俊莹听了这话,不由瞪了他一眼,没好气地说:"凡事都让人家佩芸过目,我说你自己就没长脑子啊?"

臧远方立刻涨红了脸,结结巴巴道:"你、你、你……"

吴俊莹眉毛一扬,挑衅地说:"我、我、我怎么了?"

臧远方见她的样子,立刻泄了气,息事宁人道:"算了,算了,好男不和女斗。"

吴俊莹不由得意地笑起来:"想斗你也斗不过呀。"

徐佩芸望着他们,忽然想起什么,便担心地问:"俊莹,佩萍她还好吗?"

吴俊莹不由一怔，支吾道："我嫂子，她……"想要说什么，却欲言又止，"她很好，嗯，很好。"

徐佩芸见状，便有些生疑，于是又问："那，你哥对她好不好？"

正在这时，臧远航拄着双拐走了进来。

看到臧远方，他立刻亲热地招呼道："大哥，你来啦。"

臧远方惊喜地说："你腿都能着地了，看来恢复得不错啊。"

吴俊莹正不知道如何回答徐佩芸的话，正好趁机转移话题，于是便打趣地说："远航，你光知道喊大哥，就没看到我吗？"

臧远航以前和她也是很熟悉的，便故作惊讶道："看到啦，俊莹，我正想问你呢，你怎么和我大哥一起来了？"

吴俊莹听了这话，脸立刻就红了。

臧远方尴尬地说："远航，不许胡说！"

臧远航无辜地摊摊手："我没有胡说啊，我只是随便问问而已啊。"

臧远方更加手足无措了起来。

吴俊莹羞涩地看了他，没好气地说："看你那傻样！"

没想到，臧远方听了这话，竟然很配合地"嘿嘿嘿"傻笑了起来。

运河码头管理处会议室内，臧家栋坐在总经理的位置上。

臧远胜、臧增年坐在一边。臧远方、臧远茹、郑一飞坐在另一边。

臧家栋看着一份文件,脸色越来越难看,猛地将文件扔在桌子上,气急败坏地问:"远方,你是怎么做事的?这些天我跑前跑后,好不容易才联系上福祥行,费尽口舌,他们才答应供应汽油给我们。现在对方都签了合同了,你们为什么不签?"

臧远方一见他发火,便有些慌了,但还是强自镇静地说:"我们的汽油都有固定的供货商,双方合作一直很愉快。无缘无故的,怎么可能说换就换呢?"

臧家栋盛气凌人道:"你这叫什么话?我虽然不是码头的总经理,但大小也是股东,我想和谁合作就和谁合作,怎么叫无缘无故?你的意思是,我连这点小权力都没有了?"

臧远方胆怯地说:"我、我没有这个意思。"

臧家栋"啪"地一拍桌子,理直气壮道:"我看你就是这个意思!"

臧远茹再也看不下去了,忍不住说:"爸,你不要无理取闹了好不好?一直以来,我们码头使用的都是由顺风洋行提供的美孚汽油或亚细亚汽油。佩芸说,福祥行的汽油太贵了,并且连来路都不清楚,这个合同,绝不能签。"

臧家栋顿时暴跳如雷道:"远方,你们眼里到底还有没有我这个二叔;远茹,你眼里到底还有没有我这个爸?"

臧远胜连忙打圆场说:"爸,既然大哥和大姐都这样说,你就算了吧。"

没想到,臧家栋闻言,更加气急败坏了起来:"连你也这样说,我每天这样辛辛苦苦,还不是为了你!"

臧远胜立刻就没了脾气。

臧远方息事宁人道:"二叔,你不要生气,有话好好说嘛。"

臧家栋却将合同往他面前一扔,没好气地说:"要我不生气也可以,你马上把这份合同签了!"

臧远方虽然懦弱,但还是鼓起勇气道:"我不签!"

臧家栋霍地站起来,恨声说:"这个会,我不开也罢!"说完,拂袖而去。

众人不由面面相觑。

与此同时,运河码头管理处内,徐佩芸急匆匆走了进来。

职员们立刻站起来,恭敬地打招呼道:"总经理好。"

徐佩芸也冲他们微笑回道:"大家好。"

正在这时,臧家栋气哼哼地从会议室走进来,后面跟着臧增年。

徐佩芸连忙招呼道:"二大好,四爷爷好。"

臧家栋却狠狠瞪了她一眼,冷哼一声,扬长而去。

臧增年跟在后面,虽然没有回话,但还是敷衍地挥了挥手。

运河码头管理处总经理办公室内，徐佩芸坐在办公桌前，正在埋头看文件。

臧远茹推门进来说："佩芸。"

徐佩芸连忙道："远茹，快请进。"

臧远茹在她对面坐下，看上去心事重重的。

徐佩芸称赞地说："我刚刚看了码头上半年的财务报表，今年业绩虽然没有什么太大的起色。但出了这么多事，能维持去年的水平，已经很不错了，你们辛苦了。"

臧远茹却一脸沮丧道："佩芸，千万别这么说，你既要照顾远航，又要兼顾码头，其实比我们更辛苦。"

徐佩芸立刻觉察到她的异样，关心地问："远茹，发生什么事了吗？"

臧远茹犹豫了一下，还是委屈地说："我爸强行要大哥签福祥行的汽油合同。"

徐佩芸闻言，立刻皱眉道："二大怎么能这样？顺风洋行和我们合作了那么多年，做生意一直很讲商誉，不但汽油质量有保证，价钱也十分合理，怎么可以说换就换呢。"

臧远茹也愠怒地说："福祥行不但质量没有保证，价钱也贵了好多。但是你知道，大哥他一向老实，结果，差点被我爸骂哭了。不过，他最终还是没有签。"

徐佩芸感动道："真是难为大哥了。只要你和大哥坚持，二大再怎么乱来，码头也会撑得住的。"

臧远茹点点头说："嗯。"

但她张了张嘴，却仍然是欲言又止。

徐佩芸疑惑地问："远茹，你还有什么事吗？"

臧远茹连忙摆手说："没，没。"说完便站起来道，"你慢慢看，我还有点事，先走了。"

然后，便慌乱地站起来，急急忙忙走了出去。

徐佩芸望着她的背影，像是想起了什么，但随即又摇了摇头。

天主教会医院神经科室内，赵涟泰正在给一位病人把脉。

天主教会医院神经科外，臧远茹在门口转来转去。

当她看到屋里的病人出来后，终于鼓起勇气，径直走了进去。

天主教会医院神经科内，赵涟泰正在埋头整理处方。

臧远茹犹豫了一下，还是小心翼翼地坐在他对面。

赵涟泰看到人影，便以为是病人，便抬起头来。

当他看到对面的人时，不由惊喜地叫起来："远茹，你怎么来了？"

臧远茹掩饰地说："我、我来看远航，正好路过你这边，就进来了。"

赵涟泰打趣道："来看我还要顺便，真是太没诚意了。"随即歉然地说，"那些老同学，我都好多年没见了。有时间的话，我一定要和他们好好聚一聚。"

臧远茹眼睛一亮,试探地说:"择日不如撞时,今天正好是中元节,一定会有好多同学来大运河放河灯,不如我们也去吧。"

没想到,赵涟泰想都不想就拒绝了:"实在不好意思,我晚上已经和别人约好了。"

臧远茹脸色立刻就黯然了,失望地说:"哦,太遗憾了。"

赵涟泰安慰道:"没关系,聚会随时都可以的,我们可以另外再找个时间约。"

臧远茹苦涩地点了点头。

第13章　任凭弱水三千

天主教会医院外,臧远茹沮丧地走出神经科诊室,走在院内的小路上。

她一边走,一边失魂落魄地自言自语:"这些年来,我明明一直暗恋着他,甚至为他拒绝了很多人的提亲,为什么现在终于有了机会,却连表白都不敢,我真是太没用了!"说到这里,不由提高了声调,气汹汹地喊道,"放河灯,我和谁一起放啊?"

忽然,一个声音在身旁响起:"放河灯?大姐你想要和谁一起放啊?"

臧远茹吓了一跳,连忙抬头,竟然看到堂弟坐在轮椅上,正好在晒太阳。

她这才缓过气来,后怕地拍了拍胸脯,责怪地说:"远航,你怎么一点声音都没有啊,吓死我了,真是吓死我了!"

臧远航却固执地问:"大姐,你还没告诉我,你想要和谁一起放河灯呢?"

臧远茹只好无奈地说："还没找到人呢。"

臧远航眼睛一亮道："那就带我一起去，可以吗?"

臧远茹爽快地说："当然可以了。"

黄昏时分，天主教会医院住院部病房内。

徐佩芸不住地向门口张望，同时焦急地说："远航到哪里去了，怎么还不回来呢?"

她刚要向门口走去，就看到吉祥推着臧远航走进来。

但是两个人的身上和轮椅上，都沾满了泥浆。

徐佩芸连忙迎上去，关心地问："你们去哪里了？怎么浑身搞得脏兮兮的?"

吉祥不好意思地回道："我们去……"

臧远航却厉声打断他的话，一语双关地："吉祥，你怎么像个女人似的，话那么多？你不说话没人当你是哑巴！"

吉祥立刻吐了吐舌头，下意识地闭了嘴。

徐佩芸咬了咬嘴唇，忍气吞声地说："饭菜都冷了，我去热热吧。"

等她走后，吉祥好奇地问："航少爷，你为什么要对少奶奶这么凶，你明明……"

臧远航却恶狠狠地说："你闭嘴！"

当天晚上,天主教会医院住院部病房内。

臧远航吃过晚饭后,很快安然入睡了。

徐佩芸望着他熟睡的脸,歉然地给他掖了掖被子,然后犹豫了一下,这才披了件大衣,轻轻带上了房门。

中元节的夜幕,降临得似乎比平时晚了许多。

这是因为,河面上漂满了星星点点的河灯。

并且大运河两岸,继续陆陆续续走来很多放河灯的人。

放河灯是一项古老的民间习俗,通常在七月十五也就是中元节进行。据说这天向河神许愿,是很灵验的。

赵涟泰已经早早地来到了大运河堰上,并不时焦急地向东边的城内张望着。

好在不大一会儿,徐佩芸的身影就出现了。

赵涟泰连忙迎上去,惊喜地说:"佩芸,你来了。"

徐佩芸深情道:"涟泰,我来了。"

两个相爱的年轻人,情不自禁地热情拥抱在一起。

徐佩芸幸福地依偎在爱人熟悉而陌生的怀里,忍不住喃喃自语地说:"真想时间就此停留,这样,我们就可以天长地久在一起了。"

赵涟泰爱怜地托起她的下巴,深情款款道:"虽然时间不能就此停留,但是只要我们的心为彼此停留,同样可以天长地久地在一起。"

徐佩芸却哽咽地说:"可是涟泰,我真的好害怕。以前,我为了家庭和睦,为了不让爸爸为难,默默忍受着继母的刻薄;现在,我为了徐臧吴三家的名誉,为了窑湾的经济命脉不受阻碍,独自辛苦地支撑着码头。我不知道自己的这双手,是否可以抓住你,抓住幸福?"

赵涟泰叹了口气道:"你啊,就是太为别人着想了,总是忽略自己的感受。以后,只要有我在,我绝不会再让你独自承受任何重担了。"

徐佩芸感动得泪流满面:"涟泰,此生有你,真好。"

赵涟泰给她擦了擦眼泪,便拉起她的手说:"走吧,我们一起去放河灯。"

于是,两人亲热地手拉着手,慢慢走下运河堰,来到东堤岸边。

因为今天是中元节,不但所有航船停运,甚至连夜夜欢声笑语的花船,也全都没有出来。

在夜幕的掩映下,一只只小小的河灯慢慢游着,将大运河上空点缀得美不胜收。

大运河东堤岸边,一对恋人各自捧着一只河灯,亲热地并肩而坐。

徐佩芸望着一盏盏缓缓驶来的河灯,不由惊叹一声道:"好漂亮啊!"

赵涟泰指着自己手中的河灯,深情地说:"你的生日是阴历六月二十四,那天也是荷花的生日。所以,我特意将河灯做成荷花的形状,每只河灯上都写着我们两人的名字,不知道你喜欢不喜欢?"

徐佩芸幸福满满道:"你无论做什么,我都喜欢。"又望了望远处成片成片的河灯,疑惑地问,"我不明白的是,窑湾人为什么那么热衷于在中元节这天放河灯呢?"

赵涟泰表情凝重地说:"在很久很久以前,中元节和清明节一样,是鬼节。我们窑湾历来是兵家必争之地,几千年来,在我们脚下的这块土地上,从项羽召集八百窑工揭竿而起,到关羽兵败曹操、岳飞御金、刘伯温反元,直至史可法抗清,曾有无数热血男儿,血染大运河。所以,每到中元节这天,各寺院道观都要到河边念诵经文,超度亡灵;家家户户也要烧纸钱祭祖,并把死去亲人的名字和生辰八字写在河灯上,以表达悼念之情。久而久之,就演化成将自己或亲人的名字写在河灯上,祈求身体健康、长命百岁。相爱的人,也可以把双方的姓名写在河灯上,祈求爱情天长地久、永结同心。"

徐佩芸立刻心生向往道:"那我们也对着河神许个愿吧。"

赵涟泰点点头说:"好,就让河神保佑我们的爱情天长地久、永结同心。"

于是两人捧着河灯，同时闭上了眼睛。

徐佩芸许愿道："河神大爷，请你保佑所有爱我及我爱的人健康平安，保佑远航能重新站起来，保佑我和涟泰的爱情天长地久、永结同心。"

赵涟泰也许愿道："河神大爷，请你保佑所有爱我及我爱的人健康平安，保佑远航能重新站起来，保佑我和佩芸的爱情天长地久、永结同心。"

两人许完愿，便郑重地将河灯慢慢放进大运河里。

徐佩芸轻声问："涟泰，把我们的名字写在河灯上，流进水里，是不是再也不会分离了？"

赵涟泰坚定地说："当然！对了，你想知道我许的是什么愿吗？"

徐佩芸捂住他的嘴，娇嗔道："傻瓜，不许说，说出来就不灵了。"

赵涟泰爱怜地望着她，就要把她搂进怀里。

没想到，徐佩芸忽然惊喜地叫起来："快看，那里也有两只一模一样的荷花灯！"

赵涟泰头抬头望去，只见两只荷花做成的河灯，正缓缓地向他们面前游来。

他不由疑惑地问："难道是我们的河灯游回来了？"

徐佩芸立刻提议道："不如我们捞起来看看。"

于是，赵涟泰伸手折了一根芦苇，小心把两只荷花灯捞了起来。

随即，两人各自小心地捧起一只河灯。

他们仅扫了一眼，便同时惊叫起来："上面还有字条？"

赵涟泰下意识地打开字条，轻轻念道："佩芸，请原谅我的冷漠和刁难，我只是不忍心太委屈你；河神大爷，请保佑佩芸和涟泰哥能够重续前缘，早日脱离苦海。远航。"

徐佩芸亦念道："涟泰，我爱你，无论过去、现在、将来，直到永远。远茹。"

两人对望了一眼，便各自将纸条折叠好，放在河灯里。

很快，两只荷花灯便渐渐漂远了。

沉默了很久，赵涟泰才打破了僵局。

他苦涩地说："我现在才知道，远航之所以对你无理取闹，动不动就发脾气，原来是想让你早日对他失望，然后重新寻找属于自己的幸福。没想到他对你的爱，竟然如此伟大和无私。"

徐佩芸亦苦涩道："自从我嫁进臧家，他从来对我都没有好声过，我还以为他是真的讨厌我呢。没想到，他竟然如此为我着想，可见我为他和臧家所做的一切，就算再苦再累，也都是值得的。"

赵涟泰听了这话，立刻紧张起来："你不会因此就舍不得离开了吧？"

徐佩芸当即摇头道："你多虑了，我一直当他是弟弟。"顿了一顿，便转移话题说，"我也是现在才知道，远茹一直拒绝了很多很优秀的男孩子，几乎成为别人眼中的老姑娘，原来竟然是为了你。"

赵涟泰摇摇头说："我也是没有想到。我和她是窑湾商业学校的同学，那时候，她胆小怯懦，又很少讲话，我们几乎没有说过话。对于她的这份感情，我很感激。"说到这里，他搂住身边的爱人，深情地说，"但是爱情是讲究缘分的，'任凭弱水三千，只取一瓢饮'。这一生，我只爱你。所以，我绝不会让你再离开我！"

徐佩芸望着游来游去的河灯，暗自叹了口气，不置可否道："其实一个人无论如何聪明坚强，也敌不过命运的变幻莫测。正如王国维所言：'人生只似风前絮，欢也零星，悲也零星，都作连江点点萍。'"

赵涟泰安慰地说："你别那么伤感，经过这段时间中西医四管齐下的治疗，远航的腿部神经恢复得很好。我明天再给他做一次彻底检查，争取早日让他站起来。到那个时候，我们就可以永远在一起了。"

徐佩芸充满期待道："但愿他能早日站起来啊。"

赵涟泰叮嘱说："不过，你回去仍然装作什么事情都没发生一样。我担心他要是知道你已经明白了他的心意，情绪会受到波动，以至于影响治疗效果。"

徐佩芸重重地点头道："好的。"

第14章　当然是由我说了算

天主教会医院住院部病房内，臧远航躺在床上。

赵涟泰正在认真地给他做全身检查。

徐佩芸和吉祥站在桌前，均是一脸焦急。

终于，他全部检查完毕了。

臧远航立刻焦急地问："涟泰哥，我的腿部神经，恢复得怎么样了？"

赵涟泰满意地点点头说："身体非常健康，腿部神经系统恢复得也很好。"然后把他扶下床，说，"你放开我的手，自己试着走两步看看。"

臧远航依计而行，但是没想到，刚一放开，就"扑通"一声摔倒在地了。

徐佩芸连忙跑上去，惊慌失措地问："怎么样，摔疼了没有？"边说边亲热地想要把他扶起来。

臧远航望着她担忧的眼神,心里不由一热,但还是狠起心推开她的手,没好气地说:"不用你扶,我自己能起来!"

要是在以前,徐佩芸不知道他的真正心思,听了这话,一定很委屈。但是现在,她什么都知道了,情不自禁地就红了眼圈。

赵涟泰的眼中,不由闪过一丝嫉妒,但还是沉着声音说:"不用扶,让他自己站起来。"

徐佩芸犹豫了一下,只好无奈地离开了。

臧远航咬了咬嘴唇,双手撑着床沿,拼尽全身的力气想要站起来。

但是一下,两下,三下……

他最后实在没有力气了,只能瘫坐在地上,狠命地捶打着自己的双腿,满脸地沮丧。

徐佩芸带着哭腔问:"既然他的腿部神经恢复了,为什么还是站不起来啊?"

赵涟泰耐心地说:"因为腿部神经系统虽然恢复了,但是功能并没有完全恢复。功能的恢复除了生理原因,还有心理因素,包括防卫机制等。"

徐佩芸焦急道:"那可怎么办啊?你快想想办法呀。"

赵涟泰果断地说:"最好的办法,就是要多走多锻炼肌肉和身体协调能力,慢慢就会恢复的。"

臧远航闻言,不由疑惑地问:"你的意思是?"

赵涟泰果断地说:"我的意思是,药物可以停用了,以后定期来针灸就行了,所以现在他可以出院了。"

臧远航刚想说什么,门外却响起一个生硬而严厉的声音:"病人还没有完全康复,怎么可以出院?"

室内的三个人同时一惊,连忙望向门口。

只见一个金发碧眼的中年男人站在门口,男人正是医生兼副院长的史密斯。

吴涟泰眉头不由一皱,但还是礼貌地说:"史密斯先生,你好。"

史密斯却并不回应,只是傲慢地点了点头,然后冷哼一声,径直走进房内。

他首先将目光望向徐佩芸,很不友好地问:"你就是臧远航的太太?"

徐佩芸礼貌地答应:"我是,史密斯先生。"

史密斯冷冷地问:"听说你经常大半天不见人影,让病人独自留在病房里,是不是?"

臧远航连忙解释说:"你误会了,就算她离开病房,也有用人照顾的。"

史密斯却没好气道:"臧先生,我要警告你,你的康复是一个漫长的过程,是需要家属紧密配合的,不是拿钱才干活的用人!你太太这样做,是对你极大的不负责。因此,我不得不怀疑她对你的诚意和感情！"

臧远航被噎得一愣一愣的，随即沮丧地叹了口气。

徐佩芸尴尬极了，好半天都没回过神来。

赵涟泰却坦率地说："史密斯先生，你刚从法国休假回来，可能不了解情况，通过这段时间的中西结合疗法，病人生理性的器官性功能，已经完全康复，现在主要是心理原因，所以……"

史密斯却毫不客气地打断他的话，冷冷道："赵医生，我早就说过，中医是一种十分落后的医疗技术，早就应该被我们的西医取代了。以后，我绝不允许我的医院里再出现'中医'这个词！"

赵涟泰强忍着怒气，仍然耐心地说："史密斯先生，这说明你对中医根本就不了解，怎么可以妄下结论？中医之所以流传几千年，自有它的价值和……"

史密斯再次打断他的话，并连连摆手道："这个问题，你不用再说了！自我们医院成立以来，臧家每年都要捐好多钱给我们。所以，臧远航的治疗，以后由我全权负责，你无须再插手了！现在我是这家医院的副院长，双神甫不在的时候，全权由我负责大小事务，如果你不听从这个安排，我随时可以开除你！"

赵涟泰强忍着怒气，紧握着拳头！

徐佩芸终于回过神来，着急地说："可是，史密斯先生……"

史密斯副院长冷冷道："臧太太，没有可是！还有，为了病人早日康复，在治疗期间，请你随时听候我的吩咐，无论发生多大的事情，都不得离开医院半步！"

赵涟泰再也忍不住了，愠怒地说："史密斯先生，你这样做完全不合情理！医院是治病救人的地方，又不是监狱，怎么可以打着治疗的幌子，限制病人家属的人身自由呢？再说，远航他现在的身体十分健康，已经完全没有继续治疗的必要了，随时都可以出院，不需要家属全天候伺候。"

史密斯先生却傲慢道："我的病人，该怎样做，不该怎样做，当然是由我说了算！"说完，挑衅地瞪了他一眼，然后扬长而去！

赵涟泰和徐佩芸不由面面相觑！

好在，臧远航倒是没事人一般。

天主教会医院草坪上，臧远航正拄着拐杖，勉强行走着。

他身后的吉祥埋怨道："航少爷，我真不明白，你明明知道赵医生和少奶奶关系越来越好了，刚才为什么还不坚持出院。如此一来，他们再见面，就不像现在这样容易了，也许慢慢就断了呢。"

臧远航却叹了口气说："佩芸一介弱女子，为了顾全大局，承受了那么多的委屈和痛苦；涟泰哥能无私到为了病人能早日康复，不惜隐藏自己的感情！我又怎么可以自私到为了个人利益，就这样把他们分开。要知道，一旦我出院，他们想要见一面，就很难了。"

吉祥郁闷道："那我们还要在医院里待多久啊？"

臧远航想了想说："最好能待到我可以真正站起来，重新挑起码头的重任。如此,他们就可以心安理得地在一起,永不分开了。"

天主教会医院院长办公室外,空无一人。

徐佩芸焦急地站在门口,犹豫了一下,还是敲了敲门。

恰好这时,史密斯推开门,正想出去。

徐佩芸连忙迎上去,礼貌地说:"你好,史密斯先生。"

史密斯"哦"一声,便退回房间,坐在办公桌前,冷冷地问:"臧太太,请问你有什么事?"

徐佩芸犹豫了一下,还是跟进去,着急地说:"史密斯先生,我刚刚接到码头的电话,有一件非常重要的事情需要我处理,我想……"

没想到史密斯听了这话,竟然霍地站起来,径直走到手术器具柜前,开始消起毒来。

徐佩芸只好跟着走过去,诚恳道:"史密斯先生,码头不仅是臧家的生意,更是窑湾乃至苏鲁豫皖四省的水陆交通枢纽,一定不能有任何闪失。否则,影响的不仅仅是窑湾,而是整个苏鲁豫皖四省的经济发展。我知道你这样做,是为远航好,所以我答应你,等我处理完码头的事情后,马上就会回来,好好配合远航的治疗,好不好?"

史密斯闻言,不禁有些动容,但是犹豫了一下,还是冷冷地望了她一眼,拿着手术器具,径直走出了房间。

徐佩芸望着他的背影,急得直跺脚,却也无可奈何。

第15章　为什么不给他机会

臧家大院客厅内,臧家栋着急地转来转去,不时向门口张望着。

好在不大一会儿,臧增福夫妇和臧家梁夫妇就相继走了进来。

臧家栋连忙迎上去,亲热地喊道:"爸爸,家梁。"

臧增福有些不耐烦地说:"家栋,你找我和家梁,又有什么事啊?"

臧家栋转向三弟,郑重其事道:"家梁,我知道你一直对我抱有成见。但是现在的情况和以往不同了。"

臧家梁冷冷地回说:"我不认为有什么不同!"

臧家栋强忍着怒气,耐心地说:"佩芸虽然能干,但她现在的主要任务是配合远航重新站起来。我今天在街上遇到史密斯副院长了,他说远航现在腿部的生理功能基本恢复了,但心理治疗还要加强,所以佩芸作为病人的妻子,必须时时陪伴左右,一刻都不能离开病房，否则会影响治疗效果的。"

郭文芳闻言，疑惑地问："远航的治疗不是一直由涟泰负责的吗？史密斯副院长怎么会知道？"

臧家栋撇了撇嘴，轻蔑地说："这还用说？那个赵涟泰整天嚷嚷着要以'中医为本，西医为辅'，还说什么针灸、按摩、西药、食疗四管齐下，结果怎么样呢？治到现在还没有治好。人家史密斯先生是耶鲁医学院毕业生，实在看不过眼，所以就亲自负责了呗。"

郭文芳听了这话，不由紧张道："二哥，史密斯副院长真是这样说的吗？"

臧家栋拍着胸脯保证说："他亲口跟我说的。不信，你可以去医院问问他。"

郭文芳立刻手足无措起来："这可怎么办是好呢？"

臧家梁安慰道："你别着急，我再想想办法，再想想办法。"

曹秀英却瞪了儿子一眼，不满地说："还有什么办法好想的？眼下别说码头了，就算天塌下来，也比不上我小孙子重要。"

臧家栋脸上立刻掠过一丝不易察觉的笑意，趁机道："所以啊，我才找你们来商量的嘛。"再次转向三弟，苦口婆心地说，"家梁啊，虽然我以前有很多不对的地方，但我毕竟是你二哥嘛，我不会害你的。不如，在远航治疗期间，你让佩芸把码头的支票、印章交给我，由我做代总经理。如果这段时间，我做得好最好；做得不好呢，等远航病好了，我马上把总经理的位置交出来，你看怎么样？"

臧家梁早就料到他会这样说，没有丝毫犹豫地、斩钉截铁地说："不行，我再考虑考虑！"

臧家栋脸上的笑容立刻就僵住了，愠怒道："为什么不行？你应该知道，做生意讲究的是分秒必争。说不定你考虑的这段时间，不知道流失了多少笔大生意呢。"

臧家梁冷冷地说："我说考虑，并不是考虑你，而是考虑是否有更适合的人选，来做这个代总经理！"

臧家栋闻言，不由气结，颤抖着手指指着他，气急败坏道："你实在太不把我放在眼里了，宁愿相信外人，也不相信我！"

臧增福便劝三儿子说："家梁啊。就算家栋以前再有不对的地方，他毕竟是你二哥嘛。既然你能考虑外人，为什么就不给他个机会呢？"

曹秀英也附和道："是啊，家梁，我情愿你二哥把码头搞垮，也要我小孙子的病早点好起来呢。"

郭文芳更是对丈夫哽咽着说："难道在你心里，码头比儿子还重要吗？"

臧家梁掷地有声道："码头是属于全体窑湾人的，而远航只是我臧家梁一个人的儿子，你说孰轻孰重？"

众人闻言，不由面面相觑。

臧家梁虚弱地说:"好了,该说的话我都已经说完。我累了,要好好休息一下。"说完,便按了按头部,步履艰难地走了。

臧家栋不由指着他的背影,暴跳如雷道:"你了不起啊,码头又不是你们三房的,我们二房也有份的!"

郭文芳见状,对丈夫彻底失望了,转头哀求公婆说:"远航的病不能再这样拖下去了,爸爸妈妈,你们快想个办法呀。"

臧增福却紧皱着眉头,一声不吭。

曹秀英也催促道:"老头子,为了我们的小孙子,你快想想办法啊?"

臧家栋却拍着两手,冷哼一声说:"他简直就是个疯子,把码头看得比儿子还重要,别人能有什么办法可想?"

臧增福苦思冥想后,却摇摇头道:"我实在是无法可想啊。"

臧家栋眼珠一转,趁机开口道:"办法不是没有!"

臧增福、曹秀英和郭文芳闻言,立刻异口同声地问:"什么办法?"

臧家栋缓缓地说:"既然家梁一心想让佩芸当家,那就叫佩芸主动让位!"

天主教会医院内,臧家栋带领着臧增福夫妇、庄淑环、郭文芳、臧远方和臧远茹等人,气势汹汹地走进医院。

不远处的赵涟泰见了,眉头立刻微微一皱。

天主教会医院住院部病房内，此刻病房内的场面颇有几分温馨。

臧远航捧着一本书，倚在床头，聚精会神地看着。

徐佩芸正在用力给他按摩脚心。

忽然，房门被人推开了。

与此同时，臧增福带着臧家栋他们走了进来。

徐佩芸连忙招呼道："爷爷奶奶、大娘、妈、大哥、大姐……"看到走在最后的臧家栋，她眉头不由一皱，但还是招呼说，"二大，你们来啦。"

但是对方却全部脸色严肃。

臧远航扫了他们一眼，淡淡地问："爷爷，发生什么事了吗？"

臧增福和蔼可亲地说："远航啊，我们没什么事，就是来看看你呢。"边说边向三儿媳妇一使眼色。

郭文芳立刻道："是啊，远航。听说现在你自己都可以拄拐杖走了，快下来走两步，让妈好好看看。"

臧远航望了望其余家人，再望了望妻子，便有些犹豫了。

没想到，郭文芳忽然抹起了眼泪，边哭边说："妈做梦都能梦到你像以前那样站起来呢，呜呜呜。"

臧远航心里不由一酸，连忙道："好好好，我走给你看，马上走！"边说边挣扎着走下床。

郭文芳这才转悲为喜，跟在儿子身后，一步一步走出了门。

母子俩走后，室内立刻就变得安静了。

气氛一时阴沉得，仿佛要拧出水来！

天主教会医院住院部病房外，此时阳光正好。

郭文芳和儿子走了不一会儿，没想到正好遇到从另一个病房里出来的史密斯。

她不由一怔，随即惊讶地问："咦，这个洋人，好像不是双神甫啊。"

臧远航小声说："他就是刚来不久的史密斯副院长。"

郭文芳想起二哥的话，连忙迎上前，热情地招呼道："你好，史密斯先生，我是远航的母亲，谢谢你对他的关心。"

史密斯谦虚地说："臧太太过奖了，这是我应该做的。"又望了望臧远航的病房，疑惑地问，"今天你的病房里好像来了不少人，有什么事吗？"

郭文芳看了看儿子，连声道："没事，没事，就是好久没见远航了，想来看看。"

史密斯闻言，立刻眉头紧皱起来，沉思片刻，告辞说："臧太太，我有事先走了，再见。"

郭文芳只好道："再见。"

没想到，史密斯走了几步，犹豫了一下，竟然还是来到了臧远航的病房门口。

与此同时，天主教会医院住院部病房内，一场激烈的交锋，刚刚拉开了序幕。

臧家栋终于沉不住气了，率先说："佩芸，你知道我们今天来，是为了什么事吗？"

徐佩芸疑惑地问："什么事？二大，你说。"

臧家栋傲慢道："我没有什么事，是你爷爷奶奶有话要和你说。"然后催促父亲说，"爸爸，你有什么事，快说吧。"

臧增福顿了一顿，才关切地说："佩芸啊，你一个女人家，既要支撑码头，又要照顾远航，肩上的担子实在是太重了。知道的人呢，会说你能干；不知道的人呢，还以为我们臧家欺负你。我看哪，不如这样吧，你暂时把码头的支票、印章交给你二大，由他暂时出任代理总经理，全权负责码头的一切事务。如此呢，你就可以好好配合远航的治疗，让他早日重新站起来了。届时，你二大再把总经理的位子直接交给远航，你看怎么样？"

徐佩芸不由一怔，随即诧异地问："这件事，爸爸知道吗？"

臧增福摇摇头，尴尬道："你知道他那个人，心里只有码头。可对我这个老人家来说，远航能重新站起来，才是最重要的嘛。只要你主动让位，他也就没什么话好说的了。"

曹秀英附和地说："是啊，是啊，佩芸，你是个明白事理的好孩子。为了远航，你就答应了吧。"

臧家栋闻言，不由得意地笑了。

徐佩芸却摇摇头，坚决道："对不起，爷爷奶奶，我不能答应。"

臧远方忍不住小声嘀咕了一句："就是嘛，我也觉得不太可能。"

臧家栋狠狠瞪了他一眼，呵斥地说："什么可能不可能的？现在臧家男人病的病、瘫的瘫，你和远胜又一个比一个窝囊。这总经理的位置，不交给我，还能交给谁？"

臧远方被他吼得一愣一愣的，便沮丧地闭了嘴。

曹秀英不高兴地劝道："佩芸啊，如果你真的想要远航早日康复，就同意了吧。"

徐佩芸诚恳地说："爷爷奶奶，我知道你们这样的安排，是为远航好、为我好。可是，当初是爸爸把码头交给我的，没有他的同意，我是绝对不会放弃的。"

臧家栋见她态度如此坚决，不由愠怒道："你一个女人家家，不好好在家相夫教子，却一手把持着码头。若是传扬出去，别人还以为臧家的男人都死完了呢！"

曹秀英虽然有些生气，但还是责怪儿子说："呸呸呸，你个乌鸦嘴，说这话多不吉利！"

臧增福附和道："是啊，家栋，都是一家人，有什么话不能好好说吗？"

臧家栋用手指指着徐佩芸，气急败坏地说："和她这种人，还有什么好说的！"

徐佩芸忍无可忍道："二大，我知道你对我一直不服气。可是你为什么不反省一下自己呢？为什么二十多年前，大爷去世后，爷爷不把位子交给你，却让爸爸来当这个家？为什么现在，爸爸不把位子交给你，却让我来当这个家？就是因为你这些年的所作所为，让他们寒了心啊！"

臧家栋听了这话，不由心虚地缩回了手，但还是强词夺理地说："我做什么让他们寒心了？你把话说清楚！"

徐佩芸叹了口气，苦口婆心道："别的先不说，就你在船上走私枪支弹药这件事，其实当初爸爸和远航都是心知肚明，他们要是想借此把你赶出码头，是轻而易举的事情。但是他们都没有这样做，就是从码头大局着想。他们希望臧家上上下下齐心协力，共同经营好码头，不要为了一己之私，明争暗斗、尔虞我诈。否则，再让吴俊锋和王志信乘虚而入，令码头腹背受敌！这番苦心，你为什么就偏偏不明白呢？"

第16章 什么叫出尔反尔

天主教会医院住院部病房外，此时阳光正好。

住院部病房门口，史密斯正在侧耳细听。他听到这儿，不由自主地点了点头，一脸的若有所思。

天主教会医院住院部病房内，双方的争论，已经达到了白热化。

臧家栋不但没有丝毫的自省，反而恼羞成怒地说："我明白什么？我什么都不明白！你费了半天口舌，就是不想把总经理的位子让出来吗？姓徐的，你也太不知天高地厚了吧？你才来臧家几天，就胆敢跟我叫板了！"说到这里，便转向母亲，催促道，"妈，你怎么不说话呀？"

曹秀英只好继续劝道："佩芸啊，你就把位子让出来吧。好好照顾远航，算我这个老人家求你了！"说完便要跪下来。

徐佩芸不由吃了一惊，连忙将她扶起来，急切地说："奶奶，你不要这样,千万别这样。"

曹秀英试探地问:"那你是同意把位子让出来了?"

徐佩芸苦笑道:"奶奶,如果我把位子让出去,码头会垮的呀!"

曹秀英却一把甩开她的手,愠怒地说:"就算码头垮了,我也无所谓!只要我的小孙子能再次站起来,像以前那样叫我奶奶、逗我开心,我死也知足了啊。"说到这里,便伤心地流起了眼泪。

天主教会医院住院部病房外,史密斯听到这儿,眉头皱得更紧了。

于是,他踌躇片刻,便坚定地推开了门。

天主教会医院住院部病房内,徐佩芸面对几欲下跪的老人家,已经被逼到了墙角!

臧家栋犹在愤怒地指责道:"徐佩芸,都是你啊,让老人家这么伤心!史密斯先生和我说过的,你作为病人的妻子,必须时时陪伴左右,一刻都不能离开病房,否则会影响治疗效果的。我看你就是想坑害远航,成心让他站不起来啊。"

恰在此时,史密斯推门走了进来。

臧家栋眼睛不由一亮,立刻说:"喏,史密斯先生,你正好在这里,你就说句公道话吧,她作为妻子,是不是应该一直陪伴在远航身边,让远航早日康复啊?"

没想到,史密斯却冷冷道:"通过这段时间的治疗,病人已经完全可以出院了。"说到这里,又将目光转向徐佩芸,鼓励地说,"臧太太,你是一个非常有责任感的人,相信你不但能够照顾好病人,更能管理好码头!"

徐佩芸不由一呆,随即长舒了一口气,感激地说:"史密斯先生,谢谢你!"

臧家其余的人见状,不由面面相觑!

臧家栋更是暴跳如雷地说:"史密斯先生,你前几天还和我说,她作为妻子,应该一直陪伴在丈夫身边,才有利于康复,你现在怎么可以出尔反尔啊?"

史密斯冷冷地看了他一眼,转身就走。

臧家其余的人都更加疑惑了,什么叫出尔反尔?

徐佩芸的眼里,立刻掠过深深的不安,连忙追出病房。

天主教会医院古槐树下,史密斯站在古槐树下,看上去心事重重的。

徐佩芸犹豫着走过去,感激地说:"谢谢你,史密斯先生。"

史密斯终于转过身,歉然道:"对不起,臧太太,我错了。"

徐佩芸焦急地问:"到底发生什么事了?"

史密斯惭愧地说:"是我不好,我对你们撒了谎。病人生理性的器官性功能,已经完全康复,现在主要是心理原因。"

徐佩芸疑惑地问:"既然如此,你为什么要对二大说完全相反的话呢?"

史密斯自责道:"是臧家栋先生找到我,他让我打着配合臧远航先生治疗的名义把你留在医院,让你放下码头所有的工作,如此,他就会给我一大笔钱。"

徐佩芸不由愠怒地说:"你身为教会医院的副院长,怎么可以为钱欺骗病人的家属?你这样做,实在愧对'医生'这个职业!"

天主教会医院神经科诊室外,赵涟泰走出来,无意间抬头,正好看到史密斯和徐佩芸站在一起。

他不由一惊,立刻走了过去。

此时,天主教会医院古槐树下。

史密斯深深鞠了一躬,歉然道:"我不配,请臧太太原谅。"

徐佩芸沉吟片刻,忽然说:"我曾听赵医生说过,你是耶鲁大学医学院高才生,医疗技术非常高明。所以,我绝不相信你这样做仅仅是为了钱。"

史密斯闻言,更加羞愧了:"谢谢赵医生的夸奖。"然后话音一转,坦率地说,"正是因为如此,我才想将西医发扬光大,拯救更多的病人,所以不远万里来到中国。可是,中医在窑湾人的心中实在太根深蒂固了,特别是以赵家济世堂为首的中医医术,又非常高明,致使我们教会医院根本没有什么病人。这个情况,直到赵医生进入我们医院,才略有改善。特别是他采用的'中医为主,西医为辅'的治疗方法,更是受到很多病人的肯定,同时也让我感觉到西医的威严受到了前有未有的挑战。所以我就想扩大医院规模,引进世界最先进的西医设备,以此吸引更多的病人前来就医,但是这急需要一大笔资金。因此,我才会收下臧家栋的钱,强行将你留在医院。可是,我知道这是违背医生的职业道德的。所以,一直备受良心的折磨。今天听到你的一席话,我很为你的大仁大义所感动。我是怀着用西医拯救'东亚病夫'的抱负来到中国的,没想到,心胸却不如一个普通的中国女人!"

徐佩芸听了这番话,脸色才渐渐缓和下来,但还是正色道:"史密斯先生,非常感谢你的推心置腹,但是有一点你还是说错了。中国人根本不是什么'东亚病夫'。相反,我们的中医历史远比西医久远。常言道,'医生好学德难学'。很多中医郎中本着'医者父母心',悬壶济世,救助众生。比如窑湾,就在济世堂赵延成先生的牵头下,组成了'施医堂',施医堂每天由各大药堂名医轮流坐诊,专治穷人,分文不收。即所谓'穷人吃药,富人还钱'。请问你们西医,可以做到这些吗?"

史密斯摇摇头说:"坦率地说,做不到。所以,我已经决定,等双神甫从上海回来,我马上向他请辞副院长的职务,最迟下周就会离开窑湾!"

徐佩芸刚想说什么,忽然背后传来一个响亮的声音:"我不同意!"

徐佩芸和史密斯同时一惊，抬头望去，只见赵涟泰微笑着站在他们面前。

史密斯不由惭愧道："赵医生，对不起。"

赵涟泰诚恳地说："史密斯先生，你不惜放弃法国优厚的待遇来到中国，我代表中国人民感谢你。中医是中华民族最灿烂的医学瑰宝，中国人离不开它！中药多是取材于大自然中的动植物，以此调节人体阴阳、疏通十二经络、逐邪固本，但是时间长、见效慢。西药主要是化学药品，但是副作用很大，并且制作工序十分繁杂、费用昂贵。身为明御医后代传人，我爸早就说过：'中医没有治不了的病，西医没有没病的人，但是各自都有局限性。'所以我想，如果史密斯先生能留下来和我合作，取西医所长，补中医所短，是不是会拯救更多的病人呢？"说完，友好地伸出去，含笑望着他。

史密斯不由一怔，激动道："'取西医所长，补中医所短'，这个想法真是太好了。我一定要留下来，和赵医生共同研究这个课题！"他边说边伸出了手。

就这样，两位中西医医生的手，紧紧地握在了一起。

徐佩芸看着他们惺惺相惜的样子，不由欣慰地笑了。

第17章 航少爷回来了

臧家大院后院三房小院客厅内,臧家梁坐在沙发上,正在苦思冥想。

忽然,他感到口渴,便摸起了茶几上的杯子,却发现没有水了。

于是,他便下意识地喊道:"文芳,文芳。"

然而,并没有人答应。

臧家梁只好站起身来,走到前院的客厅。

臧家大院客厅内,也是静悄悄的。

臧家梁刚一进来就喊:"文芳,文芳。"

还是没有人答应。

臧家梁只好又喊:"爸,妈,二嫂。"

仍然没有人答应。

臧家梁不由奇怪地自言自语道:"怎么连个人影都没有?"

好在这时,臧远胜扶着肚子微凸的陆慧珊走进来。

臧家梁见到他们,立刻焦急地问:"你们知道家里人都去哪儿了吗?是不是有什么重要的事情瞒着我?"

臧远胜犹豫了一下,还是说:"他们都去医院看远航去了。"

臧家梁立刻想起什么,便恨声道:"你爸!一定是你爸,我早就该想到了!"

小夫妻俩闻言,不由面面相觑。

臧远胜试探地问:"三叔,我爸又怎么了?"

臧家梁命令道:"你不用多问,马上去把小于找来,让他开车送我去医院!"

臧远胜脱口而出:"小于已经去医院了?"

臧家梁不由吃了一惊:"啊?"

正在这时,院外忽然响起一阵熟悉的汽车喇叭声。

与此同时,臧家大院内也传来了一阵阵的喧闹声。

只见用人们从各个角落跑出来,纷纷惊喜地喊道:"航少爷回来了,航少爷回来了!"

臧家大院客厅内,叔侄俩闻讯,不由同时惊呆了。

陆慧珊小声嘀咕了一句:"怎么就回来了?是不是没得治了?"

臧家梁闻言,脸色立刻变得铁青。

臧远胜责怪妻子道:"你怎么可以这样说呢?"

话音未落,一群人就涌进了客厅。

在他们身后，是已经不用再坐轮椅而改拄双拐的臧远航。

他看到父亲，便亲热地说："爸，我回来了。"

臧家梁脸色这才略略缓和下来，关心地问："远航，你怎么回来了？"

臧远航解释道："涟泰哥和史密斯先生，都认为我可以出院了。"

臧家梁听了这话，立刻明白了什么，不由愠怒地问："没想到史密斯先生的话，竟然还有两个版本！今天究竟发生什么事了？你们为什么要瞒着我？"

众人闻言，不由面面相觑。

郭文芳只好走上前，有些心虚地说："是这样，二哥他……"
然后她附在丈夫耳边，小声说着什么。

臧家梁听着听着，脸色变得越来越难看了！

与此同时，他又感觉到头部传来一阵剧痛，连忙用手强行按了按，并开始大口大口地喘着粗气。

正在这时，臧家栋一脸沮丧地走进了客厅。

臧家梁愤怒地望着他，咬牙切齿地吼道："臧家栋！"

臧家栋闻言，不由慌乱起来，但还是虚张声势地说："竟然直呼我的名字，你还有没有大小！"

臧家梁走到他面前，怒气冲冲道："先问你自己有没有大小！有关你想做代总经理的事情，我不是说考虑考虑的吗？为什么你要去医院打扰远航和佩芸!"

幸好郭文芳和臧远航恰好走开,臧家梁并不知道二哥暗中收买史密斯的事情,否则真是要活活气死了。

即便如此,臧家栋望着他愤怒的样子,还是不免气短,结结巴巴地说:"我、我、我……"

徐佩芸看到公公痛苦的样子,担心他身体经受不住刺激,连忙抢过话头道:"爸爸,你误会了。是二大他怕远航闷,带着全家人一起去看他。正好我们也准备今天出院,所以就一起回家了。"

众人听了,不由松了一口气,都连连点头。

臧家梁脸色这才缓和下来,但还是疑惑地问:"看远航这样子,并没有完全恢复,怎么就出院了?"

徐佩芸解释道:"远航损伤的神经系统已经基本康复,现在主要是心理上的因素。也就是说,让他像正常人一样生活,平时多走动走动,以后就会慢慢康复的。"

没想到,她话音刚落,臧远航却接口说:"所以,我想作为佩芸的助手,去码头上班!"

徐佩芸闻言,不由吃惊地问:"做我的助手?怎么能行?"

臧远航却重重地点头道:"我没问题的。"

曹秀英也担忧地问:"你这个样子,身体可怎么能吃得消呀?"

臧远航安慰说:"奶奶,你就放心吧,我不会做太多事情的,只不过打打下手而已。"

众人不由纷纷摇头。

臧家梁却沉默不语。

臧增福焦急道:"家梁,你倒是说句话呀。"

臧家梁沉吟片刻,却说:"佩芸,我已经把远航和码头都交给你了,一切由你安排。"

徐佩芸沉吟片刻,只好无奈地回道:"那就随便他吧。"

众人仍然不置可否。

只有臧家栋的脸上,忽然露出了一丝不易察觉的诡笑。

当天晚上,臧家大院后院三房小院小夫妻俩的卧室内。

徐佩芸已经将地铺铺好了,正在整理床上的被子。

正在这时,臧远航拄着双拐走进来。

徐佩芸连忙说:"以后还是你睡床上,我睡床下吧。"

臧远航却没好气道:"我不需要女人的怜悯。"边说边把拐杖放在一边,脱鞋躺在了地铺上。

徐佩芸无奈地摇摇头,犹豫了一下,还是说:"其实,你不必这么着急的,可以等到双腿完全恢复行走,再去上班也不迟的。"

臧远航却好没气道:"我想让码头重新姓臧!"

虽然徐佩芸已经知道,他之所以对自己凶,恰恰是为了自己好,但是现在这句话言外之意,好像码头并不姓臧,而是姓徐似的。

这让她心里多少有些受伤,便生生地闭了嘴。

臧远航见她的样子，心里便有些不忍，甚至产生了去安慰她的冲动，但也强忍住了。

天知道，他之所以急着想要回码头，正是希望她能早一点得到解脱，去寻找自己的幸福啊。

于是夫妻俩再无话可说，却也各怀心事，一夜无眠。

第二天清晨，运河码头管理处外。一辆黑色的轿车戛然而止。

徐佩芸先走下来，便回头想要挽扶丈夫。

她却发现人家早已经从另一侧下了，不由顿感无趣。

事隔近一年，臧远航再次站在这里，想到此前的种种，不由深深吸了一口气。

运河码头管理处内，徐佩芸和臧远航相继走了进来。

职员们在片刻的惊讶过后，纷纷亲热地打着招呼："老板早安，总经理早安！"

与此同时，他们还热烈地鼓起了掌来！

运河码头管理处总经理办公室内，第一次摆了两张桌子。

徐佩芸望着手中的文件，不由眉头紧锁。

臧远方、臧远茹坐在她的办公桌对面。

臧远航则认真地翻阅着一堆账簿，想要了解自己不在的这段时间内，码头的详细运营情况。

终于，徐佩芸果断地说："大哥，永升缫丝厂运到天津的这批货还有十天,肯定来得及,你下午就可以和他们签合同了。"

臧远方回道:"好的。"说完,便拿着文件走了。

徐佩芸又望着臧远茹问:"大姐,二十二号就是我们码头一年一度的业绩发布会,你准备得怎么样了?"

臧远茹点点头说:"已经准备得差不多了。不过以往都是三叔或者远航主持。不过这次,看来得由你主持了。"

徐佩芸摇摇头道:"不,这次还叫远航主持!"

臧远航闻言,下意识地望了望自己的腿,不禁有些自卑起来。

臧远茹犹豫了一下,还是说:"我看还是不要了吧,业绩发布会会有很多媒体参加的。"

臧远航也断然拒绝道:"你是想成心看我的笑话吗?你看我现在这个样子,连走路都不利索,到时候要是闹出笑话来,会影响我们码头商誉的!"

徐佩芸却认真地说:"你错了!业绩发布会主要是让外界和各家客户,对我们码头的业绩和诚意有足够的了解,就因为你在连走路都不利索的情况下,都能坚持走上台,才更说明你对客户有足够的诚意啊。"

臧远航沉吟片刻,终于还是点了点头:"好吧,你赢了。"

徐佩芸和臧远茹不由对望一眼,同时笑了。

第18章 你来追我啊

下午下班后，码头管理处的职员们，陆续走了出来。

臧远航拄着拐杖，一瘸一拐地在人群中行走着。

臧远茹望着他的背影，不禁感动地对徐佩芸说："你为了远航，真的是呕心沥血，我代表所有臧家人谢谢你。"

徐佩芸摇了摇头，无奈道："没办法，这是我的命。"忽然想起什么，犹豫了一下说，"对了，大姐，我有一件事想问你，希望你不要介意。"

臧远茹亲热地说："你我虽是姑嫂，但我一直把你看成是好朋友。好朋友之间，还有什么不该说的呢？"

徐佩芸点点头，这才关切道："虽然我的婚姻是个错误，但是毕竟，男大当婚，女大当嫁。可是你为什么要拒绝那么多人的提亲呢？莫非你心里已经有人了？"

臧远茹坦率地说："是的，我心里有一个人，已经很久很久了。"

徐佩芸字斟句酌道："虽然我不知道那个人是谁。可是，如果他心里也有你，早就向你提亲了；如果他心里没你，你就算再等下去，也没有什么意思，是不是？"

臧远茹却坚决地说："我记得远航以前经常说，'不到最后关头，绝不放弃希望'。所以虽然你们的婚姻经历过很多曲折，但是最终，他还是和你在一起了。"

徐佩芸苦笑道："可是我和远航也未必……"

臧远茹连连摆手说："这件事，你不必再劝我了。我一定会坚持等下去，直到我的他结婚为止！"

徐佩芸只好讪讪地"哦"了一声，一脸的若有所思。

"潜龙号"船舱内装满了"三益甜油"字样的陶瓷罐。臧远方手拿文件夹，一遍遍认真地检查着。

一队船员整齐地跟在他身后。

臧远方终于合上文件夹，如释重负地说："检查完毕，没有人夹带私货，现在可以开船了。"

船员甲立刻道："我马上去通知船长。"

臧远方目送他们各就各位，这才踩着甲板，走上了码头。

随即，伴随着一声长长的汽笛声，"潜龙号"缓缓启动。

运河码头上，臧远方正注视着"潜龙号"。

忽然,他的身后传来一声大叫:"美猴桃!"

臧远方完全没有提防啊,被吓得浑身不由一个激灵。

与此同时,他发出一声惨叫,身子前倾后仰了好几次,才勉强没有跌入河中。

始作俑者吴俊莹见状,不由哈哈大笑起来:"美猴桃,早就听说你胆子不大了,没想到竟然这么小啊!"

臧远方好不容易才站稳了,便不服气地说:"我哪有?只是你一点声音都不出,脚步轻得像个鬼似的。"

吴俊莹娇嗔道:"你还是人不是?我好心来看你,你却说我是鬼!"

臧远方连连摆手说:"别,我可没让你来看我啊,我还要上班呢。"

吴俊莹恼羞成怒道:"你真是太过分了!"

臧远方胆怯地望着她,竟然抬起腿,拾级而上。

吴俊莹气得直翻白眼!

于是,她就在双方擦肩而过之时,猛地将对方手里的文件夹抢夺了过去。

臧远方不由焦急地说:"我那里有很多重要的资料,你给我,快给我!"

吴俊莹看到对方惊慌失措的样子,不由得意地笑起来。

于是,她举着文件夹,得意道:"你来追我呀,追上我我就给你。"说完这话,便转身就跑。

臧远方苦着一张脸,只好无奈地跟着追了上去。

吴俊莹却跳上了大运河堰,然后一路向南奔跑起来。

就这样,大运河堰上,两人一个在前,一个在后,紧追不放。

不大一会儿,吴俊莹就跑不动了,不得不站住了。

臧远方追上去时,也已经累得气喘吁吁了,但还是焦急地说:"快把文件夹给我。"

吴俊莹将文件夹放他面前,正色道:"给你。"

臧远方伸出手便想去接,同时说:"谢谢。"

吴俊莹却把手往后一缩,将文件夹抱在怀里,调皮道:"想得美啊你!"

臧远方只好哀求起来:"你要怎么样才能给我啊?"

吴俊莹却把眉毛一扬,挑衅地说:"有本事,你自己来取呀。"

臧远方闻言,伸手就要去取。

吴俊莹为了躲避他,竟然将身子转了半个圈。

臧远方伸出去的手,竟然不偏不倚地摸到她高耸的胸部。

两人同时吃了一惊,瞬间就闹了个大红脸。

吴俊莹立刻回过神来,不由怒目圆睁,"啪"地一个耳光扇了过去,同时怒声骂道:"流氓!"

臧远方顿时感觉到脸上一阵火辣的疼,赶紧下意识地捂住了,连声道歉说:"对不起,对不起,你别生气,我不是故意的,我、我、我……"

　　吴俊莹恼羞成怒道："滚开，我不想再看到你这个臭流氓！"

　　臧远方看着她一脸怒气，犹豫着"噢"了一声，便转身想要走开。

　　没想到，吴俊莹见此情景，便更恼了，立刻一把抓住他的肩膀，气急败坏地说："喂喂喂，你想就这样一走了之啊？"

　　臧远方委屈道："是你让我滚开的。"

　　吴俊莹双手一叉腰，厉声说："叫你滚你就滚啊？占了便宜就想走，我告诉你，门儿都没有！"

　　臧远方连忙解释道："对不起，我不是有意的啊，我是无意的。"

　　吴俊莹闻言，竟然更加怒了："你的意思是，无意的就可以占我便宜了？"

　　臧远方郁闷地直摇头："我没有想要占你便宜啊，真的没有。"

　　吴俊莹跺了跺脚，刁蛮地说："我说你有你就有！我还是黄花大闺女呢，你这个样子，叫我以后怎么见人？还有啊，我们吴家和你们臧家本来就有仇，我二哥要是知道你占了我便宜，肯定不会放过你的！他就算不找人揍你，也一定会告到警察局，让你身败名裂，让别人都不和你们码头做生意，哼！"

　　臧远方听了这话，吓得差点儿哭了，连连摆手道："不要啊，不要。你怎样罚我都行，千万不要告诉你二哥，更不要和我们码头过不去呀。"又双手合十，"就当我求你了，拜托你了，我向你道歉了，好不好？"

吴俊莹脸色这才缓和下来，得意地说："怎么，你害怕啦？"

臧远方边点头边擦着额头上的冷汗问："姐姐、姑姑，不，姑奶奶，你到底要我怎么样，你才能原谅我啊？"

吴俊莹眼珠一转，似乎早有预谋道："要我原谅你也可以，不过呢，你要给我做一件事才行。"

臧远方连声说："好好好，别说一件，十件也行。对了，什么事啊？"

吴俊莹随手捡起一块碎瓦片，正色道："其实也不难啊，你把这块瓦片扔到水里打个水漂儿就行了。"

臧远方为难地说："你是知道的，为了保护大运河水质清澈透明，不但不能在河里洗东西，更不能往河里乱扔东西的。"

吴俊莹瞪了他一眼，没好气道："你这个人怎么一点都不知道变通呢？我说让你扔进水里，又没有说扔进大运河里。"

臧远方四处张望了一下，疑惑地问："这里除了大运河，旁边哪里还有水啊？"

吴俊莹指着大运河堰西边，一汪远远的水沟说："那里就有哦。"

臧远方不由郁闷地说："啊，那么远啊？"

吴俊莹瞪了他一眼道："就是远才让你扔，近还不让你扔了呢。怎么样？扔不扔？"

臧远方连忙说："好，扔，我扔。"说完，便弯腰捡起一块瓦片。

但是因为离水沟太远，尽管他已经非常努力了，但瓦片还是只能扔到半路上，他沮丧得直跺脚。

吴俊莹看着他那认真的样子，不由笑弯了腰。

臧远方终于明白，对方哪里是在为难自己，分明是赤裸裸的调戏啊！

他想到这里，不由再次红了脸！

码头管理处总经理办公室内，徐佩芸正在起草一份文件。

臧远航推门走进来，不耐烦地说："中饭时间早就过了，你怎么还不去打饭呢？"

徐佩芸连忙道："马上就好，马上就好。"边说边落下最后一个字，然后将文件递给他说，"这是我帮你为明天的业绩发布会起草的演讲稿，你看看行不行？"

臧远航听了这话，故作不以为然地接过了，同时下意识地念起来："女士们、先生们，你们好！我谨代表运河码头……"

徐佩芸不由紧张起来，不知道性格多变的他，接下来又会发什么无名怒火。

臧远航看着看着，不禁在心中暗暗称赞起来，此演讲稿不但情真意切，文采也非常棒！

时至今日，他不得不承认，对方无论是作为妻子还是作为码头总经理，都是非常优秀的，就算他想要找碴发火，却再也无法从鸡蛋里挑出骨头了。

徐佩芸看到他变幻莫测的表情，便小心翼翼地问：“还行吗？”

没想到，臧远航竟然露出了久违了的赞许的微笑，由衷地说："写得非常了得，谢谢你！"

这是两个人结婚以来，他第一次心平气和地与她说话。

徐佩芸不由长舒了一口气，欣慰地笑了。

第19章　珍珠耳坠

运河码头管理处内，地上铺着红地毯，到处都是张灯结彩的，看上去喜气洋洋。

大厅内的主席台后面，挂着一条红幅，上面写着"运河码头一年一度业绩发布会"的字样。

会场内，身着长袍马褂或西装的男人们以及身着旗袍或洋装的女人们穿梭其间。

人们或喝酒或交谈，看上去热闹非凡。

与此同时，摄影记者的镁光灯，"啪啪啪"地闪个不停。

运河码头管理处外，迎客的鞭炮声，亦是接连不断。

臧远航走下轿车时，更是锣鼓喧天。

他虽然拄着拐杖，但是西装革履的，看上去非常精神。

与此同时，臧家梁夫妇、徐佩芸、臧远方和臧远茹等臧家人，也紧紧跟在其身后。

但是当臧远航走到门前,看到里面人声鼎沸时,便下意识地停住了脚步。

然后,他望了望自己手中的拐杖,自嘲地说:"别人都有两只脚,我却有四只脚。"

徐佩芸鼓励道:"正因为你比别人多了两只脚,所以你才能走得更快、看得更远!"

她边说边伸出手,细心帮他整理了一下稍有些斜的领带。

臧远航不由感激地望了她一眼,鼓起勇气继续向前走!

与此同时,他感觉到双腿似乎更有力量了,于是两只拐杖上的承重量,就越来越轻了。

但是没有想到的是,运河码头管理处内的来宾们,看到他们,全都惊讶了起来,同时议论声不绝于耳。

有的说:"他不是瘫了吗?"

有的说:"怎么又拄起了双拐?"

有的说:"这到底是怎么回事?"

与此同时,记者的镁光灯依然不停地闪烁着。

臧远航虽然表面上很镇静,但是听到人们的议论声,他的双手还是忍不住痛苦地颤抖着。

徐佩芸立刻伸出一只手,轻轻盖住他的手背,鼓励道:"没关系,有我在,有爸爸妈妈和大哥大姐在,不怕的!"

臧远航的手这才不抖了。然后,他尽量将身体更多的重量放在双腿上,一步一步向讲台走去,很快就站到讲台前。

臧家人以及与会宾客,坐在会场内,全都紧张地盯着臧远航。

臧远茹不由担心地问:"远航身体还没有完全恢复,他能行吗?"

徐佩芸坚定地说:"他没有那么脆弱,他一定行的!"

果然台上,臧远航已经很快进入状态,并慷慨激昂地说:"女士们、先生们,你们好!我谨代表运河码头热烈欢迎各位莅临敝码头,感谢诸位出席码头的年度业绩发布会。现在,我非常高兴地向大家宣布,在过去的一年里,敝码头业绩不但在苏北同行业名列前茅,亦在全国同行业取得了不俗的成绩。这些成绩,不但属于码头,亦是属于窑湾全体商户以及各位来宾。在此,我特别感谢……"

郭文芳见状,不由激动地抹起了眼泪。

一向情感很少外露的臧家梁也欣慰地连连点头。

不知道过了多久,臧远航终于讲完了,并将双拐远远移开,然后深深地鞠了一躬!

虽然他双腿独自站立只是一刹那,但他还是拼尽了全身的力气!

徐佩芸不由惊喜万分,情不自禁地站起身来,带头鼓起了掌!

立刻,会场内掌声雷动!

臧家大院客厅内,此时一片欢声笑语。

身着西装的臧远航,被家人团团围在当中,像是凯旋的将士。

郭文芳骄傲地说:"妈,你是没看到啊,他站在讲台上,既精神又帅气,看谁以后还敢说我儿子是个瘫子?"

曹秀英忍不住喜极而泣道:"远航,我的乖孙子,告诉奶奶,你讲得到底有多好?"

臧远茹抢先说:"好到掌声差点把屋顶都掀起来了!"

众人闻言,不由哈哈大笑起来。

只有臧家栋没有笑,甚至于他的眼中,还闪过一丝不易察觉的阴冷!

当天晚上,臧家大院后院三房小院小夫妻俩卧室内。

徐佩芸正在铺地铺,掀起被子一抖,却不小心把右耳已经松了的珍珠耳环打掉了。但是,她并没有意识到。

不一会儿,臧远航洗涮完毕,便躺到被子里。

徐佩芸给他掖了掖被角,便坐到梳妆台前,开始摘掉身上的首饰,准备休息。

她摘完左耳环后,再摸右耳环,这才发现不见了,连忙慌乱地问:"咦,我的耳环呢?"

与此同时,臧远航一摸枕头,却赫然发现了一只珍珠耳环。

他张了张嘴,却什么都没有说,只是小心地把耳环攥在手心,紧紧贴在胸口。

可怜的徐佩芸，几乎翻遍了房间的每一个角落，却一无所获。

她不禁郁闷地说："肯定是白天人太多，不小心被挤掉了。"然后又自我安慰道，"算了，也许是我妈小气，又收回去啦。"说完便拉灭了灯，也躺到了床上。

没想到这时，窗外传来两个男用人的对话声。

男用人甲说："老牛，趁天还早，去我屋里喝一盅吧。"

男用人乙却回绝道："不了，三更天还要赶夜猫子集呢，我要早点睡喽。"

臧远航闻言，心中不由一动，感叹地说："我自从出事后，已经好久没有去赶夜猫子集了，好想吃块热朝牌，再喝一碗'五香妈糊粥'。"

徐佩芸立刻道："这还不简单，明早我们也去呗。"然后又叮嘱道，"早点睡吧。"

臧远航温顺地说："好！"但是因为白天业绩发布会的成功，让他实在控制不住自己的兴奋，翻来覆去都睡不着，便忍不住没话找话道，"对了，你知道窑湾为什么会成为大运河最重要的水旱两用码头吗？"

徐佩芸不以为然道："不就是因为地处中运河黄金分割点吗？"

臧远航却摇摇头："不仅如此！"

徐佩芸不由来了兴趣："怎么，难道还有别的原因吗？"

臧远航立刻滔滔不绝地说："那当然了。很多人只知道，窑湾地处大运河的黄金分割点,却很少有人知道,大运河在窑湾以北水位较浅,货船的载重量有限,但是窑湾以南的水位却较深,货船的载重量便大大增加。因此,不论是南方的舶来品,还是北方的土特产,均需要在窑湾搬运,长此以来,窑湾也就成为大运河最重要的水旱两用码头了。再加上因为夜晚行船不安全,所以货船习惯在白天行驶,夜晚停靠在窑湾后,就开始搬运货物、补充食品、备足日常用品等。为了方便过往船只,商会还规定,三更后开城门落下吊桥,集市开始。就这样,城外的农民就将粮食、蔬菜等农用产品运进城;城内的钱庄、酱园店等店铺也同样开门,灯下营业。天亮后,货船陆续驶出码头,农民回家、店铺打烊,街上开始罢集。正所谓'梆打三更满街灯,恭候宾客脚步声。四更五更买卖盛,十里能闻市潮声'。因为正常的集市都是在白天,这种每天三更开始繁华热闹、天亮人物全无的集市,被称为'夜猫子集'。后来,因为大清康熙年间'郯城大地震'波及徐州,不但造成故黄河在境内改道,窑湾所属的隅头县两万多人也全部沉入水下。从那以后,每到雨雪天气,就会有阴间的鬼拿着冥钱来和阳间的人做买卖。自此,'夜猫子集'又被称为"鬼集",已经在我们窑湾流传了几百年呢。"

虽然这些世代相传的典故,徐佩芸从小就经常听说,但是现在经对方的口一说,仍然有耳目一新的感觉。

她不由兴趣盎然地问:"对了,我看过冥钱,风一吹就飘起来了，你说阳间的人收了，会看不出来吗？"

臧远航认真地回道："的确，冥钱和真钱外形上看不出来，但重量却是不同的。阳间的卖家为了验证，卖东西的同时会在面前放一盆水，用水盆验钱。将买家给的钱放在水中，浮起来的就是冥钱，沉下去的就是真钱。就这样，人鬼互相监督。所以，'鬼集'公买公卖，从不缺斤少两，更没有欺诈行为。就算钱掉在地上，也没有人敢捡，怕是鬼有意来考验人的呢。"

徐佩芸毕竟是个女人，当即就吓得一个激灵，责备地说："'白天不说人，夜里不说鬼'，要是真的招来了鬼，会吓死人的，天不早了，赶紧睡吧，明天还要早起呢。"

臧远航说了那么一番话，也感到又累又困了，这才闭了嘴，手中紧紧握着那枚珍珠耳坠，不一会儿就进入了梦乡。

夜半时分，沉睡在寂静中的窑湾城，忽然响起"梆梆梆"三声巨响。

与此同时，又传来更夫悠长而洪亮的吆喝声："三更了。"

这三声巨响，很快就将臧家大院后院三房小院小夫妻俩惊醒了。

臧远航立刻坐起身来，兴奋地说："佩芸，快起来，我们去赶夜猫子集去。"

徐佩芸尽管睡眼惺忪的，但还是温柔地回道："好。"

第20章　等着穷死吧

臧家大院外，徐佩芸擎着一只马灯，和臧远航一起，肩并肩地走出了家门。

夜色弥漫中，很多人家也开了门。

于是几乎是刹那之间，街上就相继亮起了一束束灯光。

不一会儿，这些灯光很快就汇成了一股，向同一个地方快速走去。

此时夜猫子集内，已经灯火通明、人声喧嚣了。

每个做生意的店铺或摊位前，都放着一盏灯，有电灯、马灯、煤油灯，甚至还有的直接擎起了火把。

已经好久没有赶集的臧远航，忍不住兴奋地东张西望着。

除了各店铺店主以及卖粮食、蔬菜农民的讨价还价声外，还不时传来街边摆摊的小贩们的吆喝声。

与此同时，小贩们的吆喝声此起彼伏。

有的喊：“豆浆哦，新鲜的热豆浆。"

有的喊：“油条哦，刚出锅的酥油条。"

有的喊：“朝牌哦，刚出炉的软朝牌。"

有的喊：“豆腐哦，白水煮豆腐。"

有的喊：“蛙鱼哦，又滑又嫩的蛙鱼。"

有的喊：“五香妈糊粥哦……"

……

卖五香妈糊的摊位前，膀大腰圆的年轻老板，正光着上半身，用力搅着锅内热气腾腾的五香妈糊；身材纤细的老板娘，则热情地招呼客人。

但是客人实在太多了，老板娘有些忙不过来。

臧远航见此情景，情不自禁地咽了咽口水，下意识地停住了脚步。

正好此时，一张四方桌子的两个座位空了下来。

不过，对面已经有一个身材魁梧的中年男人正在埋头大喝了，还呼哧呼哧带着响，吃相很是不雅。

徐佩芸不禁皱了皱眉。但是人实在太多了，她还是招呼丈夫坐下，然后喊道："大嫂，来两碗五香妈糊。"

老板娘立刻热情地说："好嘞，两碗五香妈糊粥。"

她边说边利索地盛起两大碗，熟练地放到两人面前。

徐佩芸叮嘱丈夫说："你先喝，我去买几块朝牌。"

臧远航点点头,深深地闻了一下,便由衷地赞美道:"好香啊,好久没喝到这么正宗的五香妈糊了。"说完,边吹边贪婪地喝起来。

不大一会儿,对面的男人就喝完了,于是从腰间掏出一个沉甸甸的钱袋子。

只见他"啪"的一声往桌子上一放,便沙哑着声音,大声喊道:"老板娘,算钱!"

臧远航听了这话,浑身不由一颤,立刻就停止了喝粥!

与此同时,他的脑海中不由浮现出,当初在大运河遭难时,那个四次用沙哑的声音说话的"灶王爷"!

第一次:"灶王爷"站在芦苇丛中,凶狠地挥舞着棍棒,同时沙哑着声音怒喝道:"靠岸!"

第二次:"灶王爷"冷笑一声,再次用沙哑的声音说:"老子是什么人并不重要,重要的是,有人花钱要买你的命!"说完即回头喝道,"这小子有点功夫,弟兄们,一齐上!"

第三次:"灶王爷"却沙哑着声音,恶狠狠地大喊道:"弟兄们,给我打,往死里打,打死他我们才能有钱拿。"

第四次:"灶王爷"将钱袋揣进怀里,却沙哑着声音,厉声道:"老子钱要拿,人也要杀!"

……

臧远航想到这里,不由抬头,就发现对面男人的脸虽然非常普通,但左眼角一个斗大的刀疤,却颇有几分狰狞!

与此同时,老板娘很快走过来收钱了。

于是对面男人再次用沙哑的声音问:"多少钱?"

臧远航立刻确认,这个"钱"字,与自己遭难时,那个"灶王爷"说"钱"字时的音调,简直如出一辙!

老板娘很快收了钱,于是对面的男人,也霍地站起身来。

臧远航更加确认,他的身形,与那个可怕的"灶王爷"身形,如出一辙!

他顿感气血上涌,浑身的血液像要凝固了一般,当即就想发问!

正在这时,徐佩芸拿着刚买的朝牌走过来。

她看到丈夫眼神有些异样,立刻惊讶地问:"远航,你怎么了?"

没想到对面的男人听到"远航"两个字,竟愕然抬头,飞快地扫了一眼他们,便头也不回地转身离开了!

臧远航立刻将手一指,同时颤抖着声音说:"他、他、他……"

老板娘连忙喊道:"哎,找你的钱。"

但是那个男人,却三步并作两步钻进了人群中,很快就没有了踪影。

臧远航见状,不由气得连连跺脚。

徐佩芸焦急地问:"到底怎么回事?"

臧远航直直地指着男人消失的方面,终于平静下来,咬牙切齿地吐出三个字说:"灶王爷!"

徐佩芸不由大吃一惊问:"灶王爷?就是当初在大运河上拦截你的那个土匪头子?"

臧远航恨声道:"是的!"

徐佩芸疑惑地问:"你确定?"

臧远航重重地点点头:"我确定!他的声音沙哑得如同公鸭嗓子,就算走到天涯海角,我都能认出来!可惜,还是让他跑了!"

徐佩芸却眉头一皱,然后走到在旁边抹桌子的老板娘身边。

她亲热地说:"大嫂,刚才坐在这儿的那个男人,我以前好像在哪里见过,但是一时又想不起来了,请问你认识他吗?"

老板娘爽快地脱口而出:"你说的是张三锤吧?"

徐佩芸双眼一亮,连声道:"对对对,是他,就是他,我想起来了。他是我一个远房表亲,只是我好长时间没有见到他了,不知道现在他在哪里发财?"

老板娘神秘一笑,却欲言又止。

徐佩芸见状,立刻明白了什么,连忙拿出一块大洋塞过去。

老板娘将大洋在嘴边吹了吹,听到响声后,这才眉开眼笑地说:"你算是问对了人,别人还未必知道。那个张三锤啊,是我家孩子大爷的拜把子兄弟,干过不少营生,听说有一段时间,还从海州驮盐卖给吴家的私盐贩子,手下有好几个兄弟,后来不知道为什么,就不贩盐了,专门干些绿林的勾当。不过听说前段时间,不知道从哪里得来一笔钱,就开了一间盐行,听说生意还不错呢。"

臧远航听到这里,不禁吃了一惊:"吴家?"然后急急地问,"大嫂,你知道他的那家盐行开在什么地方吗?"

老板娘摇摇头道:"不好意思,我没敢细问呢。他这个人啊,凶得狠,一般人都不太理睬的。"

徐佩芸连忙谢了老板娘,拉起丈夫就走!

她边走边问:"他竟然做过私盐生意,难道暗算你的人,真的是吴俊锋?"

臧远航点点头,又摇摇头:"我一直坚信不是,但是现在种种迹象又表明,好像真的是他,我也有些糊涂了。"

徐佩芸心事重重道:"你现在逐渐好起来,但是陷害你的人,竟然还没有找到,我真担心他看到你逐渐康复后,会故伎重演。看来,我们有必要认真追究这件事了。"然后又叮嘱道,"还有现在,你凡事都务必小心些。"

臧远航无所谓地说:"没关系,反正我现在就是码头和家里两点一线,哪儿也不去,就是有人想要害我,也找不到机会呢。"

徐佩芸却不置可否。

当天晚饭后,臧家大院后院三房小院外。

徐佩芸和臧远航肩并肩走了进去,看上去颇为亲热。

与此同时,臧家大院后院二房小院内。

身子已经显怀的陆慧珊，在院内的石凳上看书，瞅见这一幕，不由撇了撇嘴，然后把书一合，气冲冲地走进自己的卧室。

正好端来一盆洗脚水的臧远胜，看到妻子进来，连忙讨好道："亲爱的，我刚给你兑好洗脚水，快来洗洗吧。"

陆慧珊点点头，边洗脚边郁闷地说："我刚才看到徐佩芸了，她身上那件青花瓷图案的旗袍，可真是好看得很呢。"

臧远胜连忙道："嗨，她也就那几件衣服，你的衣服比她的多多了。"

陆慧珊却没好气地说："我再多那也是旧衣服，我已经好久没有买新衣服了。"

臧远胜只好道："好好好，买买买。"

没想到陆慧珊听了这话，就更加怒了，把手一伸说："钱呢？给我！"

臧远胜郁闷道："娶你的第二天，我不是就把自己的小金库全部给你保管了吗？我哪里还有钱？"

陆慧珊瞪了他一眼，轻蔑地说："哼，你一个大男人，没钱不会去挣啊？"

臧远胜苦着脸道："我除了那点死工资，还有平时我爸给点，别的哪里还有赚钱的法子呀。"

陆慧珊忽然想起什么，眼珠一转说："对了，你爸不是经常在货船上夹带私货赚钱吗？你也可以的呀。"

臧远胜摇头道:"别提了,佩芸他们现在查得很严的,货船上连一只老鼠都别想钻进去,更不用说私货了。"

陆慧珊立刻说:"所以,我们必须想一个好办法才行。"

臧远胜不由好奇地问:"什么好办法?"

陆慧珊立刻把嘴巴附在他耳边,小声说着什么。

臧远胜当即瞪大了眼睛,连连摆手道:"我虽然没有上进心,但也绝对不做那缺德事,不行不行,这绝对不行!"

陆慧珊立刻愠怒地说:"那你就等着穷死吧!"然后霍地站起身来,厉声说,"我马上去把孩子打掉,免得他刚一出生,就跟着爸妈受穷!"

臧远胜连忙扯住她,并苦苦哀求道:"千万不要啊!我同意,我同意还不行嘛。"

吴家大院内,地上落满了厚厚一层叶子。

徐佩萍一边认真地打扫着院子,一边默默地流着眼泪。

随着眼泪越流越多,她只好停止打扫,用手绢擦了起来。

正在这时,吴俊莹手里捧着一捧野花,兴高采烈地从外面走进来。

她刚一进门,便炫耀地说:"嫂子,你看我采的花……"

徐佩萍连忙停止流泪,强颜欢笑道:"俊莹,你回来啦。"

吴俊莹立刻意识到什么,便关切地问:"嫂子,你怎么哭了?"

徐佩芸勉强做出一个笑脸,掩饰地说:"我哪有,只是眼睛里不小心进了沙子……"

吴俊莹愠怒地说:"我不信!一定是二哥又欺负你了,他总是这样,我要告诉爸妈去!"

恰在这时,吴俊锋走到门口,看到这一幕,连忙三步并作两步走过来。

他赔着笑脸问:"俊莹,你回来啦?"

吴俊莹没好气道:"你来得正好,说,是不是你又欺负我嫂子了?"

吴俊锋连忙摆手说:"哪有?我们感情好着呢。"说到这里,忽然想起了什么,便伸手搂住妻子的肩,亲热地问,"对了,佩萍,你一直喜欢看戏,知道《三打黄天霸》这出戏吗?"

徐佩萍不免有些受宠若惊,连忙讨好道:"知道,是一出著名的京剧,讲施公派黄天霸三打骆马湖寨主李配的事。怎么了,你问这个干什么?"

吴俊锋眉开眼笑地说:"你知道吗?我们窑湾的冯广成柳琴戏班,已经将这出戏改成柳琴戏了,今晚第一次上演,我们一起去看,好不好?"

徐佩萍闻言,眼睛不由一亮,惊喜地问:"真的?"

吴俊锋郑重地说:"当然是真的。今晚收工后,你到盐行找我,好不好?"

徐佩萍抬头看了看他的眼睛,那眼睛深不可测,完全看不出真假,便半信半疑道:"好。"

吴俊莹见状,不由气恼地问:"嫂子!二哥都那样欺负你,你还和他一起去看戏,做样子给别人看的吗?"

徐佩萍勉强笑了笑,柔声说:"俊莹,你二哥没有欺负我,他一直对我挺好的,嗯,挺好。"

吴俊莹恨铁不成钢地跺了跺脚,转身就走。

吴俊锋见妹妹走远,便得意地笑了,回头却恶狠狠地望着妻子说:"算你聪明!好好打扮打扮,晚上去和我扮恩爱夫妻吧。"说完,扬长而去。

徐佩萍简直欲哭无泪。

第21章 我穿成姐姐那样

吴家盐行内,职员们正在井然有序地忙碌着。

吴俊锋走到职员甲面前,吩咐道:"海州昨天运来了一批盐,麻烦你拿一包样品给我看看。"

职员甲立刻说:"好的,我马上去拿。"

恰在这时,徐佩芸走了进来。

吴俊锋一见,立刻惊喜地迎上去,同时激动道:"佩芸?你是来找我的吗?"

徐佩芸微微一笑道:"是啊,我刚在缫丝厂签了一个合同,正好路过这里,顺便就进来看看。"

她话音刚落,职员甲就两手空空地走进来说:"老板,我没找到那批盐的样品。"

吴俊锋歉然地说:"不好意思,麻烦你稍等一下。"

徐佩芸连忙道:"没关系,你先忙。"

吴俊锋这才转过身,焦急地说:"没有样品不行的,我已经约了客户谈合同了,他马上就会到的。"

职员甲也急了:"那我再去找找吧。"说完,便急匆匆地走了。

吴俊锋无奈地说:"不好意思,实在抱歉,我太忙了。对了,你找我有什么事吗?"

徐佩芸摇摇头:"也没有什么事,就是顺便而已。"

吴俊锋眼珠一转,不由急切地说:"那我们不如,找个地方……"

正在这时,又有职员乙走过来喊道:"老板。"

吴俊锋郁闷地问:"又有什么事啊?"

职员乙回说:"有一支盐队驮了一批盐,刚刚从海州回来,你要不要去验收一下?"

吴俊锋不耐烦道:"让崔经理代我验收一下就行了。"

职员乙却说:"有一批运往河南的货今天起航,他去码头核对数量了,到现在还没有回来呢。"

吴俊锋犹豫了一下,还是道:"我还有事,要不你代我去验收吧。"

职员乙点点头说:"好的。"

吴俊锋再次转过头来,苦笑道:"你看我这个忙啊,不过都已经把他们打发了。对了,刚才我们说到哪里了?"

徐佩芸刚想回答,忽然身后又传来一个响亮的声音:"吴老板。"

吴俊锋只好又转身招呼："周老板,快请坐。"

与此同时,职员甲拿着一包盐急匆匆走进来说："老板,那批盐的样品找到了。"

一时间,吴俊锋简直忙得不可开交!

他只好歉然道："佩芸,实在不好意思,你看我这事那事的,好像没时间陪你了。"

徐佩芸理解地说："没关系的,你这么忙,我就不打扰了。你看什么时候有时间,不如我们好好聊聊?"

吴俊锋听了这话,眼睛不由一亮,连声道："好啊,好啊,我晚上收工后,就去小蓬莱等你。"

徐佩芸点点头："那好吧,就这样定了,晚上见。"说完,便向门外走去。

吴俊锋花痴般地望着她的背影,忍不住自言自语地说："她能来找我,说明心里还是有我的。太好了,我终于有机会了!"

吴家大院后院小夫妻俩卧室内,床上放着很多件各式各样的旗袍。

与此同时,徐佩萍手里还拿着绿底白花的直襟旗袍,站在穿衣镜前比画着。

她却连连摇头道："不行,这件脖子有点露,你二哥一定不喜欢。"

吴俊莹站在旁边，一脸无奈。

徐佩萍手中的旗袍扔到床上，又从衣柜中拿出一件白底蓝花的圆襟旗袍，在身上比画着。

她又连连摇头道："不行，脖子虽说不露了，但颜色太素了，你二哥一定也不喜欢。"

吴俊莹无奈地说："嫂子，我眼睛都快看花了，你就不要再试了，随便穿一件不就行了。"

徐佩萍却兴高采烈道："这是你二哥第一次约我看戏，我一定要穿上最好看的衣服、戴上最昂贵的首饰，打扮得漂漂亮亮的，这样他在朋友面前，才会觉得有面子嘛。"

吴俊莹不无怜悯地说："嫂子，你难道就不知道，二哥他请你去看戏，只不过是做做样子的吗？我要是你，才不会委屈自己，去成全他所谓的面子呢！"

徐佩萍叹了口气，郁闷道："你所说的，我又何尝不知道呢？可是，身为女人，除此以外，我还能做什么呢？纵然我妈性格一向是得理不让人，甚至无理也能找出个理来，可是上次我一气之下回家了，她也只有劝我忍气吞声，成天盼着你二哥能去把我接回来呢。"

吴俊莹提醒说："可是你这样一味忍气吞声，也不是个办法呀！"

徐佩萍却道:"人心都是肉长的,我希望自己的忍气吞声,能温暖他那颗冰冷的心。你看,现在他不是约我看戏了吗?"

吴俊莹颇不以为然,似乎还想说什么:"可是……"

徐佩萍却打断她的话说:"好了,我们不说那些不开心的事情了。"又从衣柜中拿起另一条黑底红花的琵琶襟旗袍道,"你看这件衣服,颜色雅而不俗,领口严密而不失俏皮,你二哥一定会喜欢的。"

吴俊莹看她那执迷不悟的样子,便没好气道:"你怎么就不明白呢?他若是喜欢你,你披一条麻袋他都喜欢;他若是不喜欢你,你穿成天仙他也不喜欢啊!"

徐佩萍闻言,不由一呆,随即喃喃自语地说:"我不需要穿成天仙,我穿成姐姐那样,他一定就喜欢了。"

吴家盐行内,崔玉存正在收拾办公桌,然后站起来准备收工。正在这时,徐佩萍走了进来。

崔玉存连忙迎上去说:"少奶奶,你来啦。"

徐佩萍望了望四周问:"你们老板呢?"

崔玉存连忙道:"老板约客户谈生意了,刚刚走。"

徐佩萍不由一怔,随即疑惑地问:"他不是让我来找他看戏的吗?怎么就走了?对了,你知道老板去哪了吗?"

崔玉存摇摇头说:"我只知道他和周老板谈生意,具体在哪里不知道。少奶奶,不如你先坐着等一会儿,他既然约了你,谈完一定会回来找你的。"

徐佩萍只好坐下来,无奈道:"好吧。"

小蓬莱一楼包厢内,徐佩芸面前已经摆满了一桌子菜,正在焦急地等待着。

终于,吴俊锋急匆匆走进来。

他歉然道:"佩芸,不好意思,让你久等了。"

徐佩芸连忙说:"没关系,我也是刚到。点了几个菜,不知道你喜不喜欢吃?"

吴俊锋坐在桌子前,望了望满桌佳肴,不由惊喜道:"葡萄鱼、银鱼抱蛋、五果汤,都是我喜欢吃的。"然后抬起头,深情款款地说,"佩芸,谢谢你。"

徐佩芸避开他的目光,边给他斟酒边说:"你喜欢吃什么,都是佩萍告诉我的。她呀,只要遇到我,总是俊锋长俊锋短的,一天到晚都把你挂在嘴边呢。"

吴俊锋却冷笑一声道:"她不敢不把我挂在嘴边!"

徐佩芸闻言,竟然一时没反应过来,茫然地问:"她不敢不?我怎么有点不明白你的意思呢?"

吴俊锋自知失言,连忙讪讪地说:"我的意思……我的意思是……啊,你看我,我们盐行这段时间太忙了,我有些糊涂了,说话都颠三倒四、不知所云了。"

徐佩芸趁机道："你们盐行，最近生意确实很好，我们码头每天都有你们的货呢。"

吴俊锋得意地说："是啊，以前全靠人力背盐篓，供不应求。现在全部换成骡马拉车的盐队了，我们的生意自然也就越来越好做了。"

徐佩芸由衷道："祝你们盐行生意越来越兴隆。"说完，便举起了酒杯。

吴俊锋却半真半假地说："祝你们码头生意越来越兴隆。"说完，也举起了酒杯。

于是，两只酒杯"当"的一声碰在了一起。

第22章 做了我仇人的妻子

时间过得真快,不知道什么时候,夜幕就已经降临了。

吴家盐行内,徐佩萍仍然不时地向门外张望着,看上去非常着急。

她忍不住喃喃自语道:"都这么晚了,俊锋怎么还不回来呢?"

不大一会儿,崔玉存以为她已经走了,便忍不住从办公室走出来。

见此情景,他不由惊讶地问:"少奶奶,这么晚了,你怎么还在等啊?"

徐佩萍焦急地说:"是啊,俊锋他这么晚还不回来,你说会不会出事?"

崔玉存连连摇头道:"少奶奶你就放心吧,我们老板为人稳重踏实,怎么会出事呢?"忽然又想起什么,"对了,他会不会谈完生意后,发现来不及赶回来,就直接去听戏了?"

徐佩萍这才恍然大悟地说:"谢谢你的提醒,我马上去戏院找他!"

小蓬莱一楼包厢内,吴俊锋已经微微有了些许的醉意。

徐佩芸再次将手中的酒杯一饮而尽,然后看上去非常随意地说:"现在做盐业真的是很赚钱。我听说有一个叫张三锤的人,贩私盐都发大财了呢。"说完这话,她不由紧张地盯着吴俊锋。

吴俊锋却不以为意道:"你说的是那个张三锤啊,他前年就和我闹翻脸了。"

徐佩芸好奇地问:"你的意思是,他发大财不是贩私盐赚的?"

吴俊锋摇摇头说:"当然不是了。一说起来这个人,我就一肚子气。他之前确实专门到海州驮盐卖给我们。但是他经常在盐里掺沙子,我几次警告无效后,就不收他的盐,他就和我闹翻脸了。这种人哪,太喜欢走歪门斜道了,成不了大事的。就算发财,也肯定是横财!"说到这里,忽然想起了什么,"对了,他以前还是你们码头的工人呢,后来嫌做工人太辛苦了,就组织了一个小盐队的,里面的人个个都是泼皮无赖。"

徐佩芸闻言,不由吃了一惊道:"他原来竟然是我们码头的工人?"

吴俊锋点点头说:"是啊,怎么,你不知道吗?"

徐佩芸笑笑道:"我还没进码头,他就离开了。并且有一千多名工人,我不可能个个都记住人名的。"

与此同时,她心中不由暗想:"如果他说的是真的话,那么陷害远航的人,也许另有其人。看来只要能找到这个张三锤,肯定很快就能搞清楚事情的来龙去脉了!"

吴俊锋见她黯然不语,连忙关切地问:"佩芸,你怎么了?"

徐佩芸这才回过神来,掩饰着说:"噢,没什么。这个张三锤,你知道他现在在哪儿吗?"

吴俊锋眉头不由一皱:"无缘无故的,你问这个做什么?"

徐佩芸连忙抬出之前编好的那套说辞:"他是我们家一个远房亲戚,曾经借过我爸一大笔钱,到现在还没有还呢。"

吴俊锋这才释然,但还是摇摇头道:"他究竟在哪里,我也不是很清楚,但是如果你想知道,我可以帮忙找和他一起混过的盐贩子打听打听。"

徐佩芸眼睛一亮,不由感激地说:"那太谢谢你了。"

吴俊锋说到这里,便有些不耐烦地问:"你今天约我出来,就是为了打听张三锤的事?"

徐佩芸连忙道:"当然不是了。我主要是想了解一下,你和佩萍现在相处得怎么样了?"

吴俊锋深情款款地说:"再怎么说,她也是你妹妹嘛,所以我们相处得还算不错。"

徐佩芸疑惑道:"那为什么我每次看到佩萍,发现她并不快乐。"

吴俊锋委屈地说:"你只看到佩萍不快乐,难道就没有看到我更不快乐吗?她再怎么样,也是嫁给了自己喜欢的人。"说到这里,他不禁有些激动起来,气急败坏道,"可是我呢,我不得不被迫娶一个自己根本不爱的人,还要眼睁睁地看着我爱的女人,因为该死的姐妹易嫁,做了我仇人的妻子!并且,过得一点都不快乐!你知道吗?我一想到这件事,我这心里啊,就像是在滴血!"

他说到最后,不禁拍打着自己的胸脯,一脸的狂怒和愤恨!

徐佩芸望着他执迷不悟的样子,不禁有些无奈,但刚想劝说什么,忽然外面传来一阵高喊:"戏开场了,我们快走吧。"

吴俊锋闻言,不由一呆。

随即,他这才忽然想起了什么,只好深深吸了一口气,强自镇静了一下情绪,歉然地说:"不好意思,今天就谈到这里,我还有事,先走了。"

边说边慌忙站起来,很快就走出门去。

徐佩芸望着他的背影,不由喃喃自语道:"如果他和张三锤已经闹翻了的话,两人应该不会再合作了。但是陷害远航的幕后主使人,如果不是他的话,还能是谁呢?"

小蓬莱外,吴俊锋刚刚急匆匆走出门口。

没想到,徐佩萍恰好迎面而来。

她一看到丈夫，立刻惊喜地喊道："俊锋！"

吴俊锋见到她，不但没任何欢喜，甚至还愠怒地说："你竟然跟踪我？"

徐佩萍连忙摆手道："对不起，我不是有意要跟踪你。我以为你见完客户后，就直接去看戏了，所以想去戏院找你。没想到，竟然在这儿遇到你了，真是好巧啊。"

吴俊锋却挥挥手，不耐烦地说："看戏？看什么戏？我白天是不想让俊莹把我们的事告诉爸妈，有意骗你的，你就真的相信了？"

徐佩萍闻言，不由委屈道："可是我……我……"

吴俊锋冷冷地说："我刚刚和周老板谈完生意，累都累死了，根本没有心情看什么戏。我要回家了，你自己想去就去吧！"说完这话，便想抬腿就走。

与此同时，他正好就看见，徐佩芸从小蓬莱走了出来，于是双眼不由就是一亮！

徐佩萍见状，便想要顺着他的目光瞟过去！

吴俊锋不由一惊，连忙挡在她面前，温情脉脉地说："算了，算了，看你这个样子，我心里也不舒服，先不回家了，我们去看戏吧。"

徐佩萍被他态度瞬间的转变搞糊涂了，不由茫然道："可是，刚才你说……"

吴俊锋眼看徐佩芸就要过来了，连忙强行拉着她，边走边努力解释说:"我刚才是想啊,现在入场的话,应该只能看下半场了。不过既然你喜欢呢,只看看下半场也是不错的。"

他在说话的同时,一直注意另一边的情景。

好在徐佩芸并没有看到他们,并很快转进了另外的巷子。

吴俊锋这才松开妻子的手,却转了个方向,径直向前走。

徐佩萍见状,更加无助了,郁闷地问:"你不是要去看戏的吗?可是这条路,是走回家的啊。"

吴俊锋再次不耐烦地说:"看戏、看戏,你整天就知道看戏!你什么时候能有你姐姐十分之一的聪明能干,我就谢天谢地了!"说完,扬长而去。

徐佩萍听了这话,不由呆呆地站在原地,茫然不知所措。

第23章 就说她想要勾引你

夜半时分,臧家大院后院臧家梁夫妻卧室外。

徐佩芸轻轻敲着房门。

身着睡衣的郭文芳开门一见,不由惊讶地问:"佩芸,这么晚了,你还有什么事?"

徐佩芸郑重地说:"妈,我想问爸爸一件事。"

正准备就寝的臧家梁立刻问:"关于码头的事吗?"

徐佩芸却摇摇头道:"不,是关于张三锤的。"

臧家梁闻言,不由惊讶极了:"张三锤?此人好几年前,就被我们码头辞退了。"

徐佩芸立刻明白了:"原来不是他不想干,而是被辞退了!"

臧家梁点点头道:"是的。"又疑惑地问,"你是怎么知道他的?"

徐佩芸叹了口气说:"爸,你可能万万都想不到,那天我和远航去夜猫子集喝五香妈糊粥,正好遇到张三锤。远航听到其声音,一下子就认出是当初暗害他的那个'灶王爷'。刚才我去找吴俊锋打听了一下,本来是想确认两人之间到底是什么关系的,没想到,才听说此人曾经在我们码头上做过工。"

闻听此言,臧家梁的脸色,立刻就变得铁青。

郭文芳忍不住提醒道:"可是佩芸,声音像的人多了去了,远航怎么就能确定是他呢?"

徐佩芸点头说:"所以,我才想来问问爸爸,当初张三锤到底是因为什么原因离开码头的。"

臧家梁沉吟片刻,还是叹了口气道:"这是家丑,我本来不想说,但是现在看来,这件事恐怕是瞒不住了。"

徐佩芸立刻明白了什么,试探地问:"爸,是不是与二大有关?"

臧家梁苦笑道:"你猜得不错!他在码头的那些年,你二大一直是通过他在船上夹带未经报关的私货。我发现后,为免家丑外扬,影响我们码头的商誉,就给了他一笔钱,让他主动辞职了。辞职后,他就组织了一伙人,到海州贩私盐了。不过,我好像很久都没有在窑湾看到他了。"

徐佩芸若有所思地说:"是的,听说他之前做了一段时间的绿林勾当,前不久忽然发了一大笔财,就开了一个盐行。但是这个盐行具体在什么地方,却没有人知道。"

郭文芳闻言，立刻不屑道："发了一大笔财，难道是天上掉馅饼砸到他头上了？"

臧家梁和徐佩芸的脸色，同时变得非常难看，但是都没作声。

郭文芳见状，忽然想起什么，不由张大了嘴巴，结结巴巴地说："难道是、是、是……天哪，我不敢想下去……我可怜的远航啊……"似乎就要放声大哭起来了。

臧家梁眉头一皱，随即厉声道："你给我闭嘴！在事情没有查清楚之前，这件事不准告诉任何人，包括远航，免得他年轻气盛，到时候打草惊蛇！"

郭文芳连捂着嘴痛哭，边哭边连连点头。

码头管理处总经理办公室内，臧远航正在查看账簿。

忽然，徐佩芸走进来说："腾龙号这次运的是一批生蚕丝，马上就要起航了。现在北洋政府方面，对枪支弹药查得特别紧，我得去看看二大他们有没有再私自夹带。这里的事情，就先由你处理吧。"

臧远航有些心虚地说："我行吗？"

徐佩芸鼓励道："肯定行的，你又不是没有做过。"边说边拿起包，匆匆忙忙地走出门去。

运河码头管理处会议室内，臧家栋和臧增年一边闲聊，一边紧盯着门外。

忽然，两人透过敞开的大门，看到徐佩芸急匆匆走了出去。

他们互相看了看，同时得意地笑起来。

运河码头腾龙号内，工人们正在进进出出地搬运货箱。

臧远胜小声叮嘱一个年轻工人道："小韩，这几箱货订得不牢固，我怕会摔开，你一定要看紧一点，知道吗？"

小韩点点头说："我知道了。"回头吆喝工人们，"一个个都给我小心点！"

话音刚落，忽然听到"砰"的一声巨响。

随即，一只箱子掉到了地上，并且从里面掉出了几包弹药来！

恰在这时，徐佩芸走进了船舱。

臧远胜见到她，不由大吃一惊，连忙低声喝道："怎么回事？叫你们小心点、小心点，怎么还笨手笨脚的？不知道这几箱货是见不得光的吗？"

他边说边和小韩同时跑过去，想要把箱子捡起来。

与此同时，一个女人的高跟鞋，却不偏不倚地踩在了弹药上。

臧远胜抬头一看，就看到徐佩芸冷着脸站在面前。

他不由讪讪道："佩、佩芸……"

徐佩芸愤怒地说："二哥，我真没想到你竟然也参与其中！我都说过多少遍了，不准夹带私货！你们为什么还是屡教不改！走私枪支弹药是大罪，如果被发现，轻则坐牢，重则要命的！"

臧远胜不由恼羞成怒道:"那你去商会告我们啊!"

徐佩芸毫不示弱地说:"你以为我不敢吗?要不现在我就去告诉爸爸,让他来处理这件事!"说完,抬脚就要往外走!

臧远胜不由急了,于是就想起妻子的主意……

当天晚上,臧家大院后院二房小院小夫妻俩卧室内。

陆慧珊附在丈夫耳边,小声说:"你和爸要想继续夹带私货,就必须让徐佩芸即便看到,也必须闭嘴。"

臧远胜诧异地问:"嘴长在她身上,我怎么让她闭啊?"

陆慧珊正色道:"就说她想要勾引你!"

臧远胜脱口而出:"这不可能,佩芸绝对不是那样的人。"

陆慧珊却怂恿道:"你傻啊,就算她不是,你也可以编的啊!"

臧远胜想到这里,便硬着头皮,冷笑一声道:"徐佩芸,如果你敢把这件事告诉三叔,我就说是你想要勾引我,我不理你,你才故意栽赃陷害我的!"

徐佩芸不由一呆,随即愤怒地说:"你!太卑鄙了!"

臧远胜索性一不做二不休,伸手轻佻地勾起她的下巴,涎着脸道:"想想也很正常嘛,你青春正好,却守着个不能尽人事的瘫子,勾引我这个英俊潇洒、风度翩翩的二伯哥,也是很合情理的嘛!"

徐佩芸气得浑身发颤,狠狠打掉他的手,跌跌撞撞跑出船舱!

货船内的工人们看到这一幕,不由就惊呆了!

臧远胜虽然也有些后怕,但还是把手一挥,命令道:"还愣着干什么,继续干活啊!"

运河码头管理处总经理办公室内,臧远航已经看完了账簿。

然后,他不断地向门外张望,并焦急地说:"佩芸去了那么久,怎么还不回来呢?"

没想到正在这时,臧家栋和臧增年笑容满面地走进来,热情地招呼道:"远航。"

臧远航看到他们,立刻警惕起来:"二大,四爷爷。"

臧家栋却讨好地说:"远航,你真是我们码头的财神啊。你刚来上班没多久,我们就找到发财的好路子了。"

臧远航好奇地问:"什么好路子?"

臧增年解释道:"你二大刚刚跟旺发行签订了合同,他们行的煤炭,比贾汪的煤炭可是便宜多了。"

臧家栋附和着说:"是啊,是啊。以后要是和旺发行做生意的话呢,码头每年买煤可以节省一半的钱呢。要不是我差点跪着求他们,他们才不会这么便宜卖给我们呢。"

臧远航摇摇头道:"我们码头用的煤,都是直接从贾汪煤矿买的。所以这个合同,我不能签。"

臧增年张了张嘴,似乎还想再继续劝说。

臧家栋却微微一笑，将一份合同放在他面前，认真地说："这不是我让你签的，是佩芸让你签的。"

臧远航闻言，不由诧异地问："佩芸让我签的？"

臧家栋点点头，正色道："当然。刚才我在路上遇到她，她手头正好没带笔，又急着有事，就让我回来找你签了。"

臧远航不禁疑惑地问："佩芸怎么可能同意呢？"

臧家栋叹了口气，望了望他的双腿，怜悯地说："你可能还不知道吧，自从佩芸知道，你是从贾汪煤矿回来出事的，她心里就很不舒服，一直想另换一家，现在终于让我找到了。"

臧远航听了这话，仍然迟疑道："这是真的吗？"

臧家栋连连点头说："当然是真的，这么大的事情，我敢撒谎吗？再说码头也有我的股份呢，我会自己坑自己吗？"

臧增年附和道："你再不相信的话，我还可以做担保的。"

臧远航想想也是，便有些半信半疑了。

臧家栋又催促说，"快签吧，旺发行的老板，还在会议室等着我呢。"边说边把笔硬塞到他手中。

臧增年也劝道："签吧签吧，别磨磨蹭蹭的，像个娘们似的。"

臧远航听了这话，脸色不由一红，果断拿起笔，一笔一画签上了自己的名字。

第24章　太在乎你了

运河码头管理处大办公室内，徐佩芸郁闷地走进来。

忽然，会议室的门被打开，接着臧远方垂头丧气地走了出来。

徐佩芸连忙招呼道："大哥。"

臧远方没精打采地说："佩芸，你回来啦。"

徐佩芸忽然想起什么："对了，把今天所有文件和账簿，都拿来给我看看。"

臧远方"噢"了一声，却显得有些为难。

徐佩芸疑惑地问："大哥，出什么事了？"

臧远方望了望会议室里的臧家栋，连忙掩饰地说："没、没事。"

徐佩芸严肃地提醒道："大哥，你知道码头是整个窑湾的经济命脉，牵一发而动全身。如果有什么问题，大家一起解决，一定不要瞒着我。"

臧远方只好鼓起勇气说:"我们码头以后要用旺发行的煤炭了。"

臧家栋和臧增年闻言,立刻从会议室里走出来,冷冷地望着他们。

徐佩芸不由大吃一惊,急切地问:"怎么会这样呢?我们以前的煤炭,都是直接从贾汪煤矿买的,不但质量有保证,价钱也很公道合理。几十年了,码头一直和贾汪煤矿做生意,怎么一下子就改成旺发行的了?旺发行不但账目混乱,他们的煤炭来路不明,质量非常差。这个决定,到底是谁做的?"

臧增年讥刺侄孙道:"大伯哥竟然向弟媳妇告状,我看你也就这点出息了!"

臧远方立刻涨红了脸,显得手足无措起来。

与此同时,臧家栋傲然地说:"这个决定,是我做的!怎么了?旺发行的煤炭来路不正怎么了?只要能烧就行!再说了,人家的价钱可比贾汪低多了。做生意嘛,哪家价格低和哪家合作,这有什么不好的吗?"

徐佩芸坚决道:"远程货运,安全是最重要的。旺发行的煤炭质量很差,就算价格再低,也是得不偿失。所以,我们码头是绝对不会和旺发行合作的。"

臧家栋却并不着急,而是阴阳怪气地说:"现在我们已经跟旺发行签了合同,事到如今,合作不合作,已经由不得你了。"

徐佩芸态度强硬道:"我从来没有签过这份合同,以后也绝不会签的。"

臧家栋却将一份合同递给她,讥刺地说:"看吧看吧。远航已经在这份合同上签了名了,你不会说,连远航的签名都不算数了吧?"

徐佩芸不由一惊,急忙瞟了一眼合同,随即冷冷道:"远航的五成半股份,已经全部由我托管,这是有法律效力的。所以,他现在已经跟码头没有任何关系了。他的签名,根本说明不了什么问题。就算告到法院,这份合同也不具备法律效力。"

臧家栋听了这话,顿时气极败坏地吼道:"无论如何,远航都是你丈夫,你竟然敢说他的签名不算数,摆明了是根本没有把他放在眼里嘛。"

徐佩芸仍然坚持说:"我从来没有说不把远航放在眼里过,再说一码归一码,请不要将公事与私事混为一谈。"

臧增年冷笑一声道:"窑湾商人最注重的是什么?是'商誉'。你口口声声讲的也是'商誉商誉'。现在要是毁约,你将码头的商誉置于何地啊?"

臧家栋也讥刺地说:"当初答应得好好的,让远航做你的助手。我现在才知道,你只是舍不得这个总经理的位置,想要大权独揽,所以才同意让远航来做傀儡,你好独掌大权!"

臧增年添油加醋道:"真是狼子野心!"

臧家栋却连连摇头说:"再让这个女人当家的话,远航恐怕连瘫子都做不成了,只能做鬼了!"

他们两个这样一唱一和的,显然是成心想要激怒徐佩芸了。

臧远方不由同情地望着她。

徐佩芸依然表情平静道:"你们说够了没有?"

臧家叔侄俩没想到她竟然如此沉得住气,不由你看看我,我看看你,竟然一时说不出话来。

徐佩芸不怒自威地说:"如果你们说够了,那么我最后说一句,我们码头是绝对不会和旺发行做生意的!"说完,便头也不回地走向自己的办公室!

臧家栋气得脸都青了,猛地将桌上的文件扔了一地!

运河码头管理处总经理办公室内,徐佩芸"砰"的一声推开房门。

臧远航立刻惊喜地说:"佩芸,你终于回来了。"

就算他明明知道,自己对她发火正是为了她好,但是不知道从什么时候起,他不但越来越没有火气了,甚至于已经无法隐藏自己的关心和爱了。

徐佩芸却将手中的包往桌子上一放,然后怒气冲冲地坐了下来!

臧远航诧异地问:"你怎么啦?"

徐佩芸愠怒地说:"原以为你就算身体还没有完全恢复,但是只要过来做我的助手，肯定会减轻我的一些负担。没想到，不但没有减轻，还净给我添乱！"

臧远航茫然地问："我添什么乱了？"

徐佩芸怒道："你应该知道，旺发行的煤炭不但质量差，账目也很混乱。你在那份合同上签名，如果执行起来，将给我们码头造成不可估量的损失，你知道不知道？"

臧远航不由吃了一惊："啊？"然后急急地说，"二大和四爷爷不是和我说，那份合同，是你已经同意了，只是手里没有笔，才让我代签的吗？"

徐佩芸愤怒道："你是三岁小孩吗？这么明显的谎话，你竟然也相信了？"说完，拂袖而去！

臧远航刚想追上去，门却"砰"的一声被关上了。

他不由悔恨得连连捶头，同时喃喃自语道："佩芸，你知道不知道，我就是因为太在乎你了，所以一听说你是同意了的，我没想太多，就赶紧签了呀！"

大运河堰上，徐佩芸望着船只络绎不绝的大运河，默默地流着眼泪。

正在这时，赵涟泰身着白大褂，提着药箱，匆匆由南向北而来。

他见到日思夜想的姑娘，不由心疼地喊道："佩芸？"边说边放下药箱，拿出手绢给她擦着眼泪。

徐佩芸哽咽地说:"涟泰。"

赵涟泰愠怒道:"告诉我,是谁欺负你了?"

徐佩芸痛苦地说:"没有谁欺负我,我只是没有想到,要管理好运河码头,不但要应对气候、季风、暴雨等自然灾害,还要应对一些人为破坏。涟泰,我感觉自己好累啊。"

赵涟泰深有感触道:"是啊,这么重的担子,实在不是你一个弱女子能挑得起来的。听我的话,马上离开臧家,回到我身边来吧。"

徐佩芸犹豫了一下,却摇摇头说:"你是知道的,码头是窑湾的经济命脉,现在更是内忧外患。如果我此时离开,不但对已经开始依赖我的远航是一个巨大的打击,更会影响窑湾现在的持续性经济繁荣与发展的!"

赵涟泰苦恼道:"可是现在,每天看到你那么辛苦,我却不能在你身边支持你、帮助你。那种感觉,对一个深爱你的男人来说,真的太痛苦了。"

徐佩芸忍不住轻轻依偎到他身边,同时深情地说:"我不要你做什么,只要我知道,你心里一直想着我、念着我,就是对我最大的支持和帮助了!"

赵涟泰叹了口气道:"说到底,还是我无能,没有将远航的病立刻治好。"

徐佩芸安慰地说:"这怎么能怪你呢?你已经很尽力了。你也说过,远航现在的问题主要是心理原因。"然后握住他的手,诚恳地说,"不过你放心,就算全世界都和我作对,只要有你的爱,无论发生什么,我都会坚持住的!"

赵涟泰郑重点点头:"我也是!无论发生什么,我的这颗心,永远都属于你的!现在只希望远航能快点好起来,你早日回到我身边,从此再不离开!"

徐佩芸坚决道:"是的,从此再不离开!"

就这样,两个相恋的人儿,又一次紧紧地依偎在一起。

臧家大院客厅内,除了臧远胜、臧远航和徐佩芸不在,其余臧家人或坐在沙发上,或坐在椅子上,个个表情严肃。

曹秀英疑惑地问:"家栋啊,你刚才说,码头不少人都听到了,佩芸很大声地责骂远航,是真的还是假的?"

臧家栋底气十足地说:"那还有假啊?在总经理办公室骂得很大声呀,整个一楼都听得清清楚楚。不信,你问问远航自己,还有四爷爷、远方和远茹,大家都听见的嘛。"

曹秀英又望了望臧增年、臧远方和臧远茹,三个人也点了点头。

臧家栋双手一摊,无奈地说:"你们知道的嘛,我看到自己的亲侄儿被一个女人骂得眼圈都红了,我这个当二大的,心里别提有多难过了啊。"

臧增年附和道:"我也难过啊,可是有什么办法呢,现在是那个女人当家的嘛。"

臧增福失望地摇摇头说:"我真是没有想到啊,佩芸的脾气竟然这么暴躁。"

陆慧珊轻蔑道:"别看她平时不太讲话,我还以为挺温柔的呢,真是知人知面不知心啊。"

庄淑环也说:"原来她那么有心计,隐藏得那么好。"

臧家梁阴冷着脸,一直没有说话。

郭文芳沉吟片刻,还是疑惑道:"佩芸自从进了臧家,一直是通情达理的,我想可能是远航做错了什么……"

正在这时,臧远胜走进门,微微一笑道:"大家都在啊?今天怎么这么热闹?"

陆慧珊瞪了他一眼,不满地说:"你怎么现在才回来?"边说边向丈夫使了个眼色。

臧远胜犹豫了一下,还是道:"哎呀,别提了,佩芸她、她、她、她刚才在船舱里拼命拉我,不让我回来呢。"

众人听了这话,全都吃了一惊:"啊?"

庄淑环睁大眼睛问:"佩芸不让你回?为什么啊?"

陆慧珊眼珠一转,恨声道:"好啊,你个臧远胜。我都快要生了,你到外面拈花惹草的,我们离婚!"边说边站了起来。

臧远胜连忙将她按在沙发上,无辜地说:"你别生气,我这不是回来了嘛!"

陆慧珊冷哼了一声!

曹秀英气得浑身颤抖，愠怒道："弟媳妇拉着大伯哥不让回家，这要是传出去，把我们臧家的脸面，可都丢尽了啊！"

臧增福也连连摇头说："家门不幸，真是家门不幸啊。"

臧家栋也幸灾乐祸道："是啊，是啊，得好好管管才是。否则，指不定会生出什么乱子来呢。"

臧家梁面无表情，一言不发。

郭文芳却望着丈夫，半信半疑地说："家梁，你倒是说句话啊？"

臧家梁依然没有吱声。

臧远方小声说："我不相信佩芸是那样的人。"

臧远茹附和道："我也不相信。"

臧远胜闻言，不由就急了，冲大哥大姐怒道："喂，你们这是什么意思？你们的意思就是我撒谎了？告诉你们吧，因为慧珊就要生了，我不想以后再生出什么乱子，惹她误会，所以就想要把事情和你们明说了。早知道你们这样想，我就干脆不说算了！"

庄淑环点点头说："是啊，是啊，我们远胜怎么可能说谎呢？再说远航不能尽人事，佩芸又青春年少，不就等于守活寡喽。她不安分，也是正常的嘛。"

郭文芳闻言，不由愠怒道："你这是什么话？我私下里问过吉祥，他还说是他们每天都同房，还女上男下呢。"

臧家梁铁青着脸，终于忍不住了，打断妻子的话说："行了，行了,你不用说得那么露骨,远方和远茹还没有成亲呢。"

郭文芳转向众人道:"你们想想,没结婚的人,是绝对不会知道同房和'女上男下'的,所以明显是有人撒谎!"

正好这时,吉祥提着臧远航的公文包,径直走进来。

郭文芳眼珠一转,立刻拉住他问:"吉祥,你还没结婚吧。来,告诉大家,什么叫同房,什么叫女上男下。"

没想到,吉祥却朗声道:"同房就是同住一个房间,女上男下就是女的住床上,男的住床下。"

众人闻言,同时一怔。

庄淑环回过神来,立刻问:"你是听谁说的?"

吉祥坦然道:"不用听谁说啊,航少爷和少奶奶就是这样的啊。"

郭文芳听了这话,气得脸都青了!

与此同时,徐佩芸搀扶着臧远航走进来。

于是刚才喧嚣的房间,一下子就安静了下来。

徐佩芸疑惑地问:"大家今天怎么这么安静?"

众人全都鄙视地望着她。

徐佩芸试探地问:"大姐,发生什么事了吗?"

臧远茹委屈地说:"佩芸,远胜说你拉着他,不让他回……"

郭文芳还没等她说完,便厉声道:"佩芸、远航,你们跟我来!"

第25章 有引狼入室的可能

臧家大院后院三房小院客厅内,气氛显得非常压抑。

臧家梁夫妻坐在沙发上,前者一言不发,后者则是怒气冲冲。

郭文芳率先兴师问罪道:"佩芸,你给我说实话,到底有没有这回事?"

臧远航立刻说:"妈,我是绝对相信佩芸不会的。"

郭文芳却瞪了他一眼,没好气道:"你给我闭嘴!你骗我的账,我还没和你算呢!"

徐佩芸诚恳说:"爸、妈,你们要相信我。我真的真的没有和二哥怎么样,更没有拉着他,不让他回家。"

郭文芳却厉声道:"无风不起浪,你竟然还敢狡辩?"

徐佩芸冷静地说:"我并没有狡辩,他之所以血口喷人,那是因为,我发现他在腾龙号上走私枪支弹药。原本我想将这件事回家告诉爸的,没想到他倒恶人先告状了。"

郭文芳却没好气道："你有没有搞清楚，恶人不是远胜，是你！"

徐佩芸诧异地说："妈，自从我进臧家，你一直视我如亲生女儿，我怎么会是恶人呢？"

郭文芳愠怒道："你要是知道我视你如亲生女儿，你还会利用远航行走不便耍小聪明吗？你不和他同房就算了，还让他睡地板？你就不怕把他冻出个好歹来！"

臧远航分辩说："妈，那是我愿意的，因为我……"

臧家梁听了这话，连忙向儿子使了个眼色。

他最担心的，仍然是妻子知道真相后，受不了打击。

臧远航无奈之下，只好改口道："因为我不想让佩芸冷着。"

没想到，郭文芳听了这话，越发难过了起来，伤心地说："儿子你好可怜啊，都这样了，还为这个女人着想。"又冲儿媳妇怒吼道，"你还说自己不是恶人，谁信呢？"

没想到，臧家梁和臧远航闻言，竟然异口同声道："我信！"

郭文芳更加愠怒了："我看你们父子俩，都被这个女人给骗了！"

臧远航语气坚定地说："妈，佩芸从来没有骗过我，反而是二大和四爷爷骗了我。"

臧家梁不由眉头一皱问："他们又怎么骗你了？"

臧远航惭愧道："别的就不说了，今天他们竟然趁佩芸外出之时，拿来一份合同让我签，我不签，他就骗我说，是佩芸已经同意了的，我以为是真的，就签了。要不是因为我的股权已经委托给佩芸代管，我们码头以后就要用旺发行的煤炭了。"

郭文芳不由吃了一惊，转向儿媳妇，语气缓和地说："真的有这事？"

徐佩芸点点头道："是的。"

郭文芳脸色这才缓和下来，但还是怒气冲冲地说："二房一家人，真是越来越不像话了，自己做下这么不要脸的事情，竟然还想来骗我们！"

臧家梁却冷哼一声道："他再也骗不了我了！我的脑袋虽然生病了，可是我的眼睛还是好好的！不错，以前的远胜虽然不上进，但并不是个坏孩子。可是自从慧珊嫁进来后，他就变得越来越不像以前的他了。现在，码头只有佩芸还在苦苦撑着，他们诋毁佩芸，不过是想赶走她，独占码头而已！"

郭文芳不由张大了嘴巴，情不自禁地"啊"了一声。

徐佩芸万分感动地说："谢谢爸爸，我一定不会辜负你的这份信任，我一定会更加努力地经营好码头。"

臧家梁却摇摇头，担忧道："虽然身正不怕影子歪，可是，我担心这两件事情若是传扬出去，对我们码头的商誉会有不好的影响啊。"

徐佩芸疑惑地问："爸，你的意思是？"

臧家梁字斟句酌地说:"我的意思是,为了防止他再生出什么事端来,先请一个人暂代码头总经理职位。在这段时间,你专心照顾远航,想办法让他早日康复。"

徐佩芸立刻问:"爸,是不是你心里已经有人选了?"

臧家梁点点头道:"是的,就是你二叔徐立秋。"

徐佩芸闻言,不由一呆。

与此同时,她的脑海中不由浮现出,当初在徐州花园饭店时,叔侄俩的那番对话:

徐立秋立刻面露得意之色,嘿嘿一笑道:"'三十年河东,三十年河西。'码头自康熙年间建成到现在,已经有二百多年的历史了。在这二百多年里,不知道几易其主。虽然之前姓臧,不代表以后也姓臧。现在,我有半成股份,你也有远航的五成五的股份,如果我们叔侄俩加起来,就有六成的股份了。只要你足够狠心,码头就可以改姓徐了!"

徐佩芸想到这里,便想要提醒说:"爸,可是……"

她说到这里,便有些踌躇了。

如果她把二叔之前的想法说出来,肯定是背叛了二叔,可是二叔又一直那么疼爱她;如果不把二叔之前的想法说出来,公公却执意要请其回来,实在有引狼入室的可能。

臧家梁显然是深思熟虑过了,便望了望儿子和儿媳妇,推心置腹道:"其实这段时间,我一直在考虑要不要请他。但是今天一天就发生这么严重的两件事，让我深刻地意识到，要想指望你二大他们良心发现，简直比登天还难。正因为如此，反而更坚定了我请你二叔的决心。虽然他做事是心狠手辣了些，但是现在码头就需要像他那么狠的人！否则，根本就镇不住场子。再说了，他不但是码头股东，还是你的亲叔叔，请他来码头当代总经理，我是最放心不过的了。"

徐佩芸闻言，几乎就被噎住了。

好在臧远航沉吟片刻，便提醒说："爸，虽然你说的有些道理，但是通过上次码头年审的前前后后，你应该能看出来，徐立秋不仅仅是心狠手辣，更是唯利是图的，甚至为了达到个人目的，可以毫无道德底线。所以我担心有朝一日，他会为了个人利益，同样也心狠手辣地对付我们的。"

臧家梁叹了口气，无奈道："你们两个的担心，我不是没有考虑过。我们以前就是心太软了，所以才让你二大他们一次次作恶，直到几乎把码头掏成了一个空架子。更何况，我们现在首先要对付的，是你二大。至于以后的事情，以后再说吧。无论如何，我们不能因噎废食，是不是？"

臧远航叹了口气，无奈地说："确实，在我没有完全站起来前，单凭佩芸，又镇不住场子，现在除了这个提议，实也没有更好的办法了，那就试试吧。"

徐佩芸迟疑了一下，还是担忧道："我主要是担心再像上次那样,到时候请神容易送神难啊。"

臧家梁摆了摆手,打断了她的话说:"你不用再说了,我明白你的意思。你是担心徐立秋是你二叔,不过举贤不避亲嘛。再说这件事是由我决定的,与你无关,你完全不必担心别人说闲话。"

徐佩芸连忙解释道:"爸爸,你误会我了。别人说不说闲话,这些都是次要的。我觉得远航的担心,不是没有道理的。"

臧家梁不以为然地说:"常言道,'鬼怕恶人'!像你二大这种毫无良心和底线的人,也只有你二叔才能对付他,恶人自有恶人磨!否则,就算吴俊锋和王志信不再使坏,我们码头也永无宁日,甚至包括你和远航的人身安全!"

臧远航闻言,立刻望向自己的腿,然后一字一顿地问:"那我上次遭难,是不是也与他有关?"

郭文芳不由脱口而出:"是的!"

臧远航的脸色,立刻变得铁青!

臧家梁责怪地看了妻子一眼,连忙提醒道:"目前我们只是猜测,还没有确凿证据证明那件事与他有关,你可不许胡闹!"

没想到,臧远航却一字一顿地说:"我要是胡闹早就胡闹了。其实从一开始,我就怀疑到他了!"

臧家梁吃惊地问:"他是你二大啊,你怎么会一开始就怀疑他?"

臧远航冷笑一声道:"因为我掌管码头,不但挡住了他赚钱的财路,甚至还跑到徐州考察陇海铁路,想要集资在窑湾修一条铁路,这让他自私狭隘的心,再也不能容得下我了!"

臧家梁点点头,一脸若有所思。

臧远航忽然想到什么,疑惑地问:"不过,爸,那是你亲哥,你怎么也怀疑起他来了?"

臧家梁欣慰地说:"这要多谢佩芸,她打听到那个土匪头目张三锤以前在码头上做过事。当初我之所以开除他,就是因为他经常帮你二大夹带私货。"

臧远航望了妻子一眼,诧异地问:"这件事,你为什么没有告诉我?"

徐佩芸不好意思道:"我为了这件事,专门去找俊锋吃了饭,担心你会误会。"

臧远航毫不犹豫地说:"无论你做什么,我都相信你!"

徐佩芸不由心生惭愧,连忙避开他的目光。

与此同时,郭文芳更恨了:"二房一家,真是太歹毒了。争夺码头不说,竟然还想要我儿子的命!必须得找人好好教训教训他,我同意请徐立秋出任总经理!"

臧家梁迟疑了一下,还是说:"不过佩芸的担心,也是有些道理的,那我就再考虑考虑吧。"

徐佩芸和臧远航对望了一眼,只好欲言又止。

第26章　女追男隔层纱

清晨，臧家大院后院三房小院小夫妻俩卧室内，吉祥正在认真服侍臧远航洗漱。

没想到，他刚想把毛巾递过来，却忽然打了个响亮的喷嚏。

臧远航立刻感觉到有几颗唾沫，直溅到了自己的脸上。

吉祥连忙道歉说："航少爷，对不起，对不起，我没有忍住。"

臧远航接过毛巾抹了把脸，不以为然道："没关系的。"然后又关心地说，"你好像感冒了，这几天就不用伺候我了，回家好好休息吧。"

吉祥连忙说："那怎么行？少奶奶很忙，你一个人又……"但是刚说到这里，他一个没忍住，再次打了个响亮的喷嚏，同时面露痛苦地说，"我怎么感觉到，肚子也有点疼呢。"

臧远航催促道："快去看医生吧。"边说边掏出几块大洋递过去。

吉祥连忙推辞说："不了，我每个月除了应得的工钱，三老爷还另外给我一份，已经够多的了。"

臧远航却强行把大洋塞到他的手中，并叮嘱道："看病要紧，有什么困难，再回来找我。"

吉祥还想说什么，没想到正在这时，肚子却"咕噜噜"一声，更加疼痛难忍了。

他顾不得再说什么，捂着肚子就飞奔而去。

入夜时分，臧家大院后院三房小院小夫妻俩卧室内。

徐佩芸边铺床边说："天气越来越冷了，人也特别容易感冒。以后你就睡床上，我睡床下吧。"

臧远航摇摇头道："不必了！"

徐佩芸劝解说："你是病人啊，身体要紧。"

臧远航却固执道："可我是男人！"

没想到他话音还没落，就打了个喷嚏，却还是钻进了地铺的被窝里。

徐佩芸关切地说："你看，你都感冒了，快到床上睡吧。"

臧远航心中不由一动，试探道："要不，我们一起到床上睡吧。"

任谁都不知道，他的内心深处，其实有一个不为人知的秘密，那就是早在天主教会医院，他一度失去的男人的本性，已经在不知不觉间完全恢复了。

没想到徐佩芸听了这话,竟然小脸一红,非常干脆地拒绝了:"不行!"

臧远航又将身子缩回被窝里:"那我就不去!"

徐佩芸只好退一步说:"不如我先睡地上,等你感冒好了,我们再换回来,好不好?"

臧远航还是犹豫道:"可是,我不想你也感冒。"

徐佩芸反驳说:"你要是感冒再不好,就算我睡床上,也会传染我的。"

臧远航这才点点头道:"那好吧。"说完,便很不情愿地爬上了床。

徐佩芸这才松了一口气:"你先睡吧,我去给你熬点姜汤发发汗。"

清晨,臧家大院后院三房小夫妻俩卧室内。

臧远航躺在床上,正在大口大口地喝药。

徐佩芸摸了摸他的额头说:"好像还有点烫呢。"

臧远航勉强笑笑道:"没关系的,发了一夜的汗,我感觉好多了。"

徐佩芸提议说:"吉祥还没回来,要不,我今天不去上班了,在家里陪你。"

臧远航却摇摇头道:"绝对不行!我记得今天有一家德国客户,要过来码头签合同,你要是不在的话,二大他们,又不知道会闹出什么乱子来呢。"

徐佩芸只好站起身来,同时叮嘱说:"那我去上班了,你要是有什么事,就找孙管家和爸爸妈妈吧。"

臧远航点点头:"好的,你放心吧。"

臧家大院后院二房小院臧家栋卧室内,床上摆满了各类琳琅满目的首饰。

庄淑环正在喜滋滋地盘点着。

不大一会儿,臧远茹推门进来说:"妈,你找我?"

庄淑环点头道:"是啊,是啊,这些都是妈的首饰,你喜欢哪件?"

臧远茹好奇地问:"妈,这不年不节的,怎么想起来送给我首饰了?"

庄淑环笑笑说:"常言道,'闺女十七八,不是填房就是穷家'。你都已经二十四岁了。自从远胜结婚后,我就托白大嫂帮你物色了几户合适的人家……"

臧远茹立刻打断她的话,干脆地说:"我不相亲!"

庄淑环责怪道:"你看你,小孩子脾气又上来了不是?放心吧,你是臧家唯一的大小姐,妈既不会让嫁填房,更不会让你嫁穷家。男方不但要家世好、人品好，下雨天还要出得了家门。这方圆几十里，一下雨啊，大多数的路都很泥泞不堪，只有窑草公路两边的路是沙子路，下再大的雨也能走车行人的。白大嫂按照这个条件，帮你物色了几户合适的人家。一是魏牌坊村的魏家，开了好几间绸缎店；二是王楼村的王家，专做珠宝生意；三是纪集村的纪家，做蚕茧生意的；四是草桥村的许家，父亲是做县长的。这四户人家啊，都是当地数一数二的大地主，听说能和我们臧家攀上亲戚，都高兴得不得了。你看看哪家合适，我马上就让白大嫂安排相亲。"

臧远茹坚决地说："哪家都不合适！"

庄淑环不由愠怒道："你这孩子，难道想在家里当老姑娘不成？"

臧远茹不由委屈地说："我不是想当老姑娘，我只是……"

庄淑环打量了女儿一遍，忽然明白了什么，便试探着问："莫非你心里已经有人了？"

臧远茹点点头，却又摇摇头。

庄淑环鼓励道："如果你看上谁，就去追呗。男追女，隔座山；女追男，隔层纱。你再胆小，一层纱还是敢戳的吧。"

臧远茹苦笑着说："妈，你这句话不对。名川大山固然难爬，不过小山包也很好过呢；纱要是普梳纱还好，要是精梳纱，也是不好戳的啊。"

庄淑环被噎得干瞪眼，好半天才没好气地道："你成心跟我抬杠是不是？我就是打个比方，叫你去追人家，又没有真的叫你去爬山戳纱！"

臧远茹不由低下头，羞涩地说："我、我、我不好意思呢。"

庄淑环不以为然道："哎，'男大当婚，女大当嫁'嘛，有什么害羞的？你要是再不捅破这层窗户纸，我就找人安排你相亲，相也得相，不相也得相。"

臧远茹连忙摇头说："我不相亲，打死我我都不相亲！"

庄淑环板着脸道："那你就得去捅破这层纱！"

臧远茹只好说："好好好，我捅，我捅还不行吗？"

天主教会医院外，除了来往病人，教徒并不多，所以显得有些冷清。

臧远茹站在门口，犹豫不决。

她暗中鼓励自己说："臧远茹，进去吧。就像妈说的那样，'男追女，隔座山；女追男，隔层纱。'"边说边要抬脚。

没想到正在这时，一脸疲惫的赵涟泰迎面而来。

他看到老同学，不由一怔："远茹？"

臧远茹尴尬地招呼道："涟泰。"

赵涟泰关切地问："你怎么在这里？有事吗？"

臧远茹连连摇头说："没、没，对了，我还没有吃晚饭呢。"

赵涟泰爽快道:"我也没吃。不如,我请老同学去小蓬莱吧。"

臧远茹惊喜地点点头说:"好啊好啊。"

小蓬莱二楼包厢内,虽然只有两个人,但是桌上还是摆了不少菜。

赵涟泰埋头大口大口地吃着饭,看上去好像很饿的样子。

臧远茹拿着筷子,却是一副心事重重的样子。

赵涟泰吃完一碗后,才终于抬起头,歉然道:"不好意思,我实在是太饿了。研制了一天的验方,中饭都没来得及吃呢。"

臧远茹却答非所问地说:"涟泰,你怎么还不结婚?"

赵涟泰开玩笑道:"这么隐私的问题啊,可以不回答吗?"

臧远茹正色说:"不可以。"

赵涟泰只好苦笑道:"那好吧。我是应了那句老话,'我爱的人,成了别人的新娘'。"

臧远茹眼神一黯,但还是充满期待地问:"那爱你的人呢?"

赵涟泰立刻避开她的目光,坚定地说:"我的心,只属于一个人。"

臧远茹立刻道:"我知道你说的是佩芸,可是,她现在已经是远航的太太了。你是赵家的独子,不可能一辈子不结婚吧。所以啊,你也应该为自己考虑考虑了,是不是?"

赵涟泰却摇摇头说:"除了佩芸以外,我不想考虑任何人。"

臧远茹不由一愣，但想起母亲的催婚，还是硬着头皮，鼓起勇气道："如果我说，这些年我其实一直深爱着你，你会考虑我吗？"说完，便紧张地盯着他。

好在赵涟泰早就知道她的心意，便字斟句酌地说："远茹，你是个好姑娘。谢谢你的这份感情，可是我不想伤害你。"

臧远茹尽管早就做好了心理准备，但是得到这个回复，还是失望极了，不禁哽咽道："你知道吗？在你说不想伤害我的时候，其实已经对我造成了最大的伤害！"

赵涟泰歉然地说："对不起。"

臧远茹顿时泪如雨下，沙哑着声音道："你没有对不起我。我爱不爱你，是我自己的事，与你有什么关系呢？"说完，站起身来，捂着脸，脚步踉跄着向门口跑去。

赵涟泰立刻站起身来，焦急地说："远茹，远茹。"

正在这时，服务生过来，他连忙付了钱，并迅速追了上去。

小蓬莱外，没想到臧远茹跑到门口，正遇到此时最不想看到的人！

不知就里的徐佩芸见状，立刻关心地问："大姐，你怎么了？"

臧远茹看到她，却哭得更凶了，连脚步都没有停，一路向前狂奔！

于是，徐佩芸就更加纳闷了。

正在这时,赵涟泰匆匆从小蓬莱追出来。

他一边追一边焦急地喊道:"远茹,远茹。"

徐佩芸立刻明白了什么。

与此同时,赵涟泰也看到了她,不由愣住了。

他连忙解释说:"佩芸,我……"

徐佩芸责怪地问:"大姐怎么哭了?你是不是说了什么伤害她的话?"

赵涟泰歉然道:"我已经伤害了你,不想再伤害别人。没想到,我还是伤害了她。"

徐佩芸闻言,不由皱起了眉头。

她望着臧远茹消失的方向,一脸若有所思。

第27章 黑热病

臧家大院后院三房小院小夫妻俩卧室内,地铺已经打好了。

臧远航睡在床上,又打了一个喷嚏,同时吸了吸鼻子。

徐佩芸端着一碗药走进来,担心地说:"远航,怎么还在打喷嚏?看来感冒又加重了。"

臧远航忍不住哆哆嗦嗦道:"我好冷啊,怎么这么冷?"

徐佩芸安慰地说:"我又熬了一碗姜汤,快起来趁热喝了吧,再不好的话,我带你去看医生。"

臧远航带着重重的鼻音"嗯"了一声。

然后他从床上爬起来,走到桌子前,谁知道刚端起碗来,却又打了一个响亮的大喷嚏。

臧家大院后院三房小院小夫妻俩卧室外,忽然传来脚步声。

原来是郭文芳正好经过门口。

她听到房内的声音，不由惊叫一声道："啊，好像是远航的声音！"边说边毫不犹豫地推开门。

此刻，臧家大院后院三房小院小夫妻俩卧室内。

臧远航脸色苍白地坐在桌子边，看上去没精打采的。

徐佩芸正在细心地伺候他喝姜汤。

两人听到门口的声音，同时望去。

徐佩芸看到来人，连忙站起来身来，恭敬地说："妈。"

臧远航不高兴道："妈，你进别人房间都不敲门的？"

郭文芳刚想说什么，一眼就看到了地上打着的地铺，不由就怒了！

她瞪了儿媳妇一眼，愠怒地说："这么冷的天，你竟然还让远航睡地铺！"

臧远航不高兴道："妈，地铺是佩芸睡的，床才是我睡的。"

徐佩芸解释说："妈，我以前也没有让远航睡地铺，只是他不听而已。"

臧远航刚想说什么，却又打了一个响亮的喷嚏。

郭文芳疼爱地摸了摸儿子额头，立刻惊叫起来："竟然这么烫？"立刻呵斥儿媳妇说，"你到底是怎么照顾远航的？他都病成这个样子了，你都不带他去看病？"

徐佩芸歉然道："对不起，妈，今天来了一位德国客户和码头签合同，所以耽搁了。"

郭文芳听了这话,更加生气了,不由提高了声音说:"码头、码头,又是码头!在你心目中,到底是码头重要还是远航重要?到底是码头和你过一辈子,还是远航和你过一辈子?"

臧远航有气无力道:"妈,你不要再骂佩芸了,她已经很辛苦了,等吉祥回来就好了。"

郭文芳愠怒地说:"现在到处都是流行性黑热病,你要是得了黑热病,只喝姜汤有什么用?"

徐佩芸吃惊地问:"流行性黑热病?我怎么没听说过?"

郭文芳怒气冲冲道:"你当然不知道,你的心里只有码头!这次远航要是真有个三长两短的,看我饶得了你!"

徐佩芸歉然地说:"妈,对不起。"

郭文芳厉声道:"现在还说这些有什么用?赶紧去济世堂请赵先生!"

徐佩芸却站着没动,而是提议说:"如果真的被传染上黑热病,中药见效很慢,不如带他去教会医院吧。"

郭文芳没好气道:"你又不是不知道,中药不但能治病,还能强身健体;西药见效快是快,吃多了对身体不好!"

徐佩芸只好委屈地说:"我马上去。"

夜半时分,中宁街上。

徐佩芸裹紧衣服,奔跑在清冷黑暗的街道上。

一个不小心,竟然跌倒了。

她连忙爬起来,重又迅速向前奔跑。

与此同时,臧家大院后院三房小院小夫妻俩卧室内。

臧远航双眼昏昏地睡在床上,脸都烧得通红了。

郭文芳摸了摸他的额头,不由发出一声惊叫!

正在这时,臧家梁带着臧家人走进来,纷纷问:"远航怎么样了?"

郭文芳望着丈夫,泪眼婆娑道:"烧得烫手,我感觉不太像一般的感冒。"

臧家栋闻言,不由失声叫起来:"不会是黑热病吧?我听说因为这个病,乡下已经死了好多人了!"

臧增福瞪了二儿子一眼,生气地说:"你这么大的人了,连一句吉利话都不会说?"

曹秀英连声道:"呸呸呸!我小孙子福大命大,一定不会有事的。"

庄淑环却幸灾乐祸地说:"命再大,要是得了这个病也是没用的。我二姐家的小儿子,就是得了黑热病死的。"

众人闻言,同时吃惊地"啊"了一声,然后纷纷向后退去。

郭文芳心里更是"咯噔"了一下。

臧家梁眉头紧皱问:"烧这么高的温度,怎么现在才发现?"

郭文芳怨恨地说："都怪佩芸！远航已经病了几天了，她一心忙码头的事，就把远航的病耽搁了。"又发狠道，"这次远航要是真有个三长两短的，我饶不了她！"

没想到正在这时，外面忽然传来一个惊恐的声音："不好啦，不好啦！"

与此同时，孙管家跌跌撞撞跑进来，一脸慌张。

臧家梁连忙问："孙管家，发生什么事了？"

孙管家气喘吁吁地说："吉、吉祥家刚刚派人来报信，他被传染上黑热病，已、已经去了！"

听了这话，所有人都惊慌失措起来。

那个眉清目秀的男孩子，才只有十六岁啊！

一时间悲伤的气氛，暂时冲淡了原先的惊慌。

不一会儿，徐佩芸就领着赵延成师徒，急匆匆走了进来。

众人立刻让开一条道，纷纷恭敬道："赵先生来了。"

赵延成冲大家点点头，径直走到臧远航床前。

他刚一把了把脉，脸色就立刻变得凝重了起来。

郭文芳不由紧张地问："赵先生，是不是黑热病？"

赵延成毫不犹豫地点了点头。

众人均是大吃一惊！

郭文芳更是差点儿晕倒！

徐佩芸想要去搀扶，却被一把推开了。

她哽咽地说："赵先生，我就远航这一个多灾多难的儿子，我求你救救他吧！"

赵延成摇摇头，为难道："目前来说，对于黑热病，中药只能预防和救治早期病人。但是病人若是已经中晚期，治疗效果就很不理想了。"

郭文芳闻言，立刻责怪地对儿媳妇大吼："是你害的，都是你害的，可怜远航还拄着拐杖，根本不能照顾自己，你为什么要把他丢在家里，自己去码头啊。"又扑向儿子哭喊道，"远航，你的命真是好苦啊！"

徐佩芸终于摆脱了婆婆，便急切地问："赵大，难道一点办法都没有了吗？"

赵延成叹了口气说："就现有的中医验方而言，目前只能维持现状，但是不能根治。"

徐佩芸又问："那西医呢？我记得报纸上说过，有一种名叫'斯替黑克'的西药注射液，治疗黑热病效果很好。"

臧家梁闻言，眼睛不由一亮，焦急道："真的吗？那教会医院有这种药吗？"

赵延成摇了摇头说："黑热病刚一在此地发现，双神甫就去上海买了，不过现在正好是黑热病高发期，很多药店已经断货，根本就买不到。无奈之下，他就直接去了美国。只是这一路山高水长的，等他回来，还不知道要拖多久呢。"

大家听了这话，不由面面相觑。

徐佩芸仍然不死心地问："难道除了西医，我们中医就没有别的办法了吗？"

赵延成叹了口气说："还有一个不是办法的办法。"

大家立刻问："什么意思？"

赵延成沉吟了片刻，还是道："这段时间，我家涟泰一直待在医院，没日没夜地研制攻克黑热病的验方，至于能不能成功，什么时候成功，只能看病人的造化了。"

众人听了这话，再次面面相觑！

第28章 一心不能二用

天主教会医院外,徐佩芸焦急地在门外徘徊着。

看门的大爷,不时同情地望着她。

与此同时,臧家大院后院三房小院小夫妻俩卧室内。

臧远航依然昏昏然地躺在床上,双眼紧闭、嘴唇干裂、神情憔悴。

臧增福夫妇和臧家梁夫妇轮流看护着他,个个心急如焚。

又一天清晨,天主教会医院外。

徐佩芸继续焦急地在门外徘徊着。

她一边盯着医院,一边心急如焚道:"已经是第三天了,涟泰,求求你,赶快研制出来吧。远航需要你啊!"

好在不大一会儿,看门的大爷忽然伸出手,并招呼她说:"姑娘,我刚听医院的人说,赵医生成功研制出了治疗黑热病的验方呢!"

徐佩芸不由惊喜异常："真的？谢谢大爷！"边说边迅速往医院内跑去。

天主教会医院副院长办公室外，竟然站着几个偷听的医护人员。

徐佩芸疑惑地走过去，却听见里面传来激烈的争吵声。

她犹豫了一下，便踮起脚尖，从窗口向内望去。

此时，天主教会医院副院长办公室内。

头发凌乱、胡子拉碴的赵涟泰，正愠怒地说："我研制的治疗'黑热病'的验方，所选用的中药材本来就很贵，所以我绝不同意再以一百倍价格出售！"

史密斯耐心地解释道："你要知道，现在除了'斯替黑克'，就只有我们的验方能治疗'黑热病'了。所以病人别无选择，就是再贵，他们也会来买的！"

赵涟泰闻言，情绪更加激动起来了："可是你想过没有，我的验方本来就贵，你现在却要以一百倍的价格出售。你这样做，是乘人之危、哄抬药价，会有好多穷人，因为买不起药而丧命的！"

史密斯毫不示弱地说："赵医生，我要提醒你的是，我们经营的是医院，不是慈善机构！"

赵涟泰反唇相讥道："我也提醒你，你是医生！救死扶伤，乃医生之根本！"

史密斯不由一愣，这才缓和了语气说："赵医生，你所说的那套,是中药理论。但是你知道,在我们西方,任何一款药品上市,都有相应的知识产权保护,并不是谁想用就用的。所以就算我们不哄抬药价,也绝对没有无偿救人的道理!"

赵涟泰却态度强硬道:"如此,我立刻辞职!另外,我的'黑热病'验方,是我在我的先祖、清代明医赵学敏所著的《串雅》《本草纲目拾遗》和《医林集腋》等医书著作的基础上,多次研制而成,我也会一并带走!"

史密斯不由大惊,试图挽留他:"赵医生,你不要冲动!你知道,我一直是很欣赏你的。我们的中西医结合疗法治疗高位截瘫,也已经初见成效。你若是这个时候离开,可谓前功尽弃哦!再说,你的'黑热病'验方所使用的中药材,都非常昂贵,你若用以无偿救人,那可是一笔不小的损失啊!"

赵涟泰斩钉截铁地说:"只要能消灭疫情,挽救更多人的生命,我赵某人就算倾家荡产,也在所不惜!"说完,转身决绝而去!

史密斯望着他的背影,不由喃喃自语道:"倾家荡产去救人?这些中国人,简直太不可思议了!"

此时,天主教会医院副院长办公室外。

赵涟泰抱着一大摞中药材,毫不犹豫地走出来。

徐佩芸连忙迎上去说:"涟泰……"

赵涟泰见到她,立刻安慰道:"佩芸,放心吧。这几天,我的

'黑热病'验方，已经成功救治了十多个濒危病人，远航一定会没事的！"

臧家大院后院三房小院小夫妻俩卧室内，臧远航仍然双目紧闭。

赵涟泰给他把了脉后，便拿出几款中草药交给徐佩芸。

不大一会儿，大半碗黑色的中药就熬好了。

此时，臧远航已经彻底昏迷，完全没有了意识。

徐佩芸把他轻轻扶起来，然后由赵涟泰扒开他的嘴，小心翼翼地灌了进去。

不大一会儿，臧远航脸上的红润就逐渐褪去，并缓缓地睁开了双眼。

大家见状，纷纷激动道："醒了，醒了，终于醒了！"

郭文芳更是惊喜万分，连声说："儿子，我的好儿子！"

他虚弱地说："妈，我这一觉，睡得好长啊！"

郭文芳抹着眼泪道："三天三夜，整整三天三夜啊。"

臧家人见状，不由喜极而泣。赵涟泰和徐佩芸也相视一笑，一切尽在不言中！

江西会馆济世堂对面，新开业了一家"中西大药房"。

只见店门口挂着一副醒目的对联："但求世上人无病，不怕架上药生尘。"

随着一声震耳欲聋的鞭炮声,整个街道都沸腾了。

不大一会儿,一个天大的好消息便被口口相传了!

这个消息就是:"济世堂赵先生的儿子赵涟泰,新开了一家'中西大药房',无偿救助黑热病人呢。"

就这样,很多人扶着或抬着病人,从四面八方向"中西大药房"涌去。

中西大药房内,早已被病人及家属围得水泄不通了。

赵涟泰坐在挂着"中西大药房"字样的店铺前,正紧张而有序地给病人把脉、开验方、发药材!

在他身边,一侧是排放整齐的西药,另一侧是各式各样的中药。

臧家大院后院三房小院客厅内,臧家梁夫妇一前一后走进来。

郭文芳后怕地摸摸胸口说:"我刚才喂了远航一大碗粥,他终于没事了,可吓死我了!儿子要是有个三长两短,我也不想活了!"

臧家梁感激道:"以前要是有人得了这个病,就别指望了,真是多亏了涟泰呀。"忽然想到什么,不由叹了口气说,"涟泰和佩芸原本是一对,说起来,也是我们对不起两个孩子啊。"

郭文芳却没好气地说:"什么对不起!她要是好好照顾远航,

远航又怎么会得这个病?"

臧家梁不满道:"他是吉祥传染的,又不是佩芸传染的。"

郭文芳仍然固执地说:"就算不是她传染的,她要不是一心扑在运河码头上,我们根本就不会请吉祥,远航又怎么会被传染上?"

臧家梁责怪道:"你怎么能这样说呢?佩芸也是为了码头好呀。"

郭文芳却态度强硬地说:"码头重要,还是儿子重要?远航的身体本来就没有复原,这一病,就更不好了。佩芸要是还不把心思从码头上收回来,远航要是再有个三长两短,我们夫妻俩也不要活了!"说完,便呜呜地哭起来。

臧家梁听了这话,也有些动容了,便安慰道:"你别哭了,我再想办法就是了。"

第29章　破而后立

臧家大院客厅内，除了臧远茹，其余臧家人都陆续走向饭桌。

不大一会儿，徐佩芸也搀扶着臧远航走过来。

郭文芳关切地问："儿子，感觉好点了没有？"

臧远航点点头道："真要多谢涟泰哥了，经过这几天的巩固治疗，已经好多了。"

曹秀英爱怜地说："我的乖孙子哟，好可怜哦，快来坐在奶奶身边。"

臧远航走过去，挨着奶奶坐下。

曹秀英摸了摸他的额头，这才长松了口气，却瞪了小孙媳妇一眼，没好气道："以后你就专心照顾远航，就算码头的天塌下来了，你也要把远航放在第一位，记住了没有？"

徐佩芸犹豫了一下，还是说："记住了，奶奶。"

至此，一家人这才开始吃饭。

吃着吃着,臧家梁忽然想起什么,抬头道:"对了,今天,我要向大家宣布一件大事。"

所有人立刻停止吃饭,全都好奇地问:"什么大事?"

臧家梁缓缓地说:"徐立秋这个人,你们还记得吗?"

大家疑惑地互相望了望,然后纷纷点头道:"记得啊,怎么了?"

臧家梁吸了一口气,严肃地说:"我已经正式聘请他担任码头的代总经理,下周即从北京来窑湾上任。"

大家闻言,不由面面相觑。

徐佩芸立刻皱眉道:"爸,是不是太快了一些?我还想过一段时间再说呢。"

臧家梁却打断她的话,耐心地说:"佩芸,我明白你的意思,你是想要码头和远航兼顾。不过现在看来,一心不能二用,否则结果就是,你既管理不好码头,又照顾不好远航。所以我想,只有请个人来接过码头的重担,你才可以一心一意照顾远航。等他完全康复后,再把码头交给他也不迟。"

徐佩芸却欲言又止道:"爸,我们码头是家族生意,二叔终归是外人。"

臧增福却不以为然地说:"佩芸哪,关于这个事情,我老人家可是要多说两句了。你二叔虽然是外人,但终归是你的亲二叔。远航出事之前,不也是那么信任他吗?"

听了这话，大家都沉默了。

臧远航更是面容平静，不置可否。

与此同时，臧家栋和臧远胜也对望了一眼。

徐佩芸再次说出了自己的担忧："爸，你知道二叔的性格比较激进冒险，和我们码头循规蹈矩的做生意理念，很不相符啊。"

郭文芳不高兴道："佩芸，我们臧家当初娶你进门，本来就是想让你照顾远航，不是让你管理码头！但是现在，你为了码头，连远航的身体都不放在心上了，你还有半点当人家太太的样子吗？现在你爸要请你亲二叔来减轻你肩上的担子，你又不同意，你到底想要怎么样啊？"

徐佩芸叹了口气说："妈，我也想要远航早点好起来，只是……"

郭文芳不耐烦道："你不必再多说了，现在摆在你面前的有两条路。要么马上把远航的五成五股份交出来，要么专心做个好太太，你自己选择吧。"

徐佩芸耐心地说："妈，我这样做，也是为了码头好啊。"

郭文芳却厉声道："开口闭口为码头好，你怎么不为远航好！你心里到底还有没有远航这个丈夫？"

臧远航不高兴地说："妈，你怎么可以这样说佩芸？"

郭文芳冷冷道："我怎么就不能说了？他心里要是有你，我就是她妈；他心里要是没有你，我就不是她妈！"说完，拂袖而去！

臧远航连忙追上去，边追边说："妈，你不要生气，你听我说……"

徐佩芸见状，不由黯然。

臧家梁安慰道："佩芸哪，你妈虽然态度不是很好。不过呢，她说得也没有错。你二叔又不是外人，你为什么一而再再而三地阻止呢？上次要不是他帮忙跑年审，码头现在就已经不姓臧了。"

徐佩芸摇摇头说："爸，跑年审和做生意不同，跑年审是要用到二叔在北京的人脉；但是做生意，仅有人际关系是远远不够的。再说，二叔在窑湾，也并没有什么人脉。"

曹秀英却反驳道："佩芸，你怎么张口闭口做生意，你有没有为远航想过？"

臧远方也附和地说："是啊，佩芸。既然爷爷奶奶、三叔三婶都这样说了，你怎么还不同意呢？"

徐佩芸却仍然摇头。

没想到，一直沉默的臧家栋，竟然也出乎意料道："我也同意家梁的提议。虽然我被徐立秋整过两次，不过我得承认，他很有手腕。生意人嘛，不要点手腕怎么能行？"

臧远胜闻言，不由疑惑地望向他。

臧家栋却得意地一笑。

徐佩芸见状，就更加戒备了。

曹秀英却连声说："你看你看，连你二大都佩服他，说明徐立秋这个人，还真是有点本事的。"

臧家梁也有些不满道："佩芸，既然大家都支持，你怎么还反对呢？你到底想要怎样啊？"

徐佩芸固执地说："爸，真的不行。"

臧家梁气得一拍桌子，拂袖而去。

臧增福夫妇摇了摇头，也跟了出去。

这些谈话，陆慧珊是插不上嘴的，早就憋了一肚子气了，见此情景，便撇了撇嘴，不屑道："一天到晚不是码头就是生意，烦都烦死了。"然后转移话题问，"妈，大姐呢？今天怎么没来吃饭？"

庄淑环无奈地说："你大姐也不知中了什么邪，说是病了，这几天话也不说、饭也不吃的，人都瘦了整整一圈了。"

徐佩芸闻言，忽然想到什么，就闷闷道："我去看看大姐吧，大家慢吃。"说完也起身走了。

臧远胜看她走后，便急不可待地问父亲："爸，你以前不是很讨厌那个牛皮大王的吗？这次怎么会赞成让他回来呢？"

臧家栋瞪了他一眼，教训说："你以后做事用点脑子行不行？现在佩芸把码头管得死死的，我们爷几个连一分钱的好处都捞不到。要是那个牛皮大王回来了，依他的本性，不知道会搞出什么乱子来呢，到时候，别说走私枪支弹药了，走私飞机大炮都不在话下呢，哈哈哈。"

臧远胜一竖拇指,称赞道:"爸,姜还是老的辣,我以后还是要多跟你学学才行。"

臧家栋用筷子敲了一下他的头,没好气地说:"臭小子,你才知道啊。"

陆慧珊却沉吟不语。

臧家大院后院二房小院内,空无一人。

徐佩芸走到臧远茹卧室的窗户边,往里看了看。

只见臧远茹正蒙头睡在床上。

徐佩芸犹豫了一下,还是推开门走进去,并亲热地问:"大姐,你怎么了?"

臧远茹不说话。

徐佩芸便在床边坐下来,开解道:"无论你有什么事情,都不要憋在心里,说出来大家才好一起想办法呀。"

臧远茹听了这话,猛地掀开被子,没好气地说:"能想什么办法?你能想办法让他忘掉你吗?你能想办法让他爱上我吗?"

徐佩芸不由一怔。

臧远茹红着眼圈,哽咽道:"你明明知道,他不能忘掉你,就像我忘不掉他一样!"

徐佩芸立刻明白了什么,歉然地说:"对不起。"

臧远茹却冷笑一声道:"你们可真是般配啊,他也对我说了这三个字！其实爱不爱他，是我自己的事，与他无关，与你更无关！"说到这里，语气不由一凛，手指门口说，"我不想再看到你，你给我出去！"

徐佩芸难过地说："大姐。"

臧远茹再也忍不住了，有些失态地叫道："出去，你给我出去！"边说边将枕头狠狠地扔过去。

徐佩芸无奈之下，只好退了出去。

臧远茹望着她的身影，忽然趴在床上，放声大哭起来！

与此同时，臧家大院后院二房小院臧远茹卧室外。

徐佩芸心事重重地走出门，没想到却迎面碰到庄淑环。

她立刻招呼道："二大娘。"

庄淑环急急地问："远茹怎么样了？"

徐佩芸无奈地摇摇头。

正在这里，房间隐隐传来臧远茹的哭声。

庄淑环立刻加快了脚步，推门走了进去。

她看到女儿哭得梨花带雨的，不由心疼地说："远茹，你这是怎么了？你不吃不喝的，到底发生什么事了呀？"

臧远茹一头扑进母亲怀里，边哭边委屈道："妈，我听了你的话，就去捅那层纱了，没想到真的是精梳纱，呜呜呜……"

庄淑环连忙安慰地说："别哭、别哭，听妈的话，三条腿的蛤蟆不好找,两条腿的男人到处都是。"

臧远茹拼命摇头,却哭得更凶了。

当天晚上,臧家大院后院三房小院小夫妻俩卧室内。

臧远航躺在床上,脸色已经恢复如常了。

徐佩芸端过一碗药,走过来说:"再喝最后一碗吧,巩固巩固。"

臧远航立刻一饮而尽,然后感激道:"这段时间,你码头家里两边忙,真的是辛苦你了。"

徐佩芸笑笑说:"只要你没事,我累点没什么的。"

臧远航捶了捶腿道:"接下来,我一定好好锻炼,争取早日扔掉拐杖!"说到这里,忽然又想起什么,"对了,你为什么要一而再再而三地反对你二叔前来就任总经理一职呢?"

徐佩芸不好将二叔之前的想法说出来,只好叹了口气说:"我是担心二大和二叔两虎相斗,从此码头再无宁日了。"

臧远航却不以为然道:"倘若如此,那倒未必不是好事!"

徐佩芸诧异地问:"你这是什么意思?"

臧远航沉声说:"常言道,'不破不立,破而后立'。与其让我们小心翼翼地维持现状,每天都如履薄冰,倒不如让他们斗个你死我活,最终现出原形!正如爸说的那样,恶人自有恶人磨!"

徐佩芸却摇摇头,担忧地说:"我怕的是,他们不但两败俱伤,还会伤害臧家和码头,同时影响窑湾经济的高速发展。"

臧远航信心满满道:"无论发生什么,你只要记住一句话,'兵来将挡,水来土掩'就行了。更何况,我们不是一直怀疑上次我出事,始作俑者就是二大吗?只是苦于找不到张三锤,没办法对质而已。不过等他们斗到最后,究竟谁是人谁是鬼,最终都会现原形的!"

徐佩芸闻言,压在胸口多日的石头,终于放了下来,不禁喃喃自语地说:"我好像看到,之前不墨守成规,极富创新精神的臧远航,终于又回来了!"

臧远航却苦笑道:"我从来就没有离开,只不过是被突如其来的灾难,击到心理差点崩溃了而已。"说到这里,他不由顿了一顿,热烈地望着她,动情地说,"不过,幸好有你,我才没有彻底颓废,并重新有了斗志!"

徐佩芸却立刻避开他的目光,淡淡地说:"夜深了,早点睡吧。"说完,便站起身来,将碗放在桌子上,然后顺手拉灭了灯。

臧远航不禁有些失望,只能在黑暗之中,将那枚珍珠耳环,更紧地握在了手心。

第30章　不知道谁是谁的棋子

运河码头上，臧家梁带着徐佩芸、臧远航、臧远方和臧远茹等人，远远地眺望着北方。

伴随着一声悠长的汽笛声。一辆客船，缓缓停靠在岸边。

随即，徐立秋西装革履、踌躇满志地走下船来。

在他身后，是林辉、姚平和李浩三个跟班。

臧家梁立刻迎上去，热情地招呼道："徐先生，一路辛苦了！"

徐立秋三步并作两步走过来，紧紧握住他的手，体贴地说："臧会长，你身体有恙，却还亲自来迎接我，这叫我怎么过意得去呢？"

臧家梁认真道："你是佩芸的二叔，我们也算是亲家了。更何况上次你帮我们码头通过年审，我还没有好好谢你呢。"

徐立秋哈哈一笑说："臧会长说这话就见外了！你们臧家在窑湾德高望重，现在又担负着管理码头的重任。能为臧会长出力，立秋实在是三生有幸啊。"

臧家梁点点头道:"码头确实是个重任啊,你能如此爽快地答应帮忙,我真不知道该如何谢谢你呢。"

徐立秋连忙摆手说:"怎么能叫帮忙呢?我不但是码头的股东,还是佩芸的亲叔叔。于公于私,这个重担我都应该挑过来,又怎么会推辞呢?"

徐佩芸诚恳道:"二叔,我代表码头欢迎你再次出任代总经理。"

徐立秋亲热地说:"佩芸呀,我可是你亲二叔哦,怎么也变得这么见外了。"

臧远航也感激道:"二叔,那从今往后,臧家和码头就全靠你了。"

徐立秋爽快地说:"远航,你还记得当初我和你一起为码头年审劳心劳力吗?那是我这辈子经历过的最痛苦也最难忘的!也就是从那件事中,我感觉你是一个胆识过人、坚忍不拔、极富创新精神的青年才俊。如果不是后来发生的一系列事情,码头在你的带领下,绝对不是现在这个规模!"

他说到这里,忽然一拍侄女婿的肩膀,信誓旦旦道:"请你放心,现在由我出任代总经理,我不但要保持码头现有的成绩,还要在此基础上发扬光大,使之成为全国航运界的执牛耳者!"

臧远航微微一笑道:"那我就先谢谢二叔了。爸爸已经在小蓬莱准备了一桌船菜,为你们接风洗尘,我们边吃边聊吧。"

徐立秋立刻眉开眼笑，连声说："好啊，好啊，我已经好久没有吃到正宗的运河船菜了，今天一定要大快朵颐！"

运河码头管理处，臧家栋和臧增年站在门口。

一辆黑色的轿车，缓缓停了下来。

徐立秋推开车门走出来，后面跟着他的三个跟班。

臧家栋连忙迎上去，笑容满面地抱拳说："立秋兄，大驾光临，有失远迎，多有得罪哦。"

徐立秋却皮笑肉不笑道："家栋兄，客气了，怎么敢劳动你的大驾呢？"

臧家栋故作诚恳地说："立秋兄，上次是我做得不对，不过大家的共同目的，都是为了码头好，我知道你一定不会计较的。我这个人呢，一般不服什么人，但是我对你那可真是心服口服啊。你放心，我以后一定会全力支持你的工作！"

臧增年附和道："是啊，是啊，徐先生，我和家栋一定会全力支持你的。"

臧家栋大度地说："过去的事呢，过去的就过去了，一页纸掀过去嘛。"

徐立秋这才点点头，满意道："你们能这样说，我最高兴了。从现在起，我们一定要同舟共济，齐心合力把码头做大做强！"

臧家栋奉承地说："只要有立秋兄领航，想不做大做强都难哦。"

徐立秋不由大笑起来:"这话我爱听,哈哈哈!"

就这样,一行人有说有笑,浩浩荡荡地走进管理处。

运河码头管理处内,徐佩芸率领职员们排成一排。

徐立秋笑容满面、气宇轩昂地走进来。

职员们纷纷鞠躬招呼道:"总经理好。"

徐立秋在众人面前停止脚步,居高临下地说:"各位同仁好!大家不必多礼。虽然我是臧会长亲自聘请来的码头代总经理,按照以前的老话来说,就是大当家。但是我这个人呢,为人十分随和,最讨厌什么尊卑之分了。"

职员们闻言,情不自禁地鼓起掌来。

只有徐佩芸勉强笑笑,但是仍然看得出心事重重。

原本她以为,自己没有将二叔之前想让码头改姓徐的想法告诉公公和丈夫,有些内疚。但是现在看来,公公和丈夫的计划中,显然是想把二叔当成对付二房的棋子了。

这让善良的她,不禁左右为难,却也无可奈何。但是转念一想,不到最后一刻,谁都不知道谁是谁的棋子呢。

徐立秋倒是毫不在意侄女此刻的想法。

他看到大家对自己都还算尊重,这才摆摆手,满意地说:"好了,大家开始工作吧,另外所有中高层级人员,马上跟我到会议室开会！"

运河码头管理处会议室内，徐立秋率先走进去，当仁不让地坐在总经理的位置上。

徐佩芸坐在他旁边，林辉等三个跟班，站在其身后。

其余人员，则鱼贯而入。

等大家各就各位后，徐立秋清了清嗓子，神情严肃地说："各位同仁，从今天起，我和大家一样，都是运河码头的一分子了。既然臧会长高薪聘请我来码头当代总经理，我一定要把码头搞得风生水起，绝不会辜负他的厚爱！为此，我上任的第一件事，就是为码头的发展，拟订一个宏图大计。"

与此同时，他身后的林辉，从随身的公文包中，适时地取出一份文件，恭敬地放在他面前的桌子上。

徐立秋拿起文件，慷慨激昂道："这就是我的宏图大计计划书，我再修改一下，完善后发给你们。请你们一定要记住，发给你们不是征求你们的意见，而是让你们都动动脑子，尽最大能力，来配合这份计划的实施。我要特别提醒大家的是，实施这份计划，首要的条件是人才！现在，我带来了几个人才。"转向身后说，"林辉，你向大家介绍一下自己吧。"

林辉率先朗声说："大家好，我叫林辉，窑湾当地人，曾经在窑湾商业学校就读。这次能回到故乡与各位共事，十分荣幸。"

徐立秋介绍道："林辉在北京跟随我多年，帮我谈了好几个大的单子,是个十分难得的人才。以后,就由他担任财务部主任。"
又吩咐说,"远茹,林辉是新人,有什么不懂的地方,以后你多教教他吧。"

臧远茹无奈地说:"好。"

林辉恭敬道:"臧小姐,拜托。"

徐立秋又介绍说:"姚平,该你了。"

姚平虽然不如林辉长得帅,但气势倒不弱:"大家好,我叫姚平,以后请多关照。"

徐立秋称赞道:"姚平以前在北京通州码头做过报关工作,经验非常丰富,以后就由他担任报关主任。远方,你多教教他。"

臧远方无奈地说:"好的。"

徐佩芸微微皱着眉头。

徐立秋继续介绍道:"李浩,你呢?"

李浩无论相貌还是气势,都比前两位多了些书生气,声音也极为阴柔:"大家好,我叫李浩,请多关照。"

徐立秋有些炫耀地说:"李浩是上海商业学院高才生,以后就由他担任业务部主任。家栋兄,就麻烦你了。"

臧家栋连连点头,同时笑哈哈道:"没问题,完全没问题。"

徐佩芸听到这里,眉头皱得越来越紧了。

恰在这时,徐立秋又拿起一份文件,不无炫耀地说:"佩芸,这里都是北京、上海、南京三座城市各大码头的优秀人才,他们有的具备丰富的码头管理经验,有的精通英、法、意等国语言,我准备高薪聘请他们,来为我们的码头服务。你先看一下,如果没有意见的话,我马上通知他们,前来窑湾面谈。"

众人闻言,不由面面相觑。

徐佩芸勉强接过文件,却连翻都没翻就放在桌子上,然后非常平静地说:"二叔,你说得对,人才确实非常重要。但是我们码头现在的规模,暂时还不是很大,再说流动资金也十分有限。要是将这些人全都聘请来的话,仅工资一项,我们就应付不过来。所以,我看这件事,还是等以后再说吧。"

徐立秋闻言,脸上立刻掠过一丝不快,但是随即笑容满面道:"抱歉,我只是考虑到我们码头以后的规模,忽略了现在的实际状况。佩芸,你说得对,这件事以后再说吧。"然后又转向大家说,"各位还有什么要说的吗?如果没有的话,那么今天的会议,就到此结束了,我马上请各位到小蓬莱吃船菜。"

臧家栋歉然地说:"立秋兄,让你破费,多不好意思啊。"

徐立秋豪爽地一挥手道:"家栋兄这就见外了,我能和你们大家打成一片,花再多的钱也是值得的。"

臧远胜高兴地说:"那我们就恭敬不如从命了,谢谢徐总。"

其余人也纷纷附和道:"谢谢徐总。"

一时间,徐立秋被大家前呼后拥着,看上去好不威风。

他也觉得很有成就感,不由得意地哈哈大笑起来。

徐佩芸虽然也勉强笑了笑,但是仍然坐着没动。

第31章 十指不沾阳春水

宝通成钱庄账房内,王志信和王建平父子均是一脸焦虑。

不大一会儿,唐掌柜拿着账簿,急匆匆地走进来。

王建平连忙迎上去问:"我们的账面上,还有多少现银?"

唐掌柜为难地说:"还剩十一两。"

王建平不由"啊"的一声,跌坐回椅子上,同时喃喃自语道:"完了,完了,全完了!"

王志信的脸色更是变得铁青。

唐掌柜小心翼翼地说:"老板,我们还欠永升、合盛两家缫丝厂共计二十七万,明天就全部到期了。"

王志信叹了一口气说:"不仅如此,还有另外三家缫丝厂共计十三万呢。"

王建平不由绝望道:"整整四十万啊,这么大一笔巨款,就算现在把宝通成卖了,也凑不齐啊。"

王志信不由喃喃自语地说："看来现在，只有一个人能救我们了。"

王建平立刻脱口而出："吴俊锋？"

王志信无奈地点点头。

王建平却态度坚决道："不行！当初我之所以囤积生丝，就是想要赚一笔大钱，让宝通成早一点摆脱对他的依赖，你也就不用再去蹚他与臧家的浑水了。现在都走到这一步了，你怎么可以回过头再去求他？"

王志信却苦笑一声说："就是因为已经走到了这一步，所以才不得不去求他。否则，明天我们拿不出二十七万，肯定会引起挤兑，那宝通成就彻底完了啊，我怎么对得起王家的列祖列宗啊！"

王建平不由一呆，随即沮丧地低下了头！

此刻，吴家盐行总经理办公室内。

吴俊锋正在一根接一根地抽烟，看上去心事重重的。

不一会儿，崔玉存就推门进来说："老板，王志信来了。"

吴俊锋立刻精神大振，将烟头掐灭，然后冷笑一声道："真是天助我也，他确实也该来了！"

话音刚落，王志信就推门进来，并讨好地说："吴老板，好久不见哦。"

吴俊锋淡淡一笑，开门见山道："噢，王老板，我听说建平囤了有六千包生丝，前几天已经出手了，一定赚了不少银子吧？"

王志信惭愧地说："唉，别提了，不但一分钱没赚到，还亏大发了呢。"

吴俊锋故作惊讶地问："这是怎么回事？"

王志信郁闷道："你是知道的，我们本地农民，在春秋两季农闲时普遍养蚕。所以那些外商都喜欢来窑湾采购生丝。虽说定价权都在他们手中，但定得都非常高。所以我就想把方圆几十里所有缫丝厂生产的生丝全部囤积起来，迫使他们出更高的价格购买。没想到，往年一向歉收的意大利生丝，今年忽然就大丰收了，导致国际市场上的生丝价格急速下滑，于是那些外商，就把价钱压得很低。我本来不想卖，但是你知道的，生丝这个东西，很难长时间储存，无奈之下，我不得不以半价折扣甩卖给了顺风洋行，亏了近百万！就算把宝通成之前赚的钱全部贴进去了，还欠了有四十万啊！"

吴俊锋同情地说："哦，对你来说，这笔钱可不是个小数字啊。特别是你们开钱庄的，可不好欠外债，否则引起挤兑，那就麻烦了。"

王志信苦着脸道："谁说不是呢，所以我就来找你了，希望你能看在我们以往的情分上，再帮我一次吧。"

吴俊锋悠悠地说："按理，四十万对我们吴家大院来说，也不算是个大数目，不过呢……"他说到这里，却停住了。

王志信见状，立刻明白了什么，眼睛不由一亮，当即拍着胸脯道:"吴老板,我早就和你同乘一条船了。只要你能帮我保住宝通成,王某人就算肝脑涂地,也在所不惜!"

吴俊锋脸色这才缓和下来,笑眯眯地说:"肝脑涂地倒是不必了。"忽然想起什么了,于是就问,"对了,臧家高薪聘请徐立秋出任码头代总经理这件事,你听说了吗?"

王志信干脆道:"听说了。"

吴俊锋又问:"那个林辉你还记得吗?"

王志信点点头:"当然记得。上次在北京和臧家争执照,虽然失败了,可他也帮了我们不少忙。"

吴俊锋正色地说:"这次他也跟着一起来了。"

王志信诧异地问:"怎么?徐立秋那么精明,就没有怀疑他泄露秘密吗?还敢继续用他?"

吴俊锋诡秘一笑道:"他跟徐立秋这么多年,知道对方是个心狠手辣的角色。原本想等事情完结后,找个由头溜之大吉。没想到,中途败露。幸好他足够聪明,把我们给他的钱,全部存在了徐立秋的户头下,才因此躲过一劫。"

王志信试探地问:"徐立秋是个雁过拔毛的主,他这次回窑湾,一定不是为了帮忙,而是怀有自己的目的。那么林辉知道,他具体有什么打算吗?"

吴俊锋微微一笑,立刻将身子前倾,然后将嘴巴凑在他耳边,详细说着什么。

王志信听着听着，眉头皱得越来越紧了，但还是无奈地点了点头。

　　徐家大院客厅内，徐立春夫妻和小儿子围坐在桌子边。

　　徐佩剑望着满桌的佳肴，忍不住吸了吸鼻子，垂涎欲滴地说："好香啊。"边说边拿起筷子，想要夹菜。

　　徐立春却瞪了他一眼。

　　与此同时，柳兰香也打掉他的筷子，责怪道："你爸还没有动筷子呢，你着什么急？没大没小的。"

　　徐佩剑委屈地撇了撇嘴，只好心不甘情不愿地放下了。

　　柳兰香疑惑地问："对了，立春，你怎么忽然要他们姐妹俩回家了？到底有什么事啊？"

　　徐立春瞪了她一眼说："问什么问，等一会儿你不就知道了？"

　　柳兰香自讨了个没趣，却也不敢多言。

　　自从"姐妹易嫁"后，丈夫对自己就很少有好脸色了。

　　好在不大一会儿，徐佩芸就急匆匆地走进来。

　　她歉然道："爸、妈，对不起，我来晚了。"

　　徐立春亲热地招呼说："佩芸，来坐在爸身边。对了，远航怎么没有来？"

　　徐佩芸连忙回道："他病情刚刚稳定，暂时不方便外出。"

　　柳兰香却嘀咕一声说："不来才好，免得年纪轻轻的就拄着拐杖,让邻居们看到笑话。"

徐立春没好气道:"你又在嘟囔什么?"

柳兰香连忙摆手说:"没,没什么。"然后又焦急地望着门外,掩饰道,"哎呀,都这么晚了,佩萍怎么还不来呢?"

好在她话音刚落,就看到小女儿挎着一只笨重的菜篮子走进来。

柳兰香不由心疼地说:"哎呀,佩萍啊,你是千金大小姐嘛,怎么能拿这么重的东西呢?"

徐佩萍却熟练地掀开菜篮子,不以为意道:"爸、妈、姐姐、佩剑,你们来尝尝我煲的河蚌蛋汤。"忽然想起什么,"对了,爸,你找我们来,有什么事吗?"

徐立春表情严肃地说:"爸老了,佩剑还小,我找你们来,是有件事情想和你们商量一下。"

柳兰香母女三人闻言,不禁异口同声地问:"什么事?"

徐立春坦然道:"就是你二叔,他不是已经回窑湾了嘛,一直住在小蓬莱,很不方便,前几天就和我说,想把我们家以前的老房子买下来。"

徐佩芸不由一惊。

柳兰香脸色更是当即一变,尖着嗓门说:"门儿都没有!当初他把半个金山都败光了,连老房子都卖了去赌博。要不是你后来又托人赎回来,那栋房子早就不姓徐了。"

徐佩萍不满道:"妈,你就别总提过去的事情了。"

徐立春又问:"那他要是愿意出双倍的价钱呢?"

柳兰香双眼不由一亮,立刻连连点头说:"卖啊,卖啊,那当然卖啊。老房子嘛,大是大,不过总归是旧了,留在那儿也没用,谁爱买谁买去。"

徐立春扫了大女儿一眼,疑惑地问:"佩芸,你怎么不说话?你的意思呢?"

徐佩芸皱了皱眉头道:"我没意见,再怎么说,他也是我亲二叔。只是二叔怎么忽然想起来买老房子了?他以后是打算在窑湾长住了吗?"

徐立春点点头说:"是啊,他不是现在才有这个想法。上次他回来后,就和我说了,早就在北京待腻了,很想叶落归根呢。既然上海因为沿海,能成为苏南国际大都市;那么窑湾因为大运河,也有望成为苏北国际化大都市。所以他决定回北京后,好好寻找一个有发展潜力的大项目,然后就回来发展。这次你们码头正式高薪聘请他担任代总经理,应该也算是回来发展了吧。"

徐佩芸闻言,立刻就陷入了沉思。

柳兰香因为可以得到双倍价钱,所以心情大好,便爽快道:"老房子的事,就这样定了。佩剑早就饿坏了,来,大家一起吃饭吧。"

徐佩萍连忙说:"来,大家快点喝汤,一会儿凉了就不好喝了。"边说边麻利地盛起汤来。

徐佩芸喝了一口,便称赞道:"以前,你在娘家十指不沾阳春水,现在都学会煲这么好喝的汤了,进步真是很大哦。"

柳兰香却捧起小女儿的手,心疼地说:"妈早就和你说过,手是女人的第二张脸,看一个女人是否养尊处优,主要是看她的手。佩萍,你看你的手啊,以前在娘家时细皮嫩肉的,现在是粗皮糙肉。怎么,俊锋待你不好吗?"

徐佩萍连忙将手缩回,勉强笑笑道:"俊锋对我不知道有多好呢。冯广成戏班开演首场《三打黄天霸》,他还专门带我去看戏了呢。可惜,只看了半场。"

徐佩芸不由脱口而出说:"哦,原来那天是俊锋约你看戏啊?怪不得我们正谈着话,他就慌慌忙忙走掉了呢。早知道这样,我就该另外找时间约他了。"

徐佩萍脸色一变,惊讶地问:"你约他?谈什么?"

徐佩芸看她的样子,才自知失言,连忙掩饰道:"哦,没谈什么,不过是生意上的事而已。"

徐佩萍听了这话,立刻变得若有所思起来。

第32章　他的钱来路不明

当天晚上，吴家大院后院小夫妻俩卧室内。

吴俊锋正在看文件，同时不停地揉着眼睛，看上去非常疲惫。

徐佩萍挽着袖子，端了一盆水走进来。

她把盆放在架子上，小心翼翼地说："俊锋，我打了一盆水，来洗洗脸吧。"

吴俊锋将文件往桌上一推，不耐烦道："我吴俊锋娶老婆，是希望她能帮助我管理吴家偌大的家业，而不是每天只知道伺候我吃喝拉撒的！这种小事情，花钱随便请一个老妈子，都可以做的嘛！"

徐佩萍委屈地说："可是，我妈从小教我做女红，没有教过我做生意的事情呀。"

吴俊锋却反唇相讥道："你姐姐的亲妈在她很小的时候就去世了，你姐姐又是谁教的？不是没有人教你，是你没有用心去学而已!"

徐佩萍闻言,便鼓起勇气,试探着说:"我也很想帮你,也很想用心,那以后我再也不做女红了,更不看戏了,我到盐行去帮你做事,可以吗?"

吴俊锋闻言,脸色这才缓和下来,点点头:"你能这样想,是最好不过了。"

徐佩萍这才暗中松了一口气,忽然又想起什么,装作随意地问:"噢,对了,上次你和那个什么老板谈生意,谈得还顺利吗?"

吴俊锋疑惑地问:"什么老板?"

徐佩萍提醒道:"喏,就是冯广成戏班第一次上演《三打黄天霸》的那个晚上,你和他在小蓬莱谈生意,结果我们错过了上半场戏。"

吴俊锋这才恍然大悟,却支支吾吾地说:"哦、哦,我想起来了。金老板很爽快,我们已经签过合同了。"

徐佩萍不由惊讶地问:"金老板?"

吴俊锋却不以为意道:"是啊,金老板。"

徐佩萍的脑海,不由浮现那晚的场景:

吴俊锋冷冷地说:"我刚刚和周老板谈完生意,累都累死了,根本没有心情看什么戏。我要回家了,你自己想去就去吧!"说完这话,便想抬腿就走。

徐佩萍想到这里,便正色道:"可是上次,你和我说的是周老板呀。"

吴俊锋便有些不耐烦了，没好气地说："那就是周老板了，我记错了还不行吗？很晚了，洗洗睡吧。"

徐佩萍心里更加不舒服了，却欲言又止。

大运河堰上，工人们正在搬运装满粗盐粒子的麻袋。

吴俊锋催促说："快点，大家都快点，天气太热了，放在太阳下多一会儿，盐分就会挥发掉好多呢。"

工人们听了这话，速度越发快了起来。正在这时，徐佩芸从码头走上河堰。

吴俊锋连忙迎上去，热情地招呼道："佩芸，我正要找你。"

徐佩芸立刻问："什么事？"

吴俊锋得意地说："我找了几批盐贩子，终于查到张三锤现在在哪里了。

徐佩芸不由惊喜道："真的吗？他现在在哪儿？"

吴俊锋却笑着说："我帮你找到了，你准备怎么谢我呢？"

徐佩芸想了想道："不如等会儿下班后，我再请你到小蓬莱吃船菜吧。"

吴俊锋连声说："好啊，好啊，我们不见不散。"

徐佩芸歉然道："不好意思，我还有事，先走了。"说完便快速离去。

吴俊锋却依然痴痴地盯着她的背影，像丢了魂一般。

忽然，身后传来吴俊莹的声音："二哥，你看什么呢？那么入迷！"

吴俊锋连忙回头，掩饰地说："没，没看什么。"

吴俊莹叮嘱道："今天是我的十八岁生日，妈和嫂子做了一大桌子好菜，晚上你一定回家吃哦。"

吴俊立刻说："生日快乐！"却歉然道，"对不起，我已经约了人，不能回去吃了。"

吴俊莹不由失望道："你约了谁啊，难道比我这个妹妹还重要？"

心情大好的吴俊锋，竟然破天荒打趣地说："你重要吗？是很重的重吗？"

吴俊莹气得直跺脚，便伸出拳头想要打他。

吴俊锋一边躲闪，一边开心地笑起来。

当天晚上，小蓬莱一楼包厢内。

吴俊锋坐在桌子边，桌子上已经摆了满满一大桌子船菜了。

不知道过了多久，徐佩芸才匆匆走进来。

吴俊锋连忙站起来，亲热地说："佩芸。"

徐佩芸见到桌子上的船菜，立刻惊讶地问："你怎么来得这么早？"

吴俊锋认真地说："我是男人嘛，当然要早到了。"忽然望着她的手，惊讶地问："咦，你的婚戒怎么没戴呢？"

徐佩芸不以为意道："我每天都拿笔做事的，戴着婚戒很不方便，就摘下来了。"

吴俊锋闻言，却别有深意地笑了笑。

徐佩芸急切地问："对了，你真的找到张三锤了吗？他现在在什么地方？"

吴俊锋点点头说："是的，他确实得到一大笔钱，大约两年前，到草桥开了一家规模不小的盐行。"

徐佩芸故作欣慰道："那太谢谢你了。盐行是个很赚钱的买卖，他借我的爸那笔钱，现在应该也有能力偿还了。"

吴俊锋却摇摇头，轻蔑地说："并不是所有盐行都能赚到钱的。"

徐佩芸疑惑地问："你的意思是？"

吴俊锋坦率道："不瞒你说，我们盐行生意之所以能做得这么大，靠的主要是大运河码头。草桥却是窑草公路的最北面，和运河码头及千年古盐道，均有一段距离，水陆交通都不算太发达。所以这么多年来，想在那里开盐行的人何止他一个，但是到最后不是关门大吉，就是苟延残喘，无一例外！"

徐佩芸当机立断地说："如此说来，张三锤既然选择这么个地方开盐行，应该并不是个有生意头脑的人。那么，他开盐行的钱，到底是哪里来的呢?"

吴俊锋毫不犹豫道:"很简单,他的钱来路不明!"

与此同时,在吴家大院客厅内,破例摆了满满一桌子菜。

吴光淮夫妇和女儿、儿媳妇正在干杯,并异口同声地说:"生日快乐!"

吴俊莹率先将酒一饮而尽,然后感激道:"谢谢爸妈,谢谢嫂子。"

窦玉美语重心长地说:"俊莹啊,你已经满十八岁了,要好好考虑找户人家了。"

吴光淮当即脱口而出道:"俊莹啊,以后你结婚了,我可得多留个心眼,免得结婚那天又被……"

徐佩萍闻言,脸色不由一红。

吴光淮这才意识到自己失言,连忙掩饰地说:"吃菜,吃菜,你们都快吃菜。"

窦玉美一边津津有味地吃着,一边遗憾道:"今晚这些菜,都是俊锋平时最爱吃的,真是没有口福啊。"

吴俊莹闻言,便没好气地说:"他才不稀罕这些菜呢,他到小蓬莱吃大餐去了。连我的生日都要出去应酬,没见过他这样当哥的。"

徐佩萍连忙解释道:"俊莹,你千万别误会。你哥他其实也不太喜欢那些应酬的,只是要做生意的嘛,没有办法呢。"

吴俊莹却撇了撇嘴,没好气地说:"他不喜欢应酬?哼,我看他是巴不得呢!你不知道刚才他笑得多甜呢,我长那么大,从来没看到他对我笑得那么甜过!"

吴光淮不由责怪女儿道:"俊莹,你也太夸张了吧?生意场上的饭局,那根本就不是吃饭,而是战场,经常喝酒喝得哭都来不及,哪里还笑得出来?"

吴俊莹为了证明自己没有夸张,便郑重地辩解说:"我说的是真的!他还说那个人,比我还重要呢!"

吴光淮便有些疑惑地问:"比你还重要?那是什么人?还能是天上仙女下凡不成?"

徐佩萍听了这话,脸色不由一变。

窦玉美立刻意识到什么,连忙责怪丈夫道:"你今天是不是喝多了?怎么哪壶不开你偏提哪壶?"

吴俊莹茫然地问:"爸爸说错什么了?"

窦玉美瞪了她一眼,呵斥说:"还有你,不说话没人当你哑巴!"边说边扫了一眼儿媳妇。

吴光淮和吴俊莹父女俩,这才明白了什么,不由尴尬地笑了笑。

徐佩萍不但半点都笑不出来,甚至有想哭的冲动!

她担心自己控制不住自己的情绪,便找了个借口道:"我可能喝多了,感觉到有点儿头晕,爸、妈、俊莹,你们慢用。"说完,便站起身来，径直向外面走去。

于是，剩下的三个人不由面面相觑。

窦玉美回过神来，便责怪丈夫说："哎呀，都怪你，这么大的人了，说话都没个准绳。"

吴光淮悔恨地说："我这张嘴，就是少了个把门的！"边说边轻轻扇了自己一个耳光。

吴俊莹小声嘟囔道："一点都不响。"

吴光淮被噎得直翻白眼，却半天说不出话来。

与此同时，徐佩萍已经走出客厅，准备走向后院。

但是她刚走了几步，忽然犹豫了一下，就转过身来，径自向大门走去。

第33章 天底下最大的笑话

傍晚时分,小蓬莱一楼某包厢内,已经酒过三巡、菜过五味了。

徐佩芸望了望窗外说:"俊锋,谢谢你帮我找到张三锤。天色已经不早了,我们该回去了,免得家里人担心。"

吴俊锋喝得已经有些醉了,但还是大着舌头道:"急什么?还早得很呢,我还要喝。"又对着门口吆喝道说,"小二,再拿瓶酒来……"

他边说边跟跟跄跄地站起来,没料到身体趔趄了一下,差点儿跌倒。

徐佩芸连忙站起来扶住他,劝慰道:"不要再喝了,你已经醉了。"

吴俊锋却趁机抓住她的手,醉眼蒙眬地说:"佩芸,你真美。"

徐佩芸连忙挣扎开来,并责怪道:"你喝醉了,不要说醉话。"

吴俊锋却紧紧握着她的手,深情告白说:"我没有醉!你不知道,当我第一眼见到你的时候,我就喜欢上你了。昙花再美,也一定比不上你的笑!"

就在这时,小蓬莱大堂内。

心事重重的徐佩萍,已经进来了,并且东张西望的,显然在寻找着什么。

忽然,她的双眼紧紧盯着一个半敞着门的包厢,立刻停住了脚步。

此时包厢内,吴俊锋正握着徐佩芸的手,温情脉脉地说着什么。

徐佩萍见状,当即就是一愣!

此时的小蓬莱某包厢内,气氛并没有外面看到的那样宁静温馨。

徐佩芸用尽全身的力气,都不能把手抽回来,已经有些愠怒了:"你赶紧放开我!"

吴俊锋却固执地说:"不,我不放!都这么长时间了,你难道还不明白我的心意吗?当初,我向你求婚,你不答应,让我很郁闷。好在后来无意间得知,你和赵涟泰才是一对。我为了得到你,不惜做了回卑鄙小人,故意模仿赵涟泰的语气,用红笔给你写了封绝交信。我知道你对他情深义重,一定承受不住这个打击,肯定会做出失去理智的事情。果然,由于我的执着,你答应了我的求婚,你知道当时我有多么高兴吗?可是没想到,造化弄人,你还是做了别人的新娘,我却被迫娶了你妹妹。我一点都不爱她,之所以没有休掉她,就是想把她当成你的替身,你到底知道不知道啊!"

小蓬莱大堂内的徐佩萍听了这话,痛苦得无以复加!

她不禁自嘲道:"替身?原来我只是姐姐的替身!"便再也不想听下去,扭头就跑了出去。

与此同时,小蓬莱一楼某包厢内。

徐佩芸听了他的一番话,才明白事情的始末,不禁恼羞成怒地说:"你胡说什么!"

吴俊锋却认真道:"我说的每一句话,都是真的!"

徐佩芸焦躁地说:"不管以前如何,但是现在,你是我妹夫,不可以再对我有非分之想了!"

吴俊锋沮丧道:"确实,我一度想要认命,不再对你有非分之想。可是我控制不了我自己!远航以前再好,可是现在他那个样子,根本就不能尽人事;赵涟泰世代书香,就算他再爱你,也绝对没有勇气做出有悖常理的事情。只有我吴俊锋可以为了你,不顾一切!"说到这里,他再也控制不住自己的感情,手臂猛地一用力,就把徐佩芸搂进了自己的怀抱。

尽管徐佩芸拼命挣脱,却也于事无补!

她情急之中,只好伸出手,"啪"地一个耳光,就狠狠地扇了过去。

吴俊锋本来就喝得醉醺醺的,一个没提防,竟然差点儿跌倒在地!

幸好他下意识地扶住了桌子,这才勉强站稳。

徐佩芸趁机挣脱出他的怀抱,同时恼羞成怒地说:"你这样一意孤行,怎么对得起佩萍!真是枉费了她对你一片痴心!"撂下这话,便"砰"的一声摔门而去!

吴俊锋完全没料到自己会被打,捂着自己的脸,一时间竟愣住了!

他好半天才回过神来,气得将桌子猛地一掀!

立刻,饭碗、盘子和酒杯,就"哗啦啦"地碎了一地,同时溅得残羹冷炙齐飞,房间顷刻间就一地狼藉!

夜半时分,白天热闹非凡的中宁街,此时已是人迹罕至。

吴俊锋摇摇晃晃地走来,边走边仰天长啸道:"笑话!我吴俊锋是天底下最大最大最大的大笑话,哈哈哈!"

与此同时,前面有一个年轻女人,正趴在柱子上,抽抽泣泣地哭着。

吴俊锋不由一愣,随即诧异地说:"佩萍?"

徐佩萍立刻停止哭,泪流满面地问:"你告诉我,刚才在哪里?"

吴俊锋却答非所问道:"这么晚了,你怎么会在这里?"

徐佩萍固执地说:"你还没回答我的话,你刚才在哪里?"

吴俊锋不由一愣,好半天才回过神来,不耐烦地挥挥手,没好气道:"夜深了,有什么事情回去再说吧。"

徐佩萍擦了擦眼泪,冷冷地说:"你也知道夜深了?那你刚才怎么不回家?"

吴俊锋愠怒道:"你烦不烦啊,我的事情,什么时候轮到你来管了?"

徐佩萍痛苦地说:"你说得对,你当初想娶的人根本就不是我,我当然没有资格管你!什么周老板、金老板,统统都是骗我的!你不说我也知道,你刚才是在小蓬莱,是和你心里一直放不下的那个人在一起!而那个人,就是我的亲姐姐!"

吴俊锋不由恼羞成怒道:"徐佩萍,你竟然跟踪我?"

徐佩萍边流泪边说:"是,我不该跟踪你。如果我不跟踪你,我还会一厢情愿地以为,只要我足够努力,总有一天会取代姐姐在你心目中的位置。但是现在,我终于明白了,无论我付出多大的努力,我永远都只能是姐姐的替代品。"

吴俊锋见她梨花带雨的样子,不但没有丝毫的怜悯,反而更加厌恶道:"这一切都是你自己找的!你心里很清楚,我自始至终从来就没有爱过你!你觉得你委屈是吗?我比你还委屈!就算不能娶你姐姐,我也绝不愿意和欺骗我的女人做一辈子的夫妻!"

徐佩萍更加委屈,忍不住大声哭喊起来:"既然如此,你当初为什么不直接休掉我?"

没想到,吴俊锋听了这话,顿感气血上涌,简直是咆哮了:"要不是为了吴家的面子,为了盐行的声誉,你以为我不想休掉你吗?"

徐佩萍不由一呆,随即悲痛万分地说:"你不休掉我是吗?那好,我自己走!"说完,再也控制不住自己的情绪,"哇"的一声,哭喊着跑开了!

吴俊锋望着她远去的背影,不由猛捶了一下自己的头,"啊"一声发出狼一样的哀嚎!

第二天天刚蒙蒙亮,吴家大院后院小夫妻俩卧室内。

吴俊锋孤单一人在床上和衣而睡。

忽然,房门"砰"的一声被人推开。

与此同时,吴光淮夫妇和吴俊莹急急忙忙地闯进来。

宿醉过后的吴俊锋,听到声音便连忙睁开眼睛,诧异地问:"爸、妈、俊莹,天还没亮透呢,你们来做什么啊?"

吴光淮三步并作两步走到床前,焦急地说:"臭小子,佩萍提着行李回娘家了,你是不是又欺负她了?"

吴俊锋有些心虚道:"我没有。"

吴俊莹却撇了撇嘴说:"还说没有?自从嫂子嫁进这个家,你和她说话从来都没有好声气。幸亏是她脾气好,要是换作我啊,哪里会等到现在,早就回娘家了。"

窦玉美也忍不住责怪道:"俊锋,你怎么能这样做呢?虽然这个太太,并不是你想娶的那一个,可是自从她嫁到我们家后,什么粗活重活都抢着做,连我这个当婆婆的都心软了,难道你的心是铁打的吗?"

吴光淮连声附和说:"是啊,是啊。连我都看得出来,佩萍是真的喜欢你。否则,她在娘家十指不沾阳春水的,哪里挨得了我们吴家的苦日子啊?听爸的话,你马上去把她接回来。"边说边去拉儿子的手。

吴俊锋却猛地甩开父亲的手,毫不妥协道:"我一看到她,就想起她和她妈是怎么合起伙来欺骗我的!可怜我吴俊锋整天玩鹰,没想到却被鹰啄了眼。我把吴家祖宗十八代的脸都丢尽了,这种日子,我早就受够了!要接你们去接,我是绝不会去的,哼!"撂下这话,便气冲冲地拂袖而去!

吴光淮和妻子、女儿见此情景,不由面面相觑。

第34章 宏图大计

清晨,徐家大院客厅内。

徐立春夫妇和徐佩剑正在吃早饭。

忽然,徐佩萍提着行李箱,阴沉着脸走进来。

徐佩剑抬头看到,便立刻撂下碗,开心地迎上去问:"二姐,你箱子里有什么好吃的?"

徐佩萍一把推开他,没好气地说:"去去去!"

徐佩剑噘着嘴,委屈地走开了。

柳兰香立刻放下碗筷,担心地问:"佩萍,发生什么事了?"

徐佩萍无精打采地说:"什么事都没发生。"

柳兰香望了望女儿,不由心疼道:"啧啧啧,你看你啊,脸色苍白、眼睛红肿,一定是刚刚哭过了。怎么,你和俊锋又吵架了?"

徐佩萍没好气地说:"不许提他!"

徐立春也意识到不对，连忙问："你怎么这么大气？到底发生什么事了？"

徐佩萍哽咽道："爸、妈，你们别问了，我什么都不想说。总之，从现在开始，我不再是吴家的媳妇了。"

柳兰香当即责怪地说："佩萍，你不要这么冲动嘛。再怎么样，你都要回吴家的。常言道，'嫁出去的女儿，泼出去的水'呢。"

徐佩萍听了这话，再也忍不住了，委屈地哭喊道："是你们把我泼出去的！你们要是不收留我，我就去死！"说完这话，便跺了跺脚，飞也似的跑回自己的房间。

徐立春夫妇见状，不由面面相觑。

此时，徐家大院后院西厢房内。

徐佩萍正呆呆地坐在窗下的花棚前，不停地流着眼泪。

柳兰香飞快地走进来，着急地问："佩萍，到底又发生什么事了呀？上次回娘家，你还每天盼着俊锋来接你，为什么这次却说，永远都不回去了呢？"

徐佩萍痛苦万分地说："妈，我上次回去，是因为我对他还抱有希望。但是这次，我对他已经完全死心了。"

柳兰香不以为然道："哎呀，哪对夫妻不吵架的啊？床头打架床尾和嘛。你身为人家的太太，哪有动不动就回娘家的道理呀？"

徐佩萍摇摇头，苦笑着说："他哪里会和我吵架？他根本就不想理我！现在我才知道，他根本是把我当成姐姐的替代品！昨天晚上，我亲眼看到他们两个，还在小蓬莱拉拉扯扯呢。"

柳兰香疑惑道："不会吧？你想想啊，当初我们为了成全你嫁进吴家，设计了姐妹易嫁，逼她被迫嫁给一个瘫子，她不是也同意了吗？退一步讲，就算远航不能尽人事，就算你姐姐她生了外心，那个人应该是涟泰呀，怎么会轮到俊锋呢？"

徐佩萍想想也对，但还是烦躁地说："妈，你怎么还没有明白我的意思呀？现在的问题，不是姐姐喜不喜欢俊锋，而是俊锋根本就不喜欢我！'哀莫大于心死'，这样的婚姻，我真的不想再继续下去了！"

臧家大院客厅内，曹秀英、庄淑环、郭文芳和陆慧珊正在喝茶。

正在这时，徐佩芸和臧远航一起走进来。

陆慧珊望着那双拐杖，不由轻蔑地撇了撇嘴。

曹秀英却欣慰地说："看我的乖孙子，两条腿越来越有劲啦。"

臧远航亲热道："奶奶，我现在扶着墙走路的话，都可以不用拐杖了。"

曹秀英闻言，高兴得简直合不拢嘴。

郭文芳关心地问："佩芸，你要带远航去哪里？"

徐佩芸笑笑说："今天太阳很好，随便走走就行，他想去哪儿就去哪儿。"

郭文芳满意道:"佩芸啊,你这样做就对了。我们女人嘛,就要把多点心思花在家里。至于码头嘛,由他们那些男人管去呗。反正天塌下来,有个大的顶着。"

徐佩芸点点头说:"我知道了,妈,我们走了。"

恰在这时,臧家梁也走了进来。

臧远航和徐佩芸连忙招呼道:"爸爸早。"

郭文芳望了望丈夫,疑惑地问:"穿戴这么整齐?你这是要出去吗?"

臧家梁点点头说:"是啊,立秋刚才派人来通知我,说他有一个关于码头的宏图大计,想要我过去一起商量商量。"

徐佩芸闻言,眉头当即就皱了起来。

郭文芳关切道:"来,喝口茶先润润嗓子吧。"说完,便把一杯茶推过去。

臧家梁只好坐下了,边喝茶边称赞说:"其实呢,他现在是代总经理,完全可以全权负责码头所有事宜的。但是他还能想到我,说明做事很有分寸,并不是一个独断专行的人。"

臧远航哈哈一笑道:"这样最好了,我们就更放心把码头交给他了。"

其余人也都随声附和说:"是啊,是啊。"

徐佩芸想了想,却道:"好奇怪,二叔会有什么宏图大计呢?

爸,我和你一起过去行不行？"

臧远航立刻想要阻止她："佩芸,你刚才不是说好了,要陪我出去走走的吗？怎么又变卦了？"

徐佩芸郁闷地说："可是远航,你明知道……"

臧远航却故作茫然道："我明知道什么？我什么都不知道！"

与此同时,郭文芳也不高兴地说："佩芸,你要陪远航,不能去！"

臧家梁附和道："是啊,佩芸,我之所以聘请你二叔担任代总经理,不就为了让你有时间照顾远航,让他早日康复吗？从现在开始,码头的事情你不用再管了。好了,你们该做什么做什么吧,我要去开会了。"说完这话,便起身就走。

徐佩芸无奈之下,显得有些怅然若失。

郭文芳瞪了她一眼说："佩芸,天不早了,你和远航还不出去吗？"

臧远航也催促道："是啊,我们快走吧。"

徐佩芸歉然地说："妈、远航,我有些不放心,还是想去码头看看。"

郭文芳没好气道："想去就去吧！你又不是三岁小孩,脚长在你自己身上,就是拴住你的人,也拴不住你的心啊。"

臧远航也愠怒地说："去吧去吧去吧！一听到码头两个字,你的心就已经飞走了！"

他现在最希望的，就是二大和二叔鹬蚌相争，由他这个渔翁得利，所以自己借着身体不好不去掺和，当然也不希望妻子去掺和！

徐佩芸知道丈夫并不明白自己的苦心，犹豫了一下，还是鼓起勇气道："那我去了。"

郭文芳厌恶地说："既然码头对你比远航还重要，以后你就改嫁给码头好了！"

徐佩芸顿感委屈，但还是默默地站起身来，头也不回地向门外走去。

臧远航郁闷极了，只好无奈道："那我也一起去吧。"

徐佩芸不由一喜，连忙搀扶着他，然后两个肩并肩就走了出去。

郭文芳见状，不由捶胸顿足地说："唉，我可怜的儿子啊，怎么就娶了这么一个狠心的女人呢？明明生病还要去码头！"

与此同时，运河码头管理处会议室内，中高级职员已经全部就座。

他们正在纷纷议论："今天开的是什么会啊？"

但是大家纷纷摇头，并没有人得到丝毫消息。

徐佩芸和臧远航进来后，就随便找了个空位，分坐在会议桌两侧。

看到他们，刚才还有些喧闹的会议室，立刻就安静了下来。

不大一会儿，徐立秋就带着三个跟班，踌躇满志地推门走来。

职员们纷纷起身，并恭敬地鞠躬道："徐总早安。"

徐立秋傲然一笑，声如洪钟地说："大家早安。"

他说完这话，便冲臧家梁和臧远航父子点了点头，却装作没有看到徐佩芸一般，高昂着头，当仁不让地坐在了总经理的位置上。

林辉、姚平和李浩等三个跟班，也分坐在他的两侧。

徐立秋并没有任何的铺垫，便直接进入了主题："各位同人，你们还记得吗？我在刚上任的第一天，就说在筹备一个宏图大计吗？现在请你们过来，就是想要宣布这个宏图大计。"

他话音刚落，林辉就将一份文件分发给众人。

徐佩芸也得到一份，她连忙拿起文件翻阅了起来。每份文件共有三张，每张上都画着一只高大气派的轮船图形，并且每张造型都不一样。她迅速翻完后，心里不由"咯噔"一下，眉头不由自主就是一皱。

其余与会的人，也都不明就里。

臧远胜看完后，茫然地说："这三艘船，好像都不是我们码头的。"

徐立秋眉毛一扬，傲然道："现在不是就对了，不过以后肯定会是的。这是我准备从德国订购的三艘新船，无论质量、功能、款式还是造型，都是目前全世界最先进、最上乘、最快捷、载重量最大的远洋货轮。我和他们已经把价钱谈好了，每艘价钱暂定是两万块大洋。"

所有的人听了这话,全都"啊"了一声:"两万块?!"

臧远方倒吸了一口凉气,脱口而出说:"怎么会这么贵?"

徐立秋轻蔑地扫了他一眼,不屑道:"贵嘛好像是贵了点,但是你把眼光放长远一点,仔细想一想就知道了。只要我们码头能引进这三艘新货船,就会一跃成为除北京通州、上海之外的,全国第三大运河码头,钱很快就会赚回来。大家说,这个价钱值不值?"

众人互相望了望,但是并没有人说话。

徐立秋目光一冷,便转向臧远航问:"远航,你认为我这个建议怎么样呢?"

臧远航沉吟片刻,然后冷静地说:"德国制造的货轮,无论是质量和性能,都是有保证的,按理来说,这个价钱虽然很高,但也是值得的。不过呢,这么大吨位的货轮,我们的运河码头相对来说,就显得有些小了,根本停泊不了啊。"

没想到,徐立秋听了这话,竟然一竖大拇指,眉开眼笑地称赞道:"远航不愧是航运界的后起之秀啊,一眼就看出了问题的关键所在。你的担心是有道理的,我也早就想到了,所以已经准备好了相应的应对措施。"

与此同时,姚平拿出一张《北京通州运河码头分布图》,挂在徐立秋身后的墙壁上。

徐立秋的眼中,立刻露出一丝微微的笑意。

大家全都望着墙壁上的图纸,竟然都不明就里。

徐立秋转身指着分布图,得意地说:"各位同仁,远航说得很对,以目前我们窑湾运河码头的规模和现有的吞吐量,确实容纳不下这三艘新货船。所以,我决定在京杭大运河的起点北京通州,仿照世界最先进的深水码头标准,兴建一座大型深水码头,专门用来停泊我们窑湾来往的商船!我为码头规划的这个宏大蓝图,大家以为如何?"

听了这话,所有人都沉默了!

不知道过了多久,臧远航才摇摇头,为难道:"北京通州地理位置和战略位置都十分重要,素有'九重肘腋之上流、六国咽喉之雄镇'之美誉,要想在那个地方兴建深水码头,别的暂时不说,首先北京公务局方面,就很难通过。"

没想到,徐立秋却不以为然地说:"哎,这个请远航完全放心。我徐立秋在北京官场,那也是有头有脸的人物。不瞒你说,早在十年前,我就和北京公务局长拜了把子。他要是敢不同意我在当地兴建码头,我就敢把他公务局长的乌纱帽拿下来,你们相信不相信?"

臧远航眉头一皱,但还是担心道:"就算公务局方面没有问题,但是还有市政厅呢。我听说这届的北京市政厅厅长,做事一向严谨守旧,恐怕到时候他不会同意的。"

徐立秋却哈哈大笑地说:"这届市政厅厅长,做事确实严谨守旧，可是那也是看人下菜碟。你知不知道他儿子的干爹是谁？告诉你吧，就是我徐立秋！"边说边竖起大拇指，指了指自己的鼻尖。

徐佩芸见状，不由苦笑着摇了摇头。

臧远航便不再说话了，唇边却露出一丝不易察觉的冷笑。

一直沉默不语的臧家梁，忽然道："立秋兄，我知道你人脉很广，可是现在你既要购买三艘那么贵的新船，又要兴建深水码头，是不是太……"

徐立秋毫不客气地打断他的话，同时拍着胸脯保证说："请家梁兄放心，就算天塌下来，也有我徐立秋顶着！现在，我可以坦率地告诉你们，将运河码头扩建成全国第三大码头这个宏图大计，我徐立秋是言必信，行必果的！你们什么都不用担心，我早已经打通了北京方面所有关节。"他说到这里，忽然用眼角轻蔑地瞥了自己的侄女一眼，语气一凛道，"如果还有哪个不知死活的家伙，再敢来阻拦我，哼，别怪我翻脸不认人。我先在这里把丑话说在前头，我徐立秋'佛来挡佛，鬼来杀鬼'！"

徐佩芸当然知道自己亲叔的这句话，是说给谁听的。因为在座的各位，只有她知道对方最终想要的是什么。

于是她咬紧牙关，更加努力地控制着自己的情绪！

第35章　最后的杀手锏

运河码头总经理办公室内,徐立秋神态傲然地坐在老板椅上。

臧家栋和臧家梁坐在他对面,臧远航、徐佩芸、臧远茹、臧远方和臧远胜站在一旁。

徐立秋扫了他们一眼,志得意满道:"虽然我是代总经理,但你们都是臧家人,如果对我这个宏图大计有什么意见,一定要当面提出来,我徐立秋是有则改之无则加勉,哈哈哈。"

徐佩芸语气虽轻却非常坚定地说:"二叔,我坚决反对你的这个计划。"

徐立秋眼角闪过一丝不易察觉的寒意!

但是这股寒意,他迅速隐藏了,取而代之的,是一脸宽容的笑意,并好脾气地点点头。

臧家梁犹豫了一下,还是说:"只要对码头发展有好处的,我一概赞成,不过你的这个宏图大计,虽然出发点很好,但是似乎也太大了一点吧,我有点担心。"

徐立秋继续宽容地笑着,好脾气地点点头。

臧家栋也附和道:"是啊,是啊,这么大的投资,我们还是不要轻举妄动的好。"

臧远方、臧远茹和臧远胜也都点头。

只有臧远航面上毫无表情。

无论他们如何反应,徐立秋一律宽容地笑着,好脾气地点点头。

徐佩芸见大家的态度,稍微松了口气,苦口婆心地说:"二叔,你看大家的意见,都和我一样。我知道你也是为码头好,但是你要知道,码头不仅是臧家的生意,更是整个窑湾的经济命脉,所谓牵一发而动全身。因此,我们在做出任何决定前,都一定要小心谨慎,绝对不可以有一丝一毫的差错。否则,轻则家破人亡,重则让整个窑湾乃至苏北经济陷入瘫痪状态!"

徐立秋依然宽容地笑笑,甚至还点了点头道:"佩芸,你说得很对!"然后话音一转说,"但是你想过没有,就是因为我们码头是整个窑湾的经济命脉,我们才更应该实施我的宏图大计,把它做得更大更强更好!倘若做什么事情,都前怕狼后怕虎,那就只能一事无成了!"

徐佩芸耐心地说:"我当然希望码头能做得更大更强更好,但是那必须建立在踏踏实实、一步一个脚印的基础上!可是你的这个所谓宏图大计,是建立在沙漠中的海市蜃楼,考虑得很不周全……"

没想到,一直沉默不语的臧远航听了这话,竟然果断地说:"我认为考虑得很周全!"

徐佩芸不由吃了一惊,诧异地问:"可是我认为,铁路取代水路是历史发展的必然。也就是说,别说再兴建新码头,就是我们现在的码头,也总有一天会被铁路取代的呀……"

话音未落,就被臧家栋不客气地打断了!

他愤怒地说:"你这个女人,怎么可以砸自家招牌?我们运河码头已经二百多年了,生意一直好得不得了。铁路取代水陆?根本就是个笑话!"

臧家梁也摇摇头道:"佩芸,你说的这些话,我也不爱听!"

臧远胜附和地说:"就是,就是,你这个女人,到底安的什么心?"

臧远方和臧远茹也都跟着摇头。

徐立秋得意地打着圆场道:"大家别生气、都别生气,我的这个侄女啊,虽然能干,可毕竟是个女人家,请大家见谅。"

徐佩芸气得差点儿晕倒,只好把求救的目光,转向丈夫。

没想到,臧远航却像没看到她一般,而是赞许地说:"二叔,你的这个宏图大计非常好。虽然我之前也认为,总有一天,铁路运输会取代水路运输。但是自从我出事后,我翻阅了大量资料,并且对铁路运输和水路运输的优缺点进行了反复比较,我发现二者是各有利弊的,甚至可以互补的,所以水路运输是铁路运输永远都无法取代的。更何况,虽然在窑湾修一条东西走向的铁路很有必要,但是与大运河南北运输并不冲突。所以如果能在大运河的起点,即北京通州兴建一座专用深水码头,一定更利于将窑湾打造成为国际化大都市。"

徐佩芸听了这话,顿感失望,还是据理力争道:"就算在通州兴建一座深水码头,非常有利于窑湾的发展。但是如今考虑这个,是不是太早了一些?"

徐立秋见她虽然仍旧反对,态度显然软化了不少,便果断地说:"既然有利于窑湾的发展,那就宜早不宜迟了。"

徐佩芸见事已至此,只好无奈道:"即便如此,那又能怎样?我可以肯定地告诉大家,我们码头经过连续几次的折腾,才刚刚恢复元气,进入正轨,所以现在的流动资金,连三艘新船都买不起,更别说深水码头了。"

在她以为,要想阻止所谓的"宏图大计",资金短缺是最后的杀手锏了。

万万没想到的是,徐立秋却胸有成竹地说:"筹集资金方面,我早就有了一套完整的好方案,你们全都把心放到肚子里吧。"

徐佩芸不由诧异地问:"什么方案?"

徐立秋神秘一笑,却故意卖了个关子:"哈哈哈,现在我不能告诉你们。你们听了,一定会认为我的脑袋被门夹了!不过请给我三天时间,三天后,我会用事实告诉你们,我不但能筹集到一大笔资金,甚至还可以帮你们臧家,解决一个一直困扰你们的大难题,哈哈哈!"

与会人员听了这话,都十分期待。

徐佩芸虽然并不知道自己这个叔叔会有什么方案,但以自己对他的了解,必不是什么好方案。

想到这里,她不禁在心里长叹了一口气,同时暗暗责怪自己:"徐佩芸啊徐佩芸,你真是没用。你太不聪明也太不能干了,既无法取得丈夫的支持,又说服不了众人,所以才让码头变成现在这个样子!"

臧远航的私心,她不是不清楚,那么现在唯一的希望,就是拿到确凿的证据,证明臧家栋确实是陷害丈夫的幕后主使。如此一来,丈夫就不会一心想着让二大和二叔相争,最后现原形了。

到那时,就算他仍然执意要到北京兴建深水码头,也一定不会像二叔现在这样,做出任何有损于臧家利益和码头未来的事情来!

第36章　张三锤盐行

午后时分,臧家大院后院三房小院小夫妻俩卧室内。

徐佩芸坐在桌子前,一脸忧郁。

臧远航打趣地问:"怎么,还在为上午的会议生气呢?"

徐佩芸张了张嘴,但是想了想,还是把涌到嘴边的话咽了回去,忽然提议道:"远航,我明天想去草桥找找张三锤。"

臧远航点点头:"好。"忽然又想起什么,"不过我们两个人去很不安全,你请涟泰哥和我们一起去吧。"

徐佩芸不由一呆,以为他发现了什么,不由慌乱地问:"为什么要叫他一起?"

臧远航反问道:"那你以为现在,还有比涟泰哥更值得我们信赖的人吗?"

徐佩芸犹豫了一下,只好道:"好,我马上去找他。"

快要下晚班了,所以天主教会医院神经科诊室内并没有什么人。

赵涟泰身着白大褂,和徐佩芸对面而坐。

他听到对方说明来意后,不由吃惊地问:"什么?远航让我陪你们去找张三锤?"

徐佩芸郑重地点点头:"是的。只有这样,才能找到确凿的证据,让陷害他的幕后凶手现原形。如此,他也不会像现在这样钻牛角尖了。"

赵涟泰提醒道:"可是你们就这样贸然前去,有考虑过自己的安全吗?"

徐佩芸坚定地说:"我管不了那么多了。最近码头发生了很多事情,只有搞清楚谁是打伤远航的幕后主使,他才会幡然醒悟、力挽狂澜。所以,我没有时间去想太多了。"

赵涟泰沉吟片刻,点点头道:"好,我和你们去。"

徐佩芸感激地说:"谢谢你!"

赵涟泰却深情道:"我是医生,又是男人,保护远航和你,是我的责任和义务。"

北城门外,一辆黑色的轿车,缓缓驶出来。

开车的是赵涟泰,臧远航和徐佩芸则并排坐在后座上。

轿车很快就上了窑草公路,向北疾驰而去。

窑草公路两旁是成排成排的杨树，杨树后面是若隐若现的村庄和各式各样的庄稼地。

臧远航望着车窗外的景致，忽然指着一个大大的村庄，惊喜地说："到我的老家臧口村了。"

赵涟泰笑笑道："说起来你们臧家祖上，和我们赵家祖上，还是很亲的亲戚呢。"

徐佩芸好奇地问："真的吗？是什么亲戚？"

赵涟泰还没来得及回答，臧远航便自豪地说："当然是真的。明朝末年，我们臧家先祖臧应选先生是皇太子的老师，后又被派驻景德镇做督陶官。清兵入关后隐居臧口，后来和表兄赵学敏先生一起，去窑湾创建了济世堂。从此，臧家和赵家才得以在此地繁衍生息二百多年。二百多年来，臧氏家族一直有人在朝中为官。清道光年间，臧纡青举人更是立志澄清天下。据《清史稿·臧纡青传》记载，鸦片战争之初，他曾'绘海防图成三万余言上请朝廷'，希望朝廷能重整军备、坚守海防、抵御侵略。但是皇帝虽然很重视，却并未完全采用，这让他心灰意冷，几经周折回到窑湾。意识到窑湾原有的砖木结构'奇门遁甲八卦迷魂阵'，随着历史的演变，不能抵御现代化的热兵器进攻，于是便改为土石结构，更加有效地防御和打击了流寇与外敌。因此，才有了窑湾现在的繁荣与稳定。"

徐佩芸由衷道："虽然我从小就听说过臧纡清举人与窑湾的'奇门遁甲八卦迷魂阵'有关，却没想到他竟然如此厉害。"正在这时，轿车开过一片庄稼地，经过另一个村庄，她立刻说，"这个村子的规模好像也不小呢。"

臧远航扫了一眼说："这是马圩村。马圩村是道光年间举人马从凯的老家。马举人在道光年间，任清宫后宰门守卫；咸丰年间，任四品殿前侍卫；光绪年间，被皇帝封为殿前一品震远大将军。以前我们窑湾贡品'甜油、绿豆烧和桂片糕'，就是由他护送到皇宫的。并且因为在'辛酉政变'中护驾有功，慈禧亲赐良田千顷。只是后来，因为咸丰临死前指定的八位顾命大臣有三位被迫自杀，五位被革职，让他十分内疚，便告老还乡了。"

接下来，轿车又经过了一个又一个村庄。

徐佩芸望了望前方，不由感叹道："窑湾、臧口、马圩，再往北就是王楼、许楼、陈圩、房场、纪集、坝头、草桥了，每个都是当地很有名望的大村子，每个村子都有很精彩的人和事。这真是'古今多少事，都付笑谈中'。"

赵涟泰立刻脱口而出："正因为如此，所以我们才要做到'不须计较与安排，领取而今现在'。"

徐佩芸情不自禁娇嗔地说："你好讨厌啦，人家原本完全不是一首词，竟然被你接得严丝合缝的。"

赵涟泰自嘲道："你就不懂了吧，这叫偷梁换柱。"

徐佩芸打趣地说："你还移花接木呢。"

话音刚落，两人竟然同时哈哈大笑了起来。

臧远航望着她笑靥如花的脸,顿感失落。

他自从认识她以来,向来只见其坚强能干的一面,从来都不知道她在赵涟泰面前,原本是女孩儿家可爱娇羞的一面。也许,这才是真正的爱吧。

也就是在这一刻,他做好了成全他们的准备!

窑草公路上,一辆黑色的轿车在向北急驰。

路两边的白杨树,迅速被甩在车后。

草桥村是标准的农业镇,充满无限的田野风光。

其镇区面积还算可以,建筑多是坐南朝北、方方正正的土坯房四合院,间或有青砖大瓦房点缀其间,显得尤为突出;商品以农副产品居多,品种比较单一;就连出入其间的人们,也多是粗衣布衫、脸色红黑的庄稼人。

今天正好逢集,赶集的人络绎不绝,或推着平车,或推着独轮车,或肩担手提,但更多的是步行的路人。

一时间,那些炸油条的、卖豆腐脑儿的、卖娃鱼的、卖五香妈糊粥的叫卖声此起彼伏,看上去十分热闹。

上午十点,一辆黑色的轿车在街西口停住了。

赵涟泰率先走下了车,然后打开后车门,把臧远航搀扶出来。

徐佩芸最后一个走下车。

于是,三人随着人群,一边向街西头走去,一边仔细查看着街两边的店铺幌子。

快至街中心时,臧远航忽然看到"张三锤盐行"的字样。

他立刻叫道:"你们看!"

另外二人立刻循声望去,却看到大门紧锁,不由同时一愣。

徐佩芸不由喃喃自语地说:"店面的规模并不大,应该也做零卖的生意。可是今天正是逢集日,正是最赚钱的时候,店门为什么会关着呢?"

赵涟泰提议道:"走,我们过去问问。"

第37章 富贵险中求

草桥镇张三锤盐行旁边,即是一家生意极好的杂货店。

三个人互相望了望,便毫不犹豫地走了进去。

走在最前面的赵涟泰,等顾客略少的时候,趁机问:"大叔,请问这家盐行怎么关门了呢?"

杂货店老板随口说:"没生意做,可不就关门了?"

赵涟泰又问:"那盐行老板去了哪里了,你知道吗?"

这时又有顾客来了,杂货店老板便不耐烦地道:"脚长在他腿上,他爱上哪儿上哪儿去呗。"然后便招呼自己的生意去了。

赵涟泰和徐佩芸面面相觑。

没想到正在这时,走在最后的臧远航,忽然双眼圆睁,指着杂货店橱柜上的一张面具,颤声说:"啊,灶王爷?"

杂货店老板闻言,拿起面具看了看,不以为然道:"这个面具,很多人买来吓唬小孩子用的。你一个大小伙子,有什么好害怕的?"说完,下意识地往脸上一蒙。

臧远航脸色不由就是一变!

与此同时,他的脑海中不由再次浮现出一系列可怕的情景:

"灶王爷"站在芦苇丛中,凶狠地挥舞着棍棒,同时沙哑着声音怒喝道:"靠岸!"

万万没料到的是,小船还没停稳,就看到"灶王爷"身后芦苇荡中,竟然又"呼"地跳出来好几个戴着黑色面巾的大汉,个个身形彪悍,手拿着粗大的棍棒。

"灶王爷"冷笑一声,再次用沙哑的声音说:"老子是什么人并不重要,重要的是,有人花钱要买你的命!"说完即回头喝道,"这小子有点功夫,弟兄们,一齐上!"

"灶王爷"却沙哑着声音,恶狠狠地大喊道:"弟兄们,给我打,往死里打,打死他我们才能有钱拿。"

"灶王爷"将钱袋接过,掂量了一下,似乎还不轻。

"灶王爷"将钱袋揣进怀里,却沙哑着声音,厉声道:"老子钱要拿,人也要杀!"

"灶王爷"冷哼一声,不屑道:"青帮吃的是水饭,老子吃的是干饭,'井水不犯河水',我怕他个鸟!"

"灶王爷"望了望天,沙哑着声音说:"放心吧,这两棍子下去,用的都是十成十的力道,一棍子打到了脑袋,一棍子把腿打断了,再加上这么大的雨,那小子就算侥幸不死,大运河也会收了他，我们就回去等着领钱吧。"

……

臧远航想到这里，身子不由一晃，差点儿晕倒！

赵涟泰连忙扶住他。

徐佩芸立刻明白了什么，连忙掏出两块大洋塞过去，同时问："大叔，你还记得张三锤他们，之前有没有在你这里买过这种面具？"

杂货店老板掂了掂大洋，不由眉开眼笑道："买，当然买，有一次还一下子就买了七八个呢。"

徐佩芸眼睛一亮，立刻又问："大约是什么时候？"

杂货店老想了想说："大约是两年前吧。我记得很清楚，他买过这种面具不久，就把我隔壁的店转过去开盐行了。"

徐佩芸和臧远航对视了一眼，当即明白了什么！

不大一会儿，三个人就从草桥镇杂货店内走出来了。

臧远航郁闷地说："张三锤跑了，真是白来一趟。"

徐佩芸连忙安慰道："不算白来，最少可以确定，张三锤他们，就是直接伤害你的凶手。只是他的幕后指使人，到底会是谁呢？"

赵涟泰疑惑地说："我看周围的人，一说起这件事，都众口一词地认为，是吴俊锋指使人干的。"

徐佩芸却摇摇头道："正因为如此，才更说明不是吴俊锋。

出事那天,张三锤分明是想置远航于死地。而当年在陆市长的牵头下,吴俊锋是签了协议的,如果远航人身安全受到威胁,一律拿吴俊锋是问,他不会蠢到这个地步。所以,一定是另有其人。"

赵涟泰转头问远航:"那你的意思呢?"

臧远航却摇摇头道:"我也说不清是谁。"但忽然诡秘一笑地说,"不过,我相信现在有佩芸二叔的帮忙,真相很快就会浮出面的。"

徐佩芸不满地说:"你真的放心让二叔去实行他的宏图大计?"

臧远航半真半假地说:"当然,从上次码头年审那件事,我就很相信他的能力。更何况,他说他不但能筹集到一大笔资金,甚至还可以帮我们臧家解决一个一直困扰我们的大难题呢,我非常期待他能真的带给我惊喜,哈哈哈!"

徐佩芸见他依然固执己见,不由苦笑起来。

但是找不到张三锤,就查不到事情的真相,那么丈夫就会更加支持二叔的。

虽然这不是自己想要的结局,却也无力改变什么了。

三益甜油坊内人来人往的,生意看上去相当不错。

徐立春正在招呼客人:"钱老板,你慢走。"

正在这时,徐佩芸走过来说:"爸。"

徐立春一回头,不由惊喜道:"佩芸,你怎么有时间来看我了？"

徐佩芸笑笑说："现在码头由二叔接管了嘛，我就空闲下来了。对了，妈和妹妹还好吗？"

徐立春听了这话，立刻摇头道："哪里会有个好？"

徐佩芸不禁惊讶地问："怎么了？"

徐立春苦笑说："佩萍和俊锋吵了一架，就跑回来了，已经好几天没吃东西了。"

徐佩芸立刻皱眉道："吵架？为什么？"

徐立春却叹了口气说："我问了你妈，她说是佩萍看到你在小蓬莱和俊锋拉拉扯扯呢，唉！"

与此同时，三益甜油坊外。

徐佩萍跟在母亲后面，低着头走到门口。

柳兰香边走边叮嘱说："女儿哪，你想要到甜油坊帮忙也行，有点事情做做，就不会胡思乱想了。"

甜油坊内，徐立春父女俩也正在说话。

母女俩走进来后，看到徐佩芸，不由就愣住了。

柳兰香当即尖声叫道："死丫头，你来这里做什么？"

徐佩芸并没有理她，而是招呼说："佩萍。"

徐佩萍望了望她，忽然把身子一扭，就气哼哼地跑开了。

徐佩芸连忙追上去，并边追边喊道："佩萍，佩萍。"

大运河堰上,徐家姐妹俩一个在前面跑,一个在后面追。

徐佩萍终于跑累了,止住了脚步。但是她的眼泪,却像断了线的珍珠一样滴下来。

徐佩芸终于追上来,急切地问:"佩萍,是不是俊锋那天喝醉了,和你说了什么醉话?"

徐佩萍边哭边说:"不用他说,是我亲眼看到的。你已经是第二次单独和俊锋在小蓬莱约会了。那天晚上,他拉着你的手,深情表白的那一幕,我全都看到了!"

徐佩芸坦然地问:"那你有没有看到我打了他一个耳光呢?我和他根本不是约会,我是请他帮忙打听张三锤的事!"

徐佩萍愠怒道:"我管你什么张三、李四、王二麻子!你为什么要打听他的事,你骗三岁小孩呢!"

徐佩芸认真地说:"我没有骗你!种种迹象表明,张三锤就是当初暗算远航的凶手。因为他曾经在盐行贩过盐,所以我才向俊锋打听他的消息。谁知道俊锋喝酒了,就说了一些不该说的话。"

徐佩萍却哭喊道:"你说得倒轻巧!你明明知道,俊锋他一直很喜欢你,直到现在还放不下你,你为什么不离他远远的,还要和他走得那么近?"

徐佩芸不由皱起眉头,郁闷地说:"对不起,我不是有意的。但你应该是知道的,我爱的人从来都不是他。"

徐佩萍闻言,却更加痛苦了,尖声道:"我当然知道,你从来没有爱过他。我最不能接受的是,为什么我那么爱他,不惜牺牲姐妹亲情,甚至厚着脸皮嫁给他,到头来,他爱的人却仍然还是你!"说完,便更加伤心地哭起来。

徐佩芸没想到她竟然是这样想的,就郁闷地说:"佩萍。"

徐佩萍却大声道:"我恨你!"说完,转身就跑。

徐佩芸知道她心里的真实想法后,并没有再追,而是怔怔站在原地,好半天都没有回过神来。

小蓬莱二楼包厢内,桌子上已经摆上了酒杯。

吴俊锋和王志信坐在桌边,正在等待着什么人。

王志信不时望着门外,焦虑地说:"吴老板,你确定徐立秋会来?"

吴俊锋胸有成竹道:"王老板,你别急。说不定有人比我们更急呢。"

王志信闻言,不由诧异地问:"谁?"

没想到他话音还没落,门口就响起一个洪亮的声音:"吴老板!"

与此同时,一个气宇轩昂的熟悉身影,就赫然站在了门前,不是徐立秋还能是谁?

王志信不由一呆,随即小声咕哝了一句:"这刚说到曹操,曹操就到了。"

吴俊锋立刻站起来，热情地说："二叔，虽然我们是第一次见面，不过说起来，我还得跟着佩萍喊你一声二叔呢。"

徐立秋眼睛一亮，亲热地拍拍他的肩道："那说起来，我们还是亲戚呢。那我以后就不叫你吴老板，叫你俊锋了？"

吴俊锋连声说："应该的，应该的。二叔，我和王老板已恭候多时了。快请坐，今天晚上，你一定要把窑湾美食吃个遍！"

徐立秋爽快地说："俊锋果然好度量！如此说来，我们这次合作一定不成问题了？"

吴俊锋连声道："当然，当然，有钱大家一起赚嘛！"

徐立秋立刻扬头大笑说："哈哈哈，俊锋果然痛快！来，为我们合作愉快干一杯！"

吴俊锋朗声道："来，干杯！"

王志信感觉自己受了冷遇，连忙讨好地说："还有我呢。"

引得二人同时笑起来。

就这样，三人同时举起了酒杯，并在推杯换盏间，很快达成了共识。

第38章 和解是早晚的事情

午饭刚过,臧家大院后院客厅内。

臧增福夫妇两个闲得无聊,正在玩大字牌消磨时间。

忽然,一个女佣跑进来喊道:"老太爷、老太太,快到客厅去看看谁来了?"

臧增福夫妻对视一眼,不由疑惑地问:"谁?"

臧家大院后院三房小院客厅内,正是一天内最闲暇的时光。

郭文芳给丈夫倒了一杯茶,又给自己倒了一杯。

臧家梁看上去,却有些忧心忡忡的。

郭文芳关切地问:"你请回来的徐立秋那么能干,既要买新货船,又要建新码头,你怎么还不高兴呢?"

臧家梁叹了口气说:"其实当初,远航提出的铁路终将取代水路的观点,我虽然不愿意承认,但心里知道那是事实。但是,窑湾毕竟还不是国际化大都市，所以我认为，要想在航运界站稳脚跟，必须提高码头的竞争力。而要想提高码头的竞争力，就必须建造深水码头。可是因为投入太大，我一直下不了决心。现在由徐立秋提出来了，我当然支持的。正所谓，'富贵险中求'。可是问题的关键是，资金难筹啊。"

正在这时，孙管家急急走进来，笑容满面地道："三老爷、太太，有稀客到，请两位到客厅里看看。"

臧家梁夫妇同时疑惑地问："稀客？"

臧家大院后院三房小院小夫妻俩卧室内，臧远航正在扶着墙练习走路。

徐佩芸一边帮他缝制长衫，一边提议道："你试着什么都不扶走走？"

臧远航试了一下，却连忙又扶住了墙，同时苦笑着说："我不敢。"

徐佩芸鼓励道："你的两条腿，之前有些纤细，有些弯曲，不过现在，都和涟泰一样粗一样直了，肯定可以自主行走了。"话一出口，她便感觉到失言了，脸色不由就是一红。

果然，臧远航立刻停住了脚步，好半天，才艰涩地问："你那么注意涟泰哥的腿，是不是还和以前一样喜欢他？"

徐佩芸的脸不由一红道："你胡说什么！"

臧远航却坚持说:"我没有胡说。那天去草桥,我感觉你总是在看涟泰哥,眼睛好像要说话似的,涟泰哥看你,也是那样。"

徐佩芸恼羞成怒道:"那天是你要他陪我们去的,我可没叫。"

臧远航解释说:"你知道,我的意思是……"

正在这时,一个女佣急匆匆跑进来说:"航少爷、小少奶奶,你们赶快到客厅去看一看吧,他们全都在客厅啦。"

徐佩芸立刻疑惑地问:"全都在客厅?桂花,发生什么事了?"

桂花上气不接下气地说:"徐、徐先生带了好几个人来了。"

徐佩芸和臧远航对望一眼,连忙将他搀扶起来。

与此同时,臧家大院客厅内。

臧增福夫妇、臧家梁夫妇、臧远航夫妇急匆匆赶过来。

只见客厅里已经坐满了人。

不仅有臧家栋夫妇、臧远胜夫妇、臧增年、臧远方、臧远茹等臧家人,甚至还有多年不再来往的吴光淮夫妇、吴俊锋和吴俊莹等吴家人,王志信夫妇竟也赫然在座!

徐立秋坐在两家人之间,正在兴高采烈地谈论着什么。

徐佩芸见状,不由就是一愣!

臧增福夫妇和臧家梁夫妇在片刻的吃惊过后,全都兴奋地迎上去。

臧增福走向吴光淮面前,老泪纵横地说:"光淮啊,我和你爸一辈子情同手足,可怜他去世,我都没去看他最后一眼啊,呜呜呜。"

吴光淮难过道:"我爸在世时,也是每天念叨他的老伙计你啊。可惜他走得突然,没有等到我们两家和解的这一天。"

正在这时,臧家梁也走上前来。

吴光淮擦了擦眼泪,连忙迎上去,热情地伸出手说:"家梁兄,我们终于又见面了!"

臧家梁紧紧握住他的手,感慨万千道:"光淮兄,应该是我登门拜访你才对呀。"

郭文芳也亲热地拥着窦玉美,同时招呼看热闹的用人道:"你们还愣着干什么?快给客人沏茶啊。"

用人们这才回过神来,迅速忙开了。

窦玉美连忙说:"不客气,不客气。慧珊是我表侄女,佩芸和佩萍又是两姐妹,说起来我们吴臧两家,其实就是一家人嘛。"

一句话逗得所有人都哈哈大笑了起来。

接下来的时间,臧家人和吴家人各自诉说着这三年来的点点滴滴,场面一度十分感人。

臧家梁诚恳地道:"光淮兄啊,我们都是五十多岁的人了,身体又都不算好,要是再不见面,只怕就像你爸和我爸那样,这辈子就再也见不到喽。"

吴光淮连连点头说:"是啊,是啊。"

与此同时,吴俊锋更是握着臧远航的手,回忆当年说:"那时候,我们两兄弟好得就像穿一条裤子似的,有一分钱也要拿出来分着花,你还记得吗?"

臧远航似乎很动情地说:"记得记得,怎么会不记得呢?只是后来,不幸发生了一些大家都不想看到的事情,我们才生分起来,真的好遗憾。"

吴俊锋却把手一挥,大度地说:"过去的就让它过去吧。要是我当初不钻牛角尖,我们两家完全不必闹得这么僵。"然后抬头问大家,"你们说,是不是?"

所有人都连连点头,纷纷道:"是啊,是啊,谁说不是呢。"

吴俊锋正色道:"说起来,这次多亏了二叔,他整整和我们爷儿俩谈了一个晚上,才终于解开了我的心结。"

臧家梁不由感激地说:"立秋兄,你这次可是帮了我们臧家的大忙了。"

徐立秋谦虚道:"说起来都是一家人,应该的,应该的。"

吴光淮望着臧家梁,亲热地说:"家梁兄,过去的就让它过去吧。吴臧两家世代交好,总不能到我们这一代上就绝交,你说是不是?"

臧家梁点点头道:"是啊。人生不过短短几十个春秋,能够相知相识，这是几世才修来的缘分，我们应该好好珍惜才是啊。"

徐立秋闻言，不禁一竖拇指说："还是家梁兄看得透。"

吴光淮笑笑道："两家和好了，我以后又能和老伙计在一起聊生意经了。"

臧家梁感动地说："老伙计，谢谢你能原谅我们。自从我们两家变成冤家后，我没有一夜睡得安稳。现在好了，我终于可以睡个安稳觉了。"

臧家栋附和道："谁说不是呢？真得好好谢谢立秋兄。"

臧家梁正色地说："这三年来，我的神经每天也是绷得紧紧的，现在终于可以放松下来了。立秋兄，谢谢你。"

徐立秋爽朗道："大家快不要这么说。你们两家世代友好，和解是早晚的事情，我只不过是做个顺水人情罢了，哈哈哈。"

王志信眼见火候已到，便趁机说："徐先生不仅促成了臧吴两家和解，还解开了我心中的疙瘩，促成了另一桩大好事呢。"

一直没说话的徐佩芸闻言，眉头不由就是一皱。

臧远航脸上的笑容也僵住了，不禁疑惑地问："什么大好事？"

吴俊锋微微一笑说："听说你们要在北京通州，筹建一座专供窑湾商船停靠的深水码头，这样大的工程，一定会像大运河一样福泽万代的。常言道，'人过留名，雁过留声'嘛。所以在徐先生的游说下，我们宝通成决定支持你们的深水码头工程。"

众人闻言，不由诧异极了，异口同声地问："你们宝通成？"

吴俊锋骄傲地说："是啊，你们可能还不知道吧，我早已经是宝通成的股东了。"

王志信连忙点头道："是啊是啊，有钱大家赚，有名大家留嘛，你们说，对不对？"

徐佩芸闻言，越发忧心起来。

甚至连刚才似乎还很开心的臧远航，也是一脸的若有所思。

徐立秋却当即一竖大拇指，称赞说："王老板真是爽快啊，我先谢谢了。"

臧家梁也是双眼一亮，兴奋道："我本来还很担心新码头资金不好筹，有你们宝通成的支持，我们是如虎添翼啊。王老板，太谢谢你们了。"

臧家栋亦附和说："是啊，是啊，这可是解决我们的大问题了。"

吴俊锋豪爽地说："王老板，为了表示我与臧家的和解诚意，我将把存在其他钱庄的银两，陆续转到宝通成！"

王志信双眼不由一亮，连连抱拳道："谢谢吴老板了。"

臧远航听了这话，脸上竟然也浮现出一丝若有若无的笑意！

一时间，偌大的客厅，都沉浸在一片欢乐祥和的气氛中。

臧家梁仿佛卸下心中的两块巨石一般，不禁诚恳地说："今天难得臧、吴、王三家相聚一堂，实在是可喜可贺！不如，我们一起去小蓬莱吃顿便饭吧。"

没想到，刚才还笑意盈盈的吴俊锋，却一口回绝道："家梁叔，真是抱歉。我今天已经约了人，你的好意呢，我们心领了。"

臧增福不由惊呼："啊？这么不凑巧？"

吴光淮连忙安慰说："老叔，你不用太客气了。生意上的事，我现在也放手不管了，以后，我会经常过来看你的。"

与此同时，徐立秋拍着胸脯道："老太爷，放心吧，我留下来陪你。"

臧增福这才稍感安慰，连声说："好啊，好啊。"

吴俊锋站起来，意犹未尽道："好了，时间不早了，我们该走了。"

臧远航似乎还有些恋恋不舍地说："这么快就走啦？"

吴俊锋笑眯眯道："远航，不，我应该叫你姐夫了啊，哈哈哈，以后时间多的是呢，你请留步。"

臧远航不无尴尬地说："哦，我们还是像以前那样，以朋友相称吧。"

吴俊锋哈哈一笑，一拱手道："好啊好啊。那有空了再聊，远航，我先告辞。"

臧远航也拱手说："有空了再聊，俊锋，慢走啊。"

就这样，徐立秋、吴家和王家等人，在臧家主仆们的簇拥下，浩浩荡荡地走出了臧家。

走在最后面的徐佩芸,望着眼前的喧嚣,不由深深地叹了一口气。

吴俊锋用眼角的余光扫了她一眼,唇边露出一丝不易察觉的微笑,同时在心里暗下决心:哼,佩芸,你不是不爱我吗?总有一天,我要叫你对我另眼相看!

就这样,徐、吴、王三班人马,很快就走出了臧家大院。

走在最前面的吴俊锋,小声叮嘱说:"二叔,你要记得答应我的事情啊。"

徐立秋一拍胸脯道:"放心吧,包在我身上了!"

第39章　就遭天打五雷轰

臧家大院客厅内，客人走后，只剩下臧家人了。

男人们的意见，从未有过地统一。

臧增福感慨万千地说："真是没想到，我这辈子，还能看到臧吴两家和解呢。"

臧家梁更是自责道："虽然当初我并没有做错什么，但是毕竟吴俊旺还那么年轻，搁谁身上都不好受呢，所以我也能理解吴俊锋心中的那口闷气。"

臧家栋附和地说："是啊，是啊，说起来，还多亏了徐先生啊，把吴俊锋说通了。"

臧远方也认真道："当年辫子军运走的那六十万块大洋，说来也巧，竟然有二十万块是从宝通成提出的，搞得王志信差点破产，他这次能不计前嫌，借钱给我们，也是大度得很呢。"

臧远胜连连点头："是啊是啊。"

臧远航静静地听着,虽然并没有赞同,但是也没有反对,神情看上去颇有些高深莫测。

徐佩芸见状,不由在心中长叹了一口气,起身就悄悄走出了客厅。

臧家大院后院三房小院外,徐佩芸正准备推开院门。

没想到,臧远茹却从后面喊住她说:"佩芸。"

徐佩芸回头一看,诧异极了:"大姐?"

臧远茹坦率地说:"刚才好多人在,我都没敢说。我怎么总觉得,王志信肯借钱给我们,并不是什么好事呢。"

徐佩芸点点头道:"我也是这样认为的。"

臧远茹焦急地说:"那怎么办呢?我看爷爷、爸、三叔甚至还有远航他们,个个都兴奋得很呢。"

徐佩芸安慰道:"你放心,还有我呢。远航的五成五股份,已经托付给我了,我不会由着他们乱来的。"犹豫了一下,还是说,"我以为,你还在生我的气呢。"

臧远茹摇摇头,诚恳地说:"当然不会了,我不是那么小气的人。再说了,你现在的情况,已经够为难的了,只会比我更痛苦,我又怎么会怪你呢。不过我当时是在气头上,一时没转过来弯而已,你可别见怪啊。"

徐佩芸感动极了,认真道:"怎么会呢,我们是好姐妹嘛。"

臧远茹点点头说:"嗯,永远!"

徐佩芸情不自禁地握住她的手,郑重道:"永远!"

当天晚上,臧家大院客厅内。

臧家人和徐立秋正在围桌吃饭。

臧家梁长舒了一口气说:"唉,整整三年了,臧家和吴家的恩怨像块石头一样压在我心里。现在这个恩怨终于放下了,我这心里啊,不知道有多轻松啊。"

臧增福称赞道:"是啊,这次多亏了立秋啊。"

臧远胜一竖大拇指,恭维地说:"立秋叔就是牛!困扰我们臧家三年的难题,没想到他一来就解决了,我是真的太佩服你了!"

臧家栋附和道:"就是。最主要的是不仅解决了我们两家的恩怨,宝通成竟然还答应借钱给我们。你们知道他答应借多少吗?整整三十万啊!"

听了这话,所有人都惊喜万分!

只有徐佩芸的表情,自始至终都淡淡的。

徐立秋扫了她一眼,脸上立刻露出一丝不易察觉的阴冷,随即眼珠一转,朗声说:"我告诉大家,三十万还只是个开始呢。不过,他们答应借钱给我们,并不是无条件的。"

所有人都异口同声地问:"什么条件?"

徐立秋转向侄女,表情凝重地说:"佩芸啊,刚才俊锋和王志信都说了,他们从来不和女人做生意。必须由我代替你当运河码头的全权代表,宝通成才能借钱给我们。"

听了这话,刚才桌上热烈的气氛,立刻就是一滞。

好在徐佩芸早就有了心理准备,所以并不意外,小声而坚定道:"这么说,就是叫我以后不要再管码头的事情了?这个条件,我绝不会答应!"

一直比较沉默的臧远方,也鼓起勇气附和地说:"是啊,这个条件的确是太过分了。"

陆慧珊却阴阳怪气道:"我表哥提的条件,也不是没有道理的。虽然现在是民国了,但是毕竟几千年的男尊女卑。有几个男人愿意和女人平起平坐谈生意的呢?"

臧远茹闻言,便抢白地说:"慧珊,你怎么能这样说话呢?别的不说,你们陆氏家族从苏州来窑湾的女始祖陆吴氏,那可是巾帼不让须眉的女中豪杰呀。"

陆慧珊无话反驳,不由气结道:"你?"

庄淑环连忙帮腔说:"远茹你懂什么?还是慧珊说得对。"又转头道,"佩芸,虽然你很能干,但毕竟是女人家嘛。你不得不承认,做生意呢,说到底还是男人们的事情。"

臧远方不服气道:"可是二婶,你也看到了,自从佩芸管理码头后,码头生意越来越好了。"

徐佩芸附和说:"是啊,二大娘,并没有谁因为我是女人,就不想和我做生意啊,他们更看重的是我们码头有没有商誉,自己的货有没有如期到达。"

庄淑环被驳得哑口无言，好半天都说不出话来。

一时间，气氛有些僵住了。

郭文芳催促丈夫道："家梁，你倒是说句话呀。"

臧家梁沉吟片刻，终于说："佩芸，你说得也有道理。但是你知道吗？自从臧吴两家结怨以来，我没有一天不担心码头出事，更没有睡过一个安稳觉。现在既然吴家主动讲和，我们也该退一步才是呀。"

臧远航犹豫了一下，竟然也道："佩芸，在你没嫁进臧家之前，你根本就不知道我那时候的日子到底有多难过，每天都像是在刀尖上走路，稍不留神，就怕步入了对方早已挖好的陷阱。"

徐佩芸听了这话，越来越搞不清楚丈夫的想法了，便叹了口气说："爸、远航，我理解你们的心情，可是正因为如此，我们才更要小心提防……"

徐立秋见状，再也忍不住了，不由痛心疾首道："佩芸啊，你要小心提防谁？提防我吗？我可是你的亲叔叔啊！要知道在这个世界上，除了你爸爸，你最亲的人就是我了。可是，你居然不相信我？那么现在！"说到这里，他郑重地举起一只手，庄严发誓说，"我徐立秋对天发誓，以后做每一件事，花每一分钱，都是为了码头好。否则，就遭天打五雷轰！"

众人没想到他竟然发出如此毒誓，全都倒吸了一口凉气。

他们纷纷责怪道:"佩芸,你太过分了,那可是你的亲叔叔啊。"

徐立秋却语气缓和地问:"佩芸,这下你满意了吧?"

徐佩芸没想到他会用这么极端的方式,不由也尴尬起来,随即无奈地说:"二叔,你……"

臧家梁不耐烦地道:"好了,你二叔把话都已经说到这个地步了,你还想要怎样,不要逼人太甚了!"

徐佩芸自从嫁进臧家后,公公一直很欣赏她,从来都没有说过一句重话。

想到这里,她就更加郁闷了,只好闭了嘴。

徐立秋的眼中,却闪过一丝得意的笑。

与此同时,臧家梁转向他,郑重地说:"立秋兄,从现在起,你就是运河码头的全权代表了。"

臧远航沉吟片刻,竟然表态道:"我支持爸爸的决定。"

臧增福、臧家栋、臧远胜等人,也纷纷附和说:"我也支持。"

臧远方和臧远茹见状,也只好跟着道:"既然大家都支持,那我也支持吧。"

徐佩芸冷眼观望,没有再说一句话。

臧家梁不满地扫了她一眼,显然不想再继续这个话题了,便拿起筷子说:"那就这样决定了,来,大家吃饭!"

众人纷纷道:"吃饭,吃饭。"

入夜时分，臧家大院后院三房小院小夫妻俩卧室内。

臧远航坐在桌前，面前摊着一本书，却并没有看，而是紧皱着眉头。

心事重重的徐佩芸，收拾完床铺后，便给他倒了一杯水。

她犹豫了一下，还是问："远航，今天臧吴两家的恩怨终于解决了，你白天好像还是蛮高兴的，怎么现在倒是愁眉不展的？"

臧远航却冷笑一声："我还没有那么幼稚，会相信吴俊锋和王志信真愿意和解。"

徐佩芸双眼不由一亮，随即埋怨道："那你还同意让二叔做码头全权代表，和爸一起逼我让位？"

臧远航叹了一口气说："如果说我之前支持你二叔前来，仅仅是为了让二大现原形的话，那么现在，我并不仅仅于此了。你还记得吗？我以前常说，铁路运输必将会取代水路运输。现在看来，这句话是有些太过片面了。但是就算不能完全取代，船吨位和载重量的不断提升，普通的码头，肯定也不再具备竞争力，真正具备竞争力的，是深水码头。但是苦于资金短缺，我一直下不了再修建一个新码头的决心。所以就算我明明知道二叔不值得信任，吴俊锋和王志信并不是真心来和解，我也想要利用他们达到自己的目的！在这一点上，爷爷和爸爸，还有二大他们，与我的想法是一致的。"

徐佩芸提醒道："那你有没有想过，你利用他们的时候，焉知道他们不是在利用你们？"

臧远航却不以为然地说:"他们不过是想利用我们的深水码头工程赚钱而已。再说了,无论他们玩什么心计,借给我们的银子,那可都是实打实的!"

徐佩芸见他话已至此,还是把上次二叔和自己说的那些话,强行咽了下去。

她叹了口气,轻声道:"夜深了,早点睡吧。"

第40章　最大的深水码头

第二天一早,码头管理处总经理办公室内。

徐佩芸正在收拾办公桌前的文件,看上去万般不舍。

正在这时,外面忽然传来了敲门声。

徐佩芸面色一凛,强装镇静地说:"进来吧。"

话音刚落,臧远方和臧远茹就走了进来。

徐佩芸这才释然道:"我还以为是来催我走的呢,原来是你们两个啊。"

臧远茹看着办公桌上的文件,担忧地问:"佩芸,你真的同意让你二叔做码头全权代表?"

徐佩芸点点头说:"既然爸爸已经决定了,爷爷、二大和远航他们又都很支持,我没有办法不同意。"

臧远方提醒道:"可是,我总感觉你二叔的手笔太大了,根本不像是在做生意,而是像在赌博似的。"

臧远方想了想又说:"还有他说的那些远洋货轮、深水码头什么的,以前我们连想都不敢想。"

徐佩芸苦笑一声,不方便说自己亲叔的不是,只好叮嘱道:"我二叔做生意的手法,确实不太传统。他这个人呢,凡事喜欢说大话、讲排场,为人处事不太墨守成规。所以,你们要多提醒他。还有二大、远胜和四爷爷他们,经常在货船上夹带私货,占小便宜。你们一定要小心,否则,码头又要出事了。"

臧远方安慰地说:"佩芸,你不用太担心,还有我们呢。如果码头里一有什么风吹草动,我们会马上通知你的。"

臧远茹附和道:"是啊,佩芸。你不在码头了,还有我在呢,我不会让爸爸他们乱来的。"

徐佩芸这才点点头说:"你们能这样做的话,我也就放心了。"

运河码头管理处内,徐立秋带着一行人浩浩荡荡走进来。

恰在些时,徐佩芸带着一沓自己的东西,缓缓走出自己的办公室。

徐立秋立刻笑眯眯地招呼道:"佩芸。"

徐佩芸走到他面前,真诚地说:"二叔,从现在起,码头就交给你了。"

徐立秋志得意满道:"你放心,我绝对会把码头给你管理得有声有色的。"

徐佩芸点点头:"那就辛苦二叔了。"

中宁街上,吴俊莹快步走着。

臧远方迎面而来,一抬头看到她,就紧走两步,想上前打招呼。

没想到吴俊莹却高昂着头,装作没看见似的,和他擦肩而过。

臧远方犹豫了一下,只好小心翼翼地跟在她后面,很快走到无人的地方。

他赶忙紧走几步追上去,小声地喊道:"俊莹。"

吴俊莹还是装作没听见,继续往前走着。

臧远方不得不提高了声调:"俊莹。"

吴俊莹好像这才看到他似的,却也只是抬了抬眼皮,然后冷冷地说:"哦,是你啊,有事吗?"

臧远方立刻红了脸,讷讷道:"那个、那个,你怎么这么久都没去码头找我了?"

吴俊莹闻言,立刻把脸一撂,没好气地说:"你是我的谁?我凭什么要去找你?"

臧远方犹豫了一下,还是鼓起勇气道:"因为、因为我想你了呗。"

强忍多时的吴俊莹听了这话,立刻憋不住大笑起来,边笑边说:"哈哈哈,美猴桃,我终于逼你说出心里话了。实话告诉你吧，我不找你，就是想考验考验你，看看你到底有多紧张我。"忽然又柳眉倒竖，语带愠怒道，"不过我还是很生气，为什么你要拖到现在才来找我，害得我一着急，差点又主动去找你了！"

臧远方不由一喜，连忙解释道："本来，我早就想来找你了，只是现在三叔他们不让佩芸管码头了，让她多点时间照顾远航。码头已经全权由徐立秋负责了，我整天忙得一个头有两个大。"

吴俊莹惊讶地问："佩芸做得好好的，为什么不让她管了？"

臧远方苦笑道："唉，这里面千头万绪的，我一时也说不清楚。"

吴俊莹撇撇嘴说："连我爸都说，徐立秋那个人无论说话还是做事，都不太靠谱，还让我二哥离他远点呢。"

臧远方叹了口气道："唉，谁说不是呢？所以，我更得格外留心些才是。"

吴俊莹立刻眉毛一扬，冷哼一声说："那你就好好工作吧，至于我们的事，你爱急不急！"

臧远方着急道："急、急，我恨不得现在就娶你进门！"

吴俊莹这才满意地说："这还差不多。不过呢，我得找个机会告诉爸妈和二哥，如果他们没有意见，你就托人上门提亲，好不好？"

臧远方连连点头道："好好好。"

吴宅大院内,充满了欢声笑语。

吴俊莹刚刚踏进门就听到了,犹豫了一下,便走了进去。

此时吴大院客厅内,吴光淮夫妇和吴俊锋都坐在客厅里。

除此以外,还有一个西装革履、戴着金丝边眼镜、气度不凡的中年男人,此人正是窦玉美的胞弟窦其中。

吴俊莹连忙走进去,同时喊道:"爸、妈,我回来啦。"

窦其中立刻亲热地说:"这是俊莹吧,一晃十几年没见,都长这么大了。"

吴俊莹茫然地问:"你是?"

窦玉美笑哈哈道:"俊莹,你还记得吧,这是你在德国的大舅。"

吴俊莹一拍脑袋,恍然大悟地说:"大舅,我想起来了。记得那时候,你在北京读书,还给我买了一条很洋气的碎花小裙子呢。"

窦其中立刻哈哈大笑道:"没想到我小外甥女的记性竟然这么好。不过这次,大舅可没给你买小裙子。"边说边从皮箱里掏出一个小盒子,递到她面前说,"这是一条钻石项链,喜欢吗?"

吴俊莹眼睛一亮,不由接过小盒子,同时惊喜地说:"哇,好漂亮啊!大舅,谢谢你!"

窦其中爱怜道:"傻丫头,跟大舅还客气什么呢。"

吴俊锋忽然想起什么了,试探地问:"对了,大舅,你的工程谈得怎么样了？"

窦其中得意地说："哦，已经基本达成意向了，昨天还签了临时合同，下周我就开始筹备相关事项了。"

吴俊莹好奇地问："大舅，你接了什么工程啊？"

窦其中自豪道："俊莹啊，来，让大舅给你们兄妹俩摆摆龙门阵。"

吴俊莹顺从地坐在他身边说："好啊，大舅快说。"

窦其中踌躇满志道："以前呢，我在北京大学读书的时候，念的是建筑工程专业，后又到德国留学。在德国的这些年，我无数次参与国外的深水码头工程建造。所以我一直有一个理想，就是希望将来为我们中国也建造一座世界上最先进的深水码头。想不到这次回窑湾探亲，竟然可以实现我梦寐以求的理想了。"

吴俊锋疑惑地问："大舅，是哪里的深水码头？"

窦其中骄傲地说："就是北京通州的深水码头啊。"

吴俊锋吃惊极了："北京通州码头？这不就是臧家投资的工程吗？"

窦其中连声道："对对对，这个码头建成后，将是全通州最大的一个深水码头，一定会福泽后世。如果我能完成这个大工程，一生也就算圆满了。"

吴俊锋眉头不由一皱，还是提醒说："可是，大舅，这么大的一个工程，到时候需要操心的事情太多，肯定很累的。"

窦其中兴致勃勃道:"是啊,不但要买机器,还要聘请技术人员和建筑工人,需要投入大笔资金。这不,才刚一开始呢,就把我累得人仰马翻的。"

吴俊锋趁机劝说:"所以我建议你,不如趁早放弃吧。"

窦其中却坚决摇头道:"怎么可能?这种机会可遇不可求,我一定要紧紧抓住!"

吴俊锋便没有再说话,只是一脸的若有所思。

吴家盐行办公室内,吴俊锋正在看账簿。

王志信匆匆走进来说:"吴老板,坏了坏了。"

吴俊锋连忙问:"怎么?臧家不借我们的钱了?"

王志信摇摇头,急切地说:"不是。是我刚刚听说,和臧家签订深水码头工程合同的恒昌行,竟然是你大舅开的公司。"

没想到,吴俊锋却平静地说:"嗯,这件事我早就知道了。"

王志信担忧地问:"那你赶紧劝说你大舅,让他……"

吴俊锋却摆摆手,胸有成竹道:"你放心吧,我大舅那人书读多了,迂腐得很,根本不知道变通的。所以臧家栋父子,肯定不会把这个工程交给他做的。"

第41章　骑虎难下

运河码头管理处会议室内坐满了中高层职员,却还有一个空位子。

徐立秋扫了一眼空位子,不由皱眉问:"林辉,你通知远方开会了吗?"

林辉点头说:"通知了。"

徐立秋的脸色一下子就变得非常难看,厉声道:"那他怎么到现在还没有到?他到底还有没有把我这个总经理放在眼里?"

正在这时,臧远方匆匆忙忙推门进来。

他虽然有些歉意,但是却笑容满面地说:"对不起,刚才和丝线店的蒋老板谈合约的事,所以迟到了。"边说边坐到会议桌边。

徐立秋冷冷地问:"蒋老板的合约,不是已经谈好了吗?"

臧远方不以为意道:"是的,已经谈好了。不过有些附加的条款,和之前谈好的有些出入,要跟他们讲清楚。否则,一旦产生歧义,我们会损失不少钱的。"

徐立秋却皮笑肉不笑地说:"那会损失多少钱?三万还是三十万?不要给一个大概的数字敷衍我,我要一个确切的数字。"

臧远方暗中算了算,认真道:"每次运货的来回,差价是两千块。"

徐立秋却嘲弄地说:"也就是说,你今天去和他们讲清楚了,那么以后就可以帮码头多赚两千块,是吗?"

臧远方自豪道:"是的。"

徐立秋却脸色一冷,同时"啪"地一拍桌子,怒气冲冲地说:"为了多赚那两千块,你让我们十几个人苦苦等你五分钟!难道你脖子上的脑袋只是个摆设吗?"

臧远方完全没提防,当即被吓了一跳,脸上的笑容立刻就僵住了。臧远茹和郑一飞也同时愣住了。

臧家栋、臧远胜和臧增年等人,则是满脸的幸灾乐祸。

与此同时,徐立秋边狂叫边用力地敲着桌子,脸都气得变形了,然后又用力拍着胸脯道:"在这里等你的人,个个都是人中之龙凤!你让我们这样等你,就是浪费时间!你知不知道?浪费自己的时间等于慢性自杀,浪费别人的时间等于谋财害命!你算下,这五分钟,你谋了多少财、害了多少条人命!你回答我,怎么不回答我啊!我告诉你,像你这样斤斤计较的人,怎么配在我手下做事!我徐立秋是在北京见过大场面的,吃一顿饭都不止两千块!钱是赚回来的，不是像你这样一个子儿一个子儿省回来的！"说到这里，又转向大家说，"你们都给我听好了，以后所有五万元以下的小生意，由家栋兄、远茹和林辉直接负责，那些几千的小数目，以后在我面前提都不要提，别浪费我时间！"

臧家栋和林辉闻言，不禁得意地点点头。

臧远茹弱弱地说："可是徐总，五万块并不是个小数目，是不是由你签名确定一下比较好？"

徐立秋却把手一挥，鼓励道："我相信你们！就算你们做错了，我也不会怪罪的，就当交学费嘛，大家说是不是？"

臧家栋、臧远胜、林辉等人纷纷恭维说："是啊，是啊。"

只有臧远方和臧远茹苦着两张脸，看上去一筹莫展的。

当天下午，臧家大院后院大房小院客厅内。

徐佩芸和臧远方、臧远茹三个围桌而坐。

徐佩芸皱着眉头说："现在我们码头亏空太大，每个月净利润才十万块，如果你们把握不好做赔了，就等于是赔了我们码头半个月的利润。要是运气不好多赔几次，我们码头就彻底完了。风险这么高，二叔怎么可以这么草率做决定？不行，我得跟爸爸和远航谈谈才行。"

臧远方却摇摇头，苦笑道："没用的，三叔和远航他们，现在一心想要早日把通州深水码头建好，对你二叔十分倚重。"

臧远茹也说:"现在爷爷奶奶他们都希望你多些时间陪远航做康复,他们要是知道我们和你谈码头的事情,一定会骂死我。不过你放心,我会看好爸和林辉,绝不让他们在钱上乱来。"

徐佩芸想了想,便吩咐道:"那你们一定要多加留心。不如这样吧,大哥,你负责盯住二大他们,比如他们和谁谈生意、谈什么生意,你都要尽量查清楚,更不要轻易签名。有任何的风吹草动,立刻告诉我,我们一起想办法。"

臧远方郑重地说:"好,我会盯紧他们的。"

徐佩芸又吩咐道:"大姐,你多留心一下那个林辉。当初我们码头年审时,这个林辉就在我二叔身边了。据我所知,他是吴俊锋的同学,两人私交甚好。就是这样一个人,现在却掌握着我们码头的财政大权。吴俊锋对臧家的仇恨有多大,相信你们也很清楚。但是这次,他不但莫名其妙成了宝通成的股东,还说动王志信那么爽快地答应借钱给我们,总让人感觉有什么地方不对劲。码头现在简直是内忧外患啊,我们绝不能掉以轻心。"

臧远茹点点头说:"放心吧,佩芸,我会的。"

吴宅大院客厅内,吴光淮端坐在饭桌前。

不大一会儿,窦玉美母女便一人端着两大盘菜走进来。

吴光淮把眼一瞪道:"哇,发大财啦?今天的菜怎么这么丰盛?"

窦玉美笑容满面地说："等一会儿，我要宣布一件大喜事。"

吴光淮冷哼一声道："现在佩萍回了娘家，俊锋又不去接，整天不归家，也不知道在搞什么鬼名堂，能有什么大喜事？"

窦玉美却将女儿拉在身边，眉开眼笑地说："俊莹和远方自由恋爱了，你说是不是好消息？"

吴光淮闻言，双眼不由一怔，随即点点头道："嗯，这确实是个好消息。臧吴两家世代交好，就算前些年有过节，不过现在也算和解了，再说远方为人老实正派，虽然腼腆了些，好在俊莹的性格大大咧咧的，倒也可以互补。这门亲事好，我赞成！"

吴俊莹立刻开心地说："谢谢爸。"

正在这时，窦其中忽然提着行李，神情疲惫地走进来。

吴俊莹抬头一看，不由惊喜地叫起来："大舅！"

吴光淮也连忙招呼道："其中，你这么快就从北京回来了？"

窦其中无精打采地说："是的，姐夫。"

窦玉美连忙道："你还没吃饭吧？快过来坐下一起吃点。"

窦其中将行李放在旁边，愁眉苦脸地坐到桌前，却拼命揉着太阳穴。

窦玉美关切地问："你怎么魂不守舍的？出什么事了吗？"

窦其中却支支吾吾地说："没、没啊，来，吃饭，大家吃饭。"

吴光淮鼓励道："其中啊，我这个做姐夫的说句不该说的话。虽然你们窦家在窑湾也算是大户人家，但是岳父岳母去世得早，你又在国外多年,我和你姐姐就是你最亲的人了。有什么心事不妨说出来,我们大家一起解决,别一个人闷在心里。"

吴俊莹也催促说:"是啊,大舅,你就说出来吧。"

窦其中犹豫了一下,这才叹了口气道:"唉,真是好事多磨啊。还记得我和你们说过,臧家在通州兴建深水码头的事情吗?和他们签完临时合同后,我专程去北京注册了恒昌行,订了机器,请了技术人员和工人。今天又特意从北京回来和运河码头签正式合同,谁知道他们却突然反悔,说准备把通州码头给平顺洋行做了。事情搞成现在这个样子,我现在真是骑虎难下啊。"

吴光淮不由担忧地说:"要是接不到这个工程,你投资的那十几万块不就打了水漂了吗?"

窦其中郁闷道:"可不就是嘛。"忽然又强打精神说,"不行,我得再找他们谈谈,争取把码头接过来继续做。钱倒是小事情,他们准备合作的平顺洋行老板,虽然是所谓的洋人,但是半路出家,技术水平其实很烂。这么大的工程让他们做,早晚会出事的。"

吴俊莹忽然想起什么,便安慰说:"大舅,你不用担心,我找远方想想办法。"

窦其中茫然地问:"谁是远方?"

吴俊莹闻言,立刻就羞红了脸。

窦玉美连忙解释道:"远方是臧家长房长孙,也是你未来的外甥女婿。"

窦其中不由双眼一亮,连声说:"这就好,这就好。"

吴光淮却摇摇头道:"我听说这个工程,是由二房臧家栋父子负责的,他们只认钱的,想和他们讲道理,恐怕难哪。"

窦其中脸色又黯淡了下来,揉着太阳穴,痛苦地说:"我的头好疼,先去休息下,你们慢慢吃。"

吴俊莹连忙道:"大舅,我扶你去。"

谁知道,窦其中刚一站起来,忽然身子晃了晃,竟然差点儿跌倒了。

吴俊莹连忙扶住他,却看到其双眼紧闭,脸色苍白,不由焦急地喊道:"大舅,大舅。"

吴光淮夫妇见状,也不由惊呼起来:"其中,其中。"

江西会馆济世堂外,吴俊莹小心翼翼地抱着两包中药,神情忧虑地走了出来。

忽然,臧远方迎面而来。

吴俊莹目光呆滞地盯着前方,并没有看到他,径直往前走着。

臧远方不由担心地问:"俊莹,你给谁抓药?"

吴俊莹这才回过神来,却瞪了他一眼,继续往前走。

臧远方立刻跟在后面,委屈地问:"你这次是不是又想考验我?"

吴俊莹却冷冷地说:"没兴趣。"

臧远方急了,连忙问:"你什么意思?是不是你家人不同意我们的事?"

吴俊莹瞪了他一眼,没好气地道:"你们臧家出尔反尔,把我大舅都气病了,你说他们会不会同意?"

臧远方茫然地问:"你大舅是谁?"

吴俊莹闻言,越发生气了:"竟然连我大舅是谁你都不知道?回去问你二叔吧,哼!"撂下这话,就气哼哼走了。

第42章 借高利贷去澳门赌博

小蓬莱某包厢内,臧家栋父子正对着满桌佳肴,有滋有味地喝着小酒。

臧家栋满意地说:"难怪别人都说,'打虎亲兄弟,上阵父子兵'呢,自从你懂事后,我就越来越轻松了。"

臧远胜讨好地说:"我是不是比四爷爷更聪明些?"

他话音还没落,臧远方忽然推门走了进来。

臧家栋父子不由一愣。

臧远方恭敬地说:"二叔,远胜。"

臧家栋斜了他一眼,充满敌意地问:"你来做什么?"

臧远胜阴阳怪气地说:"来监视我们呗,哼!"

臧远方连忙摆手道:"你们别误会,我来只是想问下,通州深水码头工程,既然已经和恒昌行签了临时合同,人家机器都订好了,技术人员和工人都请了,你们怎么又给平顺洋行做了呢?"

臧家栋故意装模作样地问儿子:"这是真的吗?要是签了临时合同的话,一般是不会变的呀。"

臧远胜立刻和父亲一唱一和地说:"临时合同嘛,又不具备法律效力,变就变了嘛,有什么奇怪的吗?"

臧家栋连连点头道:"那倒是,那倒是。"

臧远方犹豫了一下,还是鼓起勇气说:"你们怎么能这样做呢?我们码头做事,一向是最讲究商誉的。虽然临时合同确实不具备法律效力,但是如果这样出尔反尔,会影响我们商誉的,以后谁还会跟我们签临时合同呢。再说,恒昌行为了这个工程,已经投资进去十多万了啊。"

臧远胜却轻描淡写道:"没签正式合同就投资十多万,说明他是真的很傻啊,可远远没有他的外甥吴俊锋精明。"

臧远方闻言,气得连声音都颤抖了,愠怒地说:"远胜,你怎么能这样说呢?我们窑湾都是儒商,讲究商誉是出了名的,恒昌行老板就是因为信任我们,才先行投资的。"

臧家栋把眼一瞪,不耐烦道:"可是我们已经决定把工程给平顺洋行做了,你说得再多,也是白费口舌。"

臧远方忽然想起什么,试探地问:"你们、你们是不是吃了平顺洋行的回扣了?"

臧家栋父子闻言,不由面面相觑。

臧远方立刻意识到什么,生气地说:"你们怎么每次做事都这样？做生意是看对方的综合实力，不是收了谁的回扣，就给谁做的！"

臧家栋顿时恼羞成怒起来，呛声道："什么回扣不回扣的，你真是信口雌黄！平顺洋行和恒昌行，工程造价都是一样的。"

臧远胜附和说："并且平顺洋行是洋人开的，五年前就成立了，大大小小已经接过不少工程了，而恒昌行却是新成立的中国公司。我们之所以准备签平顺洋行，也是为了码头好啊，你不要听风就是雨的！"

臧远方耐心地道："二叔、远胜，你们应该知道，平顺洋行虽然接过不少工程，不过因为打的是洋人的招牌，本身水平不行的，而且工程质量极差，所以他们在业内的口碑并不好。恒昌行虽然是新成立的公司，但恒昌行老板却是留过洋的，在德国参与过许多大型码头建造工程。他接这个工程，并不是为了钱，而是……"

臧远胜毫不客气地打断他的话，没好气地说："我管他是为了什么？总之，我和爸也是为码头好。再说，舍恒昌改签平顺，徐总也同意了。你要是不相信，可以亲自去问他。"

臧远方沮丧道："可是，徐总去北京了，要过一个月才能回来。等他回来，你们早就和平顺洋行签约了。"

臧远胜忽然眼珠一转，讥刺地说："大哥，你那么紧张干什么？噢，我知道了，是不是恒昌行老板给了你什么好处了？"

臧远方立刻涨红了脸，结结巴巴道："你、你……"

臧家栋笑眯眯地说:"远方,别不好意思,我和远胜又不是外人。怎么样,恒昌行给了你多少?"

臧远方终于挤出一句话:"你们真是'以小人之心度君子之腹'!"说完,转身就走!

臧远胜望着他的身影,担心道:"爸爸,他会不会查出什么来?"

臧家栋笑眯眯地安慰说:"儿子,你就把心放到肚子里吧。他要是有查我们的魄力,码头总经理还能轮到那个姓徐的?再说了,我们收平顺洋行的都是现银,他想查都找不到证据呢。来,我们爷俩走一个。"

臧远胜这才放下心来,美滋滋地端起了酒杯。

运河码头管理处大办公室内,已经下晚班了,只剩下臧远茹和林辉还在加班。

两人的办公桌正好面对面。

臧远茹低着头,正认真地核对着账簿。

林辉却显得有些心神不宁,不时偷偷地望着对面的女孩。

臧远茹边核对边摇头,忍不住喃喃自语说:"真是奇怪,这笔账目怎么对不上呢?"

这时,时钟"当"的一声,指向了六点。

林辉忽然亲热地喊道:"远茹。"

臧远茹立刻抬头，不相信地问："啊？你叫我？"

林辉微微一笑地说："是啊，你不介意我这样叫你吧？"边说边深情款款地望着她。

臧远茹连忙低下头，慌乱道："不，我不介意。"

林辉见状，更加胆大了，提议说："远茹，我们已经加班一个小时了，天快黑了，不如早点收工吧。"

臧远茹犹豫了一下，还是道："好吧，我也有点累了。"

运河码头管理处外，两个年轻人一前一后走出来，并很快走上大运河堰。

臧远茹装作很随意地问："徐总好像很信任你？"

林辉自豪地说："当然。我本来到北京是准备考大学的，后来因为机缘巧合认识他，他就让我在他手下做事了。这些年，他对我很好，教会我很多东西，可以说是我的再生父母了。"

臧远茹字斟句酌道："看得出来，徐总待人很热心。但是我总感觉他做事，并不是那么脚踏实地。老实说，现在码头的管理很混乱，有些账目也不清不楚。他总是说，自己是个做大事的人。可是，再大的事，不也是先从一点一滴的小事做起的吗，你说是不是？"

林辉闻言，一副若有所思的样子，忽然就笑了笑。

臧远茹尴尬地问："你笑什么，难道不是吗？"

林辉连忙摆手说:"我不是笑你,我是在想,要是我把你刚才的这番话,在徐总面前说,他肯定又说我斤斤计较,不是做大事的人了。"

臧远茹有些惊讶地问:"怎么,他以前就这样说过你吗?"

林辉点点头道:"是啊,记得我第一次见到他时,他刚搬到新居,房间内乱成一团糟。为了向他证明我的勤快,我拿起扫帚就开始打扫卫生。我原以为他会夸奖我,没想到,他却把我狠狠训斥了一顿。"

臧远茹惊讶地说:"房间里乱当然要收拾啦,他为什么却要训斥你?"

林辉咳嗽一声,便学着徐立秋的样子,面容严肃、声音洪亮道:"这种小事,自然有用人去做的!你跟着我,不是扫屋子的,是要扫天下的!如果连这点都搞不清楚,那就不要浪费彼此的时间!"

臧远茹当即反驳说:"可是古人云:'不扫一屋,何以扫天下?'"

林辉点点头道:"是的,平凡人都会这样想。"然后语气一凛,动情地说,"但是后来,跟他在一起时间久了,看他成功地做了一件又一件大事,我才意识到,这也许正是他的不平凡之处啊!"

臧远茹听到这里,不禁来了兴趣,好奇地问:"那他成功地做了什么大事?"

林辉并没有直接回答，而是忽然转过脸，深情地凝视着她。

臧远茹立刻红了脸，没好气地说："你看我干什么？"

林辉柔声道："远茹，我可以问你一个问题吗？"

臧远茹连忙低下头，慌乱地说："什么问题？"

林辉郑重道："你，有男朋友了吗？"

臧远茹不由皱眉，意兴阑珊地说："对不起，我不想谈论这个问题。"

林辉温和道："好了，那我们就不谈论。不如，我请你去来仕登吃西餐，你看怎么样？"

臧远茹果断地说："谢谢，天不早了，我该回家了。"说完，快步向前走了几步。

林辉眼珠一转，却喊住她道："你不是想听徐总做过的大事吗？我还有很多关于徐总的趣事想要告诉你呢。"

臧远茹犹豫了一下，疑惑地问："真的吗？"

林辉郑重地说："我什么时候骗过你？"

臧远茹想了想道："那好吧。"

林辉的唇角，立刻闪过一丝不易察觉的笑意。

第43章 你的面子比天还大

来仕登西餐厅内,林辉和臧远茹在一个角落里,面对面而坐。他们一边喝咖啡,一边热烈地谈论着什么。

此时,臧远茹正瞪大着眼睛,吃惊地说:"这个徐立秋,竟然借高利贷去澳门赌博?他胆子可真够大的!要是输了,那一辈子不就彻底完了?"

林辉果断摇头道:"你错了,这是因为你不了解他才这样说!他经常告诉我们说,人生就是一场赌博!但是他从来不打无准备的仗,所以只要他出手,几乎是战无不胜!当然,这其中付出的艰难和汗水,是不为外人所知的。"

臧远茹不以为然地说:"我倒是没有看到他付出什么艰难和汗水,我只是感觉他一点都听不进别人的意见,真是太刚愎自用了。"

林辉却非常深沉道:"我还真得感谢他的刚愎自用呢。记得当初,我到他身边时,刚出学校门,什么都不懂,很多人都说我为人太诚实了,不是做生意的料,劝他不要用我。可是他却认为我是个可塑之材,根本听不进别人的劝。也因此才有了我的今天。"

臧远茹有些半信半疑地问:"哦,真的吗?"

林辉心情沉痛地说:"其实,之所以如此,是因为我根本不知道自己父母是谁。在我很小的时候,父母就死了,邻居们见我可怜,便把我送到窑湾的孤儿院。我像很多孤儿一样,依靠着商户们的捐款,才顺利读到窑湾商业学校毕业。"

臧远茹闻言,不由惊喜道:"我也是窑湾商业学校毕业哦,怎么从来没有见过你?"

林辉目光炽炽地说:"我比你低两届,但是当时我很自卑,所以很多人都不认识我,但是我认识你。"

臧远茹惊讶道:"你认识我?这不可能!我当时也不太爱讲话的。"忽然想到什么,不由伤感地说,"连我的一个同学,都对我没什么印象呢,更何况是低两届的你呢?"

林辉立刻一脸柔情地说:"怎么会呢?你当时虽然貌不惊人,但是举手投足之间,却自有大家闺秀的风范,让我仰慕得不行,天天放学后,就想看到你呢。"

臧远茹"哦"了一声,连忙避开他热情炽烈的目光。

当天晚上,臧家大院后院三房小院内。

臧远航在妻子的搀扶下，正在慢慢行走着。

徐佩芸鼓励道："现在你倚在我身上的力量，越来越轻了，你扔掉一条拐杖试试。"

臧远航犹豫了一下，果断扔掉一条，但是他只站了一下，却身体一个趔趄，连带着妻子一起摔倒了。

他不由苦着脸，沮丧地说："对不起，看来还得拄双拐才可以行走。"

徐佩芸却命令道："既然扔下了，就不必再捡起来！"边说边用力搀扶着丈夫站起来。

臧远航望着她满脸汗水，不禁大受感动，咬紧牙关，继续慢慢地行走着。

正在这时，徐佩芸眼角的余光，却看到臧远茹脸儿红红地一闪而过。

她眉头不由一皱，忍不住喃喃自语地说："大姐每天下班都准时回家，怎么今天回来得这么晚？"

但是并没容她多想，便传来臧远航惊喜的声音："好像只用单拐，我一样可以走哦。"说完，便甩开妻子，自己慢慢地走起来。

徐佩芸见状，脸上不由闪过一丝欣慰的笑。

吴家大院后院客房内，窦其中躺在床上，额头覆盖着白毛巾。

吴光淮夫妻和女儿守在病床前，三口人都是愁眉苦脸的。

正在这时，吴俊锋从外面慌慌张张跑进来。

他见此情景，立刻着急地问："妈，大舅的病怎么样了？"

窦玉美愠怒道："头疼的老毛病又犯了，还不是被臧家给气得！"

吴俊锋立刻问："大舅，你投了多少进去？我马上去给你要回来！"

窦其中摇了摇头，苦笑着说："不关钱的事。我们窦家虽然比不上你们吴家有钱，那点钱也不算什么。我最担心的是，平顺行的老板是半路出家，技术水平其实很烂。通州深水码头这么大的工程，要是签给他们做的话，早晚都会出事的啊。"

吴俊锋却不以为然道："大舅，你听我说，这件事背后的水很深，不让你做才好呢，你就别管了，由他们去吧。"

窦其中声音虽轻，却语气坚定地说："只要我还有一口气，就不能由着他们胡来！"

吴俊锋撇撇嘴道："你不由着他们胡来又怎么样？反正你也管不了。"

窦其中不由气结："你、你……"话未说完，就感觉头部又传来一阵剧疼，忍不住就"哎哟哎哟"地叫了起来。

窦玉美责怪地说："臭小子，你这是想把你大舅气死啊。"

吴俊锋咕哝道："我说了嘛，不让他做是好事，他偏不听。"

吴光淮忽然想起什么说："对了，俊锋，我们吴臧两家，现在不是已经和解了嘛，甚至你们宝通成还准备贷款给他们，不如，你去臧家说说看，他们应该卖你这个面子的。"

吴俊锋却把头一梗，倔强道："我才不说呢，不让做正好！"

吴家大院外，臧远方远远地在门外徘徊着，不时盯着大门。

过了好久，大门才打开了，吴俊莹神情忧郁地走出来。

臧远方连忙迎上去说："俊莹。"

吴俊莹没精打采道："你来干什么？"

臧远方关切地说："好久没看到你了，现在还好吗？"

吴俊莹叹了口气道："大舅的病越来越重了，妈妈成天催二哥去说情，二哥又不去，你说家里都这个样子，我能好吗？"

臧远方闻言，不由懊悔地说："对不起，我也帮不上什么忙，真是没用！"

吴俊莹却没好气道："我大舅就是被你们臧家害的！你还帮忙？帮倒忙吧！"说完，冷哼一声，便拂袖而去！

小蓬莱某包厢内，臧家栋父子推杯换盏，好不自在。

臧远胜边给父亲斟酒边恭维地说："还是爸爸英明，自从徐立秋上任后，我们的日子过得可是滋润多了。"

臧家栋得意道："谁说不是呢，以后会更滋润的哦。"说完，便一饮而尽，然后摇头哼唱起来，"……风调雨顺民安乐，哪有咱庄户人家多快活。自从娶了那丁香女，街坊邻居都把她夸……"

正在这时，臧远方推门走进来，看上去神情十分沮丧。

臧远胜不禁阴阳怪气地说："哟，大哥，你来找我们，又有什么好事啊？"

臧家栋也拖着长调道："好事我们就别想了，只求他高抬贵手，别冤枉我们吃回扣就是了。"

臧远方强忍怒气，低声下气地说："二叔、远胜，我求你们了，看在我的面子上，就把深水码头的工程给恒昌行做吧。否则，要出人命的呀。"

臧远胜惊讶地问："我就纳了闷了，恒昌行和你到底是什么关系？你那么上心？"

臧远方犹豫了一下，只好无奈道："恒昌行的老板窦其中，是俊莹的大舅。我和俊莹就要订婚了，以后臧家和窦家就是亲戚了。这点面子，你们还是能给的吧？"

臧家栋闻言，不由撇撇嘴，冷哼一声。

臧远胜当即愠怒地说："哼，大哥，不是我说你，你还别提面子不面子，一提起这事我就想生气。上次我爸为了方便粮食运输，就想在扬州买条粮划子，只要你签个名就能拿到钱，不过是四万九的小数目，任我们说破了嘴皮子，你也坚决不签。再怎么说，你喊我爸叫二叔，这点面子，你不是也没给他吗？现在求我们办事，你又想起你的面子了？你的面子比老天还大啊？"

臧远方被抢白得脸红脖子粗的,几次张了张嘴,但还是强行咽了回去。

臧家栋见儿子说得差不多了,便和事佬似的打起了圆场:"哎呀,远胜,你也真是,过去的事就不要再提了嘛。人家娘舅才是亲戚,我这个二叔,说到底就是个摆设罢了。"

臧远方尴尬极了,只好弱弱道:"二叔,你别生气,以前其实都不是我的意思,是、是佩芸让我盯紧你们来往生意的。"

臧远胜把眼一瞪,不由讥刺地说:"爸,听到没有?你听到没有?这可是他自己承认了的。原来你这个大侄子,他只卖弟媳妇的面子,根本没把我们二房放在眼里嘛。"

臧远方连忙摆手,急切解释道:"远胜,你别误会,这个不是卖不卖谁面子的问题。按照规矩,那条粮划子必须先下水试航,查验合格后,我们才能付钱的。"

臧远胜闻言,不由双手一附,立刻说:"大哥,你说得对极了!现在,深水码头我们也是按照规矩办事!平顺洋行的字号比恒昌行老,又做过不少工程。我们和平顺洋行合作,天经地义,这件事,你没话可说了吧?"

臧远方被噎得半天没说出话来,并且是一脸的若有所思。

臧家栋父子下意识地对望了一眼,然后紧张地盯着他。

臧远方却一直眉头紧皱,沉默不语。

终于,臧家栋等得不耐烦了,便把手一挥道:"好了,好了,这件事到此为止,你没别的事的话,就走吧,不要打扰我们喝酒!"

臧远胜则转过身来,直接把堂哥往外推,边推边说:"走吧,走吧,看到你我就烦!"

臧远方犹豫了一下,还是走了出去。

臧远胜望着他的背影,不由生气道:"我把话都说得那么明白了,他却连一点表示都没有,真是个死脑筋!"

臧家栋却得意地说:"别担心,现在是我们掌握主动权呢!"

吴家大院后院客厅内,窦其中披衣坐在桌子边,正认真地写着什么。

吴俊莹端了一碗汤药进来,关切地说:"大舅,药熬好了。"

窦其中这才放下手中的笔,感激道:"俊莹,辛苦你了,这段时间真是多亏有你照顾我。"

吴俊莹认真地说:"大舅,你那么疼我,我当然得孝敬你了。"说到这里,忽然看到他面前的文件,不由责怪道,"你怎么还工作?赵先生一再叮嘱我,偏头疼很危险,要好好休息,不能太劳累了,你怎么就是不听呢?"

窦其中端起汤药喝完后,叹了口气道:"唉,想想我还是不甘心。所以,我又写了一份新的计划书,尽量把工程造价降低,宁愿亏点钱,也想接下这个工程。这样,也算是我为窑湾、为子孙后代做点事。"边说边要站起来,却一个趔趄,差点跌倒。

他连忙捂住头,同时疼得眉头皱成一团。

吴俊莹连忙扶他坐下,同时焦急地说:"大舅,你不要动,好好休息!"

窦其中强忍痛苦,却又试图站起来,咬紧牙关道:"不行,明天臧家就要和平顺洋行签约了,我得马上把这份计划书送过去。"

吴俊莹只好一把夺过计划书,爽快地说:"那你好好歇着,我去!"

窦其中不禁担忧地问:"你一个姑娘家,能行吗?"

吴俊莹点点头道:"你放心,我一定能行的!"

第44章　不该接那个工程

运河码头管理处外,吴俊莹拿着计划书,正在向里面走去。

恰在此时,臧远方正好急匆匆走出来。

臧远方见到日思夜想的姑娘,立刻迎上去,同时惊喜地问:"俊莹,你是来找我?"

吴俊莹却冷冷地说:"不,我是来找臧家栋的!"

臧远方闻言,不由一怔,随即诧异地问:"你找我二叔有什么事?"

吴俊莹扬了扬手中的计划书,苦涩地说:"我大舅为了得到这个工程,已经累病了。现在,他又重写了一份新的计划书,把工程造价降得很低,甚至宁愿亏钱,我想给你二叔看看,希望能帮大舅争取到这个工程。"边说边要往里走。

臧远方却摇摇头,为难道:"你不用去了,去了也没用的。"

吴俊莹忍不住哽咽地说:"我大舅半生漂泊在国外,现在身体又不好，想为家乡做点事，我不能眼睁睁看着他的愿望落空啊！"

臧远方沉吟片刻，然后咬了咬牙，接过计划书道："你回去吧，我去找二叔！"

吴俊莹疑惑地问："可是，你跟你二叔向来不和，这能行吗？"

臧远方苦笑一声，点点头说："你放心吧，我一定能行的！"说完，便大踏步往里走去。

吴俊莹望着他的背影，有些半信半疑。

运河码头管理处会议室内，臧家栋父子正在边抽烟边喝茶，看上去十分悠闲。

臧远方犹豫了一下，还是推门走进来，低声下气地说："二叔、远胜，恒昌行又做了一份新的计划书，工程造价比平顺洋行低得多，你们看下吧。"边说边将计划书递过去。

臧家栋却将计划书往地上一扔，大声呵斥道："你成天一见到我们，就是恒昌行、恒昌行、恒昌行！幸好你不是唱柳琴戏的，要不然，唱来唱去就唱这三个字，观众早就把你轰下台去了！"

臧远胜也尖刻地说："就是，大哥，不是我说你啊，好话说三遍狗都嫌，更别说是人了！"

臧远方强忍着屈辱，从地上捡起计划书，然后低声哀求道："二叔，你不看僧面看佛面。我父母早逝，又生来胆小木讷，从来不会哄姑娘欢心，都二十五六岁了还没娶上亲。"说到这里，他都有些哽咽了,顿了一顿,继续说:"现在好不容易俊莹答应嫁给我,我也很喜欢她。如果她大舅因为这次工程的事,有个三长两短,你叫我怎么好意思到吴家登门提亲呢?"

臧家栋不但没有丝毫的心软,反而"啪"地一拍桌子,不耐烦地说:"上次和扬州的那笔粮划子生意没做成,我还不是一样不好意思!"

臧远方犹豫了一下,还是抱着最后一线希望道:"可是、可是恒昌行的事不同嘛,毕竟是你们先答应他们的嘛,并且还签订了临时合同呢。"

臧远胜却愠怒地说:"大哥,你脑袋是榆木疙瘩做的吗?先答应他们又怎么样?上次我爸,不也是先答应扬州方面买他们的粮划子的吗?结果你坚决不签,生意还不是黄了。"

臧家栋摆摆手,阴阳怪气道:"远胜,你不用再说了。人家扬州的那条粮划子的质量好啊,我们所有粮划子加起来也比不上。我本来想为码头做点事情,谁知道有人不但不签名,还说我从中吃回扣,真是好心当成驴肝肺啊。"

臧远胜附和地说:"就是嘛,这年头,好人难做啊。"

话已至此,臧远方就算再笨,也终于知道他们想要的是什么了。

终于,他咬了咬牙关,孤注一掷道:"你们不用再说,我已经明白了。是不是只要我在粮划子的合同上签上字,你们就会把通州码头的工程,签给恒昌行做了?"

臧家栋父子不由相视一笑。

运河码头管理处会议室外,窦其中兴高采烈地走出来。

臧家栋父子和臧远方跟在后面热情相送。

窦其中扬了扬手中的合同,感激地说:"家栋兄,你们能把通州码头交给我做,我真的很感激。请你们放心,我一定会尽力做好的。"

臧家栋笑眯眯道:"最主要的是你的计划书做得好,甚至还肯降低工程造价。再说了,我们就快成为亲家了,不给你做给谁做啊。"

他说到这里,情不自禁地看了身旁的侄子一眼,不由哈哈大笑起来。

臧远胜也跟着笑起来。臧远方不由尴尬万分。

不明就里的窦其中,仍然是一脸感激,并亲热地说:"对了,远方,俊莹爸妈对你很满意。有时间的话,一起去吃个便饭吧。"

臧远方连连点头道:"一定,一定。"

但是他的神情,看上去却十分沮丧。

吴家大院客厅内,饭桌上的气氛非常热闹。

窦其中坐在桌子前,一扫前几日的病容,看上去神采奕奕的。

吴俊锋刚一走来,便惊喜地说:"大舅,你的病好啦。"

吴光淮笑眯眯道:"你大舅那是心病。今天他正式和臧家签订了深水码头的合同,病当然就好啦。"

没想到,吴俊锋闻言,脸上的笑容立刻就僵住了!

好半天,他才连珠炮似的发问:"不是说不给你做的吗?为什么又签了?谁在中间说的情?"

窦玉美和女儿正好端菜进来,只听到儿子最后一句话,便自豪地说:"是俊莹说的情,远方那孩子,可听她的话……"

吴俊锋还没等母亲说完,便冲妹妹大吼道:"你一个大姑娘家,就那么急着嫁人!连门都没过呢,管什么闲事?!"

吴俊莹莫名其妙被骂,还骂得这么难听,不由"哇"的一声,委屈地哭起来!

窦其中见状,便生气道:"你有什么不满的,直接冲我来,别欺负俊莹!"

吴俊锋只好强忍着烦躁,解释说:"大舅,你误会了,我是为你好。那个工程,你还是不要接了。你要是心疼已经填进去的钱,我可以补给你。"

窦其中怒道:"你以为我在意的是那点钱?我在意的是在我有生之年,能利用毕生所学,为自己的国家做点事情!"

吴俊锋只好提醒说:"大舅,这个工程的水很深,搞不好到时候,你会亏钱的呀。"

窦其中也耐心道:"俊锋,你虽然是个商人,但也算是儒商,眼光不能只盯着钱。你要知道,在京杭大运河起点通州兴建深水码头,这可是福泽后代的大好事呀!"

吴俊锋见他执迷不悟,便有些不耐烦了,口不择言地说:"别说福泽后代什么的了,你还是先管好你自己吧。我告诉你,你要是真的接了这个码头,注定会倾家荡产,到那时,我怕你哭都找不到地方!"

吴光淮和窦玉美闻言,连忙异口同声地呵斥儿子:"俊锋,你怎么说话呢?"

窦其中更是气得差点儿吐血!

只见他霍地站起来,然后握紧拳头,一字一顿道:"你放心,就算我倾家荡产,甚至流落街头成为要饭的,也绝不上你吴家的门!"说完这话,便大踏步走向客房,开始收拾自己的东西。

窦玉美瞪了儿子一眼,连忙跟出去劝道:"不要生气,不要生气。"

甚至连吴俊莹都跑了出来,急切地说:"大舅,你不要走啊。"

吴光淮劝儿子说:"臭小子,快给你大舅道个歉啊。"

吴俊锋却固执地说:"我没有说错,他就是不该接那个工程!"

与此同时,窦其中提着自己的行李箱,头也不回地走出了吴家大院!

吴光淮看到一脸倔强的儿子,气得连连跺脚:"唉,我怎么生了你这个拗种啊!"

第45章　哪壶不开提哪壶

傍晚时分，臧家大院后院三房小院内。

臧远航拄着单拐，正在不停地走来走去。

他一边走一边兴奋地说："你看我这几天，走得是不是越来越好了。"

徐佩芸点点头道："是的。"然后又鼓励说，"你双腿那么有力，不如把单拐也扔了，再走走试试。"

臧远航试了一下，但随即就"扑通"一声跌倒了。

徐佩芸连忙走过去扶起他，同时说："再试一次！"

臧远航却捶着自己的腿，沮丧道："我真是没用啊，太没用了……"

入夜时分，臧家大院后院二房小院臧远茹卧室内。

庄淑环轻轻推开门，满面笑容地说："远茹。"

此时，臧远茹身着睡衣，正要就寝。

她回头一望，不禁惊讶地问："妈，这么晚了，你找我有什么事？"

庄淑环神秘一笑道："我听别人说，你前几天和一个叫林辉的同事，去来仕登喝咖啡了，有这回事吗？"

臧远茹不以为意地说："妈，正常的同事吃饭，这有什么呀。"

庄淑环却摇了摇头，笑眯眯道："还说没什么呢？自从你到码头上班后，我还从来没见过你和哪位男同事吃过饭呢。老实说，他是不是想追你？"

臧远茹不耐烦地说："妈，根本没影子的事，是你想得太多了。再说了，我现在不想考虑这个问题。"

庄淑环瞪了她一眼，没好气道："你以为你还小啊？'男大当婚，女大当嫁'，为什么不考虑？就算你心里有人了，可是人家又不喜欢你，你总不能为了一个不喜欢你的人，一辈子不嫁人吧？我看那个林辉就挺好的，虽说是个孤儿，不过小伙子人长得精神，又聪明能干，深得徐先生的信任，这个女婿啊，我认定了！"

臧远茹闻言，不禁有些若有所思起来。

清晨，运河码头管理处内。

臧远茹走进办公室，与职员们互相打着招呼："早安。"

林辉坐在办公桌前，一脸暧昧。

臧远茹走到自己座位前，礼貌地说："早安。"

林辉神秘地对她笑笑道："早安。"

臧远茹像往常一样，坐下来便拿起桌上一个文件夹。没想到刚一打开，忽然就从文件夹中滑落一张字条。

她随手捡起来一看，只见上面写着一行漂亮的楷书：蒹葭苍苍，白露为霜；所谓伊人，隔桌相望！

这字迹对于臧远茹来说，简直太熟悉不过了，正是出自对面桌的那个人！

她立刻下意识地抬起头，正好遇到对面一双火辣辣的目光。

与此同时，林辉幽幽地说："你看我的字，写得还行吧？"

臧远茹连忙掩饰地低下头，并慌乱道："对不起，我该去电报局了。"说完这话，拿起包，转身就走。

林辉犹豫了一下，便迅速追了上去。

大运河堰上，臧远茹在前面快步走着。

林辉在后面紧追不舍，一边追还一边喊道："远茹，远茹，等等我。"

中宁街上，因为人流太大，臧远茹被迫慢了下来。

林辉终于追上她，并急切地说："远茹，不就是一首诗嘛，你生什么气啊？"

臧远茹强自镇静道:"我根本没有看到什么诗,你多心了。"

林辉似笑非笑地说:"是吗?那我就再给你念一遍?"说完这话,便直视着她的眼睛,深情地念了起来,"蒹葭苍苍,白露为霜;所谓伊人,隔桌相望!"

臧远茹急忙捂住耳朵,连声道:"不要念了不要念了,请你不要再念了,我不想听。"

林辉闻言,却激动地说:"你为什么不想听?这正是我想对你说的,你知道吗?你那么安静、温和,和你在一起,我感觉自己整个人都变了,再不像过去那样浮躁、那样无牵无挂了。这二十多年来,我一直渴望能有一个温暖的家,家中有一个像你这样温柔贤淑的太太……"

臧远茹摇摇头,坚定道:"你不要再说了,我现在不想考虑这个问题!"

林辉眼珠一转,像是想起什么似的,恍然大悟地说:"噢,我明白了,你是臧家大小姐,我是孤儿院长大的孤儿,你是嫌我配不上你,是吗?"

臧远茹连忙摇头道:"你误会了,我根本不在意什么配不配的。"

林辉并没有就此放弃,而是直视着她的眼睛问:"那么,请你给我一个拒绝的理由。"

臧远茹难过地说:"这些年来,我一直很喜欢很喜欢一个人,他的名字,早已经刻在我记忆的最深处了,我没有办法忘记。可是他的心里,却自始至终,都根本没有我的位置!"

她说到这里,忽然看到赵涟泰远远地走过来,眼泪立刻就像断线的珍珠一样,大颗大颗地掉了下来。

林辉顺着她的目光望去,立刻就明白了什么,趁机搂住她,安慰道:"不哭,不哭。"

强忍多日的臧远茹,仿佛抓到一根救命的稻草似的,索性依偎在他怀里,号啕大哭起来。

中宁街街角,赵涟泰原本看到臧远茹时,是准备过去打招呼的。

但是当看到面前的一幕,他不由停下了脚步,怔怔地望着他们。

当天晚上,臧家大院客厅内,臧家人正在围桌吃饭。

徐佩芸心情明显不佳。

她忍不住望了望臧远方,臧远方却迅速躲开她的目光;她又望了望臧远茹,臧远茹亦掩饰地低下头吃饭。

徐佩芸的眉头,越发紧皱了起来。

与此同时,陆慧珊挺着大肚子,不停夹着臧远航面前的肉丁炒酸菜梗。

曹秀英盯着她的肚子,笑眯眯地说:"慧珊,酸儿辣女,你生的一定是儿子。"

陆慧珊有些羞涩道:"其实,我更喜欢女儿。"

臧远航便将那盘菜端到她面前，体贴地说："嫂子，你喜欢吃，就都给你吃吧。多吃点，小侄子才能快快长大。"

众人不由大笑起来。

陆慧珊心中一动，立刻真诚道："远航，谢谢你。"

曾经，她对他那么不堪，可他，不但从来没有计较过，还仍然如过去一般对自己好，这不能不让她感动。

庄淑环却趁机说："佩芸哪，你看远航多喜欢小孩子啊，你也赶快怀一个吧。"

徐佩芸不由尴尬起来，正不知道如何是好时，恰好茶几上的电话铃响了。

她连忙站起来，掩饰道："我去接电话。"

臧家大院客厅茶几旁边，徐佩芸三步并作两步走过去，迅速抓起电话。

她"喂"了一声，脸色不由一变，然后急切说："好，我马上过去！"

臧家大院客厅内，徐佩芸回到饭桌旁。

但是她并没有再坐下来，而是歉然道："不好意思，娘家有点事，我去去就来。爷爷奶奶、爸爸妈妈、二大爷二大娘，你们慢吃。"说完，便焦急地走出客厅。

曹秀英望着她的背影，不禁疑惑地问："什么事这么急啊？连饭都不吃了？"

庄淑环望了望妯娌，似笑非笑地说："你的这个媳妇啊，可得看好了，我看她和那个赵涟泰……"

郭文芳原本就皱成一团的眉头，不由就皱得更紧了。

曹秀英立刻呵斥道："淑环，你真是哪壶不开提哪壶！几十岁的人了，你的那张乌鸦嘴，什么时候能说一句让人舒心的话呢？"

臧远航虽然并没有说什么，但是却把筷子一放，然后站起身来，拄着拐杖，步履艰难地走了。

陆慧珊望着他的身影，忽然没来由地感到一阵心酸。

随着和臧远胜感情的日益加深，随着肚子里的孩子越来越大，她原本充满仇恨的心，也变得越来越淡泊了。

与此同时，庄淑环见犯了众怒，立刻就闭了嘴。

中宁街，郑一飞焦急地站在街角，警惕地望着四周。

徐佩芸快步跑过来，焦急地问："一飞，发生什么事了？"

郑一飞打开随身的文件夹，一边查看一边说："截至上月初，徐立秋以我们码头的名义，已经向宝通成钱庄借了整整五十万了，年息为十七厘，分二十年还清。"

徐佩芸闻言，不由大吃一惊："什么？二叔向宝通成借这么多钱？还这么高的利息？你为什么不早点和我说？"

郑一飞郁闷道："是这样的，我现在被调到事务部了，货仓和财务方面的事，我连边都够不着。再说，他和宝通成的交往一直很隐秘，这次借钱的事，我原先也不知道。要不是刚才碰巧遇到一个在宝通成做事的老朋友，我到现在还被蒙在鼓里呢。"

徐佩芸忍不住愠怒地说："大哥和远茹呢？我之前叫他们分别盯着货仓和财务的，他们怎么也没有和我说起这件事？"

郑一飞摇摇头道："不知道，我最近也很少看到他们了。"

第46章　颇有些格格不入

臧家大院内,徐佩芸刚一走进门,就听到客厅里传来欢声笑语。

桂花连忙迎上来,恭敬地说:"小少奶奶,你回来啦。"

徐佩芸好奇地问:"这么热闹,谁来啦?"

桂花笑容满面道:"徐先生从北京回来了,带了好多礼物呢,连我们下人都有份。"

徐佩芸闻言,眉头不由就是一皱。

臧家大院客厅外,徐佩芸站在门外,怔怔地望着屋内。

此时臧家大院客厅内,臧家人全部在座,个个笑容满面的。

徐立秋坐在沙发上,正在侃侃而谈:"北京通州,那可是京杭大运河的起点啊,果然不是浪得虚名,云集了全世界的商品,很多东西是我们窑湾没有的。这次,我买了不少礼物,臧家上上下下人人都有份哦。"边说边从姚平手中接过一只礼品盒,恭敬地递给臧增福说,"老太爷,这是最正宗的古巴Cigar,纯手工制作,香气醇厚丰满,我特地买来孝敬你的。"

臧增福接过雪茄,高兴得合不拢嘴:"哎呀,立秋呀,让你破费了,这怎么好意思呢?"

徐立秋又从李浩手中接过两瓶洋酒,分别递给臧家栋和臧家梁两兄弟:"二位,这是正宗的法国白兰地,你们好好尝尝。"

臧家栋接过白兰地,立刻眉开眼笑起来。

臧家梁虽然也笑,但是目光中却闪过一丝不易察觉的忧虑。

徐立秋又从自己的包里,拿出一本书说:"远航,我知道你喜欢读书,这是我专门给你买的英文原版《莎士比亚全集》,我猜你一定很喜欢。"

臧远航见他如此破费,心里已经很不舒服了,但还是勉强笑笑道:"谢谢二叔,不过我虽然是儒商,但归根结底还是以经商为正道,所以也并不沉溺于文学。另外,这部书很厚,应该需要不少钱吧。"

徐立秋闻言,目光不由一寒,但是转瞬即逝,随即打着哈哈说:"不要多少钱的,哎呀,你不用提钱啦,提钱就俗了。"然后转过头,高调道,"对了,姚平、李浩,你们还愣着干什么,赶快把礼物分发给大家呀。"

姚平、李浩连忙道:"是。"边说边拿出礼物,开始分发起来。

众人收了礼物,个个兴高采烈的。

徐佩芸看到这里,再也忍不住了,抬脚就走进客厅,平静地招呼说:"二叔。"

徐立秋连忙递上一件礼物,热情道:"佩芸哪,你回来得正好,这是我专程托人从意大利给你买的最新款式晚礼服,看看喜欢吗?"

徐佩芸礼貌地接过说:"谢谢。"然后随手将礼品盒放在桌边,便开门见山地问,"二叔,你是不是已经向宝通成钱庄借了五十万,年息是十七厘?"

所有人听了这话,都吃了一惊。

臧增福诧异地问:"五十万?这么多?"

徐立秋完全没有提防,不由一愣,脸上的笑容立刻就僵住了。

他犹豫了一下,还是生硬道:"是的。"

徐佩芸强压怒火,语气温和地说:"你向钱庄借钱是可以的,但是向同一家钱庄借这么多钱,利息又这么高,恐怕不太合适吧。"

徐立秋不由恼羞成怒道:"这件事不用你管,我是码头总经理,我知道应该怎么做。"

臧家栋立刻附和地说:"就是,做生意嘛,肯定有借有还喽。利息再高,也高不过高利贷吧。"

徐立秋连忙打着圆场道:"家栋兄,你误会了,佩芸她不是这个意思。现在她整天和远航在一起,不太了解码头的情况。正好趁这个机会,我一次性把事情讲清楚吧,以后不再重复这个话题了。我做生意的理念一贯是,不在乎向钱庄借多少、利息有多高,而在于赚的是否比借的多。比如我这次去通州吧,我和通州最大的商行华隆行签了三年合同。也就是说,三年内,他们所有货物均由我们码头货船运送。"

臧家栋立刻竖起拇指,啧啧称赞说:"立秋兄果真是做大事的人,一出手就是大手笔啊!不像有些人哦,头发长见识短!"边说边不屑地扫了徐佩芸一眼。

臧增福试探地问:"立秋啊,要是照你说的发展下去,以后我们码头不要说在苏北,就是在全国也屈指可数啊。"

徐立秋志得意满道:"老太爷,你们先别着急,我这次通州之行的收获远不止于此。我已经和美国亨得利洋行达成初步合作意向,以后,他们运往中国的所有货品,也全部交由我们码头的货船,运送至全中国各地。"

曹秀英不由握着庄淑环和郭文芳的手,激动地说:"你们听听,你们听听,以后我们臧家可是要发大财喽。"

臧家栋惊喜道:"那不久的将来,我们的运河码头,岂不是要誉满全球了?"

臧家梁刚才脸上的忧虑一扫而光,附和说:"我们运河码头的生意已经这么好了,等到通州的深水码头建好了,岂不是更上一层楼？"

臧远航虽然没有说话，但是也勉强笑了笑。

徐立秋见状，把胸脯拍得山响，朗声道："只要有我徐立秋在，那是一定的！"

大家听了，更是兴奋得不知所以。

徐佩芸却摇摇头，提出不同的看法："可是我总感觉，做生意还是要脚踏实地比较好，一下子借这么多的钱，利息又这么高，万一出现什么意外，我们会很被动的……"

徐立秋表面上装作很谦虚地听着，眼角却闪过一丝惊慌。

没想到，臧增福却不耐烦地说："好了好了，佩芸，要我说多少遍，你才能明白呢？你再怎么聪明，却始终是个女人家，就好好待在家里照顾远航吧。以后码头的事，你就不要再指指点点的了。"

徐佩芸不甘心道："可是……"

臧家梁却挥了挥手，示意她不必再说了。

然后，他拍拍徐立秋的肩，亲热地说："立秋兄，我们臧家和运河码头的未来，就交给你啦。"

徐立秋信誓旦旦道："家梁兄，你就完全放心吧。"然后又转过头，扫了大家一眼，最后落在臧远茹脸上，笑眯眯地问，"远茹，我向宝通成借钱这件事，你们支持吗？"

臧远茹犹豫了一下，还是点点头。

徐立秋又转向臧远方问:"远方,你呢?"

臧远方胆怯地望了臧家栋和臧远胜一眼,然后用比蚊子还小的声音说:"我?支持吧。"

徐立秋满意地点点头,最后走到臧远航身边,亲切地说:"远航。"

臧远航平静道:"二叔。"

徐立秋鼓励地说:"不管是现在的窑湾码头还是北京通州深水码头,早晚都是你的。我现在借这么多钱,其实都是为你接手码头铺路,所以,你一定要早点站起来,重新接过这个重担啊。"

臧远航点点头,下意识地望了望妻子。

徐佩芸勉强笑笑,却是一脸无奈。

臧远航见状,便一语双关道:"佩芸,我知道你在担心什么,但是你要知道,码头不仅属于我们臧家,同样也是属于二叔的,我相信他所做的一切,都是为码头好。"

徐佩芸勉强笑了笑。

徐立秋不由一愣,随即为了掩饰尴尬,慷慨激昂地说:"远航说得好,码头不是属于哪一个人的,而是属于我们大家的,包括我!所以,我们不要再为借多少钱、利息多高这些小事情伤和气了。以后,我们大家要团结一心,不惜一切代价搞好码头,大家说,好不好?"

大家听了这话,立刻鼓起掌来,纷纷叫道:"好!好!好!"

在众人的掌声和叫好声中，徐佩芸的忧虑显得颇有些格格不入。

她不由轻轻叹了口气，慢慢走出了仍然沉浸在一片欢乐海洋中的客厅。

当天晚上，臧家大院后院二房小院内。

夜已经深了，唯有臧远茹的卧室内还亮着灯。

只见她静静地坐在桌子前，手里拿着一张纸条，上面写着：

远茹，明天晚上，来仕登见！林辉。

与此同时，她的眼前，一遍遍浮现着母亲之前说的那些话：

庄淑环瞪了她一眼，没好气道："你以为你还小啊？'男大当婚，女大当嫁'，为什么不考虑？就算你心里有人了，可是人家又不喜欢你，你总不能为了一个不喜欢你的人，一辈子不嫁人吧？我看那个林辉就挺好的，虽说是个孤儿，不过小伙子人长得精神，又聪明能干，深得徐先生的信任，这个女婿啊，我认定了！"

臧远茹想到这里，不禁自言自语地说："涟泰，看来今生，我们无缘无分了，再见。"

正在这时，忽然传来敲门声。

臧远茹说了声："进来。"然后迅速将纸条藏了起来。

随即，徐佩芸推门进来，亲热地招呼道："大姐。"

臧远茹迅速躲开她的目光，掩饰地说："佩芸，你怎么还没睡啊？"

徐佩芸叹了口气道："我心里有事，睡不着，看到你房间也亮着灯，就想过来和你聊聊。"

臧远茹眼角闪过一丝阴影，但还是故作爽快地说："好啊。"但是她并没有请对方坐。

徐佩芸笑了笑，便不请自坐了。

显然，她做好了长谈的准备。

臧远茹只好问："是不是码头的事？"

徐佩芸点点头，开门见山道："是的。我二叔借了这么多钱，利息又这么高，我心里感觉不太踏实，担心再这样搞下去，码头总有一天要出事的。"

臧远茹却安慰她说："这个你倒不用担心。你二叔在北京是见过大场面的人，做的又都是大事，他不会打没有准备的仗。"

徐佩芸不禁诧异地问："你以前也和我一样担心的呀，现在怎么这么肯定了？你好像对我二叔很了解？"

臧远茹立刻警惕地回道："你说这话是什么意思？"

徐佩芸连忙解释说："你别误会，我没有什么别的意思。我只是听码头的人说，你和林辉比较谈得来，他又是我二叔的得力助手，我以为你会比我多知道一些事呢。"

臧远茹没好气道："你要是想知道什么事，就直接问我，不要拐弯抹角的好不好？"

徐佩芸急忙说:"大姐,我……"

臧远茹却毫不客气地打断她的话,充满敌意道:"你已经嫁给远航这么久了,可是至今你还霸占着涟泰的心。你知道我的心有多疼吗?这些年来,我一直强忍着心疼,从没说你半个'不'字。但是你也不能因此就认为我软弱可欺,变着法子来试探我啊!"

徐佩芸感觉她变得有些无理取闹了,便疑惑地问:"大姐,你怎么啦?你不是说过我们是好朋友的吗?我只不过想向你了解一下码头现在的情况,你为什么要这么激动?"

没想到臧远茹闻言,更加恼羞成怒地说:"我为什么不能激动?我不过就和林辉吃过几次饭、逛过几次街罢了,就说我和林辉怎样怎样了,也不知道是谁这么无聊,到处乱说是非!"

徐佩芸无辜道:"大姐,我不过是……"

臧远茹却端起茶杯,冷冷地说:"请喝茶!"这是要端茶送客了。

徐佩芸叹了口气,只好无奈地退出了房间。

臧远茹随即"砰"的一声,就气哼哼地关上了房门。

臧家大院后院二房小院内,徐佩芸回望着紧紧关上的房门,不由深深地叹了一口气。

第47章　投资越多风险越大

来仕登西餐厅内，林辉和臧远茹隔桌而坐。

虽然并没有多少人，但他们还是选了一个幽暗的角落。

臧远茹有一搭没一搭地喝着咖啡，看上去有些心不在焉的。

林辉试探地问："你看上去好像不太高兴，发生什么事了吗？"

臧远茹忧虑地说："现在徐总向宝通成借的钱，一次比一次多，利息又那么高，已经引起佩芸注意了。老实说，我真是感到有些害怕。"

林辉安慰道："放心吧，徐总自有分寸的。"

臧远茹不由摇头说："可是……"

林辉耐心道："我知道，你对徐总不太了解，有这样的担心，当然是可以理解的。但是我对他却非常了解，我又那么爱你，怎么可能骗你呢？你说是吧？"

臧远茹叹了口气，忽然想起什么，硬着头皮问："既然你爱我,那么你准备什么时候向我求婚呢?"

林辉闻言,不由一怔,随即眼珠一转说:"我知道,虽然你答应做我女朋友了,可是你的心里,始终还是没有忘记那个人。我要等到你真正爱上我的那一天,我再向你求婚。"

臧远茹苦笑一声道:"那么我告诉你,这么多年来,那个人已经成为我生命中的一部分,永远都不会忘记的。是否,你也就永远不向我求婚了呢?"

林辉却深情款款地说:"我才不在乎你爱不爱我呢,我爱你就行。"

臧远茹不禁有些感动道:"谢谢你。"

林辉想了想,忽然说:"其实,我刚才是和你开玩笑的。我之所以现在没有向你家提亲,是担心你爸妈嫌弃我穷。正好我有一个上海的朋友,已经来窑湾做股票捐客了,我准备跟他一起炒股。要是赚到钱的话,我就在窑湾开一家证券交易所。到那时,门当户对了,我就可以名正言顺到你家提亲了。"

臧远茹却不以为然道:"坦率地讲,我对爱情早已经没有奢求了,只希望能找到一个自己不讨厌的人在一起过日子就行了。所以什么门当户对的,我根本不在乎。"

林辉正色地说:"可是我在乎!我不想委屈自己心爱的女人!等我赚到了钱后,我要把婚礼办得既排场又风光,我要让全窑湾的人都看看,当年的那个可怜的小孤儿,现在已经娶到臧家大小姐了！"

臧远茹并不为他描绘的未来心动，而是劝解道："可你也是做财务的，应该知道，'炒股有风险，入市须谨慎'的道理。炒股不是你想象的那么容易，风险很大的！"

林辉却哈哈一笑道："我忽然就想起了徐总经常挂在嘴边的一句话，那就是'富贵险中求'，无论做什么都有风险。可惜的是，我没有资金，所以只能小投资。如果资金多点，赚得就更多。"

臧远茹继续劝说："可是投得越多，风险越大，我劝你还是不要做了。"

林辉有些不耐烦道："好了好了，我们不说这个了，我请你跳支舞吧。"边说边向她伸出手去。

臧远茹却连连摆手道："不，我不会。"

林辉宽容地说："都什么年代了，你还连舞都不会跳。走，我教你！"边说边强行拉起她。

就这样，两个人互相搂抱着走进了舞池。

臧远茹先是跌跌撞撞地跟他学着，很快便熟练起来，跳得很开心。

与此同时，她脸上洋溢着从未有过的欢笑，连平凡的相貌，也变得比平时生动了许多。

臧家大院后院三房小院内，徐佩芸一手拿着单拐，一手搀扶着丈夫。

臧远航虽然走得很艰难，但是已经有点像模像样了。

不大一会儿，他就累得满头大汗了，便扶着树不想动了。

徐佩芸鼓励道："再走！要知道，码头托付给任何人，都没有你亲力亲为放心。"

臧远航听了这话，立刻咬咬牙，再次握着妻子的手，小心翼翼地走了起来。

臧家大院客厅内，臧家人和徐立秋陆续走到饭桌前。

郭文芳最后一个走进来，拉开椅子就坐下了。

曹秀英关切地问："咦，家梁怎么没来？"

郭文芳连忙道："他上午受了风寒，喝过姜汤后，正在发汗呢。"然后招呼大家说，"都快吃吧，不要等他了。"

于是，大家开始吃饭。

臧远航吃着吃着，忽然想起什么，关切地问："二叔，通州深水码头的工程，进展得如何了？"

徐立秋胸有成竹地说："请远航放心，我从北京回来前，专门去码头看了一下，工程进展得如火如荼。虽然只是雏形，但是已经感觉到气势不同凡响。建成之后，必将是通州乃至全国最大的码头之一。"

众人纷纷点头称赞。

臧远航扫了妻子一眼。

徐佩芸却是神情冷漠,只顾低头吃饭。

正在这时,孙管家匆匆来报:"方少爷,码头的郑经理说有急事要见你。"

徐佩芸不由一怔。

臧远方赶紧站起来。

曹秀英却拉了他坐下了,并心疼地说:"坐下吧,就算天大的事情,也要等吃过饭再说。"

徐佩芸张了张嘴,便想说什么。

没想到,臧远航却开了口:"一飞是个稳重的人,不是急事他绝不会在吃饭时间前来打扰。孙管家,让他进来吧。"

孙管家点点头,走到客厅门口说:"郑经理,请进。"

郑一飞道了声"谢谢",拿着一份文件急匆匆走进来。

臧远航热情地招呼道:"一飞,还没吃饭吧,来,一起吃。"

一向温和的郑一飞并没有理他,而是径直走向臧远方,将一份文件递给他,然后气急败坏地问:"这份合同,是不是你签的?"

臧远方放下碗筷,打开文件看了看,肯定地说:"没错,是我签的。"

郑一飞愠怒道:"你知不知道,你买的是一只什么样的船?"

臧家栋和臧远胜不由对视一眼,父子俩的脸上,都写满了幸灾乐祸。

臧远方疑惑地问："粮划子啊，怎么了？"

郑一飞不由讽刺地说："什么粮划子！我刚刚看了，就是条破船，别说运粮食了，放进河里都到处漏水的！"

众人全都吃了一惊，不相信道："漏水？！"

唯有徐佩芸不动声色。

臧远航眉头一皱问："一飞，到底是怎么回事？你慢慢说。"

郑一飞郁闷地说："远方他在没有按照规定试航的情况下，就在合同上签名盖章，结果买回来一条到处漏水的粮划子。现在，船就停在护城河，刚放下去就全部沉底了！"

徐佩芸暗中叹了一口气。

郭文芳怒气冲冲道："这些人做生意怎么一点都不讲商誉啊，下次谁还敢向他们买船呀。"

臧远航叹了口气，但还是说："唉，既然事情已经发生了，再说那些都没用了。好在只是一条粮划子，不用花什么钱的。"

郑一飞却苦笑道："虽说只是一条粮划子，但是船价就是四万九，再加上运费什么的，总共花了五万六千块呢！"

众人纷纷抽了口凉气，同时失声叫道："五万六千？"

臧远茹率先回过神来，诧异地说："再加点钱，就可以买只像样的小火轮了！"

臧家梁愠怒地说："远方，你做事一向小心谨慎，这次是怎么搞的？粮划子这种小船，五万六都可以买十只了！

陆慧珊撇了撇嘴道:"要是又破又旧呢,就只能当木柴烧了。"

臧远方下意识地望了望徐佩芸,羞愧地说:"我错了。"

臧远胜却幸灾乐祸道:"大哥,'我错了'这三个字,你上嘴唇一碰下嘴唇就说出来了,却让我们码头白白损失了五万六呢。"

臧家栋也附和地说:"是啊,远方,你在码头也是老员工了,就应该知道规矩,买新船一定要试航合格才签合同的呀。五万六可不是个小数目,我们码头要帮人家运多少次货,才能赚得到啊。你可倒好,大笔一挥、大章一盖就送给人家啦!"

臧远方望着一唱一和的父子俩,气得脸都涨红了,但也只能哑巴吃黄连道:"实在抱歉,这次都怪我,钱可以从我年终分红中扣除,以后再也不会了。"

徐立秋连忙打着圆场说:"好啦,好啦,做生意嘛,是这样,有赚有赔。远方,你不用灰心,只要跟着我,我保你一定会赚回来。这次赔了五万六,下次赚个五十六万、五百六十万嘛,是不是?"

众人听了这话,刚才脸上的忧虑立刻一扫而空,全都连连点头。

只有徐佩芸仍然不动声色地吃着饭。

臧远方望着徐佩芸,十分愧疚。

徐立秋扫了一眼,爽快道:"好了,好了,这件事就一张纸掀过去了,大家不用再提了,吃饭吃饭。"

臧远航望了望妻子,又望了望堂哥,勉强笑笑说:"大哥,不要再想了,吃饭吧。"

众人立刻开始吃饭,不大一会儿,饭桌上又充满了欢声笑语。

徐佩芸依然闷不做声,有一搭没一搭地扒着米粒子。

臧远航担心地问:"佩芸,你怎么不夹菜呢?"边说连给她夹了一大块鱼放在碗里。

徐佩芸却将碗一推,冷着脸道:"我有点头疼,大家慢吃。"边说边站起来,慢慢走出了客厅。

第48章　内忧外患

臧家大院后院三房小院小夫妻俩卧室内,臧远航不在。

徐佩芸呆坐在椅子上,她一边想着心事,一边胡乱地在桌上划拉着什么。

忽然,外面传来了敲门声。

徐佩芸犹豫了一下,还是轻声说:"进来。"

随即,臧远方推门进来。

徐佩芸冷冷地望着他,好像他是陌生人一般。

臧远方愧疚地说:"佩芸。"

徐佩芸哽咽道:"天不早了,你早点休息吧。"

很显然,她已经心灰意冷,什么都不想说了。

臧远方难过地说:"实在对不起,你让我盯紧二叔他们的往来生意,我不但没有盯紧,还为了帮俊莹大舅争取到深水码头工程,心甘情愿地掉进了他们早就设好的圈套,买了条破划子回来,让码头白损失了那么大一笔钱。"

徐佩芸叹了口气,苦笑道:"现在码头是一块肥肉,可谓内忧外患。内有二大他们硕鼠一般地消耗,外有吴俊锋、王志信等人虎视眈眈地盯着。我爸和远航却仍然想利用我二叔做挡箭牌,向宝通成借钱,强行上马通州深水码头工程项目。二叔、吴俊锋和王志信他们,又岂是甘心被利用之辈,我真担心聪明反被聪明误啊。"

臧远方不禁疑惑地问:"既然你知道这些,为什么不提醒三叔和远航他们呢?"

徐佩芸摇摇头说:"我爸和远航那么聪明,他们未必看不透这一点。我爸只是为了保住未来码头和铁路竞争的优势,决定孤注一掷了!而远航呢,整天高深莫测的,我现在完全不知道他心里想的是什么!"

臧远方不由焦急地问:"事已至此,那我们现在怎么办?"

徐佩芸苦笑道:"走一步看一步吧,我现在最担心的是大姐。他们既然想堵住你的嘴,未必不想堵住大姐的嘴。林辉最近和她走得很近,可她还是个未婚的姑娘家呢,我真是担心……"

午后时分,西大街某民房内,臧远茹心事重重地坐在桌前。

不大一会儿,林辉端来两盘精致的小菜。

臧远茹却重重地叹了一口气。

林辉眼珠一转,从背后搂住她的肩,亲热地说:"远茹,今天请你来，就是想让你看看我的手艺，来，尝尝我亲手给你做的香椿拌豆腐，还有你最爱吃的芹菜炒肉丝。"

臧远茹却摇摇头，意兴阑珊道："我没有胃口。"

林辉立刻警惕地问："你怎么了？"

臧远茹担忧地说："徐先生又和旺发行签了几万元的合同。旺发行不但账目混乱，他们的煤炭来路不明，质量非常差，价格却贵得离谱。用质量那么差的煤炭，我担心货船早晚有一天要出事的。"

林辉安慰道："这个你放心，徐先生是个做事有分寸的人。"

臧远茹却摇摇头说："你一直说他有分寸，我一度也相信了。可是现在他却越来越离谱，我一点都没看出他的分寸在哪里！"

林辉闻言，不由戒备道："那么你想怎样？"

臧远茹坦率地说："老实讲，我越来越害怕，真想把这件事告诉远航和佩芸他们。"

林辉连忙劝道："那你想过没有，一旦远航和佩芸他们知道了，徐先生就不能再待在码头了。你想若是徐先生走了，我还会待在这里吗？"

臧远茹想了想，不由沮丧地摇了摇头。

林辉趁机握住她的手，热切地说："所以，这件事你就别管了。我不是和你说过吗？我正在炒股票，一旦赚够了钱，立刻开一家证券公司，再也不需要依靠徐先生了，就可以名正言顺地留在窑湾。到那时，你再把这件事告诉远航和佩芸他们，好不好？"

臧远茹犹豫了一下，疑惑地问："可是，你需要多久才能赚够钱呢？"

林辉安慰道："放心吧，我投出的钱，最少已经赚了一倍回来了。"

臧远茹却苦笑着说："你知道，炒股是个赔得多、赚得少的买卖，你要是以后赔了怎么办？"

林辉踌躇满志道："你放心吧，像我这样精明的人，怎么可能做赔呢？"

臧远茹闻言，脸色这才稍稍缓和了下来。

傍晚，西大街某民房外。

林辉把恋人送到门口。

臧远茹体贴地说："你做的菜很好吃，谢谢你。天不早了，回去吧，明天还要上班呢。"

林辉却恋恋不舍道："真心舍不得让你走啊。"

臧远茹也说："那你就早点赚够钱娶我吧。"

于是，两人在门口紧紧相拥。

西大街上，正在急匆匆赶路的臧远方，忽然就看到了这一幕。

他立刻止住了脚步，迅速闪到一个拐角。

与此同时，西大街某民房外。

臧远茹终于和林辉分开了,然后警惕地四下望了望,这才理了理头发,径自走上街道。

随即,林辉对着她远去的方向,轻佻地吹起了口哨。

西大街某个拐角,臧远方不由皱紧了眉头。

臧家大院后院内,臧远方将他看到的那一幕,原原本本地说了一遍。

徐佩芸听罢,不由大吃一惊道:"什么?大姐和林辉?你看清楚了吗?"

臧远方紧张地望了望四周,肯定地点点头说:"我当时离他们很近,看得非常清楚。"

徐佩芸沉吟片刻道:"按理说,大姐的年龄不小了,谈恋爱也很正常。如果真心相爱倒也罢了,只是这个林辉年轻帅气,言行举止也并不让人放心,又是我二叔的左膀右臂。所以我担心的是,他和大姐走到一起,是另有所图。"

臧远方点点头说:"你说得对。林辉这个人,经常迟到、早退甚至旷工。我暗中托朋友打听了一下,发现他经常半夜去运河上的花船消遣,而且暗中还在炒股。"

徐佩芸不由皱眉道:"到花船上有时是为了谈业务,倒不能说明什么。我担心的是炒股,那可是个高风险职业,以他现有的薪水收入,是断不可能有那么多闲钱投资的。如此说来,我就更担心大姐了。"

臧远方焦急地说:"谁说不是呢?我来找你,就是想请你去提醒一下远茹,千万别和我上次一样,一时不慎,给码头造成无法挽回的损失。"

徐佩芸犹豫道:"可是,大姐对这件事好像非常抗拒。我上次不过是稍微提了一下林辉,她就毫不客气地对我下了逐客令。"

臧远方郁闷地说:"那我们也不能坐视不管啊。"

徐佩芸沉吟片刻道:"我倒是想起一个人。或许,他可以劝大姐。"

臧远方试探地问:"你是说,涟泰?"

徐佩芸点点头。

第49章 她心里也有数

天主教会医院神经科诊室内,赵涟泰刚刚接待完一个病人。

病人连连道谢,起身离去。

徐佩芸站在门口,轻轻敲了敲门,同时招呼说:"涟泰。"

赵涟泰猛地抬头,眼睛不由一亮,兴奋地说:"佩芸,你怎么来了?"

徐佩芸微微一笑,走到桌前坐下,严肃地说:"我想请你帮个忙。"

赵涟泰指了指自己,疑惑地问:"我?"

运河码头管理处外,下晚班了。

臧远茹和林辉肩并肩走出来,看上去十分亲热。

不过仍有不明真相的职员,对着他们指指点点的。

林辉不高兴地说:"这些人真是的,没看过别人谈恋爱啊?"

臧远茹忽然想起什么道:"对了,我们相处也有一段时间了,我妈说,想单独见见你。"

林辉眼珠不由一转,歉然地说:"阿姨想见我,是我的荣幸。只是我今天正好有一批股票要抛出去,改天好吗?"

臧远茹闻言,不满地皱眉道:"见面当然可以改天,只是我始终担心,炒股风险太大,你还是赶紧收手吧。"

林辉却胸有成竹地说:"你放心吧,我自有分寸。再说,我炒股并不是为了发财,而是为了能配得上你这个臧家大小姐的身份。一旦赚够了钱,我一定会收手的,然后风风光光把你娶进门。"

臧远茹仍然担忧道:"可是,钱是赚不完的……"

林辉好脾气地说:"好了好了,别闹了,时间来不及了,我先走了。"

臧远茹张了张嘴,似乎还想说什么。

林辉却迅速上了黄包车,很快就消失了踪影。

大运河堰上,臧远茹叹了一口气,垂头丧气地独自走着。

没想到正在这时,迎面却走来一个熟悉的身影,并招呼说:"远茹。"

臧远茹抬头看是他,便冷冷道:"哦,你是来找佩芸的吧,她现在不来上班了。"

赵涟泰笑笑说:"我不是来找佩芸的,我是想和你谈谈。"

臧远茹眼睛一亮，随即黯淡下来，没好气道："我们有什么好谈的！"说完，便径直往前走。

赵涟泰连忙追上去，诚恳地说："远茹，我知道是我辜负了你，很对不起。可是，你并不了解林辉这个人的底细，他虽然是在窑湾长大，但是去北京的这几年，变化不少。再说他以前只不过是徐立秋的一个跟班，薪水肯定有限。可是现在，他刚刚升职成为码头的财务部主任，一下子就有钱炒股了，你不觉得很可疑吗？"

臧远茹闻言，不由恼羞成怒道："你怎么知道他以前是徐立秋的跟班？是不是佩芸让你来做说客的？"

赵涟泰尴尬道："不，不是的，我只是担心你。"

臧远茹却怒气冲冲地说："谢了，我跟谁好是我的事，与你有什么关系？"

赵涟泰沮丧道："你别误会，这件事确实与我没有关系，我、我只是担心你。"

臧远茹越发生气了："林辉是什么人，我自然比谁都清楚，需要外人来指手画脚吗？"说到这里，忽然哽咽起来，"你若是真的担心我，就不会那么狠心地置我多年的感情于不顾，任我自生自灭了！"说完，决绝而去！

赵涟泰怔了一下，不由狠狠地捶了捶自己的脑袋。

天主教会医院门口，赵涟泰垂头丧气地走过来。

已等候多时的徐佩芸连忙迎上去,焦急地问:"谈得怎么样了?"

赵涟泰摇摇头,苦笑着说:"对不起,她根本听不进我的任何话,还把我数落了一顿。"

徐佩芸更加担忧了:"大姐的性格一向温婉和顺,现在怎么变成这个样子了?"

赵涟泰犹豫了一下,叹了一口气道:"林辉是什么人,估计她心里也有数。说到底,如果不是我辜负了她,她也不会这么一意孤行吧。"

徐佩芸张了张嘴,却欲言又止。

西大街某民房外,大门紧闭。

臧远茹站在门前,敲了敲门,同时大喊:"林辉,林辉。"

但是里面并没有声音。

臧远茹不由自言自语地说:"奇怪,说好了让我下班来找他的,怎么不在家呢?"没想到话音还没落,忽然房间内传来一声惨叫!

她吓了一跳,立刻推门进去!

西大街某民房内,场面极其血腥。

只见林辉坐在桌子边,手上拿着一把明晃晃的水果刀。

与此同时,他的手腕上,还汩汩向外流着殷红的鲜血。

臧远茹不由大喊一声道:"林辉,你这是干什么!"便迅速飞奔进去!

林辉却血红着眼睛,一边挥舞着水果刀,一边声嘶力竭地说:"你别过来,我要自杀,我要自杀!"

臧远茹焦急地问:"你为什么要自杀?到底发生什么事了?"

林辉哭喊道:"我没用,我没用啊!我本来想要炒股赚钱,风风光光把你娶进家门,让你过上好日子。万万没想到,我却亏了!不但把自己的几万块老底亏了,还把公司账目上的八万块也全部赔进去了!"

臧远茹闻言,脸色立刻大变,然后惊叫起来:"啊,你挪用公款炒股?你知不知道,你这样做是要蹲大牢的!"

林辉见状,又要把水果刀向自己手腕割去,同时狂叫道:"所以我才要自杀啊。我死了,就一了百了,就不用蹲大牢了啊!"

臧远茹不敢上前,只好用语言拼命阻止说:"你怎么可以这么傻啊?和生命相比,八万块算得了什么?"

林辉眼睛一亮,但随即担忧道:"可是、可是,我是挪用公款啊。"

臧远茹不由茫然地说:"是啊,如果远航和佩芸他们知道这件事,追究起来,我们该怎么办呢?"

林辉听到"我们"两个字,便略略平静下来了,哀伤道:"我倒是有一个办法,就不知道你愿意不愿意帮我。你要是不帮的话,我只有死路一条了。"

臧远茹连忙说:"帮帮帮,只要你能渡过这个难关,让我做什么都行。"

林辉闻言,便急急道:"现在财务部的所有账目,都由你我经手,正好昨天,徐先生又想向宝通成借了三十万,不如我们把这八万块算到这三十万上,做个假账就直接抹平算了。这件事,只要我不说你不说,谁会知道呢?"

臧远茹却摇摇头说:"这个办法不是不可行,但是徐总借的这三十万,利息高达十七厘,我觉得还是应该告诉远航和佩芸才是。"

林辉听了这话,作势又要扬起水果刀,貌似绝望道:"你要是不帮我的话,我还是去死好了。"

臧远茹连忙拉住他,沮丧地说:"好了,好了,我帮你就是了。"

林辉这才放下水果刀,激动地把她搂进自己怀里,连声道:"谢谢谢谢,远茹,真是太谢谢你了。只要过了这一关,今生今世就是给你做牛做马,我林辉也心甘情愿。"

臧远茹听着这甜言蜜语,不但没有任何的感动,却深深地叹了一口气。

当天晚上,臧家大院后院二房小院臧远茹卧室内。

地上扔了好多纸条,显得异常零乱。

臧远茹坐在桌子前,面前铺着一张纸,整张纸上都写着"赵涟泰"和"林辉"的字样。

等写满后,她便揉成一团,扔到地上。

与此同时,臧家大院后院二房小院臧远茹卧室外。

徐佩芸拿着一份文件,敲了敲门:"大姐,在吗?"

臧远茹连忙把写了一半的纸翻过去,没精打采地说:"佩芸,什么事?"

徐佩芸这才推门进来,看她神情异常,便担忧地问:"大姐,你的脸色怎么这么苍白?"

臧远茹连忙摸了摸脸颊:"是吗?"然后掩饰道,"哦,可能是感冒了。这么晚了,你找我有事吗?"

徐佩芸打开手中的文件道:"是这样,我们码头一直用的是顺风行的贾汪煤炭,怎么现在又和旺发行签了几万块的合同呢?我早就说过,他们的煤炭质量不行,价格又高得离谱。"

臧远茹没好气地说:"谁签的你找谁去,关我什么事?"

徐佩芸却不依不饶道:"我来找你,并不仅仅是煤炭这一件事。另外,我看了上个月的账目,做得十分混乱,好几笔款项根本连报销的单据都没有,怎么回事?"

臧远茹不满地站起来,一边作势收拾床铺,一边冷冷地说:"你别问我,我什么都不知道。"

徐佩芸紧追不放道:"还有啊,好像二叔又向宝通成借了三十万,利息是多少,你知道吗?"

臧远茹不由一惊,故作不耐烦地说:"我不知道!谁向宝通成借的,你直接问谁好了,问我干什么啊?"

徐佩芸见状,便推心置腹道:"大姐,现在臧家只有你清楚码头的来往账目,这关系到臧家和码头的未来,你可一定要把好关哪。"

臧远茹却充满敌意地说:"你的意思是,我没有把好关,是吗?"

徐佩芸连忙解释道:"大姐,你别误会,我不是那个意思。只是感觉你最近整天没精打采的,好像有什么心事似的。我听码头的人风言风语说,你好像在和林辉谈恋爱,这是真的吗?"

没想到臧远茹闻言,竟然彻底翻脸了:"徐佩芸,你既然都说了那是风言风语,为什么还来问我?你已经成了臧太太了,就做好自己的本分,照顾好远航就是了,不要一天到晚管我的闲事,好不好?"

徐佩芸诚恳地说:"大姐,你别误会,我只是担心你受到不必要的伤害而已。"

臧远茹越发没好气道:"你怎么和赵涟泰说的一模一样?什么叫我受伤害?你知不知道,你们这样做,就是对我最大的伤害!"

徐佩芸歉然地说:"大姐,我……"

臧远茹还没等她说完,就毫不犹豫地下了逐客令:"对不起,我要休息了,你请便吧。"

徐佩芸只好尴尬道:"那你早点休息吧,晚安。"说完,便转身走出房间。

臧远茹重又坐回桌边,烦躁地将写满"赵涟泰"和"林辉"名字的那张纸揉成一团,扔到地上!

第50章　女流之辈

臧家大院后院三房小院小夫妻俩卧室内，臧远航正在看书。

徐佩芸推门走进来，一副无精打采的样子。

臧远航眉头一皱道："你是不是又在忙码头的事情？"

徐佩芸郁闷地说："是的，远航，我必须告诉你，现在……"

臧远航淡淡地说："'水至清则无鱼'！我不管你二叔在背后搞什么鬼，我只要他把通州码头给我建好就行了！"

徐佩芸苦笑一声，但还是道："你不管，我管！"

她说完这话，便拿起坤包，急匆匆向门外走去。

谁知道门却被人从外面打开了，随即臧家梁夫妇就走了进来。

徐佩芸立刻将坤包往背后藏，同时招呼道："爸、妈。"

郭文芳不满地说："这么晚了，你还想去哪里？"

徐佩芸只好道："我、我想去码头看看。"

郭文芳冷冷地说："你好好照顾远航，哪里都不许去！"

徐佩芸只好求助地望着公公道:"爸,最近码头的账目有些混乱,我想……"

臧家梁打断她的话,不耐烦地说:"我不是早就说过了吗?码头的事你不用再管了。就算你信不过你二叔,还信不过远方和远茹吗?"

郭文芳附和道:"是啊,是啊,如果连远方和远茹都信不过,你就得检讨检讨你自己是不是太神经过敏了!"

徐佩芸还想说什么:"可是……"

郭文芳厌恶地说:"你就别可是、可是的了。今天逢庙会,徐州最大的同福柳琴戏班来演出,我们都去看戏了,你好好在家里照顾远航吧。"说完,拉着丈夫转身离去。

徐佩芸呆呆望着他们的背影,好半天都没回过神来。

臧远航看着她难过的样子,只好郁闷道:"唉,你要是实在放心不下,就去吧。"

徐佩芸却摇了摇头,苦笑着说:"你不是看到了吗?爸爸妈妈不让去。"

臧远航却不以为然道:"我不告诉他们,他们就不知道啦。"

徐佩芸疑惑地问:"既然你不要我管,为什么还同意我去?"

臧远航叹了口气道:"因为我不想看你着急的样子。再说,我自己心里也没有什么底。"

徐佩芸望了望他,不由感激地点点头。

上午，运河码头管理处内。

林辉、姚平和李浩正在进进出出搬运着办公用具，地上到处乱成一团糟。

正在这时，徐佩芸走了进来。

职员们纷纷招呼道："小少奶奶。"

林辉、姚平和李浩互相看了看，迅速走向总经理办公室。

臧家栋、臧远胜和臧增年等人，则充满敌意地望着她。

臧远茹也显得心事重重的。

只有臧远方连忙迎上来，热情地说："佩芸，你怎么来啦？"

徐佩芸望着一地的狼藉，疑惑地问："这是怎么回事？"

臧远方解释道："徐总说为了工作方便，要给林辉、姚平和李浩腾出一间单独的办公室。"

徐佩芸立刻皱眉说："有明文规定的，必须是副总经理以上人员，才可以有单独的办公室。林辉他们三个人不但级别不够，也根本不是同一个部门的，怎么可能共用一个办公室呢？"

臧远方却无限憧憬道："徐总说，以前的很多制度太不公平了，他要破旧立新，提高我们的工作效率。只有这样，才能把码头做大、做强、做到全国第一！"

徐佩芸张了张嘴，还想说什么。

没想到臧远胜却抢过话头说："大哥，我劝你就不要白费口舌了。我们码头现在有很多宏图大计，岂是一个头发长，见识短的女流之辈能理解得了的?"

臧家栋附和道:"就是就是,既然理解不了,就自觉点,好好在家相夫教子,不要碍手碍脚的,阻碍我们码头发展!"

徐佩芸极力压抑住怒火,怒气冲冲地转过身走向总经理办公室!

臧家栋父子对视一眼,立刻幸灾乐祸地笑了!

此时,运河码头管理处总经理办公室内。

林辉、姚平和李浩正在和徐立秋商量着什么,外面忽然传来敲门声。

徐立秋示意一眼,林辉马上去开了门。

他看到徐佩芸,不由一怔,随即恭敬地说:"小少奶奶。"

与此同时,姚平和李浩也恭敬道:"小少奶奶。"

徐佩芸冷冷地看了他们一眼,径直走向徐立秋。

她强忍着怒气,冷冷地招呼了一声:"二叔!"

徐立秋装作没事人似的,亲热地说:"噢,佩芸来啦,好久不见,我的大侄女变得越来越漂亮了!"

徐佩芸的态度并没有因此缓和下来,却没好气道:"我听说你又向宝通成借了三十万,利息十七厘是吗?"

徐立秋打着哈哈说:"做生意嘛,借点钱周转是很正常的事情。我说过的,借多少并不重要,重要的是能赚多少!"说完,便坐回办公椅上，得意地跷起了二郎腿。

徐佩芸跟着走过去，忍不住提高了声调道："你说得对，借点钱周转很正常。但是像你这样一而再再而三地高息借贷，风险很高的。到时候再加上'利滚利'，就是赚得再多，也不够还利息的。这就等同于一场豪赌，把我们码头作为赌注押在钱庄了。现在宝通成名义上王志信是老板，背后却完全是吴俊锋在操控。臧吴两家关系本来就不好，一旦生变，后果不堪设想！所以，请你以后不要再借了！"

徐立秋闻言，脸上的笑意逐渐消失，然后毫不示弱地说："你口口声声让我不要借钱，你以为我借钱是为了我自己吗？不，我是为了臧家！你自己心里应该很清楚，经过这些年的折腾，运河码头早已经只剩下一个空壳子了。你以为我想借吗？你以为我借钱你公公和远航他们不知道吗？"说到这里，便一拍桌子，豪气干云道，"错！他们心里跟明镜似的！他们就是想利用我向宝通成借钱周转，他们不但要在通州兴建深水码头，还要到上海、杭州兴建深水码头，然后把生意越做越大，以提高臧家和码头的竞争力！只要码头有了竞争力，到时候别说赚三十万，十个三十万、一百个三十万都不成问题！"

徐佩芸耐心道："可是，我们码头做生意一贯是稳扎稳打，你这样做，码头不但不会变强变大，反而有可能被债务压垮的啊！"

徐立秋闻言，不由恼羞成怒地说："你这是什么意思？我也是码头股东,码头也有我一份,我会希望码头垮掉吗?"

徐佩芸终于按捺不住,一针见血道:"二叔,既然你把话说到这个份上了,我也就打开窗户说亮话吧。你应该记得你第一次来码头任职时,我为什么要赶你走?就是因为你想将码头改姓徐。当时你自己也承认了,但因为你是我的亲二叔,我不想背叛你,所以这些话,我一直没有告诉公公和远航,现在他们才会如此相信你。"

徐立秋却冷笑一声说:"今日不同往昔!想说什么你尽管去说,我倒要看看,他们是信你还是信我?"

徐佩芸针锋相对道:"他们信不信我没关系!但是,如果你再不悬崖勒马,我会像上次一样,马上解除你的总经理职务!"

徐立秋脸色立刻一变,随即暴跳如雷地说:"你敢!现在通州那边施工顺利,窑湾运河码头的名声越来越响亮,生意也越来越好,你们臧家老老小小对我的表现都十分满意。你爷爷臧增福、公公臧家梁、二大臧家栋、大伯哥臧远方、二伯哥臧远胜、大姐臧远茹等人,全都支持我!你凭什么要解除我的职务?"

话音刚落,林辉、姚平、李浩和臧家栋等人走了过来,坚定地站在了徐立秋身后,充满敌意地望着徐佩芸。

闻讯而来的臧远方和臧远茹两人,犹豫地望了望徐佩芸,也站到了徐立秋身后。

徐佩芸见状,不由气结道:"你们?"

正在这时,臧远胜带着吴俊锋一行走了进来。

他刚一进门,便毕恭毕敬地说:"徐总,吴老板来了。"

徐佩芸见状,不由一惊!

徐立秋却哈哈一笑,立刻迎上去,热情道:"哎呀,吴老板,又有事麻烦你了,真是不好意思啊。"

吴俊锋握住他的手,热情地说:"二叔,你这样说就见外了,有钱大家一起赚嘛,是不是?"

徐立秋爽快道:"是是是,快请坐。"

两人当徐佩芸不存在似的,分宾主坐下。

吴俊锋刚一坐下,便恭维地说:"二叔,自从你接手码头,这生意可是蒸蒸日上啊。"

徐立秋谦虚道:"托你的福,最近我又谈成一宗更大的生意。只是没有那么多流动资金,所以想请你这个大财主帮忙啊。"

吴俊锋豪爽地说:"只要二叔你开口,绝对没有问题。"

徐佩芸闻言,不由下意识地咬紧牙关,却也无可奈何。

吴俊锋仿佛这才看到她一般,似笑非笑道:"不过二叔,你是知道的,我这个人呢,向来不和女人做生意,所以……"

这个差点嫁给自己的女人,一心想帮臧家是吗?没关系,他会让她帮不了的。等自己完全把臧家打垮了,她自会明白,谁才是真正值得她深爱的人!

臧远茹闻言,犹豫了一下,还是退出了房间。

徐佩芸气得浑身发抖,但是仍然站在那里,一动都不动!

徐立秋瞪了她一下,命令似的说:"佩芸,我要和俊锋谈生意了,这是我们男人家的事,你回避一下。否则,别怪我不客气了!"

林辉、姚平和李浩听了这话,便迅速向徐佩芸围了上来,大有动强之意!

徐佩芸只好强忍着怒气道:"好,我走!"说完,便转身愤愤而去!

徐立秋、臧家栋和臧远胜等人,立刻发出一阵大笑。

吴俊锋虽然也笑,眼角却闪现出一丝不易察觉的怜悯,但是转瞬即逝了。

只有臧远方和臧远茹没有笑,互相望了望,似乎有些不忍。

第51章 以慰相思之苦

不知什么时候,天上已经下起了绵绵细雨。

徐佩芸失魂落魄地行走在大运河堰上,头发被雨淋成了一绺一绺的。

她孤独地站在那棵古银杏树下,久久凝望着烟波浩渺的大运河和人影全无的码头,忍不住泪眼婆娑,情不自禁地哼唱起了那首古老的歌谣:

大运河啊

你从北向南,流经高山平原

你不惧激流险滩,一路奔腾叱咤扬帆

你无私奉献浇灌良田,恩泽遍地千古流传

你勘破繁华落寞弹指之间

却依然沉默向前,日复一日,年复一年

大运河啊,你是一条巨龙

承载华夏风雨一肩

弹奏炎黄子孙最悲怆的音弦

大运河啊

你京腔京韵,直奔吴语江南

你历经兵荒马乱,战火不断硝烟弥漫

你无论朝代几番变迁,笑看输赢史册青汗

你见证国之兴亡民之恩怨

却依然豪情不减,冬去春来,岁岁年年

大运河啊,你是一条巨龙

承载华夏半壁江山

谱写炎黄子孙最雄壮的诗篇

徐佩芸唱到最后,忍不住几度哽咽,终于泣不成声!

她再也控制不住满腹的委屈,颓然地扑倒在古银杏树下,默默流起了委屈的眼泪。

忽然,一把雨伞撑在了她的头上,同时一个熟悉的声音响起:"佩芸。"

徐佩芸猛地抬头,发现竟然是自己日思夜想的恋人。

此时正脆弱的她,再也控制不住自己炽热如火的感情,猛地扑到他怀里,不由放声大哭起来。

赵涟泰等她哭够了,便轻轻抬起她的脸,心疼地问:"你怎么哭了？是不是又在为码头的事情烦心？"

徐佩芸立刻猛烈摇头说："不要再和我提码头，不要再和我提码头！"

赵涟泰连忙安慰道："好好好，不提了，不提了。"

徐佩芸这才擦了擦眼泪问："对了，下这么大的雨，你怎么来这里了？"

赵涟泰深情款款地说："你还记得吗？在你十三岁那年的今天，我们在这里初次相识。所以，自从我回到窑湾后，每次想你想到心痛，我都会来到这里，唱着你最喜欢的那首《今生醉了却又醒》，以慰相思之苦。"

徐佩芸不由感动万分，哽咽道："那是不是我每次心痛的时候，都是你在想我？"

赵涟泰郑重地说："嗯，那我每次心痛的时候，也是你在想我？"

徐佩芸重重地点点头，忽然热切道："涟泰，我不想再做有名无实的臧太太了，我不想再为了码头吃力不讨好了，我不想再为了徐臧两家的名声生不如死了！所以，请你带我走吧，远远离开窑湾，越远越好！"

赵涟泰犹豫了一下，还是说："可是倘若真的离开，你就会发现，故乡是你一生牵挂的地方，就如我当初出国一样！"

徐佩芸却执拗道："我不管我不管！这二十多年来，我从来没有为自己活过。从现在起,我什么都不想,我只要和你在一起!有你在的地方,就是故乡!"

赵涟泰立刻红了眼圈,感动地把她搂进怀里,毫不犹豫地说:"好,我带你去上海。在那里,我可以找一份医生的工作,然后生很多很多的孩子,所有的女孩都像你。"

徐佩芸幸福地憧憬着未来:"嗯,所有的男孩都像你。"

就这样,一对相恋的人儿,幸福地依偎在一起。

终于风停了,雨住了,天空一碧如洗!

徐佩芸这才抬起头,叮嘱道:"明天凌晨四点,有一艘客轮从北京直达杭州,经过上海,我们就坐那一班,好吗?"

赵涟泰郑重地说:"好。"说完,便又贪婪地吻住了她的唇。

不知道过了多久,一对恋人才依依不舍地分开。

下午,臧家大院后院三房小院小夫妻俩卧室内。

臧远航已经扔掉拐杖,正在扶着墙壁练习走路。

徐佩芸急匆匆走进卧室,看上去满腹心事。

臧远航立刻停下脚步,关切地问:"佩芸,码头上怎么样了?"

徐佩芸意兴阑珊地说:"还能怎样,就那样呗。"

臧远航却忐忑不安道:"关于你二叔向吴俊锋借钱这件事,我承认一开始自己有私心,不过是想利用他,所以并没有采纳你的建议。但是现在,我怎么感觉自己心里越来越没底了。"

徐佩芸忽然没好气地说:"那是你们臧家的事,与我半点关系都没有!"说完,便打开大衣柜整理衣物,再不理他。

臧远航不由一愣,随即陷入了沉思。

当天晚上,臧家人和徐立秋正在吃饭。

臧家栋殷勤地给他舀了一勺汤,并讨好道:"立秋兄,这个'霸王别姬'汤是大补,你多吃点,才能更好为我们码头出力呀。"

徐立秋喝了一口汤,志得意满地说:"谢谢家栋兄。对了,我正想和大家宣布一个好消息呢。"

众人纷纷欢喜地问:"快说,什么好消息?"

徐立秋傲然道:"你们还记得吗?我上次说的和美国亨得利洋行在谈的那宗大生意吗?这次过去,我终于和他们谈成了,已经正式签订合同了。"

众人闻言,纷纷露出了喜色。

臧家梁兴奋地说:"亨得利洋行在通州的名声很响,我以前接触了几次都没有成功。立秋兄,你果然厉害得很呢。"

臧家栋也一竖拇指道:"听说亨得利涉及各个行业,能和他们做生意,我们一年赚个百十来万绝对没问题!"

臧增福不由感激地说:"立秋,你可真是我们码头的福星啊。"

臧远胜连声道:"是啊,是啊,自从徐总来了以后,我们码头的生意那可真是芝麻开花节节高啊。"

众人纷纷点头,各自表达着自己的感激之情。

臧远航勉强笑笑，但是没有说话。

只有徐佩芸表情淡漠，但是并没有像以前那样反驳什么。

徐立秋谦虚地说：“大家不必客气。难得臧家看得起我，能让我重回窑湾，为码头尽一份绵薄之力，不胜荣幸。所以，我不是仅把这个总经理的位置当成一份工作，而是当成一份事业来做的！等通州深水码头建好后，我们的生意一定会做得更大。”

臧家梁由衷道：“立秋兄，真是太谢谢你了，我们码头的名声现在是越来越响亮了。”

臧家栋瞟了徐佩芸一眼，阴阳怪气地说：“立秋兄，你这个总经理，我是真的服。要是换成那种为了一分钱的用处，就喋喋不休的人，哼，我才没有好脸色给她看呢！”

徐佩芸面对如此直接的挑衅，依然神情漠然。

臧远航也是眉头紧皱。

徐立秋扫了她一眼，忽然想起什么道：“对了，眼看就是运河码头二百四十周年庆典了。我想好好庆祝庆祝，除了像往年一样，请徐州最好的柳琴戏班唱三天堂会、请全体员工去小蓬莱吃一顿外，我还想把江苏甚至上海、北京等全国各地的知名报社记者都请来，每个发个大红包，借机提高我们码头的知名度，大家以为如何？”

众人纷纷点头附和说：“好啊好啊。”

臧家梁郑重其事道：“立秋兄啊，我养病养得人也懒散了，远航又是这个样子,码头已经完全交给你了。只要把生意做好,这些小事情,你想怎样就怎样吧。"

众人纷纷点头。

臧远航虽然没有点头,但是也没有摇头。

徐立秋越发得意起来:"那我就恭敬不如从命了。大家放心吧,周年庆典一过,我保证码头的订单就像雪花一样,从全国各地飞来!"

众人个个笑逐颜开。

徐佩芸依然神情漠然。

臧远航不禁紧皱着眉头,担忧地望着她。

第52章 给你伞

当天晚上,臧家大院后院三房小院小夫妻俩卧室内。

徐佩芸坐在桌子边,眼巴巴地望着墙上的时钟。

臧远航坐在床上,一边看书,一边偷偷望着她。

只听"当"的一声,墙上的时钟敲到了七点。

徐佩芸不由一惊,回头看到丈夫盯着自己,不由气恼地说:"你不看书,看我做什么?"

臧远航关切地道:"吃晚饭时,为什么大家都高高兴兴的,只有你一点都不高兴?"

徐佩芸索性没好气地说:"被人卖了还帮人数钱,你很高兴吗?"

臧远航叹了口气,摇摇头道:"现在二叔的话说得太大了,正因为如此,我才感觉请他来任总经理,特别是向宝通成借钱,好像已经铸成大错了!"忽然想起什么,"对了,佩芸,你好像一直在跟这块,你认为我们现在还来得及回头吗?"

徐佩芸闻言,立刻冷笑一声说:"开弓哪有回头箭?!"

臧远航不由一怔,随即捶打着自己的双腿,痛苦万分道:"都怪我这双腿不争气啊,凡事不能亲力亲为,唉!"

徐佩芸脸色这才缓和下来,叹了一口气,哽咽地说:"对不起,远航。现在码头里里外外一团糟,我也无能为力了。"

臧远航苦笑道:"我知道,说到底,都怪我当初没有听你的话,致使一错再错……"

徐佩芸却打断他的话,意兴阑珊地说:"我现在累了,不想再谈论这些事情。"

臧远航只好道:"那你早点休息吧,我扶着墙走了一天,也有些累了。"

徐佩芸望着神情落寞的他,忽然脱口而出:"远航,如果有一天,我做了对不起你的事,你会生我的气吗?"

臧远航沉吟片刻,却摇摇头说:"只要你开心,我就开心,怎么会生你的气呢?"

徐佩芸闻言,不禁动容道:"好了,天不早了,你早点睡吧。"

子夜时分,臧家大院后院三房小院小夫妻俩卧室内。

黑暗中,徐佩芸躺在地铺上,却大睁着双眼。

与此同时,床上传来臧远航均匀的呼吸声。

徐佩芸轻轻掀开被子，蹑手蹑脚离开地铺。

她走到床前，试探着小声叫起来："远航，远航。"

忽然，一道闪电闪过，照亮了臧远航沉睡的脸。

接着，天边便滚过来一阵阵沉闷的雷声。

与此同时，外面就"哗啦啦"地下起了瓢泼大雨。

臧远航睡梦中叫了声"佩芸"，忽然翻了个身，再次响起了均匀的呼吸声。

徐佩芸感到心中掠过一丝愧疚，不由自言自语地说："对不起，远航，再见了。"

说完，她摸索着走到柜子边，然后打开柜子，提起早就准备好的一只皮箱，轻轻拨开门栓，头也不回地走出了房门。

凌晨时分，臧家大院后院三房小院小夫妻俩卧室外。

这时，外面已经下起了瓢泼大雨。

徐佩芸犹豫了一下，提着皮箱，很快消失在大雨和闪电之中。

与此同时，运河码头上。

在瓢泼大雨中，码头旁边的瞭望塔，依然闪烁着微弱的灯光。

赵涟泰正提着一只皮箱，站在河堰上，焦急地等待着。

忽然，一个巨大的闪电闪过，照射出徐佩芸单薄的身影。

她身子忽然一个趔趄，差点儿滑倒。

赵涟泰连忙迎上去，激动地说："佩芸，你来啦！"

徐佩芸深情道:"涟泰,我来了!"

两个深爱的情侣,紧紧拥抱在一起。

与此同时,臧家大院后院三房小院小夫妻俩卧室内。

又一声惊雷,忽然在屋顶"叭"地炸响。

臧远航猛地惊醒,下意识自言自语道:"打这么大的雷,佩芸会不会害怕呢?"想到这里,立刻轻轻叫起来,"佩芸,佩芸。"

但是没有任何回声。

恰在这时,又一个闪电闪过,照着空荡荡的地铺。

臧远航不由吃了一惊:"啊?佩芸去哪里了?"

这时,又一个惊雷响起。

与此同时,外面雨声更大了,雨点声打得窗户"噼里啪啦"地响起来。

臧远航拉开窗帘,看着外面微弱的亮光,立刻想到了什么:"佩芸是不是又去码头了?这么大的雨,她怎么回来呢?不行,我得给她送伞去!"

他想到这里,立刻翻身而起!

在大雨和闪电之中,中宁街上。

臧远航左手拿着单拐,右手拿着一把伞,在风雨中艰难前行。

他一边走还一边喊道:"佩芸,佩芸。"

运河码头上,随着一个又一个响雷滚过,雨更大地下了起来。

徐佩芸冷得直打哆嗦,下意识地抱紧了双肩。

赵涟泰见状,连忙将西装脱下来披在她身上,同时焦急地说:"船怎么还不来呢?"

徐佩芸回道:"可能是因为风浪太大,晚点了。"

赵涟泰担忧地说:"如果天大亮之前还不到,我们就走不了了。"

徐佩芸更紧地依偎着他,不由哽咽道:"要是走不了怎么办?我真的好害怕啊。"

赵涟泰毫不犹豫地安慰说:"你放心,只要我们想走,今天走不了还有明天,明天走不了还有后天!"

徐佩芸这才稍微镇静了下来。

运河堰上,臧远航拄着单拐,浑身淋得像落汤鸡一样,却还在兀自大喊着:"佩芸,佩芸。"

运河码头上,风雨之中,一对恋人还在紧紧相拥。

忽然,不远处隐隐传来臧远航呼喊"佩芸"的声音。

徐佩芸立刻侧耳细听,但是声音似乎又没有了。

她疑惑地问:"好像有谁在叫我?"

赵涟泰侧耳细听,与此同时,又一声微弱的"佩芸"传来。

他不由紧张地说:"好像河堰上真的有人在喊你。"

徐佩芸下意识道:"是远航!"

两人倏地一惊,同时循声望去。

恰在这时,又一道闪电闪过。

正艰难行走的臧远航，忽然脚下一滑，一个趔趄就摔倒在地。

运河码头上，一对恋人见状，不由互望一眼。

徐佩芸当即喊了声："远航。"边说边要奔过去。

赵涟泰连忙制止说："佩芸，你忘记我们来这里是做什么的了？你不能过去！"

徐佩芸只好下意识地停住了脚步，但她还是焦急地向河堰上望去。

此时大运河堰上，只见好不容易才爬起来的臧远航，忽然又摔了一个跟头，并重重地倒了下去，嘴里却还在喊着："佩芸，佩芸，你在哪里啊？"

运河码头上，徐佩芸再也忍不住了，不由哭喊道："远航，远航，我在这里！"

运河堰上，臧远航终于看到他们，不由惊喜地说："佩芸，我给你们送伞来了。"边说边向他们跑来。

正在这时，大运河里忽然响起一阵尖锐的汽笛声。

在微弱的灯光中，一条客船由北向南而来。

运河码头上，徐佩芸犹豫了一下，仍然想向运河堰奔去。

赵涟泰立刻扳过她的肩膀，焦急地说："佩芸，你可想好了，你要是现在过去，我们今天就走不了了，也许一辈子都不可能在一起了！"

徐佩芸犹豫了一下，止住了脚步。

运河堰上，臧远航已经艰难地爬起来，摇摇晃晃向码头跑来。

此时，运河码头上，客船已经停泊在岸边了。

徐佩芸不由着急地喊道："远航，太危险了，不要过来，不要过来！"

臧远航却像没听到一般，仍然摇摇晃晃地向他们跑来，边跑边喊："佩芸，我给你送伞。佩芸，我给你送伞！"

徐佩芸回头望着他，不由肝肠寸断！

赵涟泰连忙走过来，提醒道："佩芸，船要开了，再不走的话，就来不及了。"

徐佩芸只好跟在他身边，一步三回头向客船走去。

很快，赵涟泰的脚就踏上了甲板。

臧远航看到这里，更加快速地奔跑过来，仍然执着地说："佩芸，给你伞……"

但是他跑得太快了，再加上左手拿拐，右手拿伞，完全没有察觉到，自己的身子早已经跑到码头的边上了。

徐佩芸正好回头，立刻尖声提醒道："小心……"

但是已经晚了！

只见电光石火之间，臧远航一脚踏空，不由"啊"的一声，人和伞都飞出了码头。

水面传来"扑通"一声！

臧远航掉进了水中，并很快被汹涌的河水淹没了！

徐佩芸当即发出一声撕心裂肺的惨叫，立刻跑了回来，同时大声喊道："远航……"她却因为走得太急太快，也"砰"的一声摔倒在地！

已经走到客船甲板上的赵涟泰闻声，立刻回头，却看到臧远航被汹涌的浪涛击打着，不断沉浮。

他毫不犹豫地将手中的皮箱抛向码头，然后从客船上腾空而起，飞跃进了汹涌澎湃的大运河里！

大运河内，臧远航大口大口地喝着水，不由发出一声声无助的惊叫。

与此同时，他的脑海中闪电一般浮现出过往的场景：

第一次："灶王爷"站在芦苇丛中，凶狠地挥舞着棍棒，同时沙哑着声音怒喝道："靠岸！"

第二次："灶王爷"冷笑一声，再次用沙哑的声音说："老子是什么人并不重要，重要的是，有人花钱要买你的命！"说完即回头喝道，"这小子有点功夫，弟兄们，一齐上！"

第三次："灶王爷"却沙哑着声音，恶狠狠地大喊道："弟兄们，给我打，往死里打，打死他我们才能有钱拿。"

第四次："灶王爷"将钱袋揣进怀里，却沙哑着声音，厉声道："老子钱要拿，人也要杀！"

……

第四个场景反复浮现，臧远航恐惧地发出一阵长叫，便昏了过去,身子渐渐下沉。

与此同时,赵涟泰被一个浪头打过,重又聚集了力气,奋力向前游去。

臧远航已经完全没有了意识,喝了大口大口的水后,连头也即将没入河水。

正在这千钧一发之际,赵涟泰终于游到他身边,并用尽全身的力气,把他拉出了水面!

经过一番挣扎,赵涟泰终于将臧远航拖到了码头边,并在徐佩芸的帮助下,两个人才勉强上了岸。

运河码头上,臧远航静静地躺着,双眼紧闭。

赵涟泰正在用力给他做着胸部按压。

徐佩芸跪在他身边,焦急地哭喊道:"远航、远航、远航,都怪我,都怪我啊!"

赵涟泰仍然在按压着臧远航的胸部,一下一下又一下。

忽然,臧远航猛地吐出一大口水来,同时缓缓睁开了双眼。

赵涟泰不由惊喜地说:"他醒了!"

徐佩芸立刻扑过去,又哭又笑道:"远航,你吓死我了。"

臧远航动情地说:"佩芸,我以为再也看不到你了呢。"

赵涟泰不由后退几步,呆立一旁。

徐佩芸却并没有察觉,而是继续难过地说:"远航,你刚才差点吓死我了。你不知我有多担心。"

臧远航轻抚着她额前的一绺湿发，深情道："当你从甲板上回头的那一刻，我知道，就算你不爱我，我在你心中也占有一席之地，这让我很开心。"

徐佩芸不由哽咽地说："对不起。"

臧远航爱怜道："别说傻话了。我没有听你的话，以至一错再错，直至无法挽回，让你受尽了委屈。其实应该说对不起的人，是我。"边说边挣扎着站了起来，走向赵涟泰，真诚地说，"谢谢你，涟泰哥。"

赵涟泰眼睛不由一亮，但随即黯淡下来，尴尬地说："不客气。"

徐佩芸不由惊喜道："你自己能走了？"

臧远航这才意识到什么，低头望了望，也立刻呆住了，不相信地说："我能走了，我真的能走了？"

赵涟泰勉强笑道："我说过，你腿部的生理机能已经完全恢复了，主要是心理因素尚未克服，祝贺你！"

臧远航和徐佩芸闻言，不由互望一眼，然后激动得紧紧相拥。

不知道过了多久，两人才朝赵涟泰的方向望去。

只见他提着皮箱，孤独的身影已经走上了大河运堰，并渐行渐远。

第53章　无法清除外患

不知道什么时候，雨已经住了。

运河堰上的古银杏树旁，已经生起了一个火堆。

臧远航和徐佩芸头发湿漉漉的，肩并肩坐在旁边烤着衣物。

臧远航歉然地说："佩芸，对不起，要不是我，你和涟泰哥已经坐在去上海的船上了。"

徐佩芸信任道："你放心，涟泰是个通情达理的人，他知道，你已经可以行走自如了，同时心理也恢复正常了，除了感情，需要你处理的事情，还有很多很多，包括码头。然而这一切，都需要我留下来帮助你，所以他不会那么小气的。"

臧远航感激地说："那我先谢谢他，等码头重新走上正轨，我一定将你完璧归赵。"

徐佩芸尴尬一笑，掩饰地转移话题道："我这次之所以下定决心离开窑湾，一方面是因为和涟泰的感情，但是更重要的，就是不想眼睁睁看到臧家和码头落入奸人之手！"

臧远航闻言，不由大吃一惊："有这么严重吗？"

徐佩芸郑重其事地说："不但严重，甚至到了危机存亡之秋！你是知道的，宝通成名义上王志信是老板，其实背后都是吴俊锋在支持。但是自从我二叔把持码头大权，已经陆续向宝通成高息借贷了一百多万。"

臧远航诧异道："这些事情，你为什么不早一点告诉我？"

徐佩芸苦笑着说："我哪有机会告诉你？你不但根本不让我管码头上的事，甚至还和爸他们一起，支持二叔向宝通成借钱呢。"忽然想起什么，"对了，我一直不明白的是，爸他们要在通州建造深水码头，是为了保住未来码头和铁路竞争的优势，决定孤注一掷。可是你一直想修建东陇海铁路的，为什么还要支持呢？"

臧远航叹了口气道："我一方面是想让水路运输发挥更大的作用，另一方面也是想借此机会，让爸他们彻底死心，全力支持修建东陇海铁路。只是现在看来，好像是竹篮打水两头空了！"

徐佩芸责怪地说："那你为什么不早一点告诉我这些，整天高深莫测的，害得我误以为你和他们一条心呢，结果很多事情都不想告诉你，以至于一错再错，直到最终无法挽回。"

臧远航不由面露愧色，低声道："我感觉自己这个想法有些小人之心，所以才一直不好意思和你说。"

徐佩芸苦笑着说："那你现在还不是说了。"转而又抖擞起精神道,"不过好在现在你重新站起来了,已经可以接过码头大任了。所以我认为当务之急,就是马上辞退我二叔,挽大厦于将倾!"

臧远航沉吟片刻,却断然道:"不行!码头现在除了二叔和吴俊锋是外患之外,还有内忧。如果他们得知我能重新执掌码头了,内忧外患一旦联合起来,提前做手脚,到那时,我们就被动了。"

徐佩芸犹豫了一下问:"内忧?你的意思是当初暗算你的人?"

臧远航肯定地说:"对,当初暗算我的人,是提前在岸边的芦苇丛中埋伏的。而我去徐州考察陇海铁路这件事,只有大姐知道。而大姐,是绝不会将这件事告诉吴俊锋的。"

徐佩芸点点头道:"通过前段时间的暗中调查,可以基本确定是谁了。不如,我们将这件事报告到警察局,让警察局抓人。"

臧远航却摇头说:"无凭无据的,警察局也不能随便抓人的。"

徐佩芸忽然想起什么:"对了,你还记得那个假扮'灶王爷'的张三锤吗?我们已经掌握了他的基本情况,只要能找到他,就能问出其背后主使人,事情不就一目了然了吗?"

臧远航依然摇头道:"我记得那个张三锤,他在草桥开了盐行,但是倒闭了。现在,他就是一根断了线的风筝,很难找到。何况就算找到,也只能指证出内忧,却无法清除外患。"

徐佩芸不由沮丧地说:"又是内忧又是外患的,看来码头算是无力回天了!"

臧远航却胸有成竹道:"先除外患再解内忧,放心吧,我自有办法解救码头,之所以没有提前行动,也就是为了等待这一天,现在时机已经成熟了!"

徐佩芸立刻急切地问:"你有什么办法,快说来听听!"

臧远航将嘴巴附在她耳边,小声说着什么。

徐佩芸听了,不由连连点头,脸上的阴云也一扫而光!

清晨,臧家大院客厅内。

臧增福夫妇、臧家栋夫妇、臧远方和臧远茹等人个个身着盛装,看上去喜气洋洋的。

臧家栋一脸喜色地说:"爸、妈,今天是我们码头成立二百四十周年庆典,来的人比前些年多多了,说明我们码头现在是越来越风光了。"

臧增福不由哈哈大笑道:"这都是立秋的功劳,等一下,你们每个人可都得多敬他几杯酒啊。"

众人纷纷附和说:"那是,那是。"

正在这时,臧远胜扶着挺着大肚子的妻子,缓缓走进来。

陆慧珊却噘着嘴,一脸郁闷。

臧远胜将她扶到沙发上坐下,安慰道:"别生气,别生气,你好好在家待着,等明年周年庆典的时候,你再打扮得漂漂亮亮参加,好不好?"

陆慧珊没好气地说:"我才不稀罕参加呢,我只是、我只是……"说到这里,忽然望了望臧增福和臧家栋,欲言又止。

臧远胜苦笑道:"只是什么啊?"

陆慧珊却叹了口气,再不说话了。

臧远胜焦急地问:"哎呀,姑奶奶,你到底想说什么啊,真是急死我了。"

庄淑环安慰地说:"远胜,你别着急,慧珊过两天就要生了,心情烦躁是很正常的。"

曹秀英附和道:"是啊,是啊,每个女人都是这样过来的。"

正在这时,臧家梁夫妇一脸忧色,急急忙忙地走进客厅。

庄淑环望了他们一眼,不满地说:"这都什么时候了,远航和佩芸还不出来?"

郭文芳却焦急道:"他们两个都不见了!我找了一个早上都没有找到!"

众人闻言,全都吃了一惊:"啊?"

臧家栋和臧远胜互望一眼,眼里闪过一丝不易察觉的慌乱。

臧增福无奈地说:"这两个小祖宗啊,怎么一点都不让人省心呢?"

曹秀英立刻红了眼圈,担忧道:"远航要是出了事,我这把老骨头也不活了!"

臧家梁安慰地说:"妈,你别着急,佩芸做事一向都有分寸,一定不会有事的。"

庄淑环却煽风点火道:"她要是做事有分寸,就不会不见了!"

臧远茹责怪地说:"妈!"

郭文芳听了妯娌的话,不由恼羞成怒道:"远航要是有个三长两短,我不会轻饶了她!"

正在这时,孙管家急急忙忙跑进来,惊喜地说:"航少爷、小少奶奶回来了!"

众人向门口望去,只见臧远航拄着单拐,一脸烦躁地走进来。

郭文芳瞪了儿媳妇一眼,不满道:"下那么大的雨,你们去哪里了?"

徐佩芸尴尬地看了看丈夫,却不知道该如何回答。

好在臧远航及时抢过话头说:"好久没去赶夜猫子集子,谁知道刚一到那儿,人多得不行,我就喝了一碗五香妈糊粥、两碗娃鱼,吃了三个野菜饼……"

郭文芳疼爱道:"儿子,就算再想吃,下这么大的雨,也不能外出啊,让下人去买就是了。"然后脸色一冷,又转身呵斥儿媳妇,"你不知道今天是码头的周年庆典吗?还不赶紧和远航换衣服去!"

徐佩芸知道这个关算过去了,连忙点头说:"好的。"

她说完便搀扶着丈夫,故作艰难地走向后院。

与此同时,臧家人个个兴高采烈,陆续走出客厅。

臧远胜也对妻子说:"你好好在家待着,我去看会儿热闹就回来。"说完,便一阵风似的跑开了。

虽然他自结婚以后,改变了很多,也知道捞钱了,但爱玩的天性,却始终是变不了的。

陆慧珊当然是知道他的,只好无奈地点了点头。

但是她却坐在客厅里没动,看上去一脸郁闷。

桂花将一个盅放在她面前的茶几上,关切地说:"二少奶奶,这是刚刚炖好的燕窝,快趁热喝了吧。"

陆慧珊却摇摇头,叹了口气道:"这都火烧眉毛了,我哪里还有心思吃燕窝啊?"

桂花疑惑地问:"二少奶奶的意思是?"

陆慧珊不禁叹了口气说:"码头现在只是表面风光,徐立秋其实……"说到这里,忽然住了嘴,警惕地望了望四周,烦躁道,"哎呀,算了,算了,连爷爷、三叔和远航都迷了心窍,和你说你也不懂!"

第54章 迷了心窍

上午,码头二百四十周年庆典会场外。

大大小小的汽车停靠在门外,西装革履的先生和衣香鬓影的太太小姐们,陆续从车上走下来,看上去像过节一样热闹。

当吴俊锋和王志信走下轿车时,徐立秋急忙迎上去,热情地和他们一一握手。

不远处,徐立春夫妇也下了轿子。

穿戴一新的徐佩芸,连忙搀扶着丈夫,一瘸一拐地迎上去。

她亲热地喊道:"爸,妈。"

臧远航也说:"岳父,岳母。"

柳兰香却冷哼一声。

徐立春暗中捅了妻子一下,关切地说:"你们怎么这么长时间都不回家坐坐?"

徐佩芸望了望继母,尴尬道:"我早就想回去了,只是怕惹佩萍不高兴。"边说边望了望父母身后,犹豫了一下,还是问,"她今天怎么没来?"

徐立春立刻说:"她……"

谁知道他刚说了一个字,柳兰香就接过话头,没好气道:"腿长在她身上,她想来就来,不想来就不来呗。"说到这里,故意转移话题说,"哎呀,时间不早了,我们快进去吧。"

徐立春只好说:"好好好,来了不少老朋友呢。"望着远处,立刻眉开眼笑打起了招呼,"哎呀,闫老板,好久不见了啊。"

闫一认也远远道:"徐老板……"

徐立春边说边向他走过去,柳兰香也迅速跟上了。

臧远航疑惑地说:"岳母怎么不让你和岳父把话说完呢?"

徐佩芸叹了口气道:"妈的脾气,还是那样啊。庆典马上就要开始了,我们进去吧。"

臧远航点点头说:"好。"

庆典会场内外,张灯结彩。

演讲台后方的墙壁上,挂着"热烈庆祝窑湾码头成立二百四十周年庆典"的横幅。

政商两界头面人物全都就座,镁光灯不停闪烁着。

徐立秋、王志信、臧增福夫妇、臧家栋夫妇、臧远胜及林辉等人坐在一桌,不断有人向徐立秋敬酒。

徐立秋举着酒杯，洪亮的"干杯"声不绝于耳，好不热闹。

臧家梁夫妇、陆文安夫妇、吴光淮夫妇、徐立春夫妇坐在一桌。

陆文安望着意气风发的徐立秋，不由眉头紧皱。

柳兰香则向大家得意地炫耀道："你们看，真没想到我这个小叔子，去了十几年北京，混得可是风生水起啊。"

庄淑环附和说："就是就是，多亏有了他，我们码头才有现在的排场呢。"边说边斜了妯娌一眼。

郭文芳倒不以为意，也由衷道："立秋确实很能干。"

陆文安闻言，则不易察觉地摇了摇头。

臧家梁看了他一眼，得意地说："确实，这段时间在立秋的大刀阔斧下，我们码头的生意是越来越好了。等我们北京通州的深水码头一完工，在德国订购的三只远洋货轮，也差不多都做好了。到那时，我们码头的吞吐量就是苏北第一。窑湾的水路运输发达了，必将带动经济更上一个新的台阶。照此发展下去，不久的将来，窑湾即将紧随上海的步伐，成为苏北第一、江苏第二个国际化大都市！"

没想到，陆文安却苦笑道："家梁，不是我说你。我们窑湾商人做生意一直是稳扎稳打，所以才有了今天的发展。可是现在你们码头，却在资金严重不足的情况下，甚至不惜高息借贷，又是到北京通州建造深水码头，又是到德国订购远洋货轮，这步子是不是迈得太大、走得太急了些？"

臧家梁却叹了口气说:"文安兄有所不知。以前我也是稳扎稳打,但是现在看来,不急不行啊。要是再不扩大我们码头的竞争力,或许有一天,就真的要被铁路取代了。"

陆文安也无奈道:"虽然现在,从南通沟通苏北各县新运河的勘测工作已经基本结束,但是张謇先生的此次规划,并没有得到交通与水利部的有力支持。因为对于那些军阀出身的政客而言,相对经济发展来说,保障军队的快速集结和机动能力才是最重要的,所以只有像东陇海铁路那样连接东西的交通枢纽,才能快速响应全国的战事变化。或许真的有一天,铁路运输会取代水路运输,也未可知啊。"

臧家梁闻言,便不无得意地说:"我也考虑到这点了。正是为了提升水路的竞争力,所以我才要建造深水码头、订购远洋货轮啊!用不了多久,我们运河码头的吞吐量将位居苏北第一、全国第三!好了,不说这些了,来,喝酒喝酒。"

陆文安迟疑了一下,只好端起了酒杯。

众人也纷纷端起酒杯,一时间觥筹交错,好不热闹!

臧家大院客厅内,陆慧珊坐在沙发上,有一搭没一搭地嗑着南瓜子。

桂花走过来说:"少奶奶,吃晌午饭了,有你最爱吃的盐豆炒鸡蛋和豆腐干炒蒜苗。"

陆慧珊却不高兴道:"都去吃船菜了,留我一个人在家啃煎饼,哼!"

桂花笑笑,便搀扶着她,走到桌前坐下。

谁知道陆慧珊刚喝了一口汤,便皱起眉头说:"今天的米汤怎么熬得这么烂?"

桂花歉然道:"不好意思,少奶奶,可能是熬得时间太长了。"

陆慧珊夹起一块菜,再次皱起眉头说:"豆腐干炒蒜苗的豆腐干怎么这么咸?"又夹起一块菜,仍然皱眉道,"盐豆炒鸡蛋里的鸡蛋怎么这么嫩?"

然后,她"啪"的一声将筷子放桌上,怒声道:"今天的饭菜是谁做的?这么难吃?"

桂花害怕地说:"是我做的。"

陆慧珊没好气道:"怎么是你做的?张嫂呢?"

桂花只好硬着头皮说:"张嫂和其余的用人,都被叫去庆典上帮忙了,家里就剩下我一个人了。"

陆慧珊立刻命令道:"那你快去把张嫂叫回来!"

桂花犹豫了一下,还是说:"可是,胜少爷让我在家好好伺候你呢。"

陆慧珊愠怒道:"有什么好伺候的,我要过两天才生呢,还不快去!"

桂花只好点点头说:"好吧。"

第55章　三敬酒

庆典会场内,好戏正在缓缓拉开序幕。

臧远茹和臧远航夫妇、臧远方、吴俊莹等年轻人坐在一桌。

她下意识地向恋人所在的那桌望去。

林辉则警惕地望了望四周,然后才飞快地朝她点了点头。

臧远茹顿感委屈,下意识地咬了咬嘴唇。

臧远航坐在徐佩芸旁边,只顾埋头吃饭,仿佛身边的一切,都与他无关似的。甚至于,他还不断和大家说:"你们快吃啊,这道茶豆皮烧肉很好吃的。"

另一桌的臧远胜看到这一幕,立刻幸灾乐祸地笑了,并小声咕哝了一句:"码头都成空壳子了,他还有闲心吃,估计脑子和腿一样坏了!"

恰在此时,同桌的林辉看了看表。

然后他走到另一桌提醒道:"徐总,该你讲话了。"

于是徐立秋点点头,志得意满地站起来,在众人仰慕的目光和记者镁光灯的闪烁下,气宇轩昂地走上讲台!

然后他踌躇满志地望了台下一眼,朗声说:"各位来宾,大家好!二百四十年前的今天,我们运河码头正式成立!这两百多年来,在十余代码头传人以及全体窑湾人的共同努力下,码头和窑湾才有了今天的发展!时至今日,我们码头的规模越来越大,连外国人都争着和我们做生意。现在,只等北京通州的深水码头一建好,我们窑湾码头的吞吐量就是苏北第一,并紧随上海之后,居江苏第二、全国第三!"

闻听此言,众人立刻拍手叫起好来。

连臧增福和臧家梁的眼里,都闪烁着兴奋的光芒。

臧远航和徐佩芸看着他们,两人对视一眼,都下意识地皱了皱眉头。

随即,徐立秋继续慷慨陈词道:"现在,我们码头的生意可谓芝麻开花节节高。在这里,我要告诉大家一个超大的喜讯。今年,所有职员和工人将加薪两成。同时,我已经请徐州最著名的三家柳琴戏班,轮流唱十天大戏。"

众人的喝彩声和掌声此起彼伏。

只有陆文安的眉头,皱得越来越紧了。

除他之外,徐佩芸的神情也十分淡漠,臧远航则极力压抑着自己的愤怒,拼命吃着菜。

此刻会场的人群已经陷入疯狂的境地，没有谁注意到他们三个人的反常举动。

好在，徐立秋还算识时务。

他出尽风头后，便郑重地说："现在，有请我们码头之前的大当家、窑湾商会臧家梁会长带领大家'三敬酒'！"

虽然现在的臧家梁，体力已经完全不如往年，但是听了这话，他的神情立刻变得严肃起来，浑身也好似充满了力量，健步走向高高的讲台，面向不远处的滔滔大运河，忍不住抚今追昔道："各位来宾、各位同仁，大家都知道，大运河自诞生之日起，就成为中国最重要的南北交通大动脉，甚至一度是王朝的生命线！其作为衔接陆上丝绸之路和海上丝绸之路的枢纽后，漕运更是空前发达！当然，所有这一切，都离不开历史的铺垫。大运河的最早萌芽，是在西周周穆王时期，徐国国君徐偃王为了方便和周王朝的联系，"沟通陈蔡"，开挖了历史上第一条人工运河；春秋时期的古运河，吴王夫差为方便航远，打通长江和淮河，开凿邗沟；战国时期，魏国梁惠成王为引黄河南下，又先后开凿了大沟和鸿沟；隋唐，炀帝为方便南粮北运，开凿京淮段至长江以南的运河，这次开凿是世界上最伟大的工程之一，所以大运河全称是隋唐大运河；元朝，忽必烈为缩短从北京到杭州的运道，把运河改成了直线；明朝，自太宗朱棣开始，先后多次对大运河进行改造，并成功进行了湖漕分离工程。不过一直以来，运河要借用黄河三百里河道，但黄河经常改道，致使运河泥沙严重淤积，至清朝初年，河道已经停废，严重危及国家的经济命脉。康熙为疏通河道，开挖了一条中运河，成功进行了黄运分离！"

说到这里，他深深吸了一口气，继续说："从此以后，运河航道的作用，被发挥得淋漓尽致，两岸日渐繁荣，许多城镇因此新建及扩张。因为窑湾地处中运河黄金分割点，成为物资运输集散地，四面八方的货物汇集于此，再被运往全国乃至世界各地！曾几何时，窑湾成为运河最著名的码头之一，繁华热闹无与伦比，这一切得益于地利！"与此同时，他恭敬地端起桌上的酒杯，庄严道，"所以这第一杯酒，我们要敬献给一代代英明的君王以及智慧的工程建设者们！"

所有人都站起身来，恭敬地站起身来，与他一起，将杯中的酒水，仰头泼向了天空！

臧家梁又端起一杯酒，继续说："在座的各位，一定听说过清初康熙七年，山东郯城的特大地震，那是中国大陆东部历史上旷古未有的大地震，震级达8.5级，山东大部、江苏和安徽北部共一百五十余县，均遭到不同程度的破坏，也是世界上为数不多的造成严重破坏的特大地震之一。因为地震带位于京杭大运河的中段，地震造成河堤多处决堤，引发洪水，运河河道因此遭到大面积破坏，这是窑湾的天时！因此这第二杯酒，我们要敬献给在郯城大地震中失去生命的五万余名亡灵，运河两岸因你们而重获新生！"

所有人再次与他一样,将杯中的酒水,仰头泼向了天空!

有个别年轻人第一次参加这个庆典,便不解地小声嘀咕道:"关郯城大地震什么事啊?"

立刻有上了岁数的人,用严肃的目光制止了他!

臧家梁似乎听到了年轻人的疑问一般,放下酒杯继续说:"距离郯城地震两年后,康熙在其十周年大典上,下旨大赦天下,但同时发配所有的政治犯,前往地震灾区,进行灾后重建。同年深秋,一支漕运船队从北京沿大运河南下。此时在幽暗潮湿的船舱内,数百名政治犯挤在杂乱的货堆中,他们都是明末的高官显贵和反清复明义士,并不知道将面临怎样的命运。船只经过无数次的剧烈颠簸摇晃之后,终于到达了窑湾。此时,原先的旧县因为地震,早已经屋毁人亡,仅剩一片废墟。好在这批特殊的移民,不仅文化素质极高,还有管理国家经验,他们开始在废墟上精密规划,很快重建了新的家园,并借助十六年后的黄运分离契机,身份也悄然从建设者转化为商人。而我们就是这批移民的后代,这就是所谓的人和!所以,这第三杯酒,我们要敬献给具有远见卓识的窑湾移民祖先!"

所有人第三次与他一样,将杯中的酒水,仰头泼向了天空!

与此同时,会场响起了三声敬献的礼炮、经久不息的掌声以及热烈的欢呼声!

臧家梁见状,更是豪情万丈,声音更加慷慨激昂了起来:"为了感谢我们的母亲河——大运河,为了牢记窑湾先人在废墟上建立家园的丰功伟绩,我们大家合唱一曲《大运河之歌》,好不好?"

众人立刻声音震天、异口同声地说:"好!"

臧家梁立刻挥舞起手臂,率先唱道:"大运河啊,预备,起!"

众人立刻跟着唱起来:

大运河啊

你从北向南,流经高山平原

你不惧激流险滩,一路奔腾叱咤扬帆

你无私奉献浇灌良田,恩泽遍地千古流传

你勘破繁华落寞弹指之间

却依然沉默向前,日复一日,年复一年

大运河啊,你是一条巨龙

承载华夏风雨一肩

弹奏炎黄子孙最悲怆的音弦

……

张嫂也混在唱歌的人群中,热烈地和大家一起拍手唱起歌。

正在这时,桂花急匆匆跑进会场。

她从后面扯了扯其衣襟,焦急地说:"张嫂,张嫂。"

张嫂唱得正欢,便有些敷衍地问:"什么事?"

桂花小声道:"二少奶奶嫌弃我做饭不好吃,让你回去呢。"

张嫂闻言,便不耐烦地说:"我好不容易闲了一会儿,她还那么多事,等我唱好吃完再说。"边说边继续打着拍子唱起来。

桂花犹豫了一下,望了望众人,也情不自禁地加入了拍手唱歌的行列。

臧家大院客厅内,陆慧珊坐在沙发上,烦躁地向门口望着。

但是院子里空荡荡的,连一个人影子都没有。

陆慧珊不禁愠怒道:"桂花是到美国找人了吗?这么久了还不回来?"

她想到这里,便"啪"地把碗往桌上一放,然后站起身来,但是没料到,脚下没踩稳,身子猛地一歪。

与此同时,她顿时感到腹部传来一阵剧烈的痉挛,不由痛得惨叫一声,同时下意识地捂住了肚子,就瘫倒在了沙发上!

她只好拼尽全身力气,放声大喊:"来人哪,来人哪……"

但是客厅里空荡荡的,没有一个人回答。

陆慧珊只好咬紧牙关,一手捂着肚子,一手撑着地面,艰难地向电话机爬去。

庆典会场内,众人一边热情地附和着唱,一边欢快地打着拍子。

一时间,整个会场都沉浸在一片欢乐的海洋中。

徐佩芸想着码头的现状,不由深深叹了口气,然后站起身来,悄悄退出了会场。

臧远航见状,也毫不犹豫地跟了上去。

其余的人则在徐立秋的带领下,继续放声高歌:

大运河啊

你京腔京韵,直奔吴语江南

你历经兵荒马乱,战火不断硝烟弥漫

你无论朝代几番变迁,笑看输赢史册青汗

你见证国之兴亡民之恩怨

却依然豪情不减,冬去春来,岁岁年年

大运河啊,你是一条巨龙

承载华夏半壁江山

谱写炎黄子孙最雄壮的诗篇

唱完后,众人仍然沉浸在喜悦和激昂的气氛之中。

徐立秋举起酒杯,豪气干云地说:"来,大家干杯,今天我们不醉不归!"

众人纷纷地举起酒杯欢呼道:"不醉不归!"

张嫂和桂花受此气氛感染,早就将陆慧珊忘到九霄云外去了,也端起酒杯,跟着大家欢呼起来。

第56章　得了一个小公子

运河堰上，臧远航假意被妻子搀扶着，佯装走得很艰难的样子。

徐佩芸边走边气愤地说："我真是没有想到，二叔会那么急功近利、信口雌黄，更没想到你爸那么糊涂，竟然完全没有察觉，还在变相鼓励他！"

臧远航叹了口气道："我爸那不是糊涂，他是担心水路被铁路取代，所以才默许你二叔的一系列所谓的宏图大计。"

徐佩芸刚想说什么，忽然，她看到不远处有行人，立刻警惕地说："'路旁说话，草棵有人'，我们还是回家说吧。"

臧远航点点头道："好。"

恰好此时，一辆黄包车迎面而来。两人迅速上了车，径自疾驰而去。

此时的臧家大院客厅，寂静无声。

陆慧珊已是满脸的汗水和泪水，好不容易爬到放有电话机的桌子旁。

但是当她艰难地抬起上半身时，却没想到，因为用力过猛，下身立刻传来一股剧烈的宫缩，与此同时，腿上渗出一缕缕的血迹来。

她心里一寒，强忍着肚子的疼痛，恐惧地大喊："远胜，远胜，远胜……"

因为血流得越来越多，她的喊叫也越来越变成了呢喃。

臧家大院内，臧远航夫妻走了进来。

徐佩芸不由奇怪地说："咦，怎么一个人都没有？"

臧远航不以为意道："可能都去参加庆典了，我们也回房吧。"

徐佩芸望着灯火透明的客厅，不满地说："客厅的门大开着，也不怕进猫狗什么的，你等一下，我去关上。"边说边向客厅走去。

此时臧家大院客厅内，几近绝望的陆慧珊躺在沙发背后。

当她看到徐佩芸进来时，也顾不得两人以往的种种恩怨了，当即像溺水的人抓到救命稻草一般，有气无力地喊道："佩、佩、佩……"

虽然她已经尽了最大的努力，但是声音还是太小了。

徐佩芸并没有看到她，伸手就准备把门关上。

情急之中的陆慧珊，猛地扯起电话线，只听"砰"的一声，电话掉在地上,发出一声巨大的声响。

与此同时,她也完全昏迷了过去。

徐佩芸不由吃了一惊,立刻下意识向电话机旁跑去,正好看到躺在血泊中的陆慧珊。

她立刻发出一声惊叫:"二嫂!"

等在门外的臧远航闻讯,立刻冲了进来!

他看到身在血泊中的陆慧珊,也大吃一惊道:"二嫂?"

徐佩芸着急地说:"我去叫医生!"

臧远航望着地上的血迹,沉声道:"来不及了!"

徐佩芸吓得连声音都变调了:"那怎么办啊?"

臧远航沉思片刻,顾不得装了,当即甩开单拐,猛地将陆慧珊抱起来,直奔大门而去!

徐佩芸连忙捡起了单拐,迅速跑到了前头。

臧家大院内,徐佩芸用力打开大门。

恰在此时,正好一辆轿车经过。

徐佩芸顾不得危险,立刻飞身拦到了轿车前头!

轿车贴着徐佩芸鼻尖,戛然而止。

与此同时,赵涞泰从车窗内伸出头,心有余悸地说:"你不要命啦!"

徐佩芸刚想说什么,忽然看到臧远航抱着陆慧珊匆匆而来!

赵涞泰立刻明白了什么,立刻便跳下车,快速拉开后车门,招呼道:"快进来!"

臧远航道了声"谢谢",立刻将陆慧珊抱上车。

徐佩芸提醒道:"小心!"说完,也迅速上了车。

赵涟泰立刻发动轿车,向医院方向急驰而去!

天主教会医院妇产科房外,臧远航和徐佩芸焦急地等待着。

不一会儿,一位女医生打开房门。

臧远航和徐佩芸连忙迎上去,异口同声地问:"医生,怎么样?"

女医生摘下口罩,微笑着说:"母子平安!幸亏送来得早,再晚一点,就来不及了!"

徐佩芸连声道:"谢谢,真是太谢谢了。"

与此同时,产房里传来一声响亮的婴儿哭声,"哇哇哇"!

天主教会医院产房内,陆慧珊躺在雪白的病床上,身边睡着一个小小的婴儿。

徐佩芸扶着丈夫走了进去。

臧远航关切地说:"恭喜二嫂得了一个小公子,我终于做叔叔了。"

陆慧珊哽咽道:"远航、佩芸,谢谢你们。"

徐佩芸握着她的手,诚恳地说:"你千万别这样说,我们是一家人，应该的。"

臧远航则望着熟睡中的婴儿，开心道："小侄子，告诉叔叔，你叫什么名字？"

陆慧珊感激地说："还没来得及取呢，你们做叔叔婶婶的，就给取一个吧。"

徐佩芸望着孩子红扑扑的小脸，脱口而出道："小家伙正好在码头周年庆典出生的，我看就叫小庆吧。"

臧远航立刻说："小庆，你真可怜啊，才刚一出生，命运就和码头紧密相连了。"

徐佩芸和陆慧珊闻言，不由相视而笑。

正在这时，臧家人闻讯，也匆匆赶过来了。

臧远胜立刻扑到妻子面前，焦急地问："慧珊，你怎么样了？"

庄淑环则抱起婴儿，欢喜地说："我的大孙子唉，奶奶看你来了。"

陆慧珊笑笑道："这次我能平安生子，多亏了远航和佩芸啊。"

臧家栋望了望臧远航，眉头不由一皱。

臧远航立刻意识到什么，故作茫然地问："二嫂，我又没做什么，你为什么要谢我呢？"

臧家栋不禁疑惑地说："是啊，远航自己走路都成问题，你谢他干什么？"

陆慧珊犹豫了一下，张了张嘴，似乎想说什么。

徐佩芸立刻抢先道:"其实不关远航的事,这次真的要好好谢谢涟泰了。我扶二嫂到门口时,正好遇到他开车经过,就帮忙把我们送来了医院。"

臧家栋却还疑惑地望着臧远航。

陆慧珊这才回过神来,责怪地说:"远胜,你是不是嫌弃我生的孩子丑?说了半天,连孩子都不看一眼。"

徐佩芸感激地望着陆慧珊,更紧地握住她的手。

臧远胜这才抱起儿子,却不无责怪道:"小家伙,爸不太喜欢你哦。为了你,你妈差点连命都没了呢。"

陆慧珊听了这话,不由就红了眼圈。

如果说之前,她嫁给这个男人,只是为了报复的话,那么现在,她是真心实意地爱上了他!

第二天一早,运河码头管理处,刚刚参加过庆典的职员们,工作更加努力了起来。

郑一飞正坐在办公桌前看着文件,忽然,桌上的电话铃响起。

他立刻拿起电话,礼貌地说:"你好。"听了一会儿,脸色逐渐变了,但还是解释道,"窦老板,你听我说,这其中可能有些误会。那笔三十万的工程款,我们四天前已经让人送去通州了。"

但是随即,他沉默了一下,不由大吃一惊地问:"什么,你们没有收到?"

放下电话,他的眉头不由皱成了一个大疙瘩。

天主教会医院产房内,臧家人正围着小庆欢声笑语。

忽然,臧远方火急火燎地跑进来。

他刚一进门,便焦急地说:"不好了,大事不好了。"

庄淑环立刻没好气地呵斥道:"叫你去喊远茹来看看小侄子,有什么不好的?"

臧远方委屈地说:"二婶,我和孙管家找遍了整个窑湾,都没有看到远茹的人影子。"

臧家人闻言,不由大吃一惊:"啊?"

徐佩芸率先回过神来,严肃地问:"那你看到林辉了吗?"

臧远方摇摇头道:"也没有。"

臧家栋却瞪了侄媳妇一眼,不满地说:"远茹不见了,你问林辉干什么?你是什么意思?"

徐佩芸苦笑一声,却无言以对。

没想到正在这时,郑一飞又惊慌失措地跑进来。

他还没进门,就大声喊道:"出事了,出大事了!"

臧家栋正郁闷呢,便不耐烦地说:"又出什么事了?"

郑一飞气喘吁吁道:"四天前,我们从宝通成钱庄贷了三十万,本来应该由远茹和林辉经手,交给窦其中做深水码头的工程款,可是现在还没交给人家,刚刚通州方面打电话来催了,可是我们找遍了整个码头,也没见到远茹和林辉。"

臧家梁闻言,脸色一凛,当即断定:"那一定是远茹和林辉带着三十万远走高飞了!"

庄淑环立刻摇头说:"这绝不可能,远茹不是那样的人!"

臧家栋也挥挥手道:"就是!再说了,远茹怎么可能和林辉扯到一起呢?"

臧远方不由脱口而出:"怎么不可能,他们已经谈了好几个月的恋爱了。"

臧家栋当即愠怒地说:"你不要胡说!"

庄淑环却叹了口气,无可奈何道:"远方不是胡说,他们两人,确实谈恋爱了。"

大家听了这话,全都吃了一惊!

臧家栋气得差点儿吐血:"这个胳膊肘往外拐的死丫头,真是吃了熊心豹子胆了!"

臧远胜不由望向三叔,惊慌失措地问:"那我们现在该怎么办?"

臧家梁果断地说:"分头去找!就是挖地三尺,也要把他们找回来!这不仅是因为钱,还因为,林辉和远茹谈恋爱,纯粹是为了钱,以后绝不可能善待她的!"

众人闻言,纷纷走出房间。

陆慧珊望着他们的背影,数次欲言又止。

与此同时,天主教会医院神经科诊室内。

赵涟泰坐在桌前,脑海中却不断浮现出和徐佩芸私奔那天的情景:

在大雨和闪电之中,中宁街上。

臧远航左手拿着单拐,右手拿着一把伞,在风雨中艰难前行。

他一边走还一边喊道:"佩芸,佩芸。"

运河堰上,臧远航浑身淋得像落汤鸡一样,却还在兀自大喊着:"佩芸,佩芸。"

恰在这时,又一道闪电闪过。

正艰难行走的臧远航,忽然脚下一滑,一个趔趄就摔倒在地。

徐佩芸当即喊了声:"远航。"边说边要奔过去。

赵涟泰连忙制止说:"佩芸,你忘记我们来这里是做什么的了?你不能过去!"

徐佩芸只好下意识地停住了脚步,但她还是焦急地向河堰上望去。

此时大运河堰上,只见好不容易才爬起来的臧远航,忽然又摔了一个跟头,并重重地倒了下去,嘴里却还在喊着:"佩芸,佩芸,你在哪里啊?"

运河码头上,徐佩芸再也忍不住了,不由哭喊道:"远航,远航,我在这里!"

运河堰上,臧远航终于看到他们,不由惊喜地说:"佩芸,我给你们送伞来了。"边说边向他们跑来。

徐佩芸却并没有察觉,而是继续难过地说:"远航,你刚才差点吓死我了。你不知道我有多担心。"

臧远航轻抚着她额前的一绺湿发,深情道:"当你从甲板上回头的那一刻,我知道,就算你不爱我,我在你心中也占有一席之地,这让我很开心。"

徐佩芸不由哽咽地说:"对不起。"

臧远航和徐佩芸闻言,不由互望一眼,然后激动得紧紧相拥。

……

第57章 快带我去追他

天主教会医院神经科诊室内,赵涟泰想到这里,再也坐不住了。

他将笔往桌上一放,痛苦万分道:"看来,我有必要和佩芸好好谈一谈了。"说到这里,他便站起身来,径直向门外走去。

天主教会医院产房外,臧家人纷纷急匆匆向外走。

正好赶来的赵涟泰见状,不由疑惑地问:"怎么回事?"

走在最后的徐佩芸立刻焦急地说:"远茹不见了!"

赵涟泰不由吃了一惊:"啊!"随即道,"我和你们一起去。"

徐佩芸沉吟片刻道:"也好。二大认为她肯定走的是水路,让我们去各个码头和运河堰找。林辉那么精明,他肯定也会考虑到这一点了,所以有可能走窑草公路。不如,你开车去那条路线找找?"

赵涟泰点点头说:"好。"

与此同时，在窑草公路上纪集南路段。

臧远茹一只手提着小皮箱，另一只手被林辉牵着。

两人由南向北，跌跌撞撞地向前跑去！

忽然，臧远茹脚下一歪，差点儿摔倒。

林辉连忙扶住她，同时手伸了伸，就想要接过皮箱。

臧远茹并没有看到，却将皮箱抱在怀里，带着哭腔说："这是哪里啊？我好害怕啊。"

林辉轻轻将她搂进怀里，深情地安慰道："不用怕，有我呢。只要我们到徐州坐上火车，远远离开这里，然后找个没人认识的地方，好好过日子，就什么麻烦都没有了。"

臧远茹却难过地说："可是你让我拿这么多钱跑掉，码头怎么办？我们臧家怎么办啊？"

林辉无奈地摊摊手："我挪用钱炒股的事情，已经败露了，如果我们不拿这笔钱，我就会被抓去坐牢。我坐牢不要紧，你又怎么办呢？不但臧家容不下你，也要被外人戳断脊梁骨的！你除了和我走，还有别的路吗？"

臧远茹叹了口气，哽咽道："我已经走到这一步，再回头已经不可能了。只是希望无论你爱或不爱我，以后都不要辜负我。"

林辉拍着胸脯，信誓旦旦道："你放心吧，我林辉这辈子绝对不会辜负你的，否则天打五雷轰！"说到这里，忽然眉头紧皱起来，坐在一块石头上，用手按压着胃部。

臧远茹立刻关切地问:"你怎么了?"

林辉痛苦道:"我这段时间一直在忙庆典的事,没有好好吃过一顿饭了,可能是胃痛的老毛病又犯了。不过没关系,前面就是纪集街了,我去买点吃的就行了。"边说边想要站起来,可是刚直起腰,重又痛苦地坐在石头上。

臧远茹善解人意地说:"是不是很疼?你坐在这儿别动,我到前面买点吃的回来。"走了几步又回来道,"皮箱太重了,喏,你先帮我看着。"

她边说边信任地将皮箱递给林辉。

林辉眼睛不由一亮,迅速点点头,双手颤抖地接过了皮箱。

窑草公路西边是一条十多米宽的小新河,纪集街西头和窑草公路、小新河交汇处,即为纪集桥头。

今天正好逢集,这里汇集了四面八方赶集的人。桥头有各式各样的小吃摊点,小贩们的吆喝声此起彼伏,看上去十分热闹。

臧远茹在一个卖娃鱼、朝牌的摊点前站住,掏钱开始买东西。

与此同时,在窑草公路纪集街南路段。

独自坐在石头上的林辉,此刻脸上没有了一点儿痛苦的表情。然后他长长舒了一口气,表情平静地站起身来。

此时在纪集桥头,臧远茹正手忙脚乱地从口袋里翻找零钱给小贩。

在窑草公路纪集街南路段,林辉见状,脸上不由露出一丝诡异的笑。

然后他提起皮箱,迅速跳上一辆等在路边的黄包车,然后一路向北,迅速驶过臧远茹的身后,迅速汇进赶集的人流,很快就没有了踪影。

在窑草公路纪集街南路段,可怜的臧远茹对此一无所知!

她付了钱后,便一只手端着一碗娃鱼,另一只手拿着一块朝牌,小心翼翼地往回走去。

窑草公路纪集街南路段,臧远茹很快走过来。

可是此时,刚才原本坐过一脸痛苦样的林辉的那块石头上,却早已经空无一人!

臧远茹脸色当即大变!

她回过神来,只能拼尽全身的力气,盲目地冲四周绝望地大声喊道:"林辉,林辉,林辉……"

但是那个熟悉的身影,却再也不见了!

纪集街上,臧远茹像疯了一般!

她焦急地拦住一个老大爷问:"请问大爷,你有没有看到一个提着皮箱的小伙子?"

老大爷摇摇头说:"没看见。"

臧远茹道了声谢,又拦住一个中年妇女:"请问大嫂,你有没有看到一个提着皮箱的小伙子?"

中年妇女摇摇头说:"没看见。"

臧远茹好像意识到什么,脸色越发焦虑起来,但是仍然不死心地询问着一个个人。

不知不觉间,她又回到了纪集街南路段。

一个等待在路边拉客的黄包车夫见到她,便热情地招呼道:"小姐,要不要坐车?"

臧远茹再一次机械地问:"请问大哥,你有没有看到一个提着皮箱的小伙子?"

黄包车夫想了想说:"你说的那个小伙子,是不是穿着格子西装,脸长得很白净?"

臧远茹眼睛一亮,连声道:"对对对,就是他,你快告诉我他去哪儿了?"

黄包车夫立刻意识到什么,怜悯地说:"他早就坐另一辆黄包车向北去了。"

臧远茹惊叫一声"啊",随即哀求道:"快带我去追他,我给你钱,很多很多的钱。"

黄包车夫却苦笑道:"他早就走远了,你给我再多的钱也追不上了呢。"

臧远茹闻言,整个人都呆住了。

与此同时,她手中的碗也应声落到地上,"啪"的一声摔得粉碎,娃鱼摔得满地都是,朝牌也掉在一旁!

黄包车夫关切地说:"小姐,要不要我送你回家?"

臧远茹这才回过神来，摇了摇头，然后下意识地向北走去。

忽然，一辆自行车迎面驶来。

虽然铃声一直响着，但是臧远茹根本没有意识到危险，仍然兀自走在路中央，结果被自行车碰了一下，人也摔倒在地上。

骑在自行车上的中年人连忙将她扶起来，急切地问："姑娘，你没事吧？"

臧远茹机械地爬起来，失魂落魄道："没事，没事，我没事。"

中年人这才意识到她的反常，关心地问："你家在哪里，要不要我把你送回去？"

臧远茹不由自言自语地说："我家在哪里？我家在哪里？我家在哪里啊？"

就这样，她一会儿向北走，一会儿又向南走，竟然在原地打起了圈圈。

很快，她的周围就围起了一群人，不住地对她指指点点，同时嘲弄地喊道："哈哈，大家快来看疯子，还是个女疯子！"

于是人们一边笑着，一边将石头、纸屑、鸡蛋等物，朝她劈头盖脸地打过来。

臧远茹一边抱头躲着，一边痛得不时尖叫起来！

正在这时，赵涟泰开着黑色的轿车，由南向北而来。

与此同时，他的目光不时焦急地望着公路前方和路两旁。

好在很快，他就看到前方围了一群嘲笑的人，轿车立刻戛然而止。

赵涟泰下意识地挤进人群,只看了一眼,便惊叫起来:"远茹!"

臧远茹听到这熟悉的声音,猛地回头,一看到是他,不由恼羞成怒,立刻惊叫着向路西边的小新河跑去!

赵涟泰慌忙去追,边追边喊:"远茹,远茹。"

但是臧远茹三步并作两步,很快就跑到了河边!

窑草公路西小新河岸边,臧远茹痴痴望着河面,做出想跳下去的姿势。

赵涟泰边追边喊:"远茹,你不要跳,快跟我回去!"

臧远茹却尖叫起来:"你再过来,我就跳下去!"

赵涟泰立刻停住脚步,不由焦急地说:"千万不要跳!听话啊,快上来跟我回去!"

臧远茹却哭喊道:"我拿了码头三十万,我以为终于可以把自己嫁出去了。却万万没想到,我被林辉骗了,我怎么还有脸回去?"

赵涟泰安慰道:"三十万没有还可以赚回来,生命却只有一次,你千万不要做傻事。"

臧远茹痛哭流涕地说:"我已经做了傻事!刚开始佩芸就劝过我,说他不可靠,我也知道他不可靠。可是为了气你,我还是决定和他在一起了。我之所以同意和他走,就是为了远远地离开窑湾、离开你。可是，我对不起佩芸、对不起爸妈、对不起码头，我唯有一死了之！"边说边作势要跳下去！

赵涟泰眼看形势危机，不禁脱口而出："你有没有想过，你要是这样跳下去，对得起我吗？"

臧远茹闻言，立刻停住下跳的姿势，不相信地喃喃自语道："涟泰，你？"

赵涟泰犹豫了一下，还是说："你是因为我才走到这一步的。以前是我太自私了，从来没有考虑过你的感受，辜负了你这么多年的深情。你想过没有，如果你这样一跳了之，你是解脱了，可是我的后半生，都要生活在良心的谴责之中！"

臧远茹哭喊道："你现在对我说这些话，已经晚了，我做了这么大一件错事，一件永远都无法弥补的错事啊！"

赵涟泰诚恳地说："不晚，一切都还来得及。刚才眼看你要跳下去的那一刻，我忽然意识到，你失去我，只是失去了一个不爱你的人；而我失去你，却失去一个深爱我的人，这将是我今生最大的损失！所以，我决定要和你在一起，永远！"

臧远茹不由瞪大了眼睛，简直不敢相信自己的耳朵。

她回过神来，却拼命摇头道："不，这不可能！我自己都不能原谅自己，你怎么可能原谅我？"

赵涟泰却坚决地说："你遇人不淑，并不是你的错。所以，你不应该责怪自己。"

臧远茹悔恨交加道:"可是,三十万不是个小数目,我的家人一定会责怪我的。"

赵涟泰郑重其事地说:"他们绝不会责怪你,相反,他们都很担心你。现在,他们已经分别去大运河南北的每个码头和运河堰去找你了。所以你别再固执了,和我回去吧。只要你没事,一切事情都是可以解决的!"

说话间,他已经悄悄地走到了那个伤心欲绝的人面前。

臧远茹不由扑到他怀里,感动不已道:"涟泰,对不起,实在是对不起。"

说完,便号啕大哭起来。

赵涟泰安慰地说:"好了,别哭了,人没事就好,一切都过去了。"

他边说边脱下身上的西装,爱怜地披在她单薄的衣衫外。

第58章 真的彻底完了

当天傍晚,臧家大院后院二房小院臧远茹卧室内。

经历过一天大喜大悲的姑娘躺在床上,早已经沉沉睡去。

赵涟泰给她掖了掖被角,然后望着她睡熟的面容,深深叹了口气,即轻轻走出房间。

臧家大院客厅内,臧家人和徐立秋坐在客厅里,个个神情严肃。

赵涟泰在门口犹豫了一下,还是走了进来。

臧家人和徐立秋见了他,纷纷关切地问:"远茹怎么样了?"

赵涟泰安慰地说:"哭了好久,情绪已经稳定下来。我给她吃了点安定片,现在已经睡着了,大家不用太担心。"

大家这才长舒了一口气。

臧家梁不由感激道:"涟泰,这次多亏了你啊,真是谢谢了。"

大家纷纷点头附和:"是啊,是啊。"

赵涟泰有些心事重重地说:"应该的。"

他边说边扫了徐佩芸一眼,看到她亲热地坐在臧远航旁边,目光不由一黯。

与此同时,徐立秋气急败坏道:"哼,林辉那个王八蛋,枉我那么信任他,还把码头的财政大权交给他,没想到不但骗了我们整整三十万,还骗了远茹,真是丢尽我这张老脸了,我一定不会放过他的!"

臧远胜没好气地说:"你现在说这话还有什么意思?别忘了,当初是你把他带进码头的,不但把他捧上了天,还把码头的财政大权交给他。现在好了,骗了三十万不说,还差点把我姐害死了,我真不知道你安的是什么心!"

徐立秋讨好道:"远胜,你不要动气,我知道自己信错了人。不过,我当初也是被那小子给骗了。你放心,他这次犯的是骗财骗色的重罪,我要发动所有的社会关系,并在各大报刊刊登'缉凶启示',就算追到天涯海角,也一定要追回那三十万,让他跪在远茹面前向她认错!"

臧家栋闻言,却不由皱起眉头,忧心忡忡地说:"事情要是真的闹大了,我女儿岂不是更难过?"

徐立秋听了这话,眼角立刻闪过一丝不易察觉的笑意。

臧远胜却愤愤道:"爸,就这样便宜那个家伙了?再说三十万不是一个小数目,怎么能就这样算了?"

庄淑环一边擦眼泪一边说道:"远胜啊,这件事就听你爸的吧。对于一个姑娘家来说，没有比名节更重要的事情了。"

臧增福转向一直沉默不语的三儿子，征询意见道："家梁，这件事你怎么看？"

臧家梁郁闷地说："事情闹大了，确实不利于远茹，但是这三十万，也毕竟不是小数目，所以得想个两全其美的方法才是。"

没想到，徐立秋却把手一挥，轻描淡写道："家梁兄，你就放心吧。我已经和英国的汤姆森洋行达成初步意向了，下周他们就会来窑湾考察我们码头的情况。只要这笔大生意能成，别说三十万，就是三百万、三千万都是小数目呢。"

大家闻言，立刻又兴奋起来。

只有徐佩芸和臧远航没有吭声，他们互相看了看，同时在心底叹了口气。

入夜时分，臧家大院后院三房小院小夫妻俩卧室内。

臧远航坐在桌子前，一边看书，一边焦急地望着门外。

不大一会儿，徐佩芸就急忙走进来，迅速关上了门窗。

臧远航立刻焦急地问："怎么样？大姐怎么说？"

徐佩芸焦急地说："刚才大姐偷偷告诉我，二叔又向宝通成申请贷款整整四十万，如果不出意外，二叔上午已经取到了这笔钱。"

臧远航不由跌坐在桌前，深深地叹了一口气。

徐佩芸绝望极了："事情已经糟糕到这一步了，我现在真的不知道该怎么办了。"

臧远航无奈道："按照我们之前的计划，是想要在暗中，一步步架空你二叔。现在林辉跑了，又带走了三十万，今天借的四十万，估计也不会划到码头的账上了。"

徐佩芸点点头说："是的，刚才大哥也偷偷告诉我，通州的深水码头工程，因为资金不到位，已经很难继续下去了。"

臧远航沉吟片刻，忍不住忧心忡忡道："通州的深水码头工程，是你二叔最大的业绩，没想到却成了烂摊子。现在因为远茹的缘故，二大和二哥肯定也不可能像以前那样，真心配合二叔的工作了。可是，码头已欠了那么多高息巨债，吴俊锋他们应该已经坐不住了，二叔肯定也很着急。要是他们联合起来，提前给码头最后一击，我们码头和臧家，这次就真的彻底完了。"

徐佩芸苦着脸问："我们现在是一点办法都没有了？"

臧远航却摇头说："不，我们还有一个办法！"

徐佩芸立刻催促道："快说，你还有什么办法？"

臧远航一字一顿地说："现在，我们已经没有时间去逐渐架空你二叔了，退一步讲，就算架空，也没有什么意义了。所以目前，我们必须改变原计划，即在他们做最后一击前，给他来个釜底抽薪！"

徐佩芸疑惑地问："釜底抽薪？是不是有些太冒险了？"

臧远航眉头紧皱道:"是的,但这是一着险棋,就算赢了,也未必能力挽狂澜。不过除此以外,我实在想不出更好的办法了。"

徐佩芸思考片刻,便坚决地说:"这也算是一个不是办法的办法。无论如何,总比坐以待毙强。"

臧远航不由黯然神伤道:"码头虽然已经存在二百四十多年了,可是以前只不过十几条破船,直到我们臧家接手,才逐渐发扬光大,甚至还盖起了颇具规模的管理处。在运河码头上,已经倾注了臧家几代人的心血。正所谓'成也萧何,败也萧何',没想到现在,我二大和你二叔,竟然各自为了一己之私,将码头置于如此危险之境地!我们的釜底抽薪计划,说白了就是孤注一掷,一着不慎,就是全盘皆输啊。"说到这里,不由伤感地说,"不如,趁码头现在还姓臧,你陪我再去看看吧。"

徐佩芸点点头,无奈地说:"好。"

第59章　区区四十万

夜半时分，运河码头管理处内。

走在前边的徐佩芸打开灯，立刻，偌大的房间立刻形如白昼。

臧远航环视四周，感慨万千道："这里的一桌一椅，都见证了码头两百多年的变迁啊。"

两人边走边留恋地抚摸着办公桌以及墙壁，不知不觉来到二楼的船模区。

臧远航指着一艘破旧的划子船模型，忍不住娓娓道来："据《运河码头简史》记载，清康熙年间成立运河码头时，只有清一色的划子船。这种船只有一支桨，一根竹篙，连舵和跳板都没有。和现在的远洋货轮甚至普通货船相比，实在是太渺小了。可是，划子船吃水浅，掉头灵活，既能在小河浅滩中自由划行，又能驶入大江大海。所以一直到现在，我们码头还需要有很多只划子船，通过护城河将货物运到大运河。也就是在这种划子船的基础上，才有了我们现在的运河码头。"

说着说着,他不自觉地走到一只沙船前。

徐佩芸好奇地问:"那这种沙船的历史呢?"

臧远航叹了口气说:"这是清顺治年间从南京龙江船场买的沙船,明朝郑和第一次下西洋时,有六十二艘是同类型的船。"说到这里,又走到一艘小火轮前道,"这是1903年,码头买的第一艘小火轮。直到1914年,也就是爸爸和欧洲五国签订《粮食换石油合同》后,码头买的船才越来越多,以至于有了现在的规模。"

徐佩芸不禁感慨万千道:"是啊,这里的每一艘船,都凝聚着我们每一代祖先的心血,都为窑湾的经济发展立下了汗马功劳。所以,我们一定不能让它们落入心怀叵测的人手中。如果那样,不但对不起三百六十余家商户,更对不起在废墟上建立家园的世世代代窑湾先祖!"

臧远航闻言,忍不住紧紧握着她的手,动情地说:"谢谢你,佩芸。如果不是你这么长时间的坚持,码头现在不知道会成什么样子呢。"

徐佩芸勉强笑道:"应该的。"边说边不易察觉地抽回了自己的手。

臧远航立刻意识到什么,尴尬地说:"对不起,真是委屈你了。你和涟泰哥相爱至深,等码头的事情处理完毕,你们一定会有情人终成眷属。"

徐佩芸眼睛一亮，不由微笑着点了点头。

傍晚时分，小蓬莱一楼某包厢内。

徐立秋、姚平、李浩和三个洋人端坐在桌前，正在推杯换盏、谈笑风生，看上去好不热闹。

众人一起举着酒杯道："Cheers！"然后一饮而尽！

徐立秋放下酒杯后，立刻竖起拇指，对一个洋人说："汤姆森先生，你好酒量啊。"

汤姆森用还算流利的中文道："那是因为，你们窑湾的绿豆烧实在是名不虚传！"

徐立秋一拍胸脯说："这个自然！不但绿豆烧名不虚传，这桌船菜也堪称一流，等大家吃饱喝足，我再请你们去运河花船上玩个痛快，哈哈哈！"

汤姆森连连摆手道："不行不行，明天我们还有合同要签呢。"

徐立秋不由哈哈大笑说："好，签完合同，我就带你们吃遍窑湾，保证你们来了还想来，哈哈哈。"

众人也跟着哈哈大笑起来，同时举起酒杯："Cheers！"

徐佩芸在门外听了听，便毫不犹豫地推门走了进来。

她扫了一眼众人，淡淡地喊了声："二叔。"

刚才还其乐融融的气氛，立刻就僵住了。

徐立秋见到她，神情立刻大变，不禁惊讶道："佩芸？"然后微笑着对其余人抱拳说，"各位，失陪了。"

边说边迅速站起身来，一脸戒备地走到侄女面前。

徐佩芸张了张嘴，似乎想要说什么。

徐立秋就迅速将她拉出了门外，然后目光一冷，先声夺人地说："佩芸，你来找我，是不是因为我又向宝通成借了四十万？你来得正好，我正在和汤姆森洋行谈合同上的事，如果不出意外，以后就是长期的生意合作伙伴关系了。仅仅是他们，每年赚个千儿八百万的不成问题。"然后一拍胸脯，豪气干云道，"区区四十万，我根本就不会放在眼里！"

徐佩芸却摇摇头，微微一笑道："二叔，你多心了。我来找你，与你向宝通成借钱没有半点关系。而且，你以后无论借多少，也都与我没有关系了。"

徐立秋这才稍微松了一口气，但还是诧异地问："既然如此，那你还找我做什么？"

徐佩芸郑重地说："我是想请你明天上午到臧家，我有一件很重要的事情要向你和臧家人宣布。"

徐立秋疑惑地问："一定要明天上午吗？"

徐佩芸点点头道："是的，在来找你之前，我已经通知臧家所有人了。"

徐立秋不由惊讶地说："臧家所有人？有什么事需要这么兴师

动众?"

徐佩芸却卖了个关子:"明天上午你就知道了。"

徐立秋只好无奈道:"那好吧。"

夜幕掩映下,小蓬莱外。

徐佩芸快步走到门口,这才长长地舒了一口气。

此时风很大,她的头发被风吹得很乱。

她下意识地裹紧了大衣领,然后才向街上走去。

中宁街上,赵涟泰站在一根柱子前,焦急地望向小蓬莱方向。

徐佩芸完全没有察觉,仍然径直向前走着。

赵涟泰忽然从柱子后面走过来,深情地说:"佩芸。"

徐佩芸猛一抬头,不由惊喜地问:"涟泰?你怎么在这儿?"

赵涟泰心事重重道:"这段时间发生了很多事情,我觉得,我们有必要坐下来,好好谈一谈了。"

徐佩芸点点头,语带感激地说:"远航、慧珊还有远茹的事情,真是太谢谢你了。"

赵涟泰闻言,不由皱眉道:"你知道吗?你说这些话,真的好像是臧远航太太的口吻呢。"

徐佩芸连忙解释说:"你不要误会,我一直把远航当成弟弟。"

赵涟泰却愠怒道:"以前,我也以为是。可是那天你在码头上的表现,让我觉得,你对他的牵挂,绝不是姐弟之情那么简单。"

徐佩芸不由吃了一惊，愠怒地说："你这是在怀疑我对你的爱！"

赵涟泰毫不示弱道："你让我不怀疑也可以，现在马上离开臧家、离开臧远航！"

徐佩芸连想都不想，就毫不犹豫地说："这绝不可能！"

赵涟泰立刻气结道："你？"

徐佩芸耐心地说："涟泰，你听我解释……"

赵涟泰却打断她的话，没好气道："还有什么好解释的？现在臧远航已经能站起来了，码头也不需要你了，你如果真的爱我，就马上离开臧家、离开他！"

徐佩芸郁闷地说："涟泰，你……"

赵涟泰再次打断她的话，毫无商量余地道："我只问你一句，到底离不离开他？"

徐佩芸为难地说："你听我说……"

赵涟泰第三次打断她的话，同时冷冷道："你什么都不用说了！只要你不离开他，说得再多，都是废话！"说完，甩开她的手，转身就走。

徐佩芸不由焦急地大喊："涟泰，涟泰……"

但是赵涟泰却连头也不回，就大步地走开了！

徐佩芸只好喃喃自语地说："涟泰，你放心。总有一天，我会回到你身边的，但不是现在。"

吴家大院客厅内,吴光淮夫妻和吴俊莹均是一脸愁容。

正在这时,吴俊锋急匆匆走进来,并焦急地问:"爸、妈,你们找我回来什么事?"

吴光淮叹了口气说:"唉,还不是你大舅那个工程的事。"

吴俊锋并不感到意外,而是撇了撇嘴问:"是不是没拿到钱,还倒贴了?"

窦玉美红着眼圈,哀求说:"俊锋啊,既然你都知道了,就帮帮你大舅吧,他一气之下,又病倒了。"

吴俊锋没好气道:"我一早就和他说了,不要接不要接,他偏不听我的话。现在好了吧,活该!"

吴俊莹不满地说:"二哥,你怎么能这样说话呢?再怎么说,大舅也是想为家乡做点事。"

吴俊锋却瞪了她一眼,语带讥刺道:"你不说我还差点忘记了,当初要不是你找了臧远方,大舅根本不会接到这个工程。现在事情搞成这样,你有本事再去找他啊!"

吴俊莹被噎得直翻白眼!

窦玉美连忙打圆场说:"俊锋,俊莹当初也是好心的。"

吴俊锋却怒吼道:"她好心?没脑子的人,好心就办了坏事!"然后又转向妹妹,厉声催促道,"你去啊,怎么不去了!"

吴俊莹委屈地红了眼圈,郁闷地跺了跺脚,转身就出了门!

第60章　全部折合成现钱

中宁街上,吴俊莹一边擦着眼泪,一边漫无目的地狂奔着。

没想到,正匆匆向家里走去的臧远方正好迎面而来!

他见此情景,立刻停止脚步,关切地问:"俊莹,你怎么了?"

吴俊莹却瞪了他一眼,径直向前跑去。

臧远方连忙追上去,边追边喊道:"俊莹,你到底怎么了?"边说边拦住了对方的去路。

吴俊莹只好停下脚步,却没好气地说:"你还有脸问我?为了你们臧家的那个深水码头,我大舅已经欠了很多债了。他一心想为窑湾做点事,没想到这个工程,现在却害得他进退两难。停工呢,他之前的投资都白费了;继续做下去呢,之前的工程款你们却迟迟不给结算。再这样下去,你们就会把他活活拖死的!"

臧远方不由一愣,随即沮丧道:"别说你大舅了,我们臧家也被拖进了无底深渊!唉,说来说去,都怪徐立秋那个'牛皮大王'!"

吴俊莹愠怒地说:"既然明知道他是'牛皮大王',你们还请他管理码头?你是三岁小孩吗?你脑子里少根筋吗?"

臧远方被训得不敢抬头,只好沮丧道:"当初佩芸是让我和远茹好好监管他的。可是你知道,远茹出了那件事,我也为了帮你大舅能顺利接到深水码头的工程,被他们抓了小辫子,唉!"

吴俊莹闻言,当即尖声起来:"你要是真的帮他,就会早一点把工程款结算了,他也就不会落到如斯境地了!"

臧远方顿感理亏,只好结结巴巴地说:"我、我、我……"

吴俊莹张了张嘴,似乎还想继续发火。

正在这时,孙管家急匆匆跑过来,连声催促道:"方少爷、方少爷,小少奶奶说有重要事情要宣布,你还不赶紧回去?"

臧远方便撂下一句:"我去看看,你大舅的事,以后再说。"

他说完这话,便匆匆跟着孙管家走了。

吴俊莹气得直跺脚!

臧家大院客厅内,臧家人和徐立秋坐在客厅里,看上去都有些茫然。

臧远航坐在曹秀英和郭文芳之间,却是一脸愁苦的样子。

不大一会儿,臧远方走了进来,悄悄找了个角落坐下。

臧远胜有些不耐烦地说:"这个徐佩芸,让我们全部到客厅等她,说有大事要宣布,怎么她自己连个人影子都不见?"

庄淑环附和道:"就是,让我们这么多长辈等她,也真是好意思!"

郭文芳瞪了她一眼,似乎想说什么,却自知理亏,张了张嘴,还是闭上了。

臧家梁打着圆场说:"佩芸是个有分寸的人,不会失约的。"

臧家栋却撇了撇嘴,愠怒道:"她要是有分寸,当初就不会占着总经理的位子不放手了。否则,我们生意现在做得更大,哼!"

臧增福夫妇不由自主地点点头。

徐立秋忽然神色凝重地问:"远航,这几天佩芸和你说什么了吗?"

臧远航为难地说:"说了,还说了很多呢。"

大家听了这话,全都将目光转向他。

徐立秋立刻来了精神,催促道:"那她都说了些什么?"

臧远航恨声说:"她嫌弃我堂堂一个大男人,却连路都不能走,都不如三岁小孩子呢,唉!"

大家听了这话,全都怒了!

郭文芳更是尖声指责道:"这个儿媳妇,真是太不像话了,怎么可以这样说?"

臧家梁也不高兴地说:"远航一直是这个样子,她又不是不知道!"

庄淑环阴阳怪气道："估计是守不住喽。"

虽然并没有人接话，但也各自心知肚明了，便不再作声。

没想到，徐立秋却疑惑地说："她在嫁进臧家前，就知道远航是什么样子了。这次把我们都找来，不应该是为这件事啊？"

臧远航却摇摇头，为难道："除了这件事，她、她、她还让我写休书呢。"

大家听了这话，全都吃了一惊，纷纷不相信地问："写休书？"

臧远航叹了口气，无奈地说："是的。唉，这件事实在是太丢脸了，我都没脸告诉你们。"

郭文芳立刻焦急道："你不要写，千万不要写啊！"

臧远航却恨声说："这个媳妇，我早就不想要了！她叫我写，我当然就写了！"

大家闻言，都吃了一惊！

他们纷纷怒道："这个佩芸，怎么能这样做！"

臧家梁气得差点儿吐血，冲儿子大吼："你个臭小子，你休了她，这么好的太太，你打着灯笼也找不到啊！"然后霍地站起身来，"不行，我得去找佩芸，把休书要回来！"

没想到，因为太过激动，竟然差点儿跌倒。

郭文芳连忙扶住他，带着哭腔说："我和你一起去！"

正在这时，徐佩芸走进客厅，后面跟着手拿文件夹的顾律师。

臧远胜见状，不由嘲弄道："女主角终于闪亮登场了！我说徐佩芸,你这到底是唱的那一出戏?"

徐佩芸装作没听见,脸上一改多日的忧郁与愁苦,满面春风地说:"大家都到齐了吧。这是顾律师,相信大家都不陌生了,他现在是我的委托代理人,将代我全权处理与臧远航的婚姻与财产纠纷!"

大家闻言,全都大吃一惊!

他们回过神来,纷纷怒道:"什么?你说什么?"

臧家梁更是气得后仰,回过神来,即颤抖着声音问:"佩、佩芸,你到底是什么意思?"

徐佩芸却一改之前的恭顺,正色地说:"臧会长,臧远航昨天已经写休书把我休掉了。我现在已经不再是臧家少奶奶了,当然没有必要再留在这里。但是当初你委托我全权处理码头五成五股份的协议,仍然有效。所以,我现在想退出码头,拿回五成五股份!如果你们想要保住码头,就必须将五成五股份全部折合成现钱算给我。"

臧家人闻言,全都气得晕了!

过了好半天,臧远胜才回过神来,气急败坏道:"徐佩芸,你知道你在说什么吗?"

臧家栋也暴跳如雷地说:"码头是臧家的祖业,你休想拿走一分钱!"

臧增福更是嘶哑着声音道:"佩芸啊,做人要讲良心。你爸当初将远航的五成五股份交付你托管,是信任你,可是现在你这样做,不是辜负了他对你的信任了吗?"

徐佩芸语气很轻却坚定地说:"臧老太爷,你应该很清楚,臧会长当初将五成五股份托管给我,更重要的是为了让我留在臧家,与信任不信任并没有必然联系的。"

臧增福气得直喘粗气,颤声道:"你、你、你?"

曹秀英连忙将丈夫扶着坐下,对小孙媳妇厉声说:"佩芸,自你嫁过臧家,我和你爷爷像亲生孙女一样疼爱你,你怎么能这样对他说话?"

徐佩芸丝毫不为所动,继续生硬道:"臧老太太,我和你的孙子臧远航已经离婚了,臧老太爷也已经不是我的爷爷了,当然,你也不再是我的奶奶了。"

曹秀英气得跌坐在沙发上,连声说:"气死我了,气死我了,真是气死我了!"

徐立秋实在看不下去了,便教训道:"佩芸,你这个做法,实在是太过分了,不要让别人认为,我们徐家好像没有家教似的!"

徐佩芸却反唇相讥地说:"二叔,这是我和臧家的事。你应该知道,当初我嫁进来,本身就是个错误。现在我想要过自己想要的生活了,你作为娘家人,不帮我也可以,但是你没有资格在这儿说三道四。"

徐立秋不由恼羞成怒道:"你、你、你,果然是有娘养没娘教!"

臧家梁见状,更是气得脸色铁青。

郭文芳无奈之下,只好转问催促丈夫:"这就是你看重的好儿媳妇?你倒是说句话呀?"

臧家梁只好强忍着愤怒地问:"佩芸,你到底想要干什么?"

徐佩芸却并没有直接回答,而是喊道:"顾律师。"同时伸出了手。

顾律师立刻将一份文件递给她。

徐佩芸接过文件,冷冷地说:"臧会长,这就是你当初亲自签的《码头股份托管协议书》。"

臧家梁瞟了一眼文件,恨声道:"当初你是远航的太太,我才签了这份协议书;现在你不再是臧家少奶奶了,这份协议书就不作数了。"

徐佩芸却微微一笑地说:"可是这份协议书上,截止时间是臧远航重新站起来,与我是不是臧太太没有半点儿关系。而现在臧远航并没有重新站起来,所以这份协议书,还是具有法律效力的。如果你不承认,可以到法院起诉我,我一定奉陪到底!"

臧家梁气得浑身颤抖,一屁股坐在沙发上,拼命捶打着自己的头部。

郭文芳看丈夫也败下阵来,不由尖声叫道:"你还有脸提远航!他的两条腿,直到现在还得拄拐杖,所以那封休书,也是不作数的!"

徐佩芸却平静地说:"可是法律上并没有规定,休书与是否拄拐杖有关呀。"

臧家梁听不下去了,不由双手抱头,悔恨万分道:"作茧自缚!我真是作茧自缚啊!"

庄淑环厉声道:"你这个女人,怎么这么恶毒!"

在他们闹成一团时,臧远航虽然一脸愁苦,却并没有吭声。

郭文芳恨铁不成钢地说:"远航,你曾经那么喜欢这个女人。你告诉妈,那封休书,不是你的真实意思,是这个女人逼你写的。"

所有人纷纷道:"是啊,远航,你说句话呀。"

臧远航却摇摇头,厌恶地说:"这个女人,我看着就烦,早就不想要了!我现在巴不得她赶紧离开臧家,越远越好!"

臧远胜不由轻蔑道:"就你现在这个样子,除了她,你还能娶到别的女人吗?"

臧家人和徐立秋闻言,纷纷附和地说:"是啊,是啊。"

臧远航却坚定道:"我宁愿孤独终老,也不想再多看她一眼!"

所有人听了这话,全都面面相觑!

徐佩芸更是冷笑一声,将手中的文件递过去说:"顾律师,我还要去收拾一些陪嫁过来的东西,剩下的事情,你就帮我处理吧。"

顾律师爽快道:"好的,徐小姐。"

徐佩芸点点头,转身头也不回地走出了客厅。

臧增福夫妇坐在太师椅上,气得真喘粗气。

臧家梁夫妇一直阴沉着脸,仿佛要拧出水来。

臧远方和臧远茹互相望了望,均是无可奈何地摇摇头。

臧远胜气急败坏地说:"这个女人,是不是真的疯了?"

庄淑环愠怒道:"她要是不疯,就不会明明知道远航是个瘫子,还要嫁进臧家了。"

徐立秋更是恼羞成怒地说:"真没想到啊,我们老徐家竟然出了这么个不知好歹的东西!"

臧家栋气急败坏道:"家梁,那可是你认定的好儿媳妇,她这样分明是要搞垮码头和臧家,你得想个办法才是啊。"

臧家梁却万分沮丧地说:"这都怪我,可是她证据确凿,我也回天无力,唉!"说完,便疲惫地闭上眼睛!

臧远胜愤怒道:"不能就这么便宜她,我找她去!"边说边带头向徐佩芸追去。

此言一出,众人也纷纷附和地说:"对,不能就这么便宜她了!"

大家边说边跟在臧远胜身后,闹哄哄地追了出去。

臧远航则坐在空荡荡的大厅里,脸上的表情有些高深莫测。

第61章　连脸都不要了

臧家大院后院三房小院小夫妻俩卧室内，徐佩芸打开衣柜，正在将衣物、首饰等收拾进一个皮箱里。

不一会儿，臧家栋父子就凶神恶煞般地闯进来。

在他们身后，跟着一脸阴郁的徐立秋和臧家其余人。

臧远胜率先怒喝道："徐佩芸，你到底在搞什么鬼名堂？"

臧家栋阴阳怪气地说："老实交代，你是不是想把码头占为己有？"

徐佩芸平静道："你们自己也知道，码头有五成五股份由我全权处理，我这样做，只不过是行使我的权利而已。"

臧增福一改刚才的强硬态度，转而苦苦哀求地说："佩芸啊，我们臧家平时待你不薄，你不能这样无情无义啊。"

曹秀英也抹着眼泪，连连点头道："是啊，佩芸，奶奶平时最疼你的了。"

徐佩芸闻言，眼里不由闪过一丝妥协，但随即仍然态度强硬地说："臧老太爷、臧老太太，你们不用再说了，我已经考虑得很清楚了。"

臧增福夫妇闻言，顿时气得浑身发抖。

郭文芳带着哭腔说："佩芸，妈脾气急，有时候说话不经过脑子。你要是嫌弃，妈以后改还不行吗？"

徐佩芸却摇摇头道："臧太太，已经没有意义了！"

臧家梁叹了口气说："佩芸，你怎么可以这样伤长辈的心呢？难道你的心是石头做的吗？"

甚至连徐立秋，也试探着想要说服侄女："佩芸，虽然我们码头现在遇到了一些困难，但是我向你保证，只要有我在，一定会克服所有困难。等通州的深水码头建好后，我们还要在南京、上海甚至香港、英国建立码头。到那时，你每天都可以坐拥斗金了。你现在要是退了股，不是很可惜吗？"

徐佩芸继续收拾着衣服，好像根本没听到一般。

臧远方劝道："佩芸，就算你和远航离婚了，我们也绝不会把你当外人的，你不要退股了，好不好？"

臧远茹也附和说："是啊，佩芸，你说过的，无论发生什么，我们都是好姐妹，不是吗？"

对于这些情真意切的话，徐佩芸仍然无动于衷。

臧家梁无奈道："佩芸啊，我知道你当初很不愿意交出码头的位子。但是你看,你二叔不是把码头管理得很好吗?最主要的是,我们在通州建了深水码头,大大提高了运输能力,生意会越做越大的。以后窑湾别说建东陇海铁路了,就是建飞机场,也取代不了我们码头的。"

徐佩芸依然不为所动。

臧家栋见状,终于明白了:"我总算看出来了,这个女人是铁了心,要把我们码头搞垮,大家都不必多说了。"

臧远胜恨声说:"真是最毒妇人心!"

郭文芳不由哭起来,同时难过道:"家梁,看来我们当初是瞎了眼,娶了这么个丧门星!"

臧远方诚恳地说:"佩芸,你这样做,是不是有什么苦衷?"

臧家栋却阴阳怪气道:"她能有什么苦衷?不让她当总经理了,她心里不舒服呗。"

徐佩芸直接懒得回了,终于将衣物收拾完毕,合上了皮箱。

臧远胜立刻去扯皮箱,同时怒声说:"今天不把话说清楚,你别想拿走一分钱!"

徐佩芸却冷冷道:"顾律师是我的全权代表,他会和你们说清楚的。不过,我可以提前通知你们,半个月内,你们必须把五成五股份折合成现钱算给我。如果没那么多现金,也可以把田契、古玩字画甚至这座老房子抵押给我,一分都不许少!"

听了这话,所有人都长吸了一口凉气,纷纷指责说:"啊?你竟然做得这么绝情!"

臧家梁再次铁青着脸问:"你真的是铁了心要退股吗?"

徐佩芸冷冷道:"臧会长,你是个明白人,相信我的话已经说得很清楚了。"

臧家梁忍不住仰天长叹,然后一字一顿地说:"我臧家梁英明一生,没想到最后却栽在你的手里!好,好,就算是上天对我愚蠢的惩罚,我认了!"说到这里,顿了一顿,才又厉声道,"我会把钱算给你,请你马上滚出去,我永远不想再见到你!"

所有人闻言,全都吃了一惊:"啊,退钱给她?凭什么?"

徐佩芸却理所当然地说:"多谢臧会长,我得去找顾律师,商量一下有关事宜。"说完,抱着一摞文件,扬长而去。

臧远胜望着她的背影,情不自禁咆哮道:"徐佩芸,你这么狠毒,一定不得好死!"

臧家栋也气急败坏地说:"这个女人为了钱,连脸都不要了!"

所有人都苦着脸,好像天塌了似的!

天塌了,真的是天塌了!

好在徐立秋却大手一挥,拍着胸脯道:"算了,她退她的股,我们赚我们的钱。要是资金周转有困难,大不了再向宝通成借点呗。少了她这一碗驴肉,我们照样能成席!"

臧家人听了这话,才终于长舒了一口气。

只有臧家梁,依然是一脸忧虑。

当天下午，臧家大院后院三房小院内。

徐佩芸从外面走进来，经过公婆门前时，却听到里面传来激烈的争吵声。

她不由放慢了脚步，侧耳细听。

只听里面传来郭文芳的怒骂声："当初我就说过了，柳兰香那个尖酸刻薄的女人，是教不出什么好女儿的，果然如此！"

臧家梁叹了口气说："唉，都怪我当初太信任她了。竟然以为她是个顾全大局的人，所以才把远航的五成五股份给她托管，没想到啊，真是没想到。"

郭文芳无奈道："现在说这些还有什么用。说到底，还是怪远航不争气，竟然会写什么休书。"

臧家梁绝望地说："唉，完了，彻底完了！"

徐佩芸听到这里，不禁痛苦地咬了咬嘴唇，迅速走开了。

傍晚时分，臧家大院客厅内。

臧家人正在吃饭，个个愁眉苦脸的。

徐佩芸坦然地走进来，找个空位置坐下了。

臧远胜却将筷子往桌上一放，怒气冲冲地站起来说："不吃了，看到某个人我就气饱了！"说完，扬长而去。

臧增福叹了一口气道："唉，味同嚼蜡啊，不吃也罢。"说完，也站了起来。

曹秀英瞪了曾经的孙媳妇一眼，无奈地说："真是一颗老鼠屎坏了满缸酱啊，我也没胃口了。"边说边撂下筷子，跟在丈夫后面走出了客厅。

臧家栋夫妇、臧家梁夫妇、臧远方和臧远茹也纷纷放下筷子，走出了客厅。

一时间，客厅里陷入了可怕的安静。

臧远航面无表情的脸上，不由闪过一丝心疼，却欲言又止。

第62章 真是个白眼狼

入夜时分，臧家大院后院三房小院小夫妻俩卧室内。

臧远航有些心疼地说："佩芸，我真的……"

与此同时，徐佩芸忽然看到一个人影鬼鬼祟祟地站在窗边。

她连忙大声道："你什么都不用说了，我知道你是真的讨厌我，其实我更讨厌你！"

臧远航不由吃了一惊，下意识地回头，也看到了窗边的人影。

他马上明白了什么，立刻怒声说："你还有脸说这个？窑湾人谁不知道，你先是和吴俊锋订了婚，现在又和赵涟泰牵扯不清，我头上早就绿成一望无际的大草原了！"

徐佩芸尖刻道："这能怨我吗？谁让你不能尽人事的！"

她说完这话，不免有些尴尬。

臧远航也苦笑了一下，随即重新调整了情绪，厌恶地说："俗话说，'无仇不成夫妻'！我真不知道前世和你有什么仇什么怨，今生才做了夫妻！"

徐佩芸厌恶地说："我这辈子，最后悔的就是嫁了你！"

臧远航也毫不相让道："我这辈子，最后悔的就是娶了你！"

与此同时，臧家大院后院三房小院小夫妻俩卧室窗户外边。

臧远胜偷听到这里，不禁若有所思地点点头，这才迅速走开了。

臧家大院后院二房小院客厅内，臧家栋夫妻正焦急地坐在八仙桌两旁。

臧远胜飞快地走进来，并警惕了关上了门。

臧家栋连忙问："怎么样？"

臧远胜诡秘地说："我刚才听到他们两个人还在吵架，各不相让的。那个女人说，远航连人事都不能尽，所以更不可能重新站起来的。"

臧家栋这才点点头，满意道："如此看来，远航休掉她，应该不是阴谋，她是真的贪财了。"

臧远胜郁闷地说："可是，爸，就算不是阴谋，但是那个女人要是退股的话，我们码头就元气大伤了，你得想想办法才是啊。"

臧家栋跷着二郎腿，优哉游哉道："能想什么办法，她想退就退呗。"

臧远胜担忧地说："五成五股份可是一笔不小的数目，码头哪里凑得出这么一大笔钱呢？"

臧家栋冷哼一声，胸有成竹道："凑钱？她想得倒美！"

臧远胜疑惑地说："可是，如果不退钱，她真的会告到法院的呀，到时候我们麻烦就大了。"

臧家栋安慰道："你就把心放到肚子里去吧，你三叔一定会想办法的。"

臧远胜却撇了撇嘴说："他能想什么办法，码头现在连一个子儿也没有了。"

臧家栋却幸灾乐祸道："这些年除了码头，三房可是置下不少田产地契的呀。"

臧远胜疑惑地说："那些田产地契可都是三叔的命根子，上次为了码头年审的事，宁愿卖老房子，都不愿意动那些东西的呀。"

臧家栋阴阳怪气道："上次还有老房子可卖，现在连老房子都不够了。如果我没猜错的话，你三叔为了保住自己在码头的股份，一定会不惜一切代价的。等赶走那个女人后，三房病的病、瘫的瘫，到那时，我们二房再趁机……哈哈哈！"

臧远胜终于恍然大悟，一伸大拇指，笑眯眯地说："爸，这么说，我们还得感激那个女人了？"

臧家栋称赞道："你小子，还不算太笨。不过慧珊才刚生完孩子，你就不要拿这些事情去烦她啦`。"

臧远胜连连点头说："爸，你放心吧，我一定会的。"

下午时分，天主教会医院神经科诊室内。

臧远茹坐在赵涟泰对面，不好意思地说："这是你的西装，我洗净烫好了，还给你。"

她边说边将一件折叠得整整齐齐的西装递给他。

赵涟泰接过西装，客气而疏远地说："谢谢你。"

臧远茹真诚道："该说谢谢的人，其实是我。那天我感觉到很绝望，要不是你，我也许真的会跳下去的。"

赵涟泰忽然躲开她的目光，结结巴巴地说："其实，那天我、我、我……"

臧远茹坦然道："你不需要解释什么，我知道你那天说的话，只是为了让我打消轻生的念头，并不是真的想和我在一起。所以，我绝不会要求你履行承诺的。再说，你和佩芸那么相爱，现在她又和远航离婚了，你们已经可以名正言顺在一起了。"

赵涟泰闻言，不由惊喜地说："离婚？这是真的吗？"

臧远茹疑惑地问："怎么，你不知道吗？"

赵涟泰摇摇头道："我不知道，远茹，谢谢你，太谢谢你了，我马上就去找她！"说完，便站起身来。

臧远茹却拦住他说："哎，你现在还不能去！"

赵涟泰惊讶地问："为什么？"

臧远茹犹豫了一下，还是道："他们虽然离婚了，但是佩芸并没有归还码头的五成五股份，而是要求退股。所以，她现在还住在臧家，等待我们筹钱给她呢。"

赵涟泰闻言，不禁连连摇头说："我不信，佩芸绝不是那么贪财的人！"

臧远茹痛心疾首道："我原本也以为她不是个贪财的人，可是现在事实却证明，她就是！"

赵涟泰自言自语道："我不信，绝对不信！"

臧远茹苦笑着说："算了，我不和你说了。这几天家里为了凑钱，已经乱成一团糟，也不知道现在怎么样了，我得回去看看了。"

恰在这时，外面忽然滚过一阵雷声，接着就哗啦啦下起雨来。

赵涟泰看了看窗外道："外面下雨，我开车送你吧。"

臧家大院客厅内，臧家人全都在座，个个脸色阴沉。

臧家梁面前的茶几上，放着一堆支票、田契、房契等物。

徐佩芸走进客厅，微笑着招呼说："大家都在啊。"

臧家人均充满敌意地望着她。

徐佩芸看了看茶几上的东西，立刻坐了下来，坦然地问："臧会长，钱都准备好了吗？"

臧家梁铁青着脸，冷冷地说："只有十万元支票，其余的都是田契、房契，一共是一百八十二万，你点一下吧。"

郭文芳恨声道："徐佩芸，臧家的大半个家底都被你掏空了，你的心肠到底有多狠啊!"

徐佩芸好脾气地说:"臧太太,你不要生气,这些都是我应得的。"边说边开始认真地数着钱和田契、房契等物。

臧远方见状,不由难过道:"佩芸,我们认识那么久了,我知道你从来不是一个贪财的人。你这样做,是不是有什么苦衷?说出来大家一起解决,好不好?"

臧远胜急忙拦住说:"哎呀,大哥,她能有什么苦衷。依我看哪,这种人就是钻钱眼里了!你没听过吗?最毒妇人心!"

臧家栋也阴阳怪气道:"当初她嫁给远航,我就知道她看上的是我们臧家的钱!现在好了,大半个家底都被掏空了,她如愿以偿了。"

庄淑环尖声说:"数清楚了没有?数清楚就赶紧走!"

徐佩芸将支票、田契、房契收起来,然后坦然一笑道:"多谢各位了,暂时没有什么问题了。不过一旦我发现你们在支票或田契、房契上做手脚的话,我会请顾律师和你们交涉的。"

大家闻言,不由惊得面面相觑!

臧增福颤抖着手指说:"这件事,我们臧家已经做到仁至义尽了,你不要欺人太甚了!"说完,气得捂住了胸口。

曹秀英连忙安慰道:"你不要生气了,她就是个畜生!"

徐佩芸犹豫了一下,还是说:"臧老太太……"

臧家梁以为她会说出什么难听的话来,立刻站起身来,伸手指着大门,用尽全身力气咆哮道:"徐佩芸,我不想再看到你,滚,马上给我滚!"

徐佩芸这才站起身来,傲然道:"那我走了,大家好自为之吧。"说完,合起皮箱,扬长而去!

臧家人跟在后面,骂声不绝。

只有臧远航没有起身。

他呆呆地坐在角落里,忍不住喃喃自语地说:"佩芸,对不起。"

臧家大院外巷子口,赵涟泰开着车,从远处慢慢驶来。

坐在后座的臧远茹说:"我到了,谢谢你。"

赵涟泰抬眼望去,只见臧家门前聚了一堆人,不禁奇怪地问:"咦,发生什么事了?"

臧家大院门楼处,徐佩芸提着皮箱,快步走过来。

臧家人则跟在后面,女人们均用手指着她,纷纷大骂。

臧家大院外巷子口,赵涟泰立刻将车停住了。

臧远茹见状,不由吃惊地喊道:"佩芸?"

赵涟泰也不由愣住了,两人同时向臧家门口望去。

臧家大院门楼处,徐佩芸望着外面的大雨,情不自禁停住了脚步。

郭文芳趁机指责说:"徐佩芸,你这样做,怎么对得起我们臧家?"

　　臧远方也怒道:"你怎么这么狠心!"

　　曹秀英无奈地说:"真是个白眼狼啊!"

　　庄淑环恨声道:"徐家怎么就生出你这么个见钱眼开的东西!"

　　臧远胜恶狠狠地说:"拿那些钱去买药吃吧。"

　　臧家栋恶毒道:"做得这么绝,小心死无葬身之地!"

　　臧家梁搀扶着父亲,虽然并没有像别人一样责骂,但父子俩也是不住地摇头。

　　臧家大院外,原本想在门楼下躲雨的徐佩芸,再也听不下去了。

　　她咬了咬牙,一手提着皮箱,一手挡在额头,奋不顾身地冲进了瓢泼大雨中,焦急地看着路上,希望能搭上车。

　　臧家大院门楼处,此时雨越下越大了。

　　臧家梁制止大家说:"天要下雨,娘要嫁人,都是没办法的事。这件事就此过去了,大家都回了吧。"

　　臧家人这才骂骂咧咧地陆续走进了家门,并"砰"的一声关上了。

第63章 请你出去

臧家大院外,徐佩芸已经被大雨淋成了落汤鸡。

好在不大一会儿,就有一辆黄包车经过。

徐佩芸连忙喊道:"黄包车。"

但是因为雨声太大,黄包车夫并没有听到,很快飞驰而过。

徐佩芸却因为走得匆忙,脚下一滑,竟然"扑通"一声跌倒在地。

她爬了几次都没爬起来,却搞得浑身泥水交加,看上去十分狼狈。

臧家大院外巷子口,赵涟泰从轿车里完整地看到了这一幕,脸色十分难看。

臧远茹却再也忍不住了,惊叫一声道:"佩芸!"边说边跑过去。

赵涟泰却嘴唇紧闭,脸色阴沉得宛如身边的大雨一般。

臧家大院外,臧远茹一边扶她一边焦急地说:"佩芸,你怎么样了?"

徐佩芸这才勉强站起来,感激道:"谢谢你,远茹。"

臧远茹不禁哭喊地说:"我记得你曾经和我说过的,钱财乃是身外之物,你这又是何苦呢?"

徐佩芸摇摇头,忽然抬头望去,就看到了不远处赵涟泰和他的轿车。

她不由双眼一亮道:"涟泰。"

臧家大院外巷子口,徐佩芸像看到救星一般,提着皮箱,连滚带爬地跑向轿车。

随即,她迅速打开车门,毫不犹豫地坐了进去,然后如劫后余生般地哽咽着说:"今天幸亏你来接我,否则,这么大的雨,我真的不知道该怎么办。"

没想到,赵涟泰却沉默不语。

徐佩芸立刻意识到他的异样,便诧异地问:"涟泰,你怎么了?"

赵涟泰却厌恶道:"请你出去。"

徐佩芸不由委屈地说:"我是佩芸啊,徐佩芸。"

赵涟泰强忍怒气,冷冷道:"我认识的那个徐佩芸,她善良、坚定、通情达理,而不是像你这样机关算尽、心机重重的女人!"

徐佩芸急忙解释说:"你听我说……"

赵涟泰却语气生硬道:"你不用说了,刚才的一切,我都亲眼看见了。我再说一遍,请你出去,立刻!马上!"

徐佩芸不由呆住了,犹豫了一下,还是不得不推开了车门,将行李箱拿了下来。

与此同时,赵涟泰一踩油门,黑色轿车立刻决绝而去!

徐佩芸望着远去的恋人,不由撕心裂肺地喊道:"涟泰……"然后瘫坐在泥水地上,绝望地放声大哭起来!

傍晚时分,中宁街上。

雨下得越来越大了,将青石板打得噼里啪啦地响。

徐佩芸提着皮箱,在雨中跌跌撞撞地走着。

她的口中,仍然兀自在念叨着:"涟泰,你为什么不听我解释呢?涟泰……"

忽然,头顶不再有雨水滴下来了。

她不由抬头,只见臧远航一手拿着单拐,一手撑着雨伞,正心疼地望着她。

徐佩芸立刻勉强笑道:"远航,怎么是你?"

臧远航自责地说:"佩芸,对不起,让你受委屈了。"

徐佩芸摇摇头,苦笑道:"你对我那么好,甚至为了让我寻找自己的幸福,不惜硬下心肠,一次次赶我走。这是我离开臧家前,能为你做的最后一件事了。更何况,码头不仅是属于你一个人的,也是属于所有窑湾人的。"

臧远航郁闷地说:"可是,我担心涟泰哥会误解你。"

徐佩芸却信心满满道:"你放心吧,我了解涟泰。他是个通情达理的人,只要他以后明白事情的真相,我相信他一定会原谅我的。"

臧远航这才稍稍放下心来:"但愿如此吧。"然后又关切地问,"怎么样,你要回家吗?"

徐佩芸却摇摇头说:"佩萍不愿意看到我,还是先去小蓬莱吧。明天一早,我就去草桥的外婆家待段时间。"

臧远航点点头道:"好,我先送你去小蓬莱,明天一早再送你去草桥。"

于是两人依偎在伞下,很快消失在茫茫雨夜之中。

草桥乡间小路上,此时正是初夏时节。

路两旁一边是绿油油的麦田,一边是含苞待放的油菜花地。

徐佩芸和臧远航肩并肩走着,此时阳光正好,青春正好。

徐佩芸贪婪地嗅着油菜花香,笑得十分灿烂。

她开心地说:"你知道吗?以前每到夏天,外婆都要让舅舅他们接我来度夏呢。"

臧远航手提着皮箱,一脸爱意地望着她,点了点头。

徐佩芸折下一根嫩嫩的油菜梗,剥去外面的皮,放进他嘴边道:"你尝尝,很甜的。"

臧远航尝了一口,却立刻吐掉了,皱着眉头说:"什么东西?好涩啊。"

徐佩芸不由一愣,随即伤感道:"是鲜嫩的油菜梗,以前涟泰最爱吃了。"

臧远航脸色一黯,勉强问:"怎么,又想他了吗?"

徐佩芸苦笑着说:"这么多年了,想他已经成为我生命中不可分割的一部分了。"

臧远航不禁自责道:"对不起,都怪我。那天晚上,我要不去给你送伞,你就和他离开窑湾了,也不用留下来受这么多委屈了。"

徐佩芸诧异地问:"原来你一早就知道,我们要是离开窑湾呀。"

臧远航郑重地说:"我知道。"

徐佩芸不禁有些尴尬,正要说什么,忽然看到前面有一座桥。她立刻向前跑去,边跑边回头笑问:"你知道这叫什么桥吗?"

臧远航摇摇头道:"什么桥?"

徐佩芸自豪地说:"这就是老鳖桥,桥下有一个老鳖洞。康熙年间的郯城大地震时,这儿地裂,后来就再也没有合上了。"边说边跑上了桥。

草桥老鳖桥,徐佩芸站在桥上,情不自禁地垂头向下看。

只见桥下有一个老鳖洞,大概有两三间屋子大小,平均水深一尺,水清见底。在老鳖洞中间,有一个直径一米左右的黑乎乎的圆洞,洞里的水黑黝黝的,却是深不可测。

这个时候,臧远航也走过来了。

他不禁恍然大悟地说:"原来这就是老鳖洞啊,真是百闻不如一见。记得很小的时候,我就听人说过,老鳖洞里住着一只成精的老鳖,还带着成千上万只小鳖,并且这里无论大雨还是干旱,一年四季水位不变,是真的吗?"

徐佩芸自豪道:"当然是真的。曾经有人把细铜线拴个铁秤砣,垂到老鳖洞里探深度,二三十斤铜线放完都没有到底。关于这个老鳖桥,还有很多有趣的传说呢。"

臧远航立刻兴致盎然地说:"那你快讲来听听。"

徐佩芸正要说什么,但是一抬头,就看到前面的村庄,便调皮道:"欲知后事如何,且听下回分解。前面就是我外婆家了,你要不要进去坐坐?"

臧远航犹豫了一下,还是遗憾地说:"不了,我是偷着跑出来的,时间长了他们要怀疑的。"

徐佩芸不禁担忧地问:"现在码头已经成了一个烂摊子,我真的担心你能不能应付得过来呢。"

臧远航语气坚定地说:"放心吧,在你外婆家好好休息,等我处理完相关事宜后,就来接你回去做臧……不,赵太太。"

徐佩芸伸出小拇指,促狭道:"来,拉钩!"

臧远航也伸出小拇指，郑重地说："好，拉钩！"

与此同时，两只手小拇指紧紧拉在一起，和两只拇指一起，形成两个重叠的"心"形。

运河码头管理处内，下晚班的铃声忽然"丁零零"响起。

职员们立刻道："下班了，下班了。"边说边收拾东西走人。

不大一会儿，偌大的办公室里，很快就寂静无声了。

臧远茹双手托腮，独自坐在办公桌前，呆呆望着对面空空的办公桌，深深叹了一口气，这才开始慢条斯理地收拾文件。

然后，她拿起坤包，径直走出了管理处。

傍晚时分，运河码头管理处外。

臧远茹没精打采地走出管理处，却看到一个熟悉的身影忧郁地站在门口。

赵涟泰看到她出来，立刻迎了上去说："远茹。"

臧远茹试探地问："涟泰，你是不是想打听佩芸的消息？"

赵涟泰摇摇头道："不是！"然后径直上了大运河堰。

臧远茹犹豫了一下，还是跟了上去。

赵涟泰郁闷地说："她那么贪财，早就不是我认识的那个单纯善良的女孩了。"

臧远茹小心翼翼道："可是，你们经过那么多的挫折，现在终于可以在一起了，你不能……"

赵涟泰却打断她的话，不耐烦地说："我今天是来接你下班的，求你别提她了，行不行？"

臧远茹闻言，不由眼睛一亮，惊喜地问："你是来接我的？是真的吗？"随即脸色又黯淡下来，苦笑道，"林辉那件事，已经让我丢尽了脸，现在不知道有多少人，戳着我的脊梁骨骂呢，你还是离我远些吧。"

赵涟泰却道："嘴长在别人身上，随他们怎么说，只要我不在乎就行！"

臧远茹试探地问："你真的不在乎？"

赵涟泰却语气坚定地说："我在乎的是，为什么你这么好的女孩，却被我忽视了！而有的人那么贪财如命，我之前怎么就从来没有发觉呢？所以从现在起，我要永远对你好，加倍补偿你。"

臧远茹简直不敢相信自己的耳朵："涟泰，我没有听错吧？"

赵涟泰却握住她的手，深情地表白道："你没有听错。远茹，嫁给我吧。"

臧远茹幸福得刚想点头，却又想起什么："可是，佩芸她……"

赵涟泰却再次打断她的话，粗暴地说："我说过的，不要再提她！"

臧远茹吃惊地瞪大眼睛，只好闭嘴，歉然道："对不起，对不起。"

赵涟泰果断地说："我们年纪都不小了，如果你同意的话，我们马上就结婚！"

臧远茹犹豫了一下，还是重重地点了点头。

第64章 惊喜来得太突然

臧家大院后院二房小院客厅内,臧远茹急急忙忙走进来,差点儿被门槛绊倒了。

庄淑环不满地说:"你说你这么大的姑娘了,怎么连走路都冒冒失失的!"

臧远茹激动地喊道:"妈,我有一个天大的好消息要告诉你。"

庄淑环却翻了个白眼,不以为然地说:"你能有什么好消息,你不把我气死就是天大的好消息了。"

臧远茹心情好,并不和母亲计较,而是强忍着激动问:"妈,你觉得赵涟泰这个人怎么样?"

庄淑环由衷地称赞道:"当然好了,人长得周正不说,还出国留过洋,最主要的是,出身于医药世家,城里不知道有多少姑娘惦记着他呢。"忽然想起什么,恍然大悟地说,"哦,我知道了,你喜欢的人,难道就是他?"

臧远茹羞涩地承认说:"对,就是他。"

庄淑环眼睛一亮,随即苦笑着摇了摇头道:"你喜欢也是瞎喜欢,人家那么好的条件,以前就看不上你,现在就更不会看上你的了。"

臧远茹却不服气地说:"谁说不会了?他刚才都向我求婚了!"

庄淑环不由一怔,随即惊喜地问:"真的吗?真的吗?"然后又催促道,"那你赶紧同意啊!要是能嫁他,可是你前世修来的福分呢。"

臧远茹迟疑了一下,还是郁闷道:"可是我总感觉,他向我求婚,并不是真的喜欢我,而是想要尽快忘记一个人。"

庄淑环却不屑地说:"只要他娶了你,你就是赵太太了,全窑湾的姑娘都会嫉妒你,你管他心里想的是谁呢!"

臧远茹犹豫道:"可是……"

庄淑环焦急地说:"哎哟,我的小姑奶奶唉,你也不看自己多大年纪了,还有和林辉那么一档子破事。要是过了这个村,可就没那个店了。"

臧远茹想了想,还是点头道:"好吧,那我明天就和他说去!"

庄淑环催促说:"夜长梦多,你现在就去和他说,越快结婚越好,嫁妆我十年前就给你备好了。"

当天晚上,臧家大院客厅内。

臧家人全都坐在饭桌前，个个愁眉不展的。

只有臧远航表情淡漠，好像根本没把离婚这件事放在心上似的。

陆慧珊抱着小庆坐下后，不禁奇怪地问："我妈和大姐怎么还没来？"

曹秀英冷哼一声说："提起她们我就来气！最近家里出了不少事，这娘儿俩却一天到晚笑得合不拢嘴，真不知道安的什么心！"

臧远胜反驳道："奶奶，你这样说就不对了。走了徐佩芸那个丧门星，别说我妈和我姐了，你们谁不高兴呢？"

臧家栋附和地说："是啊，是啊，看不到她那张脸，我每天都要多吃两碗饭。"

正说着，庄淑环母女便笑容满面地走进来了。

臧远茹虽然低垂着头，但看上去也是满脸喜色。

庄淑环却笑哈哈道："我们来晚了，不好意思啊。"

她边说边亲热地拉着女儿，坦然地坐到桌前，样子颇为得意。

郭文芳不由讽刺地说："二嫂笑得那么开心，是不是捡到宝啦？"

庄淑环得意道："不只捡到宝呢，是捡到金龟婿了。"

大家闻言，立刻来了兴趣，纷纷问："金龟婿，是哪家？"

臧远茹羞涩地说："妈，你不要说了嘛。"

庄淑环却道："这是高兴的事，怕什么。"然后炫耀地说，

"趁大家都在这里,我宣布一件事,远茹已经接了赵涟泰的婚帖,两个人马上就要结婚了!"

大家听了这话,全都面面相觑。

臧远航更是大吃一惊。

臧远方回过神来,即试探地问:"赵涟泰?哪个赵涟泰?"

庄淑环不满地说:"窑湾除了赵老先生的儿子,还有第二个人叫赵涟泰的吗?"

臧远航闻言,手中的筷子"当"的一声掉在地上。

臧远茹立刻关切地问:"远航,你怎么了?"

臧远航连忙掩饰道:"没、没什么,筷子没拿稳。"

幸好,大家都关注到臧远茹的婚事上了,并没有人在意到他的失态。

臧家栋得意扬扬地说:"连赵涟泰都能看上我的女儿了,正说明我臧家栋教女有方啊,哈哈哈。"

臧家梁也微笑道:"恭喜二哥二嫂,臧家憋屈了这么久,终于有一件大喜事了。远茹是他们这辈唯一的女孩子,她的婚礼,一定要办得风风光光。我要让全窑湾的人知道,我们臧家,永远都不会被打垮!"

众人纷纷附和着说:"是啊,是啊,一定要办得风风光光的。"

只有臧远航一脸郁闷,再也吃不下饭了。

没想到正在这时,电话铃声忽然响起来。

孙管家连忙过去接了："你好。"然后转向饭桌说，"三老爷，找你的。"

臧家梁连忙走过去，笑容满面地拿起电话道："你好，我是臧家梁。"

忽然，他脸上的笑容渐渐僵住了，并且身子一歪，竟然差点儿跌倒。

与此同时，电话被摔在地上，发出一阵刺耳的"叮叮"声。

众人都吃了一惊！

臧远方连忙跑过去扶起他，同时焦急地问："怎么了？发生什么事了？"

臧家梁捂着头部，艰难地说："通州深水码头，停工了！"

众人闻言，同时"啊"了一声！

臧增福焦急地问："家梁，是不是真的啊？"

臧家梁点点头，痛苦道："是窦老板打电话来说的。他还想说什么，话没说完，就被债主给拖走了。"

臧家栋也是一呆，却仍旧嘴硬地说："我不信！那么大的工程，怎么可能说停就停了呢？"

臧远方绝望道："完了，完了，全完了！我们投了那么多钱进去啊！"

臧远茹也崩溃到大哭："那些钱大部分是借的，这可怎么办啊？"

一时间，偌大的客厅，沉浸在一片悲伤的气氛中。

臧远方回过神来，立刻奔到三叔面前，嘶哑着声音问："三叔，我们现在怎么办啊？"

臧家梁捂着头部，拼尽全身力气说："快、快去找徐立秋想办法！"

众人这才想起来，纷纷向外跑去。

与此同时，臧家梁父子也互相搀扶着，艰难地跟了上去。

第65章 旧账不还新债不清

运河码头管理处内,气氛似乎有些异样。

徐立秋带着姚平、李浩两个跟班,大步向门口走去。

没想到,正好与臧家人迎面而遇。

臧家梁才一见到他,立刻焦急地说:"立秋,刚才我接到窦老板电话,他说通州深水码头停工了!"

徐立秋不由一愣,随即轻描淡写道:"我正要去向你汇报这件事,你不用着急,小事一桩。"

但是这次,臧家梁并没有像以前那样容易打发,而是郁闷地说:"我们在通州码头投入了全部的财力,要是就这样停工的话,不但我们臧家全完了,码头也支撑不住,会影响整个窑湾经济发展的。"

徐立秋却不以为然道:"你放心吧,一定不会有问题的。说起来,都怪军阀混战不休,各派系势力此消彼长,导致北洋政府再次大换血，主管市政建设的副市长一上任，就说我们的深水码头不符合城市规划，其实摆明了，就是想问我们要钱嘛。"

臧家梁闻言，就更加沮丧了："这个时候，哪里还有钱给他们！我们买的远洋货轮就要到了，如果通州深水码头停工，货轮根本无法在普通码头靠岸。如此一来，已经拿到订金的合同就不能兑现啊，一切就全完了啊！"

臧远方忍不住提醒说："要是宝通成在这个时候追债，别说通州深水码头，就连我们窑湾的码头，都会垮掉的呀！"

臧远胜急切道："徐总，你一定要想想办法才是啊。"

臧家栋也苦着脸说："立秋，你那么有本事，一定能帮我们想到办法的，是不是？"

徐立秋仍然傲气道："大家请放心，放一百个心，事情一定会解决的。这个副市长，刚一上任就给我脸色看，是因为没有尝过我的厉害。我也懒得理他。我准备直接跳过市长，去找副总理了。再说了，我们的新订单大多数是和洋人签的，事情一旦牵扯到洋人，可不是简单的做生意了，而是触及国际关系的。我看他这个副市长，是活得不耐烦了，竟然敢得罪洋人，哼！"

臧家栋闻言，一竖大拇指，欣慰地说："立秋，听你这样一说，我就放心了。"

臧远胜也长舒了一口气道："是啊，徐总这么有本事的人，一定不会有问题的。"

臧家梁却摇摇头说："可我还是担心……"

徐立秋一拍胸脯，掷地有声道："有我徐立秋在，你不用担心！我马上就去北京，直接去找副总理，只要副总理出面了，通州深水码头立刻就可以开工了。不仅要深水码头开工，我还要副市长在全国各大报纸上公开道歉。否则，我就敢摘掉他的乌纱帽！"

臧家人被他说得晕晕乎乎，半信半疑。

臧远航小声对堂哥说："大哥，他这要是一去不回，岂不是完美地金蝉脱壳了？"

臧远方却把眼一瞪道："除此之外，你还有别的办法吗？"

臧远航只好摊摊手说："没有了。"

臧远方无奈道："那不就得了。"

臧远航闻言，再也不说一句话了。只是他的唇边，却掠过一丝明显的苦笑。

运河码头上，徐立秋带着姚平和李浩走过来。

臧家两代男丁五人，都来给他送行。

臧家梁恳切地说："立秋兄，上次我们码头是靠你才通过年审的，这次又要靠你了。"

臧家栋附和道："是啊，立秋兄，通州深水码头如果半途而废，我们窑湾的码头也会被拖垮的。"

徐立秋却安慰说："你们放心吧，上次年审那么大的事情，我都顺利办到了,这次让深水码头开工,也不过是小事一桩而已。"

臧家梁还是不放心地叮嘱道:"你到北京之后,无论成与不成,马上打电报或电话回来。"

徐立秋拍着胸脯保证说:"放心吧,只要我徐立秋出马,只有成功,没有失败!"说到这里,忽然警惕地看了看四周,口气一凛,却压低了声音叮嘱道,"不过,我们向宝通成的借贷,有两笔快要到期了,你们一定要定期还上。千万不能让别人看出我们码头的底细。如果钱不够,就再向宝通成借。以我和吴俊锋、王志信的交情,绝对没有问题的。"

臧家梁只好无可奈何地点点头。

恰在这时,伴随着一声尖锐的汽笛声,一艘客船由南向北,缓缓停靠在岸边。

姚平立刻催促道:"徐总,我们该上船了。"

徐立秋这才挥了挥手,踌躇满志地说:"各位再见了,等我的好消息!"

臧家梁紧握着他的手,情真意切道:"立秋啊,我们码头和臧家,可就全靠你了。"

臧家人则纷纷附和地说:"是啊,是啊,全靠你了。"

徐立秋信誓旦旦道:"放心吧,我决不辜负大家的期望。"

他撂下这话,便抱拳而去!

臧远航冷哼一声,但望着其余家人充满期待的眼神,却也无可奈何。

他不由暗自庆幸:"真得感谢佩芸啊。"

想到这里,他忽然意识到,自己必须为她办一件事情,并且越快越好!

江西会馆中西大药房外,赵涟泰匆匆走出来,便想要打开车门。

臧远航忽然从后面走过来,亲热地喊道:"涟泰哥。"

赵涟泰见到他,眉头不由一皱,冷冷地问:"哦,有事吗?"

臧远航郑重地说:"你不能和大姐结婚!"

赵涟泰却嘲弄道:"我的婚事,什么时候轮到你来多事了?"

臧远航连忙解释说:"你误会了,我不是多事,我是为了佩芸。"

赵涟泰闻言,脸色立刻大变,竟然出言不逊道:"佩芸?你说的就是那个贪得无厌的女人?我不想再提她!"边说边想强行想要打开车门。

臧远航连忙拦住他,急切地说:"她不是贪得无厌的人,你误会她了。"

赵涟泰却冷冷道:"你明明已经重新站起来了,却还挂着拐杖;她明明霸占了你们码头的五成五股份,你却还为她说话?谁知道你们之间,到底还有多少不可告人的勾当。我赵涟泰做事,向来光明磊落、坦坦荡荡，最恨别人在背后搞阴谋诡计了！"

臧远航郁闷地说："我们不是搞阴谋诡计，我们是逼不得已……"

但是赵涟泰根本不想再听了，强行打开了车门！

臧远航连忙大喊道："你不能和大姐结婚，你会后悔的！"

赵涟泰摇下车窗，态度坚定地说："我绝不后悔！"说完，立刻踩动了油门。

臧远航见他油盐不进，只好无可奈何地摇了摇头。

大清窑湾邮电局内，臧远方站在窗口写电报。电报内容是：

徐总，你回北京已经三天，有没有找到副总理？我每天都给你发电报，你为什么一封都不回呢？远方上。

臧家大院客厅内，臧家人或坐或站，个个都是忐忑不安的样子。

臧家梁神色严峻地拿着电话，一下下拨着，但电话却传来"嘟嘟嘟"的忙音。

臧远茹小心翼翼地问："三叔，电话还是没人接听吗？"

臧家梁只好放下电话，眉头紧皱地说："按照正常航程，立秋一周前就该到北京了啊。"

臧远茹焦急地问："那我们怎么办？"

臧家梁无奈道:"还能怎么办?等等吧,再等等。"

臧远航见此情景,不由叹了口气。

大清窑湾邮电局内,臧远方站在窗口写电报。

电报内容是:"徐总,你去北京已经两周了,为什么仍然没有消息,甚至连电话都打不通。现在窑湾已是燃眉之急了,请速回电。远方上。"

他把电报递进窗户,却在电报室内转来转去,看上去一脸愁苦。

臧家大院客厅内,臧家人或坐或站在客厅里,神态越发着急。

臧家梁左手捂着头部,右手频繁地拨打着电话。但是电话里,传来的始终是"嘟嘟嘟"的忙音。

臧家梁失望至极,终于放下电话,绝望地跌坐在椅子上。没想到他脚下却没站稳,竟然差点儿摔倒在地。

臧远茹连忙扶住他。

臧远航担忧地问:"爸,你怎么了?"

臧家梁勉强冲他笑笑说:"你放心,我还能撑得住。"

臧远航张了张嘴,却欲言又止。

正在这时,臧远胜急匆匆地跑进来,上气不接下气地说:"不好了,不好了,大事不好了!"

大家闻言,不由吃了一惊,异口同声地问:"怎么了?"

臧远胜气急败坏道:"吴俊锋和王志信已经知道通州码头停工的消息了,正带着八家钱庄和与我们有合约的商户们,前来要账呢,已经走到西大街了。"

臧远方立刻着急地说:"啊,那不是很快就到我们家了?"

庄淑环也害怕了:"这可怎么办呢?天塌了,天塌了。"

臧家栋却瞪了三弟一眼,火上浇油道:"你们看,你们看,都是三房做下的好事!要不是被那个女人分去大部分身家……"

臧增福立刻呵斥说:"这都什么时候了,你还要添乱?"然后转向三儿子,语气缓和道,"家梁啊,你要想个办法才是啊。"

曹秀英附和道:"是啊,是啊,家梁,你要拿个主意呀。"

臧家梁安慰二老说:"放心吧,爸妈,我会处理的。"

臧增福夫妻这才半信半疑地点点头。

臧家梁转身问侄女道:"现在码头的账面上,还有多少钱?"

臧远茹为难地说:"不到三万。"

大家听了这话,全都吃了一惊:"不到三万?"

臧家梁又转向侄子:"德国船厂那边,情况如何了?"

臧远方无奈道:"船厂已经催好多次了,还说如果我们再不付清余下款项,就要告我们违约呢。"

臧家梁不由长叹一声,绝望地说:"现在看来,徐立秋是有去无回了,我们不能再指望他,必须靠……"

没想到正在这时,外面传来一阵吵闹声。

大家立刻循声望去。

只见孙管家急匆匆走进来,非常慌乱道:"不好了,外面来了好多人!"

与此同时,吴俊锋带着八家钱庄和与码头有合约的商户们,气势汹汹地闯了进来!

那些人纷纷说:"还钱,还钱,还钱……"

臧家人见状,都惊慌起来。好在臧家梁在片刻的惊慌之后,率先回过神来,立刻勉强笑道:"不知各位光临,有失远迎……"

王志信却打断他的话,毫不客气地说:"废话少说,还钱来!"

臧家梁只好硬着头皮,故作茫然道:"还钱?还什么钱啊?"

同福鸡蛋厂老板气急败坏地说:"现在通州深水码头停工了,我们和码头已经签的合同履行不了,你们当然要把订金退还给我们了。"

山狮火柴厂老板添油加醋道:"何止是退订金,耽误货期,还要加倍赔偿我们!"

其余的人也纷纷说:"是啊,是啊,要加倍赔偿!否则,就去法院告他们!"

臧家人个个苦着一张脸,却也无可奈何。

吴俊锋站在一边,优哉游哉地抽着烟,看上去得意极了。

臧家梁赶紧抱拳道:"息怒,各位息怒,听我把话说完。"

众债主闻言,这才安静下来。

臧家梁诚恳地说:"各位和我们码头做生意,也不是一天两天了。应该知道,我臧家梁从来不是赖账的人。现在发生了这样的事,我也是不想的。但是我以运河码头的商誉担保,你们的所有损失,我就算是向钱庄贷款,也一定会赔偿的。"

众债主这才稍稍安静下来,纷纷点头道:"是啊,臧会长是值得信任的,码头的商誉也一直很有保证的。"

看到他们态度发生转变,吴俊锋立刻着急起来。他发狠地扔掉了烟头,冷冷地说:"臧会长的如意算盘,未免打得太早了,你们借我们宝通成的钱整整一百万,到现在还没还呢。旧账不还,新债不清,从现在开始,窑湾的所有钱庄,都绝不会向你借一个子儿!"

众债主闻言,再次喧嚣起来:"还钱,还钱,还钱……"

吴俊锋见目的达到,不由冷笑一声。

臧家梁愣了一下,只好无奈地说:"各位不要急,不要急……"

同福鸡蛋厂老板愠怒道:"还钱我们就不急了,快还钱!"

债主们也纷纷地附和地说:"是啊,快还钱,快还钱!"

臧家梁见事已至此,只好孤注一掷道:"好了好了,各位不要吵了。虽然现在我们码头不行了,但是'破船还有三千钉',我这就去东当典拍卖运河码头,就算砸锅卖铁,我也会把钱还上!"

众债主闻言,这才渐渐平了声息。

吴俊锋的脸上,更是露出了得意的笑容。

臧远航不由深深地叹了一口气,并不感到惊讶。

因为所有这一切,都早已经在他的预料之中,所以只是转身慢慢地、慢慢地走回了后院。

与此同时,臧家梁说完,便在臧远茹和臧远胜的搀扶下,步履艰难地往外走去。

谁知刚走了两步,臧远方气喘吁吁地跑进来,后面跟着一大群吵吵嚷嚷的码头工人。

他见到屋内的情景,便带着哭腔说:"三叔,不好了,码头工人都来讨薪了。"

真是屋漏偏逢连夜雨啊!

臧家人听了这话,全都崩溃了!

臧家梁刚刚抬出的脚,还没来得及收回,就身子一歪,然后"扑通"一声跌倒在地!

众人全都吃了一惊,纷纷想要去扶他。

顿时,哭喊声和讨债声此起彼伏,客厅里乱得一团糟!

第66章 少了大半个家底

当天晚上,臧家大院后院三房小院臧家梁卧室内。

臧家人站在床前,个个焦急万分。

臧家梁紧闭着双眼,苍白着嘴唇,看上去分外憔悴。

郭文芳见状,不停地抹着眼泪。

臧远茹安慰道:"三婶,别哭了,赵先生不是说了嘛,三叔只是脑中风犯了,只要不再受刺激,就不会有事的。"

郭文芳却边哭边说:"你看眼下这个情况,要债的要债,讨薪的讨薪,徐立秋又像断了线的风筝一样,他能不再受刺激吗?"

大家听了这话,都不由叹了口气。

好在不一会儿,臧家梁就缓缓地睁开了眼睛。

大家立刻围了上来,纷纷道:"醒了,醒了。"

郭文芳连忙扑过去,带着哭腔说:"你吓死我了。"边说边将枕头给他放高了些。

臧家梁勉强坐起来,看了看家人,不由惭愧道:"码头这次,是真的被逼到绝境上了。说来说去,都怪我当初没有听佩芸的话,为了片面提高运河码头的竞争力,竟然盲目相信了徐立秋的所谓宏图大计。"

臧家栋却摇摇头说:"这我可得为徐立秋说句公道话,虽然他以前爱吹牛皮,不过他到码头以后,做出的一系列成绩,是大家有目共睹的嘛。要不是他那个好侄女抽走了码头五成五的股份,害得老臧家少了大半个家底子,我们怎么可能没有钱还债?"

大家闻言,纷纷点头道:"是啊,是啊。"

臧家梁叹了口气说:"我现在终于明白了,就算佩芸不抽走那五成五的股份,我们照样满盘皆输,甚至输得更惨!"

臧家栋张了张嘴,似乎还想说什么:"可是……"

臧增福却打断他的话,没好气道:"家栋,都什么时候了,你还想闹内讧?"

臧家栋这才心不甘情不愿地闭了嘴。

臧增福这才转向三儿子,充满期待地说:"家梁啊,现在家里每天都是要债的和讨薪的,你得想个办法才是啊。"

臧家梁沉吟片刻,语气坚决道:"远方、远茹,你们把码头的固定资产和所有账簿,好好整理整理。"

臧远方和臧远茹不由一呆,但还是顺从地说:"好。"

臧家梁又吩咐道:"远胜,你去东当典找朱老板,让他三天后到码头签拍卖协议。"

众人听了这话,立刻意识到了什么,纷纷吃惊地"啊"了一声!

臧家梁催促说:"你们三人快去啊,还愣着干什么?"

臧远方、臧远茹和臧远胜只好无奈地道:"好。"

抱着孩子站在角落的陆慧珊,一直没有说话,但是看到这里,也情不自禁地咬了咬嘴唇。

臧远航见状,唯有一声叹息。

与此同时,吴家盐行总经理办公室内。

吴俊锋正在吞云吐雾,看上去心情并不好。

崔玉存推门进来,兴奋地说:"老板,街上到处都在传,臧家这次算是彻底完了!"

吴俊锋轻蔑道:"我先利用陆慧珊'引狼入室',让徐立秋坐上码头总经理的位置;再利用林辉设置'美男计',给予码头最后一击,臧家就算是有万贯家财,也不够填这些黑窟窿的。"

崔玉存不由一伸大拇指,称赞说:"你布局得如此精细周密,臧家想不败都难啊!"

但是吴俊锋看上去没有丝毫的喜悦,只是苦笑着摇了摇头。

崔玉存不解地问:"码头完了,臧家也垮了,以后就要睡大街了,你怎么还不高兴呢?"

吴俊锋终于将烟掐灭在烟灰缸里,叹了一口气道:"虽然如此,但是我也被徐立秋耍了,有什么可高兴的!"

崔玉存不由"啊"的一声,连忙急切地问:"怎么回事?"

吴俊锋郁闷地说:"我当初和徐立秋的协议是,我们共同联手,将臧家逼入绝路后,再把码头转手过来,股份王志信占二成、他占三成、我占五成。可是现在,他跑路了,还和林辉分两次把从我这儿贷的七十万卷走了。最重要的是,臧家码头欠债累累。如果我接手,必须填补这个大窟窿,我不甘心哪。"

崔玉存闻言,也焦急起来:"那我们现在怎么办?"

吴俊锋沉思片刻道:"你去整理一下徐立秋的借贷协议,并争取联系到他,电报也好,电话也好,无论用什么办法,一定要把人找到!"

崔玉存当即说:"好,我马上就去办!"

草桥某村农家小院外,门前有一道小河。

河边有一棵垂柳,垂柳下有一只摇椅,摇椅上坐着一个头发花白、神态安详的老奶奶,正是徐佩芸的外婆。

此刻,徐佩芸正温柔地摇着摇椅,和外婆一起轻轻唱着《今生醉了却又醒》:

芒种过后,露珠把柴门轻叩;稻未熟透,秧苗渐黄;临别之际,蓦然回首;在不经意间,相思已写就。

处暑霜降，夜半沾衣人未觉；树将枯萎，花亦凋零；欲诉离情，却无尽头；正如枝上叶，一岁一葳蕤……
……

草桥某村农家小院内，收拾得十分干净整洁。老外婆坐在藤条椅上，徐佩芸正在给她梳头。忽然，院外传来一阵自行车的"丁零零"声。随即，邮差将一份《窑湾商报》塞进门缝。

徐佩芸立刻走到门边，弯腰捡起报纸。只见头版头条的标题竟然是：运河码头负债累累，即将拍卖！徐佩芸放下报纸，不禁长长地松了一口气，脸上悲喜交加！

臧家大院客厅内，地上一片狼藉，博古架和四面墙再次空空如也！

孙管家正在指挥工人们，分别将古董字画放进各式箱子里。

与此同时，在臧家大院内。

用人们排成一排，个个神情哀伤，正在从臧远茹手里领取工钱。

不少用人都哭了，到处都是一片凄凉、哀伤的景象。

臧家大院客厅内，臧家人或坐或站，个个神情落寞。

臧家梁神情严肃地坐在沙发上，一言不发。

臧家栋颇有些幸灾乐祸，扫了众人一眼，忽然想起什么："远航呢？家里出了这么大事，他跑到哪里去了？"

郭文芳无奈道:"他心情不好,去我大哥家散心去了。"

臧家栋脸上露出一丝讥笑,刚想说什么,忽然门外响起了汽车喇叭声。

臧家人神情都是一凛,同时向门外望去!

臧家大院外,先后驶来一黑一灰两辆轿车,到门口戛然而止。朱信率先从黑色轿车里钻了出来。

第67章 愿赌服输

臧家大院客厅内,气氛从没有过的沉重和压抑。

孙管家匆匆走到臧家梁身边,小声说:"三老爷,他们来了。"

话音刚落,朱信就带着典当行的两名伙计,径直走了进来。

臧家人见到来人,更加紧张起来。

臧家梁连忙迎上去,急切地问:"朱老板,怎么样?码头的买主找到了吗?"

朱信笑容满面地说:"找到了,找到了,真是'踏破铁鞋无觅处,得来全不费功夫'啊!"

臧家人立刻问:"是哪位?"

朱信还没来得及回答,一个响亮的声音就响了起来:"是我!"

臧家人回头一看,只见吴俊锋得意扬扬地站在门口。

他们都吃了一惊:"是你?"

吴俊锋不由哈哈大笑道:"臧会长,认输了吧?哈哈哈!"

臧家梁强忍怒气，掷地有声地说："我臧家梁自认是个有勇有谋之人，绝不会向心胸狭窄、自私自利之人认输！"

吴俊锋冷哼一声道："手下败将，岂敢言勇？"说完便拿出一份合同放在桌上，用不容置疑的语气说，"倘若识相，就立即将码头以资抵债予我，之前你们借宝通成的贷款，可一笔勾销！"

臧家梁强忍怒气，冷冷地说："我若是不识相呢？"

吴俊锋嚣张道："倘若不识相，那也好办！你借宝通成的一百三十万，利息都在十七厘以上。等到全部到期，再加上利滚利，你必须还我整整一千万！"

所有人闻言，全都长吸了一口凉气，纷纷惊讶地说："一千万？"

臧远方鼓起勇气，率先质问道："这绝不可能！我们在德国订购的新船，只付了预订款，续款并没有再交；甚至连通州码头的工程款，都还没给一分钱，怎么可能在短短半年时间内，就借贷了一百三十万？"

臧家人听了这话，纷纷附和说："是啊，是啊。"

臧增福更是拼尽全身力气，苍老着声音道："我看你是想钱想疯了！"

吴俊锋却嘲弄地说："臧老太爷，我看是你老糊涂了吧。"说完，把手向后一挥！

随即，崔玉存手中拿出一个文件夹，放到臧增福面前，一页页翻着。

与此同时，臧家人立刻围了上去！

只见上面赫然写着各种贷款项目，从十万、二十万、三十万到四十万等等的借贷款项，所有款项后面，都有徐立秋龙飞凤舞的签名！

臧增福只见眼睛一花，几近晕倒！

其余臧家人，也全都长吸了一口气，议论纷纷道："怎么借这么多？钱都用到哪儿去了？"

吴俊锋得意地说："这是你们码头的前全权代理人——徐立秋总经理的贷款签名。如果你们不相信，可以问下你们的二老爷，每次借贷，他可是都在场的呢。"

大家闻言，纷纷将疑惑的目光转到臧家栋身上。

臧家梁目光一凛，一字一顿地问："这可是真的？"

臧家栋立刻避开他的目光，支支吾吾道："这、这个，当、当然是真的。"

臧增福不由怒目圆睁，立刻举起拐杖打过去，边打边恨铁不成钢地说："我打死你这个不肖子！你怎么可以……可以这样败家啊……"

臧家栋连忙躲开，同时恼羞成怒道："谁叫你们不仅不信任我，还去请一个八竿子打不着的外人来做总经理。他是总经理嘛，当然叫我做什么，我就做什么了。"

臧增福闻言，气得身子一个趔趄，差点摔倒。

旁边的臧远方和臧远茹连忙扶住他，并时时喊道："爷爷，爷爷。"

曹秀英带着哭腔说："这都是造的什么孽啊，唉！"

臧家梁更是气得脸色铁青，望向二哥的目光，仿佛要喷出火来。

吴俊锋见状，趁机挑衅地望着他，充满仇恨道："臧会长，我劝你还是拿出当年劝退辫子军，把我哥就地正法的豪情，赶紧愿赌服输，乖乖在合同上签字吧。"

债主们也纷纷附和地说："是啊，是啊，输了就是输了，赶紧签字吧。"

抱着孩子，一直没吭声的陆慧珊，闻言再也忍不住了，怒声道："谁借你钱，有本事你问谁要啊？凭什么要臧家卖码头？"

臧远胜立刻想用眼光制止她。

但是已经晚了。

债主们闻言，则是哄堂大笑，纷纷摇头说："真是妇人之见啊！"

臧家梁不由痛苦地闭上了眼睛。

吴俊锋轻蔑地看了他一眼，讽刺道："臧会长，你不会也像我的好表妹一样耍无赖吧，哈哈，哈哈哈！"

臧家梁紧咬着嘴唇，脸色铁青！

臧家人也是个个敢怒不敢言。

王志信催促说:"怎么样,臧会长,你到底是把码头卖给我们呢,还是让我们砸个稀巴烂呢?"

臧增福颤抖着声音道:"家梁,你快想想办法呀。"

臧家人也纷纷说:"是啊,快想想办法呀。"

臧家栋却摊了摊手道:"除了签字,还能有什么办法好想哦。"

臧家梁不由仰天长叹一声,然后嘶哑着声音道:"孙管家,把我的印章拿来!"

孙管家回了声"是",连忙捧上笔和印章。

吴俊锋和王志信互望一眼,同时得意地笑了。

臧家梁拿起笔,缓缓地走到桌前。

然后,他提起仿佛如千斤重的笔,颤抖着双手,眼见就要落下来!

就在这千钧一发之时,却听到门外传来一个响亮的女声:"慢!"

臧家梁闻言,拿笔的手不由一抖,于是一滴浓黑的墨水,就重重地滴在合同上。

与此同时,众人纷纷回头,就看到多日不见的徐佩芸,赫然站在门口。

所有人全都大吃一惊:"佩芸?"

庄淑环不由愠怒道:"徐佩芸,你把我们臧家害得倾家荡产,还要回来落井下石吗?"

臧家人也纷纷指责说:"是啊,是啊,你还回来做什么?"

徐佩芸却微微一笑,并不理会他们,而是径直走到臧家梁面前。

她一如离开时的冷漠,恭敬然而生疏道:"臧会长。"

臧家梁顿时羞愧难当,惨然一笑说:"佩芸,对不起,都怪我当初为了一己之私,没有听你的话,致使码头落到如此境地。不过现在,说什么都已经晚了。"

徐佩芸却掷地有声道:"不晚,一切都还来得及!"

众人闻言,不由面面相觑。

臧家栋则冷冷地说:"你这个女人,还嫌把我们家害得不够惨吗?又想回来打什么鬼主意?"

徐佩芸并没有理他,而是一字一顿道:"我这次回来,是要买回码头!"说完,拿出一份文件,递给曾经的公公说,"臧会长,这是我买回码头的合同,请你过目。如果没有异议的话,请你签字!"

臧家梁眼睛立刻一亮,当即伸手就要去接。

没想到,臧家栋却一把抢过合同。

他看完一遍后,气得脸都变了形,扬着合同,向徐佩芸怒吼道:"你想得美啊!当初以一百八十万退五成五股份,现在又想以一百八十万买回全股!"

徐佩芸并没有被激到,而是气定神闲地说:"你要想清楚,我以一百八十万退五成五股份时,码头运营还很正常;现在的码头,即便是全股,也只剩下个空架子。说起来,吃亏的人是我。"

吴俊锋眼见好事将成,没想到半路上却杀出个程咬金,即便这个程咬金是自己深爱的女人,也是不能忍了!

于是回过神来,他当即气急败坏道:"徐佩芸,那你知不知道?码头可是欠我整整一千万呢,你一百八十万够干什么用的?"

徐佩芸冷冷地说:"吴老板,我们都是买主,各人出各人的价。至于决定权,还需要问臧会长才是。"

吴俊锋讥刺道:"一百八十万和一千万的区别,臧会长是个聪明人,我想一定会看得清的。"

臧家梁沉吟片刻,掷地有声地说:"对,我看得很清楚!"

吴俊锋不无得意道:"看得清楚就好,那就赶紧签合同吧。"

臧家梁却推开合同,一字一顿地说:"一百八十万和一千万都是钱,钱和钱是没有区别的。但是两位的人品,我却是看得清清楚楚!"

吴俊锋闻言,不由恼羞成怒道:"你……你这话是什么意思?"

臧家梁语气坚定地说:"我们的运河码头,不但是苏北的交通枢纽,更是全体窑湾商人赖以生存的经济命脉。码头兴则窑湾兴,码头败则窑湾败。所以,它属不属于我们臧家并不重要。重要的是,经营它的人,不但要以大局为重,还必须有担当和责任心!"说到这里,他直视着吴俊锋,不屑道,"而你,明明知道自己哥哥的死是罪有应得,却因为狭隘的自私心作祟,一次次置臧家于绝境,置码头于绝境,甚至置整个窑湾乃至苏北经济于绝境,实在是羞辱了数代窑湾先辈打出的儒商名头,如此不仁不义不忠不孝之辈,实在不配担当码头当家之重任!"

众债主闻言,不由连连点头。

吴俊锋见状,立刻环视四周,气急败坏道:"叫他还钱,快叫他还钱!"

众债主却轻蔑地望着他,纷纷摇头。

吴俊锋无法,只好恶狠狠地威胁说:"姓臧的,你再不签名,我马上就到法院去告你!"

没想到,臧家梁竟然点点头,郑重道:"好,我签!"说完,立刻大笔一挥,在徐佩芸的合同上签上了名。

徐佩芸不由感动极了,哽咽地说:"谢谢。"

吴俊锋却顿时气结,颤抖着手指道:"你、你、你……"

臧家梁却看都不看他一眼,转头对二哥说:"该你了。"

臧家栋却怒气冲冲道:"我才不管什么交通枢纽、经济命脉呢,我只知道,把码头卖给这个女人,我们还倒欠八百二十万利息!所以,就是签,我也是和吴老板签!"

众人闻言,立刻面面相觑!

吴俊锋却笑了,大拇指一竖,称赞说:"不亏是哥哥,可比弟弟更有远见卓识啊!"

臧家梁立刻瞪了二哥一眼,愤怒道:"你到底还有没有是非观念?"

臧家栋却冷笑一声,迅速抓起了笔,径直走到吴俊锋的那份合同前,就要落笔!

一时间,所有人都蒙了,不知道这兄弟俩唱的是哪一出?

徐佩芸却冷笑一声,语带威胁地说:"你胆敢将自己的两成股份卖给别人,我就马上到警察局去告你暗算亲侄子!"

众人闻言,全都吃了一惊,纷纷发问:"啊?怎么回事?"

臧家栋更是浑身一颤,整个人都僵住了!

臧增福张大嘴巴,好半天,才痛心疾首道:"家栋,佩芸说的可是真的吗?"

臧家栋这才回过神来,却支支吾吾地说:"爸,你不要听这个女人胡说。"然后又态度强硬道,"徐佩芸,你说我暗算远航,你、你有什么证据?"

没想到,话音刚落,门外就响起一个响亮的男声:"我有证据!"

众人再次一惊,同时将目光转向门口。

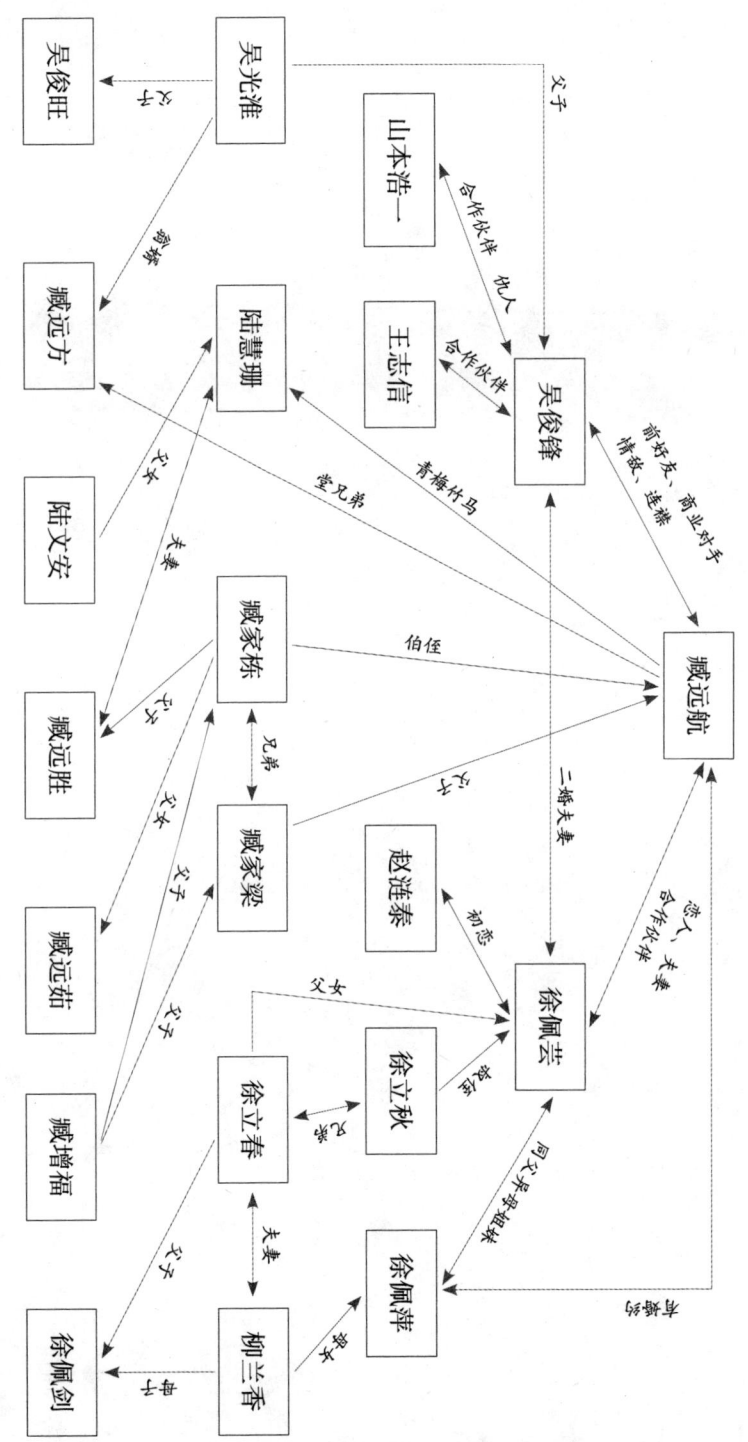

【力挽狂澜】

下

房忆雪 著

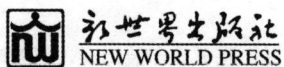

图书在版编目（CIP）数据

运河码头. 第二部. 下，力挽狂澜 / 房忆雪著. --北京：新世界出版社，2019.9
ISBN 978-7-5104-6880-3

Ⅰ. ①运… Ⅱ. ①房… Ⅲ. ①长篇小说－中国－当代 Ⅳ. ①I247.5

中国版本图书馆CIP数据核字(2019)第181451号

运河码头．第二部．下，力挽狂澜

作　　者：	房忆雪
策划编辑：	张铁成
责任编辑：	张晓翠
责任印制：	王宝根
出版发行：	新世界出版社
社　　址：	北京西城区百万庄大街24号（100037）
发 行 部：	（010）6899 5968　（010）6899 8733（传真）
总 编 室：	（010）6899 5424　（010）6832 6679（传真）
http：	//www.nwp.cn
http：	//www.nwp.com.cn
版 权 部：	+8610 6899 6306
版权部电子信箱：	nwpcd@sina.com
印　　刷：	三河市金元印装有限公司
经　　销：	新华书店
开　　本：	880mm×1230mm　1/32
字　　数：	321千字　印张：16.5
版　　次：	2019年9月第1版　2019年9月第1次印刷
书　　号：	ISBN 978-7-5104-6880-3
定　　价：	98.00元

版权所有，侵权必究

凡购本社图书，如有缺页、倒页、脱页等印装错误，可随时退换。
客服电话：(010)6899 8638

目录

第 1 章　千万不要报官　／ 001

第 2 章　以资抵债　／ 009

第 3 章　臧家的大功臣　／ 017

第 4 章　缘分天注定　／ 024

第 5 章　见不得人的勾当　／ 031

第 6 章　绝对不会善罢甘休　／ 038

第 7 章　不许任何船只停靠　／ 047

第 8 章　算你命大　／ 055

第 9 章　我们已经离婚了　／ 062

第 10 章　怨不得任何人　／ 070

第 11 章　四成暗股　／ 076

第 12 章　大家不要挤　／ 085

第 13 章　一定要补上这个窟窿　／ 094

第 14 章　快把我绑了　／ 100

第 15 章　将子弹上膛了　／ 111

第 16 章　你还是嫌弃我　／ 116

第 17 章　面临停工　／ 124

第 18 章　五大喜讯　　　/ 129

第 19 章　运输难问题　　/ 139

第 20 章　我偏不认命　　/ 145

第 21 章　你把她推下去　/ 155

第 22 章　畜生不如　　　/ 161

第 23 章　绝对不会离婚　/ 170

第 24 章　买凶杀人　　　/ 177

第 25 章　有种你再说一遍　/ 184

第 26 章　盼归的徐佩萍　/ 192

第 27 章　商讨集资事宜　/ 198

第 28 章　长江上游总司令　/ 203

第 29 章　大名鼎鼎的吴将军　/ 213

第 30 章　又不是头婚　　/ 219

第 31 章　复婚　/ 227

第 32 章　病情已经很严重了　/ 235

第 33 章　真是逆子　/ 243

第 34 章　推迟婚礼　/ 250

目录

第35章　马上给我滚　　/ 257

第36章　我们一起回家吧　　/ 267

第37章　谁把谁当猴耍　　/ 274

第38章　真是黑白颠倒　　/ 281

第39章　风水这种伪科学　　/ 288

第40章　并不是铁火龙　　/ 296

第41章　铁道部下了命令　　/ 303

第42章　愧对祖宗　　/ 311

第43章　掐丝珐琅梅花花卉纹碗　　/ 319

第44章　铁路修到了别处　　/ 326

第45章　她就这么想不开　　/ 335

第46章　谁都不娶　　/ 343

第47章　孟昭桓私塾馆　　/ 350

第48章　胜读十年书　　/ 359

第49章　请不要再来纠缠　　/ 366

第50章　又搞什么鬼名堂　　/ 372

第51章　都愿意不离不弃　　/ 382

第 52 章　食之无味弃之可惜　　/ 389

第 53 章　把吴家大院赎回来　　/ 398

第 54 章　做什么我都愿意　　/ 405

第 55 章　一定要知根知底　　/ 413

第 56 章　买码头是白日做梦　　/ 420

第 57 章　码头就拜托你了　　/ 425

第 58 章　公事必须听我的　　/ 434

第 59 章　黄锦包　　/ 441

第 60 章　日本间谍　　/ 450

第 61 章　放下孩子　　/ 459

第 62 章　中国不会亡　　/ 466

第 63 章　誓把日寇逐出国门　　/ 473

第 64 章　化悲痛为力量　　/ 479

第 65 章　十个国家的国旗　　/ 488

第 66 章　再晚就来不及了　　/ 498

第 67 章　劫后相守　　/ 503

第1章 千万不要报官

臧家大院客厅门口,只见臧远航穿着一身整洁的黑色中山装,手上并没有拿着之前标志性的拐杖。

可是他修长的身材,依然站得笔直而挺拔,面色严肃而冷峻。

与此同时,臧家大院客厅内,简直震惊了!

吴俊锋见状,刚才还洋洋自得的脸色,立刻变得铁青!

其余人则全都又惊又喜,一人道:"远航,你的腿好了?"

臧远航冲大家一抱拳,径直向室内走来。

徐佩芸立刻迎上去,惊喜地说:"远航,你终于回来了。"

臧远航深情地握着她的手,久久不愿意松开!

臧家栋的脸色,黑了又红,红了又青。好半天,他才颤抖着声音道:"你、你、你一个瘫子,能有什么证据?"

臧远航这才放开徐佩芸的手,冷哼一声说:"我早就重新站起来了,之所以继续装瘫,就是为了查清你的所有底细!"

臧家栋不由一愣,但还是态度强硬道:"查就查呗,我能有什么底细?"

臧远航再不理他,而是朝门外一喊:"张三锤,还不进来!"

臧家栋听到"张三锤"三个字,浑身顿时一颤!

与此同时,耷拉着一只胳膊、脑袋上还裹了一圈绷带的张三锤,哭丧着脸,一歪一斜地走了进来。

臧家栋立刻怔住了,回过神来,随即大声怒喝:"张三锤,你五年前就被码头开除了,还来做什么?"

张三锤闻言,吓得立刻躲在臧远航身后。

臧远航一字一顿地说:"张三锤,不要害怕!现在,请你告诉大家,两年前,在大运河王楼河段,到底发生了什么事?"

张三锤指了指臧家栋,胆怯道:"他……他……"

臧家栋立刻冲他咆哮:"张三锤,你活得不耐烦了吗?"

张三锤闻言,立刻就犹豫了。

臧远航厉声说:"张三锤,你忘记自己的头流了多少血,自己的胳膊又是怎么断的吗?"

张三锤听了这话,立刻仇恨地瞪了臧家栋一眼,愤怒道:"是他给了我一大笔钱,让我把臧远航杀死;也是他,担心事情败露,想要杀我灭口。虽然我逃掉了,但还是被打得头破血流、被打断了一只胳膊,甚至差点儿死掉!臧家栋,我和你不共戴天!"他说完这话,便像疯了一般向臧家栋扑去!

顿时，两人扭打成一团。

众人不由大吃一惊，连忙围上去，好不容易才将两人分开。

臧家栋却还想要扑上去，甚至想要掐死张三锤。

臧家梁"啪"地一拍桌子，厉声说："都给我住手！"

臧家栋擦着脸上的血迹，气急败坏道："我挨打了，为什么还要我住手！"

众人听了这话，全都冷冷地望向他。

臧家栋不由恼羞成怒地说："我知道了，你们父子俩早就看我不顺眼了，想趁机把我赶出码头，是不是？"

臧家梁再也忍不住了，咬牙切齿道："臧家栋，这么多年来，我念在手足之情的分上，百般容忍你的一错再错。真是万万没想到，你竟然狠心想要我儿子的命！"

臧家栋见事情败露，索性撕破了脸皮，大言不惭地说："要不是他异想天开想在窑湾修铁路，我会要他的命？你也知道，要是修了铁路，我们码头就会被取代！到那时，我们臧家优势何在？你不也正是担心码头被铁路取代，才请来徐立秋，利用他向吴俊锋借钱，才能到通州修建深水码头的吗？"

众人闻言，当即一片哗然，纷纷问道："修铁路？是真的吗？"

吴俊锋原以为这一切的始作俑者都是自己，没想到却中了别人的连环计！他简直气晕了，立刻跳到臧家梁面前，气急败坏地说："好你个臧家梁，原来这一切都是你设的局？上当受骗的竟然是我?"

刚才还义正词严的臧家梁,眼见自己的私心也被人戳穿了,顿感羞愧难当,脑门立刻急出了冷汗。

臧远航的私心虽然没有败露,但是也有些自责。同时他埋怨地看了一眼父亲,然后冲吴俊锋冷笑一声道:"如果不是你一心想摧毁码头,又怎么掉进这个局里?"

吴俊锋顿时气结:"你、你、你……"

臧远航不再理他,而是转向所谓的二大,恨声说:"这么多年来,你对码头一直有破坏没建设,甚至为了霸占码头,不惜杀害自己的亲侄子,你还是人吗?"

臧家栋不由惊慌失措道:"你、你想要怎么样?"

臧远航厉声说:"如果我报官,你就是死罪!"

臧家栋闻言,立刻扑通一声跪倒在地,一边磕头,一边不断地抽打着自己的耳光,并苦苦哀求道:"远航,求求你,看在伯侄一场的分上,你千万不要报官啊!"

臧远航厌恶道:"我看在大姐和二哥的面子上,也可以饶过你。不过这些年你的两成股份,也早就被你捞得盆满钵满了,所以作为交换条件,就请你在佩芸的合同上签字,从此与码头两不相干!"

臧家栋立刻如小鸡啄米一般连连点头:"好,我签,我签!"边说边爬起身来,走到桌子边。

因为刚才慌乱,他手里的笔不知道丢到哪里去了,只好讨好地说:"家梁。"

臧家梁厌恶地瞪了他一眼,然后冷哼一声,这才将笔递给他。

臧家栋哆哆嗦嗦拿起笔,毫不犹豫地签上了自己的名字!

吴俊锋完全没想到会发生如此戏剧性的一幕,当即气得咬牙切齿,却也只能眼睁睁地看着他签名,别无他法!

臧家栋签完后,又将笔递给大侄子,讨好地催促道:"该你了。"

臧远方默默地接过了笔,就要走到桌子前。

臧远航却连忙拦住他,真诚地说:"大哥,这些年,你一心一意为码头做事,大家都看在眼里。你的两成股份,永远属于你!以后我们兄弟俩齐心协力,一定会把窑湾的水陆交通推向一个新的高峰!"

臧远方望了望徐佩芸,沮丧道:"远航,你还糊涂着呢,码头现在已经不属于臧家了。"

徐佩芸却掷地有声地说:"不,码头永远都属于臧家!"说完这话,便从文件袋里掏出一份文件,递给臧远航,如释重负道,"远航,这是股权变更协议,至于我二叔的那半成股份,顾律师已经找到当初签约的漏洞,重新拿回来了。至此,我的任务也算完成了!"

众人看到这里,全都糊涂了。

吴俊锋不由讥刺道:"你们臧家今天到底给我们演的是哪一出啊?"

臧远航微微一笑,朗声说:"你说得对,这正是我和佩芸为大家演的一出戏!当初我被暗算,不但双腿瘫痪,心情也极度崩溃,根本无心管理码头。你们借机和徐立秋合谋,不断将码头掏空,眼见码头岌岌可危。虽然我最终站起来了,也意识到自己的错误,但是却已经无力回天了。只得退而求其次,假装和佩芸离婚,就是为了让她带走一大半家产,使之不落入外人手中!"

众人闻言,这才恍然大悟,纷纷叹息道:"原来如此,可真不容易啊。"

曹秀英和郭文芳二人,更是感动得哭了起来。

臧远航长长吸了一口气,然后走到徐佩芸身边,哽咽地说:"佩芸,这段时间,你为了顾全大局,忍受了无数的非议和冷眼。在这里,我代表臧家人,向你道歉,同时也谢谢你!"说完,深深地鞠了一躬。

徐佩芸连忙摆手说:"远航,不要。"

臧家人纷纷走过来,感激地围着徐佩芸。

臧远方恍然大悟道:"佩芸,原来你当初拿走股份,就是为了给我们留一条后路啊。"

徐佩芸点点头说:"是的。"

郭文芳惭愧道:"佩芸,对不起,是我错怪你了。"

徐佩芸紧紧握着她的手，歉然地说："妈，不好意思，让你伤心了。"

臧增福感激道："佩芸啊，实在对不起。我是白活了几十岁呀，连好人坏人都分不清。"

曹秀英也抹着眼泪说："是啊，我们都老糊涂了，宁愿相信那个'牛皮大王'，也不相信你。"

臧家梁更是内疚万分道："你们都不用说了，最惭愧的是我，佩芸，谢谢你。"

徐佩芸诚恳地说："大家快别这么说，码头不仅属于臧家，更属于所有窑湾人，我们每个人都有义务保护它！"

众人纷纷称赞！

吴俊锋看到这一幕，不禁又气又恼，忍不住威胁道："哼，别忘了，你们还欠我整整一百三十万贷款呢，再加上利滚利，你们这辈子也别想还清了！"

臧远航诚恳地说："俊锋，不，吴老板，虽然那一百三十万我们没有见过一分钱。但是毕竟，徐立秋是我们请来的，我们用人有误。所以，我们愿意按照现行的钱庄贷款利息还你，大约一百五十万，不知道你意下如何？"

吴俊锋却半点不为所动，冷冷地道："你们只有两个选择：要么把码头以资抵债给我；要么把一千万还给我，一个子儿都不能少！否则，我们就法庭上见！"

臧远航毫不相让地说:"如果闹上法庭,我不但不会承认曾经聘用过徐立秋,还要写诉状告他,为什么要盗用我们码头的公章向你高息借贷?如若认真追究起来,恐怕没理的是你吧。"

吴俊锋暴跳如雷道:"怎么,难道你想赖账不成?"

臧远航立刻反唇相讥:"我从来不用对付君子的方法,来对付小人!"

吴俊锋闻言,不由一呆,随即气急败坏地说:"你什么意思?谁是小人?"

臧远航轻蔑道:"问你自己!"

吴俊锋被噎住了,只好恶狠狠地说:"哼,走着瞧!"

臧远航坚定道:"奉陪到底!"

吴俊锋见他油盐不进,把牙齿咬得咯吱咯吱响,气急败坏地一挥手说:"走!"

众债主犹豫了一下,只好跟了上去。

随即,臧家大院外。

吴俊锋等人鱼贯而出,有的气势汹汹,有的一脸沮丧,更多的则是对今天的一波三折各抒己见。

第2章 以资抵债

臧家大院客厅内,自是另一番光景。

臧家栋自从恶行暴露后,自是又羞又怕。

他在债主离开后,担心被家人指责,连忙趁人不备,缩起身子,偷偷溜回了自家小院。

剩下的臧家人,则纷纷向徐佩芸围过来。

臧家梁感动地道:"佩芸,真是太谢谢你了。"

郭文芳也惭愧地说:"佩芸,妈以前错怪你了。"

其余的臧家人,则纷纷充满歉意地说:"佩芸,委屈你了,真是委屈你了。"

徐佩芸连忙摆手道:"大家千万别这么说。保护码头,不仅是臧家的责任,更是每一个窑湾人的责任。"忽然想起什么,担忧地问,"对了,远航,吴俊锋绝不会善罢甘休的,以后你打算怎么办?"

臧远航沉吟片刻,叹了口气说:"现在唯一的办法,只有找到你二叔,逼他说出和吴俊锋合谋的真相。只有知己知彼,才能百战不殆。"

徐佩芸担忧道:"可是,我二叔早就杳无音信了呀。"

臧远航孤注一掷地说:"我已经决定,明天就去北京找他!"

中宁街上,一辆黑色的轿车缓缓前行。

吴俊锋闭目仰躺在座位上,脸色看上去非常不好。

王志信和他并排而坐,张了张嘴,但是却数次欲言又止。

终于,吴俊锋缓缓睁开眼睛,懒懒地说:"今天臧家的这场大戏,可真是一波三折啊。"

一直忐忑不安的王志信,连忙附和道:"是啊是啊。真没想到暗算臧远航的幕后黑手,竟然是他自己的亲二大。更没想到的是,臧家栋如此心狠手辣,连亲侄子都不放过。"

吴俊锋冷笑一声说:"有勇无谋,心狠手辣又有什么用?结果还不是偷鸡不成反蚀一把米?他本来就是个废物,现在连码头股份都没有了,更是连废物都不如!以后他们二房一家子,就只能靠臧远航赏口饭吃了。"

王志信讨好道:"不过这样也好,你身上的嫌疑,也终于洗清了。"

吴俊锋却叹了口气说:"这正是我所担忧的。我原本以为,当初臧远航出事后,臧家梁铁定揪着我不放,我才好趁机生事,浑水摸鱼。没想到,他竟然能理智到完全将我置身于事外。此人的智慧,真是非同一般啊。"

他说到这里,眉头不由就是一皱:"另外通过今天的事情,我还发现,臧远航颇有乃父之风,并且加上佩芸的大力协助,更是青出于蓝而胜于蓝。看来我们要想得到运河码头,还得再下一番功夫才行。"

王志信闻言,眼珠一转,趁机道出了自己的担忧:"如果臧远航真的反咬一口,而我们又没有确凿的证据,双方扯起皮来,不但码头拿不到,那一百三十万是不是也白瞎了?"

吴俊锋却不屑地说:"怎么会?只要我们找到徐立秋,人证物证俱全,就算闹到天边,姓臧的也不占理!要么把码头以资抵债,要么还我一千万!"

王志信为难道:"可是,徐立秋一直杳无音信呀。"

吴俊锋目光一凛说:"你放心,我明天去北京,就算掘地三尺,我也会把他找出来!"

清晨,运河码头上。

臧远航手里提着皮箱,腿部已经完全恢复了正常,看上去更加英俊帅气了。

徐佩芸反复叮嘱说:"你此次去北京,一定得加倍小心。二叔是个软硬不吃的人,真不知道他会再玩出什么花招来呢。"

臧远航故作轻松道:"你放心,再怎么说,我也是他的侄女婿……"

徐佩芸闻言,不由尴尬起来。

臧远航这才意识到失言,连忙掩饰地说:"我、我、我的意思是,我曾经是……"

正在这时,伴随着一声响亮的汽笛声,一艘客船由南向北而来。

徐佩芸转移话题道:"你看,船来了。"

臧远航刚想转身,忽然想起什么,又吩咐说:"对了,我走后,你一定要好好和涟泰哥谈谈,他可能对你有些误解……"

徐佩芸信心满满道:"你放心吧,我了解涟泰,他绝对不会误解我的。"

这时,客船已经缓缓停靠在岸边,开始有旅客下船了。

臧远航还想说什么:"可是,他已经……"

徐佩芸催促道:"别说了,和涟泰的事我自会处理。快上船吧,去北京才是正事。"

臧远航目光一凛,点点头说:"那我走了。记住,帮我管理好码头。"

徐佩芸郑重道:"放心吧,一定会的。"

于是,两人这才挥手告别。

随即，臧远航快步走上了甲板，进入船舱。

此时旅客开始找座位，船舱内一片嘈杂声。

臧远航提着皮箱，随着拥挤的人群往前走。

一个年轻男人靠窗坐着，报纸遮住了大半张脸。

他身旁的空座位上，铺着一张崭新的报纸。

臧远航走到空座位前，礼貌地说："请问，我可以坐在这儿吗？"

年轻男人闻言，猛地将报纸拉下，露出一张熟悉的脸！

臧远航赫然看到，竟然是吴俊锋！

一时间，真是仇人相见，分外眼红！

吴俊锋在片刻的惊讶过后，旋即冷笑一声道："我宁愿和狗为邻，也不愿意和傻瓜坐在一起，哼！"

听了这话，坐在对面的两个男人，均是一脸怒色。

没想到，臧远航却把报纸拿到一边，欣然就坐。

吴俊锋不由恼羞成怒地说："你干什么？"

臧远航微微一笑道："我既愿意和狗为邻，也愿意和傻瓜坐在一起。

吴俊锋顿时气结！

对面的两位男乘客，再也忍不住了，愤怒地瞪了他们两个人一眼。

乘客甲忍不住厉声说："你们两个一唱一和的，到底是什么意思?"

乘客乙则怒骂道:"你们两个,一个是狗,一个是傻瓜!"

臧远航这才意识到自己的失言,立刻歉然地说:"对不起,对不起。"

吴俊锋也尴尬地赔着笑脸道:"得罪,得罪。"

对面两位乘客冷哼了一声,这才作罢。

臧远航和吴俊锋这才长舒了一口气,互相狠狠地瞪了一眼。

中宁街上,人流如织。

徐佩芸看上去心事重重的,边走边喃喃自语地说:"难道说,涟泰真的会误解我吗?"

忽然,她停下脚步,脑海中不由浮现出如下场景:

赵涟泰却冷冷道:"请你出去。"

徐佩芸不由委屈地说:"我是佩芸啊,徐佩芸。"

赵涟泰依然冷冷道:"我认识的那个徐佩芸,她善良、坚定、通情达理,而不是像你这样机关算尽、是个心机重重的女人!"

徐佩芸急忙解释说:"你听我说……"

赵涟泰却语气生硬道:"你不用说了,刚才的一切,我都亲眼看见了。我再说一遍,请你出去,立刻!"

徐佩芸不由呆住了,犹豫了一下,还是不得不推开了车门,将行李箱拿了下来。

与此同时,赵涟泰一踩油门,黑色轿车立刻决绝而去!

徐佩芸望着远去的恋人,不由撕心裂肺地喊道:"涟泰……"然后瘫坐在泥水地上,绝望地放声大哭起来!

徐佩芸想到这里,情不自禁地摇摇头,自信道:"我了解涟泰。他是个至情至性的人,等到他明白真相,一定会原谅我的。"

好在不大一会儿,她就看见了前面的济世堂,于是径直走了进去。

江西会馆济世堂内。

赵延成正在给一位老奶奶看病。

他将两个药包递给老奶奶,温和地说:"这两包药是巩固疗效的,喝完后,你的哮喘病就再也不会复发了。"

老奶奶感动道:"赵先生,你真是活菩萨在世啊,不但治好了我这个快要死的穷老婆子,还一分钱都不收,叫我怎么感谢你呢?"

赵延成谦虚地说:"应该的,应该的。"

老奶奶这才接过药包,千恩万谢地走了。

徐佩芸让过老奶奶,然后走进屋内道:"赵大。"

赵延成抬头见是她,便惊喜地说:"佩芸,你来啦,快坐。"

徐佩芸坐下后,却情不自禁地东张西望起来。

赵延成不由试探地问:"你这是……"

徐佩芸有些不好意思，但还是支支吾吾道："我……我找涟泰有点事。"

赵延成叹了口气，怜悯地说："你来晚了，他已经去臧家了。"

徐佩芸立刻惊喜道："他是不是去找我了？他是怎么知道我已经回来了？"

赵延成闻言，不由脱口而出："快到八月十五了，他是去臧家送节礼的。怎么，你不知道吗？"

徐佩芸听了这话，当即就笑了："涟泰真是的，要送节礼也是送到徐家，怎么能往臧家送呢？"

赵延成越发惊讶，回过神来，即连连摆手说："不，搞错了……"

徐佩芸连连点头道："是的，他搞错了，我马上去把他追回来！"说完，转身就跑！

赵延成急得在后面直喊："佩芸、佩芸，我话还没说完……"

但是此时，徐佩芸已经喜滋滋地跑远了。

赵延成望着她的背影，不由苦笑起来。

第3章 臧家的大功臣

中宁街上,因为中秋将至,所以赶集的人比平时多了不少。

赵涟泰手里提着大包小包的礼品,径直向前走去。

徐佩芸急急忙忙在后面追。

她一边跑,一边焦急地大喊:"涟泰,涟泰。"

但是人声太过嘈杂,赵涟泰根本就听不到。

徐佩芸跑着跑着,高跟鞋不小心绊了一下,差点儿跌倒。

她立刻蹲下身子,毫不犹豫地脱掉了两只鞋,更加快速地跑起来。

但是人群水泄不通的,好久都过不去。

赵涟泰的身影在人群中闪了一下,又立刻不见了。

徐佩芸急得直跺脚,却也别无他法!

臧家大院外,赵涟泰站在大门外,刚想举起手敲门。

好在这时，徐佩芸终于追上了。

她已经累得上气不接下气了，但还是亲热地喊道："涟泰，涟泰。"

赵涟泰闻言，立刻吃惊地回头。

当他看到她时，眼睛不由一亮，但随即就暗淡下来了，冷冷地说："哦，你有事吗？"

徐佩芸焦急道："你不能进去！"

赵涟泰忍不住讥刺地说："你折算的五成五股份中，莫非也包括这座房子？"

徐佩芸并不笨，只是一时没有反应过来，但是听了这话，终于意识到了某种异样。

她当即一愣，不由诧异地问："你这话是什么意思？"

赵涟泰冷冷道："我的意思很明显，如果这座房子不是你的，那么，我就可以进去了！"

徐佩芸虽然有些迷糊，但还是语无伦次地说："无论你是什么意思，我都已经和臧家没有任何关系了，在这个时候，你要是还是送节礼进去，臧家人会感觉到很没面子的……"

赵涟泰不由一愣，也有些蒙了！

正在这时，不远处却传来一阵爽朗的笑声："哎呀，涟泰啊，新姑爷第一次上门，怎么站在这里，还不进去呀？"

徐佩芸闻言，不由大吃一惊，手中的高跟鞋也随之"咣当"一声,就掉在了地上!

她下意识地回头一看,只见庄淑环满面春风地走过来,身边跟着一个提着菜篮子的用人。

赵涟泰当即眉头一皱,但还是礼貌地招呼道:"二大娘。"

庄淑环亲热地说:"哟,看你这孩子,还叫什么二大娘啊,得改口啦,改口叫岳母,哈哈哈。"

徐佩芸听了这话,全身的血液都仿佛凝固了一般,不由诧异地望着赵涟泰。

赵涟泰却刻意避开她的目光,顺从地改口道:"岳母。"

庄淑环长长地"唉"了一声,笑得更大声了:"哈哈哈,这就对了嘛。快进去,远茹已经等你很久了。"

徐佩芸的全身骨架,都好像要瘫软了似的。

但是她仍然强打起精神,哆嗦着嘴唇问:"岳、岳、岳母,你刚才喊她岳母?"

赵涟泰嘲弄地说:"是啊,我和远茹已经订婚了。不知道我是该叫你弟妹呢,还是该叫你徐总?"

徐佩芸听了这话,眼里立刻涌出了泪水。

她情不自禁地后退了几步,但是跟跄了一下,差点儿摔倒,勉强扶住墙壁,才好不容易站稳。

庄淑环仿佛才发现她似的,眼珠一转,故作大惊小怪道:"哎哟,这不是佩芸嘛。你和远航虽然离婚了,可也是我们臧家的大功臣呢，赶紧一起进去吧。"

赵涟泰闻言，不由诧异地望着未来的岳母。

他很想问什么，但是张了张嘴，却什么都没有问。

徐佩芸强忍着泪水，哽咽道："我、我还有事。"

她撂下这话，便迅速转过身去，紧紧捂着脸，逃也似的转身就跑！

赵涟泰原本想要追，但是耐不住丈母娘的催促，只好咬了咬牙，抬腿迈进了臧家大门。

中宁街上，人已经不像刚才那样多了。

徐佩芸手上的鞋子，不知道什么时候掉了。

她只有光着脚，在街道上飞快地跑着、跑着，像疯了一样。

人群纷纷让出一条路，诧异地望着她。

此时的徐佩芸，好像身旁的一切都不存在一般，什么都看不见，也什么都听不见。

她边跑边擦着肆意奔流的眼泪，一遍遍反复呢喃着："怎么会这样？怎么会这样？怎么会这样……"

好在此刻的大运河堰上，空无一人。

徐佩芸终于飞奔到那棵银杏树下，无力地扑倒在树干上。

她一边狠狠地捶打着树干，一边大声哭喊道："涟泰，你怎么可以这样对我？你怎么可以这样对我……"

就这样,她哭得上气不接下气,终于瘫倒在地上。

与此同时,臧家大院后院二房小院臧远茹卧室内。

赵涟泰孤单地站立在窗前,看上去心事重重的。

忽然,臧远茹兴冲冲推门过来,并惊喜地喊道:"涟泰!"

赵涟泰闻言,眉头不由一皱,却站着一动都没动。

臧远茹并没有感觉到他的异样,从背后抱住他的腰,亲热地说:"真没想到你能来,谢谢你。"

赵涟泰这才转过身,勉强笑道:"我说要来,就一定会来的。"

他说完这话,便不易察觉地挣脱她的手,走到桌前,掩饰地拿起水杯。

臧远茹这才觉察到什么,不禁有些失落,郁闷地说:"涟泰,我们虽然已经订婚了,可是我总感觉,你的心并不在我身上。"

赵涟泰掩饰道:"你不要胡思乱想。"

臧远茹却固执地说:"我没有胡思乱想。"忽然盯着他的眼睛,一字一顿道,"我告诉你,佩芸回来了。"

赵涟泰拿杯子的手,不由就是一抖,然后再也控制不住自己的情绪,粗暴道:"我说过的,不要在我面前提她!"说完,猛地喝了一大口水。

臧远茹斜了他一眼,故意继续说:"原来我们都误会她了,她其实是臧家的大功臣。"

赵涟泰闻言,目光就是一凛!

他立刻转身,激动地摇摆着她的双肩,急切地问:"大功臣?刚才你妈也这样说,快告诉我,这到底是怎么回事?"

臧远茹犹豫了一下,还是道:"她当初执意要拿走五成五的股份,并不是贪得无厌,而是为了保住臧家最后的实力,使码头不落入吴俊锋等人之手。"

赵涟泰却冷笑一声说:"确实没有落入吴俊锋之手,但都落入她自己之手了!"

臧远茹连忙摇头道:"不,她之前只是权宜之计,现在已经把自己从臧家拿到的所有财产,全部转回远航的名下了,连股权变更协议都签好了!"

赵涟泰闻言,不由失控地"啊"的一声,手中的水杯剧烈抖动了一下!

随即,他喃喃自语地说:"怎么会这样?怎么会这样?"

臧远茹见此情景,知道自己的猜测得到了证实。

她审慎地盯着他的脸,不禁叹了口气道:"你果然还是忘不掉她的!"

赵涟泰回过神来,忽然猛地转身,抬脚就想走!

臧远茹立刻紧张地问:"你要做什么?"

赵涟泰脱口而出说:"对不起,我误会她了,我要去把她找回来!"

臧远茹却幽幽道:"就算你误会她了,又能怎么样呢?你别忘了，你现在已经是我的未婚夫了。"

赵涟泰闻言，不禁犹豫起来。

正在这时，门外传来庄淑环欢快的喊声："远茹，开饭了，你爷爷奶奶、三叔三婶一大家子都等着看新姑爷呢，快带涟泰出来。"

赵涟泰望了望所谓的未婚妻，又望了望门口，犹豫不决。

臧远茹见状，非常难过地说："如果你真的想去找佩芸，就去吧。反正我的名声已经坏了，先是被人骗财骗色，现在又被未婚夫抛弃，呜呜呜，我真是命好苦啊，我不想过了，我要去当尼姑，不，我要去死！"说着说着，不由哭了起来，抬腿就要往外走。

赵涟泰连忙拦住她，焦急道："你说什么傻话？你要是有个三长两短，我会一辈子良心不安的！"

臧远茹这才停止哭泣，却故作委屈地说："那……你还去找佩芸吗？"

赵涟泰犹豫了一下，只好摇了摇头道："我、我不去了！"

臧远茹的嘴角，这才露出一丝不易察觉的微笑。

与此同时，庄淑环又在门外催促说："远茹、涟泰，快点呀，全家人都等着你们呢。"

臧远茹期待地望着赵涟泰。

赵涟泰只好无奈道："我们出去吧，别让爷爷奶奶久等了。"

臧远茹立刻笑了，挽起他的手，亲热地向门外走去。

第4章　缘分天注定

臧家大院后院二房小院内，赵涟泰和臧远茹手挽手走出房间。

庄淑环望着他们握着的手，笑得都合不拢嘴了，故意大声说："小夫妻俩有什么悄悄话，等婚后慢慢再说吧，现在跟我去吃饭，哈哈哈。"

臧远茹望了望身边的人，幸福地笑了。

赵涟泰也勉强笑了笑，但是那笑容，却比哭还要难看。

臧家大院客厅内，臧家人都坐在饭桌前。

庄淑环带着臧远茹和赵涟泰笑容满面地走进来。

赵涟泰礼貌地说："爷爷奶奶好，三叔三婶好。"

众人连忙起身，纷纷热情道："快坐，快坐。"

赵涟泰和臧远茹相挨着坐下了。

臧家梁扫了一眼大家，忽然问："咦，佩芸呢？"

郭文芳立刻回道："送远航去了，按理也早该回来了啊。要不，我们再等等？"

赵涟泰闻言，神色再次大变。

至此，他知道自己大错特错了，并且错得很离谱！

臧远茹当然知道为什么，不由担心地望着他。

而这一切，都被母亲尽收眼底。

庄淑环眼珠一转，一拍额头说："哎呀，你们看我这个忘事鬼。刚才在街上，我遇到她了，就让她回家。她却说自己毕竟已经和远航离婚了，现在不方便再回臧家了。"

曹秀英不禁担忧地问："不回我们家，她那个继母早就不让她进门了，那她住在哪儿呀？"

庄淑环竟然一时不知如何回答。

臧远茹赶忙接话头说："我忘记和大家说了，她暂时住在望月楼。"

与此同时，庄淑环暗中捅了捅丈夫。

臧家栋当然知道妻子和女儿担心的是什么，连忙端起酒杯站起来道："今天是我准女婿第一次登门。我提议，大家一起干一杯。"

大家听了这话，立刻举起酒杯，异口同声地说："干杯！"

一时间，客厅里推杯换盏，欢声笑语，好不热闹。觥筹交错中，一次次闪过赵涟泰忧郁重重的脸和非常勉强的笑容。

但是除了怨自己，又能怨谁呢？

傍晚时分,大运河堰银杏树下。

徐佩芸坐在地上,倚着树干,望着前方汹涌澎湃的大运河水,神情万分忧郁。

现在她唯一能做的,就是一遍遍哼唱着母亲生前最爱的那首歌,就如母亲还在身边一般。

春分时节,天还是这样寒冷;豌豆初生,芽儿尚嫩;妾弄青梅,郎骑竹马;两小无嫌猜,双飞西园草。

芒种过后,露珠把柴门轻叩;稻未熟透,秧苗渐黄;临别之际,蓦然回首;在不经意间,相思已写就。

处暑霜降,夜半沾衣人未觉;树将枯萎,花亦凋零;欲诉离情,却无尽头;正如枝上叶,一岁一葳蕤。

立冬已至,今生醉了却又醒;昔你往矣,杨柳依依;今我来思,雨雪霏霏;坐拥孤衾泪,问君几时归?

不知道过了多久,赵涟泰终于向这边走来。

与此同时,徐佩芸一曲终了,情不自禁地苦笑起来:"问君几时归?唉,再也不会回了!"

赵涟泰闻言,不由深深叹了一口气,然后走到她身后,深情地呼唤道:"佩芸。"

徐佩芸立刻回头,抬起布满泪痕的脸,忍不住委屈地说:"哦,你终于来了。"

赵涟泰哽咽道:"我刚才知道,原来我之前误会你了。"

徐佩芸不禁惨然一笑说:"我也曾误会过你,一人一次,很公平,不是吗?"

赵涟泰惭愧道:"对不起。"

徐佩芸却苦涩地说:"我等你来,并不是为了听你说对不起的。我想问的是,你到底有没有爱过我?"

赵涟泰毫不犹豫道:"爱,无论过去、现在还是将来!"

徐佩芸不禁热切地说:"那么,现在误会解除了,我们是不是可以永远在一起了?"

赵涟泰却摇摇头,痛苦道:"不可以!"

徐佩芸的眼泪,再次溢出眼眶,颤声问:"为什么?"

赵涟泰握着她的手,认真地说:"我现在才明白,爱情和婚姻是不同的。爱情只要两个人心心相印、情投意合就行。但是婚姻,不仅要有爱,还包含着责任和承诺。虽然我并不是那么爱远茹,但我对她有责任和承诺,我实在不敢想象,如果现在悔婚,她的后半生将会怎样度过!"

徐佩芸闻言,不由尖叫起来:"那么我呢,你对我就没有责任和承诺吗?"

赵涟泰却直视着她的眼睛,认真地说:"我对你不仅有责任和承诺,我的整个身心,自始至终都是你的!可是很遗憾,你并没有珍惜!"

徐佩芸不禁茫然道:"你是什么意思?"

赵涟泰一字一顿地说："倘若珍惜，你就不会在和我上船的那一刻，回身奔向远航；倘若珍惜，你就不会瞒着我，和远航导演离婚的戏码，置我的感受于不顾！"

徐佩芸不由呆住了，好半天，才结结巴巴道："我、我、我并不是没有珍惜你，我只是、只是……"

赵涟泰点点头，接口说："对，你并不是不珍惜我，只是你更珍惜远航罢了！"

徐佩芸立刻避开他的眼睛，情不自禁地低下头，有些心虚道："我不知道。"

赵涟泰叹了口气说："其实你是知道的，只是不愿意承认而已。虽然你和远航只是因为机缘巧合走到一起，但是这两年多来，你们互相扶持，走过很多人生的风雨，彼此已经成为生命中不可分割的一部分。你们之间不但有爱，更有责任和承诺！所以，在这份感情面前，我认输了！"

徐佩芸苦涩道："也许你说得对，可是、可是我……"

赵涟泰爱怜地帮她擦去脸上的泪痕，深情地说："什么也别说了，好好爱远航。他对你的爱，毫不逊于我！"

徐佩芸叹了口气，这才重重地点点头道："嗯。"

她说完这话，两人不由相视一笑！

这真是"缘分天注定，半点不由人"啊！

正午时分,北京徐公馆外。

一辆黄包车远远地驶来,车上坐着的正是臧远航。

当他看到"徐公馆"字样时,立刻说:"就是这儿,停车。"

于是,黄包车在门口停了下来。

臧远航立刻走下车,没想到刚付好钱,忽然看到另一辆黄包车也停下了。

与此同时,吴俊锋也走下车来!

两人立刻四目一对,同时愣住了!

吴俊锋率先讥刺道:"怎么又是你?真是冤家路窄!"

臧远航冷冷地说:"难道你来这儿,只是为了和我吵架的吗?"

吴俊锋闻言,不由就是一愣。

臧远航再不理他,径直走到大门前,敲了敲门。

吴俊锋犹豫了一下,只好跟了上去。

不大一会儿,一个五大三粗的跟班甲,就将门打开了一条缝。

他斜眼看了看两个人,便不耐烦地问:"什么事?"

臧远航虽然满腔怒气,但还是礼貌地说:"我找徐先生!"

跟班甲当即问:"有预约吗?"

臧远航还没来得及回答,吴俊锋立刻傲然道:"没有。"

跟班甲不满地瞪了他一眼,生硬地说:"没有不见。"边说边想要关上门。

说时迟,那时快,臧远航猛地将门向里一推!

跟班甲完全没提防,差点儿就被推倒了。

他回过神来,立刻扑过来向外推臧远航,并想要再把门关上。

没想到就在两个人推搡间,吴俊锋已经轻松地推开门,顺利走进了院内。

跟班甲见状,连忙丢下臧远航,追了上去大声喝道:"回来!快回来!"

吴俊锋猛地回头,和后面的臧远航同时飞起一脚,两人前后夹击,猛地将他踢飞到半空中!

伴随着一声惊天动地的惨叫,跟班甲重重地落在了地上,并且脸先着地,好半天都没爬起来。

臧远航和吴俊锋趁此机会,迅速向别墅主楼奔去!

跟班甲好不容易才爬起来,已经鼻青脸肿的了。

但是他仍然跌跌撞撞向两人追去,并且鬼哭狼嚎地哭喊:"徐先生,徐先生……"

第5章　见不得人的勾当

北京徐公馆客厅内。好多男男女女或坐或卧，有的在喝酒划拳，有的在打麻将，甚至有的在跳舞，个个嘻嘻哈哈，丑态百出，好不热闹。

臧远航见此情景，不由愤怒地说："怪不得借了一百三十万，我们码头连一分钱都没见到呢，原来是自己拿来花天酒地了！"

吴俊锋也咬牙切齿道："说好我们出钱他出力，一起把码头抢过来的，没想到事情败露后，他就跑到这里做缩头乌龟了！"

臧远航闻言，不由恨恨地瞪了他一眼，甚至很想骂人。

恰在这时，麻将桌打完了一把。

桌子边的男男女女们，立刻欢呼起来："和了，和了……"

于是，男的将钞票往女的胸前塞，女的把酒水往男的嘴里灌。

一时间，房内乌烟瘴气，乱成一团！

臧远航和吴俊锋见此情景，简直忍无可忍了，几乎是异口同声说:"徐立秋,快给我滚出来!"

连喊了几声,徐立秋并没有出现。

反而是一个坦胸露乳的女人边笑边跑,一不小心,整个人就栽倒在了臧远航的怀里。

臧远航更加怒了,立刻气急败坏地抓起女人,并将她扔到沙发上。

顿时,女人跌落在沙发上,立刻发出一声惨叫。

与此同时,蒙着眼睛追她的男人,口中叫着"宝贝",双手同时胡乱在空中抓着。

不偏不正地,竟然恰好抓到了吴俊锋的胳膊。

男人不由得意地哈哈大笑起来:"抓到了,抓到了,我抓到了……"

吴俊锋立刻气急败坏道:"抓你爷!"

他边说边伸出手来,粗暴地往前一推!

男人一个没提防,脚下一滑,立刻就摔倒在地,同时发出一声杀猪般的惨叫:"啊!"

室内的男人们见状,全都愣住了!

他们回过神来,便迅速向臧远航和吴俊锋围过来。

虽然双方人数悬殊非常大,但是那几个男人,全都已经喝得醉醺醺的了。

臧远航和吴俊锋同时拳脚相加,很快将他们打趴在地。

就这样,原先寻欢作乐的地方,立刻就变成了拳脚相加的角斗场,躺着横七竖八的男人女人们。

终于,徐立秋被惊动了!

只见他醉醺醺从楼上走下来,不耐烦地问:"怎么回事?怎么回事?"

臧远航和吴俊锋见到他,同时脸色骤变,大声怒吼:"徐立秋!"

徐立秋闻言,神情不由一震!

他循声望去,见是此二人,眼珠一转,脸上立刻堆起笑容,热情地招呼说:"哎呀,原来是二位侄女婿光临啊,有失远迎,有失远迎,请恕罪、恕罪!"

正在这时,跟班甲一瘸一拐地走进来,并连声道:"徐先生,徐先生……"

徐立秋立刻转向他,咬牙切齿道:"号什么丧!我请你是让你来吃干饭的?这么重要的客人来了,你也不知道打招呼?"

跟班甲不由哭丧着脸说:"他们武功好厉害啊,我打不过……"

徐立秋闻言,一个耳光扇过去,同时骂道:"废物!"然后又转身对臧远航和吴俊锋眉开眼笑地说,"二位侄女婿,都还没吃饭吧?不如这样,我请客,你们想去北京饭店还是中国……"

臧远航当即打断他的话,同时愤怒地说:"现在我们码头,已经是火烧眉毛了,我没有闲心和你吃饭!窑湾的码头被你掏空了,通州的深水码头停工了,这些天我们天天给你拍电报、打电话,你却杳无音信……"

恰在这时,刚才被打倒的几个男人纷纷爬起来,哎哟哎哟地惨叫着。

臧远航猛地抬脚,胡乱向他们猛踢道:"滚出去叫!"

男人女人们立刻住了嘴,一个个灰溜溜地走出房间。

徐立秋眼见自己成了孤家寡人,立刻焦急地挽留说:"哎,别走,大家都别走啊。"

但是那些人都领教过了臧远航和吴俊锋的厉害,只恨爹妈少生了两条腿,巴不得早点离开这是非之地,根本没有人理他。

他们走后,刚才还闹哄哄的客厅,立刻就安静了下来。

徐立秋摊摊手,无辜道:"你们怎么这么野蛮,把我的朋友都吓走了。"

臧远航愤怒地打断他的话,厉声说:"别再顾左右而言他!我问你,通州深水码头那个工程,你到底有没有找过副总理?结果如何了?"

徐立秋装作为难道:"你不提还好,一提这事我就生气。这些天,我简直跑断腿了。可你猜他说什么,他说根本就不认识我!连见都不见!"

他说到这里,又摇摇头,推心置腹地说:"你们知道吗?当初他和我还是难兄难弟呢,没想到这一高升,就六亲不认了!"

臧远航不由失声叫起来:"也就是说,深水码头没有希望了?"

徐立秋却摇摇头,大言不惭地说:"也不能说毫无希望。这一届新上任的总理,你知道吗?我拜把子兄弟的叔叔的姨夫的弟弟,就在他手下当差,我正在想办法通过这个弟弟直接约见总理呢。哼,他一个小小的副总理,算是个什么东西?"

臧远航听了这话,眼睛像是要喷出火来,立刻揪住他的衣服,怒喝道:"你这牛皮吹得也太大了吧!连副总理都不认识,还提什么总理!"

徐立秋被他揪住衣领,立刻惊恐万分地问:"你、你想怎么样?"

臧远航声嘶力竭地说:"我最后只想问你一句,通州深水码头那个工程,到底还能不能做下去?"

徐立秋看了看他血红的眼睛,犹豫了一下,还是支支吾吾道:"我、我、我……"

臧远航手下猛地用力,大声怒吼:"快说!"

徐立秋只好硬着头皮,小声说:"不能!"

话音刚落,臧远航一个耳光就扇了过去!

徐立秋立刻惨叫一声,同时飞到吴俊锋脚下。

吴俊锋早就等得不耐烦了,当即揪住他的衣领,也高高扬起了手扇出一记耳光,恨声道:"当初说得好好的,我出钱你出力。现在你拿走了宝通成一百三十万,却把码头变成了一个空架子,就算我买过来,也是个冤大头,这账怎么算?"

徐立秋猛地挣开他的双手,索性破罐子破摔地说:"你们高息放贷,本来就是违法行为,凭什么要和我算账?"

吴俊锋愤怒道:"可要不是你,我们是不会放这个贷的!"

徐立秋却冷笑一声说:"你们放贷又不是因为我,是因为你一心想打垮臧家,把码头改姓吴,与我有半毛钱关系?"

吴俊锋立刻气结道:"你?"

事已至此,臧远航只好先将臧吴两家的恩怨放到一边,接过话头说:"就算宝通成高息放贷与你无关,但是臧家高息借贷,总与你有关吧?"

没想到,徐立秋再次冷笑道:"要不是你们臧家闹内讧,自己亲二大暗算你变成瘫子,你爸又硬要挤走佩芸,想借我之手,向吴家借贷建立通州深水码头,提高水路运输的竞争力,我怎么可能有机会成为码头的全权代表,向宝通成高息借贷?"

臧远航同样气结:"你?"

徐立秋这才整理了一下衣衫,理直气壮地说:"说到底,这是你们臧吴两家的争斗,只不过都想用我做棋子而已。现在你们两败俱伤,却不从自己身上找原因,想把责任推在我一颗棋子身上,想得美,哼!"

其余两人闻言,不由面面相觑!

臧远航率先回过神来,强忍着愤怒道:"既然如此,我就不再为难你了。不过请你马上和我回窑湾，说出和宝通成合谋的真相！"

吴俊锋却冷哼一声，毫不相让地说："既然如此，请你马上和我回窑湾，有了人证物证，就算是闹到天边，姓臧的也得还我们一千万！"

虽然两个人目的不一样，但是在回窑湾这点上，却达成了惊人的一致。

徐立秋见状，不由面露惊慌！

恰在此时，跟班乙走进来："徐先生，徐州的程老板来了。"

正苦于无法脱身的徐立秋闻听此言，立刻如获大赦一般，连连点头道："好好好，马上请他到书房来。"然后又转头对两位侄女婿说，"对不起，我有客人来了，恕不奉陪了，二位请便吧。"

他撂下这话，转身就要走。

臧远航和吴俊锋立刻拦住他，异口同声道："不行，你必须和我们回窑湾！"

徐立秋摊摊手，无奈地说："就算回窑湾，也得等我见过程老板再决定呀。"说完，立刻走出门去。

臧远航和吴俊锋正想要跟着出去，立刻有两个跟班走了过来，迅速拦住了二人的去路。

臧远航和吴俊锋却强行要追上去。

就这样，四人很快就"乒乒乓乓"打成了一团！

第6章 绝对不会善罢甘休

北京徐公馆书房内,一个身着长袍马褂的中年人,正端坐在沙发上。

徐立秋一改刚才的沮丧,笑容满面地走进来,热情道:"哎呀,程老板,大驾光临,有失远迎啊,哈哈哈。"

程老板立刻站起来,恭敬地说:"徐先生,又来给你添麻烦了。不知道贾汪煤矿的事情,办得如何了?"

徐立秋拍着胸脯,信誓旦旦地保证道:"不就是你想要贾汪煤矿的营业执照嘛,小事一桩,包在我徐立秋身上了。不过呢,贾汪煤矿的老板袁世传已经做了很多年,其堂兄袁世凯大总统虽然已经仙逝,但是袁家宗亲势力仍然在政商两界盘根错节,实力不可小觑啊,所以嘛……"边说边用拇指和食指做了个点钞票的姿势,暧昧地说,"这个你懂的,哈哈哈。"

程老板见状,便爽快地说:"这个我懂,不就是钱嘛。徐先生请放心，我是运河青帮的，钱有的是。贾汪煤矿就是个黑金蛋子，只要能从袁世传手中抢过来，我保证你有最少一成股份！"

徐立秋满意地点点头，一竖大拇指称赞道："程老板果真是个爽快人，你就把心放到肚子里吧，哈哈哈。"

没想到正在这时，臧远航和吴俊锋怒气冲冲地走进书房。

在他们身后，跟着刚才那两个跟班，此刻都已经鼻青脸肿，走路都一瘸一拐的。

程老板背对着他们，正感恩戴德地说："徐先生，那我的事情，就拜托给你啦……"

臧远航听了这话，当即愤怒道："你千万不要相信徐立秋！他这种投机取巧的掮客，专门替你这种不怀好意的人去做见不得人的勾当！"

吴俊锋附和地说："对，然后让你们鹬蚌相争，他好渔翁得利！"

程老板闻言，笑容立刻僵硬在脸上，不禁恼羞成怒地问："我哪有不怀好意了？他们是谁？怎么说话呢这是？"

徐立秋轻蔑地瞟了两人一眼，故意不屑道："你别理他们，不过是一对输红了眼的赌徒而已！"

臧远航立刻反唇相讥："你才是赌徒呢，把我们运河码头当成你赌博的砝码了！"

吴俊锋也怒声说："还有宝通成钱庄呢，现在也成了空架子了!"

程老板不由大吃一惊,重新打量了二人一眼,试探地问:"你们是窑湾的?"

臧吴二人同时点头道:"正是。"

程老板更加疑惑了:"窑湾的运河码头和宝通成钱庄,听说以前实力都很雄厚的,现在怎么全成了空架子了?"

臧远航指着徐立秋,愤怒地说:"就是他,让我们两家互相争斗,他从中牟利了整整一百三十万!"

吴俊锋瞪了他一眼,不满道:"不是一百三十万,是整整一千万!"

程老板不禁倒吸一口凉气,失声叫起来:"啊!一千万?"

徐立秋哪能让这么大的一桩生意黄了,连忙赔着笑脸说:"程老板,你别听他们的疯话!来,我们上楼去,继续谈谈贾汪煤矿执照的事情,我和农工商部长关系铁得很,我们……"

程老板却连忙站起身来,慌乱道:"徐先生,我还是继续在青帮里待着吧,关于贾汪煤矿,我看还是不要打主意的好。你忙你忙,我先走了。"

徐立秋立刻急了,连忙挽留说:"程老板、程老板,我们还没谈完呢,你不要走啊……"

程老板却连头也不回,就逃也似的走出门去!

徐立秋眼见煮熟的鸭子就这样飞了,再也装不下去了!只见他脸色骤然一变,猛地将上衣一脱,露出了流氓本色,大声咆哮道:"我原本还想看在两个侄女的面子上,放你们一马。没想到你们两个臭小子,还以为我怕了你们,竟敢坏了我的好事,真是敬酒不吃吃罚酒!"说完便向外大吼一声道,"弟兄们,给我打,把这两人往死里打!"

话音刚落,立刻从别墅的各个角落,走出一二十个跟班,向两人一拥而上!

虽然臧远航和吴俊锋本是仇人,但是见势不妙,还是迅速背靠背,结成同盟,拼命还击。

一时间,不大的书房,就成了战场,并很快打到了客厅内。

北京徐公馆客厅内,打斗声此起彼伏。

虽然臧远航和吴俊锋武功高强,但是毕竟双方力量悬殊。

半个时辰后,吴俊锋率先被打趴在地。

与此同时,一个跟班举起匕首,就向他的头部刺来。

臧远航见状,连忙将吴俊锋推开,自己手臂上却生生挨了一刀!

但他还是强忍着疼痛,迅速扶起对方,同时拉开了继续搏斗的架势。

吴俊锋擦着嘴边的血迹,有气无力地说:"他们人太多,你赶紧放开我,自己快跑吧。"

臧远航却态度坚决道:"我们同是窑湾人,我不能见死不救!"

徐立秋闻言,却冷笑一声,讥刺道:"那就看看我这个窑湾人，怎么样置你们于死地吧！"说完，举起一把明晃晃的大刀，就朝两人头上砍去！

正在这千钧一发之际，门忽然"哐当"一声被人从外面打开了。

随即，一个严厉的声音响起："不许动！"

徐立秋立刻抬头望去，只见一个黑洞洞的枪口，正对着自己！

他不由一愣，高高举起的大刀，就停在了半空中！

与此同时，一群警察破门而入！

领头的警察队长扫了众人一眼，厉声问："谁是徐立秋？"

徐立秋只好把刀放下，色厉内荏地说："我就是！你们是什么人？胆敢私自闯入我家！"

警察队长立刻拿出一张逮捕令，呵斥道："徐立秋，你涉嫌高额贿赂政府官员，这是逮捕令！"

徐立秋立刻呆住了！

他回过神来，仍然故作强硬地说："你们谁敢逮捕我？我和水利部部长关世贤是拜把子兄弟，和副总理也沾亲带故，和总理……"

警察队长懒得听他废话，不耐烦地把手一挥。走在最前面的警察立刻扑了上来，用一块毛巾就堵住了徐立秋的嘴。其余的警察则一拥而上，迅速将他五花大绑了起来。

徐立秋一边拼命挣扎，一边继续大喊着什么。

但是他的嘴被毛巾堵得死死的,只能看到其喉咙在上下涌动,却再也喊不出任何声音了。

那一二十个跟班们见此情景,立刻如鸟兽散。

警察队长大喝一声道:"带走!"

于是,警察们押着徐立秋,抬脚就想往外走。

臧远航连忙追上去,急切地说:"你们不能带走他,这人还欠我们的钱呢!"

警察队长却语气强硬地说:"他欠你们的钱,你们可以去法院起诉,另案审理!"

他撂下这话,便带着一群人扬长而去!

剩下的两个人,望着他们的背影,不由面面相觑!

不知道过了多久,臧远航才苦笑道:"完了!他不能回窑湾,那么就没人知道你们合谋的真相,我们就要还你们一千万了!"

吴俊锋也不禁苦笑着说:"他不能回窑湾,没有人证物证,我们的一千万就打了水漂了!"

臧远航诚恳道:"还是那句话,虽然那一百三十万我们没见过一分钱。但是毕竟徐立秋是我们请来的,我们用人有误。所以,我们愿意按照现行的钱庄贷款利息还你,不知道你意下如何?"

吴俊锋却嘲弄地说:"别以为你救了我一命,我就会屈服了,哼!"但是因为说话时用力过猛,头部竟然流出血来。他立刻用手捂住头部,身子却趔趄了一下,差点儿摔倒。

臧远航连忙伸出手，紧紧扶住了他。

吴俊锋却把手一甩，然后踉跄而去！

臧远航不由一怔，还是不放心地跟了上去。

早饭时间，臧家大院客厅内，臧家人陆续走到饭桌前。

臧家梁落座后，环视饭桌上的人，不满地问："这都半个月了，佩芸怎么还没回来？"

臧远方连忙道："我按你的吩咐，去望月楼几次，都没见到人。吃过饭后，我再去看看。"

臧家梁立刻说："不用等饭后，现在马上去找！"

臧远方只好放下碗，爽快道："好。"

没想到，他话音刚落，就听到一个熟悉的女声说："不用找了，我自己回来了。"

臧远方抬头望去，就看到徐佩芸提着皮箱，笑容满面地走进客厅。

他立刻站起身来，惊喜道："佩芸，你终于肯回来了。"

徐佩芸苦涩地说："这半个月来，我想了好多，除了回来，我还能去哪里？"

众人连忙围上去，纷纷招呼道："佩芸，回来就好，回来就好。"

郭文芳更是亲热地说："佩芸啊，哪儿也不去，快坐到妈身边来。"

徐佩芸"嗯"了一声，恭顺地在她身旁坐下。

另一边臧远茹立刻小声道："佩芸，对不起。"

徐佩芸连忙摇头，坦然地说："大姐，该说对不起的人是我。"

众人闻言，纷纷惊讶地问："对不起？什么意思？"

臧远茹和徐佩芸相视一笑，同时有些尴尬起来。

臧家栋没等她们开口，便惭愧道："其实最该说对不起的人，应该是我。佩芸，对不起，如果不是我自私自利，远航也不会变瘫，远茹不会被骗，臧家也不会落到如此境地！"

徐佩芸微微一笑，安慰说："好在都已经过去了。从今以后，只要我们团结一心，臧家一定不会倒，码头更不会倒。"

臧家梁却摇摇头，担忧道："谈何容易啊？吴俊锋心里的仇恨，一直没有放下，看来不霸占我们码头，他是绝对不会善罢甘休的！"

臧远方立刻充满期待地说："要是远航能说服徐立秋回窑湾，把事情说清楚就好了。"

没想到正在这时，老吕急匆匆跑进来，慌乱道："不好了，不好了！"

臧家梁不由一惊，立刻站起来问："又出什么事了？"

郑一飞上气不接下气地说："一、一大清早，王志信就带人守住码头，不准任何人上去！"

众人闻言,全都吃了一惊:"啊?"

大运河堰和码头连接处,王志信手里拿着枪,带着宝通成的伙计和家丁们,个个都拿着铁家伙,死死守在那里。

码头工人们小声地议论纷纷,个个敢怒不敢言。

曹强像往常一样向码头走去,谁知道脚还没踏上码头,立刻就冲过来几个人精壮的男子,都是宝通成伙计。

伙计甲厉声问:"你干什么?"

曹强无辜地说:"你没看到货船开过来了嘛,我要搬货呢。"

伙计甲却把他往回推搡,并粗声大气道:"搬什么货?回去,回去!"

曹强望着几个五大三粗的跟班,只好灰溜溜地回到河堰上。

随即,工人甲走上码头,被拦回来了;工人乙走上码头,又被拦回来了……

不远处的王志信一边抽烟,一边得意地冷笑着。

第7章 不许任何船只停靠

大运河堰上,已经站满了被拦回来的码头工人。

臧家梁带着徐佩芸、臧远方、臧远胜、臧远茹等人,匆匆走过来。

他们看到这一幕,个个都是义愤填膺!

臧家梁郁闷地说:"王志信明显是有备而来,看来这次有些麻烦了。"

徐佩芸看了看手表,沉吟片刻道:"远航给我发电报说,他和吴俊锋所乘坐的客船,今天上午十点会到。在这期间,不管发生什么事情,都要等他们回来解决。"

与此同时,臧家一行人越走越近了。王志信却按兵不动,并挑衅地望着他们。

大运河堰和码头连接处,臧家人很快走了过来。

于是,双方面对面站定,看上去冲突一触即发。

王志信率先嘲弄地说:"臧会长,趁码头还姓臧,你就多看几眼吧。不久的将来,就要改姓了。"

臧家梁平静道:"王老板,你错了,码头从来就没有姓过臧,当然永远也不可能改姓,因为它是属于全体窑湾人的!"

王志信闻言,不由气结,恼羞成怒地说:"我管它姓不姓臧,我只知道,现在工人上不了码头,来往货物无人搬运,若是耽误了货期,仅赔偿就够你们受的!"

臧家梁冷笑一声道:"姓王的,你以为你这样做,就可以逼我就范了吗?"

王志信似笑非笑地说:"之前没人逼你,你不也是差点就范了吗?"

臧家梁悔恨万分道:"那是因为我老糊涂了。可是现在不同了,我儿子已经重新站起来了,我儿媳妇也回来了,以他们的能力,再烂的摊子,也一定能够力挽狂澜、东山再起的!"

王志信闻言,眼睛立刻像是要喷出火来,暴跳如雷地说:"你想得美啊!当初要不是你硬要赔偿给辫子军六十万,宝通成就不会被人一次性取走二十万,几乎破产;不破产,我也就不会同意与吴俊锋合作,最后越陷越深,刚缓过气来,又白白给了徐立秋一百三十万,想要得到三成股份。现在,不但一百三十万没了,三成股份也没了,简直是竹篮打水一场空。我以后的日子不好过了,你也别想好过!"

臧家梁听了这一番话,不禁怒火中烧,厉声道:"你真是太无理取闹了!宝通成身为钱庄,商户存取款很正常,再说对于一家颇具规模的钱庄来说,二十万也并不是个大数目。怪只怪你一心想要发展实业,却因为能力有限,所以数次投资失败,导致资不抵债,才一次次走向破产的边缘!你不反省自己,却把我当成你所犯错误的替罪羊,甚至为了蝇头小利,都一大把年纪了,还要成为吴俊锋的马前卒,闹得臧家和码头再无宁日!以前,我念你也是康熙年间移民后裔,把钱庄经营到现在的规模,很不容易,所以一直容忍你。没想到现在,你却变本加厉,竟然想要强行阻碍码头正常运转。你可知道,码头是窑湾的交通枢纽,倘若停运,整个窑湾经济都得处于瘫痪状态!"

听了这话,所有人都群情激昂地说:"就是,就是。"

没想到,王志信却并不为所动,甚至于还合起双手,响亮地拍起了巴掌。

大家见状,都面面相觑起来。

与此同时,王志信哈哈大笑道:"说得真是太好了!既然你如此高风亮节,那么现在,就请你在码头改姓和保住所谓的交通枢纽之间,作出对窑湾经济有利的选择,怎么样?"

臧家梁不由气结,好半天才怒吼道:"王志信,你这是要置窑湾的经济于不顾了吗?"

王志信不耐烦地说:"别说那些没用的!我就问你,你怎么选择?"

臧家梁怒道:"我绝不会把码头交给你这样自私自利之人!"

王志信嘲弄地说:"哼,说白了就是舍不得嘛。怎么,平时说得大义凛然的,一到关键时刻,你就掉链子了?"

臧家梁掷地有声道:"我臧家梁不是吓大的!别说你这一群乌合之众,就是当年辫子军的一个团,我都没怕过!要是硬来,你们是守不住的!"

没想到,王志信却厚颜无耻地说:"我自然守得住!因为我算准了你不会让窑湾人互相残杀,所以绝不会硬闯!"

臧家梁闻言,气得差点儿吐血,却也是别无他法!

一时间,双方再次僵住了!

码头工人们熬不住了,纷纷提议道:"硬闯吧。"

臧家梁却咬紧牙关,就是不松口。

与此同时,徐佩芸一边不停地看着手表,一边眺望着自北向南的航船。

这个时候,南来北往的船只在码头边越聚越多,货物却无人搬运,焦急的汽笛声此起彼伏。并且不久,随着一声响亮的鸣笛,又一艘货船由南向北而来!

王志信指着货船,气急败坏地向手下吩咐道:"来人哪,把缆栓砍断、把锚地堵住,在码头改姓之前,不许任何船只停靠!"

随即,宝通成的伙计乙就举起大刀,猛去砍缆栓;另外几个伙计,则抬起石头抛入锚地!

所有人见状,都惊呆了!

不大一会儿,那艘货船已经来到码头,但是,想要拴缆绳,却找不到缆栓;几次抛锚,锚地上却是一块光滑平坦的石头。

没办法,货船只好在码头旁转悠着,却始终无法靠岸。

与此同时,又一声汽笛声长鸣,一艘货船由北向南而来,同样的动作重做了一遍,只好无奈地继续向南而去。

就这样,经过码头的船在无法停靠后,有的继续行驶,有的则徘徊在码头边。很快,码头边围绕了许多大大小小的船只。

更多的码头工人们开始摩拳擦掌了:"真是太欺负人了!臧会长,下命令吧!"

臧远方也焦急地说:"三叔,再不硬闯的话,大运河航道就要被堵住了。到时候损失的,可不仅仅是窑湾商户了啊,怕是从北京到杭州的周围城市,甚至整个中国的经济,都要因此受到牵连呢。"

臧家梁却咬紧牙关,强硬地摇了摇头道:"即便我们人多势众,但我也不想看到任何人为此流血或牺牲!"

这个时候,大运河堰和运河码头上站满了人,大家全都议论纷纷。

忽然,人群中传来一阵骚动,十几个商人从外围挤到臧家梁身边。

同福鸡蛋厂老板掏出胸前的怀表,焦急地说:"臧会长,我出口到英国的鸡蛋清七点半就该装货了,现在还堆在货仓里呢。"

永升缫丝厂老板同样焦急道:"臧会长,我从徐州运来的一批蚕茧,八点就该卸货,现在都九点了!"

顺风行老板也苦着脸说:"我从德国运来了一批最新款自行车,现在还没卸货呢。"

其余商人们,也纷纷诉苦。

臧家梁急得额头都渗出汗来,但还是努力镇静道:"我们的货期都有宽裕,请少安毋躁、少安毋躁。"他一边安抚众人,一边焦急地问,"这都十一点了,远航怎么还不回来?是不是又出了什么意外?"

徐佩芸也很无奈,只好安慰他说:"我也不知道呢,再等等,再等等。"

正在这时,杨主管急匆匆走过来,焦急道:"臧会长,今天上午,还有十几艘货船要搬运货呢。"

臧远方无奈地问:"三叔,怎么办呢?"

臧家梁和徐佩芸对望一眼,都急得满头大汗。

王志信见状,不由哈哈大笑起来,毫不掩饰他的得意。

与此同时,吴家大院客厅里。

吴光淮阴沉着脸,没好气道:"你给我说老实话,俊锋到底去北京干什么去了？"

窦玉美有些心虚地说："不是告诉你了嘛，去谈生意了。"

吴光淮闻言，便"啪"地一拍桌子，怒吼道："你以为我是猪啊！谈生意要这么久？别说去北京，就是去日本也该回来了！"

窦玉美为难地望着他，但还是故作强硬地说："他去做什么，我哪儿知道啊。"

吴光淮听了这话，更加生气了，厉声说："我早就发现他不对劲了，说，你们娘俩到底有什么事情瞒着我？"

窦玉美张了张嘴，却欲言又止。

正在这时，吴俊莹慌里慌张跑进来，着急道："爸、爸，不好了，我们运往河南洛阳的那批盐，本来九点就该起航的，到现在还没装货呢。"

吴光淮不由一惊，立刻问："怎么回事？臧家嫌钱多烫手，送上门的生意都不做啦？"

吴俊莹连忙摇头说："不是臧家，是王志信……"说到这里，她不禁顿了一顿，然后望着母亲，却欲言又止。

吴光淮急得直跺脚，催促道："啊？王志信怎么啦？快说！"

窦玉美叹了口气说："事到如今，也瞒不住你爸了，你想说什么就说吧。"

吴俊莹点点头，字斟句酌道："自大哥去世后，二哥为了给他报仇，一次次与臧家为敌，想把码头改姓吴。特别是这次，甚至不惜以本伤人,和王志信合伙投资了一百三十万,收买了徐立秋,没想到事情败露,徐立秋一走了之,二哥这次去北京,就是为了找他回来做见证。王志信联系不上我二哥,就派人封锁了码头……"

吴光淮听着听着,脸色变得越来越难看。

他听到这里,再也忍不住了,大骂一声:"不肖子……"忽然一个趔趄,差点儿跌倒!

吴俊莹连忙扶住他,焦急地问:"爸,你没事吧?"

吴光淮下意识地抚着胸口,同时大口大口地喘着粗气!

他稍一平静下来,抬脚就往外走!

窦玉美母女对望了一眼,连忙跟了上去!

第8章 算你命大

大运河窑湾北段二里远,一辆自北向南的客船船舱内。

吴俊锋头上缠着绷带,臧远航的左手也被吊在脖子上。

两个人都是头发凌乱、脸色苍白,看上去很没精神。

他们虽然座位是面对面,却是谁也没理谁。

不大一会儿,就有人说:"前面就是窑湾了。"

于是,旅客们开始整理行李。

臧远航和吴俊锋也同时站起身来。

忽然,船身一晃一晃的,人群也开始骚乱起来。

臧远航和吴俊锋都十分惊讶。

正在这时,一个船员走进来,安慰大家道:"赶紧坐好,不要慌。"

旅客们纷纷问:"发生什么事了?"

船员只好无奈地说:"没太大问题,不过锚地被堵、缆栓被砍，我们的船靠不了岸。"

旅客们闻言，不由同时发出"啊"的一声惊叫。

臧远航和吴俊锋更是面面相觑，然后同时走上了甲板！

运河码头上，已到了千钧一发之际。

臧家梁望着航道里越聚越多的船只，额头上布满了汗珠。

徐佩芸和臧远方等人，除了不停看表，却也别无办法。

王志信嘲弄道："哼，我看你们还能坚持多久！"说完这话，便得意地哈哈大笑起来。

吴光淮夫妇和女儿也急步走了过来，看上去来者不善。

臧家梁擦了擦汗，终于忍不住了，提议道："佩芸，要不，我们就……"

他话刚说到这里，忽然，人群中发出一阵惊叫！

有的人喊："臧远航！"

有的人则喊："吴俊锋！"

与此同时，码头上，臧家梁和吴光淮等人不由一怔，同时抬头望去，只见不远处一艘客船的甲板上，同时站着臧远航和吴俊锋！

臧家梁不由惊喜地喊道："远航！"

吴光淮原本是对儿子一肚子意见的，但是见此情景，还是不由吃了一惊，心疼地说："俊锋受伤了？"

王志信眼珠一转，趁机添油加醋道："很明显，两人打架了，吴老板伤得更严重些。"然后还用手指了指他的头说，"你们看，绷带都渗出了斑斑血迹，真是可怜哪！"

吴光淮闻言，却紧皱眉头，不发一言。

窦玉美的眼神，立刻凌乱起来，狂怒地扯住臧家梁的衣襟，口不择言说："姓臧的，我大儿子因你而死，我二儿子又被你儿子打成重伤！今天，我就算是死，也要报仇雪恨！"边说边向对方撞去。

臧家梁连忙往旁边一躲，同时冷静道："大嫂，你看清楚了！俊锋要是远航伤的，他们还能像什么事都没发生一样，并肩站在船头？"

窦玉美不由一愣，却差点儿没收住脚，幸好徐佩芸及时拉住了她！

吴光淮不易察觉地点点头，然后对王志信说："王老板，我刚刚才知道，你和俊锋关系匪浅。即然如此，俊锋现在伤势很严重，你快点让客船靠岸吧。再不靠岸，他会死的！"

王志信却紧紧握住枪，态度强硬道："让客船靠岸可以，但是臧家必须以资抵债，否则，我是绝对不会轻易妥协的！"

吴光淮冷哼一声，坚决地说："你是否妥协我不管，但是你不能拿俊锋的生命做筹码！否则，我马上派人，把吴家存在宝通成的钱，通通取出来！"

王志信听了这话，脸色当即变得煞白。

但是他仅仅犹豫了一下，就沮丧地放下枪，同时向伙计们挥了挥手！

随即，锚地上的石头被搬开，缆栓被重新竖起来。

客船很快靠岸，臧远航和吴俊锋随着人流，相继走下甲板，走上了码头!

臧家人叫着"远航",便想要围上去。没想到,王志信带着宝通成的伙计们,却率先冲了上去。他用枪抵住臧远航的脑袋,然后讨好道:"吴老板,你告诉我,是不是这小子打伤你的!如果是,我马上就把这小子毙了!"

众人听了这话,全都屏住了呼吸。

吴俊锋有气无力地说:"王老板,我们都是被徐立秋打伤的……"说完这话,当即就昏了过去。

窦玉美见状,立刻哭喊道:"俊锋,俊锋……"

与此同时,盐行的伙计们立刻冲上来,七手八脚地把吴俊锋抬起来,直奔济世堂而去!

臧远航冷冷地说:"王老板,你可以把枪放下了吧?"

王志信却冷哼一声道:"算你命大!"说完,扬长而去!

臧家人连忙围上来,纷纷关切地问:"远航,你没事吧?"

臧远航安慰地说:"我没事。"他边说边将眼光在人群中搜索着。

与此同时,徐佩芸也正远远地望着他。

一时间,两人不由相视而笑,一切尽在不言中!

臧家大院客厅内,臧家人或坐或站,正在听臧远航讲述此次北京之行的经过。

臧家梁终于舒展了眉头,一脸轻松道:"徐立秋被捕了,真是太好了！如此一来，吴俊锋和王志信就拿不出足够的人证物证，那所谓的一千万，就成了理不清的烂账了，我看他们还有什么鬼主意可想！"

臧远航闻言，不禁皱了皱眉头，望了望父亲说："可是，如果他们告上法院，法院强制执行怎么办？"

臧家梁再次摇头道："高额贷款本来就是违法行为，就算上诉到法院，也只能判我们按照正常利息还贷。我算过了，正常利息的话，一百五十万，佩芸带回来的钱，绰绰有余了。"

众人听了这话，全都长舒了一口气，纷纷说："这可真是太好了。"

臧远航的眉头，却越发紧皱了起来。

徐佩芸扯了扯他的衣襟，小声问："远航，事情已经解决了，码头也保住了，你怎么还不高兴？"

臧远航并没有回答她的话，只是苦笑着摇了摇头。

然后，他郁闷道："爸，难道之前，你一点都不担心吗？或者在徐立秋向宝通成高息借贷之初，你就想到了这一招？"

臧家梁点点头，却又摇摇头说："你爸我没有那么聪明。当初我是真心实意请徐立秋帮助码头的，只是万万没有想到，他竟然和吴俊锋、王志信联手，我索性就将计就计了。"

臧远航闻言，忍不住生气道："可是之前我一直很信任你的啊！要不是佩芸一直在搜集证据，要不是我醒悟得早，我们差点就毁掉了臧家百年基业了！"

臧家梁不禁惭愧地说:"我只是想借徐立秋、吴俊锋和王志信的手,建成北京通州深水码头,增强水路运输实力,免得以后被铁路取代。只是没想到,事情发展到现在这个地步,已经不是我能控制的了。吴俊锋和王志信竹篮打水两头空,他们也绝对不会善罢甘休的!"

臧远航冷静道:"是的,徐立秋被捕,牵扯出贪官污吏无数。吴俊锋和王志信都是聪明人,他们断不会去蹚那个浑水。只会继续纠缠我们,要么将码头给他们,要么给他们一千万!"

徐佩芸犹豫了一下,还是为难地说:"可是现在,我们既不可以把码头给他们,也没有一千万呀!"

正在这时,孙管家匆匆走进来道:"陆市长来了!"

话音刚落,只见陆文安一脸怒气地走进来!

臧家人纷纷站起来打招呼:"陆市长!"

陆慧珊更是抱着孩子迎上去,亲热地说:"爸爸!"

臧家梁也热情道:"文安兄,快请坐!"

陆文安却冷哼一声,离他远远地坐下了!

臧家梁故作茫然地说:"文安兄,为何动气?"

陆文安毫不客气道:"你是怎么管理码头的?不是出这事就是出那事,整天弄得人心惶惶的!"

臧家梁叹了口气,无奈地说:"都怨我不该请徐立秋啊,以至于闹成现在这个样子!"

陆文安冷笑一声道:"我早就劝过你,你偏不听,竟然还向宝通成高息贷款,简直是自寻死路!现在好了吧,吴俊锋和王志信你是知道的,本身就和你有仇,成天想找你的碴。你不但不避而远之,还主动向人家借高利贷。现在好了,整整一千万,他们更不会放过你了。你们再这样闹下去,码头永无宁日,窑湾又怎么谈得上发展呢?"

臧家梁不由惭愧地说:"对不起,我……"

臧远航虽然心里也对父亲有意见,但是看见他的窘相,还是连忙打圆场道:"陆大,别生气,当初因为吴俊旺的事,这些年吴俊锋一直憋着一肚子气,仗着自己财大气粗,让王志信当马前卒,一次次与码头为敌!对付这种人,我们不能只见招拆招,而是要把他逼到绝路上,他才会反省自己。"

陆文安眉头一皱,疑惑地问:"那你的意思是?"

臧远航看了看臧家栋等人,犹豫了一下,然后附在他耳边,小声说着什么。

陆文安听着听着,却是连连摇头。

他连声说:"不行不行,这绝对不行!"

臧远航有些失望,但是充满期待道:"不如,你再考虑考虑?"

陆文安坚定地说:"不用考虑,对了,我还有事,先告辞了。"

臧远航只好道:"陆大慢走。"

臧家人纷纷说:"陆市长,慢走。"

陆文安边向外走,边连连摇头。

陆慧珊望着父亲的背影,不禁若有所思起来。

第9章 我们已经离婚了

当天晚上,臧家大院后院三房小院小夫妻俩卧室内。

徐佩芸像以前那样,先将一床被子铺在床上,另一床被子铺在地上。犹豫了一下,却又将铺在地上的被子抱上来,铺在床上。

当她看到两条被子和两只枕头整整齐齐地放在床上时,脑海中不由浮现出昔日的场景:

臧远航却冷冷道:"我说了,我要睡床下!"边说边试图将身子坠下床。

没想到这次,徐佩芸任再也不妥协了,强行把他推到了床上,同时淡淡地说:"你身体不好,睡在地上,容易着凉的。"

虽然经过一系列事件后,她对这个男人已经没有半点好感了,但是让一个身体有恙的人睡在地上,这不符合她最起码的做人原则!

臧远航丝毫不领情,一边拼命挣扎,一边低声咒骂道:"你这个恶毒的女人！我那么讨厌你，你为什么要嫁给我，你为什么还不快滚啊，滚得越远越好……"边说边再次坠到了地上。

想到这里，徐佩芸不由笑起来。

正在这时，臧远航推开门走进来。

他见此情景，立刻明白了什么，不由深情地喊道："佩芸。"

徐佩芸立刻回过神来，不由羞涩地说："你回来了，我去给你打洗脸水。"

臧远航却摇摇头道："不了，我今晚到书房去睡。"说完，抱起一床棉被就走。

徐佩芸当即愣住了，疑惑地说："你……"

臧远航苦涩道："我们已经离婚了，你的人和心，一直是属于涟泰哥的，你们才是幸福的一对。我当初娶你，已经错了一次，不能再错第二次了。"

徐佩芸不禁脱口而出："涟泰？他已经和远茹订婚了。"

臧远航安慰地说："你不用太难过，他只是对你有误会。等码头的事情处理完，我会向他解释清楚的。"

他说完这话，就抬手拉开门，头也不回地走了出去。

徐佩芸张了张口，终于没有出声，只是沮丧地坐回床上，望着两只并排的绣花枕头，猛地抱起一只，拼命向另一只上打去！

她一边打一边道："臧远航，你是个傻瓜、傻瓜，天底下最老字号的大傻瓜！"

与此同时，吴家大院后院小夫妻俩卧室内。

吴俊锋头部的伤口，已经再次包扎好了。

他躺在床上，眼睛却睁得很大。

吴光淮推门进来，安慰说："俊锋啊，赵先生已经来过了，他说伤口并没有伤筋动骨，只是发炎了。你喝了一服药后，烧已经退下去了。"

吴俊锋点点头道："好的，爸。"

吴光淮郑重地说："既然已经没事了，我想和你说一件事。"

吴俊锋连忙坐起身来，紧张地问："爸，什么事？"

吴光淮推心置腹道："你知道的嘛，你爸我一直是铁公鸡，平时连生病都舍不得钱吃药。所以一听你妈和俊莹说，你竟然一次性大手笔拿出八十万，爸也很生气。不过更让爸生气的，却并不是钱。"

吴俊锋听到这里，不由松了一口气，连忙说："那是什么？"

吴光淮叹了口气道："爸生气的是，你竟然一直背着我和臧家作对！"

吴俊锋固执地说："我哥还那么年轻，我不能让他白死！"

吴光淮语重心长地说："当初，你哥无故杀死了三十名受伤的辫子军。他的死，其实是他自己一手造成的，与臧家没有半点关系。可是这些年来，你一直对臧家恨之入骨，我觉得很没道理。这次北京之行，让我更加深刻地体会到，你是错的。如果再继续错下去,吴臧两家,将会两败俱伤啊!听爸的话,不要再错下去了,好吗?"

吴俊锋刚想反驳,忽然他的脑海中,闪现了在北京徐公馆的一幕:

半个时辰后,吴俊锋率先被打趴在地。

与此同时,一个跟班举起匕首,就要向他刺去。

臧远航见状,连忙将吴俊锋推开,自己手臂上却生生挨了一刀!

但他还是强忍着疼痛,迅速扶起对方,并同时拉开了继续搏斗的架势。

吴俊锋擦着嘴边的血迹,有气无力地说:"他们人太多,你赶紧放开我,自己快跑吧。"

臧远航却态度坚决道:"我们同是窑湾人,我不能见死不救!"

吴俊锋想到这里,不由苦笑着说:"让我想想,再让我想想。"

宝通成账房内,王志信父子正在争吵着什么。

王建平郁闷地说:"爸,你封锁码头,得罪的可不仅是臧家,而是全体窑湾商户啊,现在街上的人都在骂我们呢。"

王志信没好气道:"嘴长在他们身上,谁想怎么骂就怎么骂。不过码头股份,必须有我三成!"

正说着,吴俊锋在唐掌柜的带领下,心事重重地走进来。

王建平一看到他,冷哼一声,转身就走。

吴俊锋立刻有些尴尬起来。

好在王志信连忙迎上去，亲热地说："吴老板快请坐！"

吴俊锋叹了一口气，郁闷地坐了下来。

王志信望着他的头部，愠怒道："真没想到徐立秋下手这么狠。"然后又好似很宽容地说，"你先好好养伤，那一百三十万的事，就不用你管了。"

吴俊锋犹豫了一下，还是试探着说："虽然自从我哥死后，臧家的每一个人都让我恨之入骨。可是我这次能捡回一条命，却多亏了臧远航。所以我就想，臧家的那笔贷款，就让他们按照正常利息还贷算了。"

王志信听了这话，脸上立刻闪现出一丝不易察觉的慌乱，随即眼珠一转，挑唆道："可是臧远航并没有死，你哥却死了啊！"

吴俊锋闻言，脸色当即大变！

他之前原本有些感恩的心，因为对方的这句话，似乎又有些动摇了！

王志信趁机说："为了这个码头，我们已经拿出了整整一百三十万！一百三十万啊，都是实打实的真金白银，不是为了给臧家挠痒痒的！"

吴俊锋有些郁闷地问："那你打算怎么办？"

王志信咬牙切齿道："明天继续守住码头，不达到目的，我绝不罢休！"

吴俊锋点点头，郑重地说："好，我明天与你一起！"

王志信这才欣慰道："这就对了嘛。本来与臧家有深仇大恨的，就是你而不是我啊！"

吴俊锋原本有些许温和的脸上，却闪现出一丝诡异的光！

第二天一早，运河码头。

锚地再次被石头堵上，缆栓也没有了踪影。

王志信的手下守着码头前后，个个严阵以待。

大运河堰上，站满了急得真跺脚的商户们，以及敢怒不敢言的码头工人们。

大运河航道里，聚集着十余艘无法停靠的船只。

这些船只不停地在码头附近打着转，并且越聚越多。

臧家大院后院三房小院小夫妻俩卧室内，寂静无声。

徐佩芸呆坐在床上，望着床上整齐的被子，不由深深叹了一口气。

然后她站起身来，拿起皮箱，开始收拾衣物。

忽然，外面传来一阵慌乱的叫声："不好了，不好了……"

徐佩芸犹豫了一下，还是放下衣物，快速走了出去。

与此同时，臧家大院后院三房小院客厅外。

孙管家正在火急火燎地敲门，边敲边喊："航少爷，航少爷。"

臧远航边穿衣服边焦急地问:"孙管家,又发生什么事了?"

正在这时,臧家人闻讯,慌忙从各个房间走出来,纷纷问:"又发生什么事了?"

孙管家气急败坏地说:"天还没亮,王志信就派人守住了码头!"

臧家人听了这话,不由惊叫起来。

这个时候,臧远航也已经穿戴完毕,走出门来。

他不由恨声道:"这个王志信,简直是疯了!"边说边向门外走去!

臧家梁担心地问:"远航,你去哪里?"

臧远航头也不回地说:"事情闹到这个地步,仅凭我们臧家的力量,已经无法掌控了,我必须去找陆市长!"

臧远方和臧远胜闻言,立刻跟在了后面。

臧家梁想起之前陆文安的态度,想要说什么,却欲言又止。

臧家人纷纷摇头散去。

陆慧珊犹豫了一下,也向卧室走去。

徐佩芸看了她一眼,脑海中忽然浮现出之前的一幕:

陆文安毫不客气道:"你是怎么管理码头的?整天不是这事就是那事,弄得人心惶惶的!"

臧家梁叹了口气,无奈地说:"都怨我不该请徐立秋啊,以至于闹成现在这个样子!"

陆文安冷笑一声道:"我早就劝过你,你偏不听,竟然还向宝通成高息贷款,简直是自寻死路!现在好了吧,吴俊锋那个人你是知道的,本身就和你有仇,成天想找你的碴。你不但不避而远之,还主动向人家借高利贷。现在好了,整整一千万,他更不会放过你了。你们再这样闹下去,码头永无宁日,窑湾又怎么谈得上发展呢?"

徐佩芸想到这里,沉吟片刻,望了望陆慧珊的背影,立刻跟了上去。

第10章　怨不得任何人

臧家大院后院二房小院小夫妻俩卧室内，小庆正在床上酣睡。陆慧珊坐在床边，正望着儿子的小脸发呆。

忽然，门外传来徐佩芸的声音："慧珊。"

陆慧珊这才回过神来，勉强笑笑道："哦，佩芸？"

徐佩芸用不容置疑的语气说："我有话要单独和你说！"

陆慧珊犹豫了一下，还是道："那你进来吧。"

徐佩芸点点头，径直走了进来。

陆慧珊不等她开口，便有些心虚地问："佩芸，你找我有什么事啊？"

徐佩芸直视着她的眼睛，严肃地说："现在，只有你能救臧家，并且，你也必须救臧家。"

陆慧珊闻言，不由吃了一惊，但还是故作茫然地问："我？凭什么？"

徐佩芸一字一顿道:"就凭当初,是你提议让我二叔来接手码头的。可是在此之前,对我二叔的情况,你根本一点都不熟悉。而你,也并不是热衷于码头管理的人。所以可以肯定的是,你的提议,一定是受别人指使!如果我没猜错的话,指使你的人,就是吴俊锋的母亲。我经常看到你们在一起聊天,看上去很是亲密,更何况,据我所知,她还是你的远房表姑!"

陆慧珊闻言,心中不由一凛,但还是强行镇静地说:"我不明白你在胡说什么!"

徐佩芸却微微一笑道:"如果你认为是我胡说,那你敢和我一起去吴家,找吴太太对质吗?"

陆慧珊脸上立刻闪过一丝慌乱,好半天,才结结巴巴地说:"我、我、我……"

徐佩芸静静地望着她,不发一言。

陆慧珊我了半天,都说不出一句完整的话来。

她忽然沮丧着脸,哀求道:"佩芸,这件事你千万别说出去啊。我承认,当初是因为远航喜欢你,我一时气不过,想嫁给远胜来报复他和臧家,所以才会做了很多错事。但是现在,我和远胜感情越来越好了,我也有了小庆这么可爱的儿子。这件事要是传出去,远胜一定不会原谅我的!"

徐佩芸劝慰说:"正因为你和远胜感情很好,你才更要支持臧家啊。虽然我不知道远航的主意是什么,但是我相信他,只要你爸肯帮忙,我们一定会打败王志信他们的!"

陆慧珊咬了咬嘴唇,终于道:"我可以找我爸试试。不过你得答应我,一定不要将这件事传出去,更不要让远胜知道。"

徐佩芸郑重地说:"放心吧,如果我想传出去,早就传了,怎么会等到现在?"

陆慧珊想想也是,这才松了一口气道:"嗯,经过这么多事,我相信你!"

徐佩芸握了握她的手,鼓励地说:"去吧,你一定能行的。"

与此同时,市礼堂市长办公室内。

臧远航正在问:"陆大,上次我和你说的事,怎么样了?"

陆文安毫无商量余地道:"不怎么样!谁让你们主动去高息借贷的,一切都是咎由自取,怨不得任何人!"

臧远航郁闷地说:"可是,我们当时也有难处的,主要是……"

陆文安挥挥手,不耐烦道:"我没有时间也没有兴趣听,你赶紧回去,自己想办法吧。"

臧远航自知理亏,只好郁闷地站起来,无奈地转身要走。

没想到,陆文安忽然叫住他说:"你等等。"

臧远航双眼不由一亮,兴奋道:"你同意了?"

陆文安瞪了他一眼说:"我同意什么?我什么都不同意!我只是告诉你,你们再这样胡闹下去的话,码头永无宁日,窑湾的经济也会受影响。我将以商会会长不作为向南京众议院做陈述了！"

臧远航闻言，不由心灰意冷，沮丧道："随你吧。"

他说完这话，便垂头丧气地转身离开了。

市礼堂院内，陆慧珊正急匆匆走进来。

没想到，与刚从办公室内走出来的臧远航差点迎头撞上了。

他连忙将身子避开，同时惊讶地问："二嫂，你怎么来了？"

陆慧珊迟疑了下说："我来看看我爸。"说完，快步走进了办公室。

臧远航望着她的背影，苦笑着摇了摇头，但还是等在了原地。

市礼堂市长办公室内，陆慧珊径直走了进来。

陆文安诧异地问："慧珊，你来这里干什么？"

陆慧珊迟疑了一下，还是说："现在臧家有难，我是来求你帮忙的。"

陆文安却连连摇头道："这个忙，我绝对不能帮！"

陆慧珊诧异地问："为什么？你和三叔两人，以前可是至交呀。"

陆文安叹了口气道："此一时彼一时啊。虽然吴俊锋以前有些做法确实是不对，但是这次，全窑湾没有一个人同情臧家的，谁让他们明知道对方不怀好意，竟然还主动撞到人家枪口上去高息借贷的？"

陆慧珊正色地说："可是你知道，首先高息放贷本身就是违法的！"

陆文安却摇摇头道："就算放贷是违法的，也属于民间约定俗成的规矩，只能让他们自己去解决，我们市政府是不方便掺和的。再说了，你知道远航出的鬼主意可能造成多么严重的后果吗？哼，亏他想得出来！"

陆慧珊固执地说："不论后果有多么严重，这次你是帮也得帮，不帮也得帮！"

陆文安闻言，不由抬高了声调，怒声道："你说得倒轻巧，凭什么啊？"

陆慧珊紧咬着嘴唇，还是一字一顿地说："因为当初，我被鬼迷了心窍，一心想要报复远航，连带恨上了整个臧家，所以才会在窦家表姑的指使下，向我爸和三叔提议，请徐立秋回来管理码头的！所以，臧家走到现在这一步，你的女儿我，负有不可推卸的责任！"

她说完这番话，多日的忧思，好像得到了某种解脱，不由长长舒了一口气。

但是陆文安却越听脸色越难看！他情不自禁地张大了嘴巴，怒声道："啊？你怎么，怎么可以如此骄纵任性！"

陆慧珊噘了噘嘴唇，不无幽怨地说："还不是当初你和妈惯的！从小到大，我想要什么，就有什么。没想到远航根本不吃我这一套，我才会怀恨在心，以至于铸成今天的大错。"说到这里，她不由就红了眼圈，哀求道，"爸，你为了女儿，就帮臧家渡过这个难关吧。我保证以后再也不惹是生非了，今后一定会和远胜好好过日子的。"

陆文安却摇摇头，无奈地说："唉，远航的主意，也是让我出面。只是这件事，臧家并不完全占理，又牵扯到整个窑湾的经济命脉，我身为一市之长，实在不好插手呀。"

陆慧珊委屈极了："你要是不帮忙，臧家完了，小庆身为臧家之孙，以后就不会有好日子过，我也会一辈子良心不安的！"

陆文安沉吟片刻，终于道："虽然我不便出面，但是却有一个人比我更合适。"

第11章 四成暗股

臧家大院客厅内，此时笑声一片。

曹秀英带着两个儿媳妇和孙女，正在逗弄着重孙子小庆。

小小的婴儿，笑得咯咯的。

正在这时，臧增福阴沉着脸走了进来。

曹秀英连忙笑道："小庆，你老太爷来了哦。"

臧增福并没有像以往那样去逗重孙子，而是瞪了二儿媳一眼，没好气地说："家栋呢？我一大清早起来，就没看见过他的人影！是不是又去赌博啦？"

庄淑环委屈道："爸，说起来，这也怨不得他。你说他一个大老爷们儿，股份没了，又不给他点正事做，不赌博还能做什么？"

臧增福却没好气地说："这几十年来，不是一直给正事让他做的吗？他倒好，为了一己之私，竟然连自己的亲侄子都不放过，真是畜生不如的东西，哼！"

庄淑环自知理亏，连忙住了嘴。

曹秀英见状，只好打圆场道："好了，好了，天不早了，快喊孩子们来吃饭吧。"

郭文芳苦笑着说："有的去市礼堂了，有的去码头了，只有佩芸还在家，我去叫她。"

没想到她话音刚落，却看到徐佩芸提着皮箱，快步走了进来。

众人见状，立刻就愣住了，纷纷关切地问："佩芸，你这是干什么？"

徐佩芸虽然委屈，但还是勉强笑道："爷爷奶奶、二大娘、妈，远航已经重新站起来了，我把码头交给他，任务也算完成了，是我离开的时候了。"

郭文芳连忙拉住她的手，真诚地说："佩芸，虽然你嫁入臧家是被逼无奈。但是你却毫无怨言，不但帮助远航重新站起来，还为臧家保住了码头。现也算是雨过天晴了，你为什么还要走呢？"

臧增福夫妇、庄淑环也附和道："是啊，是啊。"

臧远茹却若有所思起来。

于是，她小心翼翼地问："佩芸，你之所以要离开，是不是因为涟泰？"

徐佩芸连忙摇头说："大姐，你别误会……"

正在这时，臧远航和陆慧珊急匆匆走进来。

郭文芳见到儿子，立刻道："远航，快劝劝佩芸吧。"

臧远航诧异极了："佩芸？"看到她身旁的皮箱，不由愣住了，疑惑地问，"怎么，你要走？"

徐佩芸避开他的眼睛，委屈地说："是的，我该离开了。"

臧家人纷纷道："远航，快劝劝佩芸吧。"

臧远航却眉头一皱，叹了口气说："你是该离开了。"

众人闻言，全都大吃一惊。

徐佩芸更是强忍泪水，苦涩道："好。"说完，便抬脚要走。

没想到，臧远航却一把拉住她。

徐佩芸立刻回头，期待地望着他。

臧远航犹豫了一下，却恳求道："不过我现在有一件很重要的事情，想请你帮忙！我答应你，办完这件事后，立刻就放你走。"

徐佩芸愣了片刻，还是重重地点了点头。

运河码头上，吴俊锋和王志信仍然牢牢封锁着码头。

与此同时，航道里的船只越聚越多，运河堰两岸堆积的货物也越来越多。

吴俊锋望着这一切，不禁若有所思地说："我倒要看看，臧家还能坚持多久！"

王志信冷笑一声道："我看坚持不了多久了。"

忽然，唐掌柜走到他身边，焦急地说："老板。"

王志信慢悠悠地问："什么事啊？"

唐掌柜小声道:"裕兴隆的闫老板,忽然到宝通成来了。"

王志信猛地将烟头往地上一扔,恨恨地说:"一定是给臧家说情来了,别说他一个小小的山西会馆主事,就是天王老子的面子,我都不卖!"

唐掌柜闻言,不由小心翼翼地问:"那你还要不要回钱庄?"

王志信冷笑一声道:"回,怎么能不回?闫一认和臧家梁关系一向不错,打他一个耳光,就等于打臧家梁十个耳光。这个让臧家颜面无光的好机会,我怎么能这么轻易放过,哈哈哈!"然后吩咐道,"吴老板,你好好守着这儿,我去去就来。"

吴俊锋点点头说:"好。"

宝通成钱庄会客室内,气氛有些诡异。

已经好久不登门的闫一认,正优哉游哉地喝着茶。

王建平紧张地望着他,不时给他续茶。

好在不一会儿,王志信大踏步走进来,哈哈大笑道:"闫老板,好久不见,什么风把你吹来了?"

闫一认微微一笑说:"王老板,不瞒你说,我是无事不登三宝殿啊。"

王志信得意道:"什么事,你不说我也知道!"

闫一认故作吃惊地问:"噢,王老板不妨说来听听。"

王志信自信满满地说:"你是为臧家当说客来了。我告诉你,门儿都没有!"

没想到,闫一认却哈哈大笑。

这一笑,反而让王志信有些摸不着头脑了,试探地问:"怎么,我说得不对吗?"

闫一认这才收住笑,正色道:"当然不对了!自从你的宝通成做大后,我的裕兴隆就生意惨淡、门可罗雀了。无奈之下,我只好退而求其次,开始利用大运河航道,与丝绸之路上的周边国家做贸易。现在我的生意越做越大,在东南亚和欧美都有很多客户。我天天数钱数到手抽筋,哪有精力去管别人的闲事!"

王志信闻言,不由疑惑地问:"既然如此,闫老板就好好在家数钱呗,还来找我做什么?"

闫一认正色地说:"很简单,我不想再让宝通成采用不正常的竞争手段,排挤裕兴隆和别的钱庄了。所以,我要入股你的宝通成钱庄!"

王志信脸色立刻大变,好半天,才咬牙切齿道:"你简直是欺人太甚!我们宝通成历来是做家族生意的,绝对不会让一个外姓人入股!"

闫一认反唇相讥道:"吴俊锋也不姓王!"

王志信被噎得直翻白眼,但张了张嘴,还是将涌到嘴边的话,强行咽了回去。

闫一认含笑说:"王老板,请别急着拒绝,你还没听我的条件呢，我想用一百五十万，收购你的六成股份。"

王志信听了这话，彻底翻脸道："六成股份？姓闫的，你简直是做白日做梦！我告诉你，别说一百五十万，你就是把臧家欠我的一千万全部拿来，我也绝不会出卖一成股份，哼！"

闫一认并不恼，却气定神闲地说："王老板不必生气，有事好商量嘛。"

王志信气急败坏道："没有任何商量的余地，你马上给我滚！"

闫一认却微微一笑，慢条斯理地说："那你慢慢气吧，我改天再来和你谈！"边说边站起身来，径直朝门外走去。

王志信气得抬腿就追："姓闫的，你……"

闫一认立刻回头，抱拳道："王老板不必远送，后会有期哦。"说完，扬长而去！

王志信气得眼睛像是要喷出火来，回身猛地一拍桌子。

桌子上的茶杯立刻滚下来，"哗啦啦"碎了一地！

偏偏，王建平还惊讶地问："爸，吴俊锋真的占有我们钱庄股份？"

王志信脸色一变，当即呵斥儿子说："我还没死呢，这事还轮不到你过问！"

王建平立刻被训得低下头，再也不敢说什么了。

这个曾经叛逆的年轻人，自从生丝生意失败后，在父亲面前，已经完全没有了当初的自信了。

王志信冷哼一声,这才对唐掌柜说:"估计这次姓闫的贸然前来,事情并不简单。你赶紧去通知吴老板一声,让他做些准备。"

吴家盐行总经理办公室内,看上去有些凌乱。

吴俊锋气冲冲走进来,往桌子前一坐,便没好气地说:"姓王的让我准备,有什么好准备的,还不是又想借机敲我们吴家的钱!我当初真不该找这只老狐狸合作,每次一出事,就想让我给他善后,我看过不了多久,他就会反噬了!"

崔玉存连连点头道:"是的,我也感觉他胃口越来越大了。"说完,便拿出一份文件,小心翼翼地说,"老板,这个月的工资,该结了。"

吴俊锋点点头,当即拿笔签上了名,然后从身上掏出钥匙,打开保险箱时,却发现里面早已经空无一物!

他顿感全身的血液都凝固了,立刻回过头,扯住助理的衣服,歇斯底里地问:"印章呢?我的印章被谁偷去了?"

崔玉存茫然道:"今天除了老东家,没人进来过呀。"

吴俊锋不由一呆,回过神来,当即放开他,头也不回地径直出了门。

晚饭时,吴家大院客厅内,早已摆上了满满一桌各式美味佳肴。

吴光淮却阴沉着脸,不停地唉声叹气。

窦玉美担心地望着丈夫,却不知道如何安慰。

吴俊莹洗了手坐下来,望着桌上的菜,不由瞪大了眼睛,兴奋地搓着手说:"葡萄鱼、红烧狮子头、白灼青虾、清蒸螃蟹、凉拌海蜇丝……哇,爸,这一桌子的菜,比你一辈子吃的都值钱吧?"边说边伸出手,捏了一只青虾,想要放进嘴里。

窦玉美却打了一下她的手,没好气道:"吃吃吃,都要嫁人的大姑娘了,整天就知道吃。"

吴俊莹委屈地缩回手,小声嘟哝着说:"还不是因为平时吃得太素了。"

吴光淮叹了口气道:"吃吧吃吧。我现在才明白,'吃不穷,穿不穷,不会过日子才会穷'啊。我一辈子省吃俭用的,都不够你二哥一天败的!"

没想到他话音还没落,吴俊锋就大步闯进来,同时气急败坏地说:"爸,你是不是拿了我的印章?"

窦玉美母女闻言,同时吃了一惊:"啊,印章没了?"

吴光淮却爽快地说:"没错,是我拿的。"

吴俊锋郁闷道:"爸,你拿我印章做什么?快还给我,我每天都要用的。"

吴光淮瞪了他一眼,怒声说:"你还有脸问我要印章?自从你哥去世后,我相信你,把生意都放手给你,从来不过问。可是今天,我去查了一下账,发现你已经败了一两百万了!"

吴俊锋连忙解释道:"爸,你误会了。那些钱并没有败掉,是上次王志信生丝生意失败后,找我江湖救急,我借了三十万给他,再连带他之前的欠债，买下了宝通成四成暗股，以后可以钱生钱的。"

吴光淮没好气地说："除了这四成暗股，还有你为了霸占码头执照砸进去的钱呢？还有你和王志信、徐立秋合伙，砸进去的七十万呢？"

吴俊锋自知理亏，但还是强词夺理道："这些都是小钱，我们要是真的让码头改姓了，我们吴家就占有五成股份了……"

吴光淮闻言，再也听了下去了，"啪"地一拍桌子，呵斥地说："我看你是'不撞南墙不回头'是吧？你们三个人，一个年纪轻轻就知道钻牛角尖，一个是见利忘义的家伙，一个是五毒俱全的牛皮大王。别说码头不可能改姓，就算是改了，落到你们这三个人手中，还能有什么好结果？"

吴俊锋把头一拧，不服气道："我不是钻牛角尖，我只是想为我哥报仇！"

吴光淮见他油盐不进，更加怒了，厉声道："我看这个仇，不报也罢！否则，吴家的万贯家财，都不够你败的。好了，废话我就不和你多说了，从现在开始，我收回你的财务大权，以后吴家所有支出用度，一律由我签字盖章，直到我死了为止！"

这话说得有些太狠了。

吴俊锋一边连声喊着"爸"，一边急得直跺脚，却也别无他法。

但是吴光淮撂下这话，却低头猛吃起来，再也不理他了。

吴俊锋索性坐下，拼命灌起酒来！

第12章　大家不要挤

入夜时分,运河码头管理处内却灯火通明。

房间里堆满了一摞一摞的钱,并继续向上堆着。

职员们一边写着账簿,一边噼里啪啦打着算盘,室内充满一种紧张的气息。

徐佩芸坐在一张办公桌前,不停地往账簿上写着什么。

臧远航站在她身旁,认真核对着。

徐佩芸一边写一边说:"万茂酒业二十万、同福鸡蛋厂十五万、永升缫丝厂十三万、山狮火柴厂十一万、万昌瓷器店……整整一百五十万!"然后抬起头,称赞道,"你的主意,真是不错。"

臧远航接过账簿,感动道:"我的主意再好,也多亏了陆市长出面,窑湾三百六十余家商户,每户都主动拿钱,真是太让我感动了!"

徐佩芸点点头，由衷地说："窑湾商人最看重的就是商誉。现在吴俊锋和王志信每天都派人把守着码头，码头无法正常装运货，耽误了货期，给每家商户造成的损失是不可估量的，简直就是犯了众怒了！"

臧远航郑重道："是的！我先拿出五十万，然后调动码头工人，让他们在三天之内，全部存入宝通成；三天之后，在同一天全部取出来。到时候，宝通成一定拿不出这些钱，至于吴俊锋这座靠山，上次和我们为了码头年审，已经填进去几十上百万了，这次又白白填进了七十万，再加上吴大已经知道这件事了，肯定也会在钱财上有所管制，他就算想帮王志信，也帮不了了！我们趁机到处宣扬，直到造成挤提为止！"

听到这里，一直沉默不语的闫一认，眉头越发紧皱了起来。

臧远航看了他一眼，试探地问："闫主事，是不是挤提这件事，你担心插手会惹出麻烦？"

闫一认瞪了他一眼，苦笑着说："你想到哪儿去了，我是那种怕事的人吗？"

臧远航犹豫了一下，还是问："那你，好像有点不高兴呢。"

闫一认叹了口气，担忧道："我觉得你们这样做，后果是不是太严重了些？整个窑湾的金融业，都会被你们打乱的。"

臧远航尴尬地说："可是闫主事，吴俊锋自从他哥去世后，已经被仇恨蒙住了眼睛；王志信采用不正当竞争手段，差点让你的裕兴隆和另外几家钱庄破产倒闭。如果再不给他们点颜色看看，他们就会没完没了地闹下去，我们只好把码头拱手相让。如果码头落到这种心术不正的人手中，到那时，不但窑湾的金融业会被打乱，连带途经大运河的所有商贸往来，都会被全部打乱的。"

闫一认沉吟片刻，点点头道："说得也对，好，我支持你！"

臧远航和徐佩芸闻言，不由相视一笑。

一切尽在不言中！

凌晨时分，中宁街上。

臧远航和徐佩芸并肩而行。

忽然，一阵冷风吹过，徐佩芸不由自主地拉紧了外套。

臧远航忙脱下西装，体贴地给她披上，同时叮嘱说："现在天气乍暖还寒的，小心着凉了。"

徐佩芸心里一暖，紧紧拉着身上的西装，深情地喊道："远航。"

两人本来就隔得很近，听到这话，臧远航"嗯"了一声，情不自禁地把她拥入怀里。

与此同时，他的嘴唇也轻轻地贴了上去。

徐佩芸闭上眼睛，幸福地等待着什么。

没想到，臧远航却猛地推开她，颤声说："对不起，我不该这样的！"

徐佩芸只好睁开眼睛,失望地问:"哦,你对不起谁?"

臧远航歉然道:"我能重新站起来,都是涟泰哥的功劳。要不是我,你们早就在一起了。所以,我不能再做任何对不起他的事!"

徐佩芸张了张嘴,想要说什么,犹豫了一下,却欲言又止。

臧远航忽然想起什么:"对了,我好像听我妈他们说,你妈不让你回家了,为什么?"

徐佩芸强打精神地说:"还不是因为俊锋和佩萍。"

臧远航愤愤不平道:"他们夫妻俩的事,怎么能怨你呢?本身就是你妈做得不对,不但差点害了你,也害了佩萍甚至俊锋。"

徐佩芸听了这话,不由黯然神伤,郁闷地说:"是啊,佩萍一直住在娘家,俊锋也不去接她。"说到这里,不由苦笑起来,"当初我若是嫁给了他,或许就不会有这么多麻烦事了。"

她话音未落,就看到一个醉鬼,跌跌撞撞迎面而来。

那人手里拿着半瓶酒,一边走一边喝,同时还哼起了欢快的柳琴戏小曲:"……闲来无事唱大清,道光坐殿二十冬。皇帝归天皇子继,十四五把基登,呼年号叫咸丰,依呀哎嗨哟嗨哟……"

臧远航和徐佩芸立刻抬头望去,不由吃了一惊,异口同声道:"俊锋?"

与此同时,醉醺醺的吴俊锋,没提防一头撞在一根柱子上,并随着"扑通"一声,就跌倒在地了。

臧远航连忙跑过去,把他扶起来说:"俊锋,你怎么喝这么多酒?"

吴俊锋却并不看他,而是醉眼蒙眬地直瞪着柱子,喃喃自语道:"这根油条这么长,我怎么吃得完啊?"

臧远航连忙说:"俊锋,你看清楚了,这不是油条,这是柱子!"

吴俊锋终于望了望他,却不屑道:"哈,那是你有眼无珠啊!"

臧远航被噎得半天说不出话来。

吴俊锋说完这话,又喝了一口酒,又得意地唱开了:"……头一出唱的是三国戏了,赵子龙大战长坂坡;第二天唱的是七月七,牛郎织女会天河哪……"边唱边摇摇晃晃地站起身来,跌跌撞撞地走了。

徐佩芸望着他的背影,不由感到一阵愧疚,在心里叹了口气,暗自道:"对不起,俊锋。"

宝通成会客室内,王志信坐在办公桌前,正在得意地抽着烟。

吴俊锋无精打采地走进来,完全没有了往日的意气风发。

王志信眼珠一转,急切地问:"吴老板来啦,准备得怎么样了?"

吴俊锋看着他充满期待的眼神,实在不忍心告诉他真相。

他想到这里,便强自镇静道:"完全没问题。"但迟疑了一下，还是沮丧地说，"码头那边的人，我看还是撤回来吧。"

王志信眉头一皱，不高兴地问："凭什么？"

吴俊锋担忧地说："闫一认硬要入股钱庄，我担心他会和臧家联手，共同来对付我们。"

王志信却胸有成竹道："你真是杞人忧天！我们钱庄现在仅仅半个月时间，就能搞进来五六十万存款，这么好的生意，别说臧闫两家联手，就是再加上陆文安，恐怕也不是我们宝通成的对手，更何况，还有你们吴家这个大靠山呢。你可别忘了，宝通成不但有你四成的暗股，码头要是改了姓，也有你五成股份呢。"

吴俊锋只好硬着头皮说："你放心吧，我知道。"

没想到话音刚落，王建平就慌里慌张地跑进来，气急败坏道："不好了，不好了，外面忽然来了好多人，同时要求取钱！"

王志信不以为意地说："哪天没人取钱啊，给他们取就是了。"

王建平焦急道："人还在不停地来，好像有预谋似的。"

王志信和吴俊锋闻言，同时吃惊地"啊"了一声。

王建平慌乱地说："我再出去看看。"边说边走出门去。

正在这时，外面传来越来越大的嘈杂声。

吴俊锋和王志信两个人，不由对望一眼，立刻扑到窗口，只见钱庄门口人头涌动，通向钱庄的各个巷口，人们还在像潮水一样地涌进来！

宝通成钱庄外，此时已是人头攒动，到处都被挤得水泄不通。

人人手中举着黄色的存款凭证,纷纷大声嚷嚷:"取钱,取钱,取钱……"

声音统一整齐,好像喊口号似的。

唐掌柜和钱庄职员们徒劳无功地说:"大家不要挤,不要挤……"

宝通成会客室内的两个人,全都震惊了!

王志信见状,额头立刻急出了汗,但他还是自我安慰道:"没关系没关系,反正我们已经有所准备了。"

吴俊锋故作诧异地问:"你都准备好了?"

这次轮到王志信诧异了!

他急切地问:"你不是说你准备好了吗?你只要拿出钱帮我渡过这个难关,以后你的四成暗股的分红,不,五成暗股,还是一个子儿都不少的。"

吴俊锋只好硬着头皮道:"实话告诉你吧,我的财务大权已经被我父亲收回了,以后所有的支出用度,都必须由他签字了。"

王志信听了这话,犹如当头棒喝,脸色立刻变得煞白!

好半天,他才结结巴巴地说:"既、既、既然如此,你为什么不早一点告诉我?我不是一早就让你准备的吗?"

吴俊锋脸上闪过一丝不易察觉的愧疚,但还是故作糊涂道:"你只是说让我准备,又没告诉我准备什么啊。"

王志信立刻气急败坏地说:"钱钱钱!除了钱,我还能让你准备什么啊!我就是害怕这一天啊!"

吴俊锋无辜道:"既然害怕这一天,当初我刚从北京回来时,曾提议那笔贷款就让臧家按照正常利息还贷,你为什么不同意?"

王志信不由一呆,随即愠怒地说:"我那不是想要为自己争取更大的利益吗?"

吴俊锋却苦笑一声道:"恐怕这次,和上次码头年审一样,又是竹篮打水一场空了。"

与此同时,外面"还钱"的呼叫声似乎更高了,前来挤提的人,也是越来越多了!

王志信再也不想和他废话了,而是厉声说:"别忘了,宝通成也有你四成暗股。"

吴俊锋却坦然道:"你也别忘了,当初你说你们钱庄是家族企业,容不得外人参股的,所以我得到的四成暗股,只是口头协定,可从来没有签过合同的呀,不算数的。"

王志信被噎得直翻白眼!

好半天,他才恼羞成怒地说:"每次分红时,你可从来没有说过口头协定不算数呀!"

吴俊锋不以为然道:"总之,一切以合同为准!"

王志信听了这话,气得浑身颤抖。

没想到,吴俊锋又说:"对了,王老板,如果我没记错的话,这些年来,我在你这里存的钱,再加你借我的,就算去除掉上次码头年审的近百万、我投的暗股,以及这次打了水漂的七十万,最少还剩九十万!不如现在,你一起还了我吧。"

王志信闻言,气得差点儿吐血。

他猛吸了几口气,才颤声道:"你、你、你……"

忽然,宝通成外,一辆黑色的轿车戛然而止。

闫一认率先走了下来,跟在后面的,是臧远航和徐佩芸。

第13章 一定要补上这个窟窿

宝通成会客室内,王志信和吴俊锋立刻循声望去,全都怔住了。

正在这时,王建平又跑进来,惊慌失措道:"不好了,不好了,臧闫两家,果然联手了!"

刚刚被吴俊锋重击过的王志信闻言,身子晃了一晃,差点儿跌倒。

幸好王建平及时扶住了父亲。

王志信镇定下来,立刻甩开儿子的胳膊,同时瞪了吴俊锋一眼,然后冷哼一声,便径直向门外走去。

吴俊锋见状,诡秘一笑,迅速从后门退了出去。

宝通成钱庄外。闫一认带着臧远航和徐佩芸,已经径直走向了宝通成大门!

原本围得水泄不通的人群见到他们,仿佛得到命令似的,立刻停止喊号子,自动让开一条路。

宝通成大厅内,闫一认和臧远航、徐佩芸三人,很快走了进来。

与此同时,王志信气急败坏地迎上去。

他看到这三个人,眼睛里像是要喷出火来,没好气地问:"你们来做什么?"

闫一认微微一笑说:"我说过的,一定还会再来!"

王志信咬牙切齿道:"你要想入股我们宝通成,门都没有,除非我死了!"

闫一认心平气和地说:"什么死不死的,多难听啊?不过王老板,外面的情形你也看到了。一旦发生挤提,后果不堪设想啊!你是个聪明人,赶快把这份合同签了吧。"

王志信拿过合同,只扫了一眼,就气急败坏道:"你这哪里是要入股我们钱庄,分明是想要了断臧家的高利贷!"

闫一认拍着巴掌,赞赏地说:"王老板果然聪明!怎么样?签还是不签?"

王志信却一字一顿道:"虽然你的贸易生意很好,徐佩芸又还回臧家一百八十万,但全部都用来堵码头的窟窿了。所以现在,就算以臧闫两家之力,也断不会在三天内集齐一百五十万。告诉我,还有哪些人与你们同流合污了?"

闫一认正色地说:"还有三百六十余户窑湾商人!但是他们绝不是同流合污,而是同仇敌忾!你和吴俊锋为了一己之私,守住码头,不让任何船只停靠,这给三百六十余家商户和窑湾带来多大的经济损失,你知道吗?"

王志信却嚣张道:"我管什么三百六十余家商户和窑湾经济,我只知道臧家向我们宝通成高息借贷一百三十万,要么把码头以资抵债给我们,要么利滚利,还给我一千万!"

闫一认冷笑一声说:"如此说来,我们无话可谈了。这份合同,你签了,臧家与宝通成的恩怨,就此了结。你不签,宝通成即将不保!"

王志信断然道:"这是个阴谋,我绝对不签!"说完,便狠狠地将合同扔到地上,径自走回了账房内。

王建平见状,连忙跟了上去。

徐佩芸只好无奈地捡了起来,和臧远航面面相觑!

闫一认却仍然处事不惊。

他走到窗外,望着钱庄外越来越多的人群,悠闲地说:"那就等好戏看吧。"

宝通成账房内,王志信瘫坐在椅子上,气得直喘粗气。

正在这时,唐掌柜慌里慌张地跑进来道:"老板,不好了,外面的人越来越多了,快要控制不住了!"边说边急匆匆走了出去。

王志信脸色一变,豆大的汗珠不断地渗出来!

他转头问儿子:"钱庄还有多少现金?"

王建平无奈地说:"还有不到一万,只够给五六十个小客户的了。"

王志信立刻诧异地问:"怎么这么少?"

王建平郁闷道:"我也是刚刚才知道的,吴俊锋从北京回来后,就已经让人拿着他的存款凭证,陆续取走了他存在宝通成的所有存款。"

王志信闻言,脸色立刻变得煞白,竟然吐出一大口鲜血来!

王建平吓得一个激灵,连忙焦急地问:"爸,你怎么啦?要不要去济世堂?"

王志信却无力地摆了摆手。

他浑身哆嗦了好久,才终于深深地吸了一口气,然后仰天长啸:"吴俊锋,原来你早有预谋,你这是要让我给你做替罪羊啊!"

王建平郁闷地说:"我早就提醒你了,不要与他合作,谁叫你偏不听。"

王志信闻言,立刻气急败坏道:"你以为我不知道吗?可是辫子军围城那年,我刚做实业失败,宝通成一下子又被提走了二十万,如果我不与他合作,宝通成早就倒闭了!"

王建平听了这话,立刻恍然大悟:"难怪我当初劝你,你怎么也不听呢。"然后顿了顿,便提议道,"事已至此,看来我们眼下唯一能做的,就是转给闫一认了。"

王志信却当即摇头说:"不行,这绝对不行!"

王建平急切道:"为什么啊?"

王志信叹了口气说:"说起来都怪我。当初生丝生意失败,我为了渡过难关,就向吴俊锋借了四十万。后来缓过气来,就不想还了。正好这时,吴俊锋找到我说,想要联合徐立秋,向臧家放高利贷,其目的是霸占码头。如果我能配合他,就把我之前的欠债用来抵股。因为宝通成是家族企业,所以我提出来只能买暗股,没想到他竟然同意了。我为了掌握主动,随时收回这四成暗股,故此没有签书面合同,只有口头约定,并且没有告诉任何人。我当时想的是,反正他的钱都存在宝通成,不怕他反悔。甚至于后来,他投资臧家的七十万,动用的也都是他的存款。我原本是想,等到收回臧家的高利贷,或者成为码头股东后,我就不承认这四成暗股,到那时,吴俊锋就会明白,他原本是想把我当棋子,最后却被我当了棋子。只是万万没想到,还是他技高一筹,竟然会利用唐掌柜他们不知情,抢先一步,把存款全部取走了!"

王建平忍不住责怪道:"爸,你怎么可以如此贪心?"

王志信边擦汗边无奈地说:"现在说这些,已经没有任何意义了。五六十个就五六十个,把钱都给他们。我出去和他们说,让他们相信我们宝通成钱庄,只要他们能再给我一周的期限,只要一周,就算卖田卖地,我也一定要补上这个窟窿!"

王建平苦笑道:"可是现在已经造成挤提,别说一周期限,就是一小时都不太可能啊!"

王志信却目光一凛,坚定地说:"你不用再说了,有一点是肯定的,我绝不会把宝通成卖给闫一认,否则,我无颜见列祖列宗啊!"说完,便站起身来,径直向外走去。

宝通成钱庄外,此时取款的人群,即将失控。

王志信强打精神,从旁边一个职员手中,接过话筒,大声喊道:"女士们、先生们,我是王志信!"

听了这话,人群又一次骚动起来:"取钱,取钱,取钱!"

王志信只好声嘶力竭地说:"静一静,大家静一静。我们钱庄生意很好,没有任何困难。只是现在手头现金不多,暂时只能够五六十个客户的。不过我以宝通成钱庄百年基业向大家保证,只要给我一周的时间周转,你们一定会取出你们存在钱庄的钱。现在,请大家排好队,前面的六十名客户,先和我进去。"

没想到,话音一落,人群挤得更凶了,纷纷道:"我进去,我进去,我进去……"

第14章　快把我绑了

窑湾城内各个地方,人们一边从家里往外跑,一边大声叫喊:"宝通成钱庄快要倒闭了,马上去把钱取出来啊!"

于是,人们手里拿着黄色存款凭证,从各个角落走出来,然后发疯一样向钱庄跑去。

宝通成钱庄外,人们手里举着黄色的凭证,纷纷往门口挤着喊着。

一时间,到处都乱成一团。

王建平和钱庄职员们徒劳无功地喊道:"不要挤,大家不要挤!"

正在这时,陆文安和姜局长带着警察们,急匆匆赶了过来。

但是人群却更加拥挤了,警察们根本就接近不了钱庄。

姜局长情急之下,猛地对天打了一枪。

人群听到枪响,这才安静了下来。

姜局长怒喝道:"都给我安静!谁再敢挤,我就毙了谁!"

人群这才被迫保持了安静,并自动让出一条路。陆文安他们趁机向钱庄走去。

但是前来取款的人,却越来越多,局势很快又失控起来!

宝通成钱庄内,早已经乱成一团。正焦头烂额的王志信,看到陆文安和姜局长走进来,仿佛看到救星似的,立刻快步迎了上来。

他双手一摊,苦着脸说:"文安兄,你看现在闹成这个样子,可怎么办呢?"

陆文安却毫不客气道:"现在已经开始挤提,随时可能引起暴动,你身为宝通成老板,应该知道后果有多严重!"

王志信闻言,立刻哀求地说:"我们钱庄的百年基业,不能就这样完了,请文安兄帮我想想办法。"

陆文安趁机问:"钱庄的百年基业固然不能就这样完了,那么臧家的百年基业就可以完了吗?"

王志信立刻明白了什么,眼光瞬间变得充满了敌意,怒声道:"原来你和他们是一伙的!"

陆文安正色地说:"谁为窑湾大局着想,我就和谁是一伙!"

正在这时,门外忽然又传来一阵喧嚣。

唐掌柜慌里慌张跑过来道:"不好了,不好了……"

众人回头一看,只见几个身强力壮的钱庄客户,已经硬闯了进来。

王志信连忙抱拳，赔着笑脸说："各位息怒，有话好说，有话好说。"

客户们根本不理他这一套，而是单刀直入地问："姓王的，你到底有没有钱给我们？"

王志信哭丧着脸，支吾道："这、这、这……"

客户甲生气地说："这什么这？有钱快给，没钱就说没钱！"

客户乙不耐烦道："别和他废话了，这房子里的东西还值不少钱呢，搬！"

客户们闻言，纷纷点头，并迅速行动起来。

王志信父子和唐掌柜等人左拦右阻，却丝毫不起作用。

这个时候，涌进来的客户越来越多了。

于是，摘字画的摘字画，搬花瓶的搬花瓶，抬家具的抬家具……

原本井然有序的大厅，很快就一片狼藉了。

王志信急得满头大汗，却也只能干跺脚。

闫一认见状，再次劝说："王老板，把合同签了吧，签了我立刻派人把钱送来，你就有钱给他们了。"

王建平也哭喊道："爸爸，签了吧。"

王志信却咆哮道："你们想逼我签字，简直是痴心妄想！"

客户们闻言，立刻大叫起来："揍他！砸家具！烧房子……"

说话间，他们迅速越过王志信父子和钱庄职员们的阻拦，开始砸家具，有的甚至点起了一堆火！

虽然火堆并不大，但是立刻将偌大的钱庄内外，映得火光一片！

吴俊锋站在一个隐蔽的角落里，紧张地望着这一切。

与此同时，王志信像疯了似的，歇斯底里地大喊："住手，都给我住手！"但是根本没有人理他！

王志信情急之中，猛地拔出手枪，怒喝道一声："再不住手，休怪我不客气了！"

姜局长和周围的警察们见状，也随即拔出了枪，并迅速将他半包围起来！

一时间，室内呈剑拔弩张之势！

王建平没想到形势竟然急转直下，不由就是一呆，回过神来，便连忙劝说："爸爸，不要再固执了，赶紧签了吧，就算宝通成没了，我还有一双手，可以养活你和妈妈的。"

唐掌柜也点点头道："老板，签了吧，没有任何别的办法了。"

王志信却凶神恶煞地说："都给我闭嘴！"

没有人再说话，室内安静得只能听到墙上钟表上秒针的"嘀嗒嘀嗒"声。

王志信阴冷的目光，扫了众人一遍，只略略在臧远航身上多停留了几秒，便冷静下来，咬了咬牙道："好，我签！"

众人闻言，全都长舒了一口气。

与此同时，客户们也停止了打砸抢的动作！

徐佩芸当即拿着合同，就向王志信走去。

没想到，她才走两步，对方就挥舞着手枪，厉声制止她说："站住！"

徐佩芸下意识地停住脚步，诧异地问："为什么？"

王志信一字一顿道："这是我与臧家的恩怨，只有臧远航亲自把合同拿过来，我才会签！"

臧远航闻言，当即冷笑一声说："我拿就我拿，难道还怕你不成！"说完这话，就想要接过合同。

没想到，徐佩芸却拦住他的手，直视着王志信道："这么说，你是别有用心了？"

王志信立刻恼羞成怒地问："你这话是什么意思？"

徐佩芸一字一顿地说："如果有诚意，谁拿你都会签；如果别有用心，谁拿你都不会签！"

王志信闻言，不由一愣，随即咬牙切齿道："好！你拿来，我签！"

徐佩芸微微一笑地说："好。"

臧远航当即就要拉住她，小声提醒道："他现在情绪很不稳定，还是我去吧。"

徐佩芸却坚决地说："正因为他情绪不稳定，你去了会更刺激他，还是我去比较合适。万一有突发情况，你也可以见机行事。"

臧远航犹豫了一下，还是想要阻拦。

没想到，徐佩芸却绕过他，再次抬起了脚步，径直向王志信走去。

众人见状，全都紧张地望着她。

王志信后退两步，和桌子保持了一定的距离。

徐佩芸犹豫了一下，还是向桌子走去。

随即，她就把文件放在桌子上。

说时迟，那时快，徐佩芸和桌子之间，忽然有只脚一闪而过！

与此同时，臧远航顿感面前黑影一闪！

他立刻意识到不好，急忙大声喊道："小心！"

但是，已经晚了！只见徐佩芸脚下一绊，差点儿摔倒。

姜局长和警察们迅速抬起枪口！

但是王志信早已一个箭步冲上去，拉住徐佩芸挡在自己的面前，并迅速将枪口对准了她的太阳穴！

他这一连串动作在刹那间完成，在场的所有人都惊呆了！

吴俊锋也是吃了一惊，但是却将身子往后缩了缩。

与此同时，挤在人群中的徐立春，立刻失声大喊："佩芸！"

臧远航当即怒吼道："放开她！"

闫一认也急忙劝阻说："王志信，你不要胡来！"

王志信一边更用力地扯着徐佩芸，一边咬牙切齿道："放心吧，只要你们不用我签什么见鬼的合同，直接拿出一百五十万，打发好外面那些人，我马上就放了她！"

徐立春着急地哀求说:"远航,你快去把钱拿来吧,救我女儿的命要紧。"

陆文安悔恨地连连跺脚:"我早就说过了,后果很严重,后果很严重,你们偏偏不听,唉!"

臧远航沉吟片刻,却小声安慰道:"岳父、陆大,你们放心吧,我不会让佩芸有事的。"然后面色一凛,抬头对王志信说,"徐佩芸早已经和我离婚了,现在她连臧太太都不是,更是和臧家毫无关系。所以你挟持她做人质,远不如挟持我有用。不如,你让我和她做交换吧。"

臧家人闻言,纷纷诧异地说:"远航?"

徐佩芸也着急道:"远航,你不要做傻事啊。"

王志信却不相信地看着他,疑惑地问:"姓臧的,你说的可是真的?"

臧远航态度坚定地说:"如果不信,你可以直接让人把我绑了!"

臧家人望了望他,又望了望徐佩芸,都不禁长叹了一口气。

郭文芳慌乱道:"远航,你不要……"

但是她的话还没有说完,臧家梁便果断地说:"你不用再说了,我们的儿子是儿子,佩芸也是徐家的女儿。她为我们臧家做得已经够多的了!"

与此同时,王志信冷哼一声道:"臧远航,既然你自己要往枪口上撞,那我就成全你!"然后便转过头,向儿子怒声说,"还愣着干什么?快把他绑了!"

王建平再也看不下去了,哀求说:"爸,快放了人家吧,你不能一错再错啊。"

王志信却呵斥道:"你要是我儿子,就马上把他绑了!"

臧远航也催促说:"请你看在老同学的面子上,快把我绑了吧!"

王建平无奈之下,只好拿了根绳子,走上前去,将臧远航五花大绑了起来!

只是在绑到背后时,他趁父亲视线注意不到,偷偷打了个活结。

然后,已经被五花大绑的臧远航,一步一步向王志信走去……就要到对方面前时,没想到,王志信忽然大喝一声道:"站住!"

众人听了这话,全都惊呆了!

随即,王志信一边拉着徐佩芸往后退,一边厉声说:"在这儿你们人多势众,我怕生变。姓臧的,你要想交换的话,就一个人和我到楼顶上去!"

众人闻言,纷纷担忧地望着臧远航。

徐佩芸哭喊道:"远航,你不要过来!"

王志信冷笑一声,架在她脖子上的胳膊,忽然一使劲。

立刻,徐佩芸就感觉脖子被紧紧勒住了,几乎喘不过气来,脸也顿时憋得通红。

徐立春当即心疼地大喊:"佩芸!"

王志信这才松开胳膊,恶狠狠地说:"看到了吗?我现在掐死她,就像掐死一只蚂蚁那样容易!"

臧远航咬了咬牙,果断地说:"闫叔,你快去拿钱。"

闫一认连声道:"好好好!"说完,便急急忙忙地走了。

然后,臧远航暗暗吸了口气,冷静地说:"姓王的,'君子一言,驷马难追',我和你去!"

与此同时,王建平趁父亲不注意,拼命向他打手势。

可惜臧远航太紧张了,一直紧紧盯着王志信,并没有注意到他。

于是,宝通成钱庄大厅楼梯上。

王志信胁迫着徐佩芸,沿着楼梯向上后退。

臧远航亦步亦趋地跟着他们,双方始终小心翼翼地保持着一定的距离。

留在大厅里的王建平,更是急得抓耳挠腮的。

宝通成钱庄楼顶,王志信胁迫徐佩芸退到此处。

随即,臧远航也跟了上来。

王志信立刻命令道:"把门锁上,把钥匙扔过来!"

……

宝通成钱庄楼梯上,随后而来的人,立刻被阻止在了门的另一边。

　　陆文安和姜局长一边激烈地敲着门,一边大声喊着:"开门,快开门!"

　　宝通成钱庄楼顶上,臧远航用腿将门带上,然后用牙咬下钥匙后,便想要向前走去。

　　王志信却目光一凛,厉声说:"站住!把钥匙丢在地上!"

　　臧远航迟疑了一下,还是照做了。

　　宝通成对面的楼顶上,王建平已经爬了上来,并拼命向这边挥手。

　　可惜臧远航因为紧盯着王志信,并没有看到。

　　王建平无奈之下,终于灵机一动,连忙脱下身上的宝蓝色长袍,大力地挥舞起来!

　　此时,王志信一边用枪口死死抵住徐佩芸,一边冲臧远航怒喝道:"过来!你要是敢耍任何花样,我马上就要了她的命!"

　　臧远航连忙说:"千万别,我过去就是了。"

　　王志信催促道:"快点!"

　　徐佩芸立刻制止说:"不要过来!"

　　王志信目光一凛,再次用手臂勒紧了她的脖子。

　　徐佩芸顿感呼吸不畅,痛苦得无以复加。

　　臧远航暗中吸了一口气,毫不犹豫地走了过去。

　　与此同时,他忽然用眼角的余光看到,对面楼层有耀眼的宝蓝色一闪!

与此同时,宝通成对面的楼顶上。

王建平立刻敏感地捕捉到了他的目光,不由大喜,当即转过身去,两手背在腰部,将两只手同时向下一按,做了个解活扣的动作。

不愧是曾经坐过前后桌,臧远航立刻就明白了老同学的举动。

宝通成楼顶中心,就在这电光石火之间,王志信忽然转过身来。

对面的王建平吓得当即趴倒在地!

好在,王志信正紧张地盯着面前的人,并没有看到儿子的小动作。

王志信在臧远航即将靠近之时,猛地将徐佩芸往旁边一推,然后快速抓住了臧远航!

第15章　将子弹上膛了

宝通成楼顶，徐佩芸"啊"的一声扑倒在楼梯口，顿时感觉腿部传来一阵剧痛，低头一看，只见左膝盖正好碰到一个拳头大的石头上，顿时血流不止！

她不由疼得倒吸了一口凉气，努力了几次都没站起来。

此时，王志信已经将枪口抵在了臧远航的脖子上。

臧远航一边装作害怕的样子，一边悄悄按照王建平的样子，悄悄拉扯腰后面的活结。

恰在这时，楼下传来了闫一认洪亮的声音："王志信，一百五十万已经运来了，快放人吧！"

王志信下意识地回头，只见唐掌柜正带着钱庄的伙计们，将一箱箱的钞票和大洋从汽车里搬出来。

臧远航这才长舒了一口气说："现在，你可以把我放了吧？"

没想到，王志信却眼珠一转，瞪了他一眼，恶狠狠道："做梦吧，现在我改变主意了，我不但要钱，我还要你们运河码头的全部股份。否则，我就杀了你！"

臧远航闻言，不由怒声说："你只是说让我做人质，并没有说要码头的全部股份呀！"

王志信不由哈哈大笑道："你到底还年轻！我不讲信用已经出名了，你竟然也相信我的话？"说完，竟然"咔嗒"一声，将子弹上膛了！

臧远航背后的绳子，还剩下最后一环没有解开！他立刻急得满头大汗，但是越是着急，却越是解不开！

徐佩芸虽然隔得有些远，仍然感觉到了某种杀气。

于是，她悄悄捡起那块沾着血的拳头大的石头，当即向王志信的手枪扔去。

石头虽然并没有打掉手枪，却打在了王志信的胳膊上。

他当即痛苦地"哎哟"一声，手枪也应声落地，回过神来，立刻想要去捡！

与此同时，臧远航正好解开了绳子，飞起一脚，就将枪踢了出去！

但是狡猾的王志信，竟然又从腰间摸出了一把匕首。

虽然臧远航年轻力壮，武功也比他略高一等，但对方手里有匕首啊。

于是很快，王志信就占了上风，迅速飞起一脚，将臧远航向远处踢去!

臧远航身子立刻就飞出了楼顶,好在他情急之中,双手紧紧抓住屋檐,才勉强没有掉下去。

王志信冷笑一声,竟然抬起一只脚,放在屋檐上,拼命踩着他的双手。

臧远航咬紧了牙关坚持着,眼看就要撑不住了。

徐佩芸见些情景,立刻艰难地爬起来!

她飞快捡起地上的手枪,鼓起勇气,朝王志信扣动了扳机!

王志信顿感胳膊一热,同时鲜血直流!他不由惨叫一声,并下意识地收回了脚。

臧远航趁机爬上屋檐,长长地吸了一口气。

但是这口气还没吸完,王志信就强忍着疼痛,再次跳上屋檐,想要把臧远航踹下去。

没想到竟然一脚落空,他整个人就掉了下去。

臧远航想都没想,迅速伸出手抓住他的一只手腕!

立刻,王志信只有一只手腕被他抓着,其余整个身子都悬挂在楼下了,顿时吓得魂飞魄散。

正在这千钧一发之时,王建平带着姜局长等人,从旁边的水塔处爬了上来。

他见此情景,不由惊叫一声,迅速跑过来,果断抓住了父亲的另一只手腕!

两位老同学同时用力,才勉强将其提了上来。

王志信瘫坐在楼顶,吓得冷汗直流。

姜局长趁机拿出手铐,"啪"的一声铐住了他!

王志信虽然自知大势已去,但仍然虚声张势地大吼:"这一切的始作俑者,都是那个该死的吴俊锋,你们凭什么抓我?"

姜局长当即反问:"你有证据吗?"

王志信顿时面如死灰,喃喃自语道:"没有,一点都没有啊!"然后忍不住仰天长啸起来,"吴俊锋,你这个狗杂种,你害死老子了啊!"

宝通成对面拐角处的吴俊锋见状,不禁后怕地拭了拭额头上的汗,迅速后退几步,并快速消失了。

宝通成钱庄内,刚才狂躁不已的客户们,已经停止了吵闹,正在不停地催促领钱。

王志信双手被手铐铐着,在姜局长等人的押解下,垂头丧气地走出来。

臧家梁嘲弄地说:"王老板,现在你总该明白了,到底谁是谁的手下败将!"

王志信却把头一昂,反唇相讥道:"姓臧的,我是你儿子的手下败将,与你无关!"

他说完这话,便狠狠地瞪了自己的儿子一眼。

王建平歉然地说:"对不起,爸。在大是大非面前,请原谅我不能再和你一起继续错下去了！"

王志信冷哼一声，径直向门口走去。

宝通成钱庄外，赶来取钱的客户们，早已经把钱庄围得水泄不通了。

刘桂花却追上来，大声哭喊道："他爸，你就这样丢下我们孤儿寡母了？"

王志信刚才还满不在乎的脸上，终于现出一丝悲戚。

他这才望了望儿子，黯然地说："建平，帮我照顾好你妈，收拾好宝通成这个烂摊子！"

王建平点点头，郑重道："爸爸，你就放心吧，我会的。"

王志信不由深深地叹了一口气，回头恋恋不舍地看了看"宝通成钱庄"五个烫金大字，便头也不回地向前走去！

人们表情复杂地望着他，迅速让开了一条通道。

第16章 你还是嫌弃我

宝通成钱庄内,臧远航搀扶着膝盖受伤的徐佩芸,步履艰难地走下楼梯。

徐立春立刻迎上去,着急地问:"佩芸,怎么样?你可吓死爸爸了!"

徐佩芸故作轻松地说:"爸,我没事的,只是擦破了一点皮。"

臧家梁惭愧地说:"远航,都怪爸不好。我不应该为了一己之利,向宝通成高息借贷,结果害得你差点连命都没有了。要不是佩芸勇敢地站出来,我真不知道后果会有多严重!"

臧远航连忙安慰道:"爸,不要再自责了,一切都过去了,现在码头那边怎么样了?"

臧家梁安慰说:"你放心吧,已经正常运转了。"顿了一顿,便指着臧远方等人手中的钱,郁闷道,"只是这些钱,现在到底是发还是不发呢?"

臧远航立刻拿过钱,走到老同学身边,郑重其事道:"建平,这些钱就交给你了!"

王建平接过后,感动地说:"真是太谢谢了!有了这些钱,挤提问题解决了,宝通成钱庄总算暂时保住了。以后我一定会踏踏实实做生意,绝不会重蹈父亲的覆辙!"

臧远航握住他的手,诚恳道:"无论以后发生什么,希望你都能和我一起,始终恪守我们窑湾儒商的商誉。"

王建平重重地点点头:"你放心吧,我一定会的!"

与此同时,挤提的人群拥挤着,喊叫着,有的人倒下又爬起,甚至有的人受了伤,到处乱成一团。

臧远航见状,便拿起喇叭大声喊:"各位乡邻,我是运河码头的当家臧远航。现在,我们码头已经将一百三十万借贷,通过闫一认主事,连本加利还上了。宝通成钱庄很快就可以支付你们的存款,请大家排好队,不要拥挤。"

挤提的人听了这话,渐渐安静下来,并在警察的配合下,很快排好了队。

随即,受伤的人也被抬到不远处的一块空地上,好在都是些轻伤。

徐佩芸望着那些伤者,不禁有些内疚。

忽然,她一下子愣住了!

只见不远处,赵涟泰和臧远茹两人,正在人群中穿梭忙碌着,一个上药一个包扎，配合得十分默契。

徐佩芸见状，情不自禁地咬了咬嘴唇。

恰在这时，臧远航走了过来。

他顺着她的视线一看，立刻关切地问："涟泰哥还在误会你吗？"

徐佩芸望了望他，欲言又止。

臧远航立刻明白了什么，当即说："我去和他解释清楚！"

徐佩芸连忙拉住他，制止道："不要去……"

但是来不及了，臧远航已经大步走了过去！

臧远茹看到堂弟，立刻迎上来，急切地问："远航，你也受伤了吗？"

臧远航摇摇头："大姐，我没有，我来找涟泰哥。"他说完这话，便径直向不远处的赵涟泰走去，同时招呼说，"涟泰哥。"

赵涟泰正在给一位老奶奶清理伤口，便漫不经心地"哦"了一声。

臧远航诚恳道："涟泰哥，我知道你对佩芸有些误会，可是她当初拿走我的五成五股份，并不是贪财，而是为了帮我们臧家保住码头。"

赵涟泰闻言，眉头不由一皱，生硬地说："我很忙，你想说什么就直接说吧。"

臧远航不由一怔，结结巴巴道："我、我想要说的是，你们应该在一起。"

赵涟泰想都不想，就干脆地说："对不起，我和远茹已经订了婚。至于别人的事情，都与我无关！"

臧远航脸色一变，立刻急切道："怎么无关了？你们曾经那么相爱，本来就应该在一起的。"

赵涟泰终于包扎好老奶奶，站起身来，毫不掩饰自己的讽刺，一字一顿地说："应该在一起的是你们！你们那么般配，甚至为了保住码头，不惜以这么多人的生命做代价！"

他说完这话，便冷哼一声，径直走进人群中，继续检查下一个伤者。

臧远航被噎住了，半天说不出一句话来。

臧远茹见状，便走了过来，担忧地问："远航，你没事吧？"

臧远航指着赵涟泰的背影，气得声音都发颤了："这个人，简直太不可理喻了！"

臧远茹却正色道："你不要责怪他。他是一名医生，医生的天职就是治病救人。所以，他容不得任何不珍惜生命的行为，包括这次挤提！"

臧远航郁闷地说："我找他不是为了挤提。我只是不想看到佩芸继续痛苦下去，他们曾经那么相爱，现在却因为我们臧家，搞成现在这个局面，我真的很内疚。"

臧远茹闻言，立刻诧异地问："怎么，你还不知道吗？涟泰为了成全你们，已经放弃佩芸了。"

臧远航不由大吃一惊："放弃佩芸？怎么可能？"

他回过神来，便朝刚才徐佩芸站立的地方望去，却发现早已经空空如也了。

臧远茹忍不住责备道："你呀，真是个傻瓜！难道就没有想过，佩芸之所以痛苦，并不是因为涟泰，而是为了你？"

臧远航这才恍然大悟，猛地一拍脑袋说："我真是天底下最大的大傻瓜！"他说完这话，便迅速在人群中寻找着，同时大声呼唤道，"佩芸，佩芸，佩芸……"

臧家大院客厅内，臧家人早已经得到消息，全都是兴高采烈的。

臧增福连声道："这下好了，这下好了，王志信被抓了，吴俊锋再也找不到人给他当枪使了。"

曹秀英附和说："是啊，是啊，自从臧吴两家结怨以来，这几年，我成天都是过得提心吊胆的。"

庄淑环笑眯眯道："说起来，这次事情解决得如此顺利，还要多亏了佩芸呢。"

陆慧珊听了这话，只是爱怜地望着怀中的儿子，并没有多言。

郭文芳炫耀地说："那当然，我的这个儿媳妇啊，又懂事又能干，真是没话说。"

庄淑环却把嘴一撇，讥刺道："你可别忘了，远航和佩芸已经离婚了。"

郭文芳不由一呆，随即反驳说："谁说他们离婚了？佩芸这不还在臧家住着吗？"

正在这时，臧远航一边喊着"佩芸"，一边火急火燎地跑进来。

郭文芳当即疑惑道："远航？佩芸怎么啦？"

臧远航焦急地问："妈，佩芸呢？你看到她回来了吗？"

臧家人闻言，都面面相觑，然后同时摇了摇头说："没注意啊。"

臧家大院后院三房小院内，臧远航一边跑着，一边大叫着"佩芸"。

臧家大院后院三房小院小夫妻俩卧室内，臧远航猛地推开房门。

恰在此时，徐佩芸一边流着眼泪，一边提着皮箱向门外走来。

臧远航这才松了一口气，但是望了望她手中的皮箱，又紧张地问："你要去哪里？"

徐佩芸连忙擦了擦眼泪，掩饰地低下头道："回家！"

臧远航拦住她说："这里就是你的家，你还要去哪里？"

徐佩芸却理都不理他，径直向房门走去。

臧远航立刻追上去，强行拦住了她的去路。

徐佩芸边哭边委屈道："既然你那么嫌弃我，为什么还要拦着我？"

臧远航握着她的手，郁闷地问："我什么时候嫌弃过你了？"

徐佩芸哽咽地说："你明明知道涟泰已经和远茹订婚了，却还一次次想要把我往他怀里推，这不是嫌弃是什么？"

臧远航急切辩解道："你误会了。我记得之前，你因为不能嫁给涟泰，心灰意冷之际，就随便接了俊锋的婚帖；而涟泰为了你，宁愿舍弃赵家的百年基业和声誉，也愿意与你私奔。我以为你们还很相爱，所以我才……"

徐佩芸哭得越发委屈了："经过这么多事，你现在竟然还这么想，明明就是嫌弃了，呜呜呜……"边说边强行往门外走。

臧远航这才长舒了一口气，一把将她拥入怀中，无限深情地说："当初我连路都走不了，你都毫不嫌弃地嫁给我，现在又数次将臧家和我从危机中解救出来，如此优秀的女人，我又有什么资格嫌弃你呢？"

徐佩芸闻言，先是拼命用拳头捶打着他的胸膛，后来渐渐停止了挣扎，只剩下小声的抽泣了。

臧远航更加明白了她的心意，霸气道："以前无论你和涟泰怎样相爱，以后心里只能有我一个人，记住了吗？"

徐佩芸重重地点点头说："嗯。"忽然又想起什么，趴在他的肩膀，羞涩地问："那今天晚上，你还要到书房睡吗？"

臧远航坚决道:"当然!"

徐佩芸失望地"啊"了一声,再次流下了眼泪,委屈地说:"你还是嫌弃我了!"

臧远航捧起她布满泪水的脸,爱怜道:"不是嫌弃!我知道当初结婚时,你嫁得不明不白的,非常委屈,更何况现在,我们已经离婚了。所以,我一定要再选一个良辰吉日,用八抬大轿,风风光光再把你迎进臧家大门!"

徐佩芸立刻破涕为笑,幸福地依偎在他怀里。

第17章　面临停工

第二天清晨，运河码头上……

锚地上的石头已经搬走，缆栓也重新竖了起来。

大大小小的船只正常停靠，络绎不绝。

码头工人们或装或卸，一片繁忙景象。

运河码头管理处外，一辆黑色的轿车戛然而止。

臧远航和徐佩芸相继走下车来。

他们望着"运河码头管理处"的字样，不由感慨万千。

运河码头管理处内，臧远航和徐佩芸刚一走进来，室内就响起了热烈的掌声。

只见臧远方和臧远胜率领职员分站门边左右两侧，纷纷打招呼："老板早安，小少奶奶早安。"

徐佩芸立刻想要解释："我已经不是小少奶……"

臧远航却笑眯眯地制止说："大清早的，别说扫兴的话。"

徐佩芸瞪了他一眼，只好无奈地回应道："各位早安！"

臧远航随即感动地说："各位早安！我们码头在大家的努力下，终于渡过又一个难关。虽然我们在三百六十余家商户的帮助下，已经结清了通州深水码头拖欠的工程款，但是因为种种原因，工程还是面临停工的难题，请大家一起开个会，商量一下解决办法。"

他说完这话，正想向会议室走去。忽然，不远处的电话铃响了。

臧远方抓起电话，刚说了声："窦老板。"便将电话递给堂弟说，"找你的。"

臧远航连忙接过电话，礼貌地招呼道："窦老板，你好……"沉吟片刻，正色地说，"收到就好。因为我们的原因，这笔款项拖欠了那么久，真是不好意思，我向你表示深深的歉意！"

虽然其余的人并不清楚窦其中在电话中讲了什么，但是都知道一定是好事。

因为臧远航听着听着，脸上的笑意越来越浓了，忽然眼睛一亮说："好，好，真是太好了！"

他刚放下电话，徐佩芸就忍不住提醒道："我们该进去开会了。"

臧远航却把手一挥，果断地说："不用开了！"

众人不由一惊，面面相觑。

臧远航强压着内心的激动,大声道:"窦老板刚才打电话来了,一方面感谢我们结算了工程款,另一方面是,我们通州深水码头的工程,可以继续开工了!"

众人先是一惊,继而全都疑惑地望着他,不确定这话是真是假。

徐佩芸试探地问:"这是真的吗?怎么会这么突然?"

臧远胜也狐疑地说:"难道是徐立秋被放出来,真的找到总理了?"

臧远航连连摇头道:"当然不是!你们还记得吴光新吗?"

大家纷纷摇头,对于那位自幼离开家乡的风云人物,年轻一代知道他的人并不是很多。

臧远方忽然想起了什么,便小心翼翼地说:"我听俊莹提起过她的这个三叔,难道是他帮的忙?"

臧远航点点头,兴奋道:"对,正是他。窦老板前些时候,因为帮我们垫付工程款,负债太多,被债主追杀。正在他走投无路之际,恰逢吴光新等回北京做休整。他和吴光新不但有姻亲关系,还是儿时好友,于是立刻去投奔吴光新。原本只是想依靠吴光新的军方背景,暂避一下风头。没想到,吴光新听说深水码头与我们窑湾的关系后,立刻给相关官员打电话,并亲自面见市长,市长当即同意继续开工!"

众人这才真正相信,纷纷欢呼起来:"好,真是太好了!"

运河码头管理处总经理办公室内，两人推门走进来。

臧远航坐在办公桌前，长长舒了一口气，一脸喜色地说："通州深水码头可以开工了，真是太好了！"

徐佩芸给他沏了一杯茶，顺便坐下来，疑惑地问："俊锋的这个堂叔，竟然是皖系干将，好像有点奇怪啊？"

臧远航喝了一口茶，敬佩道："这要从段祺瑞的祖父段佩说起。段佩是安徽人，清同治十一年任淮系刘铭传第三营统领，就驻防在我们窑湾，因此结识了吴懋伟举人。吴举人虽然没有做官，却在城里开了一家丝线店。"

徐佩芸听到这里，忽然想起什么道："吴举人和俊锋是什么关系？"

臧远航回答说："他是吴俊锋的叔祖父。"然后喝了口茶，继续刚才的话题，"在此期间，段祺瑞一直跟着祖父生活，因为他仅比吴懋伟长女大两岁，又门当户对，就由段统领和吴举人做主，定下亲事，并于光绪十二年完婚。不久，段祺瑞就入天津武务学堂学习炮科。在此后的十多年前，段祺瑞日渐受到袁世凯重用，公务十分繁忙，全靠吴氏独力支撑家庭，养儿育女，十分辛劳，年仅三十三岁就早逝了。所以，段祺瑞对吴光新这个小舅子，十分照顾和信任。吴光新毕业于日本陆军士官学校，民国成立后，任陆军第二十师师长。北伐胜利后，随姐夫段祺瑞南征北战，是北洋皖系军阀将领，并先后就任北洋政府陆军总长、陆军训练总监、国民政府军事参议院参议、陆军上将等职。"

徐佩芸听到这里，不禁恍然大悟道："怪不得市长那么听他的话呢，此人竟然如此厉害！"

臧远航自豪地说："那当然。段祺瑞不但是国务总理兼陆军总长，更是'三造共和'，声威如日中天。长子段宏业是'民国四公子'之一，长女段宏淑亦是李鸿章孙媳妇，三女是袁世凯孙媳妇。吴将军有如此背景，本人又文武双全，哪个不敬他三分？再说了，现在发展民族工商业，我们的深水码头在此时建造，大大提高了水上运输的交通便利，市政厅根本没有理由要求停工的！"

徐佩芸听了这里，忍不住道："我记得你以前说过，铁路运输一定会取代水路运输的，就算深水码头正式运行，也未必满足得了窑湾经济高速发展的需求呀。"

臧远航迟疑了一下，还是坚定地说："试一试吧，不试怎么知道能不能满足呢？若是能，我求之不得；若是不能，我爸他们也就会死了心，就不得不全力支持修建铁路了。"

徐佩芸开玩笑道："你的这盘棋，倒是下得蛮大的，进可攻，退可守。"

臧远航叹了口气说："没办法，我也是被我爸和二大他们逼的。"

第18章 五大喜讯

晚饭时,吴家大院客厅内。

吴家人先后走到饭桌前,窦玉美一直愁眉不展的。

吴光淮望了望桌边的空座位,便问女儿:"怎么?你哥又不回来吃饭啦?"

吴俊莹没好气道:"我哪儿知道!自从王志信被抓走后,他就成天耷拉着脑袋,好像全世界都欠他似的。"

吴光淮闻言,便没好气地说:"鬼才欠他的呢?要不是我一早把财务大权收回了,这次他肯定跟王志信一块儿进去了!"

窦玉美瞪了丈夫和女儿一眼,责怪道:"你们爷儿俩,瞎胡说什么!俊锋那么聪明,根本没有留下任何把柄。王志信就是想咬他,也咬不到。"

吴光淮撇撇嘴说:"既然如此,那你一天到晚还愁什么?"

窦玉美叹了口气道:"我愁的是徐家那边。柳兰香都几次托人来说情了,他也不去把佩萍接回来。成天不是工作就是喝酒,今天估计又不回来了,我们还是先吃吧。"

谁知道,话音刚落,却看到吴俊锋一脸怒气地走进来。

吴俊莹惊讶地问:"二哥,回来这么早?太阳从西边升起来了?"

窦玉美连忙亲热地招呼说:"儿子,快来吃饭,今天有你最爱吃的香椿拌豆腐。"

吴光淮看了看儿子怒气冲冲的脸,立刻嘲弄道:"你们看他这个样子,哪里是要回来吃饭啊,分明是要吃人嘛。"

吴俊锋一字一顿地问:"爸,听说我三叔打了个大胜仗,不但升官了,还帮通州深水码头开工说情呢。这件事,是不是你在当中搞的鬼?"

窦玉美骄傲道:"你这孩子,怎么说话呢?你爸在窑湾,耳朵哪有那么长?是你大舅的人情。"

吴俊锋闻言,立刻愠怒地说:"大舅真是多管闲事,不但自己赔上血本帮臧家,还捎上我三叔!臧家到底给他什么好处了,肯如此卖命!"

吴光淮却得意道:"这你还不明白吗?你大舅和你三叔不是在帮臧家,他们是在帮我们窑湾呢。你想啊,通州是大运河的起点,那边的深水码头要是投入使用,我们盐行的运输量就会大大提高,货期也会相对缩短,到时候,钱会赚得更多的。"

吴俊锋却"啪"地一拍桌子，怒声说："难怪别人都说你是铁公鸡，真是见钱眼开。你就不想想，臧家梁与你，可是有杀子之仇的。你不找他算账就算了，怎么还帮他的忙！"

吴光淮眉头一皱，呵斥道："我早就说过，你哥那是我教子无方，与臧家梁并无关系。更何况，难道你还没有从王志信这件事中，吸取到经验教训吗？以后报仇这件事，不必再提了！"

吴俊锋却固执地说："就算不提这件事，臧远航与我，还有夺妻之恨呢。"

吴光淮拍着儿子的肩膀，耐心道："俊锋啊，我知道你心里有委屈，不过呢，俊莹马上就要嫁给远方了，你和远航又是连襟，过去的事情，你就忘了吧，赶紧把佩萍接回来，以后好好过日子，行不行？"

吴俊锋却目光一凛，咬牙切齿地说："不管多大的教训，总之无论是杀兄之仇，还是夺妻之恨，我永远都不会忘记的！"

吴光淮见儿子如此固执，不满道："那你想怎么样？"

吴俊锋果断地说："我想要你马上写信，让大舅和三叔不要再帮臧家了，最好能让他们的深水码头变成烂尾工程！"

吴光淮听罢，不由大惊失色，随即生气道："你大舅和你三叔常年在外，见多识广，他们想要做的事，绝不是你一个毛头小子可以改变的。这封信，不写也罢，哼！"

吴俊锋当即怒了，竟然将桌子一掀，随着"哗啦啦"的脆响，碗碟碎片到处乱飞,汤汤水水顿时洒了一地!

吴光淮气得浑身发抖,但是哆嗦着嘴唇,却半天没说出话来!

吴俊锋却冷哼一声,转身就向外走!

正在这时,电话铃忽然急剧地响了起来。

吴光淮只好强忍了怒气,故作平静地伸手去接。

他刚"喂"了一声,便惊喜地说:"光新……"

窦玉美母女听了这话,立刻屏住了呼吸。

甚至连已经走到门口的吴俊锋,也当即停住了脚步,情不自禁地转回了头。

没想到吴光淮听着听着,脸色却由黄转红,再由红转青。

终于,他失魂落魄地放下电话,却无力地瘫坐在椅子上。

窦玉美连忙问:"他爸,三弟说了什么?"

吴俊莹也着急地问:"是啊,爸,三叔说了什么?"

吴光淮深深吸了一口气,却瞪了儿子一眼,咬牙切齿地说:"吴俊锋,你干的好事!"

吴俊锋立刻意识到什么,不由心虚道:"三叔打电话给你,关我什么事啊?"

吴光淮却"啪"地一拍桌子,厉声说:"还说不关你的事!徐立秋在北京,已经把你原原本本供出来了!"

吴俊锋不由一惊,随即却满不在乎道:"供出来又如何?反正他和王志信一样,手里没我半点证据。"

吴光淮冷笑一声说:"你个逆子!事到如今,还在自作聪明?难道你就不知道,除了物证,还有人证吗?要是徐立秋和王志信当面对质,同时供出你,你就死定了!"

吴俊锋闻言,陡然紧张起来,急切地哀求道:"爸,对不起,刚才是我太冲动了。不管怎么说,大哥没了,我不能再进去了,你赶紧求求三叔,让他帮帮我吧。"

吴光淮无奈地说:"你小时候,你三叔最疼你了,这事还用你求?"

吴俊锋闻言,双眼当即一亮,立刻道:"那我没事了?"

吴光淮没好气地说:"算你小子好运!负责这个案子的警察局长,知道他与我们吴家大院的渊源,就及时把这件事汇报了。你三叔经过调查后,发现虽然你把事情做得够大,但是幸好臧远航足够聪明,每次都能化险为夷,所以并没有造成太过严重的后果,他就把大事化小,小事化了了。甚至连带王志信的案子,都会因此从轻发落。"

吴俊锋这才长舒了一口气,擦了擦额头上的冷汗,如释重负道:"这就好,这就好!"

吴光淮见他脸上竟然没有丝毫的愧疚,不禁怒声说:"你别以为这事就完了!你三叔对你这些年的所作所为,非常震惊,命我以后对你严加管束,不能再惹出任何乱子!另外,还让我勒令你必须向臧远航赔礼道歉!"

吴俊锋郑重道:"三叔的大恩大德,我永生不忘。"说到这里,却语气一转,撇了撇嘴,恨声说,"不过我与臧远航不仅有杀兄之仇,更有夺妻之恨,想让我给他道歉,门都没有!"

他撂下这话,竟然冷哼一声,扬长而去!

吴光淮不由气结:"你、你、你……"

窦玉美母女也互望了一眼,忍不住长吁短叹。

运河码头管理处会议室内,正在开会。

臧远航身着整洁的西装,精神抖擞地坐在主持人的位子上。

少了臧家栋,气氛看上去和谐了许多。

臧远方、臧远茹和臧增年坐在一边。

徐佩芸和臧远胜坐在另一边。

臧远航扫了大家一眼,声音洪亮地说:"各位,经过我们三个月的努力,已经还清了三百六十余家商户的所有借款。下面,我主要宣布四大喜讯!"

众人一听,纷纷兴奋地问:"哪四大喜讯?"

臧远航意气风发道:"第一,我们在德国订购的三艘远洋货轮尾款已经付清,货船已运达上海;第二,经过现任参议院参事吴光新将军从中调停,我们的通州深水码头已经顺利完工,并正式投入使用!"

众人闻言,立刻热烈鼓掌,并连声说:"好,真是太好了!"

臧远航抑制不住兴奋,继续道:"第三第四,大哥和俊莹的婚事,大姐和涟泰的婚事,将在元旦举行!"

众人一边鼓掌,一边热烈祝贺臧远方和臧远茹。

两位堂兄妹虽然全都红了脸,但脸上却洋溢着无限的幸福和喜悦。

臧远航情不自禁地站起身来,感慨万千地说:"很多人都认为,我臧远航能够在码头生死存亡的关键时刻,一次次力挽狂澜并发扬光大,是我运气好。其实,只有我自己知道,我们码头能够渡过一个又一个的难关,依靠的是全体员工的大力支持,依靠的是我们码头数代人的商誉。这商誉不但给我们赢得了周边生意伙伴的信任,更为窑湾经济的可持续发展打下了坚实的基础。所以以后,大家一定要记住,做生意,商誉是最重要的!"

臧远茹却打趣道:"照我说啊,是五大喜讯!"

众人都疑惑地问:"五大喜讯?还有一个是什么?"

臧远茹神秘地说:"你们还不知道吧?远航和佩芸的婚事,已经定在今年腊月二十四了。"

众人纷纷祝贺道:"恭喜,恭喜,真是太不容易了。"

臧远胜忽然想起什么,转头问:"对了,远航,为什么你和佩芸的婚礼——不和大哥大姐一起举行呢?"

众人也随声附和说:"对啊,为什么不一起呢?三对新人,多热闹啊。"

徐佩芸不由微微一笑,却并不言语。

臧远航正色道:"我是'一朝被蛇咬,十年怕井绳'啊,要是到时候,再有人来个姐妹易嫁,我可就亏大发了。"

徐佩芸顿时羞红了脸,立刻用力捶打了他一下。

众人见状,全都哈哈大笑。

正在这时,郑一飞推门走了进来。

臧远航立刻问:"一飞,什么事?"

郑一飞将一张邀请函递给他,并提醒道:"这是市商会一年一度的会议邀请函,下月初在市礼堂举行。"

臧远航立刻止住笑,严肃地说:"好,我一定记得!"

市礼堂,商人们陆续走进大院。

几个先来的商人们,正聚在一起议论着什么。

闫一认若有所思地问:"听说臧家梁会长已经请辞商会会长一职了,各位认为,下一届的商会会长会是谁呢?"

商人甲捋了捋胡须,遗憾地说:"现在是新时代新作风,听说要起用商业新秀,我们这些老家伙不中用了,唉。"

商人乙一竖拇指,肯定道:"年轻一代的商业新秀,非吴俊锋莫属啊!"

吴俊锋正好来到他们身后,听到这里,不由得意一笑。

商人丙背对着吴俊锋,却摇摇头说:"吴俊锋别的不说,单就臧吴两家的恩怨来说,为人太自私刻薄了,眼界也很狭隘,实在是缺少臧远航的坦荡胸怀和远见卓识啊!"

其余人闻言,纷纷点头。

商人甲嘲弄道:"吴光淮虽说是铁公鸡,但是为人倒是很厚道,真不知道怎么生出来的儿子,一个比一个不成器!"

商人乙也轻蔑地说:"听说徐家二小姐,现在还住在娘家呢,实在太过分了!"

商人丙更是愤怒:"最惨的就是王志信了,被他坑的啊,现在还在牢里待着呢。拢乱窑湾正常经济秩序的罪名,可够判个十年八年的了,偏偏没有一点证据脱身啊。"

吴俊锋听了这些话,脸色变得十分难看!

恰在这时,闫一认不经意间抬头,正好看到了。于是,他猛地咳嗽了一声。

商人们立刻会意,望了望吴俊锋的方向,顿时住了嘴。

与此同时,一对老同学肩并肩地走进来。

王建平坦然地说:"我爸的案子,虽然社会影响不好,但是好在并没有造成严重后果,再加上证据不足,可能会从轻发落。他经过这段时间的反思,心态也平和了不少。前几天我去看他,还给他送去一套《二十五史》呢。"

臧远航释然道:"这样我就放心了,如果他愿意,我一定去看望他老人家。"说到这里,他忽然一抬头,看到了吴俊锋,便礼貌地一抱拳,感激地说,"俊锋兄,通州深水码头能够顺利开工,多亏你家大舅和三叔,真的是非常感谢。"

吴俊锋却冷哼一声,顾左右而言他:"这么重要的会议,竟然让一个借高利贷的人来参加,窑湾商会真是越来越掉价了!"

商人们闻言,纷纷不满地望着他。

王建平因为父亲的事情,正憋了一肚子气呢,便怒声说:"自己敢做不敢当,还有脸提高利贷!"

吴俊锋却冷哼一声,得意道:"你说我做我就做啦?有本事拿出证据来啊!"

王建平气得浑身发抖,当即就握紧了拳头,要冲上去和他拼命!

臧远航连忙拦住他,然后微微一笑说:"俊锋兄,你觉得我和徐立秋两个,可以做人证吗?"

吴俊锋立刻就被噎住了!

他脸涨得通红,却半天吐不出一个字,气哼哼地走了。

众商人不由哈哈大笑,纷纷冲臧远航竖起了大拇指。

第19章　运输难问题

市礼堂内，三百六十余家商人分别坐在主席台下，个个神情严肃。

臧家梁、闫一认等八大会馆的主事们，分坐在主席台上。

陆文安抑制不住心中的激动，兴奋地说："各位，今年我们窑湾三百六十余家商户的年度业绩，都很好，相当好。特别是北京通州深水码头正式投入使用后，将我们窑湾的经济，带上了一个新的台阶！"

众商人闻言，纷纷热烈地鼓起掌来。

陆文安示意大家安静，然后神情又变得严肃起来："不过摆在我们面前的，还有一个潜在的不利因素。那就是，虽然深水码头已经有序运行，并在一定程度上缩短了货运周期，但是我们运河码头现有的吞吐量，仍然十分有限。所以总的来讲，通州的深水码头，并没有从根本上解决运输难的问题，更遑论带动经济的飞速发展，以及将窑湾打造成比肩上海的国际化大都市了!所以现在,我想请各位商会会长候选人简短陈述一下,倘若能够当选,对于运输难这个老大难问题,有什么行之有效的建议呢?"

吴俊锋率先发言说:"那很简单,把我们窑湾的码头,也扩建成深水码头,不就行了?"

闫一认沉吟片刻,也试探道:"或者,在我们窑湾境内的运河两岸,再建一座或多座深水码头?"

与此同时,各位候选人各抒己见,均不甘人后。

只有臧远航紧皱着眉头,一声不吭。

陆文安听罢大家的意见后,终于总结性地说:"在目前的形势下,各位的意见,均不可取!"

商人们听了这话,都面面相觑。

陆文安扫了大家一眼,这才郑重道:"别说现有的码头运输量有限,就是整个大运河航道全部利用起来,都难以满足窑湾未来的高速经济发展需求!"然后转向臧远航,鼓励地说,"远航,说说你的建议。"

臧远航犹豫了一下,终于弱弱地说:"我认为,按照目前的国内国际形势来看,只有在窑湾修建一条铁路,才能从根本上解决运输难问题!"

此言一出,商人们都吃了一惊!

吴俊锋当即铁青着脸,血红着双眼,充满仇恨地瞪着臧远航。

陆文安却是眼前一亮,但只是笑笑,既没有肯定,也没有否定。

与此同时,商人们回过神来,立刻议论纷纷。

有的人说:"远航这孩子,真是敢想敢做啊!"

有的人说:"是啊,哪里像我们老一代,做事情讲究的是按部就班,不敢越雷池半步。"

有的人说:"这个主意实在是太好了!"

……

一时间,偌大的礼堂议论纷纷,但是大多数都表示支持!

忽然,一直没吭声的吴俊锋,冷笑一声道:"修铁路?简直就是痴心妄想!政府要是有钱,早就修了!可惜现在各路军阀连年混战,国库早已经空虚了。就连早就签好贷款协议的荷兰和比利时政府,都因为第一次世界大战的缘故,贷款根本就无法到位!"

刚才还兴致勃勃的商人们闻言,脸上的笑容全都凝结了。

有的人说:"是啊,那可是一笔巨款呀,不是谁想修就能修的。"

有的人说:"我看还是算了吧。"

于是更多的商人,加入到了反对的行列。

臧远航却掷地有声道:"现在窑湾的经济飞速发展,只有修建一条铁路,才能从根本上解决运输难问题;只要解决了运输难问题,在不久的将来,我们这里肯定能发展成为国际化大都市!"

商人们听了这话，不禁面面相觑。

吴俊锋则双手一摊，语带讥讽地说："你就是说得天花乱坠，政府还是没钱！"

商人们纷纷点头说："是啊，政府没钱呀。"

臧远航却掷地有声道："政府没钱，我们可以自己想办法！"

吴俊锋闻言，立刻仰天大笑起来，然后轻蔑地说："哈哈哈，你这话真是说得太大了！你以为你是谁？你是铁道部部长啊，还是国家总理？"

商人们纷纷附和："是啊，是啊，这话说得是有些大了啊。"

臧远航却面不改色道："此话一点都不大！现在民间修铁路风起云涌，我们也可以成立自己的铁路公司，向东陇海铁路周边商人进行集资或贷款！"

陆文安闻言，立刻竖起了大拇指，同时赞叹道："后生可畏，真是后生可畏啊！"

臧家梁苦笑一声，但还是情不自禁地点了点头。

商人们第一次听到这个大胆的想法，不禁面面相觑！

但是随即，礼堂内忽然爆发出了热烈的掌声！

吴俊锋气得咬牙切齿，却也无可奈何！

陆文安等大家稍微平静下来，这才强忍着笑意，故作严肃道："好了，各位候选人的建议，大家都已经清楚了，讨论先到此为止吧。不过这个问题，也是下一届商会会长上任后将要面临的最大难题。所以稍后，请各位选举商会会长时，一定要看准心目中的人选再投票。"然后，大手一挥，郑重地说，"现在我宣布，窑湾新一届商会会长的选举投票，正式开始！"

商人们听了这话，表情也同时变得严肃起来，各自郑重地拿起了手中的纸笔。

此时，主席台上已经摆放好了投票箱。

很快，大家排成一队，有条不紊地走到投票箱前，投进了自己关键的一票。

臧远航和吴俊锋也都神情紧张地盯着投票箱。

商人们投完后，姜局长率人很快计完票。

然后，陆文安开始唱票："……许文才，三票；朱信，十票；闫一认，二十二票；吴俊锋，七十九票……"

吴俊锋听到这里，更加紧张了起来。

陆文安继续唱票："徐立春，十二票；郭庆业，六票；臧远航……"

臧远航和吴俊锋听到这里，同时紧张了起来！

此时，陆文安眼前一亮，随即高声喊道："一百九十一票！"

听到这里，人群立刻激动起来，纷纷望向臧远航的方向，有的冷漠，有的轻蔑，但更多的是真诚的祝福！

吴俊锋的脸色，更是由白变红，又由红变青！

这个时候,陆文安也没有心情再念下面的票了,激动地说:"一百九十一票,这是窑湾商会有史以来,得票最高的!我宣布,臧远航已经远远超过一百八十票,以高票当选为下一届商会会长!"

吴俊锋在长时间的愣怔过后,终于回过神来,霍地站了起来!

与此同时,众商人已经围住新一任商会会长,纷纷祝贺道:"恭喜臧会长,恭喜……"

臧远航连忙抱拳,激动得连声说:"谢谢信任,我一定不辜负各位的厚爱……"

吴俊锋咬牙切齿地看了他一眼,然后拂袖而去!

陆文安望着吴俊锋的背影,苦笑着摇了摇头,然后走到臧远航面前,鼓励道:"远航,恭喜你!不过商会会长不仅是荣誉和责任,更是包含着全体窑湾商人对你的信任和期望!"

臧远航点点头,郑重地说:"陆市长,请你放心,我一定会承担起这个重任,并会竭尽全力,从根本上解决运输难问题!"

第20章 我偏不认命

当天晚上,臧家大院客厅内,臧家人坐在饭桌前,个个笑逐颜开。

曹秀英拉着臧远航坐在身边,欢天喜地地说:"小孙子哎,你又为臧家增光了,快来坐在奶奶身边。"

臧增福也竖起大拇指,称赞道:"远航可真是不简单啊。你爸当选商会会长时,已经四十多岁了,得票也才一百六十。如果我没记错的话,你是我们窑湾商会成立以来,得票最多,也是最年轻的会长了。"

臧远方认真地说:"有一句话说得好,'青出于蓝而胜于蓝'。"

臧家栋附和道:"可不是嘛。别看家梁能干,这辈子我都没服过他,可我对远航,那是绝对地心服口服啊。"

臧远胜抢白地说:"那你还找人暗算他?"

臧家栋听了这话,立刻讪讪起来。

庄淑环用筷子敲敲儿子，愠怒道："人家远航都不计较，你还提那件事干什么？"

陆慧珊忍不住说："远航不计较，那是他为人厚道。"

臧远胜闻言，便有些不服气了："你的意思是，我提是因为我不厚道啦？"

陆慧珊嗔怒道："你厚道，是厚颜无耻、胡说八道。"

大家这才知道她是开玩笑，全都哈哈大笑了起来。

正在这时，臧家梁神情严肃地走进来。

臧远航立刻站起来，把父亲扶过来坐下说："爸，快请坐，我敬你一杯！"

臧家梁却将酒杯放在一边，叹了口气道："怎么？你以为当上会长，很值得喝酒庆祝吗？"

臧远航不由尴尬起来。

其余人听了这话，也全都面面相觑！

郭文芳瞪了丈夫一眼，不满地说："儿子这么年轻，就当上商会会长了，当然值得庆祝了。"

臧远航在片刻的愣怔过后，即郑重道："爸，我知道。商会会长不仅仅是一项荣誉，更是一项责任。你放心，从现在起，我会全心全意解决运输难问题，让我们码头以及整个窑湾的经济，更上一层楼！"

臧家梁的脸色这才缓和了下来，但还是直视着儿子的眼睛，紧追不放地问:"你真的打算修建铁路?"

臧远航扫了大家一眼,目光特别在二大的身上停留了几秒,然后犹豫了一下,并没有直接回答父亲的问题,而是试探地问:"爸,当初你曾经说过,我们在通州修建深水码头后,会大大提高水路运输能力,窑湾的生意会越做越大的。以后别说修建成东陇海铁路了,就是建飞机场,也取代不了我们码头的。这件事,你还记得吗?"

臧家梁点点头,爽快地说:"我记得。"

臧远航趁机道:"现在深水码头顺利运行了,可是运输难问题,只是得到缓解,并没有得到彻底解决呀?"

臧家梁不由一愣,随即猛喝了一口酒,连连叹息道:"看来是大势所趋、大势所趋啊!"

臧远航闻言,双眼不由一亮,但还是不确定地问:"爸,你的意思是?"

臧家梁将酒杯重重往桌上一放,朗声说:"要想彻底解决运输难问题,必须修建东陇海铁路!"

臧远航立刻又惊又喜,连声道:"爸,你终于想通了!"

臧家栋犹豫了一下,还是嘟囔着说:"修铁路,那不是自己搬石头砸自己的脚嘛。"

臧增福也附和道:"是啊,家梁,你当初不也是反对修铁路的吗?"

臧家梁却叹了口气,无奈地说:"还是孙中山先生说得好:

'世界潮流，浩浩荡荡；顺之则昌，逆之则亡。'现在欧美的工业革命风起云涌，铁路取代水路，终归是大势所趋。无论我们怎样坚持，也只能是螳臂当车，不自量力！"

臧远航激动道："谢谢爸！窑湾人一定都记得，我之前就是因为主张修建东陇海铁路，才因此丢掉半条命的。我想，这也正是我如此年轻，却挫败闫主事等人，被选上商会会长的最主要原因，我一定不辜负大家的期望！"

臧家栋叹了口气，无奈地说："唉，看来我们码头两百多年的基业，怕是很难保住了啊。"

臧增福倒是开明，安慰道："家栋啊，你别再钻牛角尖了，把眼光放长远些吧。"

臧家栋脸色立刻缓和下来，情不自禁地说："这倒也是啊。"

臧远航不由惊喜地说："爷爷、二大、爸，如此说来，你们都同意啦？"

臧增福父子三人互相望了望，同时重重地点点头："同意啦。"

臧家梁竟然还主动提议道："我前几天刚好接到你家庆大来信，现在政府方面人事再次大换血，他已经赴北京任职铁道部主事一职了。稍后我修书一封，让他打听一下东陇海铁路的贷款情况，并确定我们的集资方式。不过具体事宜，最好还是由你准备好所需文件资料，去北京直接找他商榷，达成一致后，向铁道部提交修铁路的申请才是。"

臧远航闻言,简直惊喜异常,忍不住抍掌说:"这真是太好了!可见修建东陇海铁路,我们占尽了天时地利人和啊!"

其余人纷纷附和道:"是啊是啊。"

臧远航和徐佩芸见状,同时对望一眼,不由相视一笑。

晚上,绿豆烧酒馆外。

吴俊莹快步走过来,一边叫着"二哥",一边东张西望。

正在这时,酒馆里传来一个声嘶力竭的声音:"为什么啊?这到底是为什么?"

吴俊莹听这声音特别熟悉,不由一愣,连忙走进去。

此时,绿豆烧酒馆内。

吴俊锋坐在桌前,已经喝得酩酊大醉。

他一边喝,还一边拍着桌子,仰天长啸:"为什么啊?这到底是为什么?"

吴俊莹循声望去,立刻飞奔到二哥面前,夺下了他手中的酒壶。

她一边夺,一边责怪地说:"二哥,你又喝醉了,我还等着你给我放压箱礼呢。"

吴俊锋却抬起醉醺醺的脸,一把扯住妹妹,歇斯底里地问:"俊莹,你告诉我,我到底哪点不如那个臧远航?"

吴俊莹只好道:"日子是自己过的,你不要和别人比了,好不好?"

吴俊锋血红着眼睛,固执地说:"不,我就是要和他比!因为他不但和我有杀兄之仇,还把我喜欢的女人抢去了,甚至连我的商会会长的位置,也被他抢去了啊?"

吴俊莹连忙安慰道:"二哥,你不要想那么多,这都是命,你就认了吧。"

吴俊锋"咚"地一拳捶在桌子上,怒声道:"不,我偏不认命!"说完便重又拿起另外一只酒壶,然后仰起头,"咕咚咕咚"地喝起来。

吴俊莹又是着急又是心疼,却也只能无可奈何干跺脚。

临近中午时分,吴家盐行大厅内。

吴俊锋踉跄着脚步,无精打采地走了进来。

崔玉存赶忙迎上来,急切地说:"老板,你怎么才来?闫主事已经等你很久了。"

吴俊锋闻言,便没好气道:"他来找我做什么?"

崔玉存摇摇头:"他没说。"

吴俊锋犹豫了一下,还是强打起精神,健步向会客室走去。

吴家盐行会客室内,闫一认坐在桌前,正百无聊赖地看着墙上的字画。

吴俊锋推开门走进来,毫不掩饰自己的不满,阴阳怪气地说:"闫主事,什么风把你给吹来了啊?"

闫一认面露温和道:"俊锋贤侄,我是受友人之托,有事前来相商。"

吴俊锋语带讥刺地说："你和新会长关系那么好，有事找他商量去呗，找我干什么？"

闫一认眉头不由一皱，但还是努力平静道："这是你个人的私事，与新会长并无关系。"

吴俊锋目光一凛，越发不耐烦地说："你的哪个友人？我的私事与他有半分钱关系？"

闫一认本想发火，但想到受人之托，只好好脾气道："那我就直说了吧，我是受令岳父之托，想让你把佩萍接回吴家……"

没想到，吴俊锋听到"佩萍"两个字，脸色当即大变，烦躁地说："我凭什么要把她接回家？她早就回了娘家，我与她再也没有任何关系了！"

闫一认强忍了怒气道："可是，佩萍她现在……"

没想到，吴俊锋却厌恶地说："我不想再听到那个名字，实在是太恶心了！"

闫一认再也忍不住了，态度强硬道："你听也得听，不听也得听，因为她还是你的妻子，更何况……"

吴俊锋却打断他的话，气急败坏地说："我不想再听任何关于那个女人的事情！我早就想和她离婚了，谁叫她死拖着不离！"

闫一认忍气吞声道："你可能不知道，佩萍她……"

吴俊锋脸色骤变，大喝一声："玉存，送客！"说完，便大踏步向门外走去,连头都不回!

闫一认不由气结:"你、你、你……"却半天说不出一句完整的话来。

与此同时,崔玉存闻声走过来,态度强硬地说:"闫主事,请吧!"边说边和另一个伙计,想要架起他的胳膊。

闫一认恨声道:"我自己会走!"说完,冷哼一声,便拂袖而去。

元旦那天上午,臧家大院双喜临门,张灯结彩,看上去好不热闹。

不一会儿,身着红色新娘装的臧远茹,由臧远胜背着,羞涩地跨进停在门前的一顶大红花轿内。

在一阵劈天响地的鞭炮声中,司仪高声喊道:"起轿!"
随即,花轿被晃晃悠悠地抬起。
臧远茹躲在花轿里,流泪的脸上却洋溢着幸福的笑意。
臧家人望着渐行渐远的花轿,个个哭得像泪人一般。
好在不一会儿,又一顶大红花轿,从远处晃晃悠悠而来。
司仪又高声喊道:"迎轿!"
于是,臧家人立刻破涕为笑。
臧远方涨红着脸,喜滋滋地将身着新娘服装的吴俊莹,一把抱出了花轿。

因为用力过猛,吴俊莹差点飞出去,不由暗中责怪地掐了一下他的手臂。

众人立刻大笑起来,并起哄地鼓起掌来。

徐佩芸微笑地站在人群中,也跟着鼓掌。

忽然,她想起什么,犹豫了一下,还是悄悄退出人群。

不远处的臧远航见状,脸上的笑容立刻就凝结了,当即远远地跟了上去。

天已经有些冷了,但是大运河堰的古槐树,除了间或的落叶外,看上去仍然绿意盎然。

徐佩芸信步来到树下,望着不远处忙碌却井然有序的码头,深深地叹了一口气。

然后,她情不自禁地轻轻哼唱起来:

大运河啊

你从北向南,流经高山平原

你不惧激流险滩,一路奔腾叱咤扬帆

你无私奉献浇灌良田,恩泽遍地千古流传

你勘破繁华落寞弹指之间

却依然沉默向前,日复一日,年复一年

大运河啊,你是一条巨龙

承载华夏风雨一肩

弹奏炎黄子孙最悲怆的音弦

……

不远处的臧远航听到这里,再也忍不住了,轻声问:"怎么不唱那首《今生醉了却又醒》呢?"

徐佩芸不由一惊,歌声戛然而止,蓦然回头,不好意思地说:"你怎么来了?"

臧远航佯装嗔怒道:"怎么,你又在想涟泰啊?"

徐佩芸摇了摇头,苦笑着说:"他已经不需要我想了。只是今天看到涟泰和远茹、远方和俊莹两对新人结婚,我忽然心生感慨。这两千多年来,静静流淌的大运河,到底看过多少人世间的悲欢离合呢?"

臧远航也深有感触道:"是啊,如果大运河能开口说话,我一定要问她,我们的运河先祖,究竟要经过多少艰难坎坷、流血牺牲,才换来了今天的繁荣昌盛?"

说到这里,两人情不自禁地将目光投向大运河。

没想到恰在这时,就看见不远处的岸边,一个头裹围巾、身材臃肿的女人身影,忽然一闪,然后划了个不大的弧线,就落入了大运河里。顿时,平静的河水立刻就激起层层浪花!

浪花里,甚至还夹杂着婴儿"哇哇"的哭声,听上去极为惊恐!

臧远航和徐佩芸大吃一惊,同时喊道:"不好,有人跳河了!"

与此同时,两人立刻循着孩子的哭声,狂奔过去!

第21章　你把她推下去

大运河航道内,落水的人很快就被汹涌的波浪冲向河中心。

臧远航迅速跳进水中,拼命向落水处游去。

忽然,一个浪头打过来,跳河女人手中的孩子,立刻就被冲走了。

徐佩芸不由失声惊叫道:"不好,孩子!"

她话音未落,也一头扎进了水中!

好在不久,臧远航就将跳河的女人救回了岸边。

与此同时,徐佩芸怀里抱着一个小小的婴儿,在水面上不停沉浮挣扎。

臧远航不由一惊,只好重又跳回水中,费尽全身力气,才将她们救上了岸。

谁知道他们喘息未定,刚才被救上的女人,竟然挣扎着爬起身来,重又跳下了河!

幸好臧远航眼疾手快，连忙跟着跳了下去。

虽然跳河女人拼命挣扎，奈何力气有限，还是很快就被拖上了岸。但是她却用头巾紧紧护着脸，浑身湿漉漉地趴在岸边，仍然挣扎着想要第三次跳下河！

无奈之下，臧远航只好紧紧按住她，不敢有丝毫懈怠。

好在此时，徐佩芸已经将婴儿身上的湿衣服脱了下来，并用自己干净的外套包上了。

孩子实在是太小了，应该还没有出满月，并不明白刚刚发生了什么，正瞪着无辜的小眼睛，新奇地打量着这个世界。

然后，徐佩芸将孩子抱过来，蹲在跳河女人身旁，耐心地劝说："大嫂，你不为自己想想，也为孩子想想啊，她才刚出生就没有了妈，以后的日子可难过了。"说到这里，她不由想起自己儿时的经历，声音立刻就哽咽了，"我也是像她这么大失去亲生母亲的，自从后妈过门后，就再也没有过过一天好日子了。"

听了这话，跳河女人终于不再挣扎了。

但是她的肩膀，却抽动得更厉害了，为更加拼命压抑着哭声，索性将身子转向另一边。

徐佩芸听着这哭声，有些耳熟，不由就是一怔，然后下意识地拿开她的头巾。

跳水女人却尖叫一声，立刻用手拼命护住脸。

徐佩芸望着她耳朵上的耳环，忽然意识到什么！

她正想张口,忽然大运河堰上,传来一个女人急切的呼唤声:"佩萍,佩萍……"

臧远航和徐佩芸惊诧地对视一眼,立刻循声望去!

只见大运河堰上,柳兰香正焦急地向这边张望。

当她看到抱着孩子的徐佩芸时,立刻目光一凛,然后疯也似的奔跑过来,一把夺过孩子,怒吼道:"我的小外孙女怎么在你手里?"

此言一出,臧远航和徐佩芸不由吃了一惊!

随即,趴在地上的跳水女人,猛地抬头,同时尖叫一声:"妈!"

徐佩芸闻言,不由诧异回头,正好和跳水女人的目光撞了个正着。

一时间,姐妹俩四目相对,同时呆住了!

过了不知道多久,徐佩芸才痛心疾首地说:"佩萍,这到底是怎么回事?"

徐佩萍忽然扑倒在她怀里,失声哭喊道:"姐姐,是我不好,我对不起你呀。"

与此同时,柳兰香也看到了小女儿。

她见此情景,立刻惊慌地问:"佩萍,你怎么成这样了?"

徐佩萍扑倒在姐姐的怀里,放声大哭!

徐佩芸安慰地说:"佩萍,不要哭。佩萍,不要哭。"

但是徐佩萍却哭得更凶了,仿佛要把积聚多日的眼泪,一起喷发出来一般!

徐佩芸无法,只好着急地问:"妈,佩萍怎么就有了孩子?究竟发生什么事了?"

柳兰香却柳眉倒竖,冲她唾沫四溅地骂起来:"你这个狠毒的女人,我正想问你呢!佩萍还在月子里,怎么会无缘无故跳河?你把话给我说清楚,是不是你把她推下去的?"

徐佩萍终于止住哭,难过道:"妈,你不要再这样说,根本不关姐姐的事,是姐姐和姐夫救了我们母女。"

柳兰香却撇撇嘴,脱口而出:"我才不相信她有那么好心呢。"

臧远航愠怒地说:"你身为长辈,怎么这么不讲理?我们怎么会把她推下河?明明是她抱着孩子跳河,正好被我们看到了,就跳下去救了她。"

柳兰香却冷哼一声道:"谁不知道你们臧家全靠这个女人,家业才没有被你败光的。就算这个女人杀了我女儿,你肯定也不会说是她杀的啦。"边说边又扑过来,想要撕打徐佩芸。

幸好臧远航将怀抱孩子的徐佩芸及时拉到身后。

徐佩芸被这突如其来的状况惊呆了,好半天才回过神来,痛苦地说:"妈,你说的是什么话?再怎么说,佩萍也是我妹妹啊,我怎么会害她?"

柳兰香依然胡搅蛮缠道:"就因为她是你妹妹,你才要害她的!我知道你一直忌恨我背着你爸虐待你,不让你吃饱穿暖;让你和下人一起干粗活重活；你考上金陵女子师范，我也故意装病，让你在家里照顾我，不让你去读书；你结婚时，我又设计姐妹易嫁，让你嫁给了一个瘫子，所以你就怀恨在心。不过事情都是我做的，有本事你冲我来好了！"

她边说边把胸脯拍得山响，然后再次向徐佩芸冲过去，想要撕打她。

臧远航连忙拦在母女俩中间。

徐佩萍也拉扯着母亲，同时哭喊道："妈，妈，姐姐没有害我，还救了我，你到底怎样才能相信啊？"

柳兰香却根本不听她的话，像疯了一般向徐佩芸扑去！

臧远航又要护着徐佩芸，又要护着孩子，有些疲于应付。

柳兰香作势要踢徐佩芸的膝盖，臧远航连忙用身体去挡。

没想到，她却虚晃一枪，然后趁机抓住了徐佩芸的一缕头发，并拼命撕扯着！

徐佩芸吃痛，不由尖叫一声！

臧远航和徐佩萍同时一惊，连忙想要将两人分开。

但是柳兰香拼尽全身力气，死死扯住。

她一边扯还一边骂道："我今天就把你扯成秃子，我看你变成秃子后，还怎么和妹妹抢男人？"

一时间，她的叫骂声、徐佩芸的喊疼声、孩子的哭泣声此起彼伏，闹得不可开交。

正在这时，忽然旁边传来一阵怒喝："柳兰香，你疯够了没有？"

众人同时一怔，立刻循声望去。

只见满面怒火的徐立春，脸色早已经铁青一片。

柳兰香好半天才回过神来，连忙放开徐佩芸的头发，急切辩解说："他爸，你误会了。是佩芸使坏，把佩萍推进河里，要不是我及时赶来，佩萍母女俩就都没命了！"

徐立春却走到她面前，厉声道："我都听到了，你还想撒谎！枉我这些年来一直以为你对佩芸很好，没想到你竟然虐待她，甚至还设计姐妹易嫁，害她嫁给一个瘫子，差点毁了她一生的幸福。幸好老天有眼，远航重新站起来了。最可恨的是，佩萍落到如今这个地步，你不但丝毫不知悔改，还想把责任推到无辜的佩芸头上！如此没良心的女人，我一定要休了你！"

柳兰香闻言，不由惊慌起来，哀求地说："不要啊，不要！我都这把年纪了，要是真的被你休了，还怎么有脸见人啊……"

徐立春厌恶地说："你做了那么多坏事蠢事，怎么还有脸见人！"

徐佩萍本来还没出月子，刚才又跳了河，身体已经很虚弱了，现在看到父亲竟然要休母亲，不禁又惊又怕，竟然身子一软，就晕了过去。

众人都大惊失色道："佩萍！"

第22章 畜生不如

徐家大院后院西厢房内,气氛沉重得仿佛要拧出水来。

徐佩萍倚在床上,望着熟睡中的小小婴儿,不停地流着眼泪。

柳兰香边安慰女儿边自责地说:"乖女儿不哭了啊,你哭得我心都碎了。都是妈不好,妈当初不该用什么姐妹易嫁,害得你好苦啊。"

她说到这里,忽然悔恨地左右开弓,狠命抽打着自己耳光。

徐佩萍连忙拉住她的手,哭喊道:"妈,你不要这样。怎么能怨你呢?如果我当初不是先对人家动了心,一心想要嫁进吴家大院,又怎么会落得现在这个下场呢,呜呜呜。"

柳兰香忽然想起什么,内疚地说:"你越这样说,我越怨恨自己。当初要不是我设计姐妹易嫁,你就不会嫁进吴家大院,好好嫁给远航多幸福啊。你看他今天护着你姐姐的样子,一看就是个性格宽厚的孩子。"

徐佩萍却摇摇头，神情凄然道："以我这样胆怯、懦弱、毫无主见的性格，要是当初真的嫁给了远航，说不定码头和臧家，早就垮台了呢。妈，以后你再不要说这样的话，我们已经很对不起姐姐了。"

柳兰香叹了口气，黯然地说："放心吧，我以后会好好待你姐姐的。要不然，你爸真的会休了我的。"

正在这时，徐佩芸端着一碗热气腾腾的姜汤走进来。

她将碗吹了吹，这才递给妹妹道："温度刚好，快喝了吧。"

徐佩萍接过姜汤喝了，感动地说："姐姐，真是谢谢你了。以前我不懂事，做了很多对不起你的事，你不会怨我吧？"

徐佩芸紧紧握住她的手，动情道："你是我妹妹嘛。在我眼里，你和佩剑永远都是长不大的小孩子，我疼还疼不过来，又怎么会怨你呢？"

徐佩萍感动地说："谢谢姐姐。"

徐佩芸给她擦了擦脸上的泪水，鼓励道："别哭了，你已经做了妈妈。以后再遇到事情，应该学会自己勇敢地去面对，而不是总想着逃避。"

徐佩萍点了点头，郑重地说："嗯，我知道了。"边说边向母亲使了个眼色。

柳兰香讪笑了一声，惭愧地说："佩芸，没想到你这样大度。想起来以前，我那样对你，真叫我这张老脸没地方放呢。"

徐佩芸安慰道:"妈,过去的就过去了,不要多想,以后一家人在一起,好好过日子就行了。"

柳兰香沮丧地说:"可是,你爸说要休了我呢。"

徐佩芸微微一笑道:"放心吧,我爸只是说说气话。他心肠那样软,怎么会狠得下心呢。再说,佩萍和佩剑都还需要你呢。"

柳兰香不禁哽咽地说:"谢谢你,佩芸。以后,我一定会把你当成自己的亲生女儿一样看待的!"

说这话时,她自己都有些心虚。

徐佩芸故作轻松地说:"妈,我相信你。"

其实对于她来说,那些深深的伤害已经造成了,即便对方真心悔改,也永远都无法弥补了。

徐家大院客厅内,徐立春和臧远航坐在桌边,焦急地等待着什么。

好在不一会儿,徐佩芸端着空碗下了楼。

两人立刻焦急地问:"佩萍怎么样了?"

徐佩芸长舒了一口气说:"喝了碗姜汤,已经睡下了。爸,这到底是怎么回事?"

徐立春叹了口气,郁闷道:"唉,说来话长。佩萍跑回娘家后,我几次想要送她回去,佩萍和你妈都不让,说主动送回去很没面子,一定要等俊锋来接。我也托人去吴家求了几次,谁知道俊锋不但不来接,还坚决要求离婚。我看实在不行,就劝佩萍离婚。佩萍不但不离,还以为生了孩子,俊锋就会对她好些,所以就和你妈合谋,借口出嫁的闺女,再住娘家不方便,就拿了钥匙,自己搬到老宅子里去住了,同时也对我隐瞒了怀孕的事情,直到孩子落地,我才知道已经无法挽回了。于是,就托了德高望重的闫主事,去吴家说情。没想到,俊锋一听佩萍的名字,就气得发火,根本不容闫主事把话说完,还是坚决要求离婚。佩萍得到消息后,这才彻底死了心,就趁我和你妈外出吃酒,偷偷溜出去跳河了。幸好被你们救下了,要不,事情就闹大了。"

徐佩芸听着听着,脸色变得越来越难看了。

臧远航不禁愠怒地说:"俊锋对我们臧家怎样,也就罢了。怎么对自己的妻女,也如此狠心呢?"

徐佩芸闻言,霍地站起来道:"不行,我得去找他!"

徐立春和臧远航想要阻拦,但是已经来不及了。

义愤填膺的徐佩芸,已经大步走了出去!

吴家盐行大厅内,在一群大老爷们儿中,刘莉莉身着蓝色职业套装,面容娇艳如花,看上去十分突出。

吴俊锋走出总经理办公室,将一份文件递给她,然后吩咐说:"这份通告,下周要送到海州盐场,你马上送蔡和兴印刷厂,印制两千份。"

刘莉莉妩媚一笑道："好的，俊锋。"

恰在这时，门外响起一个冷冷的女声："吴俊锋！"

吴俊锋抬头一看，竟然是满面怒容的徐佩芸，不由就是一怔。

刘莉莉见此情景，立刻迎上去，笑容满面地说："请问徐小姐，有什么事吗？"

徐佩芸冷冷道："我是来找吴俊锋的，不是来找你的！"

刘莉莉不由尴尬地望了望吴俊锋，恼羞成怒地说："你这是怎么说话呢？"

吴俊锋连忙打圆场道："她是来找我的，你去做事吧。"

刘莉莉充满敌意地望了徐佩芸一眼，这才冷哼一声，转身离去。

徐佩芸瞪着吴俊锋，厉声问："你和她是什么关系？"

吴俊锋炫耀地说："她嘛，是徐州师范毕业的高才生，虽说当初是我哥招进来的，不过现在可是我的得力助手，非常聪明能干，应该不比你差，哈哈哈。"

徐佩芸脸色一红，气恼不已。

但是刚想说什么，正好有客人走进来，只好闭了嘴。

好在，崔玉存见到这边的情景，立刻抢先一步迎上去说："宋老板，这边请！"

宋老板连声道："好好好。"

吴俊锋趁机低声说："这里来往人太多，我们进去谈吧。"

徐佩芸冷哼一声，但还是跟他进去了。

吴家盐行总经理办公室，吴俊锋推门走进来。

徐佩芸跟在他身后，刚刚站定，便开门见山地问："佩萍已经生下你的女儿了，你知道不知道？"

吴俊锋坦然道："这么大的事情，我能不知道吗？"

徐佩芸不满地问："你既然知道，为什么不把她们母女俩接回家？"

吴俊锋漫不经心地说："哦，世界上每天有那么多女人生孩子，我都要把她们接回家吗？"

徐佩芸立刻愠怒道："别的女人又不是你的妻子，但佩萍是！你知道吗？就因为你不去接她，她今天带着孩子跳河，差点儿淹死了！"

吴俊锋却掏出指甲剪，一边悠闲地剪着指甲，一边冷冷地说："为什么一定要我去接她呢？当初我没有娶她，她不是也自己乘花轿来到我家了吗？"

徐佩芸不由怒道："你说的这是人话吗？"

吴俊锋终于收起指甲剪，却懒洋洋地调笑说："不是人话，那就是神话喽。"

徐佩芸不由气结！

好半天，她才颤抖着举起手，恨声道："你、你、你简直畜生不如!"

吴俊锋却目光一凛,猛地将她的手握住!

然后,他直视着她的眼光,冷笑一声说:"我就不相信了,倘若臧远航现在还是个瘫子,你就一点都不怨恨她们母女吗?你还能像现在一样,理直气壮地来指责我吗?"

徐佩芸不由一怔,随即避开他的眼光,字斟句酌道:"我想我是不会怨恨的。因为毕竟,她是我亲妹妹,我希望她能幸福。"

吴俊锋气急败坏地说:"可她不是我亲妹妹!我一想到她,不但没有丝毫的爱意,反而是深深的恨!因为这等于提醒我,我曾经被她骗过!我堂堂一七尺男子汉,竟然被她们母女合伙给骗了!见鬼的姐妹易嫁,见鬼的徐佩萍!"

说到这里,他忽然捶胸顿足地放声大哭起来。

徐佩芸见状,一时竟然不知所措起来。

她唯一能做的,只是反复劝道:"不要哭,不要哭,求你不要哭了。"

吴俊锋终于控制住自己的情绪,边擦眼泪边讪然道:"对不起。"

徐佩芸沉吟片刻,叹了口气说:"自始至终,你都没有对不起我。"

吴俊锋凄然一笑道:"你终于说了一句良心话。"然后强打起精神,又问,"这么多年,我一直想问你一个问题,既然你从来没有爱过我，当初为什么要接我的婚帖呢？难道真的仅仅是因为巧合？"

徐佩芸犹豫了一下，还是咬了咬嘴唇说："我也无数次问过自己这个问题，之前我一直不敢正视。但是事到如今，我不想你再继续错下去了。"说到这里，她深深叹了一口气，有些艰涩道，"虽然我不想承认，其实潜意识中，还是记仇的。因为自小到大，我妈一直背着我爸虐待我，并且在得知涟泰抛弃我后，说了一番很恶毒的话。当我知道她一心想要佩萍嫁进吴家大院后，我就想借机报复，所以才将计就计接了你的婚帖。"

吴俊锋闻言，不由吃惊地瞪大了眼睛，一字一顿地问："为什么不早一点告诉我？"

徐佩芸有些不好意思地说："我实在说不出口，因为实在有些卑鄙了。"

没想到，吴俊锋却语气激动道："你这不叫卑鄙，这叫'以牙还牙'，就像臧吴两家的恩怨一样。说起来，我和你原本就是同一路人呢！当初我要是娶了你，臧家没有你的帮助，早就家破人亡了！"

徐佩芸见状，简直哭笑不得，沮丧地说："看来我刚才的话，算是白说了。"

吴俊锋却固执道："你没有白说！原本我以为，你完美到毫无人性，觉得自己有些配不上你。现在我才发现，其实我们两个，才是天造地设的一对啊！"说完，便想要握住她的手。

徐佩芸连忙躲开了，与此同时，她也知道与对方已经无理可讲了。

于是，便不想再纠缠下去了，而是苦口婆心地说："过去的事情，就让它过去吧。无论如何，佩萍那么爱你，现在又为你生了一个可爱的女儿。因为盼望你把她们接回家，还给孩子起名叫盼盼。就算你不喜欢她，也请你看在女儿面子上，再好好考虑考虑，好不好？"

吴俊锋却断然道："不必考虑了，离婚是早晚的事情。当然，如果她愿意，我会尽一个父亲的责任，和另外一个女人，好好抚养这个孩子。"

徐佩芸闻言，不由吃惊地瞪大眼睛问："也就是说，你宁愿给孩子找个继母，也不愿意与佩萍和好？"

吴俊锋点了点头，掷地有声地说："是的！"

徐佩芸的眉头，立刻就皱成一个疙瘩，恨声道："你真是无可救药！"

吴俊锋却双手一摊说："不，正确的说法是，我爱你爱得无可救药！"

话已至此，徐佩芸知道再无商量的余地了，只好叹了口气，紧紧咬住了嘴唇。

第23章　绝对不会离婚

吴家盐行总经理办公室外,刘莉莉正侧耳趴在门上,仔细地听着。

忽然,室内没有了声音。

刘莉莉刚想离开,却见门猛地被拉开。

她完全没有提防,身子立刻向前扑去。

徐佩芸被撞了个正着,幸好及时扶住了门,才勉强没有跌倒。

刘莉莉也因此站稳了脚跟。

她自知理亏,不由望了吴俊锋一眼,连忙想要解释:"老板,我、我、我……"

徐佩芸却打断她的话,嘲弄地说:"吴老板,你这个秘书,可真是尽职啊。"说完,扬长而去。

吴俊锋脸一红,尴尬极了。

刘莉莉望着徐佩芸的背影,不服气道:"原来她就是传说中的徐佩芸啊,长得也不怎么样嘛。"

吴俊锋立刻怒喝一声:"她长得怎么样,还轮不到你来评价!"说完,"砰"的一声,就把门关上了。

刘莉莉立刻噤声,眼角却闪过一丝不易察觉的冷笑。

徐家大院后院西厢房内,徐佩萍脸色苍白地躺在床上。

忽然,身旁的婴儿大声哭闹起来。

徐佩萍连忙抱起女儿,爱怜地拍打着:"盼盼乖,盼盼不哭啊。"

但是婴儿还太小,哪里听得懂她的话,还是拼命地哭着。

徐佩萍急了,立刻停止了哄劝,狠狠瞪了女儿一眼,烦躁地说:"你再哭,再哭妈妈也哭了!"

说完,猛地将孩子摔在床上,自己呜呜地哭起来。

盼盼一边哭一边挣扎,眼看就要掉下床来。

正在千钧一发之际,徐佩芸推门走进来。

徐佩芸看到室内的情景,不由大吃一惊,立刻扑上去喊道:"盼盼!"

与此同时,孩子身上只剩下一角包被和床相连了,眼看就要掉下床去。

说时迟,那时快,徐佩芸一个箭步冲上去,将盼盼及时抱起,才避免她摔在地上。

徐佩萍这才惊醒过来，连忙将盼盼抢过来，心有余悸地说："盼盼、盼盼，你不要吓妈妈。妈妈没有了你爸爸，不能再没有你了啊。"

边说边将奶头放在孩子嘴里，盼盼这才止住了哭。

徐佩芸坐在床边，责怪道："佩萍，你还在月子里，这样整天哭，对大人小孩都不好。"

徐佩萍仰起脸，苦笑着说："我也不想哭，可是一想起俊锋的绝情，我就忍不住啊。"

徐佩芸望了望妹妹，若有所思地问："佩萍，告诉我，俊锋做了那么多让你伤心的事情，你现在还爱他吗？"

徐佩萍叹了口气道："曾经，我对他的爱，犹如一盆烈火。但是他的冷漠，将这烈火一点点烧灭，现在只剩下灰烬了。"

徐佩芸这才长舒了一口气，但还是小心翼翼地问："既然如此，你是否可以考虑离婚？"

徐佩萍瞪了姐姐一眼，吃惊地张大了嘴巴："离婚？"

徐佩芸点点头，郑重地说："对，离婚！既然这段婚姻，让你们两个人都如此痛苦，不如早点解脱吧！"

徐佩萍却毫不犹豫地拼命摇头，同时语气激动道："不，当然不！就算不再爱了，我也绝对不会离婚的！"

徐佩芸耐心地劝说："佩萍，你听我说，现在是民国了，离婚不再是一件丢脸的事情！离婚后，你可以再找一个两情相悦的爱人，重新开始新的生活，说不定会很幸福的呢。"

徐佩萍却凄然一笑道："我又何尝不想重新开始呢？可问题的关键是，我若离婚，孩子就会有后娘的。这么多年来，我亲眼看过我妈是怎么对你的，我绝不能让我的孩子再走你的老路！"

徐佩芸耐心地说："你和我小时候的情况是不同的，你可以带盼盼走。"

徐佩萍却摇头道："如此，盼盼就会有后爸的呀。"

徐佩芸沉吟片刻，坚定地说："如果你实在担心，可以留在娘家，或者，我帮你养。远航是个非常正直和善良的人，他一定不会亏待盼盼的。"

徐佩萍仍然有理由："可是如此一来，我就得被迫和自己的亲生女儿分开了呀。"

徐佩芸见她如此固执，只好一针见血地指出："你这是千方百计在为自己的不离婚找借口，其实是很自私、很愚蠢的做法。我的建议，你还是再考虑考虑吧。"

徐佩萍却态度坚决道："不必考虑了！我生是吴家的人，死是吴家的鬼！"

徐佩芸欲言又止："可是、可是……"

徐佩萍立刻意识到什么，脸色一变，急切地问："可是什么？是不是俊锋要和我离婚？"

徐佩芸望着她虚弱的样子，只好摇头说："没有、没有，你别多想了,好好休息吧。"说完,便转身想要离开。

没想到,徐佩萍却抓住她的手,哀求道:"姐姐,我这个月子坐得浑身都没有精神,一想起俊锋,连死的心都有了。特别是对孩子,更是没有半点耐心,不是把她饿哭,就是把她打哭。"说到这里,她忍不住流下了自责的眼泪。

徐佩芸安慰地说:"你可以请个奶妈。"

徐佩萍却摇摇头道:"小时候,我看过妈怎样对你的,所以不想把自己的孩子交给一个外人。"

徐佩芸想了想,又说:"或者,可以让妈帮着带的。"

徐佩萍苦笑道:"她一抱起孩子,就骂孩子他爸,简直把吴家祖宗十八代都骂了个底朝天。可是她也不想想,盼盼也是姓吴的啊。"说到这里,她忽然仰起脸,鼓起勇气,可怜巴巴地说,"姐姐,你能不能搬回来,帮帮我?"

徐佩芸不由一呆:"帮你?"

徐佩萍歉然地说:"我知道自己这个要求很无理,但是现在,只有你能帮我了。否则,我都不知道这个孩子能不能养得活?"

徐佩芸想起以前的种种,本来想要拒绝,但是床上的盼盼忽然小嘴一撇,再次大哭了起来。

她心里不由一软,郑重地说:"好,等一下我回臧家收拾下衣服,就搬回来。"边说边抱起盼盼,轻轻地哄起来。

徐佩萍听了这话,忧伤的脸上这才浮现出一丝笑容,感激道:

"姐姐,谢谢你。"

市礼堂市长办公室内,陆文安坐在办公桌前,将写好的一封信,装进了信封。

臧远航大步走进来,急不可待地道:"陆大,你知道吗?这段时间,我已经做通了我爸他们的工作,全家都已经同意集资修建东陇海铁路了!"

陆文安却并不吃惊,而是微微一笑地说:"你爸那个老顽固,总算把我的话听进去啦。"

臧远航立刻恍然大悟,惊喜地说:"怪不得他答应得那么爽快呢!"

陆文安打趣道:"不然你以为呢?"

臧远航感激地说:"谢谢陆大,还请陆大多多指教。"

陆文安自嘲道:"你们这些年轻人哪,真是后生可畏,连集资修铁路这么大的事情,都敢去想,我哪里敢指教你呢。"说到这里,便将刚刚封好的信递过去,认真地说,"不过,东陇海铁路工程十分巨大,政府抓大放小,难免会有所疏漏,如果能有熟悉当地地形地物的人配合,则会事半功倍。但是现在沈云沛先生年老体弱,早已卧床不起;张謇先生虽然对南线了如指掌,对北线毕竟有些隔阂;而我本人呢,只对水利有所研究,对铁路也是一无所知,所以急需要新生力量加入。你拿这封信去找你元榜哥,他一定会回来帮你的。"

臧远航闻言,立刻忐忑不安地说:"元榜哥从北京大学哲学系毕业后,又到英国就读测绘工程,刚一回国,就被在河北省张北县做生意的窑湾人,联名举荐过去担任县长了,如果继续从政的话,可谓前途无量,我怎么好意思让他辞职回来帮我呢?"

陆文安连连摆手道:"你错了,我不仅仅是让他回来帮你,更主要的是帮我。"

臧远航闻言,不禁疑惑地问:"帮你?"

陆文安点点头,郑重地说:"是啊,帮我!你是知道的,我们窑湾仅仅在清代,就出过一品官一名、三品官三名、七品官一名,另有三名举人、七名拔贡、十三名文武秀才。现在,随着经济的飞速发展,我们的文化教育当然更要跟上。所以,从前年开始,我就尝试教育改革,希望兴办新式学堂,包括一所中学和四所小学,并把文言文改成白话文,同时增加算术、英语、地理、音乐、劳作等课程。但是因为师资力量欠缺,进程十分缓慢。所以,我想动员你元榜哥回家帮我。"

臧远航这才接过信,兴奋道:"如果他肯回来帮我,那真是再好不过了!"

第24章 买凶杀人

吴家盐行总经理办公室内,吴俊锋紧皱着眉头坐在办公桌前,胡乱地在纸上画着什么。

忽然,刘莉莉推门进来,亲热地说:"俊锋。"

吴俊锋烦躁道:"什么事?"

刘莉莉察看了一下他的脸色,这才试探地说:"最近一段时间,你情绪很不好。如果我没猜错的话,是不是因为臧远航力主修铁路,会直接影响到我们盐行的生意?"

吴俊锋没好气地说:"是又怎么样?不是又怎么样?"

刘莉莉眼睛一亮,小心翼翼道:"或者,我可以帮你?"

吴俊锋却瞪了她一眼,轻蔑地说:"就凭你?"

刘莉莉却正色道:"当然!"撂下这话,便转身而去。

吴俊锋闻言,反而愣住了。

臧家大院后院小夫妻俩卧室内,臧远航兴冲冲地走进来。

徐佩芸有一搭没一搭地帮他收拾衣物,看上去心事重重,竟然将自己的一件碎花旗袍,也放进了皮箱里。

臧远航看了一眼,便打趣地问:"怎么,你要和我同去吗?"

徐佩芸这才回过神来,连忙摇头道:"啊?没有没有。"

臧远航指着她手里的旗袍问:"那你怎么把自己的衣服,也塞进了我的皮箱里?"

徐佩芸连忙缩回手,犹豫了一下,还是说:"佩萍现在状态很糟糕,我想搬回家,帮她照顾一下孩子。"

臧远航不由一呆,无奈道:"她现在确实很需要你,码头的事情,也基本走上了正轨,你暂时回去也不是不可以。"

徐佩芸闻言,不由惊喜地说:"这么说,你是同意啦?"

臧远航爱怜道:"你那么疼爱佩萍,我不同意有用吗?不过呢,我们也快要结婚了,你总不能帮她一辈子吧?所以我还是希望她和俊锋的事情,能够尽快做个了断,她自己也可以早点振作起来。"

徐佩芸叹了口气说:"我也是这样认为啊。可是她还希望俊锋能看在孩子的分上,早点接她回吴家大院呢。"

臧远航疑惑地问:"怎么?她还不知道俊锋要和她离婚吗?"

徐佩芸为难道:"我妈说她现在情况不好,不让任何人说这事呢。"说到这里,忽然想起什么,"对了,你这次出去,需要多长时间？"

臧远航想了想说："我首先要去河北省张北县，捎信给元榜哥，然后再到北京拜访家庆大，估计要一个月左右时间吧。"

徐佩芸闻言，便担忧道："我真是担心，会有反对修铁路的人，像上次二大那样，再买凶杀人呢。"

臧远航却不以为然地说："这次我能以绝对优势当选商会会长，其中一个重要原因，就是我一直力主集资修建东陇海铁路。只要我们此地通了铁路，肯定会带动经济的飞速发展，我敢保证不出十年，窑湾一定会成为比肩上海的国际化大都市。这样的好事，有谁会不支持呢？"

徐佩芸这才稍稍放下心来，但还是叮嘱道："说得也是，不过还是小心为好。"

臧远航安慰说："我会的，你放心吧。"

徐佩芸信任地点了点头。

与此同时，臧家大院外斜对面的一个巷子口。

有两个身着黑衣、头戴礼帽、形迹可疑的精壮男人，正紧贴着墙角，鬼鬼祟祟地向臧家张望着什么。

不一会儿，臧家大院门口。

臧远航提着皮箱，和郑一飞走出家门。

在两人后面，跟着送行的臧家人。

他们全都恋恋不舍道："一路小心啊。"

臧远航郑重地说:"我会的。"然后又体贴道,"爷爷奶奶,外面风大,你们快回去吧。"

但是臧家人一想起此前的种种,哪一个能放得下心来啊。

陆慧珊抱着孩子,反复叮嘱说:"看到我大哥,一定要让他回来啊。好多年不见了,我实在是太想他了。"

臧远航连声道:"一定一定。"

正在这时,走在前面的郑一飞举着船票,回头催促说:"老板,快点,还有半小时就开船了。"

臧远航只好道:"好好好。"

与此同时,他用眼角的余光看到,紧靠在斜对面墙壁上的两个黑衣人对视一下,迅速离开。

臧远航冷笑一声,下意识地加快了步伐。

臧家大院后院三房小院内,徐佩芸拎着皮箱向大门而去。

郭文芳跟在身后,非常不满地说:"你娘家早干什么去了?当初你和远航离婚时,他们不让你回;现在需要用你了,又想起来让你回?"

臧家梁连忙制止妻子道:"你就不能少说两句。"

郭文芳叹了口气:"佩芸哪,你别嫌我碎嘴啊,我只是太心疼你了。"

徐佩芸感动地说:"妈,我怎么会嫌你呢?我知道你是为我好。"

郭文芳这才点点头,又道:"你回去不要住太久啊,再怎么说,你终归是臧家的媳妇,不是他们徐家的用人。"

臧家梁无奈地说:"你看你,又来了。"

郭文芳赧然地笑了笑。

徐佩芸安慰道:"爸爸、妈妈,你们放心吧,我安顿好妹妹后,很快就会回来的。"

臧家梁夫妇这才停住脚步,恋恋不舍地冲她挥了挥手。

中宁街上,徐佩芸提着皮箱走了过来。

恰在这时,正在闲逛的吴俊莹看到她,立刻走上来,打趣地问:"怎么?远航刚走,你就要去千里寻夫了啊。"

徐佩芸羞涩地说:"俊莹,你说哪里的话?我不过是想回娘家住段时间呢。"

吴俊莹纠正道:"我已经嫁给远方了,你应该叫我大嫂啦。"

徐佩芸瞪了她一眼,不以为然地说:"你原本应该叫我表姐的呢,别忘了,你可是佩萍的……"

她说到这里,忽然眉头轻轻一皱,便将后面的话,生生地咽了回去。

吴俊莹立刻意识到什么,眉头不由一皱,下意识地叹了口气说:"唉,我嫂子她也真是可怜。但是无论我们家人说什么,我二哥就是听不进去。"

徐佩芸难过道："佩萍现在情绪很不好，非常脆弱，动不动就哭。因为心情不好，又没有奶水，宝宝瘦得不成样子。"

吴俊莹闻言，脸色不由一黯，诚恳地说："我之前去过你家几次了，想去看看她们母女俩。可是你那个后妈说，只要我二哥不把佩萍接回去，就不许吴家任何人见宝宝。求你了，看在我们是好妯娌的分上，带我去看看她们，好不好？"

徐佩芸犹豫了一下，还是道："好吧。"

吴俊莹激动得连声说："谢谢你，真是太谢谢了。"然后拉着她的手道，"走，我这个当姑的，得先去给宝宝买点见面礼。"

徐佩芸爽快道："好，我正好也有事想问你呢。"

吴俊莹不由疑惑地问："你想问我什么事？"

徐佩芸字斟句酌地说："你二哥的那个秘书，好像和他关系很不错啊？"

吴俊莹坦率道："哦，你是说刘莉莉吧。她原本是我大哥的秘书，但是招进来不久，大哥就走了。二哥看在大哥的面子上，就留下她了。不过以前倒很少见她，现在好像二哥越来越重用她了。这也难怪，她不但人长得漂亮，既聪明还又能干，上到我爸妈，下到伙计车夫，没有不喜欢她的。"

徐佩芸若有所思地问："那你二哥，也很喜欢她吗？"

吴俊莹干脆地说："我想是的。"忽然意识到什么，"噢，我明白了，你是担心我二哥和她有什么是吗？"

徐佩芸叹了口气道："是啊，你二哥已经打算和佩萍离婚了。"

吴俊莹闻言，不由眉头一皱地说："离婚？我爸妈绝对不会同意的。"

徐佩芸却不置可否道："如果你二哥下决心想离，估计你爸妈也干涉不了。所以，如果可能，请你帮我打听一下，你二哥和刘莉莉发展到什么程度了，我再确定一下，怎么帮佩萍处理离婚这件事，好不好？"

吴俊莹郑重地说："好，我帮你打听。"

徐佩芸叮嘱道："不过这件事，你千万不要告诉佩萍，她现在还在月子里，你二哥又不管她，所以人脆弱得要命，动不动就哭哭啼啼的。"

吴俊莹点点头说："好的，我知道了。"

与此同时，两人说着话，很快走到一家母婴用品店，用心挑起东西来。

吴家盐行总经理办公室内，吴俊锋推门进来。

他同时喊道："莉莉，刚才来的那批货的样品拿到了没有？"

但是，屋里并没有人。

于是，吴俊锋又朝后院走去，边走边喊："莉莉，莉莉。"

第25章　有种你再说一遍

吴家盐行后院内,依然是静悄悄的。

忽然,吴俊锋看到刘莉莉正背对着自己,朝两个黑衣人吼着什么。

他不由一怔,下意识地隐藏在一丛密密的桂花树下。

好在不远处的刘莉莉并没有发现他,正在训斥曾经出现在臧家斜对面的那两个形迹可疑的黑衣人。

她一改平常的温和谦逊,厉声呵斥道:"你们十几个人忙乎了这么久,却连一点线索都没有找到,真是笨蛋、废物!"

黑衣人甲委屈地说:"我明明看到郑一飞手里,拿的就是两张船票啊。"

黑衣人乙附和道:"是啊,是啊,他催促臧远航说,只剩半个小时就开船了呢。所以,我们才带弟兄们埋伏在运河岸边的。谁知道,连个鬼影子都没有见到。"

刘莉莉眼珠一转，气急败坏地说："这肯定是臧远航的调虎离山之计，他应该到运河堰上绕了个弯，然后走窑草公路了。你们赶紧派人去徐州府站拦住他，坚决不能让他活着回窑湾！"

两个黑衣人说了声"是"，就想要离开。

没想到，却听到身后传来一个严厉的声音："刘莉莉！"

刘莉莉和两个黑衣人不由一惊，同时循声望去！

只见吴俊锋边说边从桂花树边走过来，看上去怒气冲冲的。

刘莉莉立刻惊慌起来，结结巴巴地问："你、你、你怎么在这儿？"

吴俊锋愠怒地说："今天如果我不在这儿，我们吴家就要背上人命了！"

刘莉莉在片刻的惊慌过后，重又恢复了往日的平静，理直气壮道："这个臧远航早就该死了！他的父亲是间接杀死俊旺的凶手；他不但抢了你的女人，还抢了你的商会会长之位。杀了他，不仅能帮俊旺报仇雪恨，还可以帮你除掉心头大患，一举两得的事情，有什么不好？"

吴俊锋听了这话，脸色这才稍稍缓和了下来，但还是郁闷地说："可是你想过没有，当初我盛怒之下，要杀臧远航时，市政府联合商会，拟订了一份《三百六十余家商户联合声明》，此声明明文规定，我不得再为泄私愤牵连无辜，否则，所有窑湾商人，均不得再与吴家进行任何生意往来！如此一来，我们吴家就彻底完了啊！我冷静下来后，便意识到了自己的错误。所以这么多年，虽然我一心想要摧毁臧家和码头，但是从来不敢和他们发生正面冲突，更别提杀人了！"

刘莉莉眼珠一转，提醒道："可是今日不同往昔！倘若真的像臧远航力主的那样，集资修建一条东陇海铁路，那么从海州运盐到窑湾，就是一件非常简单、便捷的事情了。到那时，不但所有的私盐贩子全部都得失业，甚至连吴家盐行，就算勉强还能存活，生意肯定也是一落千丈了，更何况……"

吴俊锋听到这里，脸色早已经变得铁青，忍不住气急败坏地说："不要再说了，不要再说了！"

刘莉莉见状，眼角不由浮现一丝笑意，但是转瞬即逝。

然后她语带怜悯道："你不让我说，更说明你已经意识到问题的严重性了，所以，我们不如先下手为强！"

吴俊锋却连连摆手说："不可以，绝对不可以！"忽然意识到什么，疑惑地望着她，眉头一皱问，"你这样做，真的仅仅是为了吴家盐行的生意吗？"

刘莉莉朗声道："当然不！"

吴俊锋闻言，更加疑惑了："那你是为了什么？"

刘莉莉神情一凛，正色道："为了得到你的爱！"

吴俊锋诧异极了："我的爱？"

刘莉莉点点头，郑重地说："是的，你的爱！可是在你心里，自始至终，却只有徐佩芸一个。在你眼中，她是这个世界上最聪明、最能干的女人。我就是想向你证明，我比她更聪明能干，更值得你去爱！"

吴俊锋听了这话，不但没有任何的感动，反而后退几步，心有余悸道："我真是看错你了！你平时那样温和谦逊，我们全家人都很喜欢你，甚至于，我也一度以为自己喜欢上你了。可是没想到，你的心肠原来这么狠毒，竟然无缘无故想要取人性命，真是太可怕了。"

刘莉莉立刻辩解说："俊锋，你误会了，我一点都不可怕。如果你不喜欢我这样做，我不做就是了。"

吴俊锋却摇摇头，态度坚决地说："已经晚了！我们盐行不敢再用你了，你走吧。"

刘莉莉不由一怔，随即哭着哀求道："你一定不要赶我走，就算不看在我为盐行尽心尽力的分上，也请看在我对你的情分上啊。"

吴俊锋闻言，诧异地问："你对我的情分？"

刘莉莉点点头，哽咽地说："是的。我本来想要去日本留学的，但是因为爱上你，我就决定留在你身边，一心一意讨你欢心。没想到，你却这样对我！"她边说边扯着他的胳膊，看上去非常悲伤和不舍。

吴俊锋见她哭得梨花带雨的，心里不禁一软，但还是道："你越这样说，我越不能留你了。现在我的事业和家庭都已经乱得一塌糊涂，我不想你再在里面添乱了。听我的话，你还是走吧。"

刘莉莉见他是铁了心，忍不住哭喊起来："我又不是徐佩萍，你怎么可以这样对我！"

吴俊锋一听"徐佩萍"三个字，心情更加烦躁，连刚才的耐心都没有了，硬起心肠说："别废话了，你快走吧！"说完，拂袖而去！

刘莉莉意识到他是铁了心要赶自己走了，面色一凛，当即收起了眼泪！

恰在这时，刚才两个黑衣人见状，便迅速对视一眼，双双走到她身边。

他们异口同声道："我们的报酬……"

刘莉莉恼羞成怒地将一把钱扔在他们怀里，然后怒喝一声："滚！"

两个黑衣人眉开眼笑地捡起钱，连声说："马上滚！马上滚！"说完便落荒而逃。

刘莉莉望着吴俊锋急步而去的身影，不禁咬牙切齿道："那么，再见！再也不见，哼！"说完这话，也决绝而去！

中宁街母婴用品店外，徐佩芸和吴俊莹肩并肩地走出来。

两人的手里，都提着大包小包的童装和玩具。

忽然，吴俊莹一声惊叫，徐佩芸立刻循声望去。

只见刘莉莉提着一只皮箱，气冲冲地迎面而来。

徐佩芸惊讶地问："她怎么啦？"

吴俊莹关心地说："我去问问。"

徐佩芸看到对方阴沉得像是要拧出水来的脸，心里不由"咯噔"一下，便想要阻拦："别去！"

但是吴俊莹已经冲上去，拦住了刘莉莉的去路。

她像平常那样，亲热地招呼道："莉莉姐，你这是要去哪儿呀？"

没想到，刘莉莉瞪了她一眼，冷冷地说："我去哪儿，关你屁事！"

吴俊莹脸上的笑容立刻就僵住了，不由吃惊地问："你、你之前不还是叫我妹妹的吗？怎么忽然像是变了一个人似的？"

刘莉莉听了这话，再也忍不住心中的怒气，尖声叫起来："当你全心全意爱一个男人，那个男人却把你的好心当成驴肝肺，甚至让你滚时，你不会变吗？"

吴俊莹疑惑地问："你说的是我二哥吗？"

刘莉莉怒声道："除了那个不知好歹的王八蛋，还能有谁？"

吴俊莹听到她骂自己二哥，也来了气，反唇相讥地说："你把嘴巴放干净点！现在都已经是民国了，严禁纳妾。你明知道我哥有家室，却还去喜欢他，怨谁呢？"

刘莉莉听了这话，立刻气结！

只见她"砰"地将皮箱放在地上，一只手伸进腰间，厉声道："吴俊莹，刚才的话，有种你再说一遍！"

吴俊莹岂是好欺负的？

她冷哼一声，立刻双手叉腰，张嘴就要反驳！

与此同时，徐佩芸忽然感觉到眼前有亮光一闪！

她眨巴了一下眼睛，同时惊讶地发现，这亮光竟然来自刘莉莉的腰间，赫然是一把匕首发出的。

吴俊莹不明就里，兀自在重复自己刚才的话："你把嘴巴……"

说时迟，那时快，徐佩芸意识到阻止已经来不及了，迅速伸出手，并高声说："不要！"

吴俊莹正想还嘴，徐佩芸已经捂住了她的嘴。

她下面的话生生就被捂住了，非常不甘心，当即"唔唔"地拼命挣扎着。

徐佩芸强行将她拉到一边，并连声道歉道："刘小姐，对不起了。俊莹是刀子嘴豆腐心，你不要和她一般见识。"

刘莉莉这才把手从腰间放下，不但没有领情，还讥刺地说："我和不和她一般见识，又关你屁事！"说完，冷哼一声，提起皮箱，扬长而去！

吴俊莹听了这话，气得脸都涨红了，更加拼命地挣扎着。

徐佩芸只好用更大力气按住她，直到刘莉莉走远，才轻轻吁了一口气，松开了双手。

吴俊莹终于得到了解脱，深深喘了几口气，便气急败坏道："那个姓刘的女人，真是太可恶了！你刚才为什么把我嘴捂住？气死我了，真是气死我了！我一定要好好教训教训她！"说完，抬腿就要追。

徐佩芸连忙拦住她，心有余悸地说："她手里有匕首！刚才要不是我拦着，她肯定会出手的！"

吴俊莹闻言，不由张大了嘴巴，吃惊道："啊，匕首？她一个女人家，拿匕首做什么？"

徐佩芸摇摇头说："现在军阀混战，到处都是兵荒马乱的，她也许是为了防身吧。"

刚才还气鼓鼓的吴俊莹，终于泄了气。

她沮丧地说："真不知道我大哥当初，怎么招了这么一个可怕的人来？"说到这里，转而又开心起来，"不过她走了正好，我二哥就不会那么坚决地要和佩萍离婚了。"

徐佩芸望着刘莉莉远去的方向说道："谁知道呢。"

两人说话间，很快来到了徐家大院门口。

徐佩芸率先迈进了家门。

吴俊莹却有些担心道："你妈不会又骂我吧？"

徐佩芸安慰地说："别管她，我妹妹看到你，应该会高兴的。"

吴俊莹犹豫了一下，这才走了进去。

第26章 盼归的涂佩萍

徐家大院内,柳兰香阴沉着脸从屋内走出来。

她抬头一看到徐佩芸,便急切迎上去,苦着脸道:"佩芸啊,你终于回来了,快劝劝你妹妹吧,她又发疯……"说到这里,忽然看到跟在后面的吴俊莹,脸色立刻一变,充满敌意地说,"你又来干什么?出去,快给我出去!"

吴俊莹哀求地说:"表婶,你就让我看看嘛。"边说边下意识地躲到了徐佩芸身后。

柳兰香厉声道:"有什么好看的?你二哥一天不来接佩萍母女,你们吴家就别想看到孩子!"边说边一把抓住其胳膊,就要向外拽。

徐佩芸连忙拦住她,劝解说:"妈,你让俊莹进去看看盼盼到底有多可爱。说不定俊锋心一软,就过来接佩萍回去了呢。"

柳兰香想了想道:"那倒也是啊。"然后冲吴俊莹一瞪眼说,

"要不是看在你小侄女的面子上,你休想进去,哼!"

吴俊莹连忙乖巧地说:"我知道我知道,谢谢表婶。"

徐佩芸趁机拉着她的手,催促道:"好了,我们进去吧。"

两人刚走到徐家后院,就听到西厢房里传来一阵乒乒乓乓的声音。

与此同时,传来徐佩萍激烈的尖叫声"快吃快吃",同时伴随着婴儿"哇哇"的大哭声,听上去甚是委屈。

徐佩芸和吴俊莹对视一眼,急忙紧走两步,同时推开了房门。

徐家大院后院西厢房内,此刻是一片狼藉。

只见徐佩萍披头散发地靠在床头,怀里抱着瘦小的孩子。

她竟然不顾孩子在哭,拼命将她的小脸往自己干瘪的胸脯上按,同时狂乱地尖声叫道:"快吃快吃,你到底吃不吃啊……"

盼盼的小嘴里,被强行塞进了奶头,但吮了几口,却什么也没有,立刻就吐出了奶头,然后睁开无辜的小眼睛,委屈地望着母亲,再次哇哇大哭了起来。

徐佩萍却再次按住孩子的头,更加尖声地叫起来:"快吃!快吃……"

徐佩芸和吴俊莹见状,同时焦急起来。

她们一个叫着"佩萍",一个叫着"嫂子",迅速奔过去。

徐佩芸一把抢过孩子,心疼地说:"你这样逼孩子干什么!"

吴俊莹也责怪道:"嫂子,你越这样生气,就越没有奶水啊。"

徐佩萍闻言，立刻抬起头，眼睛当即一亮，惊喜地说："俊莹，是你？"

吴俊莹在床边坐下，哽咽道："嫂子，是我，对不起。"

徐佩萍忽然望着她的身后，急切地问："你二哥来了吗？"

吴俊莹不由一怔，随即摇了摇头，又点了点头，支支吾吾地说："我二哥……我二哥……我二哥他……现在有事……"

徐佩萍有些失望，旋即又充满期待地问："那是不是你二哥让你来接我回吴家的？"

吴俊莹不知如何作答，只好求救地望向徐佩芸。

徐佩芸一边哄孩子，一边安慰道："佩萍，你不要难过。俊锋今天虽然没来，但是他托俊莹带话了，等忙过这一阵子，就会来接你的。"

徐佩萍闻言，苍白的脸上立刻浮现出一抹红晕。

她立刻抓住小姑子的手，惊喜地问："真的？你二哥真的是这么说的吗？"

吴俊莹不忍心扫她的兴，只好点点头，故作郑重地说："真的，我二哥真的是这样说的。"

徐佩萍听了这话，脸上的阴霾立刻一扫而光！

她当即从姐姐手里接过孩子，紧紧地抱在自己怀里，无限憧憬道："盼盼、盼盼，你爸爸要来接我们回家了。以后妈妈还要给你生很多很多的小弟弟、小妹妹……"

徐佩芸和吴俊莹对望一眼，不禁面面相觑！

当天晚上，吴宅大院客厅内。

一家四口正在吃饭，吴俊锋神情看上去十分沮丧。

吴光淮夫妻望了望女儿，示意她说话。

吴俊莹担忧地看了看二哥的脸色，只好硬着头皮问："二哥，我今天在街上，看到刘莉莉，她说她辞职了，是真的吗？"

吴俊锋一边挑着米粒，一边心不在焉道："是啊。"

吴俊莹有些不死心地问："那她不会再回来了吧？"

吴俊锋没好气地说："你是不是傻啊？都说她辞职了，还回来做什么？"

吴俊莹确定两人没戏了，心里不由一喜，但还是小心翼翼道："我昨天去看嫂子了，小侄女虽然很瘦，但是眉眼很清秀的，长得很像你呢。"

吴俊锋听了这话，虽然仍然皱着眉，但是脸色稍微柔和了一些。

窦玉美忍不住说："女生父相，将来一定会大富大贵的。"她边说边望向儿子。

吴俊莹也鼓起勇气道："可惜嫂子现在精神状态很不好，天天寻死觅活的，上次跳河差点淹死，幸好被佩芸和远航救起来了。不过还是天天哭，都没有奶水，孩子饿得不行。对了，因为嫂子天天盼着回吴家,所以给孩子起名叫盼盼。"

窦玉美立刻抹起了眼泪:"我可怜的小孙女啊,这是造了什么孽啊?"

吴俊锋低头扒着饭,一声不吭。

吴光淮见状,便试探道:"俊锋啊,孩子已经满月了。就算你不喜欢佩萍,也可怜可怜女儿吧。依我看,你还是去把她们母女接回家吧。"

没想到,吴俊锋却立刻翻脸!

他怒声说:"我不去!谁去接回来,就给谁做媳妇!"说完,便"啪"地将碗往桌上一放。

吴光淮立刻老脸通红,恼羞成怒道:"臭小子,怎么说话呢?"

吴俊锋倔强地梗起了脖子,冷哼一声,起身就走!

吴光淮气得浑身颤抖,指着儿子的背影,气急败坏地说:"这个不肖子,气死我了,真是气死我了!"

窦玉美忍不住哭喊道:"俊锋哪,你的心到底是什么做的啊?怎么这么硬!"

吴俊莹恨声说:"他的心就是石头做的,毫无人性!"

河北省张北县政府大院,一排青砖碧瓦的平房,看上去非常简朴。

臧远航理了理衣衫,健步走了进去。

河北省张北县政府大院内,一个身材瘦削、戴着眼镜、文质彬彬的三十多岁的男人,这人正是当地县长、陆文安长子陆元榜。

他热情地迎上去说:"远航,几年不见,你变化好大啊!"

臧远航亲热道:"元榜哥,你也变了呢。"

陆元榜哈哈大笑说:"当然,从少年到中年、从长袍马褂到西装革履,不变才怪呢。怎么样,窑湾发展得还好吗?"

臧远航自豪道:"相当好。"边说边将一封信交给对方,同时说,"这是陆大让我带给你的。"

陆元榜看着信封上熟悉的"元榜吾儿亲启"字样,激动不已。

他飞快地看完信后,郑重道:"正好我的县长任期也到了,我明天就递交辞呈,然后动身回窑湾。"

臧远航立刻大喜过望,但还是有些遗憾地说:"那还需要一段时间。我本来还想让你与我一起去北京拜见家庆大,就集资修建东陇海铁路的具体事宜做详细商榷呢。"

陆元榜鼓励道:"没关系,你自己去也是一样的,一个月后,我们在徐州会合。我想仔细考察一下津浦路和陇海路的交汇状况,为以后的勘测做前期准备工作。"

臧远航紧紧握住他的手,重重地点了点头:"好!"

第27章　商讨集资事宜

北京铁道部主事办公室内，臧家庆正坐在办公桌前看臧家梁的信。

臧远航坐在他对面，望着其背后墙壁上挂的一张《中国铁路线路图》。

臧家庆看过信后，又打开了《关于窑湾商会集资修建东陇海铁路的申请报告》，脸上的笑容越来越深了，到最后，竟然忍不住拍案而起："哈哈哈，太好了，真是太好了！远航，你此次前来，简直就是及时雨啊！"

臧远航不由疑惑地问："三大，此话怎讲？"

臧家庆语气有些凝重地说："因为第一次世界大战的影响，尽管我们一等再等，荷兰贷款仍然无法到位。你是知道的，沈云沛先生被称为东陇海铁路之父和奠基人，不幸的是，老人家现在已缠绵病榻数月，非常希望能在生前完成毕生所愿。"

他说到这里，神情不由一凛，继续道："于是他经过多方谋划，两个月前，向铁道部上书说，与其被动等待第一次世界大战结束，不如彻底摆脱对荷兰政府直接贷款的依赖，转而通过有实力的外国银行进行融资。所以，他已经将沈家名下的锦屏矿物有限公司作抵押，向中立国比利时银行融资，同时向海州周边商人集资，共筹得资金六百多万两，但是仅够从海州修到阿湖路段的工程费用。"

臧远航听了这话，不由激动道："也就是说，我们窑湾商人如果集资的话，只需要筹到六百万，就可以完成从阿湖到徐州路段的工程了？"

臧家庆兴奋地说："正是如此，所以我才说你是及时雨呢。"他边说边转过身去，指着墙上的地图，无限憧憬道，"按照原本的设计，陇海铁路是贯穿中国东、中、西即华东、华中、西北最主要及最重要的铁路干线，途经江苏、安徽、河南、陕西和甘肃五省，如果修建完成，将成为唯一一条横贯中国东西的铁路交通大动脉，这条大动脉正好与丝绸之路贸易路线高度重合，如果途经窑湾的话，与纵贯南北并衔接陆上丝绸之路和海上丝绸之路的水路大动脉——大运河相辅相成，肯定能在丝绸之路贸易路线中起到无与伦比的作用，不但能带动当地经济高速发展，甚至于把我们窑湾打造成为上海那样的国际化大都市，都绝不在话下！"

臧远航闻言，不禁连连点头！

与此同时，他又想起了什么，疑惑地问："既然如此，您和我爸、陆大又一直在通信，为什么不早一点告诉他们，并商讨集资事宜呢？"

臧家庆叹了口气道："我不是不想告诉他们，而是心里有两个疙瘩啊。"

臧远航立刻催促地说："哪两个？"

臧家庆迟疑了一下，还是无奈道："其一是我记得几年前，你爸担心影响码头生意，是坚决反对在窑湾建铁路的。甚至为了增加竞争力，还高价从德国引进了三艘远洋货轮，并在通州修了深水码头。怎么样，达到预期目的了吗？"

臧远航听了这话，不由苦笑着说："虽然暂时缓解了运输压力，但是并没有从根本上解决运输难问题，所以从窑湾大局着想，他现在已经由反对变成了支持，我二大和陆大他们也一样。"然后催促道，"那其二呢？"

臧家庆叹了口气道："其二是，六百万并不是个小数字，全部由窑湾商人集资不太可行，肯定需要部分贷款，但是担保方面，却不太好办啊。沈云沛先生既是近代实业家、政治家、教育家，又是中国沿海滩涂开发领域早期的开拓者、东陇海铁路的奠基人、海州师范学校的创始人，我们窑湾历史上虽然也出过鸦片战争时著名谋士臧纡青、震远大将军马从凯两位声名显赫的大人物，但是当代却没有有影响力的知名人士。还有沈先生用以抵押的锦屏矿物有限公司,有品位很高的磷灰石,磷含量甚至高达百分之三十八,是中国历史上第一家开采磷矿石的公司,与徐州的贾汪煤矿一样,是可以持续开矿的,其价值和潜力不可估量,而我们窑湾虽然经济非常发达,但主要是与丝绸之路沿途的各国进行商业贸易,并没有如此有发展前景的矿业,所以怕是很难得到比利时银行融资啊。"

臧远航闻言,眉头也不禁皱成了一团。

忽然,他像是想起了什么,便试探地问:"听说从吴家大院走出来的光新叔,现在担任长江上游总司领兼四川查办使、湖南督军。如果由他出面担保,把我们窑湾的运河码头等实力雄厚的资产做抵押,是不是会顺利些?"

臧家庆闻言,不由一拍大腿,兴奋地说:"对啊对啊!因为他从小就离开家乡了,又是著名的皖系军阀将领,我竟然一时没想起来。"旋即又担忧道,"不过现在北洋政府的实际掌权者是段祺瑞,他被授以勋三位后,一直滞留北京。现在皖系军阀,和以吴佩孚为首的直系军阀、以张作霖为首的奉系军阀,斗得非常激烈,不知道在这个时候,他是否愿意出面担保?"

臧远航眼睛不由一亮,但随即又黯淡了下来,郁闷道:"我也有些担心呢,因为毕竟这些年来,臧吴两家诸多恩怨,从窑湾斗到北京,他肯定早已经一清二楚了。"

臧家庆无奈地说:"我是个文人,与他们这些军人并无交集。只知道此人被称为'国舅',向来自恃后台强硬,所以为人心高气傲、刚愎自用，并不太好相与。"

臧远航闻言，若有所思道："按理，段祺瑞'三造共和'，为人清廉正直，光新叔作为其非常疼爱的妻弟和皖系'四大金刚'之首，应该也不至于如此不堪吧？有没有一种可能，就是因为他太过拥护段祺瑞，所以深受嫉妒和打压，被政敌故意抹黑？"

臧家庆摇摇头道："谁知道呢？"

臧远航语气坚定地说："无论如何，我们还是去拜访一下吧。如果他不同意，我们也好死了心，再另寻他法不迟。"

臧家庆迟疑了一下，只好道："那就试试吧。"

第28章 长江上游总司令

这是一座典型的北京四合院,面南背北,门楣上写着"吴公馆"三个古朴端庄的大字。和普通院子不同的是,此院四周布满了身着皖系军装、荷枪实弹的警卫们,三步一哨、五步一岗的,戒备森严!

一辆黑色的轿车由南向北缓缓驶来,车后座的两个人,正是臧家庆和臧远航。

从路边的树丛里,忽然跳出一队荷枪实弹的警卫,径直拦住了去路。

为首的小头目大喝一声:"什么人?"

轿车立刻戛然而止,车后座的伯侄俩完全没有提防,被颠得前仰后合的。

好不容易等车稳了,他们赶紧下车。

与此同时,臧家庆递上一张名片说:"我是铁道部主事臧家庆,这是我的侄儿臧远航,特来拜访吴将军。"

小头目厉声问:"有预约吗?"

臧家庆摇摇头,郁闷道:"没有。"

小头目立刻说:"没有不见。"

臧家庆连忙道:"我们是吴将军的江苏窑湾老乡,现家乡父老想要集资修建东陇海铁路,烦请通报一声。"

小头目闻言,脸色一变,没好气地说:"什么江苏窑湾?谁不知道我们将军是皖系的!"然后目光一凛,厉声道,"说,你是哪方派来的奸细?直系的还是奉系的?"

臧家庆不由气结,简直无语了。

真是秀才遇到兵,有理说不清!

好在臧远航见状,便不卑不亢道:"你们将军是不是窑湾的,问了他不就知道了?否则,他以后要是知道,因为你们的无知,让他失去一个流芳百世的机会,可就要吃不了兜着走了!"

小头目听了这话,气得脸都变了形,立刻举起手枪对准了伯侄二人。

好在有一个身材瘦小的年长警卫,忽然想起什么似的说:"我好像听说过,总理的原配吴夫人,是江苏宿迁的呢。"

臧远航立刻道:"窑湾原本就是属于宿迁的。"

小头目脸色当即一变,瞪了年长警卫甲一眼,恼羞成怒地说:"那你不早说?"然后又呵斥道,"你们都给我守好了,我去通报！"说完，便赶紧转身向大门口跑去。

臧家庆和臧远航对望一眼，这才稍稍松了一口气。

与此同时，一队荷枪实弹的警卫们，仍然紧紧盯着他们，不敢有任何的松懈。

好在不一会儿，小头目就从大门出来了。

立刻，所有人都紧张地望着他。

小头目脸上一扫刚才的戒备，缓和了语气，态度恭敬道："臧主事，请吧！"边说边在前面带路。

臧家庆冲侄儿点了点头，两人才一前一后地跟了上去。

吴公馆院内，和别的四合院没有什么不同，四周的房子掩映在绿荫之中，颇有几分古色古香，只是守在各个通道和角落的警卫们，个个全副武装的，让此处多了几分肃杀之气。

臧氏伯侄俩在小头目的带领下，很快走进了主楼大厅里。

此时徐公馆大厅内，一个身材高大、浓眉大眼的中年男人，正全副武装，在一张宽大的宣纸上挥毫泼墨。

小头目敬了一个礼道："报告，他们来了。"说完，便退了出去。

臧家庆立刻抱拳说："吴将军，请恕冒昧打搅，我是你的窑湾老乡、铁道部主事臧家庆。"

吴光新"嗯"了一声，继续写着他的字，却并没有抬头。

臧家庆自幼学识渊博，向来也是高傲之人，见对方如此懈怠，不免有些尴尬。但是想到此行的目的，只好无奈地苦笑了一下。

臧远航见状，只好硬着头皮道："吴将军好，我是窑湾商会会长、运河码头当家臧远航。"

这个时候，吴光新终于写好了"知人善任"四个中规中矩的大字。

于是，他抬起头来，似笑非笑地说："我听说你此次前来，是准备给我一个流芳百世的机会？"

没想到，臧远航却朗声道："是啊！"

吴光新闻言，脸色不由一变，嘲弄地说："真是可笑至极！我吴光新为国为民，驰骋大半个中国，可谓戎马一生，用鲜血和生命换来了长江上游总司令、陆军总长、勋三位上将，哪里需要你一个小小的运河码头当家来给我什么机会，真是太不自量力了！"说着说着，他的脸色越来越难看，最后竟然将手中的毛笔往桌上一甩，看上去甚是生气！

臧家庆见他动了怒，不由替侄儿捏了一把汗。

臧远航却并不着急，而是竖起大拇指，坦然道："吴将军可谓是权倾朝野，一人之下万人之上，绝对是当今屈指可数的大英雄！"

臧家庆听了这话，不由暗中松了一口气。

但是他这口气还没松完，臧远航却又话音一转说："可是宋代大词人、抗金英雄辛弃疾曾经感叹，'古来三五个英雄。雨打风吹何处是'；明代才子杨慎亦云，'滚滚长江东逝水，浪花淘尽英雄'。所以'英雄'这两个字，留给后世的，只能是精神层面的缅怀，却无法让后代睹物思人，时时记起！"

吴光新脸色由白变红，又由红变青，然后咬牙切齿地问："依你之见，如何才能让后代睹物思人、时时记起？"

臧远航强忍住内心的胆怯，鼓起勇气直奔主题："当然是给后代留下物质层面的财富了，比如给东陇海铁路向比利时银行贷款做担保。"

吴光新却冷笑一声道："现在直皖矛盾激化，直系与奉系等八省军阀结成反皖同盟，我每天都枕戈待旦，不敢有丝毫松懈，岂有闲情逸致，去给你们做什么贷款担保？我劝你们还是死了这条心吧。"然后把手一挥，就下了逐客令，"两位请回吧。"

警卫们听到命令，立刻走上来，就想要赶人。

臧家庆巴不得早点离开这是非之地，转身就想走。

臧远航却并未退却，而是孤注一掷地说："政治斗争时过境迁，总会成过眼云烟，而东陇海铁路一旦建成，就会和浩浩荡荡的大运河一样，永远留在华夏大地上！到那时你的名字，也会和东陇海铁路一起，流芳千古的！"

警卫们见他不走，已经拿出枪支，准备驱赶他了。

正在关键时刻，吴光新脸色忽然缓和下来，挥手制止了。

然后，他若有所思道："你说的，好像也有些道理啊。"

警卫们立刻住了手，臧家庆也吃惊地望着他。

臧远航见他态度有变,心里不由一喜,趁机诚恳地说:"吴将军,如果从徐州到海州这段铁路真能修成,将会成为唯一一条横贯中国东西的铁路交通大动脉,这条大动脉正好与丝绸之路贸易路线高度重合,如果途经窑湾的话,与纵贯南北并衔接陆上丝绸之路和海上丝绸之路的水路大动脉——大运河相辅相成,肯定能在丝绸之路贸易路线中起到无与伦比的作用,不但能带动当地经济高速发展,甚至于把我们窑湾打造成为上海那样的国际化大都市,都绝不在话下!"

吴光新听着听着,眼睛越来越亮了,忍不住喃喃自语道:"这些年来,我只顾着带兵打仗了,却不知道,我国的经济建设,特别是窑湾,已经发展得如此迅速了!"

臧远航见他似有所动,便趁热打铁地说:"如果你能担保贷款的话,到那时,你就可以流芳百世,不,流芳千世的!"

吴光新忍不住叹了口气,大手一挥道:"流芳百世千世并不重要,重要的是,窑湾是我的根,我和姐姐在那里度过了快乐的童年时光。可惜姐姐很早就去世了,现在我也该为家乡做点事了,就当是纪念她和逝去的父母乡邻吧。"

臧氏伯侄听了这话,不由相视一笑,同时舒了一口气。

然后,臧远航深深鞠了一躬,激动地说:"吴将军,我代表窑湾以及东陇海铁路周边,不,五省甚至全中国的人,谢谢你!"

吴光新却微微一笑,郑重道:"说起来,我还要谢谢你呢。"

臧远航不由一愣,随即诧异地问:"谢谢我?吴将军你开玩笑的吧?"

与此同时,他不禁有些心虚,担心对方提起吴俊旺的旧事。

果然,吴光新严肃地说:"不是开玩笑,我真的是谢谢你!首先,我前几年与辫子军打过交道,深知他们的厉害。当年俊旺血洗其货船,要不是你父亲勇于担当,从中斡旋,窑湾一定会遭受血光之灾,哪里会有现在的和平与发展;其次,俊锋为了所谓的报仇,一次次将臧家逼到绝路,幸好你足够聪明能干,每次都能化险为夷,不但没有造成严重的后果,甚至还从中意识到水路发展终将被铁路发展所取代的发展前景,此等勇于创新和积极进取的精神,实在是同辈青年之楷模啊!"

臧远航提到嗓子眼的心,这才放了下来,谦逊道:"吴将军过奖了!臧吴两家本是世交,我与俊锋曾经也是很好的朋友,他只是一时接受不了丧兄之痛罢了。"

吴光新不由点点头,赞赏地说:"你能这样想,是最好不过了。好在这些年,他虽然一直想从商业上打垮臧家,却并没有暗中进行人身攻击,行为也算是磊落坦荡了。只是他的性格,好像有些自私和狭隘了,我担心以后,还会惹出什么乱子来,可惜我又不在他身边。"说到这里,忽然迟疑了一下,又充满期待道,"如果真有那么一天,希望你能多担待些吧。"

臧远航郑重道:"吴将军请放心,我一定会的!"

吴光新亲热地拍拍他的肩,爽快地说:"那好吧,你马上去联系一下比利时银行,并准备抵押贷款的相关材料,至于担保方面,我可以随时奉陪!"

臧家庆兴奋道:"我得赶紧把这个好消息告诉我们部长去!"说完,率先迈出门去!

北京铁道部部长办公室内,一个梳着整齐的头发、面容周正的瘦弱男人,正埋头在文件间,不时发出沉重的叹息。

忽然,臧家庆一头闯进来,急切地说:"王部长,王部长。"

王部长苦笑道:"别烦我,沈先生又来信催促东陇海铁路的事情了,我现在是一个头两个大呢。"

臧家庆兴奋地说:"我正是为此事而来。如果不出意外的话,徐州至阿湖路段的资金,将由江苏省窑湾商会集资贷款!"

王部长闻言,双眼不由一亮,但还是不相信地问:"是真的吗?"

臧家庆郑重道:"千真万确!"边说边把那份《关于窑湾商会集资修建东陇海铁路的申请报告》拿了出来。

王部长颤抖着双手接过,匆匆看完后,脸上的愁容立刻一扫而光,同时惊喜地说:"太好了,这真是天大的好事啊!"然后又想到什么,担忧道,"虽然我知道窑湾人很有钱,但是从徐州到阿湖段,至少需要六百万,仅靠集资,怕是不够啊。"

臧家庆坦然道："你放心吧，部分集资，部分则抵押贷款。现在我本家侄子，即运河码头现任当家臧远航，已经开始着手准备运河码头的营业执照以及相关资料，即将和吴光新一起去比利时银行抵押贷款呢！"

王部长听了这话，眉毛就是一扬，同时诧异地问："皖系吴光新将军吗？"

臧家庆正色地说："正是此人！"

王部长赞赏道："直皖开战，已经不可避免！没想到吴将军还能在这关键时刻，关心东陇海铁路的建设，其心胸之豁达，见识之深远，真是同辈中无人能及啊！"

臧家庆疑惑地说："可是他本人和外界的传言，似乎大相径庭啊。"

王部长听了这话，立刻打开了话匣子，滔滔不绝道："我的亲弟弟，就是吴将军的好朋友，对他我是再清楚不过了。如果以后有人为北洋军写传的话，吴将军一定会排列在段祺瑞的附条之中，而且不会有几句好话。其实吴光新非常聪明，而且他是北洋系不太多的日本士官生，后又进入陆军大学深造，算是北洋军中履历最光鲜的几个人之一。正因为如此，他为人比较傲气，并且眼高于顶，再加上又是北洋之虎段祺瑞的妻弟，所以整个军界，没有几个人能入他的法眼。"

说到这里，他不由叹了口气，惋惜地说："他生性耿直、爱憎分明,经常当面让人下不来台,即使有人从中斡旋,他也毫不领情,所以尽管他文能安邦定国,武能驰骋沙场,但是他的人际关系,却坏到不能再坏了,甚至每当他立功受奖,大家都并不以为是由于他的勇气和谋略,而是将之归于其舅爷身份,久而久之,就形成了现在不太好的口碑,其实真相并非如此啊。"

臧家庆闻言,立刻恍然大悟,不由喃喃自语:"唉,众口铄金,这真是众口铄金啊!"

王部长忽然又想起什么,目光炯炯道:"我要去参加此次的抵押贷款签约。"

臧家庆朗声说:"那再好不过了!"

王部长意犹未尽道:"等签好贷款合同后,我要和你年轻有为的侄子臧远航,好好谈一谈关于东陇海铁路测绘和开工的相关事宜!"

臧家庆连声说:"好好好!"

第29章 大名鼎鼎的吴将军

北京饭店内,吴光新西装革履,带着王部长、臧家庆、臧远航,和比利时银行行长及代表们分坐两边。

双方做了自我介绍后,臧远航将"窑湾运河码头营业执照"和相关证明文件等递了过去。

比利时银行行长和代表们拿过文件,分别传阅后,经过认真协商,纷纷竖起大拇指,表示同意。

于是,银行行长爽快地拿出贷款协议,总共三百万!

臧远航看后激动不已,郑重签上了自己的名字,并盖了章。

随即,吴光新也在担保人一栏,毫不犹豫地签上了自己的名字,并盖了章。

然后,吴光新和比利时银行行长热烈握手,一时间掌声四起。

早已等候一旁的记者一拥而上,刹那间,镁光灯此起彼伏,将两人握手的镜头永远定格了下来。

随即，北京各大报社内，以"在中国军事四强人之一吴光新将军的担保下，江苏窑湾与比利时银行签订贷款协议，陇海铁路最后贷款终于到位，全线通车指日可待"为内容的报纸一份份被印刷出来，发行于大街小巷！

铁道部部长办公室内，王部长和臧家庆、臧远航伯侄二人，正站在《中国铁路线路图》前。

王部长指着虚拟的东陇海线路图，郑重地说："徐州到海州这段路线的设计，是想要将铜山、土山、窑湾、棋盘、阿湖、海州等六座经济最发达的地方连成一条线……"

臧远航一边听着，一边认真地在随身的笔记本上记录着什么。

窑湾臧家大院客厅内，臧家梁读着报纸，看到儿子的照片，眼前不由浮现出当年自己和欧洲五国代表签约的情形：

北京饭店内，以臧家梁为代表的中方代表身着西装，和洋人代表分坐两边，室内正在进行激烈的谈判。经过唇枪舌剑，分别签订了合同，两人热烈握手，掌声四起。

立刻，早已等候一旁的记者蜂拥而上，刹那间，镁光灯此起彼伏，将两人握手的镜头定格了下来。

随即，北京各大报社内，以《窑湾与欧洲五国签订粮食换石油合同》为头版头条的报纸一份份被印刷出来，发行于大街小巷！

臧家梁想到这里，脸上不由浮现出深深的笑意来。

历史总是惊人地相似,却又与以前有诸多不同。

正是这诸多不同,才促进人类社会不断发展,即便有再大的阻碍,也依然抵挡不住前进的滚滚洪流!

吴家盐行内,吴俊锋正在埋头处理文件。

忽然,崔玉存一脸心事地走进来,胆怯地将报纸放在他的办公桌上。

吴俊锋刚扫了一眼,双眼立刻就睁得好大!

他颤抖着双手,下意识地把报纸抓在手里,只见上面清清楚楚写着:"在中国军事四强人之一吴光新将军的担保下,江苏窑湾与比利时银行签订贷款协议,陇海铁路最后贷款终于到位,全线通车指日可待!"

崔玉存看着他的脸色由白变青,又由青变红,吓得大气都不敢出。

不知道过了多久,吴俊锋才一拳砸在报纸上,不由仰天长叹一声:"我的好三叔,到底我是你侄子,还是臧远航是你侄子啊!"

河北省张北县城门口,陆元榜提着一只藤条箱,恋恋不舍地走了出来。

却没想到,两边的道路上,站满了前来送别的父老乡亲。

他正茫然之间,忽然快速跑过来两队排列整齐的警察,恭敬地向他敬了个礼。

随即,当地一位德高望重的老举人,带领着两位年轻力壮的小伙子,举着一把直径约丈余、红绸黑顶的"万民伞",缓缓而来。

万民伞上,签满了当地乡绅与知名人士的名字。

陆元榜顿觉喉咙一疼,连忙迎了上去,哽咽地说:"老举人!"

老举人动情道:"陆县长,自从你来到我们张北县后,政治清明、道德高尚,不但把此地治理得井井有条,还让老百姓都过上了富裕的日子。得知你离任,大家都很难过,就自发做了这把万民伞。此去窑湾,路远水长,你就用它遮风挡雨吧。"

陆元榜鼻子一酸,当即就流下了眼泪,感动地说:"谢谢父老乡亲们!"然后,他用力擦了擦,郑重地接过了凝聚当地老百姓深情的万民伞。

临别之际,那些上了年纪的老人和脆弱的女人,不禁流下了离别的眼泪。

陆元榜的泪水更是肆意奔流,却怎么也擦不干净。

他唯一能做的,就是面对曾经朝夕相处的父老乡亲们,深深地鞠了一躬!然后转过身,一步三回头地走上大运河堰,走上运河码头,走上了一艘自北向南的客船。

在津浦铁路上,忽然伴随着一阵轰隆隆的声音,一列火车由北向南呼啸而来,并逐渐放慢速度,缓缓驶进了徐州府站。

站台上候车的人群，在车站工作人员的指挥下，很快排成了两条长龙。

与此同时，车上的旅客也陆续走了下来。

臧远航和陆元榜提着行李箱，随着人流走进站台。

陆元榜深深吸了一口气，然后回过头去，望着津浦铁路和陇海铁路交汇处，不禁深深吸了一口气。

臧远航不无自豪地问："自从陇海铁路通车以来，你还是第一次回家吧？"

陆元榜点点头："是的。"然后又放眼四周，感慨地说，"津浦铁路自1908年开工，1911年接轨，北起天津，南至浦口，全长一千零九公里，是目前国内最长的一条铁路线，亦是纵贯南北的主干线。另外，其地理位置和战略意义也非常重要，可谓'北接畿甸，南贯江淮，扼江海之咽喉，握三省之命脉'啊！"

臧远航连声附和道："是啊是啊！"然后又无限憧憬地说，"一旦东陇海铁路修好通车，纵贯南北和横贯东西的两大主干线就可以完整并会，再与陆上丝绸之路和海上丝绸之路的枢纽大运河交相辉映，就可以串起大半个中国了。窑湾将因此成为中国丝绸之路不可或缺的交汇点，大大提升其与沿途国家和地区经济贸易往来，成为国际化大都市指日可待！"

陆元榜听了这话，不由赞赏地望了他一眼。

于是，两人相视而笑！

市礼堂市长办公室内,陆文安和臧家梁正在闲聊。

在他们面前的桌子上,放着一张吴光新、王部长、臧氏伯侄与比利时银行签订贷款协议的报纸。

臧家梁充满期待地说:"现在事情办得差不多了,远航也该从北京回来了。"

陆文安郁闷道:"你担心什么?你家远航是一定会回来的,我家元榜还不一定呢。"

正在这时,邵秘书兴冲冲走进来,一脸喜色地说:"陆市长、臧会长,你们看外面是谁?"

陆文安和臧家梁同时一喜,连忙迎出门去。

第30章 又不是头婚

市礼堂院内，臧远航和陆元榜手提着皮箱，肩并肩站在门口。

他们看到各自的父亲，异口同声地喊道："爸爸，我回来了！"

臧家梁不由惊喜地说："远航！"

陆文安也激动道："元榜？"然后又疑惑地说，"我这不是做梦吧？你真的回来了？"

陆元榜连忙快步迎上去，同时紧紧握住父亲的手："爸爸，你不是做梦，我回来了。"

陆文安情不自禁地叹了口气，抹了抹眼泪说："六年，整整六年了！自从你从英国回来，就受在张北县运河码头做生意的窑湾商人推荐，连家都没回，就直接去了那里。这些年我和你妈你妹妹，不知道有多想念你呢。"望着他的身后，关切地问，"对了，我的大孙子和他妈呢？"

陆元榜连忙道："他们怕回窑湾后，再去北京外婆家就不容易了,所以先到那边待个一年半载的再回来。"

陆文安这才放下心来,忽然又想起什么,苦涩地说:"你是回来了,可是你弟弟元样,自从黄埔军校毕业后,也一晃好几年没回家啦。都不知道他的心里,到底还有没有这个家!"

陆元榜连忙安慰道:"爸,你别难过,我和元样虽然几年没回,但是我们无时无刻不在挂念着你,挂念妈和慧珊,还有窑湾的一草一木!只是因为交通不方便,回家一次舟车劳顿,实在是费时费力。不过你放心,等我们窑湾修好了铁路,就算我们走到天涯海角,也是天涯咫尺!"

陆文安这才转忧为喜,连连点头说:"也是啊。"然后又转过头,竖起大拇指称赞道,"远航,你真是太棒了,竟然连大名鼎鼎的吴将军,都请出山了。要知道当年,就连我和你父亲,想要见他一面,都很困难的呀。"

臧家梁点点头:"是啊,不过只要是他认定的事情,就算再大的困难,也一定会帮忙的,更何况是修建东陇海铁路这样利国利民的大好事呢。"说到这里,忽然想起什么,又问,"对了,我看报纸上说,铁道部王部长都亲自接见你了?"

臧远航兴奋地说:"是啊是啊!他听说我们窑湾商人集资建铁路后,非常高兴,不但参与了贷款合同的签订,还和我与家庆大长谈了很久。他让我回窑湾后,把主要精力放在东陇海铁路线的精确测绘上,至于其他有关事项,由他出面和政府方面协商。"

陆文安闻言，望了儿子一眼，当即欢喜道："好，这可真是好钢用在刀刃上了！"

臧家梁却担忧地问："可是远航，你只会管理码头，至于铁路方面，可是一窍不通啊。"

陆文安自豪地说："放心吧，我家元榜，可是英国铁路测绘工程专业的高才生呢。要不是实在看不惯铁道部内部的黑暗，他才不会转行去当县长呢。这下好了，终于有用武之地了。"

臧家梁这才想起什么，惭愧地一拍脑袋，恍然大悟道："看来，我真是老糊涂了，连这茬儿都忘记了。"

陆文安又叮嘱儿子说："你这次回来，教育改革的事情先放一边，可要好好帮助远航，把东陇海铁路修好，至于商会这边，由我和远航出面，你就不用担心了。"

陆元榜双腿一并，敬了个军礼，然后调皮道："保证完成任务！"

陆文安和臧家梁父子见状，不由哈哈大笑。

陆元榜望着他们，也不好意思地笑了！

这个漂泊在外的游子，一旦回到家乡，回到父亲身旁，原先为官一方的成熟稳重，立刻就变得如孩童一般率性而为了！

笑罢，陆文安忽然想起什么，对儿子说："快回家吧。慧珊听说你回来，一早就带着孩子回娘家了；你妈听说你今天回来，天还没亮就起来做饭了。"

陆元榜闻言，欢喜道："那我得赶紧回去了。"边说边转过身，跟在父亲身后，大踏步走出了门。

臧家梁见状，也催促儿子说："我们也回去吧。"

臧远航点点头道："好！"忽然想起什么问，"佩芸回来了吗？"

臧家梁摇摇头，为难地说："没呢，还在娘家帮她妹妹带孩子呢。"

臧远航听罢，立刻将行李箱往父亲怀里一塞，同时急切道："爸，你先帮我带回家，我得看看佩芸去。"

臧家梁不由一呆，随即责怪地说："你奶和你妈也盼着你回呢……"

但是此刻，臧远航早就三步并作两步跑出了门！

臧家梁望着他的背影，不由苦笑着摇了摇头。

当天晚上，徐家大院内。

徐佩芸挽着衣袖，端着一盆刚洗好的尿布，正往晾衣绳上晾晒。

忽然，臧远航提着大包小包的东西，兴冲冲地走进来，深情地呼唤道："佩芸！"

徐佩芸蓦然回首，不由惊喜地说："远航，你回来了？"边说边迎上去，亲热地接过他手里的东西。

然后,两人相视一笑,一切尽在不言中!

徐家客厅内,用人已经摆好了丰盛的饭菜。

徐立春夫妻和儿子陆续来到饭桌前坐下。

徐佩剑对着一盘地皮菜炒鸡蛋,吸了吸鼻子,调皮地说:"真香啊。"边说边捏了一块放进嘴里。

徐立春佯装呵斥道:"那么大的人了,还没有一点规矩!"

柳兰香立刻护短:"这个季节的地皮菜确实很鲜美,连大人看到都流口水,更别说孩子了。"

徐佩剑趁机再次捏了块地皮菜,飞快地放进嘴里,并朝父亲扮了个鬼脸。

两个大人见状,都笑了起来。

忽然,徐佩萍抱着女儿走进来,却是面无表情的。

刚才饭桌前活泼的气氛,立刻就凝固了。

正在这时,门外忽然响起一个响亮的声音:"岳父岳母。"

与此同时,臧远航和徐佩芸肩并肩地走了进来。

徐立春闻讯抬头,立刻惊喜地说:"远航,你回来啦。"

柳兰香也热情地招呼道:"远航,快来一起吃饭。"

徐佩剑则直接迎上去,撒娇地说:"姐夫,你给我带了什么好东西呀?"

臧远航连忙递过一个礼物盒道:"这是市面上最新款的,喜欢吗？"

徐佩剑拿出一乌黑锃亮的玩具枪，兴奋地说："喜欢，太喜欢了，谢谢姐夫。"

徐佩芸开始分发剩下的礼物，边发边说："这是爸爸的茶叶，这是给妈妈和佩萍的绸缎，这是给宝宝的奶粉。"

徐立春夫妇接了礼物，全都欢天喜地的。

只有徐佩萍淡淡地"哦"了一声，脸上却掠过一丝伤感。

徐佩芸见状，故意逗她说："佩萍你看，这奶粉还是进口的呢。"

徐佩萍却摇摇头，苦涩道："这不算什么。俊锋要是把我们接回吴家，肯定买得比这更好呢。"

听了这话，众人不禁面面相觑。

柳兰香为了打破尴尬，连忙招呼大家说："菜都凉了，快坐下来吃吧。"

但是接下来，大家虽然吃着饭，气氛却有些沉闷。

徐立春便没话找话道："对了，远航，我听说你的《关于窑湾商会集资修建东陇海铁路的申请报告》，铁道部已经批下来了。"

臧远航连忙说："是啊是啊。"

徐立春开心道："那太好了！交通便利了，以后我们的甜油生意，就会越做越大了。"

臧远航点点头，但还是有些担忧地说："虽然我已经与比利时银行签订了贷款合同，但只是解决三百万，另外三百万，还得由商会集资，不知道商户们愿意不愿意？"

徐立春爽快道："这么利国利民的大好事，当然愿意啦。"说到这里，忽然想起什么，迟疑了一下说，"不过呢……"

恰在这时，徐佩萍刚伸筷子想要吃菜，盼盼忽然伸了小手，想要抓盘子里的菜。

徐佩萍几次阻止不成，便有些不耐烦了，用力打了她几下。

盼盼吃痛，便"哇"的一声大哭起来。

徐佩芸连忙将孩子抢过来，并拍了拍她的身子，爱怜地哄劝着。

柳兰香眉头不由一皱，不满地责怪说："孩子还那么小，你不要动不动就打她。"

徐佩萍却没好气道："不打还能惯着吗？就像你当初惯着我一样，要什么给什么，所以才把我一辈子给毁了，我可不想让女儿像我一样！"

柳兰香立刻心虚地说："我哪有惯着你？"

徐佩萍正在气头上，便愠怒道："你还说没有惯着我？当初要不是你……"

柳兰香闻言，不由胆怯地扫了大女儿一眼，然后弱弱地说："佩萍，你胡说什么！"

徐佩萍委屈极了，张了张嘴，似乎还想说什么。

徐立春一看母女俩就要吵起来了,连忙呵斥道:"行了,家和万事兴,你就少说两句吧!"

徐佩萍听了这话,眼圈却一下子红了,然后委屈地说:"我知道你们都嫌我在家丢人现眼,早就想撵我走了,呜呜呜。"边哭便站起身来,负气而去。

臧远航和徐佩芸不由对视一眼,同时摇了摇头。

夜幕已经降临了,徐家大院门口。

臧远航正在与徐家人道别:"岳父岳母,天不早了,你们回去吧。"

徐立春点点头,然后吩咐女儿道:"佩芸,送送远航吧。"

徐佩芸"嗯"了一声,便和臧远航肩并肩地走了出去。

柳兰香望着他们的背影,不无遗憾地说:"远航真是越来越有出息了,当初佩萍要是嫁给他,一定会很幸福的吧。"

徐立春瞪了她一眼,愠怒道:"你还有脸提那茬儿?"

柳兰香自知理亏,连忙闭了嘴。

第31章　复婚

此刻中宁街上，各家店铺门前都挂起了红灯笼，映衬得街景有些梦幻。

臧远航迟疑了一下，还是说道："佩萍好像有些变了呢？"

徐佩芸苦笑道："能不变吗？她刚生过孩子，身子本来就虚弱，再加上俊锋迟迟不来接她，更是心急上火。我真担心，再这样下去，她会被拖垮的。"

臧远航郁闷地说："俊锋怎么能这样呢？要不，我去和他谈谈。"

徐佩芸摇摇头道："我早就和他谈过了，我爸把能找的人也都找了，没用的。说起来，这桩婚姻，本来就是个错误吧。"

臧远航忽然站定，郑重地说："你放心，我们的婚姻，一定会是最正确的。现在我们家，已经开始筹备婚礼了，我一定要把你风风光光地娶进门。"

徐佩芸责怪道:"要那么风光干什么?我们只是复婚,又不是头婚。"

臧远航调皮地说:"可是我头昏啊!"说完,便伸出胳膊,轻轻把她拥入了怀。

徐佩芸倚靠在他肩头,感觉说不出的幸福与满足。

上午时分,市政府礼堂内,三百六十余家商户代表济济一堂,个个表情都很庄重和严肃。

臧远航站在主席台的麦克风前,望着台下大多比自己年长的中老年前辈,心里有不免有些紧张。要知道,这可是他当选商会会长后,第一次主持如此大规模的会议呢。

好在,台下的陆文安、臧家梁、徐立春和陆元榜等人全都微笑地望着他,眼神中充满了鼓励。

臧远航这才略感安慰,清了清嗓子,然后缓缓开口道:"各位,今天召集大家来开会,主要是把修建东陇海铁路的事情,正式提上日程。"

听了这话,商户们全都兴奋起来。只有吴俊锋的脸色,顿时变得铁青!

臧远航看到大家的反应,心里立刻就有了底。

他示意大家安静,然后继续说:"大家都知道,我们窑湾之所以能有今天的繁荣,主要得益于大运河水路运输。但是随着经济的迅速发展,仅靠水路运输,已经无法满足货运的需要。在此之前,铁道部曾经计划从徐州到海州修建一条东陇海铁路,以我们窑湾为中心,由西向东,把铜山、土山、窑湾、高流、阿湖、牛山、海州等经济发达的要镇,连成一条经济带,最低需要六百万。只是因为第一次世界大战的影响,荷兰政府贷款迟迟没有到位。所以前不久,我去北京递交了一份《关于窑湾商会集资修建东陇海铁路的申请报告》。现在,铁道部已经批准了我们的报告,并且,在吴光新将军的担保下,我将自己名下的运河码头抵押出去,从比利时银行取得了三百万的贷款。但是,仍然有三百万的空缺。为此,我接受了铁道部王部长的建议,拟以窑湾商会的名义,成立铁路公司,向窑湾及周边商户们集资,不知道各位意下如何?"

吴俊锋听到这里,双眼气得通红,像是要喷出火来一般!

其余商户们闻言,却全都摩拳擦掌起来,并踊跃发言!

商户甲说:"同意!"

商户乙说:"同意!"

商户丙说:"同意!"

其余的商户们,也纷纷附和说:"同意!"

一时间,偌大的礼堂内,"同意"声此起彼伏,不绝于耳!

吴俊锋的脸气得青一阵,白一阵!

他听到这里,再也忍不住了,大声说:"我不同意!"

此言一出,所有人都愣住了!

臧远航早就料到他会这样，便字斟句酌地劝道："俊锋兄，你仔细想想，自古以来，窑湾到海州这条千年古盐道，凝集多少代运盐工的心血和汗水啊。可是只要修建好东陇海铁路，运输条件就会好转，那些运盐工就不用如此辛苦了。同时窑湾以及周边的老百姓，吃盐就会更加方便了呀。"

吴俊锋却冷哼一声，厌恶地说："我知道你恨我一次次与臧家为敌，所以故意搞出了什么修铁路，表面上是为了窑湾经济的发展，说白了就是想要公报私仇，砸我们盐行的生意，搞垮我们吴家大院！"

众商户听了这话，全都倒吸了一口凉气：这帽子扣得实在有些大了！

臧远航却并不恼，而是微微一笑道："俊锋兄此言差矣！修了铁路后，最先受冲击的并不是你们盐行的生意，而是我们码头的水路运输。"

众商户闻言，全都点了点头，纷纷附和说："是啊是啊。"

吴俊锋张了张嘴，却说不出一句反驳的话来。

臧远航接着说："但是我身为商会会长，应该从大局出发，并不能因为自家的生意，阻碍窑湾经济的飞速发展。"

吴俊锋却讥刺道："你是大商，所以逐名；我是小商，所以只逐利！"

臧远航苦笑着说："那你让各位评评理，臧家和吴家，到底谁是大商,谁是小商?"

众商户清一色回道:"当然臧家是小商,吴家是大商了!"

吴俊锋闻言,气得脸都绿了,恼羞成怒地说:"小商也好,大商也罢,总之我只想赚我的钱,没他那么伟大!"

众商户听了这话,全都不屑地望着他,议论纷纷。

王建平撇了撇嘴道:"竟然反对如此利国利民的大好事,真是太自私了!"

吴俊锋当即反唇相讥说:"姓王的,看你那兴奋劲儿,修铁路与你们钱庄有啥关系?"

王建平立刻严肃起来,正色道:"与我关系大了!修了铁路,运输方便了,商户们赚的钱就更多了,存在我们宝通成钱庄的钱,就更多了呀。"

众商户纷纷竖起大拇指,点头称是。

吴俊锋见状,越发愤怒了,咬牙切齿地说:"总之,我坚决不同意修铁路!"

臧远航耐心道:"俊锋兄,我理解你的感受,就像当初我们臧家也反对修铁路一样。但是一个家族的利益是暂时的,整个窑湾的发展却是永远的!所以,我们绝不能为了一己之私,置大局于不顾呀!"

吴俊锋斩钉截铁地说:"我说了我没有你那么伟大!总之,我还是那句话,绝不允许你们在窑湾修铁路,说到做到!"

众商户见他态度如此强烈,不由面面相觑。

臧远航见他毫无回旋的余地,便也朗声道:"这件事铁道部批文已经下来了,不是你反对就可以阻止得了的!"

吴俊锋一字一顿地说:"姓臧的,那我们就走着瞧吧!"

他撂下这话,便冷哼一声,扬长而去!

此言一出,所有人都惊呆了!

臧远航沉吟片刻,便安慰大家道:"既然各位都支持集资修建,那就放宽心吧,铁路取代水路是历史的必然,任何人的反对,都只能是'螳臂当车,不自量力'!我们接下来的任务,就是一边筹集修路资金,一边对徐州到阿湖路段,进行更加详细的测绘!"

运河码头管理处不远处的一栋建筑物前,张灯结彩、鞭炮声声、人来人往,十分热闹。

只见门楣上方,用遒劲有力的字体,写着"运河铁路商办公司"字样,门两旁是一副对联:上联"依大运河水路,千年成就苏北小上海基业";下联"据东陇海铁路,十载迈入国际大都市行列"!

臧远航、陆元榜等人笑容满面地站在门口,热情地迎接来往宾客。

在一阵噼里啪啦的鞭炮声中,商户们浩浩荡荡地走了过来。

王建平率先抱拳说:"各位,辛苦了。"

臧远航连忙回礼道:"建平兄,快请进。"

王建平指着门前的对联，不禁念出声来："依大运河水路，千年成就苏北小上海基业；据东陇海铁路，十载迈入国际大都市行列！"然后一竖大拇指，称赞说，"这是谁写的，实在是太有气魄了！"

臧远航谦虚道："小弟写的，实在惭愧，对仗好像不太工整。"

王建平却打趣地说："真是文如其人呢。这对联也像你一样，很有创新意识呀。不过十年太长了，我们要只争朝夕，哈哈哈。"

众人闻言，也都跟着哈哈大笑起来。

笑罢，商人们走进房间，在"东陇海铁路修建集资箱"前，有的拿出银票，有的拿出大洋，有的则直接拿出了支票。

臧远航和徐佩芸等人飞快地记录着每个人的捐款金额。

不一会儿，就筹满了整整一大箱！

陇海铁路和津浦铁路交汇的徐州府站，南北和东西火车吐着黑色的烟雾，轰隆隆交汇驶过。

臧远航背着沉重的测绘器材，陆元榜手里拿着"东陇海铁路测绘图纸"，等站台恢复平静后，两人对视一眼，便带着几个人，沿着陇海铁路的断点，一路向东出发！

风雨中，他们在河水里测量着。

烈日下，他们在田野里测量着。

风和日丽中，他们在村庄里测量着。

他们一边测量，一边极目四望，不断地交谈着。

经过长期奔波，他们一个个又瘦又黑。

随着时间的推移，他们从徐州，经过铜山、土山、窑湾、高流，最终到达阿湖。

至此，全程测量终于结束了。

臧远航和陆元榜站在阿湖的一块庄稼地里，不由长舒了一口气，一切尽在不言中！

三个月后，窑湾城北边臧口村和徐圩村中间地带。

臧远航和陆元榜等人，拿着勘探工具，再次反复测量着什么。

在他们北边，是一片郁郁葱葱的松树林，里面是数十里近百座大小不一的坟茔，里面最大的一处，立着窑湾徐家始祖、御用甜油制作人徐长泰的墓碑，这里是徐家祖坟。

在南边，是一栋古朴庄严的赣派建筑，上写"臧家祠堂"四个大字，里面摆放着历代臧家先祖牌位，其中最显眼的，是清初窑湾臧姓开山始祖臧应选！

臧远航和陆元榜两人，望望徐家祖坟，又望望臧家祠堂，表情甚是凝重！

过了良久，陆元榜才半是无奈，半是促狭地说："一个是你们臧家祠堂，一个是你岳父家的祖坟，看来你肩上的担子，可是不轻啊！"

臧远航略一沉吟，便哈哈一笑道："看来我与东陇海铁路的缘分，果然是不浅！"

第32章　病情已经很严重了

小蓬莱内，臧家梁父子和徐立春端坐在饭桌前。

臧远航指着桌上丰盛的佳肴，笑容满面地说："两位爸爸，这是我特意让小蓬莱最有名的大厨，专门为你们定做的最全套船菜。你们赶紧尝尝，还满意吗？"

臧家梁疑惑地问："你这段时间，整天和元榜东跑西颠，怎么有时间请我们吃饭了？"

臧远航却笑而不语。

徐立春沉吟片刻，也试探地问："莫非，你不想娶佩芸了？"

臧远航连忙摆手道："爸，你想到哪里去了？佩芸早就是我太太了，我和她年底就结婚了。这次婚礼，只不过是形式问题，怎么需要请你们二老吃饭呢？"

臧家梁和徐立春互望一眼，都有些摸不着头脑。

正在这时，陆元榜推门而入。

臧远航这才松了一口气，连忙招呼道："元榜哥，快请坐，快请坐。"

陆元榜落座后，便歉然地说："臧叔、徐叔，对不起，我来晚了。"

徐立春望了望他们二人，就更加奇怪了："咦，你们两个，不是成天在外面，给东陇海铁路搞测绘吗？今天怎么都回来了？"

臧家梁没好气道："快说吧，你们两个臭小子，到底想要耍什么花样？"

臧远航不好意思地笑笑，这才说："元榜哥，我怕他们揍我，还是你来说吧。"

陆元榜瞪了他一眼，只好硬着头皮道："臧叔、徐叔，是这样。现在经借贷和集资，六百万工程款已经全部到位。我和远航经过数月奔走，东陇海线线路基本确定下来了。但是你们知道，东陇海铁路是东西走向，我们窑湾西有大运河、南有骆马湖、东有护城河，典型的三面环水。反复勘测后，我们认为城北臧口村和徐圩村中间地带，是修铁路的绝佳路线。那里是一块空旷的庄稼地，不需要拆迁房屋；北边是徐家祖坟，南边是臧家祠堂，也不扰民清静。"

臧家梁和徐立春听到这里，终于明白了什么。

臧远航偷眼望去，见他俩面上并无不悦，便接口说："是啊，是啊，火车站就设在臧口村，名字我都想好了，就叫'窑湾火车站'！因为同时依靠大运河，等通车后，我们窑湾的战略地位，一定不亚于徐州呢。"

陆元榜犹豫了一下，还是小心翼翼道："可是那块庄稼地，是属于臧家和徐家的田产。所以，我和远航就请两位叔叔来商量一下，不知道你们愿不愿意出让？"

臧家梁和徐立春对望了一眼，两人表情十分凝重，却都没有吱声。

臧远航和陆元榜见状，同时紧张起来。

一时间，室内安静得有些可怕。

不知道过了多久，陆元榜终于打破沉默，试探地问："要不然，你们回去，与族里人好好商量商量？"

臧家梁却摇摇头说："我虽然不是族长，不过族里的本家各户，都有人在我们码头上做事，哪个不听我的？"

徐立春也悠悠道："我就是族长，商量也不过是走走过场罢了。"

臧远航试探地问："两位爸爸，你们是同意还是不同意啊？"

臧家梁表情严肃地说："在此修建铁路，有利于窑湾经济的持续发展，虽然肯定会影响码头的生意，不过也算是我们臧家为运输业做出的牺牲吧。"

陆元榜和臧远航闻言，不由大喜，异口同声道："你这是同意了？"

臧家梁点点头，爽快地说："当然！"然后又问亲家，"立春兄，不知道你意下如何？"

徐立春并没有直接回答,而是站起身来,"啪"地一拍桌子,然后大声喊道:"服务员!"

臧家梁父子和陆元榜茫然地望着他,一头雾水。

臧远航当即郁闷地问:"爸,你这是……"

恰在这时,服务员闻讯而来,恭敬地说:"徐老板,请问有何吩咐?"

徐立春朗声道:"今天这顿饭,由我请啦!"

服务员回了声"是",便退了出去。

其余三个,不由面面相觑。

臧家梁见状,便无奈地说:"立春兄,你何必破费呢?再怎么说,远航是你女婿,就算你不同意,吃他一顿饭,也是应该的呀。"

臧远航和陆元榜也连连点头道:"是啊是啊。"

没想到,徐立春却惊讶地说:"谁说我不同意了?"

其余三个听了这话,全都愣住了,随即便转忧为喜!

臧远航仍然有些不放心地问:"这么说,你是同意啦?"

徐立春立刻意气风发道:"那当然!自从北京通州的深水码头投入使用,我的甜油销量大增,特别是东南亚地区的订单,每天都像雪片一样飞来。油坊的规模,不到半年就又扩大了三分之一。以后窑湾要是通了铁路,运输方便了,我们徐家甜油,肯定也能在世界博览会夺得大奖!"说到这里,他望着面前两个后辈,鼓励地说,"所以,年轻人,我是你们修铁路的最坚定支持者!别说只是一块地,就算是分去我半个身家,都绝对没有问题!"

他说到这里，便率先举起了酒杯！

臧家父子和陆元榜立刻举杯相迎！

就这样，在觥筹交错间，东陇海铁路的进程，又向前迈进了一步！

中宁街，母婴用品店门口。

徐佩芸手里拿着新买的小女孩衣物，刚刚走了出来。

与此同时，臧远茹挽着坤包经过。

徐佩芸连忙迎上去，关切地问："大姐，你急急忙忙去哪儿呢？"

臧远茹诧异地说："佩芸，你怎么还在这里？佩萍病了！"

徐佩芸闻言，脸色当即大变，着急地问："啊？我早上出家门还是好好的，怎么就病了呢？"

臧远茹怜悯道："刚才你妈派人过来找涟泰，说佩萍忽然大口大口吐血，已经快不行了。"

徐佩芸脸色立刻变得煞白，迅速向家中飞奔而去！

徐家大院客厅内，此时已经乱作一团。

徐佩剑抱着不停啼哭的盼盼，一边摇晃，一边念念有词地哄道："不哭，不哭啊，盼盼不哭。"

恰在这时，徐佩芸疯也似的扑进来。

正在手忙脚乱哄小外甥女的徐佩剑，像遇到救星一般。

他立刻迎上去,哽咽地说:"大姐,盼盼一直哭一直哭,我怎么都哄不好。"

徐佩芸连忙接过孩子,同时连声问:"你二姐怎么样了?醒过来没有?"

徐佩剑摇摇头,难过道:"我不知道,涟泰哥在里面。"

徐佩芸闻言,连忙奔向西厢房。

与此同时,徐家后院西厢房却分外安静。

卧室内,徐佩萍脸色苍白、双眼紧闭地躺在床上。

赵涟泰坐在床边,正在给她把脉。

柳兰香焦急地站在床边,却是大气都不敢出。

徐佩芸急急忙忙冲进来,看到此景,只好强忍着眼泪,抱着孩子站在一旁。

终于,赵涟泰把完脉,便想要缩回手。

没想到,昏迷中的徐佩萍,却一把抓住他的手,紧紧不放。

她干裂的嘴唇,不断发出呓语:"俊锋、俊锋,你是来接我回家的吗?"

赵涟泰犹豫了一下,只好怜悯地说:"佩萍,你累了,好好休息吧。"

徐佩萍听了这话,憔悴的脸上,竟然闪过一丝孩子般的笑意,然后便用尽全身力气,艰难地睁开眼睛。

恍惚间,她竟然将赵涟泰的脸,真的看成了吴俊锋的脸,不由欢喜道："俊、俊锋，真的是你吗？你……来接我回家的吗？你知道吗？我给你生了个女儿，叫盼盼……"

赵涟泰顿时红了眼圈，不由哽咽地说："是的。"

徐佩萍还想说什么，却头一歪，又昏迷过去了。

徐佩芸心疼极了，早已经哭成了泪人儿。

柳兰香则一边捶胸，一边撕心裂肺地喊道："老天爷，是我这个当娘的做错事了。我不该虐待佩芸，不该让她们姐妹易嫁，要怪你都怪我，要天打雷劈你也劈我，为什么要让我可怜的女儿遭受报应啊……"

徐佩芸边哭边哀求说："涟泰，你可一定要救救佩萍啊，她还那么年轻。"

赵涟泰望着捶胸顿足的柳兰香，迟疑了一下，还是道："没有什么大问题的，只是产后身体虚弱，只要喝中药调理调理就行了。"

柳兰香闻言，这才略略出了一口气，终于停止了哭喊。

徐佩芸却眉头一皱，不相信地望着曾经的恋人。

相爱那么多年，她熟悉他脸上的每一处表情，包括善意的谎言。

赵涟泰却赶紧避开她的眼睛，掩饰地低头整理药箱。

午后时分，徐家大院门口。

赵涟泰提着药箱，神情疲惫地走了出来。

忽然，后面传来一个熟悉的声音："涟泰，你等等。"

这是自赵涟泰结婚后，对方第一次叫自己的名字。

他当即停住脚步，在片刻的愣怔过后，长长吸了一口气，然后面容平静地回过头去，轻声说："佩芸，有事吗？"

徐佩芸带着哭腔，难过地问："你和我说实话，佩萍的身体，真的像你刚才说的那样，没什么大问题吗？"

赵涟泰叹了口气，只好道："聪明如你，我知道是瞒不住的。实话告诉你吧，她身体是因为产后身体虚弱，饮食不规律，再加上肝气郁结，不幸患上了胃溃疡，病情已经很严重了。"

徐佩芸听了这话，眼泪迅速地涌入了眼眶！

好半天，她才凝聚起全身的力气，非常艰难地问："严重到什么程度？还有……救治的希望吗？"

赵涟泰点点头："希望是有的，但是必须让她规律饮食，按时吃药，并保持心情舒畅，身体才会慢慢恢复。"

徐佩芸听了这话，无奈道："可是她现在这个样子，怎么可能规律饮食，更不可能保持心情舒畅啊！"

赵涟泰严肃地说："她的身体撑不了多久了，如果不照我说的做，会有生命危险的！"

徐佩芸听了这话，再也忍不住了，"哇"的一声，放声大哭起来。

赵涟泰想伸手去扶她，但又缩了回来。

于是，他就这样和她保持着一定的距离，愧疚地望着她。

第33章 真是逆子

徐家后院西厢房外，徐佩芸一边想着刚才涟泰的话，一边迈着沉重的脚步。

当她终于走进妹妹的卧室，望着床上那张年轻而苍白的小脸时，不禁悲从中来，忍不住再次泪流满面。

忽然，徐佩萍缓缓睁开眼睛，诧异地问："姐姐，你怎么哭了？"

徐佩芸迅速擦干眼泪，掩饰道："眼里不小心进了沙子。"然后转移话题说，"你醒了？想吃点什么，我去给你做。"

没想到，徐佩萍却用尽全身的力气拉住她，然后虚弱地说："姐姐，别骗我了，我知道我快不行了，浑身都没力气呢。"

徐佩芸佯装嗔怒道："别胡说，你一定要好好的。你还要陪盼盼长大，要看着她出嫁呢。"

徐佩萍却苦笑着说："我怕是等不到那一天了。我只求在我死之前，俊锋能把我们母女接回家，也就心满意足了。"

徐佩芸安慰道："你放心，俊锋会接你回家的，他一定会接你回家！"

说这话时，她一脸坚定！

吴家盐行大厅内，人来人往，很是热闹。

徐佩芸阴冷着脸，气急败坏冲进来，然后大声喊道："吴俊锋，你给我出来！"

正在接待客人的崔玉存见状，连忙走过来说："对不起，臧太太，我们老板刚刚回家了。"

徐佩芸发狠道："今天就算他跑到天边，我也要找到他！"说完跺跺脚，便飞也似的追了出去。

与此同时，吴家大院客厅内。

吴光淮手里拿着一封信，脸色铁青地坐在八仙桌边。

窦玉美安慰说："他爸，你不要再生气了。"

吴光淮愠怒道："我能不生气吗？你养的好儿子！不但抛妻弃女，还如此自私自利！"

正在这时，吴俊锋急匆匆走进来。

他刚一进门，就非常不耐烦地说："爸，我正忙呢，你又找我什么事？"

吴光淮扬了扬信，没好气道："你以为我想找你？这是你三叔给你的回信！"

没想到，吴俊锋听了这话，却惊喜地说："三叔回信啦？"他边说边一把抢过信，但是看着看着，脸色却越变越差，然后生气地将信往地上一扔，恼羞成怒道，"三叔真是的，连这么重要的事情都不帮忙，我看他根本就不配做吴家的子孙！"

吴光淮听了这话，鼻子都气歪了。

他再也忍不住了，"啪"地一拍桌子，厉声道："不配做吴家子孙的人是你！你为了一己之私，竟然让他去比利时银行，撤销运河码头的贷款担保，并阻止铁道部修建东陇海铁路，你真是把我这张老脸都丢尽了！"他边说边狠命地扯着自己的脸皮，看上去非常愤怒。

吴俊锋却梗着脖子，不服气地说："爸，你明明知道，要是东陇海铁路真的修成了，那么从海州运盐就很便捷，一便捷，盐也就不值钱了，那么我们吴家也就没有现在的风光了！"

吴光淮强忍怒气道："你三叔信上不是说了，我们可以转行的呀，要是不想转行，你也可以去北京找他的呀。"

吴俊锋撇撇嘴说："我们花了那么大的气力，才好不容易从烟丝业转到盐业，转行是那么容易的吗？再说北京直皖之间现在斗得那么厉害，我看他都自身难保了，我才不去找他呢。"

吴光淮闻言，不由气得浑身颤抖，恨铁不成钢道："你这个逆子,想问题总是爱钻牛角尖。你知道我为什么一直很节俭吗?就是因为我知道,富不过三代,我们已经富了那么多代,就算以后受穷,也应该知足了!连这点都看不透,你读那么多书,都读到狗肚子里去了……"

他还想再说什么,忽然外面传来一个气恨恨的女声:"吴俊锋!"

吴家三人闻听此声,同时抬起头。

与此同时,徐佩芸也已经三步并作两步闯了进来!

吴俊锋十分诧异,下意识地问:"佩芸,你怎么来了?"

还在气头上的吴光淮,也顾不得儿子了,不无担心地问:"佩萍出什么事了?"

窦玉美也急急地问:"我小孙女还好吗?"

徐佩芸怒视着吴俊锋,一字一顿地说:"佩萍她一点都不好!"

吴光淮夫妻听了这话,同时吃惊地"啊"了一声!

吴俊锋却冷漠地道:"哦,不好就不好呗。"

徐佩芸见他这个样子,只好强忍了怒气,痛心说:"你知道吗?你再不把她接回家,她就有可能死掉的!"

吴俊锋却不以为然道:"哦,你说的就是那个欺骗我的女人啊,她是活还是死,早已经与我无关了。"说完这话,抬腿就要往外走。

徐佩芸见状,完全被激怒了,立刻拦住他的去路,同时尖声说:"你的心,难道真是石头做的吗?你的妻子徐佩萍,她现在得了胃溃疡,病情特别严重。可是她现在饭也不吃,药也不吃,天天哭哭啼啼的,再这样下去,会有生命危险的啊!"说到这里,她不由哽咽起来,声音也越来越低了,甚至带有某种哀求,"俊锋,你不要再固执了。就算你并不爱她,就算她当初骗了你,可是请你念在她那么爱你的分上,念在你们夫妻一场的分上,念在她为你生了一个女儿的分上,求你把她们母女接回来吧,好不好?"

她说到这里,再也忍不住了,不由泪流满面!

吴俊锋却冷笑一声道:"孩子姓吴,我可以接回来,但是至于其母,就免了吧。那个女人生时没有做吴家的人,死了也别想做吴家的鬼!"

他撂下这话,便冷哼一声,然后扬长而去!

徐佩芸望着他决绝的背影,不由就是一呆,然后绝望地蹲在地上,放声大哭起来。

吴光淮不禁捶胸顿足地说:"逆子啊,真是逆子!"

窦玉美却护短道:"说起来,也怨佩萍不争气,整天就知道哭哭啼啼的。"

徐佩芸听了这话,猛地停止了哭泣,狠狠地瞪了对方一眼。

窦玉美不自觉地后退了一步,心虚地说:"你、你瞪我干什么?"

吴光淮没好气道:"你儿子把人家妹妹害成那样,瞪你一下又怎么了？"

徐佩芸看他如此明事理，只好暗中握紧了拳头，将火气强压了下去，然后转身就走。

窦玉美望着她的背影，感觉自己扫了面子，便又追上去，不甘心地说："谁让她生了个赔钱货啊。要是生的是儿子，俊锋一准早就去接回来啦。"

徐佩芸听到"赔钱货"三个字，立刻僵住了！

然后，她猛地转头，咬牙切齿地问："你说谁是赔钱货？"

窦玉美虽然自知理亏，但也不是个轻易服输的人，便色厉内荏道："我没说错啊，闺女不都是赔钱货吗？"

徐佩芸再也控制不住自己的愤怒了，发疯般地怒吼道："你是佩萍的婆婆，我一直把你当长辈，所以就算明知道你在背后，怂恿慧珊与臧家作对，我也从来没有找你算过账。没想到，你不但不知悔改，还蹬鼻子上脸，那就别怪我不客气了！佩萍以前在娘家时，十指不沾阳春水，可是到你们吴家呢？不但每天要挑水劈柴，伺候你们一家老小，还要忍受你儿子的无理取闹，她能不哭哭啼啼吗？当初我嫁给远航时，臧家下了丰厚的聘礼，才把我八抬大轿抬进门的，我娘家可没赔一分钱。你说闺女是赔钱货，那么你当别人闺女时，不也是赔钱货吗？敢问当初你娘家到底赔了多少钱，才能把你嫁进吴家的？敢问你到底赔了多少钱，才把俊莹嫁进臧家的？"

窦玉美没想到这个一向礼貌温婉的女孩子，竟然发这么大的火,一时间怔住了。

她回过神来,即大声呵斥地说:"死丫头,你连我这个长辈都不知道尊重了吗?"

徐佩芸轻蔑道:"一个人是否值得尊重,从来不是因为辈分和年龄,而是因为人品和德行!"

窦玉美闻言,不由恼羞成怒地说:"你竟然敢说我品德不好,你这个有娘生没娘养的东西!"

徐佩芸最恨听到"有娘生没娘养"这句话,立刻涨红了脸,反唇相讥道:"我就算有娘生没娘养,也好过某些有娘生有娘养的人,一个财迷心窍、丧尽天良,去血洗辫子军的货船,一个心胸狭隘、抛妻弃女,被全窑湾人戳着脊梁骨骂!"说完,扬长而去!

窦玉美被气得一个趔趄,差点儿跌倒!

她索性一屁股坐在地上,然后双手拊掌,哭天抢地地唱起了"仰脸歌":"俊旺啊,你个不肖子,死了还让老娘我被人骂啊;老天爷啊,你真是开眼啊,没把这个女人嫁进老吴家啊,要不早就把我气死啦……"

第34章　推迟婚礼

徐家大院后院西厢房内,弥漫着一股浓烈的中药味。

柳兰香端着刚熬好的一碗药,爱怜地说:"来,把药喝了吧。"

徐佩萍心灰意冷道:"我这病已经这样了,喝药也没有任何意义了。"

说完,就一把推开了药碗。

柳兰香完全没有提防,碗"砰"的一声掉在地上,摔得粉碎,棕褐色的药汁洒了一地。

她又气又急,但是望着女儿的样子,也只能干跺脚。

正在这时,徐立春忽然走了进来,轻声说:"佩萍,你姐夫来看你了。"

跟在其身后的臧远航,一眼看到床上那个面色苍白的憔悴女人,想起她曾经的青春俏丽,不禁难过道:"佩萍,你好些了吗?"

徐佩萍抬起头,刚想说什么,却剧烈地咳嗽起来。

众人立刻大惊!

臧远航立刻说:"我去叫涟泰!"

柳兰香却摇摇头:"涟泰刚走呢。"

好在这时,徐佩萍终于停止了咳嗽,脸上现出少许的血色来。

她歉然地说:"姐夫,对不起。再过十天,你就和姐姐复婚了,可惜我却不能参加你们的婚礼。"

臧远航连忙安慰道:"只要你养好身体,比什么都好。"

徐立春听了这话,才一拍脑袋说:"哎呀,我把这件事忘得一干二净,我马上去请人来准备酒席。"

柳兰香也讨好道:"我也去首饰店和绸缎庄……"

没想到正在这时,门口却响起一个沙哑的声音:"不用了,我决定推迟婚礼!"

与此同时,徐佩芸抱着熟睡的盼盼,若无其事地走了进来。

听了这话,众人不由面面相觑。

臧远航的眉头,不由就是一皱。

徐立春不由焦急地说:"佩芸,这是大事,你可要想好了。"

柳兰香也附和道:"是啊,是啊。"

徐佩萍焦急地劝说:"姐姐,你不必为了我,再次放弃到手的幸福。"

徐佩芸爱怜地望着她，然后哽咽道："佩萍，你不要再说了。你是我最亲爱的妹妹，现在病成这样，连孩子都照顾不了，我怎么忍心丢下你们去结婚？等你病好了，也不迟的。更何况，婚礼对于我和远航来说，只不过是一个形式而已。我相信无论什么时候结婚，他都会让我幸福的。"说到这里，她转过头充满期待地问，"是吧，远航？"

臧远航尽管很不情愿，但是看着她坚定的眼神，以及徐佩萍虚弱的身体，只好勉强笑笑说："是的。"

大运河堰古银杏树下，天上飘着鹅毛般的大雪。

臧远航直直地站在雪地里，神情满是失落与忧伤。

此时，古银杏树上的叶子已经全部脱落，枝丫上堆满了厚厚的积雪。

河岸两边的芦苇荡也已经绿色全无，间或有几枝光秃的芦苇秆，在寒风中被吹得瑟瑟发抖。

河里也已经结了一层厚厚的冰，被困在码头周围的船只，像一幅静墨的山水画似的，纹丝不动。

所有的一切，都如他此刻的心境一般，看上去宁静而又忧伤。

臧远航不禁深深地叹了一口气，忽然伸出手，想要接住天上的飘雪，但是什么都没接到。

他便下意识地回头，这才发现，徐佩芸正撑着一把伞，双眼深情地凝望着他。

臧远航犹豫了一下，还是接过伞，然后给她紧了紧围巾，心疼地说："小心着凉。"

徐佩芸歉然道："我没有经过你同意，就擅自决定推迟婚期，你是不是很生气？"

臧远航坦诚地说："没有生气，不过真的有些失望，我们经过那么多挫折，才终于等到这一天啊。"

徐佩芸叹了一口气，诚恳道："我理解你的心情。可是你知道吗？佩萍是我唯一的妹妹。她虽然胆小脆弱，但是却心地善良。从她刚懂事起，只要看到妈打骂我，她一定会挺身而出，用小小的身子护住我。记得我九岁那年的冬天，我们家的条件还不太好。我爸外出谈生意，妈因为我做饭晚了，就劈头盖脸地打骂我，幸好佩萍闻讯赶到，我才没有被打死，但妈还是没让我吃饭，然后把我的棉衣棉裤脱光，关在黑灯瞎火的锅屋里。佩萍那年只有七岁，就知道半夜起来偷东西给我吃，还偷火柴给我点火取暖驱寒。我有时候想，要不是她，也许在那个寒冷的冬夜，我早就死掉了。现在她病得那样重，我若在这个时候去结婚，一辈子都不会原谅自己的。所以，我想等她身体好转之后……"

说到这里，她不禁哽咽起来，再也说不下去了。

臧远航看她的样子，也忍不住泪流满面了。

他将她的一双小手，紧紧握在自己的大手里，同时自责又担心地说:"对不起,是我太自私了,只想着自己的幸福,没有考虑你的感受。只是我们的感情经过太多的挫折,我好担心这一推迟,也许就是遥遥无期……"

徐佩芸将他的手紧紧按在自己的胸前,坚定道:"'死生契阔,与子成说。执子之手,与子偕老!'"

臧远航重重地点点头,动情地说:"执子之手,与子偕老!"然后情不自禁地举起她的手,深情地亲吻着她的指尖。

徐佩芸忽然想起什么,轻轻抽回自己的手,难过道:"爷爷奶奶和爸爸妈妈,一定会怪我的吧?"

臧远航安慰说:"你放心吧,我会解释的。"

第二天早饭时,臧家大院客厅内,堆满了彩灯和红绸,看上去一派喜气洋洋的景象。

但是臧家人坐在饭桌前,却个个神情沮丧。

郭文芳终于忍不住了,"啪"的一声将筷子放在桌子上,然后不满地说:"我越想越生气!复婚这么大的事,说取消就取消了!"

臧远航弱弱解释道:"不是取消,是推迟。"

郭文芳怒气冲冲地说:"我管她是取消还是推迟,反正这次,徐家让我们臧家很没面子!"

众人也纷纷附和道:"是啊,是啊。"

臧增福郁闷地说:"结婚请帖已经发了。"

曹秀英叹了口气:"亲朋好友都通知过了。"

臧家梁尽管心里不舒服,但还是无奈道:"现在亲妹妹重病在床,佩芸这样做,也正说明她是个重情重义的人。"

庄淑环却撇了撇嘴,幸灾乐祸地说:"重什么情义,我看她就是不想复这个婚!"

臧家栋点点头道:"我看也是。"

陆慧珊责怪地说:"爸爸妈妈,你们怎么可以这样说?远航条件那么好,现在不知道有多少女孩想要嫁给他,佩芸怎么可能不想复婚呢?"

臧远胜闻言,立刻小声嘟囔道:"你这话说得,怎么有点酸溜溜的?"

陆慧珊瞪了他一眼,没好气地说:"你这话说得就甜溜溜的了?"

臧远胜一下子就没了脾气,赶紧闭了嘴。

吴俊莹也表达了不同的意见:"想想也是可以理解的,她们两个姐妹情深,现在妹妹病成这个样子,姐姐怎么好结婚呢?"

臧远方不满道:"佩萍现在这个样子,还不都怨你哥!"

吴俊莹自知理亏,弱弱地说:"唉,我都劝了我哥多少次了,一点用都没有。"

庄淑环忽然想起什么,提议道:"对了,远航,上次我回娘家,看到我娘家的一个侄女,长得可真不错,我看你们不如……"

臧远航脸色一变,当即打断她的话,毫不客气地说:"二大娘,这话你也说得出口!当初要不是佩芸,我们臧家早就完了,哪里还有现在的红红火火!做人,不可以过河拆桥的!"

他说完这话,便霍然起身,拂袖而去!

庄淑环不由恼羞成怒道:"你……"

但是此时,臧远航早已经大步离开了。

庄淑环只好转回头,气急败坏地说:"你们看他,你们看他,怎么可以这样和长辈说话?"

但是众人纷纷吃饭的吃饭、喝汤的喝汤,根本没人理她。

庄淑环自觉无趣,只好气哼哼地说:"不吃了,气饱了!"

第35章　马上给我滚

当天晚上，中宁街绿豆烧酒馆内。

臧远航孤独地坐在角落里，一杯一杯地喝着闷酒。当他重又拿起酒壶时，滴了几滴就没有了。

于是，他"啪"地一拍桌子，大声喊道："小二，拿壶酒来！"

店小二闻讯，立刻拿着一壶酒跑过来："您慢喝。"

恰在这时，吴俊锋推门而入，同时高声喊道："小二，拿壶酒来。"

店小二连忙跑过来，一迭声地说："来了来了。"然后伸手拦住他的去路，并歉然地说，"对不起，吴老板，您的位子今天有人坐了，这边请。"

吴俊锋听了这话，倒也没说什么，只是淡淡地"哦"了一声，便想要往另外的座位走去。与此同时，他的双眼习惯性地瞟向原本属于自己的座位,就看到了曾经的好朋友!

此时,臧远航正在仰头饮酒,不,正确的说法是,"咕咚咕咚"灌酒!

吴俊锋忽然邪魅一笑,径直走过来,坐在他对面,然后挑衅地说:"哈哈,臧会长,今天不是你的大喜之日吗?春宵一刻值千金,怎么还在这里借酒消愁呢?"

臧远航并不理他,又拿起一杯喝了起来!

正在这时,店小二拿来了另一套酒壶酒杯。

吴俊锋只接了酒杯,却用手将酒壶一挡道:"这个不用了,我的好兄弟有。"

他说完这话,便很自然地将手伸向桌上的酒壶。

恰在这时,臧远航也刚好喝完一杯酒,将手伸向酒壶。

于是,两人都紧紧攥着酒壶,怒目而视,各不相让!

吴俊锋率先嘲弄地说:"怎么,你夺走了我的妻子,抢去了我的商会会长,还要修铁路断我家财路,我喝你点酒都不行吗?"

臧远航毫不客气地回敬道:"我这酒是给人喝的,不是给畜生喝的!"

吴俊锋闻言,立刻怒目而视!

然后,他"啪"的一声拍了下桌子,霍地站起来,恼羞成怒地说:"你说谁是畜生?"

臧远航也霍地站起来,直视着他的眼睛,反唇相讥道:"谁抛妻弃女，谁就是畜生！"

一时间，两人血红着眼睛，互瞪着对方，好像两只好斗的公鸡。

吴俊锋强词夺理地说："你搞清楚了！婚帖写得明明白白，我的妻子是徐佩芸，你的妻子是徐佩萍！抛妻弃女的畜生是你，而不是我！"

臧远航气得浑身发抖，愤怒道："佩萍真是瞎了眼！她原本是一个多么温柔善良的姑娘，要不是因为你，她绝对不会落到今天这个地步！就算当初她错了，也是因为爱你。难道她的这份真心，一点都感动不了你的铁石心肠吗？"

吴俊锋冷笑一声说："哼，感动？你的意思是，我被她欺骗了，我还要感动吗？"然后不自觉地提高了声音，充满妒意道，"你自从娶了佩芸以后，不但重新站起来了，一次次粉碎了我精心布置的霸占码头计划，还当上了商会会长，甚至连我自己的三叔，都帮你担保贷款，去修建什么劳什子的东陇海铁路，可谓春风得意、人生赢家呢！反观我呢，自从娶了该死的徐佩萍……"

臧远航听到最后几个字，顿感血脉偾张，当即咆哮道："你刚才说什么？有种你再说一遍！"

吴俊锋脱口而出："该死的徐佩萍……"

他话音还没落，臧远航就挥起一拳，重重地打了过去！

吴俊锋毫无提防，被打得当即一个趔趄，撞得旁边的桌椅板凳"哗啦啦"响成一片！

他好不容易才稳住身体,双手立刻捂着生疼的脸颊,咬牙切齿地问:"你敢打我?"

臧远航厌恶地说:"我打的就是你!"边说边又挥过去一拳!

吴俊锋急忙阻挡,但是到底有些心虚,更何况对方又喝了那么多酒!

虽然双方武功相当,但他还是很快就落了下风,倒在桌子底下了!

臧远航揪着他的衣襟,从桌子底下拖出来,一字一顿道:"有种你把刚才说的话,再重复一遍!"

此时吴俊锋已经被打得鼻青脸肿了,但还是嘴硬地说:"你、你休想!"

臧远航恨声道:"有胆做没胆当的东西!"然后冷哼一声,猛地将他扔回地上,重又坐回桌前喝酒去了!

吴俊锋狼狈万分地爬起来,恼羞成怒说:"臧远航,走着瞧!"

他撂下这话,这才转过身,逃也似的跑了出去!

入夜时分,吴家大院内空无一人。

吴俊锋浑身是伤地走进来,正想趁机溜进房间,没想到却听到身后传来一阵怒喝:"臭小子,你又去喝酒啦?"

与此同时,吴光淮铁青着脸,从一根柱子后面走出来。

吴俊锋不想让父亲看到自己脸上的伤，畏畏缩缩地想要用手挡住，同时支吾道："没、没有啊。"

吴光淮却立刻就发现了异样，猛地扯开他的手，吃惊地问："你和谁打架了？"

吴俊锋见瞒不住了，只好委屈地说："还能有谁？臧远航呗。"

吴光淮立刻明白了什么，愠怒道："他打你活该！佩萍病成那个样子，你连看都不去看一眼，我也想教训教训你这个逆子了！"

他说完这话，就抄起身边的扁担，狠狠地打了过去。

吴俊锋连忙用手去挡，边挡边辩解说："不要打，不要打，不是因为佩萍！"

吴光淮催促道："那是因为什么？快说！"

吴俊锋眼看扁担就要落到头上了，情急之中，便甩锅说："是因为、因为我想要阻止他修建东陇海铁路！"

吴光淮这才放下扁担，但还是没好气道："虽然你是为盐行生意考虑，但是这件事得到绝大多数商户拥护，连你三叔都鼎力支持，乃是大势所趋，你是无法阻止的！"

吴俊锋却执拗地说："如果我一定要阻止呢？"

吴俊旺恨铁不成钢道："你个逆子，怎么到现在还不明白呢？事到如今，除了臧徐两家，任何人都已经无法阻止了，当然也包括你，哼！"

他说完这话，便将扁担一扔，然后气哼哼地走了！

没想到吴俊锋闻言，却忽然眼睛一亮，反复念叨着父亲刚才的那句话："除了臧徐两家？除了臧徐两家？除了臧徐两家……"忽然他眼睛一亮，一拍脑袋说，"哎，我怎么就没想到呢？"

第二天一早，徐家甜油坊办公室内。

徐立春坐在办公桌前，看上去一脸忧伤。

忽然，沈掌柜推门进来，急急慌慌地说："老板，有客人……"

徐立春没精打采道："我正心烦呢，谁都不见！"

没想到，吴俊锋额头上贴着一块纱布，从沈掌柜后面闪过来。

他微微一笑，竟然语带讨好地说："岳父，你连我都不想见了吗？"

徐立春回头一看，脸色当即就变了。

只见他霍地站起来，愤怒地说："畜生！谁是你岳父？你还有脸来见我，马上给我滚！"

吴俊锋却并不着恼，而是拉了一张椅子，坦然地在他对面坐下，然后胸有成竹道："你表面上叫我滚，其实，心里很想让我把佩萍母女接回家，是不是？"

徐立春被戳中软肋，更加恼怒了。

他颤抖着手，哆嗦着嘴唇说："你、你、你……唉！"话还没说完，便颓然地跌坐在椅子上。

吴俊锋诚恳地忏悔道："岳父，我知道，以前是我不好，我对不起你,更对不起佩萍母女。我知道我错了,希望你能原谅我,同意我把她们接回吴家。"

徐立春闻言,双眼瞬间就亮了,但是旋即,又黯淡下来。

他望着这个所谓的女婿,冷笑一声,充满戒备地说:"虽然我老了,但是还没有糊涂。佩萍为你受了那么多罪,你从不为所动。现在却一改常态,莫非是另有所图?"

没想到,吴俊锋却一竖拇指,干脆道:"岳父大人果然明鉴!"

其实徐立春在说出这番话时,是非常希望对方能够否认的。

没想到,吴俊锋却诡秘一笑,将身体向前探了探,附在他耳边,轻轻说着什么。

徐立春听罢,不由吃惊地张大了嘴巴!

吴俊锋却退回座位,笑眯眯地问:"岳父,这笔生意很划算啊。怎么样,成交吧?"

徐立春的脸却涨得通红,睁大了眼睛,吃惊地望着他!

好半天,他才伸出颤抖的手指,咬牙切齿地说:"你、你、你乘人之危,真是太卑鄙了,想都不要想!"

吴俊锋得意地笑道:"不急、不急,岳父你回去慢慢想,反正我有的是时间,你女儿的病可是等不得了啊,哈哈哈!"然后,扬长而去!

徐家大院内,徐立春垂头丧气走进来。

与此同时,刘妈抱着一堆沾满血迹的衣物,叹了口气扔进洗衣盆内。

徐立春只扫了一眼,就看到那是小女儿的衣服!

他脸色立刻吓得煞白,三步并作两步向客厅走去。

傍晚时分,徐家大院后院西厢房,不时传出一阵阵哭喊声.

徐佩芸正哄着盼盼,但是孩子似乎受了惊吓,仍然哭闹不止。

徐佩萍虚弱地躺在床上,紧闭着双眼,脸色却苍白得吓人。

柳兰香则徒劳地哭喊着:"佩萍,是妈不好,都是妈不好啊……"

徐立春"砰"的一声打开房间,见此情景,吓得声音都变调了:"怎么了怎么了,佩萍怎么了?"

徐佩芸哽咽地说:"一天到晚念着俊锋,饭也不吃,药也不吃,刚刚又吐了好多好多的血。"

徐立春不由失声惊叫道:"啊?"然后泪流满面地说,"可怜的孩子,你怎么那么傻啊?"

恰在这时,睡梦中的徐佩萍,忽然发出一声囈语:"俊锋,俊锋,俊锋……"

徐佩芸难过地说:"你看,她稍一清醒,就要俊锋来接她回吴家。"

徐立春不由一怔,随即发狠地说:"你不要再想着他了,他是不会来的!"

但是徐佩萍似乎并没有听到父亲的话，仍然在兀自叫着："俊锋，俊锋，俊锋……"

徐立春不由痛苦地哀叫道："老天啊，我徐立春到底做错了什么，你要这样惩罚我！"

他话音还没落，徐佩萍忽然痛苦地睁大眼睛。

柳兰香连忙叫道："醒了醒了，佩萍醒了。"

但是没想到，徐佩萍竟然"呕"的一声，再次吐出了一大口鲜血！

柳兰香立刻吓得尖叫起来，同时把盼盼也吓哭了。

徐佩芸连忙把孩子朝继母怀里一塞，然后拿起盆子和毛巾，擦拭起血迹来。

一时间，屋内乱作一团！

徐立春不由仰天长叹，绝望地吼了一声："老天爷，你这是把我往死里逼啊！"然后咬了咬牙，跺了跺脚，抬腿就走！

徐佩芸见状，便手忙脚乱地说："爸，这次吐得特别多，你赶紧去找涟泰吧。"

徐立春头也不回地说："找也没用啊！她这是心病，心病还需心药医！"

说话间，他早已经冲到了楼梯口，并迅速冲出了家门！

此时，夜幕已经降临了。

吴家大门紧闭，和周围的景物一起沉浸在宁静的黑暗之中。

徐立春急匆匆走到大门外,猛烈地拍着门,同时发出一阵阵嚎叫:"吴俊锋,开门!吴俊锋,快开门……"

他歇斯底里的叫声,在黑暗的夜中传得很远很远。

整个吴家大院,都被从沉睡中惊醒了。

吴光淮夫妻连忙披衣从屋里跑出来,惊慌地连声道:"发生什么事了?"

吴俊锋也醒了,侧耳细听门外的叫声,脸上忽然露出一丝得意的笑容来!

第36章 我们一起回家吧

夜半时,徐家大院后院正房徐立春夫妻卧室内。

柳兰香躺在床上,刚刚把盼盼哄睡着。

忽然,大门外传来徐立春的声音:"开门哪,我回来了。"

柳兰香连忙把盼盼放在床上,出去开门。

她边开门边说:"是涟泰来了吧。"但是随即,她双眼一下子睁得又大又圆!

只见徐立春的身后,竟然是许久未见的所谓小女婿!

吴俊锋自知理亏,连忙赔笑道:"岳母,我来了。"

柳兰香回过神来,立刻像发疯一般,对他又打又抓,同时骂道:"谁是你岳母!你个杀千刀的,还有脸上门……"

徐立春连忙拉住她,同时无奈地说:"唉,别闹了……"

与此同时,徐家大院后院西厢房内。

徐佩萍床上和身上的血迹终于被清理完毕了,没想到她刚想要躺下,又是一阵剧烈的咳嗽。

徐佩芸强忍着泪,连忙拿来毛巾,心疼地帮她擦拭着。

没想到,毛巾上又显现出一大片一大片的鲜血。

徐佩萍惨然一笑,禁不住喃喃自语道:"姐姐,看来我真的是要死了。"

徐佩芸连忙端过一碗粥,安慰道:"快喝碗粥吧,喝了就会好起来的。"边说边舀起一小勺粥,想要喂她。

徐佩萍却摇摇头:"我喝不下。"然后又难过地问,"姐,你说我都病成这样了,俊锋怎么还不来接我呢?"

徐佩芸一阵心酸,却不知该如何回答。

好在这时,徐立春忽然推门进来,强颜欢笑地说:"佩萍,你看谁来了?"

姐妹俩同时抬头望去,竟看到吴俊锋赫然站在门前!

徐佩芸望了望他,又望了望父亲,一脸狐疑。

徐佩萍看到日思夜想的人儿就站在面前,刚才还无神的双眼,倏地就是一亮,苍白的脸上,也顿时泛起了红润,竟然呆住了。

好半天,她才惊喜地喊了一声:"俊锋?"然后将目光转向姐姐,急切催促道,"你快去拿梳子,我的头发好乱;再拿些胭脂水粉,我要去洗洗脸……"她边说边强打起精神,就要下床。

无奈因为身体太虚弱,刚一坐起,就差点儿跌倒了。

这个时候,徐佩芸连忙扶住她,关切地说:"佩萍,小心点。"

徐立春见状,便瞪了身边的女婿一眼。

吴俊锋犹豫了一下,这才勉强挤出笑容,缓缓走到床边。

然后,他仿佛下了很大决心似的,握住妻子的手,亲热道:"佩萍,对不起,前段时间,我到外面谈生意了,刚刚才回家,就过来看你了。"

徐佩萍憔悴的脸上,立刻浮现出一抹少女的红晕。

她邀功似的说:"你还不知道吧,我给你生了个女儿,长得可像你了,非常漂亮。"

吴俊锋看了看岳父,连连点头:"嗯嗯嗯,我听说了。"

徐佩萍这才想起什么,望了望身边,发现空荡荡的。

于是就焦急地说:"姐姐,你快去让妈把盼盼抱过来,俊锋还没看过她呢。"

吴俊锋连忙摆手道:"不用了,不用了,我刚才已经看过了,长得确实很漂亮。"

徐佩萍这才破涕为笑,娇嗔地说:"那就好,我还以为、以为你不要我们母女了呢。"

吴俊锋见她骨瘦如柴的样子,也有几分于心不忍,便安慰道:"怎么会呢?岳母正在给孩子收拾东西,你也收拾收拾,我们一起回家吧。"

徐佩萍简直不敢相信自己的耳朵,热切地问:"啊,你说的是真的吗？我不会听错了吧？"

吴俊锋点点头，郑重地说："你没有听错，我是专门来接你们母女回家的。"

徐佩萍转向父亲，将信将疑地问："爸，俊锋说的，可是真的吗？"

徐立春望着女儿充满期待的目光，顿觉喉咙一紧，重重地点点头："是真的！"

徐佩萍当即"啊"了一声，简直兴奋极了！

她原本想要说什么，但是刚张了张嘴，却因为太过激动，竟然一下子晕了过去！

徐佩芸立刻就慌了，连忙喊道："佩萍，佩萍！"

大家手忙脚乱了好久，徐佩萍才重又悠悠地醒过来。

这次，她已经没有说话的力气了，只是怯怯地望着自己的丈夫，并紧紧地、紧紧地握着他的手，看上去万分依恋。

正在这时，两个伙计抬来一副担架。

吴俊锋这才掰开妻子的手，小心翼翼将她从床上抱起来。

徐佩芸不由一惊，连忙问："你要干什么？"边说边想要走上去。

徐立春却拦住她，安慰地说："俊锋都准备好了，由他去吧。"

徐佩芸望着忙碌的吴俊锋，疑惑地问："可是他怎么会突然过来，并要把佩萍接回去了？之前我们找了他那么多次，他却是连话都不让人说完的呀。"

徐立春摇摇头,却欲言又止。

他苦笑道:"放心吧,以后,他一定会好好对待佩萍母女的!"

徐佩芸越发茫然,却也无可奈何。

很快,吴俊锋就把徐佩萍抱到担架上,然后把手一挥,两个伙计立刻抬起担架,径直向门外走去。

尽管徐佩萍被摇得一晃一晃的,但还是欢喜地说:"姐姐,我终于回吴家大院了,你记得把我的衣服用品,都整理好了送过去啊。"

徐佩芸连忙点头,强忍悲痛道:"放心吧,我会的。"边说边不放心地跟了上去。

徐家大院客厅外,柳兰香早已经抱着盼盼,等待多时了。

当担架经过时,吴俊锋伸出手说:"岳母,把孩子给我吧!"

柳兰香亲了亲孩子的脸蛋,非常不放心道:"俊锋啊,看在孩子的分上,你一定要好好对待我苦命的女儿啊。"

吴俊锋却连话都没有听完,就急急忙忙地走了。

徐佩芸正好赶到,见此情景,脸上的忧色就更重了。

柳兰香定了定神,忽然看到桌上的一件红色小披风,这才想起什么,连声说:"糟了糟了,披风忘记拿了,盼盼会冻感冒的。"

徐佩芸只好道:"我送去吧!"说完,便拿过披风,迅速冲出门去!

此时,徐家大院门外,直直地站着翁婿二人。

匆匆赶来的徐佩芸,立刻感到有些诡异,便停住了脚步。

好在,徐家大院门口的两个人,各怀心事,并没有任何的察觉。

徐立春厉声说:"你好好对我女儿,否则,别怪我不客气!"

吴俊锋冷冷地回道:"大家都是生意人,做生意最重要的就是诚信。只要你兑现答应我的事情,我自然就会好好对待你女儿,否则,也别怪我不客气,哼!"撂下这话,便抱着女儿,扬长而去!

徐立春气得浑身发颤,但也无可奈何,只能望着他的背影,咬牙切齿地低吼了一句:"畜生!"

徐家大院门内,徐佩芸把两人的对话,听得清清楚楚。

听到最后,她整个人都愣住了,甚至忘记了手中的小披风!

徐立春猛一回头,正好看到大女儿如失魂一般。

他不由就是一惊,结结巴巴地问:"佩、佩芸,你、你怎么在这里?"

徐佩芸这才回过神来,一字一顿地说:"你告诉我,今天吴俊锋,为什么突然来接佩萍了?"

徐立春支支吾吾道:"这……这……这个,佩萍是他太太嘛,他早就该来接了嘛。"

徐佩芸生气地说:"爸,我刚才都听到了,你不要再骗我了!实话告诉我,你答应他什么事情了?"

徐立春见瞒不过去了，只好硬着头皮道："对不起，佩芸。是爸太自私了，爸为了满足佩萍的愿望，答应吴俊锋，以铁路经过徐家祖坟会影响子孙后代风水为由，阻止远航修建东陇海铁路！"

徐佩芸闻言，不由就是一呆，随即不相信地问："你说的，可是真的？"

徐立春苦着脸，自责道："是真的。"

徐佩芸生气地说："爸，你怎么能这么糊涂呢？远航现在天天为修铁路的事奔忙，你身为岳父，却在背后拆台，这要是传出去，还不叫人笑掉大牙？"

徐立春惭愧道："我知道自己这样做，很对不起他，也对不起全体窑湾人。可是佩萍是我女儿，我不能眼睁睁看着她那么痛苦，我也是没有办法啊。"

徐佩芸痛心疾首地说："爸爸，那你有没有想过，就算你阻止远航修铁路，可是吴俊锋接佩萍回家，并不是心甘情愿的，只是把她当成掣肘你的筹码，怎么会对她好？你这样反而是害了她，你知不知道啊？！"

徐立春这才意识到情况的严重性，不由摊摊双手，六神无主道："可是接都接走了，现在怎么办呢？"

徐佩芸沉吟片刻，语气坚定地说："事关重大，我必须去告诉远航。"

第37章　谁把谁当猴耍

第二天凌晨时分,臧家香堂内。

臧家三代六名男丁,恭敬地站在祖先牌位前。

臧增福虔诚地在给香炉上了一炷香,刹那间,香堂内烟雾缭绕。

臧家梁神情肃穆地说:"当年,我代表商会去北京和欧洲五国签订《粮食换石油合同》前,也曾在这里乞求祖先保佑。从此,窑湾翻过新的一页,才有了现在的发展和繁荣。"

臧远航闻言,立刻神色庄严地跪在香案前,对着祖先牌位双手合十、顶礼膜拜道:"请臧家列祖列宗,保佑我此次北京之行,旗开得胜、马到成功!"

当天清晨,码头管理处总经理办公室内。

臧远航正在收拾办公桌上的文件,看上去十分着急。

正在这时,臧远方推门进来问:"远航,你找我?"

臧远航点点头说:"是的,大哥。"然后将一份文件递给他,郑重道,"麻烦你把这份报价单,送到蔡和兴印刷厂,先印一千份。"

臧远方爽快道:"好。"说完便转身离去。

臧远航立刻拿起文件夹及椅子上的衣服,大踏步往外走。但是刚推开门,却看到徐佩芸站在门口,两人差点撞了个满怀。

臧远航立刻惊喜地说:"佩芸,你怎么来了?佩萍好些了吗?"

徐佩芸避开他的目光,表情凝重道:"并没有好,但是昨晚,吴俊锋突然到我家,把她们母女接回吴家大院了。"

臧远航闻言,立刻就笑了。

他信心满满地说:"俊锋那小子,真是敬酒不吃吃罚酒!早知道这样,我就早点揍他一顿!"

徐佩芸惊讶地问:"你揍了他?"

臧远航坦然道:"是啊。我和俊锋一起长大,其实他本质上并不坏,只是钻了牛角尖……"

徐佩芸苦笑着摇了摇头,小心翼翼地说:"不谈他了。我来想问你一下,修建东陇海铁路的事,进行得如何了?"

臧远航兴奋道:"完全没有问题!窑湾及周边商人的集资,已经超过三百万,再加上我们运河码头的贷款,已经远远超过工程最低造价预算了。昨天我接到家庆大电话,让我和元榜哥去北京铁道部,和海州沈云沛先生之子沈仲常等人一起开会协商有关东陇海铁路的具体路线和动工日期呢。"

徐佩芸犹豫了一下,还是鼓起勇气说:"你知道,上次就因为向宝通成贷款,码头几近破产。所以,我历来对贷款这种事情,很没好感。这次拿运河码头做抵押,我真担心,如果出了岔子,会将码头和臧家,再次拖入绝境呢!所以,铁路还是不要修了吧。"

臧远航断然道:"这次贷款和上次完全是两回事。你说的情况,根本不可能存在,更何况还有吴光新将军做担保呢。再说修建铁路只会让我们窑湾的经济更上一层楼,至于码头生意会受影响,但也不会被拖入绝境。你呀,简直就是杞人忧天!"

徐佩芸张了张嘴,似乎还想说什么。

臧远航却焦急地看了看表,歉然地说:"不好意思,再晚就赶不上这班船了,我先走了,你等我的好消息吧!"

徐佩芸还想要拦住他:"可是,你不知道……"

但是此时,臧远航已经大步走远了!

徐佩芸望着他的背影,急得直跺脚。

可是一方面,她既不想将父亲与吴俊锋的交易和盘托出,那样显得太自私了,也对妹妹不利;另一方面,她又无法让雄心勃勃的臧远航放弃修建东陇海铁路的想法。

徐佩芸情急之中,忽然想到一个既能中断父亲和吴俊锋交易,又能让臧远航继续修建东陇海铁路的两全其美之法,于是也匆匆离开了。

原先宁静的吴家大院客厅内,此刻已是一片喧闹。

盼盼眨巴着清澈的小眼睛,看着周围陌生的世界,不停地撇嘴哭闹着。

窦玉美抱着她,怎么都哄不好。

吴俊锋看着女儿,却是一副心事重重的样子。

吴光淮伸手摸了摸孙女的小脸蛋,逗弄道:"来,乖孙女,给爷爷笑一个。"

谁知,盼盼看着陌生的祖父,却哭得更加大声了。

吴光淮情急之中,又说:"别哭,别哭,要不,爷爷给你笑一个。"

说完,他就扒开两只昏花的老眼,做了个大大的鬼脸。

盼盼果然咯咯地笑起来。

吴光淮忍不住得意道:"快看,笑了,我乖孙女笑了。"

窦玉美见状,却叹了口气,转头对儿子说:"你看你爸,一个小孙女,就把他逗成老顽童了。佩萍要是能快点好起来,再生几个该有多好啊。"

吴俊锋却撇了撇嘴,看上去很是厌烦。

忽然,徐佩芸一脸严肃地走进来。

窦玉美还记恨着之前的事,当即撂下脸来,恼羞成怒道:"你这个目无尊长的东西,又来这里干什么?"

徐佩芸冷冷道:"你以为我想来这里吗?我是来接我妹妹回

家的!"

吴家人听了这话,全都愣住了!

吴光淮茫然地问:"佩芸,俊锋昨天晚上刚接来,你又要接回去,这究竟是怎么回事?"

窦玉美没好气地说:"你是不是来找事的?"

徐佩芸反唇相讥道:"我是不是来找事的,问你的好儿子就知道了!"

吴光淮当即转向儿子,责怪地问:"俊锋,你又在搞什么鬼?"

吴俊锋并没有正面回答父亲,而是讥刺地说:"徐佩芸,这次你们徐家,又想把我当猴耍了是不是?"

徐佩芸愠怒道:"谁把谁当猴耍,你心里最清楚!"

吴俊锋被噎住了,随即得意地说:"你想要接佩萍回去,是吗?可以啊,你去问她,只要她愿意,我没二话可说!"

徐佩芸恨声道:"问就问!"说完,径直往后院走去!

吴俊锋当即冷笑一声。

吴光淮夫妇则面面相觑。

吴家大院后院小夫妻俩卧室内,竟然传出了若有若无的歌声。

"……处暑霜降,夜半沾衣人未觉;树将枯萎,花亦凋零;欲诉离情,却无尽头;正如枝上叶,一岁一葳蕤……"

徐佩萍坐在床上,身体虽然仍旧很虚弱,但脸上却有了些许的红润，正一边哼着歌，一边一针一线地缝制着怀里的长衫。

徐佩芸犹豫了一下，还是推门走进来。

她见此情景，心里不由一酸，三步并作两步走到床边，心疼地说："你怎么不好好休息，这就起来了？"

徐佩萍指了指长衫，羞涩道："这是上次我给俊锋做的衣服，还没做完就吵架回了娘家。我想……想在自己走之前，把它做完。"

徐佩芸脸色一变，"呸呸呸"了三声，责怪地说："什么走不走的，年纪轻轻的，净说这些不吉利的话。"

徐佩萍却坦然道："没有什么不吉利的。病了这么久，我算是想开了。人这一辈子，其实很短暂。我来到这世界，爱过、恨过，如果能死在心爱的人的怀里，我也就心满意足了。"

徐佩芸刚想说什么，忽然看到床头的桌子上，竟然放着只喝了半碗的粥，以及一碟黑乎乎的老咸菜！

她顿感气血上涌，忍不住怒声说："你是病人，在家天天吃鸡鱼肉蛋的，他们吴家就给你吃这个？"

徐佩萍无辜道："鸡鱼肉蛋很腥的呢，可没这个咸菜好吃，我婆婆还专门给我滴了好几滴甜油呢，不信你尝尝。"

徐佩芸鼻子一酸，摇摇头说："不了，以后我每天都送一只老母鸡来。"

徐佩萍连忙摆手道："别，千万别。我是吴家的媳妇，怎么好意思天天让娘家送东西,俊锋要是知道,会不高兴的。"

徐佩芸听了这话,眼泪立刻就下来了。

徐佩萍却安慰说:"姐姐,别哭。我知道你是为我好,可是你知道,我那么喜欢俊锋,只要能和他在一起,别说吃老咸菜,就算是沿街讨饭,又有什么关系呢?"

徐佩芸听了这番话,才意识妹妹爱得卑微至此。

她迟疑了一下,还是试探地问:"如果,我是说如果,俊锋没有把你接回来,或者,你再和我回到娘家,你……"

徐佩萍听了这话,脸色立刻变得煞白,还没等姐姐说完,便毫不客气地打断她的话,坚定地说:"那样的话,我死不瞑目!"

徐佩芸闻言,立刻就呆住了!

她终于明白,把妹妹接回家的想法虽然两全其美了,但是却根本没有考虑到妹妹的感受!

第38章 真是黑白颠倒

吴家大院后院小夫妻俩卧室外，徐佩芸轻轻带上了房门，一脸沮丧地朝门外走去。

吴俊锋远远地站着，得意道："你怎么没把你妹带走？哈哈哈！"

徐佩芸没好气地说："吴俊锋，我告诉你，远航和元榜哥，已经去北京，和铁道部确定具体路线和动工日期了，东陇海铁路修定了！你休想利用佩萍对你的感情，来达到自己不可告人的目的！"

吴俊锋脸色一变，随即恨声道："我想不想是我的事，徐家做不做这笔交易，是你们的事！不过，如果你们不做，我马上就把你的好妹妹，撵出吴家大院！"

徐佩芸怒声说："你敢！"

事已至此，她完全忘记了自己来此的目的了。

吴俊锋冷哼一声道："那你就看我敢不敢！"说完冷哼一声，

拂袖而去!

北京铁道部门口,王部长带着臧家庆等大小官员,整齐地排成一行。

其中有一位四十多岁肥头大耳、身着崭新西装、皮鞋锃亮的官员,正是刚刚提拔上来的史副部长。

他们全都面带笑容,焦急地望向远处。

忽然,人群骚动起来。

随即,一个身材瘦长、气度不凡的中年男人,带着几个人从东边的路上走过来。

不用说,这个貌似沈云沛的人,就是其子沈仲常了。

与此同时,臧家庆也带着臧远航和陆元榜,从西边的路上走过来。

王部长立刻快步迎上去,和双方热情握手,并一一介绍铁道部的官员们。

此时,北京铁道部会议室内座无虚席。

王部长坐在主持人位置,在他身后的墙壁上,挂着一张《中国铁路线路图》,上方是"有关最终确定东陇海铁路路线图和动工日期的扩大会议"的横幅。

在其左右两侧,分别坐着海州沈仲常和窑湾臧远航,其余则是两地代表以及铁道部官员们。

他们每个人的面前,都摆放着三份文件,一份是《拟徐州至阿湖段详细线路图》,一份是《拟阿湖至海州段详细线路图》,另一份则是《拟东陇海铁路动工日期》。

接下来,在王部长的主持下,海州、窑湾及铁道部官员,纷纷就会议主题各抒己见,气氛看上去非常热烈。

经过唇枪舌剑的讨论,最后终于达成一致。

于是,王部长郑重地在三份文件上签上名字,并盖上了铁道部的印章!

然后,他看了看对面一脸得意的肥胖下属,又添了一句:"此项工程,将由史副部长全权负责!"

这就说明,东陇海铁路的修建,已经万事俱备了!

沈仲常和臧远航惊喜地对望一眼,两双手紧紧握到了一起。

王部长微微一笑,同时握住了他们的手!

立刻,早已等候一旁的记者蜂拥而上。

刹那间,镁光灯此起彼伏,将三人握手的镜头,永远地定格了下来。

北京各大报社,以"海州和窑湾商人集资筹款到位,东陇海铁路详细路线已定,将于明年十月正式动工,并由史副部长全权负责"为头版头条内容的报纸,一份份被印刷出来,发行于全国各地。

清晨时分，吴家盐行内。

吴俊锋看着报纸，气得脸都变了形，当即将报纸揉成一团，狠狠地扔进了垃圾篓里。

然后，他冷哼一声，霍地站起身来，径直向外走去。

徐家甜油坊内，职员们正陆陆续续来上班。

徐佩芸刚一走进大厅，却听到办公室里面，忽然传来一个熟悉的怒吼声："滚，你给我滚！"

徐佩芸叫了声"爸"，立刻下意识地加快了脚步。

没想到随即，吴俊锋却一脸得意地走出来。

徐佩芸不由一愣，当即戒备地问："你来干什么？"

吴俊锋嘲弄道："你说呢？我的大姨子！"

他说完这话，便轻佻地吹了声口哨，然后扬长而去。

徐佩芸咬了咬嘴唇，连忙走进办公室。

此时，徐家甜油坊办公室内。

徐立春正站在办公桌前，气得左手捂胸，差点晕倒。

徐佩芸连忙跑过来，扶住父亲，担忧地说："爸，怎么回事？"

徐立春气急败坏道："气死我了，气死我了，真是气死我了。"说完，便颓废地跌坐到椅子上。

徐佩芸焦急地问："到底发生什么事了？是不是吴俊锋又来逼你了？"

徐立春叹了口气，无奈地说："是啊，他说铁道部方面，已经正式确定了东陇海铁路的详细路线和动工时间，如果今天我再没有行动，他明天就把佩萍送回娘家！"

徐佩芸脱口而出："不能送！佩萍整个心都在俊锋身上，要是让她离开吴家，后果不堪设想！"

徐立春痛苦万分道："谁说不是呢？可是……唉，真是两难啊！"

徐佩芸情急之中提议说："既然吴俊锋是以铁路经过徐家祖坟，会影响子孙后代风水为由，那我们不妨找风水先生好好看看，到底是怎么一回事。"

徐立春沉吟片刻，点点头道："也好。要是影响，我阻止得也心安理得；要是不影响，他也不好再以此为由，让我为难了。"

窑湾城北、臧口村北、徐圩村南麦田田埂上。

徐立春、徐佩芸和吴俊锋一起，陪在一位青衣布鞋、仙风道骨的老风水师左右。

此刻，老风水师正仔细地打量着四周。

徐立春父女和吴俊锋的神情，都有些紧张。

终于，徐立春小心翼翼地问："大师，你看这地方风水如何？"

老风水师捋了捋胡须，微微点头。

忽然，他在一条东西走向的水沟前站定，由衷地赞叹说："这可真是一块风水宝地啊，怪不得窑湾如此发达呢！你们看，这里是一条青龙脉,马陵山是龙头,大运河是腾飞时的龙尾,草桥的老鳖洞是龙的左眼,骆马湖是龙的右眼!"

吴俊锋眉头一皱,充满期待地问:"那如果在青龙脉上修建一条铁路,会不会冲了地下的脉气?"

老风水师断然道:"当然不会!若是在这里修建一条铁路,铁轨蜿蜒曲折,宛如龙脉,就等于是多了一条龙脉;火车快速如飞,形状又如铁龙一般,日日轰隆隆驶过,可使原本的脉气上扬。如此,即可保佑此地兴旺发达,简直是福泽万世啊!"

吴光锋听了这话,脸色立刻就阴沉了下去。

徐家父女不由对望一眼,惊喜万分。

徐家甜油坊外,一辆黑色轿车戛然而止。

徐立春父女轻松地走出来,吴俊锋则是郁闷极了。

随即,徐家甜油坊办公室内。

徐立春将手中的礼帽放在桌上,故作无奈地说:"俊锋,你看,连风水先生都这样说了,可见你之前的理由,根本就站不住脚啊。不是我不想阻止远航,实在是没有理由啊。"

徐佩芸也诚恳道:"是啊,俊锋,你不要再钻牛角尖了。就算铁路修好后,吴家盐行不再具备竞争优势,但是你们也可以像臧家一样,把更多的精力投放到别的行业,说不定生意比现在的盐行更好呢。"

吴俊锋嘲弄地说:"真不愧是臧远航曾经的太太,你和他简直是一个鼻孔出气！"然后脸色一寒，厉声道，"我告诉你，徐佩芸，即便你说得天花乱坠，臧远航都和我有杀兄之仇、夺妻之恨，甚至还抢了我的商会会长之位！现在又要断了盐行的生意，我一定不会让他得逞的！"

徐佩芸耐着性子道："你误会了，他修铁路不是存心要断你们盐行生意，是为了窑湾的整体发展……"

吴俊锋却将手一挥，毫不客气地打断她的话，粗暴地说："这些话我都不想听！我没有他那么伟大！总之，要是徐家不阻止臧远航修铁路，我就把徐佩萍送回徐家！"然后又转向威胁道，"岳父大人，你女儿的小命，可是攥在我手心里呢。现在她一天不见到我，就吃不下饭睡不着觉，倘若送回娘家，嘿嘿嘿……"

徐立春闻言，额头立刻就渗出了冷汗！

他回过神来，连连拱手，几乎是哀求了："别，千万别，再想想办法，让我再想想办法……"

徐佩芸则咬牙切齿地骂道："吴俊锋，你竟然用深爱着你的女人做筹码，真是太卑鄙了！"

吴俊锋不但没有丝毫的愧疚，反而冷哼一声说："当初是你们设计姐妹易嫁，让我像傻瓜一样中了圈套，现在却说我卑鄙，徐佩芸，你真是黑白颠倒啊……"他说到这里，忽然眼珠一转，瞬间纵声大笑起来，"黑白颠倒？对，你们能黑白颠倒，我为什么就不能黑白颠倒呢？哈哈哈！"

徐立春父女闻言，不由面面相觑。

第39章 风水这种伪科学

码头上,一阵响亮的汽笛声由北向南而来。

随即,一艘客船缓缓停靠在岸边。

臧远航和陆元榜随着人流,神采奕奕地走上码头。

立刻,他们便被早已等候的家人和商人们包围了,甚至有几个年轻的姑娘,还向两人献上了鲜花。

商人甲激动地说:"远航辛苦了!"

商人乙亦道:"元榜辛苦了!"

其余商人则纷纷附和:"辛苦了,辛苦了。"

……

臧远航手捧鲜花被众人围着,双眼却四处张望着,像是寻找着什么。

臧远胜打趣地说:"远航,你是不是在找佩芸?"

臧远航不好意思道:"是啊,我临回来前,专门给她打了电话告诉了班船时间,怎么却没看到她人呢?"

正在这时,臧远方气喘吁吁地跑过来。

他人还没到面前,就开始上气不接下气地喊道:"远、远航,远航。"

臧远航连忙迎上去问:"大哥,什么事?"

臧远方急切地说:"出、出大事了!陆市长要你和元榜哥,马上去市礼堂会议室!"

臧远航"哦"了一声,脸上的笑容立刻凝固了,迅速和陆元榜对视了一眼。

两人将手中的鲜花往臧远方怀里一塞,同时向周围人说了句"不好意思",便径直向运河堰走去!

众人不由面面相觑,纷纷担忧地问:"出什么事了?"

市礼堂会议室内,气氛非常凝重。

陆文安、臧家梁和徐立春对面而坐,两人的神情都十分严肃。

徐佩芸坐在父亲身边,看上去一脸无奈。

臧家梁不解地问:"立春兄,不瞒你说,我私下里,也请风水先生看过了,为什么和你说的完全相反呢?"

徐立春并没有直接回答他的话,而是生硬地说:"你不为臧家子孙后代考虑,我可得为徐家子孙后代考虑!"

陆文安试探地说:"立春兄,这件事事关重大,要不,你再考虑考虑？"

徐立春却连连摆手，毫无商量的余地："正因为事关重大，所以才不必再考虑了！"

陆文安无奈道："可是，这……"

忽然，臧远航和陆元榜急急忙忙走进来。

臧远航刚一进屋，就看到徐立春父女，原先焦虑的神情，竟然立刻消失了，取而代之的，是意想不到的惊喜！

他激动地说："岳父、佩芸，你们怎么在这儿？告诉你们一个好消息，我和元榜哥勘测的徐州到阿湖段线路图，已经被铁道部批准了，并定于明年十月正式动工！"

徐佩芸眼睛一亮，却瞬间就黯淡了下来。

徐立春则冷哼一声，将脸转向一旁。

徐佩芸忍不住扯了扯他的衣襟，小声责怪道："爸！"

臧远航这才发现异样，脸上的笑容顿时就僵住了，疑惑地望着父女俩。

徐佩芸却低下头，愧疚地避开他的目光。

陆文安则无奈地摇了摇头。

这个时候，陆元榜也意识到气氛不对，便疑惑地问："爸，你着急叫我们过来，有什么事吗？"

陆文安这才叹了一口气，苦笑着说："立春兄，还是你来说吧。"

徐立春尽管有些郁闷，但还是故作强硬道："是这样，我坚决不同意东陇海铁路从臧家祠堂和徐家祖坟中间经过！"

臧远航、陆元榜闻言，均是大吃一惊，当即异口同声地问："凭什么？"

徐立春冷冷地说："就凭臧家祠堂供奉的是道光年间进士、皇帝御先生、三品衔臧位高，以及道光年间武举人、追谥三品衔臧纤青！就凭徐家祖坟埋葬的是明末御厨、甜油始祖徐祖秋！"

臧远航和陆元榜听了这话，不由面面相觑。

臧远航回过神来，当即一脸茫然道："岳父，你说的我都知道啊，可是，这和修铁路有什么关系呢？"

徐立春不耐烦地说："怎么？连这你都不知道吗？"

臧远航不高兴道："还请岳父大人指教！"

徐佩芸犹豫了一下，还是硬着头皮说："我爸、我爸他找风水先生看过了。风水先生说，臧家祖坟和徐家祠堂所在地是块风水宝地，中间是条青龙脉。若是在那里修建一条铁路，铁轨蜿蜒曲折，宛如龙脉，就等于是多了一条龙脉；火车快速如飞，形状又如铁龙一般，日日轰隆隆驶过，就如铁火龙从青龙脉上经过，会把地下的脉气冲坏的。"

臧远航不由吃惊地张大了嘴巴，简直不敢相信自己的耳朵。

好半天，他才责怪道："现在都什么年代了，你们还相信风水这种伪科学的东西！简直是太荒唐了！"

徐立春却将茶杯"砰"地往桌上一放，然后怒声说："无知小儿，你给我闭嘴！别以为你上过几天洋学堂就了不起了！你可知道国有国运、城有城运、河有河运？我们窑湾要不是当年刘伯温的奇门遁甲八卦迷魂阵建筑布局，有效阻挡了敌寇进来作乱，岂会有今天的繁荣昌盛？风水是老祖宗留下的宝贵遗产，到你这里就成伪科学了？"

臧远航被说得张口结舌，却又不知如何反驳。

臧远航便想要给他们做科普，于是便耐着性子道："我在商业学校读书时，教会的马克先生来给我们上课，他曾经说过……"

徐立春听到"教会"两个字，便有些不耐烦了，便拍案而起："我管你什么马克驴克的！臧家如何我不管，但是我们徐家，绝不允许铁路经过祖坟！否则，我会发动所有徐氏族人，并排躺在地上！你们要是有本事，就在人肉上铺铁轨！"说完便冷哼一声，拂袖而去！

臧远航才刚开头的话当即被打断，气得脸红脖子粗的，但是"你、你、你"了半天，也不知道该说什么了。

徐佩芸同情地望着他们俩，犹豫了一下，也跟着父亲向门外走去。

但是臧远航却一把拉住她，一字一顿地问："当初修铁路时，岳父和你都是举双手赞成的，现在怎么突然变卦了？告诉我，到底发生什么事了？"

徐佩芸愧疚地避开他的目光，但张了张嘴，却什么都没有说。

臧远航紧握着她的手，血红着眼，大声吼道："快告诉我，到底发生了什么事！"

徐佩芸强忍了眼泪，故作愠怒地说："放开我！"

但是对方力气太大了，无奈之下，她低头在他的手上，狠狠地咬了一口！

臧远航立刻惨叫一声，同时下意识地松开了手。

徐佩芸跺了跺脚，含泪挣脱而去！

臧远航大喊一声"佩芸"，便想要追出去。

臧家梁却拦住他，苦笑着说："算了，别追了。"

陆元榜也附和道："是啊，他们态度那么坚决，你就算追上也没有用啊。"

臧远航气急败坏地说："可是，我们确定的路线图，铁道部已经批了，运河码头的贷款合同也签了，三百六十余家商户都捐款了，现在说不修就不修，我怎么向各方面交代啊？"

臧家梁兀自郁闷地说："为什么他请的风水先生，和我请的风水先生，看得不一样呢？难道，是其中有人说了假话？"

陆文安当即摇头："立春兄是个十分厚道实诚的人，他应该是不会说假话的。"

陆元榜沉吟片刻，却为难道："如果徐叔说的话是真的，破坏了风水，对子孙后代不利，确实也是个大问题。"

臧远航责怪地说:"元榜哥,我爸和陆大上了年纪,信风水也就罢了,可是你应该知道,风水是个伪科学的东西,你怎么也相信呢?"

陆元榜却摇摇头,旋即滔滔不绝道:"我从不认为风水是伪科学。你想,人的眼睛能看到的波长,占光波家族的百分之几?人的耳朵能听到的波长,占声波家族的百分之几?人的鼻子能闻到的气味数量,占世界气味种数的百分之几?人的舌头能尝到的味道,占味道总类的百分之几?人的皮肤能感应到的东西,又占世界万物的百分之几?难道我们的五官感应不到的、看不见、听不到的、闻不着的、尝不出的、摸不到的东西,就真的不存在了吗?所以,我们的五官限制了我们对这个神秘宇宙的认识。可惜,那些所谓的科学家们过分相信我们的感官,并不明白这一点。如果长期下去,我们就失去了认知世界的机会……"

臧远航烦躁地打断他的话,毫不客气地说:"行了行了,我现在要的是怎么才能顺利修好铁路,你跟我讲什么科学、伪科学的东西,又有什么用呢?"

陆元榜只好住了嘴,但还是安慰道:"远航啊,发生这样的事,任谁都不想的。可是,你一定要冷静下来,才能更好地解决问题呀。"

臧远航气急败坏地说:"我冷静得了吗?现在事情搞成这个样子,我怎么向三百六十余家商户交代,怎么向吴将军交代,怎么向家庆大和铁道部交代？"说到这里，他忽然想起什么，急急道，"事出反常必有妖，这里面一定有人在捣鬼！不行，我得找佩芸问个清楚！"

他撂下这话，便旋风般地冲了出去！

臧家梁和陆文安父子见状，不由面面相觑！

甜油坊门口。臧远航飞奔而至，累得气喘吁吁。

徐立春在里面一看到他，便立刻下令："关门！"

臧远航当即被挡在门外，立刻拼命拍门："岳父，开门，开门哪……"

但是大门紧闭，甚至连很多顾客，都被挡在了门外。

臧远航想了想，转身就走！

此时徐家大院的门，也早已经关得紧紧的了。

臧远航一边拍门，一边深情而又痛苦地呼唤着："佩芸，我是远航，臧远航啊，你开门，开门啊……"

但是那扇紧闭的大门，却纹丝不动！

徐家大院大门内，徐佩芸手里拿着妹妹的衣服，早已经泪流满面。

第40章　并不是铁火龙

臧家大院门外,臧远航将外套披在肩上,垂头丧气地走回来。

没想到,迎面正好碰上匆匆忙忙出门的孙管家。

心灰意冷的臧远航,破例连招呼都没打。

孙管家看到他,却连忙迎上去,焦急地说:"哎呀,航少爷,你怎么才回来呀?老族长都等你多时了。"

臧远航闻言,诧异极了:"太爷爷?他怎么来了?"

与此同时,臧家大院客厅内。

一位八九十岁、长着一蓬白色山羊胡子的老人,正神情严肃地端坐在太师椅上。这位老人,正是臧口村臧氏家族老族长。

臧增福已经带着二儿二孙,神情恭敬地坐在下首。

老族长神态庄严,不怒自威。

此刻,老人家手里拿着一个小巧的绿玉斗烟袋,耷拉着眼皮,正有一搭没一搭地吸着。

臧增福和儿孙们连大气都不敢出,客厅里的气氛颇有些山雨欲来风满楼的意味。

正在这时,臧远航快步走进来。

他见此情景,便弱弱地叫了声:"太爷爷,您老人家来啦。"

老族长冷哼一声,却连眼皮都不抬一下。

臧远航只好呆立在原地,很有些手足无措。

忽然,老族长的烟袋灭火了。

他向桌上磕了磕,重新又装了一袋烟丝。

臧增福连忙掏出一盒火柴,"哗"的一声划亮了,讨好地说:"大爷,我帮你点上。"

老族长终于抬起了眼皮,却瞪了他一眼,悠悠道:"你太老了!"

臧增福只好吹灭了火柴,讪讪地缩回了手,委屈地咕哝了一句:"没你老吧。"

臧家梁连忙站起来,从父亲手中接过火柴,恭敬地说:"大爷爷,我来吧。"

老族长翻了翻白眼,没好气道:"你也不年轻了,火气太弱了!"边说边瞟了一眼呆立一旁的小侄孙。

臧远航见状,只好硬着头皮,从父亲手中接过火柴,恭恭敬敬地说:"老太爷,我来吧。"

老族长这才冷哼一声,表示认可。

臧远航连忙划着了火柴,向烟袋头上烧去。

没想到,就在火柴即将烧到烟袋头的一刹那,老族长的手忽然就是一抖。

臧远航措手不及,火柴立刻烧到老族长那丛白花花的山羊胡须上。

祖孙三代吓得脸都变了色,同时飞快地扑上去,七手八脚地开始灭火。

虽然火很快就被扑灭了,但是老族长那丛白花花的山羊胡须,却已经被烧得七零八落了。

臧远航吓得声音都变了调,连声道歉说:"老太爷,对不起,实在是对不起啊,我不是有意的,我……"

老族长却并没有动怒,而是捋了捋仅剩的半截胡子茬,不慌不忙道:"远航哪,你看,一根小小的火柴,顷刻之间就能将我的胡子烧成这个样子了。要是一条长长的铁火龙,日夜在我们臧家祠堂旁边轰鸣,你说那块风水宝地下的青龙脉,会不会被冲得一干二净呀?"

臧远航才知道,刚才的突发事件原来只是个铺垫。

他简直有些哭笑不得,便解释说:"太爷爷,火车虽然有个火字,却并没有火,所以并不是铁火龙……"

老族长却将手一摆,强硬地打断他的话:"你不用再说了,这件事在城内传得沸沸扬扬的了。昨天晚上,我知道这件事的来龙去脉后,就已经和族里的几位长老碰过面了,大家一致反对铁路从臧家祠堂边经过。如果你一意孤行,臧氏家族将立刻把你的名字从族谱上除去。你的子孙后代,也永世不准再姓臧!"

臧增福和儿孙们听了这话,脸色全都变得惨白!

这种惩罚,对于任何一个家族的男性来说,都是巨大的耻辱!

臧远航回过神来,立刻哀求道:"太爷爷,你不要被人误导,你听我说……"

老族长立刻涨红了脸,恼羞成怒地说:"被人误导?你以为我是三岁小孩吗?真是无知者无畏!"说完便冷哼一声,拂袖而去!

臧远航连忙说:"太爷爷,你听我说……"边说边想要追上去解释。

臧家梁却拦住他,摆摆手道:"不必了。"

臧远航委屈地说:"爸爸!"

臧家梁叹了口气,无奈地说:"这是全族人的决定,有关臧家子孙后代的福祉,连你老太爷都做不了主的。"

臧增福这才擦了擦额头的冷汗,跌坐在沙发上劝道:"远航哪,我知道你是为了窑湾好。但是现在,臧徐两家反对如此激烈,胳膊拧不过大腿啊。修铁路的事,我看还是算了吧。"

臧远航却把脖子一梗,倔强地说:"我不管!'兵来将挡,水来土掩!'反正资金已经到位,《徐州至阿湖段详细线路图》铁道部已经批下来了,只等明年十月份开工了!"

徐家大院客厅内，徐立春正在喝着闷酒。

徐佩芸见状，一把夺过酒杯，责怪道："爸，你又在喝闷酒了！"

徐立春叹了口气，无奈地说："唉，修铁路不但有利于窑湾经济的发展，对我们甜油坊来说，也是天大的好事啊。可是现在呢，我却不得不昧着良心阻止，我对不起祖宗，对不起所有窑湾人啊。"

徐佩芸安慰道："说到底，你也是为了佩萍，别太自责了。"

徐立春却苦笑了一声，忽然想起什么："对了，远航现在怎么样了？"

徐佩芸闻言，脸色不由一黯，郁闷地说："我也好久没有他的消息了。"

徐立春刚想说什么，忽然看到吴俊锋笑眯眯地走进来。

他不由一怔，随即万分纠结地叹了一口气。

吴俊锋却并不恼，而是亲热地说："岳父、佩芸，你们都在家啊。"

徐立春冷哼一声，将脸转向了别处。

徐佩芸没好气道："你又来做什么？"

吴俊锋不请自坐，同时得意地说："我要去北京办点事，爸妈年纪大了，身体也不好，所以想请你到我家去，帮我照顾一下你的好妹妹和小外甥女。"

徐佩芸立刻戒备地问："你去北京做什么？"

吴俊锋撇撇嘴回道："你们以为对付臧远航那种不按常理出牌的人，仅仅凭风水和族谱除名，就能唬住他啦？错！他现在正在帮助铁道部招聘铁路工人呢，所以我得去给他釜底抽下薪啊，哈哈哈。"

徐立春不屑地说："釜底抽薪？就凭你？你认识铁道部的谁啊？"

吴俊锋气焰嚣张道："我虽然不认识铁道部的人，可是你别忘了，我三叔是谁啊，是吴光新！"

徐佩芸提醒说："你别忘了，你三叔是支持修铁路的，甚至连运河码头在比利时银行的贷款，也是他做的担保呢。"

吴俊锋却无所谓道："你也别忘了，除了我三叔，我姑夫可是大名鼎鼎的段祺瑞总理呢。除非铁道部那帮人吃了熊心豹子胆，否则，敢不理我？"

徐佩芸嘲弄地说："铁道部的人，可都是支持修铁路的！"

吴俊锋却无所谓道："我才不管他们支持不支持呢，我只是利用我姑夫和三叔这层关系做敲门砖，再有这个。"他边说边用中指和拇指做了个数钞票的动作，得意地说，"'有钱能使鬼推磨'嘛。我们吴家别的没有，就是有钱，哈哈哈！"说完，扬长而去。

徐佩芸望着他的背影，厌恶地说："他倒是想得美！"

徐立春却摇摇头道："不，他说得很有道理。自古以来，无官不贪啊。"

徐佩芸轻蔑地说："有什么道理？之前他和远航数次过招，可是从来没有赢过。"

徐立春却道："今日不同往昔。现在运河码头已经被抵押掉了，臧家没有任何实力可以与吴家大院抗衡了。现在事已至此，铁路要是修不成的话，就会成为一个烂摊子，不但贷款会打了水漂，那些集资的商人也不会放过远航的呀，后果真是不堪设想！"

徐佩芸闻言，立刻慌乱起来。

第41章 铁道部下了命令

夜半时分,臧家早已经大门紧闭了。

徐佩芸走到门口,犹豫了一下,还是轻轻敲了敲门。

不一会儿,孙管家就睡眼惺忪地过来开门。

但是他看到门外站着的人后,立刻惊喜地说:"小少奶奶,是你啊,快请进。"

徐佩芸却连忙摆手,小声道:"不了,你把远航喊出来就是了。"

孙管家为难道:"可是航少爷还没有回来呢。"

徐佩芸只好说:"那你进去吧,我在外面等他。"

孙管家点点头:"那好吧。"边说边顺手关上了门。

徐佩芸站在门口,冷得直哈气。

她为了取暖,只好不住地跺着脚。

好一会儿,臧远航的身影才出现。

徐佩芸连忙迎上去说:"远航,你终于回来了。"

臧远航见是她,立刻三步并作两步走过来。

他紧紧握住她的手,惊喜地说:"佩芸?你找我?"

徐佩芸却幽幽地问:"你,还愿意和我结婚吗?"

臧远航坚定道:"当然愿意!"

徐佩芸迟疑了一下,还是说:"那么,就请你赶紧中断贷款合同,放弃修铁路的想法,以后再不许提这件事了!"

臧远航沮丧道:"你看你,又来了!你有没有想过,事已至此,中断合同我们不但会损失一大笔钱,我也无法向铁道部和三百六十余家商户交代。更重要的是,窑湾将错失一次发展契机,国际化大都市的构想也将成为泡影!"

徐佩芸却固执地说:"就算是为了我,为了我们的爱情,也不行吗?"

臧远航直视着她的眼睛,也一字一顿道:"那你就为了我,为了我们的爱情,从此以后不要再提这件事了,好吗?"

徐佩芸不由放开他的手,失望地说:"原来我和你的爱情,在你心里,都没有所谓的铁路重要,是吗?"

臧远航也失望道:"原来我和你的爱情,在你心里,都没有所谓的风水重要,是吗?"

徐佩芸咬了咬嘴唇,模棱两可地说:"有些事情,不是你想做就能做得成的。与其到最后两败俱伤,为什么不退后一步呢?趁现在一切还来得及!"

臧远航茫然道:"两败俱伤?什么意思?你现在怎么变得越来越莫名其妙了?"他顿了一顿,忽然想起什么,正色地说,"佩芸,你一定有什么事情瞒着我!快告诉我,到底又发生什么事了?不论发生什么事,我们都会像以前一样,一起想办法解决,好不好?"

徐佩芸却摇摇头,惨然一笑说:"很多事情,不是你想解决就能解决得了的。"

她说完这话,便绝望地转身而去!

臧远航呆呆望着她的背影,久久都没有回过神来!

北京铁道部副部长办公室内,墙上挂着名人字画,桌上摆放着一方上好的端砚,笔筒里插着一支金笔,室内的各处细节,无不透露出奢华和贵气。

此时,铁道部史副部长正手捧茶杯,一边看报纸,一边悠闲地喝着茶。

吴俊锋径直走进来,在他身后,是提着一只大皮箱的崔玉存。

他刚一进门,便热情地招呼道:"史副部长,你好。"边说边伸出了手。

史副部长并没有站起身,神态颇有些倨傲,打着官腔说:"我每天公务都很繁忙的,一般人不太见的。不过,听说你是吴将军的堂侄,是吗?"

吴俊锋笑眯眯地说:"是啊。"然后又加了一句,"也是段总理的妻侄。"

史副部长闻言,立刻收起刚才的倨傲,指着对面的椅子道:"吴先生,请坐,快请坐。"

吴俊锋刚一坐下,便从崔玉存手中,接过皮箱,笃定地打开。

立刻,只见满满一皮箱的寿字纹足金元宝,映衬得整个办公室都发出耀眼的光来!

史副部长肥胖的脸,立刻笑得像一朵盛开的大菊花,打着哈哈说:"你在我一个陶瓷鉴赏家面前搞这些东西,俗,真是太俗了啊,哈哈哈!"边说边拿起一只金元宝,爱不释手地把玩起来。

吴俊锋见状,提到嗓子眼的心,终于放下了,不由眉开眼笑起来。

码头管理处旁铁路商办公司内,陆元榜和臧远方正坐在桌前,一边看着图纸,一边交谈着什么。

正在这时,臧远航一脸疲倦地走进来,脸上却是抑制不住的兴奋。

陆元榜立刻问:"远航,工人招得怎么样了?"

臧远航喝了一口水,兴奋地说:"招齐了!再过半个月,已经组建好的铁路工程部,就会从北京开过来了……"

正在这时,办公桌上的电话,忽然急促地响起。

他立刻接了电话,颇为自豪地说:"三大,我是远航,工人已经招齐了……"但是听着听着,他脸上的笑容却渐渐僵住了。

陆元榜诧异地问:"发生什么事了?"

臧远航这才放下电话,喃喃自语道:"怎么会这样?怎么会这样?"

陆元榜催促道:"到底发生什么事了?"

臧远航痛苦万分地说:"家庆大说,铁道部刚做决定,东陇海铁路工程,已经取消了!"

听了这话,陆文安和臧远方都愣住了!

臧远航捶打着桌子,继续地说:"一直以来,对于陇海铁路的入海口争端颇大,这次取消事大,如果被'南线'取得了这个机会,那么以后,不但我们窑湾,就是整个苏北都会失去发展契机,会被边缘化的呀!"

臧远方安慰道:"好事多磨!你也别太难过,我们可以再想想别的办法的。"

陆元榜沉吟片刻,即提议道:"我们可以再去找吴将军,让他帮助从中斡旋的。毕竟,皖系号称定国军,铁道部一定会卖他这个面子的。"

臧远航摇了摇头,苦笑说:"消息还在封锁中,你们可能还不知道情况。家庆大刚刚告诉我，前不久，吴将军因被鄂督王占元出卖，已被拘禁，所部亦被包围缴械，皖系因此处于直军南北夹击之中，直奉两系结成的反段联盟趁机进攻皖系。一开始直系攻势略挫，奉军突然大军压境，与直军结合，反败为胜，导致皖军大败，段总司令被迫辞职，直系两军趁机进京接收了北洋政府，并趁机在各部安插自己人，现在北京早已经人心惶惶了！"

陆元榜闻言，不禁心有余悸道："幸好我辞官回故里了，否则这次时局变动，我肯定或多或少都会受到一些牵扯。"

臧远方两手一摊说："看来，还得我们自己想办法才是了。"

臧远航好像没听到他们的话一般，兀自自言自语道，"这件事情怎么这么巧呢？臧徐两家刚刚因为风水原因，不让铁路经过，铁道部下了这个命令呢？"

陆元榜疑惑地问："你的意思是？"

臧远航果断道："如果我没猜错的话，这里面一定有人在捣鬼！"

与此同时，他的眼前不由闪过之前那个寒冷的夜晚，徐佩芸破例主动去臧家找他的情景！

徐佩芸咬了咬嘴唇，模棱两可地说："有些事情，不是你想做就能做得成的。与其到最后两败俱伤，为什么不退后一步呢？趁现在一切还来得及！"

臧远航茫然道："两败俱伤？什么意思？你现在怎么变得

越来越莫名其妙了？"他顿了一顿，忽然想起什么，正色地说，"佩芸，你一定有什么事情瞒着我！快告诉我，又到底发生什么事了？不论发生什么事，我们都会像以前一样，一起想办法解决，好不好？"

徐佩芸却摇摇头，惨然一笑说："很多事情，不是你想解决就能解决得了的。"

臧远航想到这里，又喃喃自语道："对，佩芸！"

陆元榜闻言，立刻诧异地问："捣鬼的人是佩芸？"

臧远航急急地说："我现在也不知道是什么情况。"说完，便拿起外套，大踏步向门外走去！

今天逢庙会，中宁街上的人群水泄不通。

臧远航拿着衣服，像一只被困住的狮子一样，在人群中横冲直撞。

路人纷纷责怪地说："干什么？抢孝帽子也没你这么急的！"

臧远航连忙停住脚步，只好连连道歉。

与此同时，刚从北京回来的吴俊锋，远远地看着他，嘴角不由露出深深的嘲笑来。

徐家大院的门，竟然是半敞着。

臧远航一路奔跑过来，径直走进院内。

他连气都没有喘匀，就阴冷着脸，大声喊道："徐佩芸，你给我出来！"

柳兰香立刻走出来，见此情景，连忙惊讶地问："远航，佩芸不在家，发生什么事了？"

臧远航气急败坏地说："她去哪里了？"

柳兰香苦笑道："还能去哪，去吴家了呗。"

臧远航闻言，立刻意识到什么，咬牙切齿地说："吴俊锋！"

他撂下这话，便咬了咬牙，掉头就走！

柳兰香望着他的背影，无奈道："这两个女婿啊，天天斗来斗去，真是没有一个省心的！"

第42章 愧对祖宗

吴家大院后院小夫妻俩卧室内,飘出来阵阵浓烈的中药味。

徐佩萍坐在桌子边,在姐姐的服侍下,喝完了药。相比较以前,她脸上稍微有了些许的红润。

徐佩芸接过药碗,心疼地问:"身体感觉怎么样了?"

徐佩萍微微一笑说:"感觉有精神了,不像以前那样,每天总想着睡觉。"

徐佩芸这才舒了一口气,安慰道:"涟泰说了,只要你规律饮食,按时吃药,并保持心情舒畅,身体就会慢慢恢复的。"

徐佩萍温顺地"嗯"了一声,有些羞涩地说:"以前我不吃不喝,是因为心灰意冷了。现在俊锋不但把我接回来了,对我还很好,我也希望能快快好起来。那样,就可以再为俊锋多生几个孩子了。"

徐佩芸迟疑了一下,却摇摇头道:"其实,我随时做好你回娘家的准备……"

徐佩萍却娇嗔地说:"姐姐,你不要再错怪俊锋了,你看他现在对我有多好,连自己去北京,都担心我受委屈,专门请你来照顾呢。"忽然想起什么,歉疚道,"对了,姐姐,你为了我,连婚礼都推迟了。现在我身体渐渐好起来了,你也该考虑和远航结婚的事情了。"

徐佩芸张了张嘴,刚想说什么。

忽然,床上的盼盼醒了,开始哭闹起来。

徐佩芸连忙把她抱起来,望着她哭得鼻涕一把眼泪一把的小脸,简直无限爱怜。

与此同此,一个声音在门外响起:"小丫头,怎么我还没进门呢,你就开始唱歌了?"

姐妹俩不由一惊,同时望去,只见吴俊锋提着皮箱,一脸笑容地站在门口。

徐佩萍惊喜极了,立刻迎上去说:"俊锋,你回来啦。"但是因为走得太急,差点儿摔倒。

吴俊锋连忙搀住她,关切道:"你身体还没有完全恢复呢,怎么这么不小心?"

徐佩萍听了这话,幸福得快要晕过去了,便怯怯地依偎在丈夫怀里,笑得好像一朵花。

徐佩芸眉头一皱,但是强按着怒气,什么都没有说。

吴俊锋见状，便把皮箱一打开，得意地说："你看，里面什么都没有，全部送出去了。"忽然想起什么，"对了，我刚才在街上看到臧远航了，他急得像热锅上的蚂蚁似的，哈哈哈！"

徐佩芸心里不由一痛，下意识地咬了咬嘴唇。

她没好气道："你回来就好，我也该走了！"边说边将盼盼往其父怀里一塞！

吴俊锋只好苦着脸，笨拙地抱着女儿。

徐佩萍茫然地问："姐姐，你怎么就生气了？"

徐佩芸像是没听到一样，转身就走！

已经认生的盼盼，拼命想要挣脱父亲的怀抱，两只小手胡乱伸向大姨消失的方向，再次大哭起来。

傍晚时分，中宁街上。

徐佩芸踽踽独行，心里反复纠结着，要不要把吴俊锋已经去北京送过礼的事情，告诉臧远航呢？

没想到太过专注，在拐弯处，竟然被一个人撞了个趔趄。

她猛一抬头，发现对方竟然是自己正在念叨的人，便责怪道："你走这么快干什么？"

臧远航看上去非常焦躁，而是单刀直入地问："我刚刚接到家庆大的电话，说铁道部已经决定，取消东陇海铁路工程。告诉我，到底是什么原因？"

徐佩芸弱弱地说："我怎么会知道原因？"

臧远航思路清晰道："道理很简单！修建铁路对甜油坊生意有好处，你和岳父于公于私，都是大力支持的，可是没想到，却忽然成了最坚定的反对者，一度让我百思不得其解，但是随即，吴俊锋就把佩萍接回了吴家。还有那天晚上，你和我说：'与其到最后两败俱伤，为什么不退后一步呢？趁现在一切还来得及！'结果没多久，铁道部就下了这道命令！你不觉得，这一切实在是太巧合了吗？"

徐佩芸闻言，更加心虚了："你不要说了，我不知道！"

臧远航直视她的眼睛，一字一顿地说："你还不说是吧？"

徐佩芸固执道："我什么都不知道，你叫我怎么说？"

臧远航冷笑一声，然后一把抓起她的胳膊，命令地说："跟我走！"

徐佩芸自知理亏，便拼命想要挣扎："你干什么？快放开我！"

臧远航却紧紧拉着她的手，径直往前走去！

就这样，两人手拖手，很快来到了大运河堰上。

正好这时，南边不远处，驶来了一艘货船。

于是，"唠嗨、唠嗨"的拉纤号子声，此起彼伏。

徐佩芸力气毕竟有限，几番挣扎都无济于事，便威胁道："你再不放开我，我就咬人了！"

臧远航想起上次被咬，连忙松开了手。

徐佩芸甩了甩被握得红红的手腕,愠怒地叫起来:"臧远航,你拉我到这里,到底想要干什么?"

与此同时,"唠嗨、唠嗨"的拉纤号子声越来越近了,甚至能看到一群光着身子的拉纤男人们!

于是,臧远航指着他们的方向,认真地说:"你看那边!"

徐佩芸下意识地转过脸去,吓得尖叫一声,连忙又转了过来!

她涨红了脸,恼羞成怒道:"你疯了!让我看那么有伤风化的东西!"

臧远航并没有任何的歉意,反而神情激动地说:"你以为他们就不知道有伤风化吗?你以为他们想让别人看吗?可是为了活着,为了养一家老小,他们不得不光着膀子拉纤,无论是严寒还是酷暑!"

徐佩芸听了这话,怒气这才消失,不禁一脸动容。

臧远航又指了指码头方向:"你再看看那边!"

徐佩芸立刻转过去,只见无数装卸工人肩驮背扛着大包小包的东西,每当抬大件物品时,就发出"起来了哦"的劳动号子声,否则就拿不动。

与此同时,臧远航指着货船头部吐出的一股股粗重的黑烟,越发激动了起来:"还有那些负责清洗烟囱的工人们,他们在工作时,会吸入大量的废气和煤炭灰,洗了几年就不得不因为肺病而辞职,年纪轻轻就离开人世。可是,只要这些货船还在使用,就需要洗烟囱的工人！"

徐佩芸听了这话，不由自主地点点头。

臧远航敏感地捕捉到她神情的变化，便握着她的手，恳切地说："只要东陇海铁路建成，这些人就会有更多更好的工作机会，这一切苦难，都会成为历史！"说到这里，他语气一转，沉重道，"可是现在，我们已经万事俱备了，铁道部却下了那样一条命令，如此，窑湾将失去成为丝绸之路贸易交汇点的重要契机；陆大构建国际化大都市也将成为泡影；我们运河码头将无力偿还比利时贷款；三百六十余家商户的集资将打了水漂；已经召集到的那些工人，也将失去工作！"

徐佩芸万分纠结地道："你说的这些，我都知道，可是、可是，我们徐家的风水也同样重要啊！"

臧远航原本想要继续追问，但是看到她脸上的愧色，忽然眼珠一转！

于是，他不再继续刚才的话题，而是故作轻松地说："好吧，既然现在铁道部已经下了命令，我不想放弃也得放弃了。不过，你得告诉我，他们到底是为什么要取消？"

徐佩芸确定现在的臧家是断不可能再拿出一大箱金元宝的。

她迟疑了一下，便说："我可以告诉你原因。不过你得答应我，以后再不提修铁路的事了。"

臧远航点点头，爽快道："好，我答应你。"

徐佩芸半信半疑地望着他，还是说："那我告诉你吧，是因为吴俊锋去北京，给主管东陇海铁路的副部长，送了一大箱金元宝！"

臧远航不由握紧了拳头，咬牙切齿道："这个该死的吴俊锋！"

徐佩芸见状，便担忧地说："你别忘了答应我的事啊。"

臧远航敷衍道："好！"

与此同时，他心里暗想，原来风水都是骗人的，鬼才相信！

然后，他轻轻吻了吻她的额头，转身匆匆离去！

当天晚上，臧家大院后院小夫妻俩卧室内。

臧远航拿出一个保险箱，里面只有一沓房产地契田契。

他一个个拿起来看看了，摇了摇头，很快就合上了。

随即，臧家大院后院三房客厅内。

三口人围坐在一起，他们面前的桌子上，放着两个保险箱。

郭文芳打开后，一箱是金条，一箱是金银首饰。

臧远航抓过一把首饰，一个个看过后，还是摇了摇头。

最后，臧家大院后院正院客厅内。

祖孙三人面对一箱金元宝、一箱古董、一箱字画、一箱金银首饰。

臧远航一个个看着，仍然摇了摇头。

然后，他郁闷地说："这些东西并不稀罕，最多能值点钱。但是我们臧家钱再多,也比不过吴家。"

臧增福迟疑了一下,站起身来,从柜子最角落的地方,又取出来一个一尺见方的盒子,盒子木质结构,外形盘龙附凤,看上去非常古朴。

他郑重地交给孙子,惨然一笑道:"这里面的东西要是再不行的话,那就是天意了!"

臧远航表情凝重地打开后,双眼一下子就亮了!

臧增福见状,不由仰天长叹,然后喃喃自语地说:"愧对祖宗,真是愧对祖宗啊!"

曹秀英则心疼地擦起了眼泪。

第二天一早,臧远航提着皮箱,匆匆跳上了开往北方的客船。

第43章　掐丝珐琅梅花花卉纹碗

北京铁道部副部长办公室内,史副部长正站在办公桌前。

他一边笑眯眯地望着墙壁上的《中国铁路线路图》,一边爱不释手地把玩着一枚寿字纹足金元宝,再也抑制不住心中的兴奋,竟然翘起兰花指,欢快地唱起了京剧《杨门女将》选段!

宗保诞辰心欢畅,天波府内喜气扬;红烛高烧在寿堂,悬灯结彩好辉煌……

没想到,那个"煌"字还没落,忽然就看到臧家庆的身影在门前一闪。

他连忙收起兰花指,并将寿字纹足金元宝放进口袋,然后迅速坐在办公桌前,掩饰地拿起了水杯。

与此同时,臧家庆已经走进门来,亲热地说:"史副部长早安!"

史副部长把脸一沉,很不耐烦道:"臧主事,你怎么又来烦我了？"

臧家庆却并不恼，好脾气地说："我今天不是来烦你的，是给你引见一个人。"

史副部长冷哼一声道："别说只是一个人，就是天王老子来了都没用！"

臧家庆却并不多言，而是冲外面一招手说："进来吧。"

随即，臧远航便提着一只不大的行李包，快步走了进来，恭恭敬敬道："史副部长早安，我是……"

史副部长见到他两手空空的，眉头当即一皱，没好气地说："你不用介绍了，我认识你臧远航。明人不说暗话，有关东陇海铁路工程取消一事，既然部里已经做了决定，任何人都无权更改的！"

臧远航笑笑道："今天我来，给你带来一样东西，看过后，你再确定更改不更改吧。"说话间，他已经郑重地打开了行李包。

史副部长虽然面色严肃，但还是用眼角的余光，不自觉地扫过去。

臧远航很快取出一个一尺见方的、盘龙附凤的保险箱，只见里面躺着一只碗！

史副部长脸上不由掠过一丝失望，义正词严地说："我史某人向来为官清廉、片瓦不沾，更何况是一只破碗呢？"

臧家庆微微一笑道："你再仔细看看，这并不是一只普通的碗。"他边说边把碗拿出来。

史副部长脸上掠过一丝不屑，但他的目光扫到碗的外面时，那张肥胖的脸上，立刻变得熠熠生辉了起来！

只见灰褐色的梅花枝干上，簇拥着一朵朵鲜艳欲滴的梅花，甚至连黄色的花蕊，都清晰可见！

他一边看一边贪婪地说："美，真是太美了，巧夺天工啊！"又仔细端详了一遍，便断定道，"出自清雍正年间！"

臧远航不动声色地问："何以见得？"

史副部长指着花纹道："你看，明朝珐琅彩瓷上的釉彩较为浓厚沉着，画工用笔也显得更为古朴。相比这件，此碗花卉上的粉红彩发色明艳通透，晕染细致有层次感，这些特征，在雍正年间的珐琅彩瓷上，十分常见啊，不足为奇。"

臧家庆摇摇头，坚定地说："你错了，这正是明成化年间的掐丝珐琅梅花花卉纹碗。"

史副部长眼睛一亮，随即疑惑道："怎么可能？据我所知，掐丝珐琅瓷器是清代才出现的。"

臧家庆骄傲地说："对一般人来说，确实如此。但是对景德镇龙珠阁官窑总监臧应选的后人来说，却是未必！"

史副部长不由一怔，随即惊喜道："不错，明末景德镇龙珠阁官窑总监，确实是臧应选。"又摇摇头说，"不对，他是江西人呢，怎么会到窑湾了？"

臧家庆郑重地说:"明亡后,先祖全家都被投进监狱。康熙初年山东郯城大地震后,与一批明末旧官员和反清复明义士被发配到地震重灾区,从此,先祖带着四子十二孙在窑湾开枝散叶,主要从事陶瓷生意。为了方便运输,身为长子长孙的远航太祖,毅然转行经营起了码头,即为现在的运河码头。"

史副部长立刻竖起大拇指,由衷赞道:"原来如此!真没想到,我竟然能遇到臧应选老先生的后人,真是三生有幸!"与此同时,眼中的贪欲更盛,充满期待地问,"你开价多少?"

臧远航傲然地说:"这是臧家的传家宝,也是稀世瑰宝,根本就是无价的,出多少钱都买不到!"

史副部长闻言,不禁沮丧道:"若能得此珍宝,我史某人就算现在就死,也一生无憾了啊!"

臧氏伯侄闻言,对视了一眼,同时点了点头。

然后,臧家庆"哦"了一声,故意轻描淡写地说:"死倒不必了,你若喜欢,拿去便是了!"

史副部长不由大喜过望,但还是又半信半疑地问:"这件珍品,真的属于我了吗?"

臧家庆点点头,但还是若有所思道:"那当然,不过东陇海铁路工程……"

史副部长听了这话,爱惜地把握了一下金元宝,又贪婪地望着掐丝珐琅梅花花卉纹碗,看上去左右为难。

臧远航见状，脸色一沉，当即把碗收起来，又"啪"的一声把保险箱盖上了，同时说："既然如此，那史副部长就不必为难了。"

史副部长连忙道："别、别啊，让我想想，再想想。"情急之中，眼珠一转，狡黠地说，"不瞒你们说，此次工程之所以取消，是因为有人举报说，铁路从臧家祠堂和徐家祖坟中间经过，会冲坏两家的风水，所以遭到徐氏族人的坚决反对。我看不如这样吧，你们双方各退一步，将铁路中心移动个位置，这样我也好向举报人交代，不知道你们意下如何？"

臧远航当即否定说："现在的中心位置，是我们经过多次反复勘测确定的，一旦移动，不但会影响窑湾经济的持续发展，更会影响苏北乃至全国经济的未来走向！"

史副部长虽然不舍，但还是将保险箱往外一摊，双手一摊道："那我就没有办法了。"

臧家庆略一沉吟，还是将保险箱推了回去，客气地说："史副部长不必多虑！窑湾南边是运河和骆马湖交汇处，铁路无法经过，依我看，就将中心北移到三十五里以外的草桥吧。"

臧远航当即反对："绝对不行！所谓牵一发而动全身，如果将中心北移到草桥，原本途经铜山、土山、窑湾、高流、阿湖、牛山、海州的线路，就得改成途经铜山、大榆树、草桥、刘马庄、黑埠、牛山、海州了，而大榆树、草桥、刘马庄、黑埠都是人烟稀少、荒凉偏僻之地,其地理地位和经济战略地位,和土山、窑湾、高流、阿湖完全不可同日而语的啊!"说到最后,他简直痛心疾首了。

史副部长苦笑着摇了摇头,一脸无奈。

没想到,臧家庆却大拇指一竖,以独特的视角说:"人烟稀少好,省去了搬迁拆除之力;荒凉偏僻好啊,更方便工程施工了!"

史副部长当即连连点头,并将木盒子搂入怀中,然后竖起大拇指称赞道:"还是臧主事明白事理!请你们放心,我立刻让人着手准备,绝对按既定时间开工!"

臧家庆当即拱拱手,笑容满面地说:"那就多谢了。"

臧远航不由目瞪口呆,他张了张嘴,似乎还想说什么。

臧家庆却一挥手打断了他,果断地说:"就这样定了!"

北京铁道部外,臧家庆脸上笑意全无,阴沉着脸,径直走出了大门口。

臧远航连忙追上去,急切地问:"三大、三大,你为什么要同意铁路北移!"

臧家庆终于停住脚步,深深地叹了口气,无奈地说:"我也不想那样啊。可是这个贪官,明显已经得了吴俊锋的好处,数量应该还不少。常言道,'吃人的嘴软,拿人的手短,'如果不退一步,他也不好向对方交代。"

臧远航恨声道："他吃什么就让他吐什么！"

臧家庆拍拍他的肩，劝慰地说："傻孩子，官场上的事，岂是你想象的那样简单？算了，北移三十五里，已经是最好的结局了。虽然不利于窑湾经济的持续发展，但是对整个苏北还是有利的。否则，倘若南线趁机争取入海口，整个苏北经济就会遭受到重创。"想了想，又提议道，"铁路建好后，我们可以考虑将货运站放在窑湾，或许还能弥补铁路北移的部分损失。如果不能弥补，就说明窑湾的气数已经尽了，也是天意啊！"

臧远航无奈之下，只好接受了现实，坚定道："三大，请你放心，我一定会想尽一切办法弥补的！"

臧家庆点点头，想说什么，却欲言又止。

第44章　铁路修到了别处

正午时分，中宁街上。

臧远航和徐佩芸并排走在街上，看上去十分温馨和谐。

徐佩芸一脸兴奋地说："盼盼对我可亲了，一天到晚'大姨长大姨短'地叫。大家也都说，她长得一点都不像她妈，而是像极了我。"然后扯了扯身边的人，充满期待地问，"唉，你说奇怪不奇怪？"

臧远航正想着心事，不由一怔，随即道："啊？你说什么？"

徐佩芸噘着嘴，不满地说："算了，你根本没听我说话！你到底在想什么？"

臧远航连忙支吾道："我、我在想，佩萍身体渐渐好转，我们也应该考虑考虑自己的婚礼了，你说是不是？"

徐佩芸却摇摇头，肯定地说："你想的绝对不是我们的婚礼！自从东陇海铁路工程取消后，你就像是变了一个人似的。别忘记了,你可是答应我了的,以后绝不可以再提修铁路的事情了。"

臧远航点点头,敷衍道:"好的,我记得呢。"说到这里,他一抬头看到面前的婚纱店,便掩饰说,"现在时兴西式婚纱,不如我们也买一套吧。"

徐佩芸点点头,抬脚就想往里走。

没想到恰在这时,一个报童举着报纸走过来,边走边喊:"卖报,卖报!东陇海铁路工程已恢复,并定于五月初正式动工!"

徐佩芸不由大吃一惊,立刻掏出钱递过去说:"我买一份!"

臧远航回过神来,便想要阻拦:"佩芸,不要……"

但是已经晚了!

徐佩芸已经飞快地从报童手中夺过报纸,然后颤抖着双手打开,只见头版头条上赫然写着一行黑字:东陇海铁路将按原计划正式施工,因故移到窑湾北三十五里!

徐佩芸简直不敢相信自己的眼睛,揉了几次,才终于确认!

她回过神来,即愤怒地抬起头来,恶狠狠地问:"你明明答应我了,为什么还要背后搞鬼!"

臧远航立刻慌了,连忙解释道:"我承认我确实是骗了你,但是破坏风水一说,真的不可信……"

徐佩芸不由跺跺脚,气急败坏地说:"你个笨蛋!你以为我和爸阻止修建东陇海铁路,真的是为了风水吗?"说到这里,忽然想到什么,越发惊慌了起来,"不好了,佩萍……"

于是，她慌乱地扔下报纸，跌跌撞撞地转身跑去！

臧远航不由惊讶道："与佩萍有什么关系？"回过神来，立刻一拍脑袋，恍然大悟地说，"我终于明白了，是为了佩萍！"

他想到这里，心里不由一寒，当即拔腿追上去："佩芸，佩芸……"

没想到，他还没跑两步，却被迎面赶来的臧远方拦住了："远航，出事了，出大事了！"

臧远航立刻停住脚步，诧异地问："出什么事了？"

臧远方气喘吁吁地说："三百六十余家商户的老板和伙计们，已经把铁路公司团团围起来了！"

臧远航闻言，不由大吃一惊："啊！"

与此同时，运河码头管理处对面的铁路商办公司。

三百六十余家商户将铁路公司围得水泄不通，他们个个都义愤填膺地喊道："臧远航，滚出来！臧远航，滚出来……"

陆文安父子、臧家梁和臧远胜等人，声音都喊得嘶哑了："静一静，大家静一静，有事好商量……"

但是于事无补，愤怒的人群越聚越多。

不大一会儿，臧家两兄弟远远地来到人群外围。

眼尖的臧远胜立刻看到他们，连忙跑过来，催促说："远航，这次你算犯了众怒了，还是不要过去了，赶紧躲一躲吧。"

臧远航却摇摇头，继续坚定地一步步向人群走去！

随即，已经有商户看到他了，当即大叫起来："臧远航来了！臧远航来了！"

于是，人群一边叫嚷着，一边迅速把他围在了当中！

他们一边愤怒地向他扔石子、鸡蛋、西红柿以及一切可以扔的东西，一边怒骂着！

商户甲手指几乎指到他额头上了，并喷出唾沫星子骂："姓臧的，我们捐的钱，你凭什么要拿到别处修铁路？"

商户乙骂道："狗东西，我们的钱也是汗珠子摔八瓣赚的，不是大风刮来的！"

商户丙骂道："把我们所有人都当猴耍，你会死得很难看！"

商户丁骂道："别和骗子废话了，快把钱还给我们！

商户们纷纷附和道："对，快把钱还给我们！"

……

很快，商户们就达成了一致。

于是，他们同时挥舞着拳头，整齐划一地喊道："把钱还给我们！把钱还给我们！把钱还给我们……"

臧远航用力擦掉脸上的鸡蛋清和西红柿汁，努力镇静地说："静一静，大家静一静……"

商户甲立刻呛声道："我们投了那么多钱进去，现在铁路却修到了别处，你叫我们怎么冷静？"

商户乙也道:"想叫我们冷静也行,还钱!"

其余商户闻言,纷纷附和道:"对,还钱!"

……

臧远航见此情景,知道所有解释都是多余了!

于是,他情急之中,竟然想到了主意,便故作慷慨激昂地说:"我知道,大家对这件事很气愤!可是,你们有没有想过,现在青岛和上海都属于日本占领区,两地离我们都不远,并且与海州有共同的海岸线。倘若东陇海铁路经过窑湾的话,那么一旦中日两国开战,侵略者很快就会乘火车到来,我们是不是连准备的时间都没有了,只能任其铁蹄无情践踏,在自己的国土上做亡国奴?现在北移三十五里,既解决了运输难问题,又可以有效避免引来兵灾,简直是两全其美啊。"

激愤的商户们听到这话,一下子都愣住了!

连臧家人和陆氏父子,也不禁面面相觑!

商户甲在片刻的愣怔过后,率先回过神来,反驳道:"不对!要是害怕引来兵灾,你当初为什么坚持要修建这条铁路?"

商户们纷纷附和道:"对,为什么?"

臧远航紧张得额头都渗出了汗珠,但还是字斟句酌地说:"大家听我说,听我说。无论如何,我们不得不承认一点,那就是因为铁路运输的方便和快捷,终究肯定会取代水路的,所以我才'两害相权取其轻',折中了一下。但是我们仍然可以将货运站放在窑湾。如此一来，既方便了运输，保证我们三百六十余家商户经济的持续发展，又可抵挡兵灾，最大限度保证大家的人身安全。这叫进可攻，退可守，何乐而不为呢？你们说是吧？"

这个解释，虽然有些牵强附会，但很符合逻辑啊。

商户们闻言，大多数人连连点头，纷纷释怀道："说得也是啊。"

臧家人和陆文安父子也点点头。

于是，刚才愤怒不止的商户们，渐渐变得安静下来，并很快陆续散去。

臧远航这才长舒了一口气，浑身上下却已经被汗水浸透了。

大街上，居民区内，徐佩芸仍然在快速奔跑，嘴里一遍遍念着"佩萍佩萍"，如疯了一般！

与此同时，吴家大院内。

脸色已经变得红润的徐佩萍，正坐在桌子边，开心地逗弄着怀里的孩子："宝贝，来，叫声爸爸。"

盼盼听话地张开了小嘴，却咿咿呀呀叫了声："爸……爸……"

徐佩萍立刻就笑了，同时幸福地说："盼盼会叫爸爸了，爸爸要是知道，一定会很高兴的。"

没想到话音未落，吴俊锋就拿着一份报纸，"砰"的一声推开房门，脸色阴沉得简直可怕!

徐佩萍下意识地回头，不由一阵胆寒，脸上的笑容瞬间就凝住了!

吴俊锋用血红的眼睛瞪着她，咬牙切齿地低吼道:"徐佩萍!"

徐佩萍情不自禁地打了个哆嗦，颤抖着声音说:"俊、俊锋，发生什么事了?"

吴俊锋气急败坏道:"废话少说!赶紧收拾一下，我马上送你回娘家!"

徐佩萍惊慌之下，忍不住失声哭起来:"吴俊锋，你把我看成什么人了?想要就要，想不要就不要?"

吴俊锋冷笑一声，恶狠狠地说:"徐佩萍，你太看得起你自己了，我从来都没想过要你!要不是你爸和你姐答应阻止臧远航修建东陇海铁路，我早就与你一刀两断了，根本就不会去接你回来!"

徐佩萍闻言，脸色立刻大变，哆嗦着嘴唇，不相信地问:"你、你讲的，可是真的?"

吴俊锋果断道:"半点都不假!现在，铁路还是要修了，你也该回去了!"

他说完这话，便粗暴地抢过孩子!

立刻，盼盼哭闹不已，一边拼命挣扎着小身子，一边大声朝徐佩萍喊"妈妈抱，妈妈抱"。

徐佩萍见状，心都碎了，便也想过来抱女儿:"盼盼乖，盼盼不哭。"

但是吴逡锋却毫不心软,不但根本不让她碰孩子,还扯起她的头发,强行向外拖!

大病未愈的徐佩萍,毫无还手之力,很快就被拖到了门边。

情急之中,她索性抱住门板,苦苦哀求道:"俊锋,我求求你了,不要撵我走。就算你不看在我的分上,也请看在女儿的分上。只要你不撵我,下半生我会做牛做马,来弥补当初骗婚的亏欠,好不好?"

这个时候,吴俊锋已经完全失去了理智,几近咆哮地说:"废话真多!再不走我就先打死你,让你下辈子再做牛做马吧!"边说边运足了全身的力气,劈掌就要打过去!

好在这时,吴光淮夫妻闻讯赶了过来。

吴光淮见状,连忙扯住儿子的胳膊,怒喝道:"你疯啦?"说完便把他推到一旁。

窦玉美也呵斥道:"俊锋,你又犯什么病了?"

吴俊锋理都不理父亲,只是将盼盼往母亲怀里一塞,然后铁青着脸,猛地挽起了袖口,一步步向妻子逼近!

徐佩萍吓得抱着门板,情不自禁地连连后退!

直到退无可退,她才恐惧地说:"你、你要干什么?"

吴俊锋一字一顿地问:"说,你自己滚,还是要我把你扔出去!"

徐佩萍眼看躲不过了,只好无助而绝望地哭喊道:"我不走!打死我我都不走!我生是吴家的人,死是吴家的鬼!"

吴俊锋冷笑一声,皮笑肉不笑地说:"好,那我就成全你!"说完,又再次扬起了巴掌!

吴光淮夫妻连忙喝道:"俊锋,不要!"

徐佩萍紧张地望着丈夫因为生气而变得狰狞的脸,浑身抑制不住地颤抖起来!

吴俊锋的巴掌高高地举在了半空中,但是始终没有落下来!

他低吼一声道:"最后问你一次,是你自己滚,还是要我把你扔出去?"

徐佩萍张了张嘴,刚说了一声"我",口中忽然就喷出一股鲜血来,接着身子一歪,竟瞬间轰然倒地!

吴光淮夫妻不由发出一声惊叫:"啊,佩萍!"然后同时扑了过来。

不更世事的盼盼,仿佛有预感似的,猛地发出了一声响彻云霄的哭喊:"妈妈抱……"

与此同时,吴俊锋被这突如其来的变故惊呆了,脸色立刻变得惨白!

他回过神来,立刻将妻子抱进怀里,同时发疯一般地摇着,边摇边呼喊道:"佩萍,佩萍,你醒醒啊,你不要吓我……"

但是徐佩萍脸色惨白得像纸一样,早已经昏死过去了!

吴俊锋回过神来,连忙抱起妻子,飞也似的冲出门外。

徐佩芸正好迎头走进院内,看到这一幕,不由就呆住了!

她当即惨叫一声道:"佩萍……"

第45章 她就这么想不开

中西大药房外,一辆黑色的小轿车飞也似的驶过来,并戛然而止。

随即,吴俊锋打开车门,迅速将软绵绵的妻子抱了出来,飞也似的冲进药房,同时喊道:"救她,快救救她……"

徐佩芸亦随即赶了过来。

正在问诊的赵涟泰,只瞟了一眼徐佩萍,脸色即是一黯,连忙站起身来!

中西大药房诊室内,笼罩着一层紧张又哀伤的氛围。

徐佩萍紧闭着双眼,头发凌乱地躺在床上,正在打点滴,身上亦插满了银针。

赵涟泰正在给她检查身体,眉头却皱得越来越紧了。

吴俊锋、徐佩芸和吴光淮等人紧张地站在旁边,都是满脸焦虑。

终于,赵涟泰摘下听诊器。

吴俊锋连忙迎上去,沙哑着嗓音问:"怎么样?"

赵涟泰摇摇头,难过地说:"内脏大出血,已经回天乏力了!"

徐佩芸闻言,立刻放声大哭起来:"佩萍,你不能死,你不能死啊!"

吴俊锋捶打着自己的脑袋,悔恨道:"都怪我,都怪我!"

徐佩芸一边哭喊一边对他又打又骂:"你这个畜生,是你杀死了佩萍,你还我妹妹,还我那么好的妹妹啊!"

吴俊锋痛哭流涕地说:"请你相信我,我真的不是想要她死的啊,我只是想发发怒气,谁知道、谁知道她就这么想不开呢……"

徐佩芸怒道:"她要是能想得开,当初就不会想尽一切办法嫁给你了,呜呜呜!"

忽然,徐佩萍吃力地睁开眼睛,轻轻呼唤道:"俊……锋……"

吴俊锋连忙走过去,哽咽地说:"佩萍,对不起!"边说边紧紧地抓住她的手。

徐佩萍惨然一笑,然后断断续续道:"别……别这样说,能、能死在你怀里,我……很幸福……我要回家……"

吴俊锋流着眼泪,重重地点头说:"好,回家,我这就带你回家!"

徐佩萍脸上露出一丝笑意,头一歪,慢慢松开了丈夫的手。

吴俊锋立刻惨叫一声:"佩萍……"

顿时,药房里哭声阵天,纷纷喊道:"佩萍……"

中宁街正逢庙会，车如流水马如龙。

吴俊锋目光呆滞地横抱着徐佩萍，机械地迈着脚步，一步一步向前走着，走着……

徐佩芸跟在他们身后，眼泪如断线的珠子一般往下滴。

刚才喧嚣的街道，立刻安静了下来，路人自动闪向两边，迅速让出了一条道路。

臧远航处理完商户们闹事后，正好迎面而来！

他见此情景，脸色立刻变得惨白，情不自禁地停住了脚步！

吴家大院内，里里外外都挂满了白幡，上上下下哭声一片。

徐佩萍却再也听不到了。

她穿着一袭白底碎花的旗袍，被缓缓抬进了黑色的棺材里。

吴俊锋不停地扇着自己的耳光，可是他的妻子，却再也看不见了。

徐佩芸牵着小外甥女，早已经泪流满面。

刚会走路的盼盼，穿着一身白色的孝服，一边哭闹着，一边摇摇晃晃地走向棺材，可怜巴巴地伸出两只小手，同时嘶哑着童音喊："妈妈抱……"

窑湾城北，吴家墓地里，垒起了一处新坟。

徐佩萍年轻灿烂的笑脸，永远定格在冰冷的墓碑上。

照片下方,是一行隶书:吴俊锋之妻徐佩萍之墓。

吴徐两家亲友,站在墓碑前哀悼。

柳兰香一边哭喊着,一边对所谓的女婿又打又骂:"你个畜生,佩萍上辈子是造了什么孽啊,这辈子瞎了眼才看上你啊……"

吴俊锋呆立原地,如木雕泥塑一般,任由她打骂着。

终于,柳兰香打骂够了,却一屁股坐在地上,一把鼻涕一把眼泪地哭起来:"你还我女儿啊,还我苦命的女儿,是妈害了你啊,呜呜呜……"

但是徐佩萍却再也听不到了,年轻的生命就此结束!

徐佩芸抬起蒙眬的泪眼,望着墓碑上的那行字,不由默默念叨:"佩萍,'生是吴家人,死是吴家鬼',你做到了,安息吧!但愿来生,你再也不要与这个男人相遇相知相爱了!"

窑湾城北三十五里外的草桥,铁路工人们正在紧张地夯土施工,一副热火朝天的劳动场景。

运河码头对面铁路商办公司内,臧远航坐在办公桌前,一副失魂落魄的模样。

忽然,陆元榜拿着一份报纸,急匆匆走进来:"远航,你看!"

臧远航接过报纸一看,只见头版头条上是《东陇海铁路正式开工》!

他烦躁地将报纸揉成一团,然后深深地叹了一口气。

陆元榜见状，便试探地问："远航，现在铁路修得那么远，你认为强行将货运站放在窑湾，真的能弥补北移三十五里的损失吗？"

臧远航苦笑道："很难。等铁路修好后，先试行一段时间再说。如果不行，再另想办法。"

陆元榜点点头，故作轻松地说："铁路正式施工了，我算是完成历史使命了。从明天开始，我也要开始筹办新学堂了。"

臧远航伸出手，感激道："元榜哥，这段时间，真的是辛苦你了！"

陆元榜握住他的手，同情地说："你比我更辛苦！"说到这里，忽然想起什么，又道，"对了，刚才我在河堰上遇到佩芸了，看上去很憔悴。佩萍的事，她还没有原谅你吗？"

臧远航眼睛不由一亮，匆匆撂下一句"没呢"，然后拔腿就往外走！

运河堰上那棵古银杏树下，徐佩芸默默地站着，神情忧伤地凝望着大运河。

臧远航从后面走过来，犹豫了一下，还是鼓起勇气喊道："佩芸。"

徐佩芸并没有回头，却幽幽地说："你还记得吗？当初就是在这条路上，我和佩萍第一次遇到你和俊锋。"

臧远航点点头道："记得，怎么会不记得呢？"

与此同时,他眼前不由闪过四个人第一次相遇的场景。

姐妹俩边说着话儿,边上了大运河堰。

与此同时,忽然旁边闪过刺眼的亮光,同时传来自行车清脆的铃响!

走在后面的徐佩芸,率先反应过来,不由惊呼一声:"小心!"

与此同时,从北边飞驰而来两辆自行车,正是进行比赛中的臧远航和吴俊锋!

吴俊锋成功越过姐妹俩,行走在前面,回头得意地笑道:"这次我赢定啦!"

已经落后的臧远航本想下车,但是听了这话,便犹豫了一下,又将刚刚抬起准备下车的腿,迅速缩了回去。

于是,他把车头一歪,也想要绕开姐妹俩,但是由于惯性,还是向徐佩萍猛冲了过来。

虽然有篮子挡住了自行车,但徐佩萍还是被惯性带到路中间,"扑通"一声倒在了地上。

立刻,篮子里的芦苇叶撒得满地都是。

与此同时,臧远航也连人带车地摔倒在地上。

徐佩芸连忙拉住妹妹,心疼地问:"佩萍,你怎么样?"

吴俊锋也回头下了自行车,走到徐佩萍面前,蹲下身去,关切地问:"你没事吧?"

徐佩萍抬头望着他,脸一红,倏又羞涩地低下了头。

臧远航想到这里,不由伤感地说:"那时候,佩萍单纯可爱,连和男生说话都要脸红的。"

徐佩芸点点头道："是啊,她一直是这样的,人也很胆小善良。以前每当妈虐待我,她总是挺身而出。要不是因为太爱俊锋,她绝对不会同意姐妹易嫁的。如果嫁给了你,就算你不爱,但是以你的性格,你也一定会对她很好很好的,她也一定会很幸福很幸福。最少不会像现在这样,年纪轻轻就离开了。"

臧远航闻言,不由惭愧地说："可惜到最后,还是我害了她。我万万没有料到,臧吴两家持续多年的争斗,最后竟然以一个徐姓女子的生命,做了最后的了结!"说到这里,忽然责怪道,"我现在才明白,你和岳父是为了让佩萍回到吴家,才以破坏风水的名义,阻止我修建铁路的。为什么那么大的事,你不告诉我呢?"

徐佩芸这才转回头,扫了他一眼,却讽刺道："就算我告诉你,你也不会改变主意的,不是吗?"

臧远航愧疚地说："我不会改变主意,但是我们可以用更好的方式解决,从而避免惨剧的发生。"

徐佩芸摇摇头道："佩萍唯一的愿望,就是让俊锋把她接回家。除此以外,任何方式都无法让她放下心结,好好养病。"说到这里,不由哽咽了,"虽然她死了,但是也终于完成了心愿,死在吴家大院,死在最心爱的人的怀里。也许,这是她最好的结局吧。"

臧远航苦笑了笑,然后小心翼翼地说："对不起,我知道自己对于佩萍的死,负有不可推卸的责任。但是请你看在事出有因的分上,原谅我好吗?"

徐佩芸摇摇头,惨然一笑说:"每个人都有选择的自由,我为什么要怨恨你呢?"

臧远航眼睛不由一亮,试图想要搂住她的双肩:"这么说,你终于肯原谅我了吗?"

徐佩芸却避开他的手,向后退了一大步,毅然决然道:"你还不明白吗?我不怨恨你,并不是原谅你,而是因为,对我而言,你已经是一个陌路人了!"

臧远航闻言,不由失声叫起来:"佩芸,你怎么可以这样说?在我们推迟婚礼时,你亲口说过的,'死生契阔,与子成说。执子之手,与子偕老'!"

徐佩芸却尖声叫道:"臧远航,你还有什么资格对我说这种话!当你违背对我的承诺,当佩萍因此而死时,你就已经没有这个资格了!"

她说完这话,便倏地转过身去,踉踉跄跄地跑走了!

臧远航呆了一呆,立刻追了上去,急切地说:"佩芸,原谅我,佩芸……"

就这样,两人一个在前面跑,一个在后面追,很快来到了徐家大院门口。

在臧远航即将追上徐佩芸时,对方却一头闯进家里,并"砰"的一声,迅速把门关上了。

他立刻拍门,并焦急地喊道:"佩芸,佩芸,你开门啊!"

第46章　谁都不娶

徐家大院后院东厢房，徐佩芸一头闯进卧室内，然后扑到床上，放声大哭！

她边哭边语无伦次地说："佩萍，对不起；对不起，远航……"

与此同时，徐家大院门口。

午后的太阳，越来越暗淡下来。

臧远航却如没看到一般，仍然围绕着院墙，转来转去。

他一边转还一边喃喃自语道："佩芸，开门哪。佩芸，开门哪……"

终于，徐佩剑背着书包，放学回来了。

臧远航眼睛不由一亮，连忙迎上来说："佩剑，帮我叫你姐出来好不好，我有话和她说。"

徐佩剑点点头，走进了家门。

但是他再走出来时，却无奈地摊了摊手道："我姐不见你。"

臧远航苦笑了笑，只好继续转悠。

不一会儿，柳兰香打牌回来了。

臧远航再次迎上去，恳求地说："岳母，帮我叫佩芸出来好不好，我有话和她说。"

柳兰香虽然有些不情愿，但犹豫了一下，还是走进了家门。

她再走出来时，也无奈地摊了摊手道："佩芸不见你。"

臧远航郁闷极了，却也只能继续转悠。

最后，徐立春下班回来了。

臧远航第三次迎上去，哀求地说："岳父，帮我叫佩芸出来好不好，我有话和她说。"

徐立春爽快地说了声"好"，便急步走进了家门。

他再走出来时，同样无奈地摊了摊手道："佩芸不见你。"

臧远航不由痛苦地说："她到底怎样才能见我啊？"

徐立春疑惑地问："你是不是得罪她了，她才不愿意见你？"

臧远航不由为难道："我……我……我……"

但是他望着对方憔悴不堪的脸，更加愧疚了，根本无法启齿。

徐立春见状，便不耐烦地说："别'我我我'的了，我的女儿我知道，她虽然和你还没有正式复婚，但一直当自己是臧家人的。你要是没做错事，她绝不会这样狠心的。"随即把脸一沉，即下了逐客令，"天不早了，你不必再等了，快回去吧。"

他撂下这话，便迅速转身，并"砰"的一声关上了大门！

臧远航望着紧闭的大门,不由仰天长叹!

晚饭时,臧家大院客厅内,臧家人正准备吃饭。

曹秀英和三儿媳坐在一起,正在说着什么。

忽然,臧远航将衣服搭在肩膀上,没精打采地走进来。

臧增福连忙招呼道:"远航,怎么现在才回?快过来吃饭吧。"

臧远航走到他身边,懒懒地拿起饭碗,却半天都没有动筷子。

臧家梁关心地问:"是不是这段时间码头、铁路两头跑,有些累了?"

臧远航心不在焉地"哦"了一声,淡淡地说:"还好。"

曹秀英见状,便向三儿媳使了个脸色。

郭文芳点点头,试探地问:"远航啊,我怎么听人说,你这几天一直在徐家周围转悠?是不是和佩芸闹矛盾了?"

臧远航眼睛一黯,却并不说话。

庄淑环撇了撇嘴道:"那个徐佩芸也真是的,又是离婚又是推迟婚期的,不知道搞什么鬼?要是不想嫁,她倒是早点说呀,别耽误我们远航了。"

陆慧珊责怪地说:"妈,佩芸为臧家付出那么多,你怎么能这样说她呢?"

臧远方和已经挺起大肚子的吴俊莹,连连附和道:"就是,就是。"

臧远胜却反驳地说："我不这样认为啊。妈说的话虽然不好听，但是我总感觉，远航和佩芸两个人，好像情深缘浅似的。"

此言一出，所有人都愣住了。

臧家栋附和道："远胜说得很有道理啊。"然后安慰侄子说，"远航啊，你也别太难过了，大丈夫何患无妻？"

庄淑环闻言，立刻眉开眼笑地说："要是这样，我就把我弟媳的侄女介绍给远航，那可是亲上加亲哦。"

曹秀英点点头道："我妹妹的孙女也不错呢。"

郭文芳也附和说："我哥一个仁兄弟的女儿，也一直很喜欢远航呢。"

一时间，众人七嘴八舌地议论开了，似乎每个人都能介绍一个好女孩儿似的。

臧远航再也听不下去了，"啪"地将筷子往桌上一放，霍地站起身来，不耐烦地问："你们说够了没有？"

众人听了这话，同时闭了嘴！

臧远航坚决地说："这些话，以后你们不许再说了。我这辈子除了佩芸，谁都不娶！"说完，转身就走。

众人望着他的背影，不由面面相觑！

入夜时分，臧家大院后院小夫妻俩卧室内。

臧远航躺在双人床上,望着另一侧空空的枕头,无数次痛苦地念叨着:"佩芸、佩芸,我和你,真的是情深缘浅吗?"

早饭过后,徐家大院后院东厢房内。

徐佩芸坐在桌前,反复在纸上写着:"死生契阔,与子成说。执子之手,与子偕老!"

但是很快,泪水一颗颗落下来,打在纸上,字迹很快就模糊了起来。

忽然,门外传来了柳兰香的声音:"佩芸,佩芸。"

徐佩芸连忙将纸藏到书里,然后擦干眼泪,打开门平静地问:"妈,什么事?"

柳兰香焦急地说:"刚才吴家一个姑奶奶来串门说,因为佩萍的事,很多人骂吴家丧尽天良,'铁公鸡'两口子都被气得病倒了,俊莹又怀孕了,盼盼只好由她爸带了,可是你说一个大男人,哪里会带孩子呀。不如,你去吴家把她接回来吧。"

徐佩芸恨声道:"那个畜生,我实在不想看到!"

柳兰香叹了一口气,哽咽地说:"我更不想看到!可是吴家请的用人很少,也并没有奶妈,到头来,受罪的还是我们盼盼呀。"

徐佩芸也难过起来,只好很不情愿道:"那……好吧。"

她刚一走出房门,才发现天阴沉沉的,好像要下雨一般。

吴家大院门口，不时传出小孩子"哇哇哇"的哭闹声。

徐佩芸快步走过来，望着厚重的大门，犹豫了一下，还是伸出手，试探地敲起来。

过了好一会儿，瘦小的许管家才过来开了门。

徐佩芸还没容对方开口，便急急道："许管家，我来接外甥女。"

许管家倒是个知趣的，连忙说："徐小姐，快请进吧。"

与此同时，盼盼的哭声更响亮地传过来。

徐佩芸心里越发焦急，径直走进客厅。

此时，盼盼露着大半个小身子，泪水和鼻涕糊得一头一脸，已经哭得上气不接下气了。

吴俊锋正手忙脚乱给她换衣服，越急却越是穿不上，也已经急出了一头一脸的汗水。

徐佩芸连忙飞奔过去，一把从他手中夺过衣服，三下五除二就帮孩子穿上了。

没想到盼盼看到她，马上停止了哭泣，委屈地张开小手，并口齿清晰地喊了声："大姨抱。"

徐佩芸鼻子一酸，连忙心疼地将她抱在怀里。

刚才还哭得上气不接下气的小人儿，立刻"咯咯咯"地笑起来，并紧紧搂住了她的脖子。

徐佩芸轻轻给她擦去泪水和鼻涕，心都融化了。

吴俊锋见状，不由愧疚道："谢谢你。"

徐佩芸却连看都不看他一眼，而是冷冷地说："我不和畜生讲话！"

她撂下这话，便抱起小外甥女，转身就走！

吴俊锋呆呆地望着她的背影，不由重重地叹了一口气，然后狠命地捶打着自己的脑袋。

徐家大院外，臧远航徘徊在附近，不时地盯着大门口。

第47章 孟昭桓私塾馆

吴家大院门口,徐佩芸抱着盼盼走出来。

没想到,她刚走了几步,天边就滚过一阵响雷,很快淅淅沥沥地下起雨来。

盼盼并不知道害怕,反而挥舞着小手接雨水,玩得不亦乐乎。

徐佩芸连忙脱下外衣,给她披在头上,同时加快了脚步。

吴宅客厅内,吴俊锋听到雷声,不由一惊!

他连忙站起身来,下意识地从墙角拿起一把伞,犹豫了一下,还是迅速向门外冲去。

中宁街上,天阴沉沉地可怕,雨水也越来越大了。

徐佩芸抱着盼盼,深一脚浅一脚地在雨中行走,想在雨下大之前赶回家。

忽然,头顶又滚过一声炸雷,随即,雨下得更急了。

徐佩芸抹了一把脸,想要到不远处的屋檐下躲雨。

正在这时,身后忽然传来吴俊锋焦急的声音:"佩芸,佩芸。"

与此同时,一把大伞遮在了徐佩芸的头顶!

虽然雨水被挡住了,但是她不但没有一丁点儿的感动,还厌烦地吼道:"滚开!"边说边再次冲进雨中。

没想到,又一个响雷滚过,雨越发地大起来!

吴俊锋举着伞,焦急地追上去,连追边喊:"佩芸,佩芸……"

徐佩芸仍然不理他,自顾自往前走。

突然,她脚下一滑,差点儿跌倒,同时把孩子的小脸露了出来。

吴俊锋又举着伞追过来,同时哀求道:"你不看在我的分上,也请看在孩子的分上啊!"

说话间,豆大的雨点噼里啪啦打在盼盼脸上,她忍不住哇哇大哭起来。

徐佩芸无法,只好暗中咬了咬牙,没有再躲避。

就这样,两个人共撑一把伞,护着孩子,互相扶持着向前走去。

徐家大院外,早已经大雨倾盆。

臧远航为了躲雨,站在对面人家的屋檐下,虽然冷得瑟瑟发抖,但是眼睛却仍然一眨不眨地盯着门口。

没想到不大一会儿,徐佩芸就抱着盼盼,躲在吴俊锋的雨伞下,三个人相拥着朝大门走来。

臧远航抬头望见他们,一下就傻了眼!

他张了张嘴,但是犹豫了一下,还是强行将涌到嘴边的"佩芸"两个字,咽了回去。

此时,吴俊锋的整个身子都露在伞外,整把伞都撑在徐佩芸和孩子身上。

然后,两人便一前一后进了家,并"砰"的一声关上了门!

臧远航见此情景,忍不住心如刀割,痛苦万分道:"难道佩芸她变心了?"随即,又立刻激烈摇头,"不、不会,绝对不会!佩芸爱的人是我!"

他望着紧闭的大门,不由深深地叹了一口气,然后失魂落魄地走在雨中,任凭雨水打在脸上、身上,很快就变成了落汤鸡!

徐家大院客厅内,徐立春夫妇站在门口,正焦急地望着院内。

终于,门楼里出现了一把伞。

徐立春夫妇顿时舒了一口气,异口同声道:"回来了,回来了。"

等他们看清伞下的人时,四只眼睛同时就瞪大了!

吴俊锋自知罪孽深重,所以收起伞后,就"咕咚"一声跪下了。

他先是"咚咚咚"地磕了三个响头,然后悔恨万分地说:"岳父,我认错来了!要打要罚,随你的便!"

柳兰香怒声道:"谁是你岳父?马上给我滚!"

徐立春则二话不说,抄起身后的扫帚,连打带骂道:"我打死你个畜生,我打死你个畜生!"

吴俊锋跪在地上一动不动,而是任由他打着。

徐立春也真是下了狠手,所以很快,他的脸上就布满了血痕。

盼盼望着爸爸,立刻吓得大哭起来。

徐佩芸连忙哄劝说:"不哭不哭,盼盼不哭。"

柳兰香则恨声道:"使劲打,打死了给佩萍陪葬!"

但是盼盼的哭声,却越发地大起来,一边哭还一边稚声稚气地说:"爸爸疼,爸爸疼,爸爸疼……"

徐佩芸望着她可怜巴巴的小脸,实在不忍心。于是,她只好劝道:"爸,不要再打了,盼盼的嗓子都哭哑了。"

徐立春这才冷哼一声,扔下扫帚,余怒未息地说:"要不是担心盼盼小小年纪就没了爸,看我今天不打死你!"

柳兰香接过盼盼,心疼道:"我可怜的孩子,刚一生下来就没了娘,以后你可怎么办啊?呜呜呜!"

她说到这里,忽然想起什么,目光在大女儿的脸上扫了扫,又在女婿的脸上扫了扫,点了点头,却又摇了摇头,一脸的若有所思。

江西会馆窑湾新式学堂教员办公室内,陆元榜正在认直地批改着学生作业。

忽然，臧远航垂头丧气地走进来说："元榜哥。"

陆元榜抬起头，惊讶地问："远航，你脸色怎么这么差？"

臧远航坐在他对面的椅子上，难过道："佩芸不理我了。"

陆元榜安慰地说："佩芸是个通情达理的女子，她现在还在气头上，等时间一长，她就会慢慢想开的。"

臧远航郁闷道："可是，我前几天看到她和吴俊锋共撑一把伞，看上去很亲密。"

陆元榜闻言，不由一惊："很亲密？"随即摇头说，"不可能，绝对不可能！按理，佩萍的死，主要是因为俊锋。佩芸连你的无心之失都不会原谅，又怎么会原谅俊锋的有意为之呢？"

臧远航闻言，这才转忧为喜道："你的意思是，我和佩芸还有可能？"

陆元榜毫不犹豫地说："那当然。我听慧珊说了，你们两个走到今天这一步，很不容易，怎么可能轻易放弃彼此呢？你不要多想了。"然后忽然想到什么，认真道，"对了，我想请你帮一个忙。"

臧远航苦笑道："我现在感情事业都一败涂地，能帮你什么忙啊？"

陆元榜却笑笑说："这个忙，你一定能帮的。"然后郑重地说，"我的新学堂是办起来了，还缺少一名优秀的国文老师，我去请了私塾馆的孟昭桓先生几次，可是他都拒绝了。据我所知，他一直十分欣赏你集资修建东陇海铁路的倡议和恒心,所以,如果你能帮我去请,或许看在你的面子上,他就答应了呢。"

臧远航只好没精打采道:"好吧,我去试试。"

孟家是一座两进两出的院子,前庭是私塾馆,后庭则是自家居住。

臧远航和陆元榜刚一走进院子,就听到了琅琅的读书声。

两人对望一眼,同时走到了窗户边。

孟家私塾馆内,师生们正捧着书本,摇头晃脑地朗诵着。

孟昭桓抑扬顿挫地念道:"《论语·颜渊》。"

学童们齐声跟着念:"《论语·颜渊》。"

孟昭桓念道:"子贡问政。"

学童们跟着念:"子贡问政。"

孟昭桓念道:"子曰:'足食,足兵,民信之矣。'"

学童们跟着念:"子曰:'足食,足兵,民信之矣。'"

孟昭桓念道:"子贡曰:'必不得已而去,于斯三者何先?'"

学童们跟着念:"子贡曰:'必不得已而去,于斯三者何先?'"

孟昭桓念道:"曰:'去兵。'"

学童们跟着念:"曰:'去兵。'"

孟昭桓念道："子贡曰：'必不得已而去，于斯二者何先？'"

学童们跟着念："子贡曰：'必不得已而去，于斯二者何先？'"

孟昭桓念道："去食。自古皆有死，民无信不立！"

学童们跟着念："去食。自古皆有死，民无信不立！"

……

臧远航和陆元榜正听得津津有味，忽然"吱呀"一声，院门被推开了。

两人同时望去，只见院内走进一个身着蓝底白花旗袍、干净整洁的年轻姑娘。

姑娘见到他们，立刻调皮地说："元榜哥，你这是几顾茅庐了？"

陆元榜哈哈一笑，然后转过头说："远航，这位就是孟先生的女儿孟采薇。"

臧远航在看到她身着蓝底白花旗袍的一刹那，就已经怔住了。

与此同时，他的眼前不由浮现出很久以前，另一个穿着这种旗袍的女子：

徐佩芸挑了挑眉毛道："一个撞倒了别人还这么嚣张的人，算得上什么好男儿！"

臧远航又疼又气，也被激怒了，便咬牙切齿地说："女孩子家家，伶牙俐齿的，简直像个母夜叉！"

徐佩芸毫不示弱道:"你简直像个公夜叉!"

……

孟采薇见他发愣,犹豫了一下,便落落大方地说:"你好,经常听元榜哥提起你。"

臧远航仿佛看到,身着蓝底白花旗袍的徐佩芸,正冲自己微笑着。

于是他张了张嘴,就想喊"佩芸"。

幸好陆元榜察觉到某种异样,便拍了拍他的肩问:"远航,你在想什么呢?"

臧远航这才回过神来,支吾道:"没、没想什么。"

陆元榜提醒道:"采薇和你打招呼呢。"

臧远航连忙说:"你好,你好。"然后称赞道,"'采薇采薇,薇亦作止。曰归曰归,岁亦莫止。'令尊一定是太喜欢这首诗了,所以才给你以'采薇'作名吧。"

孟采薇点点头,自豪道:"是啊,还有最后那句'昔我往矣,杨柳依依;今我来思,雨雪霏霏'。父亲说,这是《诗三百》中最佳诗句呢……"

臧远航听了这话,心中一动,立刻说:"我有一个朋友,她最喜欢的一首歌,就是以此句为主题的呢。"

孟采薇当即欢喜道:"真的吗?真的吗?快教教我……"

臧远航刚想说什么,忽然听到下课铃声"丁零零"地响了起来。

立刻,孩子们跑出私塾馆,个个像撒欢的小狗似的,跳着、叫着,好不快活。

不大一会儿,身着灰色长衫、五十来岁的孟昭桓先生,也走出了私塾馆。

陆元榜立刻迎上去,深深地鞠了一躬,恭敬地说:"孟先生好。"

臧远航也跟着鞠了一躬,恭敬道:"学生臧远航拜见孟先生。"

孟昭桓眼睛一亮,连忙招呼说:"快请进堂屋坐。"

第48章　胜读十年书

孟家堂屋内桌椅板凳虽然有些简朴,但打扫得十分干净。

孟昭桓领二人进来后,便分宾主坐下。

随即,孟采薇就提来了一壶热气腾腾的开水,娴熟地给三人沏上茶。

沏好茶孟采薇却并没有走,而是低头站立在父亲身边。

孟昭桓竖起拇指,称赞道:"远航,修铁路这么大的事,本应是政府所为,可在你的大力运作下,却用民间集资和贷款方式促成了,真是后生可畏啊!"

臧远航却眉头一皱,自责地说:"在孟先生面前,我着实不敢隐瞒。说起来真是惭愧,修建东陇海铁路原本是一件好事,可是现在却迫于人为因素,不得不北移到三十五里之外的草桥,也许因此,窑湾将失去发展契机,甚至有可能从此衰败啊。"

孟昭桓却摇摇头,不以为然道:"你不能总把眼光放在窑湾!"

臧远航不由一怔,茫然地说:"请先生明示!"

孟昭桓喝了一口茶,滔滔不绝道:"远航啊,你要知道,别说是窑湾了,往小了说是一个人,往大了说是一个民族甚至一个国家,都不可能永远风光下去!正所谓盛极而衰、否极泰来,又曰'三十年河东,三十年河西'!窑湾自建制以来,已经兴盛千余年,就算衰败,也是历史发展的必然,不是人力所能挽回的。但是东陇海铁路的修建,和西陇海铁路形成一条完整的陇海铁路线,这条路线横跨东中西部五省,一旦修好通车,将对中国未来的交通运输、经济、政治乃至文化发展起着不可估量的巨大作用!如此,纵贯南北和横贯东西的两大主干线就可以完整交汇,再与陆上丝绸之路和海上丝绸之路的枢纽大运河交相辉映,就可以串起大半个中国了。徐州将因此成为中国丝绸之路不可或缺的交汇点,大大提升其与沿途国家和地区经济贸易的发展!所以,你应该为自己感到骄傲和自豪,有什么再为短短的三十五里,甚至小小的窑湾耿耿于怀的呢?"

臧远航听了这番话,紧皱的眉头渐渐舒展,由衷道:"真是太谢谢您了。真是听先生一席话,胜读十年书啊!"

一直察言观色的陆元榜,趁机说:"所以嘛,如果孟先生去我们的新学堂执教,一定能让更多的孩子'听先生一席话,胜读十年书',他们的人生也会因此少走很多弯路!"

孟昭桓却微微一笑道:"元榜,你看你又来了。我知道你的心思,总感觉我们的私塾落后了,想要全部像西方人那样搞新学堂。其实,现在很多大商号还是愿意把子女送到我们私塾的。我不仅教他们读《四书》《五经》,也教他们财会账目;不仅教他们仁、义、礼、智、信,还把《孙子兵法》战略战术及《三十六计》巧妙运用在商务上。正因为此,弱小的窑湾才能面对西方英、法、美、加拿大和比利时等国强大的市场,以我之强取敌之弱,用我们的粮食、陶瓷等土特产换取他们的石油、自行车等洋货。另外,我还教学生们医药及养生之道,比如《药性赋》《汤头歌》等。"

陆元榜闻言,连忙望向臧远航,并点了点头。

臧远航立刻会意,试探地问:"孟先生,您说的都对。可是现在西方外来文化来势汹汹,甚至有人声称全盘西化,您怎么看待这个问题?"

恰在此时,孟采薇正在给陆元榜续茶,因为太过集中精力听二人对话了,没有看到茶水都满得溢出来了。

陆元榜立刻觉察到她的异样,不由轻叩了叩桌子。

孟采薇这才吃了一惊,连忙停止斟茶。

陆元榜微笑地望着她,一脸若有所思。

孟采薇立刻面红耳赤,同时羞涩地低下了头。

孟昭桓并没有看到这些,仍然在侃侃而谈:"关于这个问题,我曾经再三思考过。我们是五千年礼仪之邦,祖先传承给我们许多灿烂的文化遗产,这些是西方外来文化远远不能比拟的。但是现在,由于清政府的腐败无能,再加上各地军阀混战,我们贫穷落后了,当然就要受外族入侵。今后我们要做的,是提高传统文化的优势,并结合西方文化的精华,推陈出新,形成更强大的中华文化,而不是全盘否定自己、照搬别人!"

陆元榜趁机道:"孟先生,您的见解很独到。如果去新学堂,将自己的见解传授给更多的年轻一代,不是更好吗?"

孟昭桓却坚定地说:"我是孔孟弟子,终生读圣贤书,不愿改祖制去适应所谓的西方文化,实在抱歉了。"

陆元榜不禁面露失望之色。

孟家门口,臧远航和陆元榜肩并肩走出来。

臧远航歉然道:"对不起,没帮上你什么忙,白来一趟了。"

陆元榜却安慰说:"没关系,你已经尽力了。真没想到,孟先生如此有见识,却又如此固执。"说到这里,别有深意道,"不过这一趟,你也不算白来。"

臧远航苦笑一声道:"这还不算啊?"

陆元榜正色地说:"你转身向后看。"

臧远航听了这话,便猛地一转身。

只见孟采薇站在门口,正痴痴地凝望着他。

四目相对,两人顿时闹了个大红脸。

孟采薇又喜又羞,慌乱之中,便"砰"的一声把门关上了。

陆元榜打趣道:"怎么样?我没说错吧?"

臧远航却淡淡地说:"也许,她是看你的呢。"

陆元榜却哈哈一笑道:"我来无数次了,从没见她像今天斟茶斟得这么勤快,也从没像今天一样站在门口目送过我。"

臧远航波澜不惊地"哦"了一声。

陆元榜认真地说:"怎么样?你若有意,我来保这个大媒。说不定,孟先生一高兴,就答应出任国文老师了呢。"

臧远航却坚定道:"这一生,除了佩芸,我谁都不娶!"

陆元榜只好拍拍他的肩,无奈地说:"'问世间情为何物,直教人生死相许!'你对佩芸的一番苦心,希望上苍能够垂怜于你吧!"

午后,徐家大院客厅内。

盼盼已经在摇篮中入睡,白白净净的小脸上,露出甜甜的笑意,完全不像一个刚刚失去母亲的孩子。

徐佩芸一边给她缝制小小的绣花鞋,一边轻轻哼唱着摇篮曲:

……处暑霜降,夜半沾衣人未觉;树将枯萎,花亦凋零;欲诉离情,却无尽头;正如枝上叶,一岁一葳蕤……

唱到这里,她不禁深深地、深深地叹了一口气。

刚走到门口的柳兰香,立刻将这一切尽收眼底!

于是,她把脸一沉,快步走进来,责怪地说:"佩芸,你怎么回事？盼盼爷爷和奶奶病都好了，都来接几次了，你怎么还不把她送回去？"

徐佩芸郁闷道："盼盼奶奶这一病身体明显垮了，还要操持家务，又不同意请奶妈照顾，我担心盼盼回去会受委屈。"

柳兰香却撇了撇嘴说："你的担心真是多余！就算不请奶妈，以俊锋的条件，也会很快再娶的。"

徐佩芸立刻恐慌起来，连声道："不，我绝不会把盼盼丢给继母！"

柳兰香闻言，不禁恼羞成怒地说："继母怎么啦？继母再不好，不是也把你养这么大了吗？"

徐佩芸顿觉喉咙一紧，想起以前的种种，眼泪迅速就涌进了眼眶！

她再也忍不住了，咬了咬牙，恨声道："可我过的是人过的日子吗？个子还没有锅沿高，就得给全家做饭；无论严寒还是酷暑，动不动就被关进锅屋；更不用说，考上金陵师范不让去读；就算嫁人，也被设计成'姐妹易嫁'！我绝不会让盼盼和我一样的！"

柳兰香自知理亏，但还是强词夺理地说："你也别怨我。常言道，'隔一层差一层'。这当继母的，有几个能把别人孩子当成自己的？"说到这里，她忽然眼珠一转，试探道，"不过，你不想把盼盼丢给继母，还有一个两全其美的法子。"

徐佩芸眼睛不由一亮，立刻期待地问："什么办法？"

柳兰香有些支支吾吾："我、我不敢说。"

徐佩芸催促道："你放心吧，只要是为盼盼了，你说什么都可以！"

柳兰香只好硬着头皮，心虚地说："就是，就是你嫁给俊锋呗！"

徐佩芸不由睁大了眼睛，简直怀疑起自己的耳朵来了！

她怔了好大一会儿，才又半信半疑道："你说什么？你再说一遍！"

柳兰香见事已至此，索性提高了声调，理直气壮地说："再说一遍就再说一遍，我是说让你嫁给俊锋！"

徐佩芸顿觉胸口一阵剧痛，仿佛要炸裂一般！

与此同时，她的眼泪迅速溢满了眼眶，哆嗦着嘴唇，颤声道："这话你也说得出口？柳兰香，你到底是我爸娶进门来照顾我的，还是专门来害我的！"说完这话，她便霍地站起身来，夺门而去。

第49章 请不要再来纠缠

徐家大院外,臧远航站在对面的巷子口,静静地望着进出的人。

忽然,徐佩剑放学回来,蹦蹦跳跳地向门口走去。

臧远航亲热地喊道:"佩剑。"

徐佩剑回头看到他,立刻取笑说:"远航哥,你又来我家站岗了?"

臧远航郁闷道:"我又没拿枪,怎么叫站岗啊?"

徐佩剑却撇了撇嘴,不依不饶地说:"人家站岗还有换班的呢,你每天都来,我看比站岗的时间还长。"

臧远航简直哭笑不得,便打断他的话道:"好了,好了,说正事,我问你,你大姐天天在家里做什么?"

徐佩剑翻了翻白眼说:"还能做什么?做家务、带盼盼呗。"

臧远航犹豫了一下,又不好意思地问:"那、那盼盼爸爸是不是经常过来?"

徐佩剑摇摇头道:"就来一次,还被我爸给打走了。"

臧远航闻言,眼睛一亮,还想问多一些话。

没想到,徐佩剑却有些不耐烦了:"不和你说了,我要回家写作业了。"边说边向门口跑去。

谁知道他刚打开门,徐佩芸就泪流满面地跑了出来。

徐佩剑大吃一惊,立刻问:"大姐,你怎么了?"

徐佩芸却压抑着哭声,拼命摇头,捂着嘴跑开了。

臧远航不由一怔,连忙跟了上去:"佩芸,你怎么了?佩芸,佩芸……"

中宁街上,两人一个在前边跑,一个在后面追。

终于,徐佩芸跑得没有力气了,不得不扶着墙,眼泪如断了线的珍珠一般。

臧远航追上来后,连气都来不及喘,便急切地问:"佩芸,你怎么又哭了?"

徐佩芸再也控制不住自己,立刻扑到他怀里,放声大哭起来!

臧远航把她抱在怀里,安慰道:"别哭了,别哭了,都已经过去了。"

徐佩芸却摇头,抽泣着说:"不,一切才刚刚开始!"

臧远航不由一呆,疑惑地问:"你是什么意思?什么叫才刚刚开始?"

徐佩芸边哭边拼命摇头："别问了，你不明白的，永远都不会明白。"然后挣脱他的怀抱，擦了擦眼泪，冷静道，"对不起，刚才我失态了。"

臧远航心疼地说："我喜欢你这样的失态。这段时间你不理我，你不知道我的心有多疼！"

这个时候，徐佩芸已经完全恢复了平静，便冷冷道："你的心疼，与我无关！"

臧远航被这突如其来的变故惊呆了，一头雾水地问："佩芸，你这话是什么意思？我怎么有些不懂呢？"

徐佩芸果断道："我的意思很清楚，我们之间，早已经结束了！结束了，你明白吗？以后，请不要再来纠缠！"说完，转身毅然而去！

臧远航再也控制不住自己的情绪，撕心裂肺地叫起来："佩芸，你到底是怎么啦……"

但是徐佩芸好像根本没听到他的话一般，身影很快就隐没在了人群中！

只留下臧远航一个人，呆呆在站在原处，站在夕阳里！

不远处的柳兰香看到这一幕，脸上不禁露出了满意的笑容。

吴家盐行内，吴俊锋一脸忧郁地走出来，没想到却迎面看到柳兰香。

他对这个女人一直是很怨恨的。

但是看在逝去的妻子的分上,他还是淡漠地说:"哦,岳母。"

柳兰香望了望四周,诡秘地说:"俊锋啊,我有话和你说。"

吴俊锋冷冷道:"我觉得,我们根本无话可说!"

柳兰香故意卖起了关子,阴阳怪气地说:"是关于佩芸的,你想不想听?"

吴俊锋不由一愣,这才道:"好吧,请跟我来。"

吴家盐行总经理会议室,曾经是柳兰香给女儿催婚的地方,现在却早已经物是人非了。

吴俊锋将岳母让进来,连茶都没斟,便催促道:"有话快说吧,我还要出去谈生意呢。"

柳兰香却小心地将门关上,没好气地说:"别对我鼻子不是鼻子,脸不是脸的。你害死我家佩萍,我恨不得让你给她陪葬!要不是为了盼盼,你以为我就想理你?"

吴俊锋闻言,脸色就更加不好看了。

他把眼一瞪,毫不客气道:"你还好意思提这事?当初要不是你太自私了,想出姐妹易嫁的馊主意,佩芸就不会帮助臧家夺回码头,臧远航也不会促成东陇海铁路的建成,佩萍就不会死了!"

柳兰香自知理亏,便连连摆手说:"好了,好了,过去的就不要再提了。我来是有一件事告诉你,我不想让盼盼以后给继母带!"

吴俊锋恼羞成怒道:"这是我的事,与你无关!"

柳兰香却叹了一口气,苦笑着说:"当然与我有关了!我是做继母的,我太了解继母的心思了。不是自己身上掉下的肉,有几个能疼的?特别是有了自己的孩子以后。"说到这里,她忽然降低了声音,诡秘道,"佩芸只知道她记事后的事情,比如她个子还没有锅沿高,就得给全家做饭;无论严寒还是酷暑,动不动就被关进锅屋;更不用说,考上金陵师范不让去读;就算嫁人,也被设计成'姐妹易嫁',却不记得她记事前的事情。她妈是难产死的,徐家为了照顾她,就匆忙把我娶进门了,那时候,她才刚刚七个月,我也是个年轻姑娘,没有什么耐心的,打骂就是家常便饭了。特别是一到寒冬腊月,她半夜尿床了,我从来不给她换,就等着她自己焐干。白天呢,要是尿到棉衣里了,就算结冰了,也得自己焐干;要是大便就惨了,因为还小不懂事,有时都会抓着吃,反正每天只等她爸晚上回家前,给她换一次衣服就行了。所以每次她爸回来,看到她都是干干净净的,还夸我贤惠能干呢,却不知道我……"

吴俊锋再也听不下去了,厌恶道:"你以为天下所有的继母,都和你一样恶毒吗?"

这话说得实在是太刻薄了!

没想到,柳兰香不但不恼,反而一本正经地说:"我知道,继母有好有坏,肯定有很好的。但要是你娶的那个女人,恰巧是和我一样坏呢,那么以后,我的小外孙女,不就受苦了吗?"

吴俊锋坚定道:"还有我呢,盼盼是我的孩子,我不会允许任何人欺负她,更别说虐待了!"

柳兰香却冷笑一声说:"你以为佩芸不是他爸的亲生女儿吗?你以为她爸就允许我虐待她吗?"

吴俊锋不由一怔:"这……"

柳兰香为了外孙女,也顾不得羞愧了,推心置腹道:"我告诉你吧,你岳父当年和你的想法是一模一样的。但是啊,男人家嘛,总归粗心些,又要忙外面的事业,对孩子自然就懈怠了。这就是为什么人们常说,有后爹就有后娘的原因。"

吴俊锋想了想说:"我不会让继母带她的。"

柳兰香却撇了撇嘴道:"你爸妈年纪大了,你妹妹又嫁了人,你又要做生意,不给继母带,还能给谁带?"

吴俊锋再也想不出好主意了,不由郁闷地说:"这也不行那也不行,这日子没办法过了!"

柳兰香要的就是这话,趁机一拍胸脯道:"我倒是有一个两全其美的好办法。"

吴俊锋此时已经完全没有了主意,连忙问:"什么办法?"

柳兰香一字一顿地说:"你不是一直很喜欢佩芸吗?不如就娶了她吧!"

吴俊锋眼睛一亮,随即黯淡下来,摇了摇头道:"这个办法,确实是两全其美。可是佩芸和远航那么相爱,怎么可能嫁给我呢?"

柳兰香故意卖了个关子:"这就要看你的了。"

吴俊锋不置可否地点点头,脑子却急速地转开了。

第50章　又搞什么鬼名堂

早饭刚过，徐家大院内。

徐佩芸瘦了不少，眼睛显得更大了。

此时，她一边洗衣服，一边教盼盼唱歌："小白菜呀，地里黄呀；三岁上就，没了娘啊；跟着爹爹，还好过呀；就怕爹爹，娶后娘啊；娶了后娘，三年整啊；生个弟弟，叫孟郎啊；孟郎吃饭，我喝汤呀……"唱着唱着，她的声音就哽咽了起来，忍不住流下了眼泪。

正在玩耍的盼盼，摇摇晃晃地走过来，奶声奶气地问："大姨，你怎么哭了？"

徐佩芸连忙擦去眼泪，勉强笑道："大姨的眼睛里进了沙子呢。"

盼盼连忙扒开她的眼皮，用力地吹起来。

徐佩芸望着她认真的小脸，心里不由一酸，当即紧紧把她搂进了怀里。

正在这时,大门忽然被打开了。

接着,就看到吴俊锋提着大包小包的礼物,笑眯眯地走进来。

徐佩芸不由一愣,脸立刻就撂了下来,厌恶地说:"你来干什么?"

吴俊锋尴尬道:"我、我来看看岳父岳母。"

客厅里的徐立春夫妇闻讯,连忙走了出来。

柳兰香一改上次的敌意,热情地招呼道:"哎呀,俊锋啊,快进来,快进来。"

徐立春则瞪了妻子一眼,戒备地说:"是你叫他来的?"

柳兰香连忙摆手,掩饰道:"没、没,我哪敢啊。"边说边使了个眼色。

吴俊锋立刻会意,连忙递上茶叶,讨好地说:"岳父,这是今年刚出的大红袍,我特意托朋友高价从福建武夷山带过来的,给你尝尝。"

徐立春没好气道:"谁是你岳父?你又来做什么?嫌我上次打轻了是吧?"说着,又转身抄起了扫帚。

柳兰香连忙拦住丈夫,劝解说:"哎呀,他爸啊,佩萍的事,俊锋确实有错,不过也怪我当初鬼迷心窍,设计了姐妹易嫁,怪臧远航执意修建了东陇海铁路怪她自己想不开,你说是不是?"

徐立春想想也对,这才放下扫帚,重重叹了一口气:"哎,我苦命的女儿啊。"

柳兰香也抹起了眼泪道："佩萍是我的心头肉，我比你更难过。"说完还抹起了眼泪，并偷眼看着丈夫。

徐佩芸冷眼看着这一切，抱起小外甥女就想进屋。

没想到，柳兰香却拦住她说："盼盼，你不是学会叫爸爸了吗？来，叫一个给爸爸听听。"

盼盼眨巴着天真的小眼睛，奶声奶气地喊道："爸爸，爸爸，爸爸……"

吴俊锋激动极了，疼爱地说："哎，我的乖女儿，过来让爸爸好好看看。"边说边想将孩子抱过去。

徐佩芸把孩子向他怀里一塞，看都没看他一眼，转身就向屋内走去。

柳兰香立刻指着她的背影，小声怂恿小外孙女道："叫妈妈，快叫妈妈呀。"

尽管小小的盼盼并不明白外婆这话的意思，但还是听话地向大姨伸出小手，奶声奶气地喊道："妈妈，妈妈，妈妈……"

徐佩芸心中一疼，连忙回头，却看到柳兰香和吴俊锋诡计得逞的模样，立刻就明白了什么。

于是，她硬起心肠，恶狠狠地说："我不是你妈，你妈已经死了！"说完，愤然摔门而去！

盼盼从没见她发过这么大的火，当即吓得"哇哇"大哭起来！

吴俊锋顿感手足无措,不由求救地望着岳母柳兰香。

柳兰香立刻接过孩子,并冲徐佩芸的背影努了努嘴。

吴俊锋犹豫了一下,还是快步追了上去。

徐立春看到两人一前一后走出家门,眉头不由一皱,随即怒视妻子道:"你又在搞什么鬼名堂?"

柳兰香故作无辜地说:"孩子们的事情,我哪里知道啊?"

大运河堰上,古银杏树下。

徐佩芸委屈万分地走过来,忧伤地望着不远处的码头。

她原本想要过去寻找臧远航,但是想起之前对他的种种,却又有些犹豫了。

正在这时,吴俊锋跟了上来,并深情地呼唤道:"佩芸。"

徐佩芸回头嘲弄地说:"是你的好岳母让你来的吧?"

吴俊锋不由讷讷道:"我……我……我……"

徐佩芸厌恶地望着他,冷冷地说:"别以为我不知道,你们都合起伙来算计我。我无论过去、现在还是将来,都不会喜欢你,更何况,你还逼死了佩萍,就算今生都不嫁,我也绝对不会和你结婚的,我劝你还是死了这条心吧!"

吴俊锋自知理亏,但还是硬着头皮道:"我知道你喜欢的人是臧远航,我也知道自己没有资格娶你。可是那天,岳母和我说了以前怎样对你的,包括你还不记事时,要是尿在床上、棉衣里,都要你自己焐干,真的让我胆寒不已。我不能保证自己以后所娶之人,是善良有爱的。要是如她一般恶毒,我真的怕盼盼也步你后尘。"

徐佩芸不由就是一呆!

虽然她知道继母虐待自己,却万万没有料到,在自己年幼无知时,竟遭受过如此不堪的际遇!

运河码头,臧远航正在指挥工人们搬运货物。

没想到他抬头擦汗的瞬间,竟然看到了吴俊锋和徐佩芸,不由就是一愣,随即向身边的老吕交代了什么,便急匆匆地离开了。

很快,臧远航来到运河堰上,远远地望着他们。

大运河堰上,古银杏树下。

徐佩芸回过神来,正在愤怒地质问:"你也配提盼盼?如果不是你对佩萍不好,她怎么可能生病?如果不是你逼她回娘家,她又怎么可能死?如果她不死,盼盼怎么可能没有妈?"

吴俊锋双手一摊,无奈地说:"我承认是我辜负了佩萍。可是你能不能将心比心,站在我的角度想一想?"

徐佩芸闻言,不由一愣:"你的角度?"

吴俊锋直视着她的眼睛,一字一顿地问:"你现在半点不爱我,是不是?"

徐佩芸语气坚决地说:"是!"

吴俊锋紧追不放道:"为什么?"

徐佩芸毫不犹豫地说:"因为我的心里已经有远航了!"

吴俊锋又问:"如果让你嫁给我,你愿意吗?"

大槐树下的臧远航听到这话,立刻紧张起来。

徐佩芸断然道:"当然不愿意!"

吴俊锋早就料到她会这样回答,所以并不意外,继续不动声色地问:"如果,我是说如果,我和我妈合谋欺骗你,强行把你娶进家门,你会对我好吗?"

徐佩芸脱口而出:"当然不会!"

大槐树旁,臧远航听到这个回答,顿时长松了一口气,同时脸上泛起深深的笑意。

与此同时,徐佩芸却立刻意识到什么,不由就是一愣。

吴俊锋目的达到,便循循善诱地说:"现在,你应该能理解,我为什么那样对佩萍了吧。更何况,我是男人呢。男人的自尊心,应该比女人更强吧。"

徐佩芸想想对方也情有可原,但还是难过道:"无论如何,如果佩萍不是爱上你,肯定还活得好好的。可是现在,她却用生命做代价,来为这段单方面的感情殉葬,我真替她不值!"

吴俊锋望了她一眼,却深情款款地说:"爱上一个人,又怎么能说值与不值呢?就像我爱上你一样,这些年,我眼睁睁地看着你苦苦等待涟泰,看着你和远航同出同进。我心中的苦,又有谁能知道呢?可是,如果不是佩萍,你本来就是我的!"

徐佩芸听了这话,情不自禁地咬了咬嘴唇。

她不得不承认,对方不愧是吴家大院的人啊,这逻辑设置得简直无懈可击。当初臧远航和他的争斗中,要不是始终站在正义的至高点上,恐怕早就输得一败涂地了!

吴俊锋知道她心软了,便趁热打铁道:"佩芸啊,我不是个自私的人。虽然岳母希望我们能在一起,但是我知道,你从来都没有爱过我。不过我希望,你看在盼盼的分上,不要立刻拒绝,再考虑一下好吗?要知道,当初岳母怎样对你,也许将来,就会有人怎样对盼盼……"

徐佩芸立刻捂住耳朵,痛苦地说:"不要说了,不要说了,我不想听,半点都不想听!"忽然她想到什么,便试探道,"你不能保证你将来要娶的女人是善良的,但我可以保证远航是善良的。所以你可以把盼盼给我,我们绝不会让她受半点委屈的。"

吴俊锋却摇摇头道:"就算我相信远航,那么臧家其余的人呢?你可别忘了,当初臧家栋为了争家产,可以连亲侄子都差点害死。更何况,盼盼姓吴,去臧家算什么?"

徐佩芸想想也是,于是就更加纠结了起来。

吴俊锋知道她心动了,嘴角不由露现出一丝不易察觉的笑,就想要伸手去搂她。

臧远航再也忍不住了,立刻大喝一声:"姓吴的!"

吴俊锋只好尴尬地把手缩回来,咬牙切齿地说:"姓臧的,怎么又是你！"

臧远航愤怒道："吴俊锋，我见过卑鄙的，从没见过你这么卑鄙的！"

吴俊锋反唇相讥地说："要论卑鄙，恐怕无人能比得上你！当初是你答应佩芸放弃修铁路的，没想到却出尔反尔！否则，我也不会一气之下让佩萍回家，我不让她回家，她就不会死！"

臧远航愧疚道："我承认我对不起佩芸，更对不起佩萍。但是我原本一直认为，徐家阻止修铁路，真的只是风水的原因，并不知道事关佩萍的生死。否则，我一定会寻找一个更好的解决办法。"说到这里，顿了一顿，便毫不示弱地说，"卑鄙的是你！要不是你利用佩萍对你的感情，从一开始就给她造成错觉，她怎么可能在这段感情中越陷越深，以至于无法自拔！现在，你又想利用佩芸对盼盼的爱，达到不可告人的目的。我告诉你，只要有我在，你就休想！"

徐佩芸听他说得也有道理，不由就苦笑了。

臧远航看她的样子，不由心疼起来，伸出手说，柔声说："佩芸，我们走吧！"

徐佩芸咬了咬嘴唇，却有些犹豫不决。

吴俊锋刚想发火，忽然眼睛一转，也柔声道："佩芸，我不强求你，你自己选择吧。"

徐佩芸望了望那个，又望了望这个，为难极了。

在她的心目中，臧远航固然重要，但是不更世事的盼盼，也很重要的呀。

臧远航和吴俊锋紧张地望着她。

徐佩芸思考再三，终于硬起心肠，望向心爱的人，哽咽道："远航，这一生，能拥有你的爱，是我最幸福的事……"

臧远航立刻松了一口气，激动地说："我也是！佩芸，和我回家吧！"说完，便紧紧地握住她的手！

吴俊锋见状，不由沮丧起来。

徐佩芸叹了一口气，继续道："可是除了我，你还可以找到一个如我一般爱你的女孩子。而盼盼除了我，再没有谁会像佩萍一样爱她了！"说完，便想要抽回自己的手。

臧远航被这突如其来的变故打蒙了，笑容立刻僵在脸上！

吴俊锋则惊喜万分地说："佩芸，谢谢你！"

臧远航回过神来，急急道："佩芸，无论谁爱我，可自始至终，我只爱你一个啊！你说过的，'死生契阔，与子成说。执子之手，与子偕老'。"边说边更紧地拉住她的手。

徐佩芸望着他痛苦万分的样子，忍不住泪流满面！

但是她仍然硬起心肠说："忘记我吧！"

臧远航失声叫道："佩芸……"

他即便知道她决心已下，但还是试图想要挽留什么！

吴俊锋却冷笑一声，用力拨开他的手，将徐佩芸拉入自己的怀中!

于是,臧远航和徐佩芸的手分开,分开,分开……

臧远航知道大势已去,浑身的血液都凝固了!

就这样,吴俊锋强行把人拉走了。

尽管徐佩芸一步三回头,看上去恋恋不舍,但还是渐行渐远,直至没有了踪影!

臧远航呆呆望着他们的背影,忍不住泪流满面……

第51章　都愿意不离不弃

天主教堂外，一场盛大的西式婚礼已经开始。

在庄严的《婚礼进行曲》中，吴俊锋西装革履，满面春风地招呼各路来宾。

男宾们或西装革履或长袍中山装，女宾们或洋装或旗袍，孩子们则欢快地在草地上打闹嬉戏。

忽然，宾客们纷纷惊喜道："新娘子来了！"

在花童、伴娘的陪伴下，徐立春挽着一袭白色婚纱的徐佩芸，缓缓步入现场！

运河码头管理处会议室内，众人陆续走进来。

臧远茹、郑一飞及职员们坐在一侧。

臧远胜及职员们坐在另一侧，旁边却空着一个位置。

臧远茹手里拿着一份《窑湾商报》，看着头版头条的文字，不由轻轻念出声来："首富吴光淮次子吴俊锋和徐立春之女徐佩芸今日大婚！"

臧远胜听罢，不由叹了口气，怜悯地说："远航要是知道这件事，该有多难过呀。"

郑一飞弱弱道："谁敢告诉他啊。"

众人全都附和道："是啊，是啊。"

正在这时，臧远航身着黑色风衣，拿着一份文件，紧皱着眉头走进来。

众人立刻同情地望着他，互相使了个眼色，纷纷闭了嘴。

臧远航有气无力地坐下来，强打精神说："今天召集大家开会，主要总结一下我们码头上半年业绩……"说到这里，忽然看到那个空位子，随口问道，"咦，大哥怎么没来？"

众人不约而同地摇头道："不知道。"

只有臧远胜脱口而出："大哥去参加他大舅子婚礼了。"

臧远航闻言，脸色当即就是一变！

众人见状，同时责怪地望向捅破窗户纸的人。

臧远胜这才意识到自己说漏嘴了，便想把手中的报纸收起来。

没想到，臧远航察觉到异样，立刻一把抢过，随即看到头版头条的一行大字：首富吴光淮次子吴俊锋和徐立春之女徐佩芸今日大婚！

臧远航脸色白了又红，红了又青！

然后他粗暴地将报纸揉成了一团，霍地站起身来，径直向门外走去!

臧远茹连忙站起来,想要阻止他:"远航,你不能去!"

但是臧远航却像是没听到一般,早已经大踏步迈出了会议室!

天主教堂内,徐佩芸走得虽然很缓慢,但还是很快就走到了身着西装革履的吴俊锋面前。

徐立春虽然很不情愿,但还是将女儿的手,郑重地交给他。

与此同时,来宾们都看到,新郎笑得非常甜蜜,新娘笑得却很勉强。

大运河堰上,臧远航一路狂奔,两边的树木和庄稼很快被他落在了身后!

天主教堂内,吴俊锋手挽着徐佩芸,正庄严地走进礼堂,走向证婚处。

在那里,站着主持婚礼的双神甫。

中宁街内,臧远航一路狂奔,街两边的店铺很快被他落在身后!

天主教堂内,吴俊锋和徐佩芸肩并肩站在双神甫面前。

双神甫庄严肃穆地宣布:"我现在在天父面前,为你们举行一个神圣而庄严的婚礼……"

天主教堂门口,伴随着双神甫的声音,臧远航终于跑过来。

天主教堂内,所有人的关注点,都放在了一对新人身上。

双神甫郑重地问:"徐佩芸小姐,你是否愿意嫁给吴俊锋先生,做他的妻子,无论疾病、困苦、危难、逆境,都愿意不离不弃、终生厮守?"

恰在这时,臧远航气喘吁吁地跑进了教堂!

徐佩芸刚想回答,忽然,后面传来一个又急又痛的声音:"佩芸!"

众人回头望去,只见臧远航站在走道上,眼中蓄满了泪,正无限期待地望着徐佩芸。

吴俊锋的神情立刻变得紧张起来,也充满期待地望着徐佩芸。

徐佩芸缓缓回头,眼里亦是盈满了泪水,但是刹那间的犹豫过后,还是恋恋不舍地回过头来。

她望着吴俊锋,轻声但是坚定地说:"我愿意!"

臧远航闻言,眼泪忍不住夺眶而出!

徐佩芸见状,不由在心里默默念叨着:"远航,对不起,我爱佩萍,而盼盼则是她生命的延续,所以在爱情和责任之间,我只能选择后者,以你的善良和担当,一定会理解我的,一定!"

双神甫又问:"吴俊锋先生,你是否愿意娶徐佩芸小姐,做她的丈夫,无论疾病、困苦、危难、逆境,都愿意不离不弃、终生厮守?"

吴俊锋重重地点头,干脆地说:"我愿意!"

双神甫再次宣布:"请新人交换戒指!"

新人交换完戒指,吴俊锋掀开徐佩芸的面纱,轻轻一吻。

立刻，教堂内掌声四起。

臧远航呆呆地望着这一幕，知道一切都来不及了，便失魂落魄地退出了教堂！

身为嘉宾的陆元榜见状，也站起身来。

天主教堂外，臧远航沮丧地退了出来。

陆元榜从后面追上来，关切地问："远航，你没事吧？"

臧远航摇摇头，哽咽道："谢谢，我没事。"转身刚想走，忽然又想起什么，转回头说，"如果可能，请代我向孟家提亲，拜托了。"

陆元榜点点头，郑重地说："我会的。"

臧远航勉强笑笑，向他挥了挥手，转身大踏步离去！

窑湾城北三十五里外，草桥。

臧远航双手插在大衣口袋里，由西向东，走在刚刚打好地桩的铁路线上。

他望着长长的地桩，不由深情地喃喃自语道："东陇海铁路，不仅凝聚着我的青春、爱情与全部的热血，更承载着无数窑湾人打造国际化大都市的伟大构想！也许有一天，因大运河漕运兴起的窑湾，将因为铁路的兴起而没落，但是东陇海铁路却见证了窑湾曾经的辉煌。东陇海铁路，也是我们三百六十余家商户留给世人最为宝贵的物质和精神财富……"

随着时间的流逝,臧远航的身形渐渐淡去!

在四季轮回中,一列列急驰的绿皮火车飞速行驶在东陇海铁路线上,从徐州站到海州站,中途路过一个又一个站点:铜山、碾庄、大榆树(现邳州)、炮车、草桥、刘马庄(现新沂)、黑埠、海州(现连云港)等等。

东陇海铁路自徐州至海州,全长共计一百九十八公里,于1921年动工,1925年完工并全线通车。至此,中国新兴的两大铁路主干线津浦铁路和陇海铁路,与历史悠久的南北大动脉大运河,在兵家必争之重地徐州交相辉映,使其一跃成为彼时全国第一大交通枢纽!

如果说陇海铁路是二十世纪百年中国的缩影,那么大运河则是两千多年中国的缩影!

大运河是中国古代劳动人民在东部平原上创造的一项伟大的水利工程,是世界上最长的运河,也是世界上开凿最早、规模最大的运河,其自诞生之日起,即成为中国最重要的南北交通大动脉,甚至一度是王朝的生命线。

自西汉张骞开辟陆上丝绸之路,大运河漕运的优点愈加凸显。尤其是明代郑和开辟海上丝绸之路后,其作为衔接陆上丝绸之路和海上丝绸之路的枢纽,漕运更是空前发达!

大运河不但见证了源远流长、灿烂辉煌的华夏文化，更标示着无数中国人励精图治、坚韧不拔的民族印记。当战争的硝烟渐渐散去，历史的车轮迈入新的世纪，它不仅仅是一条横跨中国南北部的运输大动脉，更与东西走向的陇海铁路在徐州交相辉映，成为丝绸之路商业贸易线最重要的运输纽带！

第52章 食之无味弃之可惜

时间过得真快,一晃十六年就过去了。

1937年初,大运河里清静如波,河两岸芦苇萋萋。

航道内仍然有船只往来,但是相对昔年的络绎不绝,明显少了许多。

就连纤夫的"唠嗨、唠嗨"的号子声,也只是稀稀疏疏地响起了。

大运河堰上,年近四十的臧远航和天命之年的陆元榜并肩站在一起,宛若他们的父辈一样。

只是经过十六年岁月的冲洗,周围的一切,早已经物是人非了!

臧远航叹了口气说:"我原以为,将火车货运站放在窑湾,可以弥补铁路北移三十五里的损失。可是如此一来,货物搬运来回就要多走七十里,实在是太不方便了。"

陆元榜无奈道:"真是'亡羊补牢,为时已晚'啊。"

臧远航点点头,忧心忡忡地说:"是啊。特别是商会相继在邳县、草桥和新安镇等地建立货运站后,很多商户就渐渐把生意重心放在货运站边上了,运河码头的生意,是越来越清淡了。"

陆元榜却不以为然道:"那还用说?铁路取代水路,是历史的必然。"

臧远航却摇摇头,反驳地说:"不!以前,我也和你想法一样。可是经过这十多年的两相对比,我才发现,铁运虽然相对水运快捷、不受自然条件限制,但是成本高、通用性能也不好,特别是大宗货物,还是选择水运更为合适些。也就是说,我们的运河码头虽然不再有更大的发展空间,但是仍然有长期存在的价值。"说到这里,情不自禁地握了握拳头,信心百倍地道,"所以我相信,只要有大运河在,运河码头就一定有存在的价值!"

陆元榜却不置可否道:"这个好难说。'九一八'事变后,张学良不战而退,日军强占东北,实行杀光、烧光、抢光的'三光'政策;后来又相继进犯东三省、上海等地,并进逼北京、天津,全面侵华战争随时都有可能发生!我们徐州不但物产丰富,而且兵源雄厚,最重要的是,这里是连接华北、华东的枢纽地带,津浦铁路和陇海铁路在这里交汇,京杭运河沿西部自北向南下,为物资运输和兵力调度提供了有利条件,故历代为兵家必争之重地,我们窑湾作为黄金水道三角洲,更是重中之重。真不知道哪一天,战火就会烧到我们这儿。你我作为商会会长和市长,这肩上的担子,可不比父辈们轻啊。"说到这里,他顿了一顿,信任地拍了拍臧远航的肩说,"无论发生什么,我们都一定要尽最大能力保住码头、保住运河。"

臧远航点点头,郑重地说:"放心吧,我们绝不会辜负所有窑湾人的期望!"

他还想说什么,一抬头却看到大堂哥急匆匆跑过来。

转眼间,臧远方这个臧家长孙,已经由当初那个纯朴憨厚的小伙子,变成了现在这个头发花白的中年男人,但是不变的,是他仍旧勤勉忠实的性格。

臧远航连忙迎上去,疑惑地问:"大哥,发生什么事了?"

臧远方气喘吁吁地说:"有、有一个姓周的老板,说有要事求见!"

运河码头管理处会客室内,坐着一个身材矮胖的中年富商,虽然看上去慈眉善目的,但是眼镜后面的眼睛,却闪烁着不可捉摸的光。

郑一飞给他沏上茶,并客气地说:"周老板,请喝茶。"

周老板道了声"好",这才坐在桌边,笑呵呵地端起茶杯。

正在这时,臧远航和臧远方一前一后走进来。

周老板连忙放下茶杯,礼貌地站起来,一脸温和地笑。

郑一飞介绍道道:"周老板,这位就是我们的臧远航会长。"

周老板立刻抱拳,热情洋溢地说:"臧会长,你好。鄙人周略农,久闻臧会长大名,今日一见,果然神武英姿、名不虚传啊!"

臧远航也抱拳回礼道:"周老板,客气了,快请坐。"

他边说边迈开大步,端庄大方地坐在了椅子上。

与此同时,周略农也坐下了,并笑眯眯地看着他,看上去非常友好,但是并不说话。

臧远航喝了一口茶,只好率先开口:"不知道周老板找我,所为何事?"

周略农简短而自信地说:"运河码头!"

臧远航当即皱眉:"运河码头?"说完便放下茶杯,疑惑地望向他。

周略农微微一笑,单刀直入地说:"明人不说暗话。谁都知道,现在臧家火车货运生意做得风生水起,反观运河码头这边,却是一日不如一日,转手是早晚的事。所以周某今日,特为此事而来。"

臧远航、臧远方和郑一飞闻言,全都吃了一惊!

臧远航在片刻的惊讶过后,冷静道:"我们码头,可是从来没说过要转手啊。"

周略农显然是有备而来!

所以他听了这话,并未退却,而是胸有成竹地说:"运河码头之于臧家,已如鸡肋一般。鸡肋者,'食之无味,弃之可惜也'。"

臧远航立刻反问道:"那周老板又何必来买鸡肋呢?"

周略农微微一笑说:"臧会长有所不知,我是做进出口贸易的,主要和丝绸之路沿途国家做生意。现在年纪大了,不想在世界各地跑了,就想转手一家码头安定下来,于是几经考察,就看中了你们的运河码头,毕竟位于大运河黄金分割点嘛。"

臧远航"哦"了一声,张了张嘴,似乎想说什么。

周略农却打断他的话,急急道:"臧会长是个明白人,只要我出的价钱合理,一定不会拒绝的吧。"说完,便爽快地伸出一根手指,"一百万,怎么样?"

臧远方和郑一飞全都吸了一口气,惊叫道:"一百万?"

臧远航沉吟片刻,谨慎地说:"如果是在东陇海铁路通车前,你出这个价远远不够。但是现在,正如你所言,水运生意是一日不如一日了,赔本的买卖,你也愿意做吗?"

周略农脸色一怔,随即支吾道:"这、这个……"顿了一顿,忽然想起什么说,"如果臧会长嫌少的话,我还可以再加!"

说完,他伸出两个手指,臧远航摇摇头;他又伸出三个手指,臧远航还摇摇头;最后,他犹豫地伸出了四个指头,但是臧远航仍然摇头。

臧远方不由急了,连声道:"四百万啊,整整四百万!远航,就算运河码头最繁华的时期,抵押给比利时银行贷款,也不过才三百万啊！"然后话音一转，催促说，"你还犹豫什么，赶快答应吧，过了这个村就没这个店了！"

周略农闻言，便得意地说："怎么样？臧会长，如果你同意的话，我们马上签合同，今天下午，我就可以将四百万划到你账上了。"

臧远航面色一凛，却站起来，冷冷道："你错了！我们运河码头是窑湾千年基业，别说四百万，就算四千万，我也绝不能和周老板做这笔生意。所以你的好意，我心领了，但是非常抱歉！"

周略农不由一呆，脸上的笑容瞬间凝固，惊诧万分地说："你……"

臧远航端起茶杯，冷冷道："周老板，请喝茶！"

这个逐客令下得果断而坚决，不留丝毫的余地！

周略农一脸愤恨，站起身来，冷哼一声，拂袖而去！

臧远方眼看到手的四百万就这样泡汤了，急得便想要追上去："周老板，有话好商量……"

但是此时，周略农的双脚，已经飞快地迈出了管理处的大门。

臧远航立刻拦住堂哥，然后对郑一飞说："此事来得蹊跷，你马上派人去查清此人底细！"

郑一飞点点头，立刻领命而去。

臧远方不由气结，却也只能连连跺脚！

傍晚时分，臧家大院客厅内。

已经是花甲之年、身材佝偻的臧家梁和头发雪白的郭文芳，坐在原本属于臧增福和曹秀英的位置上，正与侄媳妇吴俊莹、儿媳孟采薇带着三个孩子在吃饭。三个孩子中最大和最小的是臧远方家的，十岁的儿子大虎和六岁的女儿小燕，中间的是臧远航的女儿亦盼，已经八岁了。

但是臧家梁只吃了几筷子就放了下来，并深深地叹了一口气。

郭文芳连忙给他夹了一筷菜，劝慰道："他爸，你再多吃点。"

臧家梁望了望饭桌，伤感地说："我吃不下啊。想当年，每当吃饭时，就一大桌子人，多热闹啊。现在好了，爸妈走了，二哥一家又搬到草桥货运站了，远方和远航这两兄弟呢，整天像断了线的风筝一样，想回就回、想不回就不回……"

正在这时，眼尖的亦盼忽然叫起来："爸爸！"

立刻，孩子们齐声大叫："爸爸！"

亦盼边喊边跑，很快就扑到了臧远航怀里。

与此同时，大虎和小燕也扑进了臧远方怀里。

臧家梁见了他们，终于露出了笑脸，慈爱地说："远方、远航，你们回来啦！"

臧远航将女儿搂进怀里，爱怜地说："乖女儿，今天想爸爸了没有？"

但是他话音还未落，却听到堂哥大声呵斥道："滚一边去！"边说边将两个孩子往旁边用力一推！

大虎和小燕完全没有提防,当即跌倒在地,同时哇哇大哭起来。

臧远航连忙心疼地扶起侄子和侄女,责怪地说:"心里再有气,也不能往孩子身上撒呀!"

臧远方话里有话道:"我就是个凡人,没那么多鬼心眼!"

臧远航张了张嘴,还是闭上了。

郭文芳看到两兄弟的样子,立刻就明白了什么。

她连忙打圆场说:"好了,有什么事吃过饭再说,累了一天,可别饿着肚子了。"

立刻有用人给兄弟俩添上了碗筷。

臧远方无精打采地吃着饭,看上去一脸郁闷。

吴俊莹瞪了他一眼,疑惑地问:"怎么?你今天撞邪了?"

臧家梁却道:"远方是我看着长大的,一向是好脾气,不会无缘无故发火。"然后瞪了儿子一眼,对侄子说,"要是有人欺负你,就赶紧说出来,三叔一定为你主持公道的。"

臧远方委屈地说:"我承认,远航是比我能干。可是今天,有一个姓周的老板,想要买下运河码头,出了整整四百万,他竟然不同意!"

臧家梁夫妇、吴俊莹和孟采薇闻言,同时倒吸了一口凉气,异口同声地惊叫道:"四百万?"

臧远方点点头,不满地说:"是啊。现在窑湾很多商户都搬去邳县、炮车、草桥和新安等货运站了。码头生意越接越少,很多货轮因为长期闲置，关键部位都生锈了。要我说，再这样下去，别说四百万，连四十万都没人买了呢。"

郭文芳立刻责怪儿子道："远航，这就是你的不对了。"

臧远航耐心解释说："妈，我这样做有我这样做的道理。那个周老板虽然出价很高，但是他出现得太突然了。要知道，运河码头不仅关系到窑湾，更关系到苏北乃至全国的经济命脉，就算转让，也绝不能转给任何来路不明、不知底细的外地人，只能转给知根知底、有责任有担当的本地人。否则，一旦落入心怀叵测的人手中，后果将不堪设想！"

一直沉默的臧家梁想了想道："你说的也有些道理。不过呢，只要码头一日不转手，你就得整天码头铁路两头跑，来回最少要七十里，终究不是个办法呀。"

臧远航点点头，郁闷地说："是啊，现在我们臧家的产业，已经成功转向火车货运了，也没有太多精力和时间兼顾码头，得好好想个法子才是。"然后转向堂哥，逗他道，"大哥，不要生气啦。"

臧远方听他一番话，这才释然，却还嘴硬道："谁让你刚才不说清楚的。"

臧远航打趣地说："谁知道你竟然这么笨？"

臧远方不好意思地辩解道："我不是笨，只是不聪明而已。"

吴俊莹佯装嗔怒地说："这有区别吗？"

众人闻言，全都哈哈大笑起来。

第53章　把吴家大院赎回来

北城门外，臧远航闷闷不乐地走下运河堰。

忽然，他一抬头，看到一个身着荆钗布裙的中年妇女，正拉着一辆盛满桑叶的平车，吃力地想上一个斜坡。

与此同时，那妇女正好低头用力，显露出右边一只熟悉的珍珠耳坠来！

臧远航心中不由一动，下意识地把手伸进贴身口袋，那里一直放着另一只珍珠耳坠，当即确定这个拉平车的妇人，就是徐佩芸了。

于是，他三步并作两步跑过去，弯腰用力帮她把平车推了上去。

徐佩芸忽然感觉到车身一轻，意识到有人在后面助力了。

所以上坡后，她立刻转回头，没想到刚说了一个"谢"字，不由愣住了，惊讶地问："是你？"

现在的她，虽然只穿着俭朴的老蓝布旗袍，脸色也憔悴了不少,随处可见艰辛岁月的痕迹,但是腰身越发纤细瘦弱,双眼也更显坚定了起来。

臧远航来不及寒暄,便心疼地说:"你一个女人家,怎么干这么重的活?俊锋呢?他现在还赌博吗?"

徐佩芸摇摇头,苦涩道:"自从被道德会吊在三戒桥上,狠狠地打了一顿并强制戒赌后,他就不赌了。再说这些年,祖业都被输光了,前几年连吴家大院都被他拍卖了,想赌也没钱了呢。"

臧远航这才稍松了一口气说:"那就好。"

没想到,徐佩芸却苦笑道:"赌博倒是不赌了,但是又迷上了炒股,成天梦想着发大财,好把吴家大院赎回来。"

臧远航闻言,不由皱眉说:"不能整天总想着投机取巧,要脚踏实地做事才行呀。"

徐佩芸无奈道:"他把偌大的祖业输得精光,人送外号'败家子',都名声在外了,就算他想脚踏实地,也找不到工作的呀,让他去我爸的甜油坊帮忙,他又不肯去。"

臧远航想了想,便提议道:"不如这样吧,搬运部主管吕叔上个月刚退休,就让他来接替吕叔的位置,你看怎么样?"

徐佩芸半信半疑地问:"真的?"

臧远航郑重地说:"当然!"

徐佩芸当即兴奋道:"那我回去和他说说,他一定愿意的!"

她说完这话,便将平车的拉绊放在肩上,感激地一笑,兴冲冲地走了。

臧远航望着平车渐行渐远，脸上不由掠过一丝悲戚。

如果说年轻时，他曾经爱过那个貌美如花、聪明坚强的年轻女孩，那么现在，他更爱这个被艰辛、粗粝的生活打磨得憔悴、沧桑却依然不失风华的中年妇女！

福建会馆的角落里，有一幢破败的瓦房，瓦房两暗一明。

徐佩芸将平车停在房前，然后用一只半旧的畚箕取了些桑叶，端进其中一个暗间，里面有一筐筐拇指头大的蚕宝宝。

她擦了一把汗，便麻利地将桑叶铺在蚕筐里。

立刻，蚕宝宝们便蠕动着白白胖胖的小身子，窸窸窣窣地吃了起来。

中宁街上，身着一身灰色粗布长袍的吴俊锋，摸了摸腰间半鼓的钱袋子，失魂落魄地走过来，还有气无力地哼着小曲：

……要饭的篮子挎肩上，肚子饿了下四乡。整天我跟着狗打仗，东庄要碗渣豆腐，西庄要碗冷剩汤。身上痒痒墙上蹭。到白天各庄去要饭，到夜晚宿落庙堂。（念白）裤子露着腿，鞋儿张大嘴，吃干煎饼喝凉水，虚睁两眼活受罪……

中宁街街角拐弯处，停靠着一辆黑色的轿车。

之前在码头管理处笑容满面的周略农，完全像换了个人似的，面色严肃冷峻，和一身贵妇人打扮的中年刘莉莉，并排坐在后座上。

此时两个人的眼光，都紧紧盯着不远处的吴俊锋。

随即，周略农生硬地问："你看清楚了吗？"

刘莉莉肯定地说："看清楚了，是他！虽然我们已经十多年没见面了，他老了不少，也很落魄，但是模样轮廓还是和以前一样。"

周略农便命令道："那你尽快和他取得联系，事不宜迟，越快越好。"

刘莉莉郑重地说："保证完成任务！"

周略农略一沉吟，便吩咐道："前几天我已经打草惊蛇了，现在这个人，是我们最后的机会了，请你务必保证绝对成功，不得有任何闪失。"

刘莉莉严肃地说："是！"

福建会馆吴家门口，吴俊锋走过来。

他看到大门紧闭，连忙整理了一下衣衫，强打起精神，装作很高兴的样子，健步走了进去。

此时蚕屋内，徐佩芸已经喂好了蚕，正在清理残枝败叶。

吴俊锋刚一进堂屋，便直着脖子喊："佩芸，佩芸。"

徐佩芸连忙跑出来，关切地问："什么事？"

吴俊锋拍了拍腰间的钱袋子,佯装兴奋地说:"快去炒几个热菜,我要喝两杯。"

徐佩芸疑惑地问:"怎么,你都知道了?"

吴俊锋诧异极了:"我知道什么?"

徐佩芸奇怪地问:"那你高兴什么?"

吴俊锋这才从钱袋子里理出一沓子钱,"啪"的一声拍在桌子上,得意道:"我这个月炒股,赚了整整二百五十块!"无限憧憬地说,"照这样子的话,下个月赚五百,再下个月赚一千,再下个月赚两千,如此这般,一年之内,我绝对能把吴家大院,从东当铺赎回来,嘿嘿嘿。"

徐佩芸眉头一皱,郁闷地说:"如果我没猜错的话,上个月我爸送来五百块钱给我们做家用,你拿去炒股,现在就剩这二百五了,是不是?"

吴俊锋见谎言被戳破,不由慌张起来,支支吾吾道:"这、这个,好像……是……"

徐佩芸叹了口气,苦口婆心地说:"你炒了这么长时间的股,赚的没有赔的多。再说了,这种事毕竟不是什么正经营生。现在我们家花钱的地方多着呢,盼盼在上海上大学要钱,涛涛虽说现在还小,但是以后读中学、大学,都要花钱。你不能再这样瞎混了,应该脚踏实地做点正事才行呀。"

吴俊锋却没好气道:"除了炒股,我什么都不会!"

徐佩芸趁机说:"可是你做过生意,会算账呀。远航刚才和我讲,现在码头上有一个搬运主管的空缺,那个职位不用花力气,工资也很不错,你看怎么样?"

吴俊锋闻言,脸色一变,怒声道:"不怎么样!要不是他坚持修什么劳什子的铁路,我们盐行的生意怎么会每况愈下?如果不是生意每况愈下,我怎么可能总想着靠赌博赢钱?我要是不想着靠赌博赢钱的话,怎么可能把祖业都输光了,还卖掉了吴家大院?不卖掉吴家大院,我怎么可能被开除出商会,又怎么可能被道德会强行侮辱?"

徐佩芸反驳说:"就算盐行的生意不好了,烟丝店的生意可是一直都不错的,更何况,就算我们什么生意都不做,吴家的祖业,也够我们几辈子吃喝不愁的。是你自己迷上赌博的,就不要再怨天尤人了。再说了,修铁路损失最大的其实不是盐行,而是运河码头,可是人家远航及时转行做火车货运生意,还不是东山再起了吗?"

吴俊锋被说中心事,不由恼羞成怒起来。

于是,他便先发制人道:"远航远航,看你叫得多甜!"然后又提高声调说,"以后不许在我面前再提这个名字,听到没有?"

徐佩芸嗔怒地说:"你真是把别人的好心当作了驴肝肺!"

吴俊锋冷笑一声,讥刺道:"好心?别以为我不知道他那点穷心思。我女儿叫盼盼,他生了个女儿就叫亦盼。他不是一直想要个儿子吗？我儿子叫涛涛，他要是生个儿子敢叫亦涛，看我不打断他的狗腿！"

徐佩芸立刻涨红了脸，郁闷地说："你简直不可理喻！"

吴俊锋恨声道："我就不可理喻，怎么了？你去告诉那个姓臧的，就算我吴俊锋全家沿街讨饭，也绝不会吃他的嗟来之食！"说完这话，便冷哼一声，摔门而去！

徐佩芸不由气结，却也无可奈何。

第54章　做什么我都愿意

当天晚上，绿豆烧酒馆左侧角落内。

吴俊锋已经喝得脸红脖子粗了，却还在不停地灌着酒。

绿豆烧酒馆右侧角落内，刘莉莉身着典雅华贵的旗袍，正在小口小口地饮着酒。虽然她的装扮与简陋的小酒馆有些格格不入，甚至引起了周围人的指指点点，但是她好像丝毫都不在乎。

自始至终，她只把目光盯在一个人身上。

这个人，就是吴俊锋。

与此同时，绿豆烧酒馆左侧角落内。

吴俊锋已经有些醉了，开始一边喝一边哭起来："爸啊，妈啊，我对不起你们啊！我不该败光了祖业，又输掉吴家大院啊……"

刘莉莉看到时机成熟，便端起酒杯，然后脸上堆起一片妩媚的笑，款款向他走去。

吴俊锋仍然在喃喃自语地说："我要赎回吴家大院，我一定要赎回吴家大院……"

刘莉莉径直坐在他对面，微微一笑道："老板，赎回吴家大院，不是靠说的，是靠做的！"

吴俊锋闻言，当即抬起头，同时诧异地问："你、你、你是谁？"

刘莉莉娇嗔地说："怎么，你发大财了？连故人都不认识了！"

吴俊锋揉了揉惺松的醉眼，仔细看了看对面的人，眼前不由浮现出她年轻时的容颜。

刘莉莉见状，眼角不由浮现一丝笑意，但是转瞬即逝。

然后她语带怜悯道："你不让我说，更说明你已经意识到问题的严重性了，所以，当年如果我们先下手就不会是今天这样的结局了……"

吴俊锋却连连摆手说："不可能，绝对不可以！"忽然意识到什么，疑惑地望着她，眉头一皱问，"当时你这样做，真的仅仅是为了吴家盐行的生意吗？"

刘莉莉朗声道："当然不！"

吴俊锋闻言，更加疑惑了："那你是为了什么？"

刘莉莉神情一凛，正色道："为了得到你的爱！"

吴俊锋想到这里，酒立刻就醒了一半，惊讶地问："你真是刘莉莉？"

刘莉莉妩媚一笑，坦然地说："不错，你还算念旧。怎么样，这些年,过得还好吗?"

吴俊锋听了这话,不由羞愧难当。

于是他又灌了一杯酒,沮丧道:"不好!都怪当年我没听你的话,没有先下手为强,直接结果了他,现在我悔不当初啊!"

刘莉莉却语带玄机地说:"以前不听没关系,只要现在听就行了!"

吴俊锋却摇了摇头,苦笑道:"现在听已经晚了,什么都晚了!不但祖业全让我败光了,连吴家大院都让我输掉了,唉!"说完,又端起一杯酒朝嘴里灌去。

刘莉莉却一把按住他的手,小声而坚定地说:"别喝了!如果我是你,我一定会站起来,不但要赎回吴家大院,还要东山再起,重振当年吴半街的雄风!"

吴俊锋双手一摊,无奈道:"你所说的一切,我又何尝不想呢。可是问题的关键是,我没有钱啊!"

没想到,刘莉莉却诡秘地一笑说:"你没有,可是有人有啊!"

吴俊锋眼睛一亮,当即脱口而出:"谁?"

刘莉莉指了指自己的鼻子,干脆地说:"我!"

吴俊锋眼睛立刻就黯淡了下来,不相信道:"你就别逗我了,赎回吴家大院,可不是十几万、几十万的事情,最少要一百万,你一个女人家,哪里会有那么多钱!"

刘莉莉却胸有成竹地说:"实话告诉你吧,我是没钱,但是我先生的父亲,以前在北京当大官,家里有的是钱!只要他肯出面,别说一个小小的吴家大院,就是把窑湾所有的店铺都买下来,也绝不在话下!"

吴俊锋还是摇头道:"我和他无亲无故,就算他再有钱,又怎么可能帮我呢?"

刘莉莉却高深莫测地说:"正好我有一件事也需要你帮助,这就看你愿意不愿意了!"

吴俊立刻拍着胸脯,信誓旦旦道:"只要能赎回吴家大院,做什么我都愿意!"

刘莉莉不由抿嘴一笑!

小蓬莱217房内,中间的桌子上放着笔墨纸砚。

身着一身白色唐装的周略农,正在练毛笔字,上面是各具形态的"忍"字!

终于,他写好了最满意的一张,忍不住得意地端详起来。

正在这时,刘莉莉便推门进来了,走到他身边,悄声说:"人带来了。"

周略农这才将毛笔放下,镜片后的精光一闪,阴阴地笑道:"好,快请他进来!"

刘莉莉走到门边,拉开房门,恭敬地说:"老板,请!"

吴俊锋点点头,毫不犹豫地跟着她进了门。

周略农仍然旁若无人地练着字。

刘莉莉娇怒道:"略农,他就是我的老东家吴俊锋老板!"

周略农头也不抬地说:"哦,坐。"

他虽然说的"坐",但是自己却仍然专心致志地写着字。

吴俊锋尴尬地回头望了望。

刘莉莉小声提醒道:"别忘了,是你来求他的!"

吴俊锋犹豫了一下,只好硬着头皮走上前去。

他望着对方刚刚写好的"忍"字,由衷地赞叹道:"周老板笔法苍劲有力,颇似曦之的神韵,可见是下了一番苦功夫的。"

周略农终于抬起头,仿佛这才看到他似的,试探地问:"吴老板也懂书法?"

吴俊锋谦虚地说:"略知一二,略知一二。"

刘莉莉补充道:"窑湾商户大多是明末旧官员和反清复明义士的后人,世代都是儒商,所以男孩子自幼习文练武,不但个个书法不凡,武艺也是了得呢。"

周略农闻言,一改刚才的慢待,转而热情地说:"如此说来,吴老板对书法也颇有心得啊,快请坐。"

于是,两人分宾主坐下,刘莉莉很快斟上茶。

周略农喝了一口茶,便推心置腹道:"吴老板的事,莉莉之前就和我提过了。但是你知道,大家都是生意人,生意人讲究的是一个'利'字,所以嘛……"说到这里,他含笑卖了个关子,没有再继续说下去。

吴俊锋立刻会意,拍着胸脯,信誓旦旦地说:"我明白。只要周老板能帮我赎回吴家大院,叫我做什么都行!"

周略农和刘莉莉迅速对视一眼,同时点了点头。

清晨,福建会馆吴家堂屋内。

一个长相酷似吴俊锋、只有八九岁模样的男孩背着书包,低垂着头站在门口,却始终不肯迈出门槛。

不用说,他就是吴俊锋和徐佩芸的儿子吴涛涛了。

不大一会儿,徐佩芸背着一畚箕桑叶走进来。

她见到儿子,立刻奇怪地问:"咦,涛涛,这么晚了,怎么还不去上学?"

涛涛噘着嘴,委屈地说:"我不想去,同学们都笑话我,说我爸是个败家子,赌博把那么大的家业都败光了,还把我爷爷奶奶给活活气死了。"他说到这里,忽然仰起小脸,无限期待地问,"妈,不是这样的吧?"

徐佩芸言不由衷道:"你爸、你爸他不是败家子,他只是不善经营而已。"

涛涛却半信半疑地问:"可是为什么,我们家以前住那么大的房子,现在却住这么小的房子呢?"

徐佩芸为难地摸了摸儿子的小脸,急中生智地说:"那是因为,人生在世上,金钱是有配额的。我们家就是因为以前拥有太多金钱配额了,所以现在,老天把多余的配额加倍拿回去,就变穷了。不过没关系,等我们穷到一定程度,老天又会把配额还给我们家的。"

涛涛听到这里,又似懂非懂地问:"那,什么叫配额呢?"

徐佩芸硬着头皮道:"配额就是……"她实在有些编不下去了。

恰在这时,就听见门口传来吴俊锋的怒喝声:"臭小子,怎么还不去上学?想找揍了是不是?"

他边说边俯身捡起一根树枝,作势就要抽过去。

涛涛吓得一个激灵,赶紧一溜烟跑了。

徐佩芸责怪地说:"那么凶做什么?看你把儿子吓得。"

吴俊锋却理直气壮道:"再不凶他,他上学就迟到了!"

徐佩芸走进蚕屋将桑叶倒下去,又将大树枝捡起来。

她一边捡一边说:"他不想去上学,是因为他大了,有自尊心了,不想老是因为家里穷,被同学们笑话。"

吴俊锋却往桌边一坐,大腿跷在二腿上,得意扬扬道:"等我赎回吴家大院,就可以东山再起了,到那时,我就把陆元榜的新学堂全部买下来,看谁还敢说我们家穷,哼!"

徐佩芸闻言,脸上不由一喜。

她立刻停止捡树枝的动作,半信半疑问:"这么说,你同意到码头做事了?"

吴俊锋却撇了撇嘴，轻蔑地说："那点死工资，够干什么用的，我才不会去赚呢。"然后又狂妄道，"你放心吧。我就要赚钱了，赚很多很多的钱，让你重新做回吴家大院的少奶奶！"

徐佩芸走到他身边，认真道："自从我嫁给你那天起，就不是为了钱，更不是为了做什么吴家大少奶奶。我只是想，能好好照顾盼盼，和你安安稳稳度过下半辈子，就已经心满意足了。所以，你能不能接受一无所有的现实，脚踏实地做点正事？"

吴俊锋点点头，郑重其事地说："我确实是准备脚踏实地做点正事的，但是绝不去码头上班，而是要买下整个码头！"

徐佩芸不由吃了一惊，疑惑地问："买下整个码头？"

吴俊锋语气坚定道："是的，我已经决定了。"

徐佩芸立刻伸出手，想去摸他的额头。

吴俊锋却甩掉她的手，气急败坏地说："你干什么？不相信我是吧？"

徐佩芸没好气道："试试你有没有发烧？我们现在穷得连生活费都需要我爸接济，你还大言不惭说什么买下码头！"

吴俊锋不无得意地说："我说到做到，你就等着瞧好了！"

徐佩芸听了这话，更是一脸担忧。

第55章 一定要知根知底

运河码头管理处总经理办公室内,臧远航正在翻看一摞摞账簿。

臧远方又抱了一摞过来,喘了口气说:"还有一摞是铁路修好后第十年的。"

臧远航随手翻了翻,将账簿往桌上一扔,沮丧道:"业绩怎么这样差?"

臧远方苦笑说:"你看的前十年,还算好的,后面的五年更差呢。要不要再给你拿来?"

臧远航连忙摆手道:"不用了不用了,我越看越伤心。"

臧远方委屈地说:"这些年,你和远胜把精力都放在火车货运上,码头主要是我在管理,我都伤心了不止一天两天了。现在情况你也看到了,我说得没错吧,别说四百万,连四十万都不值。"

臧远航眉头却皱得更紧了,喃喃自语道:"既然码头已经没有多少经济效益了,可是那个周略农,为什么要拿四百万来买它呢?"

臧远方试探说:"或许,他不了解情况?"

臧远航摇摇头道:"他长期与丝绸之路沿途国家做生意的,理应知道铁路运输的优点大于水路运输!"

臧远方想了想,又说:"或许,他只是一时心血来潮?"

臧远航却摇摇头道:"不,事情肯定没有这么简单!"

正在这时,郑一飞"砰"地推开了门。

他刚一进来,便急急地说:"老板,你让我查的事情,有眉目了。"

臧远航催促道:"快说来听听。"

郑一飞喘了口气说:"那个周老板住在小蓬莱,是丝线店老板蒋荣生在徐州的大客户,据说这次主要是带太太来散散心,顺便收购春蚕茧的。"

臧远方听了这话,立刻释然道:"蒋荣生是个厚道人,既然是他的客户,也算是知根知底了。码头转手给他,一定没有问题。"

臧远航眉头却皱得更紧了,忍不住喃喃自语:"他到底是先来收春蚕茧,后想买码头的呢;还是先想买码头,后来收春蚕茧的?"忽然想起什么,"对了,下午货运站还有一个会,我得马上赶回去。你就留在码头吧,有什么事,及时通知我。"

臧远方点点头说:"好。"

臧远航边说边站起身来，拿上衣服就往门外走。

臧远方顿了一顿，忽然想起什么，连忙追出门去，一边追一边问："那码头到底卖不卖啊？"

运河码头管理处外，堂兄弟俩并肩走出来。

臧远航一边向轿车走去，一边叮嘱道："千万要记住了，码头可以卖，但是接手码头的人，一定要知根知底。"

臧远方连连点头："好，我记住了。"

臧远航刚想上车，忽然看到吴俊锋正向这边跑来，边跑嘴里边喊着什么。

臧远方隐隐听到"远航"两个字，便提醒说："吴俊锋好像是在叫你呢。"

臧远航摇摇头，苦笑道："怎么可能？他已经十多年没和我说话了，见面都像仇人一样的。"

他说完这话，便抬腿想要上车。

没想到，吴俊锋却飞也似的跑到他面前，气喘吁吁地说："远……远航，我有事找你！"

臧远航不由大吃一惊，简直不敢相信自己的耳朵！

在片刻的愣怔过后，他指了指自己，又指了指对方，一字一顿地问："你……找……我？"

吴俊锋点点头，郑重道："是的。"

臧远航只好做了个"请"的手势说:"请进去详谈吧。"

运河码头管理处会客室内,臧远航和吴俊锋分宾主坐下。

自从徐佩芸嫁进吴家后,这是两人第一次直面交流,气氛不免有些尴尬。

幸好,臧远方推开门,来给两人沏茶。

臧远航客气地说:"俊锋兄,请喝茶。"

吴俊锋不由感慨万分道:"远航,你现在是商会会长了,在窑湾乃至整个徐州地区都德高望重,却还称我为兄,着实让我汗颜啊。想当年,我们原本在同一起跑线上,要不是因为我固执己见,自暴自弃染上赌博的恶习,也许一切都会与现在不同的吧。"

臧远航安慰说:"人活于世,还是要往前看的,过去的就让它过去吧。"

吴俊锋眼珠一转,趁机道:"多谢远航老弟的大度。你说得对,人活于世,还是要往前看的。所以,我想东山再起!"

臧远航原本以为,对方是同意来码头就职了,但是看他那意气风发的样子,似乎又不太像。

于是,他强行把涌到嘴边的"欢迎"二字咽了下去,试探地问:"不知道俊锋兄,有何打算呢?"

吴俊锋有些傲然地说:"我想转手运河码头!"

臧远航吃惊地问:"转手运河码头?"

吴俊锋果断道:"正是!"

臧远航忽然想起周略农来,眉头当即就是一皱。

吴俊锋不满地说:"怎么,你很为难吗?"

臧远航沉吟片刻,还是坚决道:"俊锋兄,你应该知道,运河码头事关窑湾、徐州乃至全国的经济命脉,就算是转手,也只能转给知根知底……"

吴俊锋急忙说:"我和你是一起长大的,又是好朋友,还曾做过连襟,当然是知根知底的啦。"

臧远航无奈道:"除了知根知底,还得有责任有担当呢。"

吴俊锋立刻恼羞成怒地说:"你的意思是,我被商会开除过,被道德会惩戒过,就不能算是有责任有担当之人了吗?"

臧远航连忙解释道:"俊锋兄,你先别着急。虽然转不成码头,但是你也可以涉足别的行业,比如商行杂货、烟丝美食……"

吴俊锋当即涨红了脸,"啪"地一拍桌子,霍地站起来,怒声说:"别和我说那些没用的!我现在就想要转手码头!给一句痛快话,转还是不转!"

臧远航干脆道:"不转!"

吴俊锋血红着眼睛瞪着他,恶狠狠地说:"这话是你说的,你可别后悔!"说完,拂袖而去!

臧远航望着他的背影,眉头皱得更紧了。

臧远方担忧地问:"你看他都气成那样,会不会到南京上访?"

臧远航摇摇头，郁闷道："我不是担心他上访，我担心的是，他连吴家大院都输掉了，哪来的钱买码头？"

臧远方这才恍然大悟，试探地问："你的意思是，他背后有人？"

臧远航却不置可否地说："我现在还不能肯定。你马上派人跟踪他，看他这些天，都和什么人接触！"

臧远方爽快道："是。"

小蓬莱217房内，两个男人正围坐在桌前。

吴俊锋的神情非常沮丧，大口大口地喝着闷酒。

周略农轻轻呷了一口茶，慢悠悠道："吴老板啊，不是我不想帮你的忙。现在臧远航不把码头卖给你，那我就没办法帮你赎回吴家大院了。"

吴俊锋急切地说："别啊，周老板，我们还可以想别的办法的。"

周略农闻言，立刻兴致勃勃地问："那你还有什么别的办法？"

吴俊锋恨声道："我可以到南京去告他，告他借火车货运站，公然敛财！"

周略农摇摇头说："可是据我们所知，臧家一直做的是正经生意，进出的每一分钱，都是清清白白的。"

吴俊锋撇撇嘴道:"没错我也可以编啊,总之不把他告下台,我绝不罢休!"

周略农劝慰说:"有句古话叫'穷不与富斗,民不与官斗'。再说了,臧远航历来受窑湾人拥戴,臧家在当地也是德高望重,恐怕你告不赢啊。"

吴俊锋想想也是,便哀求道:"那我要怎样做,你才能帮我赎回吴家大院啊?"

恰好这时,刘莉莉过来斟茶。

她和周略农对视一眼,便轻声提醒说:"吴老板,如果我没有记错的话,吴太太和臧远航原本有过婚姻关系的。"

吴俊锋听了这话,立刻一拍脑门道:"对啊,我怎么把这件事给忘了?!"

小蓬莱二楼的楼梯口,臧远方藏身在一个拐角处,警惕地打量着过往的人。

忽然,他看到某个房间有人伸出半个头,立刻缩回了身子。

那个人正是吴俊锋,他看到四下无人,连忙戒备地走了出来。

臧远方等他走后,立刻从柱子后面走出来,赫然就看到了"217"的字样!

第56章 买码头是白日做梦

运河码头管理处总经理办公室内,臧家堂兄弟俩的神情非常严肃。

臧远航皱着眉头说:"如此说来,吴俊锋背后的主使人,应该就是那个周略农了。"

臧远方果断道:"基本可以肯定了。我问过小蓬莱的伙计,他说这已经是吴俊锋第二次去217房了。"

臧远航不禁喃喃自语:"这个周略农,还有他太太,到底是什么来路呢?"沉思了一会儿,又叮嘱堂哥说,"你立刻派人去徐州,查一下这个周略农的具体情况。"

臧远方点点头:"好。"

临近正午,福建会馆吴家门外。

徐佩芸像往常一样,拉着一平车桑叶,吃力地走过来。

她擦了擦汗,便准备卸车。

没想到,吴俊锋竟然就从屋内迎上来,接过车把,体贴地说:"我来吧,你快进屋歇歇去。"

徐佩芸惊讶地问:"今天太阳从西边出来了?"

吴俊锋并不回答,只是殷勤地找来畚箕,笑眯眯地将桑叶里的大桑枝捡出去。

徐佩芸疑惑地问:"你今天竟然干活了,怎么这么反常,到底发生什么事了?"

吴俊锋委屈地说:"其实也没什么事啦。就是你让我去码头上班,我忽然想起一些前尘往事,想当年,要不是你帮着臧远航,一次次粉碎了我的计谋,那个地方可就姓吴了。"

徐佩芸安慰道:"你不要再想过去的事情了,还是接受现实,脚踏实地过平常日子吧。你知道的,民国二十二年,佩剑就随驻扎窑湾三年的张华棠将军北上抗日,不久又考入黄埔军校,现在已经官至营长,估计暂时不会回家了。现在我爸年纪也大了,生意却越做越好,非常需要我们的帮助。如果你不愿意去运河码头上班,就到甜油坊去帮忙,也算半个老板了,你看怎么样?"

吴俊锋却将手中的桑枝一扔,没好气地说:"堂堂的吴家大少爷,却要靠老丈人吃饭,我丢不起那个人!要去你自己去,哼!"

徐佩芸瞪了他一眼,愠怒道:"不可理喻!"说完,便用畚箕端起摘好的桑叶,快步向蚕房走去。

吴俊锋想了想,又跟了进去,试探地问:"我想要买下码头,你看怎么样?"

徐佩芸没好气地说:"码头是窑湾经济命脉,不是谁想买就可以买的。"

吴俊锋翻了翻白眼,酸溜溜道:"是啊,我去找过臧远航了,他言外之意是,我不是有责任有担当的人,不愿意把码头卖给我。所以,我想请你劝劝他,他最听你的话了。"

徐佩芸仔细地将桑叶铺在蚕筐里,没好气地说:"有什么好劝的!我们穷得都快要饭了,买码头简直是白日做梦!"

吴俊锋却嘿嘿一笑道:"你跟我来。"然后拉着她就走出了蚕房。

徐佩芸烦躁地说:"你干什么?我还要喂蚕呢!"

吴俊锋强行拉着她,走进另一侧的卧室,从床底的角落拉出一只沉重的皮箱来。

徐佩芸立刻瞪大了眼睛,吃惊地问:"里面装的是什么?我怎么从来没见过这只箱子?"

吴俊锋诡秘一笑,警惕地走到大门口望了望,然后迅速将房门关上,随即又关上所有的窗户,这才郑重其事地打开皮箱。

立刻,一大箱金砖赫然呈现在面前!

徐佩芸不由瞪大了眼睛,脱口而出:"金砖,这么多!"

吴俊锋连忙捂住她的嘴,同时将手指竖在嘴边,提醒道:

"嘘，小声点。"

徐佩芸不但没有丝毫的高兴，还担忧地问："快说，这么多金砖，你是从哪里偷来的？"

吴俊锋不满地说："什么叫偷，说得这么难听。"然后趴在她耳朵上，小声道，"实话告诉你吧，我爸临终前，曾经将十几箱金砖埋在我家仅剩下那块桑树地里，这只是其中最小的一箱，我昨天半夜趁你熟睡，偷偷跑去挖出来的。"

徐佩芸疑惑道："怎么可能？这件事我可从来没听你说过。"

吴俊锋却佯装生气地说："我没说不等于没有。你想啊，我爸外号铁公鸡，当年吴家那么有钱，一点金砖算什么呢，所以我就没和你说。"然后得意道，"等我把另外几箱挖出来，买码头不就绰绰有余了，哈哈哈。"

徐佩芸眉头却皱得更紧了，又抛出一个问题："既然你有这么多钱，为什么当初还要拍卖吴家大院？"

吴俊锋不由一呆，好半天才支吾道："这、这……"忽然眼珠一转，慢吞吞道，"那是因为嘛，这是我父亲一辈子的心血，不到万不得已，我实在不想动。"

徐佩芸越发疑惑了："既然如此，你为什么不用这些钱去赎回吴家大院，反而要买毫不相干的码头呢，真是奇怪！"

吴俊锋不由在心中哀叹："该死，我怎么娶了这么个聪明透顶的女人啊！"但还是急中生智说，"码头虽然与我毫不相干，但是你对码头的感情却很深呀，我这是为了你！"

徐佩芸没好气地说："就算我对码头感情很深，就一定要买下它吗？当初佩萍还对你感情很深呢，结果又怎么样呢？"

吴俊锋被驳得哑口无言，随即气急败坏道："废话少说！你到底去不去？"

徐佩芸见状，只好无奈地说："那好吧，我去和臧远航说说，但不能保证成功！"

吴俊锋这才停止闹腾，唇边露出一丝得意的笑！

他立刻拉住妻子的手，开心道："还是我太太最好了，价钱任姓臧的开！明天我就把金砖拿去钱庄，兑换成银票！"

徐佩芸不由苦笑起来！

如果说之前，她只是怀疑那些所谓的金砖来历不明的话，那么现在，她更加怀疑丈夫到底是哪里来的底气，才会如此气焰嚣张！

可是事已至此，她唯一能做的，就是帮他，不是吗？否则，以丈夫的刚愎自用的性格，还不知道会做出什么偏激的事情来呢！

第57章 码头就拜托你了

运河码头管理处外,一辆黑色的轿车在门口戛然而止。

臧远航从车上走下来,看上去心事重重的。

臧远方连忙迎上去,急急地说:"远航,你可回来了,佩芸她……"

臧远航点点头道:"我知道了,进去详谈。"

运河码头管理处总经理办公室内,臧家兄弟一前一后走进来。

臧远方刚一坐下,便有些大惊小怪地说:"远航,真是奇怪啊,佩芸自从和吴俊锋结婚后,再也没来过这里了。可是今天,她已经来找过你五六次了!"

臧远航揉了揉太阳穴,平静道:"我就是接到她的电话,才匆忙赶回来的。"说到这里,忽然想起什么,"对了,你派人去查那个周略农的情况了吗?"

臧远方爽快地说:"查了。周略农说得没错,他是民国二十年到徐州做进出口贸易的，主要是到周边地区收购蚕茧加工成丝，然后卖到丝绸之路特别是东南亚国家，人品和商誉都非常好。"

臧远航若有所思地敲了敲桌子，又问："那他老家在什么地方？民国二十年前，他从事什么职业？"

臧远方摇摇头道："这个，倒是没听说过。"

臧远航叮嘱说："他贸然来收购码头，真是太诡异了，所以一定要继续查下去。不过这件事，一定不要告诉任何人，以免打草惊蛇，明白吗？"

臧远方点点头："明白。"忽然又想起什么，"哦，对了，我曾经见到吴俊锋从周略农房间出来，并且听伙计说，还不止一次！"

臧远航立刻吃惊地"啊"了一声！

他张了张口，似乎想要说什么。

正在这时，郑一飞忽然推门进来，急急道："老板，吴太太又来了。"

臧远航和臧远方迅速对视一眼，异口同声地说："请她进来吧。"

话音刚落，徐佩芸便走了进来。

此时，她脱去了平时干活时穿的荆钗布裙，换上一件洗得发白的蓝底白花旗袍，看上去虽然简朴，但仍旧不失素雅体面。

臧远方和郑一飞互望一眼，识趣地退了出去。

臧远航立刻站起身来，热情地招呼道："佩芸？"

徐佩芸望着屋内曾经熟悉的一切，表情有些复杂地说："对不起，打扰了。"

臧远航自从那天相遇，已经知道她的生活处境了，但还是苦涩地问："你……还好吗？"

徐佩芸却摇摇头，干脆道："不好！"

臧远航叹了口气，便示意说："坐下来慢慢谈吧。"

徐佩芸微微颔首，但是刚一坐下，便开门见山地问："我电话里和你说的事情，你考虑得怎么样了？"

臧远航字斟句酌道："我很想帮你，可是，你应该知道，码头事关重大，不是任谁都可以转手的。更何况，俊锋先被商会开除，后又被道德会惩戒，虽然知根知底，却绝不是有责任有担当之人。我怎么可能违背祖训，将码头交到这样的人手中呢？"

徐佩芸郁闷地说："你说的这些我都明白，俊锋以前是犯过错。可是'人非圣贤，孰能无过'？他现在一心想要转手码头、东山再起，如果你不给这个机会，他又怎么可能改过自新呢？"

臧远航想起刚才堂哥的话，不由脱口而出道："我担心的是，他就算转手码头，也不可能改过自新！"

徐佩芸闻言，眉头不由一皱说："他是不是又做错什么了？"

臧远航自知失言，连忙否定道："暂时没有。我的意思是，他连吴家大院都输掉了，怎么会有那么一大笔钱来买码头呢？"

徐佩芸叹了口气，解释说："这笔钱是我公公留下的，刚听说时，我也很担心来路不正。不过，仔细想想也对，吴家当年号称'吴半街'，我公公又那么节俭，暗中留下一笔钱，也不是没有可能的。我想，你不用担心钱的问题。"

臧远航却仍然忧心忡忡道："我不能不担心。现在是抗日战争时期，'九一八'事变后，日本帝国主义为配合军事侵略而搞的'华北开发株式会社'，是日寇在华北从事经济侵略活动的大本营。它组建了庞大的掠夺网掠夺中国的丰富资源，以弥补其本国原料的不足。早在淞沪战役之前，这个掠夺网就已经暗中蔓延到华东地区了，我们不得不防啊。"

徐佩芸坚定地说："你放心，俊锋虽然有些偏执，但是他绝不会做对不起国家、对不起民族的事。你是知道的，民国十五年，段祺瑞下野，光新叔不愿另外事主，就辞职居住天津。"九一八"事变后，他在日本士官学校的教官村田找到他，并以师生之情，请他担任所谓的日本东北军副参谋长，但是他不愿做汉奸，从天津逃到上海隐居。最后，还是被日本人暗杀了。从那以后，吴家上下都恨死日本人了！"

臧远航不禁肃然起敬道："吴将军是我们窑湾人的骄傲！幸亏有他，东陇海铁路才得以顺利修建！"

徐佩芸闻言，双眼一亮地说："那俊锋？"

臧远航双手一摊，为难道："吴将军和俊锋虽是叔侄，但毕竟是两回事。他是什么样的人,你最清楚不过了,倘若……"

徐佩芸咬了咬嘴唇,打断他的话说:"如果你不相信他的话,那我呢,你相信我吗?"

臧远航不由一怔,随即毫不犹豫道:"相信,当然相信!"顿了一顿,又补充说,"我比相信自己还相信你!"

徐佩芸郑重地说:"如果你相信我,那就请把码头转到我的名下吧!"

臧远航沉吟片刻,便爽快道:"好。"

福建会馆吴家堂屋内,夫妻俩隔桌相望,气氛安静得有些可怕。

忽然,吴俊锋拍案而起,怒声说:"什么?转到你的名下?这分明是不信任我吴俊锋!"

徐佩芸耐心道:"那你怎么就不想想,自己为什么让别人不信任呢?"

吴俊锋却冷笑一声说:"这还用想吗?是因为我从他手中把你抢走了呗!"

徐佩芸生气道:"以小人之心度君子之腹!"

吴俊锋恼羞成怒地说:"我看他才是小人!明明是我出的钱,凭什么要转到你的名下!"

徐佩芸瞪了他一眼,没好气道:"反正事情只能这样了,你自己看着办吧。"

吴俊锋立刻气结,却半天没说出一句话!

小蓬莱217房内,忽然传来敲门声。

刘莉莉连忙去开门,看到来人,立刻道:"快请进!"

吴俊锋"嗯"了一声,便垂头丧气地走了进来。

周略农立刻迎上去,急切地问:"怎么样?事情办妥了吗?"

吴俊锋摇摇头:"没呢。"

周略农脸色一冷,阴森森地问:"怎么回事?"

吴俊锋只好硬着头皮说:"我太太去说了,可臧远航还是不同意卖给我。"

刘莉莉狐疑地问:"他当年和你太太的感情,曾经那么深厚,怎么现在变得这么无情无义了?"

吴俊锋不禁恼羞成怒道:"他们现在还依然深厚呢!他不同意卖给我,却同意卖给我太太,那还有什么意义!"

没想到,周略农闻言,却哈哈大笑起来。

等他笑罢,才终于说:"这是好事啊,我举双手赞成!"

吴俊锋和刘莉莉莫名其妙地望着他。

周略农向两人招了招手,然后小声说着什么。

吴俊锋立刻眉开眼笑,连连点头!

福建会馆吴家蚕房内,徐佩芸正在一如既往地忙碌着。

吴俊锋满面春风地走进来,亲热地喊道:"佩芸。"

徐佩芸理都不理他。

吴俊锋只好赔笑说:"之前我错了。我反复考虑过了,我们是夫妻嘛,转到你的名下和转到我名下,根本没有任何区别,反正赚的钱最后都是两个孩子的,你说是不是?"

徐佩芸这才站起身来,却摇摇头道:"我也反复考虑过了,总感觉这个事情不太靠谱,我不想出这个头了!"

吴俊锋脸色一变,立刻求饶说:"别,千万别!你想啊,现在臧远航主要精力都投放在火车货运上了,码头改姓是迟早的事情,倘若你不接手,落入不怀好意的人手中的话,岂不是乱了套?"

徐佩芸迟疑了一下,还是点点头道:"你说得也对,那我们明天去和臧远航再谈谈,合适的话,就把合同签了,你可不准反悔!"

吴俊锋拍着胸脯,信誓旦旦地说:"放心吧,我绝不反悔!"

夜半时分,福建会馆吴家堂屋内。

吴俊锋借着微弱的煤油灯亮光,照着一本书上"徐佩芸"三个字的签名,不停地模仿着、模仿着,终于越来越像了。

忽然,卧室里传来徐佩芸的声音。

她睡意蒙眬地问:"俊锋,明天还要去码头谈事情呢,怎么还不睡？"

吴俊锋连忙将纸揉成一团，然后"噗"地吹灭了煤油灯，慌里慌张地说："来了，就来了。"

运河码头管理处会议室内，吴俊锋夫妻和臧远航兄弟，双方分宾主坐下。

吴俊锋还没坐稳，便豪气道："钱我带来了，开个价吧！"

徐佩芸表情复杂地望了他一眼，却欲言又止。

臧远方闻言，不由一脸欢喜。

他暗中捅捅了堂弟，示意其把价格开得高些。

没想到，臧远航却微微一笑道："虽然水路运输相对衰落了，但是对我来说，运河码头永远都是无价的。"

吴俊锋立刻双眼一瞪，气急败坏地说："一句话，你到底卖不卖？"

臧远航语带玄机道："如果是别有用心的人，我当然不卖。但是佩芸的为人是有目共睹的，不但顾全大局，也有责任心和担当。所以，转到她名下，我分文不取，也算是感激她当年几度救码头于水火之中！"

徐佩芸和臧远方听了这话，全都一惊。

但是还没等他们反应过来，吴俊锋就回瞪了妻子一眼："还有这样的好事？莫非你背着我，和他藕断丝连了？"

徐佩芸连忙摆手:"没没没,绝对没有。"

吴俊锋冷哼一声:"我谅你也不敢!"然后便怒声说:"姓臧的,你太欺负人了!我承认你是比我能干比我风光,可佩芸她现在是我老婆,凭什么要白拿你的东西!"

臧远航没想到事情会变成这样,立刻涨红了脸,连连摆手道:"不,我不是那个意思,你误会了……"

吴俊锋却"啪"的一声,将手中的提包放在桌上,然后抽出厚厚的一沓银票,非常干脆地说:"我也不和你废话了,你到底多少钱才能卖!"

臧远航见事已至此,不免有些沮丧,便郁闷道:"大哥,这事就交给你了。"

臧远方犹豫了一下,只好说:"当初由光新叔做担保,将运河码头抵押给比利时银行,贷款三百万。现在,铁路兴起,水路没落是必然的。所以……"说到这里,他试探道,"一百万,你看行不行?"

吴俊锋大手一挥,爽快道:"行,就这样说定了!"

臧远航和徐佩芸这才舒了一口气,竟然同时向对方望去!

第58章 公事必须听我的

随即,运河码头管理处一楼大办公室内。

职员们站在一起,个个神情严肃。

吴俊锋站在前面,更是紧张得喉咙上下蠕动。

臧远航和徐佩芸分别站在一张铺着红色绸布的桌子前,神情肃穆。

两人同时在合同上签名、盖章,然后交换合同,再次签名、盖章!

然后,臧远航伸出手,郑重地说:"从现在起,码头就拜托你了!"

徐佩芸握住他的手,坚定道:"你放心吧,我绝对不会辜负你的信任!"

于是,一大一小两双手紧紧地握在一起。

立刻,管理处内响起了热烈的掌声!

吴俊锋终于如释重负，唇边露出一丝不易察觉的笑意，也使劲地鼓起掌来。

职员们纷纷走上去，围住新老板说："恭喜，恭喜。"

徐佩芸和这些老同事一一握手："谢谢，希望大家能继续留在码头工作。"

运河码头管理处总经理办公室内，臧远航正在恋恋不舍地抚摸着一桌一椅。

忽然，臧远方推门走进来，轻声问："远航，我忽然觉得，这个合同签得，是不是有些草率了？"

臧远航却摇头道："这是我深思熟虑的结果，一点都不草率。"

臧远方犹豫了一下，还是道："虽然我绝对相信佩芸的人品，可是她现在毕竟是吴俊锋的太太，更何况，周略农的来路还没搞清楚，我担心……"

臧远航显然是深思熟虑过了，坦然地说："第一，我绝对相信佩芸；第二，倘若吴俊锋背后的人真的是周略农，我们正好借机引蛇出洞，让他原形毕露！"

臧远航一竖拇指，由衷道："还是你聪明！"

与此同时，运河码头上，已经头发花白、拄着拐杖的臧家栋夫妻，带着全家人，专门从草桥货运站赶回来，和臧家梁夫妻一起，率领全体臧家人凝望着浩浩荡荡的大运河。

男人们全都神情哀伤肃穆,女人们则不停地抹着眼泪。

臧远航远远地看到,犹豫了一下,还是走了过来。

臧家栋红着眼圈,无限惋惜道:"码头是臧家几代基业,可惜以后,再也不属于臧家了,唉!"

臧远航安慰说:"二大,虽然码头不再属于臧家,但是现在,新安、草桥、炮车货运站,全都有臧家的股份呢!"

臧家梁以为儿子生气了,连忙打圆场道:"远航,你二大不是怨你,只是人老了,难免怀旧啊。"

臧家栋点点头说:"是啊,是啊。"

臧远航神情坚定道:"二大、爸,你们放心吧,无论码头姓什么,都是所有窑湾人的。只要大运河在,运河码头就永远会在!"

众人这才释然,纷纷点头称是。

运河码头管理处总经理办公室内,仍是旧时模样。

徐佩芸神情肃穆地拉开墙边一个柜门,打开里面的保险箱,取出一个一尺见方的、精致的小匣子。她再次打开,里面有一方黄帛包着的文件和印鉴,于是便将《运河码头转让合同》,郑重地放进黄帛包里,并迅速锁上了保险箱。

没想到,正在这时,就听到门"砰"地被推开,同时传来吴俊锋兴奋的声音:"佩芸!"

徐佩芸吓了一跳,立刻拔出钥匙,同时慌乱地关上柜门。

吴俊锋警觉地看到,刚被关上的柜门,还留着一条缝隙。

他的唇边，立刻掠过一丝不易察觉的笑意。

徐佩芸连忙站起身来，将钥匙放进随身坤包里，然后警惕地问："你怎么不敲门就进来了？"

吴俊锋闻言，脸上立刻掠过一丝不满。

但是随即，他眼角的余光望向她的坤包，亲热地说："我们是夫妻嘛，怎么需要那么些繁文缛节？"

徐佩芸却正色道："于私，我们是夫妻；但是于公，我们是上下级关系。既然你让我接手码头，以后公事必须得听我的！"

吴俊锋打着哈哈说："好好好，以后我听你的，全听你的，行不行？"

徐佩芸没好气道："谁和你嬉皮笑脸了！"

吴俊锋只好双手一摊，故作无辜地说："我没有嬉皮笑脸啊，我只是太高兴了。"

徐佩芸眉头一皱道："一切都是才刚刚开始呢，有什么好高兴的呢？"

吴俊锋兴奋地说："你想啊，吴臧两家争了那么多年，到最后，码头还是姓了吴！这说明什么？说明我吴俊锋本事比臧远航大呗！"

徐佩芸提醒道："你别忘了，码头是姓徐，不是姓吴！"

吴俊锋却不以为意地说："你的就是我的嘛！"

徐佩芸苦笑一声，就想反驳。

没想到，吴俊锋却紧紧握住她的手，感慨万分道："说真的，这十几年来，真是委屈你了。无论我酗酒、赌博、破产、被商会开除还是被道德会惩戒，你都在我身边，不离不弃，并且始终淡定从容，真的让我好感动。"

徐佩芸虽然对于他钱的来路，心里有些不踏实，但是想到这多年以来，他对自己始终如一的深情，也忍不住动容了。

于是，她诚恳地说："过去的就让它过去吧。虽然现在水路运输确实有些式微，但是其优点也是显而易见的，只要我们夫妻齐心，好好经营码头，很快就会赎回吴家大院，了却你的心愿！"

吴俊锋眼睛不由一亮，随即黯淡下来，沮丧道："好了，我们不谈这些了。天不早了，我们回家吧。今天我做饭，一定要好好犒劳犒劳你这位大功臣。"

徐佩芸依偎在他怀里，幸福地点了点头。

元升典当行，刘莉莉小心地将一叠文件放进坤包里，四下望了望，这才走了出来。

中宁街，臧家人从运河堰上走下来。

老一代和孩子们走在前面，臧远茹、吴俊莹、陆慧珊和孟采薇边走边逛，就落在了最后。

陆慧珊望着街两旁琳琅满目的商品，郁闷地说："还是窑湾热闹，草桥除了靠近铁路，方便货运，实在没什么好玩的去处。"

吴俊莹惆怅道："现在运河码头卖了，臧家除了房产、田产，在这边已经没什么生意了，估计不久，我们也快要搬过去了吧，真不想走呀。"

陆慧珊却兴奋地说:"你们都搬过去才好呢,可以和我做个伴,是吧,大姐?"

臧远茹闻言,只好无奈地摇头道:"我不行的,只要我们药房还剩最后一个病人,你姐夫都不会搬走的。"

陆慧珊噘了噘嘴说:"你们真扫兴。"然后又转向弟妹,"采薇,你想不想搬走?"

孟采薇立刻涨红了脸,却两手一摊道:"我不知道啊。"

吴俊莹哈哈一笑说:"她呀,除了相夫教子,完全是个没主意的,远航让干什么就干什么。"边说边笑起来。

孟采薇脸一红,打趣道:"你以为都像你啊,把大哥管得团团转,叫他上东不敢上西、叫他打狗不敢撵鸡。"

吴俊莹佯装嗔怒地说:"就你话多,我看你是皮痒痒了。"边说边作势要挠她的痒痒。

孟采薇连忙躲到臧远茹背后,同时喊道:"大姐救我!"

吴俊莹立刻就去追,陆慧珊也跟着帮忙。

一时间,四个姐妹妯娌打打闹闹,乱作一团。

忽然,吴俊莹一个没提防,撞到一个衣着华丽的太太身上。

她不由一惊,连忙道歉说:"对不起,对不起。"

好在对方并没生气,而是好脾气道:"没关系。"

电光石火之间,两人的目光就对上了。

吴俊莹见来人面目熟悉,稍一愣怔,便试探地问:"你是刘莉莉?"

被撞的人，正是刚刚从典当行走出来的刘莉莉。

她见到故人，不由大吃一惊，当即冷冷地说："对不起，你认错人了！"说完，慌忙就要走。

吴俊莹为了证明自己眼光没问题，立刻拉住她，不依不饶地道："我没有认错！我认识的人中，只有你左眉梢里有一颗痣！"

刘莉莉下意识地用手将痣一捂，气急败坏地说："我说认错你就认错了！"说完，便将对方猛地向后一推，然后夺路而逃！

吴俊莹连忙扶住旁边的柱子，这才勉强没有跌倒。

臧远茹、陆慧珊和孟采薇连忙跑过来，纷纷着急地问："你没事吧？"

吴俊莹摇摇头道："我没事。"却盯着那个已经远去的背影，执拗地说，"十多年前，她当过我大哥二哥的秘书，我绝对不会认错的。不行，我一定要问个清楚！"说完，又想要追上去。

臧远茹连忙拦住她，劝解说，"算了，这世上相似的人多了去了。再说，又过了这么多年了，认错也是情有可原。"

孟采薇也附和道："是啊是啊。"

吴俊莹还想辩解："我眼尖得很，不会认错的……"

陆慧珊打圆场说："好了好了，大家难得一聚，不要被不相干的人打扰了。"

吴俊莹这才心不甘情不愿地随她们走了。

第59章　黄锦包

福建会馆吴家堂屋内，吴俊锋和徐佩芸一脸喜气地走进来。

涛涛立刻迎上来，委屈地说："妈妈，我饿。"

徐佩芸歉然道："对不起，妈妈这就去做饭。"她说完便放下坤包，就要去系围裙。

吴俊锋却殷勤地说："说过了今天我做饭，好好犒劳犒劳你的。"说完便一把夺过围裙。

徐佩芸见他态度坚决，也只好依了他。

福建会馆吴家厨房内，灶台上一个瓦罐正在"咕噜咕噜"地煲着河蚌蛋汤。

吴俊锋警惕地望了望门外，便从一个角落里，取出一个小包。

他小心翼翼地拆开后，看到里面的白色粉末还在，这才稍微松了一口气。

没想到正在这时，徐佩芸却在门口喊道："俊锋？"

吴俊锋吓了一跳，连忙将小包揣进口袋里，责怪地说："说过我做饭的，你怎么进来了？"

徐佩芸担心道："你从来没进过厨房，我担心……"

吴俊锋眼珠一转，调皮地说："没吃过猪肉还没见过猪跑吗？你累了一天，快回屋好好歇着吧。"

就这样，徐佩芸被半搂半抱着推出门去。

吴俊锋确定她走了，这才长舒了一口气，然后摸出那个小包。

他原本想将粉末统统倒进瓦罐，但心下却犯了嘀咕："是药三分毒，多了会对身体有伤害的。"犹豫了一下，只倒了一半便住了手。

当天晚饭，福建会馆吴家堂屋内，桌子上已经有满满一桌热气腾腾的饭菜了。

徐佩芸正在摆碗筷，涛涛馋得直流口水。

正在这时，吴俊锋端着一只瓦罐走进来，小心翼翼地放在桌上。

然后，他邀功似的说："你最爱喝的河蚌蛋汤来了。"

徐佩芸吸了吸鼻子，情不自禁道："真的很香。"忽然皱起了眉头，疑惑地："咦，以前，你可是口口声声'君子远庖厨'的，今天怎么像变了一个人似的，感觉怪怪的。"

吴俊锋不由一惊："是吗？"随即掩饰道，"当、当然要变了，以前我是赌徒嘛，现在可是运河码头新任掌门人的先生呢。"

徐佩芸仍然没有打消心中的疑惑，只好苦笑道："你没必要这么刻意讨好我，毕竟，转手码头的资金全部都是吴家家产，只是假我之手而已。"

吴俊锋连忙打着哈哈说："什么吴家家产，你也是吴家媳妇嘛。"边说边盛起汤来。

徐佩芸还想说什么："可是……"

吴俊锋打断她的话，不耐烦道："好了，好了，今天是个值得庆祝的日子。别再和我说那些大道理了，弄得我心情比上坟还沉重。"然后将汤碗递过去，殷勤地说，"来，这是我专门给你做的，喝完它！"

涛涛吸了吸鼻子说："我也要喝。"

徐佩芸立刻将碗递给他，爱怜道："来，喝吧。"

吴俊锋张嘴就想要阻止："哎……"忽然意识到什么，眼珠一转，立刻抢过碗，倒了一点点在儿子碗里说，"小孩子少喝点。"

涛涛噘起了嘴，但还是埋头喝起汤来。

吴俊锋重又将碗递给妻子，责怪道："你要是不喝，就是嫌我做得不好！"

徐佩芸感动地说："哪里的话？你能下厨就是很大的进步了。"边说边毫无防备地端起碗，坦然道，"好，我喝。"

然后，便一仰脖子就喝了下去。

吴俊锋死死盯着她，紧张地问："好喝吗？"

443

忽然，涛涛打了一个长长的哈欠，同时有些恍惚地问："妈妈，我怎么……感觉好困啊……"说完，便头一歪趴在了桌子上。

徐佩芸吃了一惊，刚想说什么，也头一歪，趴倒在桌子上。

吴俊锋连忙走过去，试探地摇晃道："佩芸，佩芸……"

但是徐佩芸却已经趴在桌上，酣然入睡了。

夜幕已经降临了，福建会馆吴家卧室内。

吴俊锋将妻子和儿子俩抱进卧室后，便开始慌乱地翻箱倒柜。

终于，他在一堆棉被里，翻出坤包，迅速找出钥匙，然后飞奔出门！

臧家大院客厅内，臧家人陆续走到饭桌前。

臧家栋望着满桌的菜肴，使劲吸了吸鼻子说："船菜？我好久都没吃过这么新鲜的虾蟹了。"

臧家梁亲热道："等一下就多吃点。"然后望了望围坐在饭桌前的家人，不禁感慨万千地说，"自从你们搬走后，家里好久都没这么热闹过了，快吃吧。"

臧远栋哈哈一笑说："那我就不客气了。"说完便带头拿起了筷子。

其余人也纷纷跟着大快朵颐起来。

只有吴俊莹比较反常，手里拿着碗筷，看上去有些心不在焉的。

庄淑环边吃边提议道："他三婶，现在码头也卖了，不如你们也搬去草桥吧。"

陆慧珊立刻兴奋地说:"对啊,对啊,刚才我和她们两个也提到这个问题了。"

郭文芳望着儿媳妇,爱怜地问:"采薇,你想要搬过去吗?"

孟采薇望了丈夫一眼,不知道该如何回答。

陆慧珊便打趣地说:"她呀,是全凭远航做主的。"然后充满期待道,"远航,你也搬过去吧,人多热闹。"

臧远航却摇摇头,坚决道:"我不搬!只要窑湾还有一户人家,我就绝对不会搬!"

陆慧珊失望极了:"和姐夫一样,死脑筋!"遂又转向臧远方问,"大哥,你呢?"

臧远胜打趣地说:"那还用问啊,听嫂子的呗。"

臧远方嘿嘿一笑,下意识地望了望妻子。

没想到,吴俊莹仍然是一副心不在焉的样子。

臧远方碰了碰她的胳膊,小声道:"大家都望着你呢,你怎么不说话呀?"

吴俊莹这才回过神来,却恍惚地问:"啊?你们要我说什么?"

众人闻言,不由面面相觑!

臧远茹关心地说:"俊莹,你是不是还在想那个刘莉莉?"

臧远胜好奇地问:"哪个刘莉莉?"

陆慧珊快人快语道:"我们今天在街上看到一个女人,大嫂说是她以前认识的一个人,叫刘莉莉,可是一问,人家却说她认错人了。"

臧远方安慰妻子说:"认错人不是好正常嘛。别多想了,快吃饭吧。"

吴俊莹却固执道:"我绝对不会认错的!她和刘莉莉不但长得像,左眉梢还有一颗相同的痣呢。"

臧远方立刻惊讶地说:"左眉梢有痣?你说的这个刘莉莉,是不是周略农太太?"

臧远航听了这话,当即大吃一惊:"周略农太太?大哥,你确定?"

臧远方点点头,肯定道:"我当然确定!我在小蓬莱监视周略农时,见过她好几次!"

臧远航急忙问:"大嫂,你以前是怎么认识那个刘莉莉的?"

吴俊莹非常干脆地说:"十多年前,她给我大哥二哥都做过秘书,我经常会见到她。"

臧远航闻言,脸色一下子就变得铁青,然后霍地站起来,慌乱道:"看来他们是有备而来,糟了,要出大事了!"

其余人闻言,立刻诧异地问:"怎么了?"

臧远航飞快地说:"情况很复杂,现在来不及细说了。"然后吩咐道,"大哥,你马上去福建会馆找佩芸,让她千万守好保险箱的钥匙!二哥,你立刻联系元榜哥,做好一切应急措施!"

臧家梁立刻担心地问:"那你呢?"

臧远航果断道:"我去小蓬莱!"话音未落,人已飞奔出门。

臧远方和臧远胜立刻紧随其后,各自向不同的方向奔去!

入夜,运河码头管理处门口。

吴俊锋已经缓缓打开大门,径直向室内走去,并很快走到了总经理办公室。

运河码头管理处总经理办公室内,此时黑漆漆的一片。

忽然,钥匙响了,随即门就被人从外面推开了,一束手电光照射了进来。

来人正是吴俊锋,他刚一进门,就直扑文件柜!

他又摸索出一把钥匙,很容易就打开了柜门。

立刻,柜内露出一个保险箱。

他虽然紧张,但还是摸出一串钥匙,用颤抖的手试了又试,终于打开保险箱。于是,那个精致的小匣子就呈现在面前。

他用最后一把钥匙,激动地打开小匣子,看到里面黄帛包着的文件和印章,立刻如获至宝地揣进怀里!

福建会馆吴家外,门已经被锁上了。

臧远方狂奔到门口,一边拍门一边高喊:"佩芸,佩芸。"

这声音在寂静的夜里传得很远,但是屋内却一点儿动静都没有。

臧远方想了想,转身就想离开。

没想到在他经过窗户时,却听到里面传来微弱的声音:"水、水、水……"

他不由一惊,立刻用手蘸了点唾液,将窗户纸捅出一个小洞。

只见屋内,徐佩芸躺在床上,双眼紧闭,嘴唇干裂,正痛苦地呢喃着:"水、水、水……"

臧远方犹豫了一下,便后退一步,猛地把门撞开了!

然后,他径直扑进卧室,急切地叫道:"佩芸、佩芸,你怎么了?"

徐佩芸兀自嘟囔着:"水、水、水……"

臧远方连忙给她舀来一瓢水,就喂了过去。

徐佩芸"咕哝咕哝"地喝下了,倒头又想要睡去。

臧远方见状,忽然明白了什么,不由焦急地喊道:"佩芸,你不能睡,要出大事了!"一边说一边拼命地摇晃她。

过了好一会儿,徐佩芸才终于睁开眼睛,睡意蒙眬地问:"什么大事啊?"

臧远方催促说:"先别管什么事,你看下保险箱的钥匙还在不在?"

徐佩芸听到"保险箱"三个字,立刻惊醒了一大半,失声叫道:"啊?"

然后她连忙下床,手忙脚乱打开柜门,没想到原本藏在棉被里的坤包,竟然应声而落!

她心中不由一沉,急忙打开坤包,里面什么东西都在,却唯独少了码头那串钥匙!

臧远方焦急地问:"好好想想,你还放在哪里呢?"

徐佩芸大吃一惊,慌乱地说:"我就放在这里的啊?"

臧远方立刻脱口而出:"看来,远航担心得果然没错!"

徐佩芸诧异极了:"远航担心什么?他现在在哪里?"说了这里,她眼角的余光不经意间,扫到空荡荡的床铺和自己穿戴整整齐齐的衣衫,忽然意识到什么,着急地问,"俊锋呢?俊锋怎么不见了?这么晚了,他去哪里了?"

臧远方沉声说:"如果我没猜错的话,他们现在应该在同一个地方!"

徐佩芸闻言,立刻吃惊地张大了嘴巴!

第60章　日本间谍

运河码头管理处门口,外面看上去,没有任何异样。

臧远航用早就留下来的备用钥匙,很轻松地打开了门。

一楼办公室内空空如也,没有任何异样。

臧远航暂时松了一口气,想了想,还是走向了总经理办公室。

随即,运河码头管理处总经理办公室的门也被打开了。

室内井井有条,亦无异样,只是柜门稍微留下一点点缝隙。

臧远航心里不由一沉,便下意识地拉开,立刻吃惊地发现,保险箱已经被打开了,里面已经空空如也!

他脸色不由一变,失声叫道:"不好!"

中宁街上,臧远航在街道上快速狂奔着!

与此同时,小蓬莱217房内。

周略农坐在桌前,刘莉莉不停地在房间踱步,两人均是一脸掩饰不住的紧张。

墙上的时针"嘀嗒嘀嗒"地响着,还差十分钟就指向午夜十二点了。

刘莉莉焦虑地喃喃自语道:"这都什么时候了,怎么还不来?怎么还不来?"

周略农撇了撇嘴,轻蔑地说:"你们中国人做事,历来喜欢拖拖拉拉。"

刘莉莉立刻反驳道:"你太小看中国人了……"话音刚落,外面便响起激烈的敲门声。

周略农脸色一凛,摸了摸腰间的手枪,霍地站起身来。

刘莉莉双眼一亮,立刻飞奔过去开门。

随即,吴俊锋笑眯眯地闪了进来。

刘莉莉警觉地望了望门外,这才将门关上。

周略农立刻迎上来,急切地问:"拿到了吗?"

吴俊锋从怀里掏出黄帛包着的文件,得意地说:"都在这里!"

周略农眉毛一扬,伸手就要去抢!

吴俊锋连忙将黄帛包重又揣进怀里,身子一侧躲过了。

他不满地说:"我们可是有言在先,你们将吴家大院的地契房契交给我,我才会把码头交给你们!"

周略农爽快道:"没问题,我太太已经去东当铺把吴家大院赎回来了,协议也早就拟好了,只等你签字了。"忽然皮笑肉不笑地说,"就是不知道吴老板的字,像不像吴太太?"

吴俊锋拍着胸脯,信誓旦旦地保证说:"你放心吧,我本来就擅长模仿别人笔迹,再加上苦练多日,比她自己写得都像呢。"

周略农诡秘一笑,这才冲妻子点了点头。

刘莉莉会意,立刻拿出一式两份的文件《运河码头和吴家大院交换协议》。

吴俊锋激动万分地接过文件,提笔就想把自己名字签上。

忽然,他脸色大变,迅速抬起头来,不相信地望着对方。

周略农笑眯眯地催促道:"吴老板,看我做什么,快签呀,签了吴家大院就是你的了!"

吴俊锋指着文件,茫然地说:"华北开发株式会社山本浩一,这人是谁?"

周略农微微一鞠躬,坦然道:"正是鄙人!"

吴俊锋不由大吃一惊,失声大叫:"你竟然是日本人!"又不相信地转向刘莉莉,怒声问,"你不是说他是你先生吗?怎么变成日本人了?"

刘莉莉笑眯眯地说:"他确实是我先生,也确实是日本人!"

吴俊锋不由一怔,随即恍然大悟,厌恶道:"这么说,你是汉奸?你串通日本人来骗我?"

刘莉莉立刻纠正说:"正确地说,不是我,是我们!"

吴俊锋顿时涨红了脸,气急败坏道:"你胡说,我不是!日本人杀了我三叔,我怎么可能做汉奸?"

山本浩一闻言,便奸笑一声,嘲弄地说:"吴老板,在你拿走大日本帝国金砖的时候,你就是汉奸了!"语带威胁道,"识相点的话,马上把所有码头资料交出来,否则,就别怪我不客气了!"

吴俊锋双眼充满仇恨,毫不妥协道:"要资料没有,要命有一条!"边说边隔着桌子,向对方扑去!

没想到,山本浩一早有准备,身子一侧,就掏出一支乌黑的手枪,抵在了他的太阳穴!

吴俊锋硬气地说:"你们就是把我打死,我也不会签名的!"

山本浩一冷笑一声道:"你想要死,没那么容易!我劝你还是识相点,如果你拒绝与我们合作,我们马上把你收取大日本帝国金砖的事情宣扬出去。到那时,就算我们放过你,恐怕臧远航和窑湾人也不会轻饶一个汉奸吧?"

吴俊锋又气又急,但仍然想要挣脱开来。

没想到,山本浩一的枪口又重重抵了他一下!

于是,吴俊锋眼珠一转,貌似恍然大悟地说:"也是,你说的,我之前倒是没想到啊。"

中宁街上,臧远航仍然在继续狂奔。

小蓬莱217房内,刚才紧张的气氛,仿佛略有缓和。

山本浩一虽然有些半信半疑,但还是循循善诱道:"不用想了。只要你继续与我们合作,不但可以轻易赎回吴家大院,我以后也会把运河码头让你全权管理,甚至于,还可以保你成为新一代'吴半街'!两相对比,你是个聪明人,自然知道该如何选择的。"

吴俊锋似乎很是心动,纠结地说:"让我想想,让我再想想。"他边说边回身坐到椅子上。

山本浩一有些丧失警惕,手枪并没有重新抵在他的太阳穴上。

说时迟那时快,吴俊锋趁机飞起右脚踢向他!

山本浩一立刻下意识地偏向一旁,同时手枪也脱落了,掉到一旁。

吴俊锋乘势出手,又一拳重击在了对方的脸上。

于是两个男人,立刻打成一团。

刘莉莉见状,不由一惊,回过神来,立刻跑过去捡起手枪。

吴俊锋和山本浩一打得难分难解,但是前者身材高大瘦削,出拳也很有力量,所以很快就占了上风,将后者死死地压在了身下。

山本浩一被掐着脖子,不由绝望地冲妻子大喊:"开枪,快开枪啊!"

但是刘莉莉的枪虽然指向了吴俊锋,却哆嗦着手,始终没有扣动扳机!

她哭喊道:"不要打了,你们不要打了!俊锋,看在我们以往的情分上,你就饶了他吧!"

听了这话,吴俊锋不由一怔。

山本浩一趁机翻身而起,飞起一脚就将他踢开了,同时抓起手枪,迅速瞄向了他!

吴俊锋见躲闪来不及了,身子当即一矮!

与此同时,"啪"的一声枪响,子弹却不偏不倚地打在了刘莉莉的额头。

两个男人同时一惊!

刘莉莉不相信地望着山本浩一,嘴唇哆嗦了一下,凄然地说了句:"你说过不杀……"话没说完,便圆睁着双眼,缓缓地倒在了沙发上!

吴俊锋立刻痛苦地叫道:"莉莉!"

但是他话音还没落,山本浩一又"砰"的一枪,正中他的前胸!

吴俊锋立刻胸口喷血,颓然倒地!

山本浩一迅速走到他身边,从他怀里掏出那个黄帛包,跳窗而逃!

与此同时,门"砰"的一声被人从外面踹开。

臧远航赫然站在门口,看到室内一片血腥,不由大吃一惊!

他立刻扑到曾经的好友和仇人面前,用力将他扶起来,然后急切地呼唤着:"俊锋,俊锋……"

吴俊锋勉强睁开双眼,指着窗外,艰难地说:"日、日、日本间谍跳窗跑了……替我照顾好佩芸和两个孩子……"

但是他的声音却越来越小,随即头猛地一歪,一个字都说不出来了。

臧远航望着他大睁的眼睛,不由惨叫一声:"俊锋!"

但是任凭他怎么呼唤,吴俊锋再也没有了声息。

臧远航望着窗外,擦了擦眼泪,当即发誓道:"俊锋,你放心,我一定会替你报仇雪恨的!"说完,他合上吴俊锋的双眼。

谁知他刚站起身来,徐佩芸和臧远方就飞奔进房间。

两人看到眼睛的一幕,同时大吃一惊!

徐佩芸回过神来,立刻扑到丈夫身边,痛哭失声:"俊锋,俊锋……"

但是吴俊锋,却依然是双目紧闭,没有任何回声。

臧远方立刻问堂弟:"到底发生什么事了?"

臧远航指着窗口,焦急地说:"周略农是日本间谍,他杀了俊锋,就从窗户跑了,我得马上去追!"说完,便快步向窗户走去。

没想到,徐佩芸却抬起头,一字一顿道:"臧远航,你给我站住!"

臧远航头也不回道:"有话等会儿再说,晚了人就跑了!"边说边说作势要爬窗户。

徐佩芸却从地上捡起手枪,充满仇恨地说:"你再不站住,我就开枪了!"

臧远航无奈之下,只好站住,然后缓缓转过身来。

徐佩芸举枪对着他的眉心,大声哭喊道:"说,你为什么要杀他？"

臧远航连忙解释说："你误会了，人不是我杀的！"

徐佩芸厉声道："事到如今，你还想狡辩？房间里只有三个人，两个倒下了，除了你，还有谁会杀了他们？"

臧远航无奈地说："佩芸，你想想，我根本没有杀他的理由！"

徐佩芸尖声叫道："不，你有理由！是他一次次与臧家为敌，是他让东陇海铁路北移三十五里，是他抢了你的女人，现在又买下你的码头。所以，你一直忌恨他！其实，你早就意识到他的钱来路不正，才故意把码头卖给我。目的就是拿我当诱饵，引蛇出洞，对不对？"

臧远航听了这话，立刻将目光转向堂哥。

臧远方低下头，心虚地说："佩芸很聪明，她了解事情的大概后，立刻就猜到了，我才不得不说的。"

臧远航自知理亏，一时竟然不知道如何回答了。

徐佩芸愤怒道："回答我，是不是？"

臧远航只好说："是。"又惭愧地说，"但是请你相信我，人真的不是我杀的。只是我没有想到，事情会发展到这一步。"

徐佩芸歇斯底里道："你现在说这些，还有什么意义？你不杀俊锋，俊锋却因你而死！这和直接杀他有什么区别！"

她说完这话，便痛苦地望着他，走上前一步，将枪直指他的眉头。

臧远方焦急地大喊:"佩芸,不可以!"

臧远航却直视着她的眼睛,平静地说:"如果你认为杀死我可以给俊锋报仇,你就开枪吧!"

徐佩芸望着他的眼睛,想起两人过去的种种,拿枪的手却不由自主地颤抖起来,透过蒙眬的泪眼,痛苦地望着他。

然后她手中的枪,一点点从他的眉心,划过他的鼻子、嘴唇……

正在这时,外面忽然响起一阵惊天动地的锣鼓声,同时传来更夫此起彼伏的号子声:戒严喽,戒严喽……

徐佩芸颓然地扔下手枪,扑到吴俊锋身边,放声大哭起来!

臧远航这才松了一口气,撂下一句:"大哥,这里就拜托你了。"然后径直跳窗,迅速消失在茫茫暗夜之中。

第61章　放下孩子

福建会馆外，奔跑中的山本浩一听到锣鼓声，立刻下意识地停止了脚步。

与此同时，街上四处瞬间就亮起了明亮的马灯。

山本浩一不由一愣，立刻躲在一个墙角的阴影下！

忽然，前面不远处响起一阵嘈杂的声音，接着是一个严厉的男声："你们两个，守住这个巷子口！"

立刻，两个持枪的青壮年男人，迅速向前走来，并守在了巷子口。

这个巷子口，离山本浩一咫尺之遥！

他迅速向后退出，没想到，刚退几步，又传来一个严厉的男声："你们两个，守住这个巷子口！"

立刻，两个持枪的青壮年男人，迅速向前走来，并守在了巷子口。

山本浩一被迫再次退回，躲到了一户人家的拐角处。

他正在无计可施之时，忽然听到屋里传来一个小男孩的哭声："爸爸、妈妈，你们在哪儿呀？"

山本浩一心中一动，故意压低了声音，小声说："孩子别哭，快来给我开门！"

屋内的小男孩正是涛涛，因为喝了加安眠药的河蚌蛋汤，很早就昏昏沉沉睡去，没想到半夜被尿憋醒，却看到爸爸妈妈都不在房间，当时就急哭了。

更何况，他还是个孩子，所以并没有意识到男声的异样，以为真的是爸爸回来了，便毫无戒心地走过去。

好在，门并没有上锁，"吱呀"一声就打开了。

山本浩一看到一片灯光，立刻闪过去。

涛涛看到他，这才意识到不是爸爸，立刻吃惊地张大了嘴巴！

但是还没等他喊出声，山本浩一就一把捂住他的嘴巴，同时将他拖进屋内，"啪"的一声把门关上了！

涛涛拼命挣扎，甚至用嘴咬他，但是毕竟人小力单，很快被对方紧紧制住。

山本浩一拿起桌上的抹布，粗暴地塞进了孩子的嘴里。

他做完这一切，便"噗"的一声吹灭了灯！

北城门炮楼，臧远航垂头丧气地走进去。

陆元榜立刻迎上来，焦急地问："俊锋怎么样了？"

臧远航摇了摇头，语气沉重地说："俊锋他……死了。"

陆元榜闻言，不由大吃一惊道："啊？到底是怎么回事？"

臧远航强打精神，简单介绍说："通过查问小蓬莱伙计，可以肯定周略农就是俊锋所说的日本间谍。说到底，也怪我考虑不周，没有保护好俊锋。"又充满仇恨道，"这个仇，我一定会为他报的。现在城内情况怎么样？"

陆元榜信心百倍道："城周围所有联防队、小刀会随时等候去支援，城内警察局、商队、镖局、家丁等全部到齐。全城二十一个哨楼所有枪手严阵待命，无一处死角；每条巷口除值勤人员，另外又加两个岗哨。别说是人，连一只兔子都别想逃出城！"稍一犹豫，又说，"不过，虽然各家各户全部大门紧闭，但是不排除敌人强行入室的可能。"

臧远航一字一顿地说："立刻下令，挨家挨户搜索！就算挖地三尺，也要把日本间谍找出来！"

城内四角，每个炮楼的枪手，眼睛眨都不眨着盯着所属目标。

各个巷口岗哨，紧紧把守着每个巷口。

持枪的青壮年男子，进入一户户人家搜索。

很快，远方泛起了鱼肚白，天渐渐亮起来了。

小蓬莱217内。

赵涟泰和臧远方、臧远胜等人，默默地将吴俊锋抬出去。

徐佩芸眼睛红肿、满脸泪痕，在陆慧珊和吴俊莹的搀扶下，已经虚弱得不成样子了。

她望着丈夫的遗体，哭喊着想要追上去："俊锋……"

众人连忙拦住她。

吴俊莹亦是泪流满面："二哥，你走好啊……"

徐佩芸嘶哑着嗓子喊道："俊锋，你好狠的心哪！丢下我们孤儿寡母的，以后可怎么过啊？呜呜呜……"

陆慧珊劝慰说："佩芸，你已经哭了半夜了，不能再哭了。要是哭坏身体，两个孩子可怎么办呢？

徐佩芸闻言，忽然意识到什么，立刻道："孩子？对，我要给盼盼拍电报……"说完，甩开搀扶她的人，迅速向门外飞奔而去。

众人见状，不由面面相觑。

福建会馆吴家对面，搜城的人已经过来了。

臧远航和王建平带着一群青壮年男子，在门外吆喝着："开门，搜查日本间谍！"

福建会馆吴家内，此时已经是满屋狼藉。

山本浩一紧紧抓住涛涛，透过门缝，看到外面严阵以待的岗哨。

涛涛也透过门缝看到这一幕，小小的身子拼命挣扎，嘴里想要说什么，却一句话都说不出。

山本浩一见状，立刻摸出匕首，恶狠狠地在他面前扬了扬。

涛涛愤怒地瞪了他一眼，只好作罢。

忽然，门外传来一阵紧似一阵的敲门声："开门，搜查日本间谍！"

福建会馆吴家外，搜查的人不停地吆喝拍门。

忽然，臧远航看了看掉在地上的门锁，又推了推门，但房门纹丝不动！

他不由一惊，暗暗想："从推的力度来看，房门不是从里面插上的，而是有人在里面顶着。俊锋和佩芸都不在家，孩子还小，力气不可能这么大，更不可能一声不吭，日本间谍一定在里面！"

他想到这里，便仔细察看房屋构造，想着如何进屋，才能不伤害孩子。

没想到，王建平看到门久敲不开，立刻拉动枪栓，瞄准了大门！

臧远航见状，不由大吃一惊，连忙将他的枪口举起来。

只听"砰"的一声，子弹就射到了天上！

与此同时，屋内的山本浩一知道躲不过，索性"砰"的一声打开了大门。

他手中的枪，依然紧紧抵在了涛涛的太阳穴上！

臧远航及众人见状，纷纷大吃一惊："涛涛！"

涛涛双眼含泪，但是小小的身子被山本浩一提在手中，毫无反抗之力。

众人回过神来，立刻堵住了他们的去路。

电报局外，徐佩芸正好发完电报，刚一出来，就听到枪响。

她立刻循声望去，立刻尖叫起来："涛涛！"边说边发疯似的朝家里奔跑！

福建会馆吴家外，双方已呈剑拔弩张之势！

臧远航愤怒地说："放下孩子！"

山本浩一却阴阴道："等我顺利出城后，自然就会放了他！"

众人一听，更紧地围住了他！

臧远航毫不犹豫地说："让他走！"

众人犹豫着，迟迟不肯让开。

臧远航又厉声命令道："马上让开！"

众人见他动了气，只好心不甘情不愿地让出一条路！

正在这时，徐佩芸发疯似的跑过来："涛涛，涛涛……"

臧远航大吃一惊，急忙跑过去抱住她！

涛涛看到妈妈，也拼命想要挣扎！

山本浩一怒喝道："老实点！"

臧远航鼓励地说："涛涛，我们窑湾男人，个个都是好样的！听我的话，送他出城！"

涛涛眼里虽然含着泪水,却信任地望着他,重重地点了点头。

山本浩一望着四周炮楼上的枪眼,又望着臧远航,狞笑道:"姓臧的,你要是敢耍什么花招,现在就一枪打死我。当然,他的小命,也就不保了!"然后手枪一点,厉声说,"走!"

众人愤怒极了,个个眼里像是要喷出火来。

各炮楼的枪手们见此情景,也只好沮丧地移开了枪口。

徐佩芸挣脱不掉,只好撕咬拦住她的人:"姓臧的,你还我丈夫,还我儿子!"

臧远航任凭她撕咬着,并保证道:"请相信我!"

徐佩芸半信半疑地望着他,还是停止了哭闹!

臧远航这才放开她,转回头说:"建平,敌人对我们的奇门遁甲八卦迷魂阵并不熟悉,你让弟兄们给他指一条最远的路!"

王建平答道:"好!"便跑过去吩咐各岗哨。

臧远航立刻转身,向北城门跑去!

第62章 中国不会亡

北城门炮楼内,臧远航站在一个枪眼前,黑洞洞的枪口对准了城外。

陆元榜担心地说:"万——枪不中,涛涛就……"

臧远航却孤注一掷道:"出了城,敌人肯定会放松警惕,这是我们唯一的办法!"

说话间,山本浩一押着涛涛,已经走出了城门,渐渐走进了视线之内。

臧远航从瞄准镜中看到了,立刻将枪口对准了他的后脑勺。

此刻,山本浩一经过一夜的折腾,又走了这么远的路,已经累得有些气喘吁吁了。

他出了城门后,不由长舒了一口气,下意识地抬起一只手臂,用力擦了擦额头上的汗。

臧远航紧张得额头也渗出了汗珠,但他还是咬紧牙关,颤抖着手,趁机扣动了扳机。

随着"扑通"一声响,山本浩一应声而倒!

涛涛不由一怔,回过神来,立刻转声向后跑!

几乎崩溃的徐佩芸连忙迎上去,扯掉他嘴里的破布,将他紧紧搂进怀里。

北城门内,人群迅速涌出来。

涛涛在臧远方、吴俊莹等人的簇拥下走进城内,徐佩芸在吴俊莹、陆慧珊的陪同下,走在后面。

臧远航最后迎上来,犹豫了一下,还是关切地问:"佩芸,你没事吧?"

徐佩芸瞪了他一眼,冷冷地说:"虽然你害死了我丈夫,但是救了我儿子。从此,我们两不相欠了!"撂下这话,便决然而去!

臧远航万分沮丧,想要追上去,却还是停住了脚步。

人群中的孟采薇,挺着已经显怀的肚子,怜悯地望着丈夫,张了张嘴,似乎想要说什么。

忽然,一个报童手里拿着报纸,一边走一边喊:"号外!号外!二十九军在北京卢沟桥和日本鬼子开火了!"

臧远航不由一怔,随即一把从报童手中抢过报纸,只见头版头条写着四个大大的黑体字:"七七事变!"

正文是:

"七七"之夜,约11时40分,日军在北京西南卢沟桥附近演习时,借口一名士兵"失踪",要求进入宛平县城搜查,遭到中国守军第二十九军秦德纯代军长严词拒绝。日军遂向中国守军开枪射击,又炮轰宛平城,发动了蓄谋已久的全面侵华战争。平津危急、华北危急,中华民族到了最危险的时刻!

7月8日凌晨,中国军队打响了全面抗战的第一枪!

……

城内,一时间,商人罢市、厂家罢工、学生罢课,政府官员、商户、市民及学生纷纷上街游行。

各队伍挥动着五颜六色的小旗子,呼喊着抗日口号:

打倒日本帝国主义!

把日本人赶出中国去!

还我河山,一寸山河一寸血!

军民联合,共逐日寇!

……

与此同时,广播里传来蒋介石在庐山会议上的讲话,即《对卢沟桥事件之严正声明》的全文,《声明》最后表示:

……总之,政府对于卢沟桥事件,已确定始终一贯的方针和立场,且必以全力固守这个立场,我们希望和平,而不求苟安;准备应战,而决不求战。我们知道全国应战以后之局势,就只有牺牲到底,无丝毫侥幸求免之理。如果战端一开,那就是地无分南北,年无分长幼,无论何人,皆有守土抗战之责,皆应抱定牺牲一切之决心。所以政府必特别谨慎,以临此大事,全国国民必须严肃沉着,准备自卫。在此安危绝续之交,唯赖举国一致,服从纪律,严守秩序。希望各位回到各地,将此意转于社会,俾咸能明了局势,效忠国家,这是兄弟们所恳切期望的!……

市礼堂内,三百六十余家商户济济一堂。

市长陆元榜、道德会长王建平等人坐在主席台上,个个神情庄重肃穆。

商会会长臧远航正在慷慨陈词道:"……各位应该记得张华棠将军。1931年,他因为拒绝打内战,被国民政府断了给养,前来窑湾休整,为窑湾的基础设施和文化建设做出了巨大贡献。1933年,他受命前往东北抗日战场,从此再也没有离开过。说明抗日战争,是一个艰苦卓绝的过程。现在,七七事变爆发,中国进入全面抗日状态。自7月17日,蒋委员长在庐山会议上发表《对卢沟桥事件之严正声明》讲话后。9月底,李宗仁将军到徐州,就任第五战区司令长官兼第五战区抗日总动员委员会主任。不久前,总动员会组织部在徐州主持召开了苏鲁皖边区青年代表大会,正式成立第五战区抗日青年救国团。徐州历来为兵家必争之重地,窑湾又是重中之重。正如宋哲元将军说的那样,'宁为战死鬼,不为亡国奴'。所以,经市政府、商会及道德会研究决定,窑湾成立抗日救国团,开赴抗日前线,大家有钱的出钱,有力的出力,不知各位意下如何?"

众商户纷纷群情激昂地说:"同意,同意!"

市礼堂外,虽是人来人往,但是个个神情肃穆。

大门左侧"抗日物款捐献点",年老体衰的人们整齐地排着队,踊跃捐款、捐物!

大门右侧的"抗日救国团报名点",青壮年男子纷纷报名,甚至有一位鹤发童颜的老人。

站在门口的臧远航、陆元榜及王建平等人见状,连忙走过去。

臧远航恭敬地喊道:"王爷爷,你老人家就不要报名了吧?"

王武师捋着雪白的胡须,哈哈大笑说:"你是嫌我老了?常言道,'国家兴亡,匹夫有责',爱国与年龄大小无关!"

众人闻言,不由肃然起敬!

江西会馆内,秋日的阳光投射到练兵场上,照得人睁不开眼睛。

抗日救国团的六百余名团员们,身穿短裤,赤裸着上身,正在练习射击,一个个汗流浃背。

忽然,远处滚过一阵"轰隆隆"的炮声,把屋檐上的瓦片都振得抖了起来。

所有人都跑出家门,站在街道上。

人群中,报童手里扬着报纸,尖声叫着:"日本人已经占领山东了,日本人已经占领山东了!"

话音刚落,又一阵轰隆隆的炮声传来,人们像疯了一样向大街上涌去。

江西会馆内偌大的点将台前,写着"窑湾抗日救国团"的青天白日旗,在寒风中猎猎作响。六百余人的抗国救国团身着各色棉衣,手持长枪和大刀,整装待发。

在他们身后,是赵涟泰和天主教会医院的医生和护士们!

点将台上,臧远航正站在寒风中进行临战演讲:

"窑湾的父老乡亲、抗日救国团团员们!七七事变后,日寇侵占了我半壁江山,现在又对我徐州虎视眈眈!在抗日则生、不抗日则死的紧急关头,我英勇的窑湾人民捐款捐物,组成这支抗日救国团!现在,为了中华民族的生存,为了祖国的领土完整,为了四万万同胞的解放,我们抗日救国团扬起抗日救国的旗帜,一定不辜负窑湾父老乡亲的期望,踏着抗日志士的鲜血,将日寇赶出国门!"

说到这里,他扬起手,带头唱起了响亮的《中国不会亡》:

中国不会亡,中国不会亡,

你看那民族英雄谢团长;

中国不会亡,中国不会亡,

你看那八百壮士孤军奋战守战场。

四方都是炮火,四方都是豺狼,

宁愿死不退让,宁愿死不投降。

我们的国旗在重围中飘荡,飘荡,

八百壮士一条心,四方强敌不敢当。

我们的行动伟烈,我们的气节豪壮。

同胞们起来,同胞们起来,

快快上战场,把八百壮士做榜样。

中国不会亡,中国不会亡,

中国不会亡,中国不会亡,

不会亡,不会亡,不会亡……

  台下的抗日救国团的团员们手持长枪、背插大刀,青一色紧身裤褂,干净利索,威风凛凛,异口同声地唱着雄壮的《中国不会亡》。

  很快,大街小巷的人加入合唱,最后运河两岸、东陇海铁路沿线,都响遍了这首歌。

  正在买卖的生意人和顾客唱起来,正在扫地的老人家唱起来,正在锄禾的农民唱起来,正在读书的孩子们唱起来……

  在悲壮激昂的歌声中,臧远航跳下点将台。

  然后,他用尽全身的力气,响亮地喊了声:"全体,立正,向左转,出发!"

第63章　誓把日寇逐出国门

北城门口,听说抗日救国团出发了,送行的人群依依不舍,哭声震天。

臧远航率领部队直奔北城门,雄赳赳、气昂昂而来。

臧远胜和妻子儿女,正在依依惜别。

忽然,陆慧珊看到队伍中头发花白的陆元榜。

她立刻跑过去,难过道:"大哥,你也去啊。"

陆元榜哈哈一笑道:"当然。上次你二哥来信说,他所在的部队也开拔到台儿庄附近了,说不定我们兄弟俩还能在战场上相见呢。'打仗父子兵,上阵亲弟兄'嘛,哈哈哈。"

陆慧珊哽咽道:"那我就等你和二哥一起回家。"

陆元榜伤感地说:"我和你二哥,万一都回不来了,你要帮我照顾好几个孩子啊。还有你大嫂,她听说我上战场,都哭得下不了床了。"

正在这时,白发飘飘的王武师走上前来。

他见此情景,便朗声说:"慧珊哪,你大哥上战场,保家卫国,这是一件非常光荣的事情,你要笑着送我们啊,哈哈哈。"

陆慧珊立刻大吃一惊道:"王爷爷,你也去吗?"

王武师点点头说:"是啊。"望着身后的团员,怜惜道,"这些孩子,有一半曾在武馆跟我学过武,我死不足惜,他们的日子还长着呢。我多杀一个小日本,他们就少死一个。"

陆慧珊顿时泪如雨下:"王爷爷……"

与此同时,身着重孝的徐佩芸也站在人群中,和吴俊莹一起,与臧远方道别。

不远处的臧远航看到她,犹豫了一下,还是走了过来。

一时间,两人立刻四目相对。

臧远航轻声叫道:"佩芸!"

徐佩芸抹了把眼泪,冷冷地说:"如果俊锋还活着,他一定也会上战场的!"说完,扭过头去!

臧远航刚想说什么,忽然看到人群开始骚动起来。

随即,拄着拐杖的臧家栋和身材佝偻的臧家梁兄弟俩,共同举着一面雪白的旗帜,白布上写着一个斗大的"死"字。

在他后面,跟着臧家大房、二房和三房的所有妇女和孩子们。

臧家兄弟三人慌忙迎上去,只见"死"字旁,上面写道:国难当头,日寇狰狞。国家兴亡,匹夫有责。本欲参战,奈何体衰。幸有子侄，自觉请缨。赐旗一面，时刻随身。伤时拭血，死后裹身。勇往直前，勿忘本分！致敬！

他们跪着接过白色旗帜，"刺啦啦"撕成三份，分别贴身收藏起来。

然后，臧远航眼含热泪，回望城内，哽咽而坚定地说："窑湾的父老乡亲们，你们放心，我抗日救国团，一定配合主力部队，誓把日寇逐出国门！"

抗日救国团团员们立刻群情激昂道："誓把日寇逐出国门！"

一时间，喊声震天！

就这样，抗日救国团六百余人浩浩荡荡地走上运河堰，直奔徐州方向而去。

大运河堰上，残阳如血，映照得大运河水波光粼粼。

北方炮声轰鸣，惊得树上的麻雀纷纷从枝头飞起，四散向南逃去。

臧远航率领身着杂色衣服的六百余抗日救国团团员，快速北上。在他们后面，紧跟着一支身着黄军装的、声势浩大的国民党正规军。

臧远航转身向后大喊："老少爷们儿，快跟上，早一天到达徐州，就早一天消灭小日本！"

话音刚落，忽然北方天空传来响亮的飞机"嗡嗡"声。

众人抬头一看,只见不远处有十几架飞机,全都吃了一惊。

王武师诧异地说:"大家快看,这些飞机还下蛋呢。"

臧远航立刻大喊道:"是敌机,大家快卧倒!"

但还没等众人卧倒,敌机就已经来到面前。

奇怪的是,敌机从他们头上飞过,直奔后方的正规军,炸弹如雨点般密密麻麻落下来。

一时间,正规军血肉横飞,横尸遍地!

与此同时,他们也组织兵力武器,向天上扫射。

臧远航迅速夺过一把机枪,对准天空扫射。

但敌机撂下炸弹后就快速飞走了,后面的正规军死伤无数,惨叫声震天。

臧远航望着后面伤亡惨重的正规军,血红着眼睛道:"跑步前行,为死难的同胞报仇雪恨!"

台儿庄周围,到处都弥漫在一层硝烟炮火之中。

日军先是群炮轰击,然后是集团冲锋。远处,日军还在不断地从后方调来大口径重炮,陆续参加战斗。

在又一轮的轰炸过后,其步兵指挥官再次舞起军刀,向我阵地发起进攻。

我军前沿阵地上,有一个四十多岁的中年军官,身材高瘦,眉眼像极了陆元榜,正是其弟陆元样。

此刻,他放下望远镜,发狠地命令:"给我狠狠地打!台儿庄是徐州的门户,一定不能让小鬼子得逞!"

我守卫台儿庄的军队英勇抵抗,打退了敌人的又一轮冲锋。

正在这时,通信员猫着腰,快速走到陆元样身边,急急说:"报告师长,又有一支六百余人的抗日救国团,前来增援。"

陆元样立刻诧异道:"这么多人?"但是随即又不耐烦地皱皱眉头,"我理解老百姓的抗日热情,但是这些民间组织的抗日救国团,武器装备大多很差,又缺少临战经验,越帮越忙。就让他们负责修筑工事、抬抬担架什么的吧。"

与此同时,就看到一队抗日救国团,已经动作整齐地来到前沿阵地。他们的武器十分精良,有德国造轻型机关枪、美国的汤姆逊冲锋枪、二十响盒子枪,甚至还有左轮手枪。除了这些枪,个个身后背着一把大刀,这些大刀在硝烟弥漫的战场上闪闪发光。

通信员听到命令后,回了声"是",转身就要走。

陆元样远远看着抗日救国团整齐的军容,感觉很不一般,立刻喝住通信员:"等等!这支抗日救国团,来自何地?"

通信员回道:"江苏窑湾。"

陆元样眼睛一亮,急急地说:"那太好了,马上让他们的团长来见我!"

通信员得令,匆匆跑向抗日救国团,敬礼道:"臧团长,我们师长要见你。"

臧远航点点头，迅速跟随其后来到阵前。

他看到陆元样，略一迟疑，立刻挺直脊梁，快步走上前去，朗声道："窑湾抗日救国团团长臧远航前来报到。"

陆元样立刻迎上去，紧紧握住他的手，热情地说："远航，你不认识我了吗？我是你元样哥呀，陆元样！"

臧远航仔细看了看他，发现虽然长大了，但眉眼仍是小时候模样，不由惊喜道："元样哥，原来是你？元榜哥也来了，我去叫他！"说完转身就想走。

但是此时，又一阵炮声响起。

陆元样坚定地说："不用了，打完这一仗再说。"然后神情一凛，严肃道，"臧团长，你率领的这支部队装备不错，战斗力如何？"

臧远航骄傲道："你是知道的，窑湾男儿自幼习文练武、练习射击，这些人不但个个都会武功，还都经过严格的军事训练，个个枪法都很准！""

陆元样略一沉吟，便命令说："现在，台儿庄内我官兵大部分伤亡，日寇已经从西北城角窜进城内，你率领抗日救国团从西门冲进去，与守城军队共同守住台儿庄！"

臧远航响亮答道："是！"便领命而去！

第64章 化悲痛为力量

台儿庄外围,在隆隆的炮火声中,抗日救国团严阵以待!

臧远航站在队伍前,做战前布置:"乡亲们,为了更有效地打击敌人,我们被编成五个敢死队。第一敢死队队长臧远航,第二敢死队队长陆元榜,第三敢死队队长王建平,第四敢死队队长臧远胜,第五敢死队队长王武师……"

没想到,王武师听了这里,立刻高喊道:"我反对!"

臧远航严肃地问:"理由?"

王武师断然说:"论年龄和内功,应该由我这个糟老头子打头阵。"

臧远航却命令道:"我是团长,应该由我打头阵。"

王武师却什么也不说,而是猛地向前一步,将他向旁边一推,冲后面的队员大喊一声:"第一敢死队的老少爷们儿,跟我冲啊!"

与此同时,他手持左轮手枪,腰揣手榴弹,背着大片刀,一马当先,带头由城西门冲入!随即,第一敢死队很快与日军展开血战。

王武师的大刀片在敌阵中抡得风声水起,雪白的胡须被染得通红,很快消失在人流中,瞬间就没了踪影。

面对如此惨壮的牺牲和流血,抗日救国团的团员们,全都脸色严峻,没有一个人流泪!

臧远航亦强忍悲痛,跳出壕沟道:"第二敢死队的老少爷们儿,给乡亲们报仇啊!"

正在和第一敢死队纠缠的敌人,没想到又冲出第二敢死队,顿时被杀得人仰马翻。

随即,陆元榜也率领第三敢死队冲上来。

与此同时,被杀红了眼的敌人,刚刚调来两辆坦克,"轰隆隆"向我方阵营驶来!

我敢死队员们闻讯,立刻四散跑开!

但是王武师的孙子王新征,才只有十六岁。

他初次看到如此惨烈的战况,有些紧张,不小心绊到一具尸首上,当即摔倒在地。等他重新站起来时,看到坦克径直向自己驶来,竟然愣住了!

陆元榜回头见到,立刻大叫道:"快闪开!"

然后他一跃过去,将王新征一把推开,但是自己再想要走开,却已经来不及了!

敌坦克兵见状,立刻狞笑一声,径直向他冲了过来!

陆元榜眼见躲不过了,立刻挥起大刀,大喊一声:"小鬼子,我和你拼了!"

于是,他把手一挥,大刀立刻向敌人飞去!

与此同时,敌坦克也从他身体上碾了过去!

臧远航见状,不由惨叫一声:"小鬼子,我和你们拼了!"

他说完这话,便脱掉上衣,光着膀子,手持大刀,投出一排排手榴弹。

在烟雾的掩护下,第四、第五敢死队全线齐冲上去,配合我主力部队,很快将两辆坦克炸毁,并迅速冲进城内。

一时间,台儿庄内,血肉横飞,喊杀声四起!

臧远航一手拿枪、一手拿刀,率领抗日救国团逐街、逐巷、逐院、逐房、逐墙与日军展开了争夺战。战斗很快白刃化,双方互在墙上掏洞,作为射击孔或者投弹孔。

臧远航刚掏了一孔,敌人就先投过来一枚手榴弹。

他毫不犹豫地抓起冒烟的手榴弹,又从墙洞中塞了回去。只听一声爆炸,墙那边立刻就没有了声息。

忽然一发炮弹打来,轻机枪手臧远胜不幸头部中弹,当即血流满面,轻机枪立刻就哑了。

臧远航回头一看,只见二哥无力地趴倒在轻机枪前。

他立刻惨叫一声:"二哥,二哥!"然后飞身扑过去,扯出其衣服内的三分之一白旗,不断地擦拭着,擦拭着。

但是那血,却越流越多,将白色的旗帜染得血红血红!

臧远航"啊"地大喊一声,端起轻机枪,充满仇恨地向冲到眼前的敌人扫射。

忽然,天上响起了飞机声。

中国军队以为又是敌机,个个做好了战斗的准备。

谁知那二三十架飞机却飞到台儿庄东北、西北的日军阵地进行轰炸去了。

与此同时,敌人终因战斗力不支,向峄县方向溃逃而去!

此役,日军伤亡惨重,中国军队取得了阶段性的胜利!

台儿庄战场外围,经过战火洗礼的窑湾抗日救国团团员们,个个像真正的军人那样,队列整齐、面容肃穆。

在他们不远处,赵涟泰正带随队医生和护士们,紧张地给伤员处理伤口。

臧远航拿着点名册,喊道:"王勇先!"

没有人回答!

臧远航喊道:"陆元榜!"

没有人回答!

臧远航喊道:"周大志!"

周大志回答道:"到。"

臧远航喊道:"臧远胜!"

没有人回答!

……

臧远航语气凝重地说:"乡亲们,我们抗日救国团从窑湾出发时,是六百一十人。现在,还剩下四百二十人。我们的伤亡是惨重的,但是大家个个都是好样的,没有一个孬种!"说到这里,他的声音忍不住哽咽起来。

他的悲伤感染了团员们,很多人跟着抹起了眼泪,年轻一些的,甚至哭出了声。

臧远航强忍悲痛,情绪激昂道:"但是我相信,王勇先、陆元样、臧远胜等父老乡亲的鲜血,绝不会白流!我们一定要化悲痛为力量,为他们报仇雪恨,把日寇赶出中国!"

团员们立刻齐声高呼:"化悲痛为力量,为他们报仇雪恨,把日寇赶出中国!"

正规军营地前,陆元样双眼含泪,一脸悲伤。

臧远航一步步走过来,将一只怀表交给他,难过地说:"这是我从元榜哥被碾轧的地方找到的,之前我听他说过,这原本是陆大的遗物。"

陆元样接过怀表,悲痛万分道:"哥,请原谅我,没能见到你最后一面!"

他说完这话,便转过身,冲西北门大哥被碾轧的方向,深深地鞠了一躬,然后趴在地上,失声痛哭!

台儿庄内，1938年4月7日。

李宗仁站在一辆被打得千疮百洞的坦克上，骄傲地宣布："诸位，台儿庄战役是中国军队在正面战场取得的首次重大胜利。中国军队重创日军精锐第五、第十师团，歼灭日寇一万余人！"

立刻，人群中响起了热烈的掌声和欢呼声。

与此同时，中外记者的镁光灯不停闪烁着、闪烁着！

与此同时，窑湾城内外人声鼎沸、火龙翻飞。

男女老少眉飞色舞，喜气洋洋地说着，笑着，喊着，像过节一样热闹。

臧家大院客厅内，因为二房也过来了，人显得比平常多了些。但是无论大人小孩，却个个神情严肃。

忽然，孟采薇举着一张报纸，从外面走进来，神情十分兴奋。

郭文芳责怪地说："采薇，我不是和你说了嘛，外面兵荒马乱的，你身子不便，又是高龄产妇，很危险的，不要随便乱跑！"

孟采薇安慰道："妈，我没有乱跑，刚才去看我爸了。听他说，李长官的部队，又把日本人给赶回新浦了。"

众人闻言，纷纷惊喜地问："是真的吗？"

孟采薇肯定地说："当然是真的，不信你们看。"边说边把手中的报纸递过去。

臧家梁接过报纸，匆匆扫了一眼，脸上的笑容越来越深了！

他长舒了一口气道:"这小鬼子从哪里来的,就回到哪里去!"

臧家栋却摇了摇头,委屈地说:"我承认,我曾经做下了错事,差点毁了远航的一生。但是当初我就是担心,日本人会沿东陇海铁路而来,没想到啊,还是真的来了!"

臧家梁责怪道:"错了就是错了,还狡辩什么?日本人要是想来,没有东陇海铁路,还有别的路呢。"然后转头对大家说,"你们也别太担心了,我听说蒋委员长已经准备大举反攻了,相信不久的将来,我们会彻底把小鬼子赶出中国去!"

大家听了,全是一脸欣喜!

陆慧珊更是额手相庆:"这可太好了!我们胜利了,远胜就可以回来了,抗日救国团的人,全都可以回来了。"

众人均是一脸憧憬地点点头。

台儿庄外,重新集结的日本军队,又一轮冲锋开始了!

臧远航率领抗日救国团,配合陆元样率领的正规军一起并肩战斗。

忽然,日军扔来一颗炸弹,但是炸弹却并没有爆炸的火花,而是冒起一团白雾。白雾弥漫开来,离得近的人拼命咳嗽。

赵涟泰见状,立刻冲他们大喊:"老少爷们,这是毒气弹,马上用毛巾蘸水捂住口鼻!没有毛巾的,撕开衣服蘸尿!"

团员们立刻照做,果然,咳嗽声渐渐少了。

但正在这时,陆元样的通信员匆匆跑了过来。

他大声说:"臧团长,陆师长命令你们,马上随我部队向南撤退。"

臧远航正在狠命射击,听了这话,不由惊诧地问:"为什么要撤离?"

通信员无奈道:"不知道,我只是传达上级命令。"

臧远航一愣,正好看到不远处的陆元样,立刻放下机枪跑过去。

他焦急地问:"陆师长,大敌当前,部队为什么要撤退?"

陆元样焦躁地说:"敌人已经对徐州形成四面合围之势,再不撤退,我们就会全军覆没!"

臧远航据理力争道:"台儿庄位于津浦路台枣支线及台潍公路交叉点,扼运河咽喉,是徐州的门户。部队一撤走,徐州不就是门户大开了吗?这是对徐州人民的犯罪!"

陆元样严肃地说:"如果你不撤走,就是对所有抗日救国团团员的犯罪!"立即撤!撂下这话,便大步向自己的部队走去。

只留下臧远航呆立原地!

随即,陆元样果断地发号施令道:"弟兄们,停止射击,准备撤退!"

立刻,刚才激烈的射击停止了,他率部很快撤出阵地,尾随刚刚走过的一支部队,向南逃命去了。

臧远航回到抗日救国团阵地，尽管拼命抵抗，但是敌人还是从四面八方围了上来，倒下的团员越来越多了。

正在这时，臧远方跑过来，焦急地说："正规军撤了，我们孤掌难鸣，怎么办？"

臧远航硬气道："我他娘和小日本拼了！"边说边脱掉外套，想冲进敌群。

幸好王建平及时按住他说："留得青山在，不怕没柴烧！撤！"

第65章 十个国家的国旗

徐州城,大量中国军队开始向外撤退。

天上日本飞机不停地投弹、扫射。地上日军军队在跟踪、阻击。

城内老百姓更是哭天抢地,像无头的苍蝇一样仓皇逃命。

但是扶老携幼的普通老百姓,如何敌得过恶魔的步伐!

于是,日寇所到之处,遇物就抢,见人就杀,有的整户整村甚至整个镇,被烧成一片片废墟!

一时间,整个徐州境内狼烟四起、生灵涂炭!

徐州九里山下,三百余名伤痕累累的抗日救国团团员,疲惫地坐在山坡上休息。

赵涟泰正在给伤员们一一检查伤口。

臧远航和王建平走到他面前,异口同声地问:"伤亡情况怎么样?"

赵涟泰沉痛地说:"还剩三百一十名团员,有十名重伤员,六十多名轻伤员。"

王建平望着那十名重伤员年轻的脸庞,忍不住哽咽道:"他们都还那么年轻!"

赵涟泰强打精神,严肃地说:"现在不是悲伤的时候。大批敌寇正向徐州集结,情况十分危急。我们又和大部队走散了,几乎弹尽粮绝,必须马上回窑湾!"

臧远航一拳打在树上,万分愧疚道:"当初我是带着六百余名窑湾子弟来徐州,发誓一定要把日本鬼子赶出国门。现在不但没把敌寇赶出国土,却仅剩下三百余口人,唉。我哪里还有脸回去见窑湾的父老乡亲啊!"

赵涟泰安慰说:"战争总是要付出代价的!正规军丢下很多武器,我们可以边走边捡,回到窑湾继续和鬼子打游击!"

臧远航闻言,这才重新振作起来,强打精神道:"好,我们回窑湾!"

王建平为难地说:"可是东陇海铁路,已经被日军占领了!"

臧远航坚定道:"那就走大运河水路!"

大运河堰上,抗日救国团就地砍树,并在臧远方和臧远航兄弟俩的指点下,编成一个个小木筏。

他们坐着简陋的木筏,一边唱着《大运河之歌》,一边沿着运河水路顺流而下!

大运河啊

你从北向南，流经高山平原

你不惧激流险滩，一路奔腾叱咤扬帆

你无私奉献浇灌良田，恩泽遍地千古流传

你勘破繁华落寞弹指之间

却依然沉默向前，日复一日，年复一年

大运河啊，你是一条巨龙

承载华夏风雨一肩

弹奏炎黄子孙最悲怆的音弦

大运河啊

你京腔京韵，直奔吴语江南

你历经兵荒马乱，战火不断硝烟弥漫

你无论朝代几番变迁，笑看输赢史册青汗

你见证国之兴亡民之恩怨

却依然豪情不减，冬去春来，岁岁年年

大运河啊，你是一条巨龙

承载华夏半壁江山

谱写炎黄子孙最雄壮的诗篇

……

徐州会战是抗日正面战场的第一次胜利，在国民党军队抗日正面战场的二十余次会战中,徐州会战无疑占有极其重要的地位!

此后,日军在战略上的主导能力完全失控,只得将大部分部队投入到中国战场,致使日本既不能击败中国,又不能退出中国。最后,在全体中国军民的共同努力下,中国人民的抗日战争取得最后胜利!

遗憾的是,徐州会战后期,中国军队最高军事当局不顾敌强我弱的总体形势,调集大军在徐州附近,企图与日军决一死战,致使中国军队在会战后期陷于被动,最终导致徐州沦陷!徐州人民从此生活在日军的残酷统治之下,一时狼烟四起、民不聊生!

窑湾城内,轰隆隆的炮声越来越近,震得房屋纷纷落下泥土。

不远处的天空中,飞机不时出现,其"嗡嗡嗡"声更是清晰可闻。

中宁街上,一报童边扬报纸边大声喊道:"日军占领台儿庄,日军占领台儿庄!"

立刻,报纸被焦急的人们抢购一空。

不一会儿,又一报童边扬报纸边更加大声地喊道:"徐州沦陷,徐州沦陷!"

刹那间,报纸被抢购一空!

与此同时,城内的人也得到消息。

行人立刻如鸟兽散,商铺亦是纷纷关门,各家各户提着大包小包的行李,像无头的苍蝇一样,在到处狂奔。

一时间,扶老携幼、呼儿唤女,哭天喊地声不绝于耳。

臧家大院内,早已经乱成了一团。

臧家人纷纷惊慌地喊道:"日本人要来了!日本人要来了!"边说边各自拿着包袱,纷纷向大门外跑去。

转眼间,原本干净整洁的院内,就变成了满地狼藉。

臧家梁拄着拐杖站在院内,颤巍巍地说:"不要乱,大家都不要乱!"

正在这时,臧家栋急匆匆地推门进来,气急败坏道:"都什么时候了,还能不乱?徐州沦陷了,你赶快收拾收拾,逃命去吧!"说完,便扯起一对孙子孙女,快步向大门外走去。

如此一来,院内就更乱了。

恰在这时,天上响起了尖锐的"嗡嗡嗡"声!

各街道上,人们纷纷走出房间,循声向天上望去。

此时,天上有两架黑黝黝的飞机,越飞越低、越飞越低,低到人们可以看到机翼后面的红色"膏药旗"。

立刻有人惊叫起来:"不好,鬼子的飞机来了!"

大家听了这话,更加惊慌失措地四处逃窜,却不知道该逃到哪里去,于是有人逃进屋子,又有人从屋子里逃出来!

臧家大院内,无论是主人还是用人,都提着大包小包的行李,慌里慌张往外走。

臧家梁见此情景,不由仰天长叹:"这是天要亡窑湾啊,天要亡窑湾啊……"

正在这时,郭文芳在一个十六七岁女佣的搀扶下,提着包裹走过来。

她见丈夫还愣着,便催促一个男佣说:"还不快扶老爷走,晚了就来不及了啊!"

男佣立刻走过来,急急道:"老爷,快走吧!"

臧家梁无奈,只好任由他搀扶着,一步三回头地出了门。

臧家大院门口,到处都是惊慌失措的人。

忽然,敌机上投下了两颗炸弹,其中有一颗,竟然"轰"的一声,在臧家门口爆炸了,将门楼炸得粉碎,一片断壁残垣……

此时,臧家梁正走到门楼前,额头不幸被半截砖块击中,顿时轰然摔倒在地!

臧家人见状,同时惊呼一声!

郭文芳立刻扑上去,只见丈夫瘫倒在地,满脸是血,早已经气绝身亡了!

她不由惨叫一声:"他爸……"

臧家人纷纷围上来,全都泣不成声!

庄淑环擦了擦眼泪,催促道:"文芳,不要哭了,赶紧走吧,逃命要紧啊。"

陆慧珊却哭喊地说："还逃什么逃，哪里都不安全！"

确实，现在两只敌机，还在天空中"嗡嗡嗡"地响着，并在窑湾上空来回盘旋，没有人知道，下一颗炸弹将会落在哪里！

于是，大家都停止了奔跑，全都仰起头，紧张地望着头顶的天空。

忽然，十国会馆的上空，缓缓升起了十幅色彩斑斓的旗帜！

众人仔细看去，只见这些旗帜，竟然分别是美国、英国、法国、意大利、比利时等十个国家的国旗！

于是，飞机在十幅旗帜附近盘旋了一阵子，终于飞走了！

见此情景，大家才长长舒了一口气。

没想到这口气还没舒过来，就听到大街上又开始骚动起来，同时大声喊道："日本人要来了，日本人要来了！"

臧家大院内，臧家人仍然沉浸在悲伤之中。

他们望了望地上亲人的惨状，又望了望外面四散逃命的人群，有些不知所措起来。

现在，臧家栋不但是最年长的人，还是唯一的成年男性。

但是他却只顾着唉声叹气，完全不知道如何应对眼前复杂的局势。

女人们也只知道哭哭啼啼的，孩子们更是吓得直往大人怀里钻。

郭文芳见此情景，不得不抹了把眼泪，强忍悲痛，冷静地说："你们听着，所有年轻女人，不，五十岁以下的女人，还有小女孩，马上用锅底灰把脸抹了，抹得越黑越脏越好！"

符合条件的女人们犹豫了一下，便迅速走进锅屋。再出来时，个个都是一头一脸的锅底灰，看上去脏兮兮的。

郭文芳这才点点头，催促道："快走吧！"

臧家栋望着仍然躺在地上的人，担忧地问："那家梁怎么办？"

郭文芳叹了口气，难过地说："你们走吧，有我在！"说完便坐在丈夫身边，然后又嘱咐身边的女佣道，"秋菊，替我照顾好太太。"

孟采薇一听就急了："妈，你也和我们一起走吧。"

郭文芳把脸一沉，命令道："还不快把太太扶走！"

秋菊连忙点头，着急地说："我们走吧。"

就这样，孟采薇左手扶着她，右手拉着亦盼，挺着大肚子，艰难地跟在臧家人的后面，很快汇入了惊慌失措的逃难人流中去了。

徐家大院内，和外面相比，倒显得平静不少。

徐佩芸脸上抹着浓黑的锅底灰，早已经收拾好平车，然后将白发苍苍的父亲，搀扶了上去。

涛涛因为有过一次恐怖的经历了，所以那张酷似父亲的小脸，看上去非常淡定从容。

老少三辈打点停当,但是柳兰香依然在屋里这个也舍不得,那个也放不下,迟迟没有出来。

徐立春实在等不下去了,便催促说:"他妈,你倒是快点啊!"

柳兰香只好恋恋不舍地看着那些漂亮的衣物,一咬牙一跺脚,这才火急火燎地走出来,同时不耐烦地说:"来了来了来了,跟催命鬼似的!"

没想到,她刚一出来,看到女儿脸上的锅底灰,立刻"啊"的一声,连忙朝锅屋跑去。

涛涛诧异地问:"妈妈,外婆去锅屋干什么?"

徐佩芸苦笑了笑,却没有作答。

幸好不大一会儿,柳兰香就顶着一头一脸的锅底灰出来了。

徐立春见状,简直哭笑不得,便没好气地说:"你以为你还年轻啊,都六十多岁的人了啊,唉!"

柳兰香理直气壮道:"我六十多也是女的呢。你没听人说啊,那些小鬼子简直禽兽不如呢,连八十岁老太婆都不放过呢。"

徐立春闻言,不由咬牙切齿地说:"希望远航他们,能早日把这群畜生赶出中国去!"

与此同时,徐佩芸早已经推起了平车,也汇入了惊慌失措的逃难人流之中!

此时东西南北四大城门,都被挤得水泄不通!

因为城内有能力有主见的青壮年男人们,都和抗日救国团前往徐州战场了,所以逃难的人群中,青壮年男性少之又少,大多都是老人、妇女和孩子,像没头的苍蝇一样,四处乱跑。

当有人喊"鬼子从东面来了",于是人群全部往西;有人喊"鬼子从西面来了",于是人群又全部往东。如此反复,跑了大半天也不知道该往哪里去。

徐佩芸见此情景,知道这样下去不行,便对儿子说:"你推着外公,跟着人群走。"说完,便把车把塞进儿子手里。

柳兰香不高兴了:"他一个孩子,哪里推得动,你别去!"

但是徐佩芸已经三步并作两步,走到一片断墙边,站在上面大声喊道:"乡亲们,我是运河码头现任当家徐佩芸。大家这样乱跑不行,都去大运河吧!那里有很多芦苇荡,也有船,我们可以乘船向南跑,能逃多远就逃多远!"

众人这才有了主心骨,纷纷说:"对,听徐大当家的话,去大运河!"

就这样,人流从四面八方向西城门奔来,迅速凝成一股更大的人流,向大运河堰狂奔而去。

第66章 再晚就来不及了

大运河堰上,逃难的人群很快蜂拥而至,但是没有人知道该怎么办!

于是,他们再次把目光投向了码头当家!

徐佩芸目光一一扫过他们的脸,冷静地说:"所有本地和外地的船长、船员,请你们站出来。"

于是,无论本地还是外地,所有船长和船员都站了出来。

徐佩芸严肃道:"请你们把所有船舱都打开,能载多少就载多少,把人送到骆马湖,那里水域宽广,又有树木芦苇可以藏身,远比这里安全得多。"然后又着重承诺说,"此次燃料费和人工,一律由本码头承担,并另有重赏!"

所有船长和船员闻言,纷纷前往各自船只,并迅速打开了船舱。

与此同时,人群也争先恐后地跟了上去。

忽然,轰隆隆的炮声,一阵紧似一阵地从四面八方传来!

刚刚平静的人群，再次慌乱了起来！

徐佩芸沉着指挥道："大家不要慌，让老人和孩子先上！"

听了这话，青壮年男女自觉向后，很快让出了一条通道。

就这样，老人和孩子有序进入了船舱，然后就是青壮年妇女，最后是为数不多的青壮年男人。

大运河堰上，人群还是源源不断地涌过来，但是明显越来越稀疏了。

孟采薇因为大着肚子，走得有些慢，早已经和臧家人拉开了距离。

忽然，后面又涌来一群人。

孟采薇连忙护住肚子，躲闪到一旁。

没想到，等那群人走过后，她才发现亦盼也被冲散了。

孟采薇不由急了，立刻哭喊道："亦盼，亦盼……"

秋菊望着渐渐稀少的人群，心里特别害怕，便催促说："太太，亦盼很聪明，不会不见的，我们还是快走吧。"

孟采薇刚想说什么，忽然眉头一皱，立刻捂住肚子，下意识地蹲在地上。

秋菊见状，立刻关心地问："太太，你怎么了？"

孟采薇挤出了一个比哭还难看的笑，颤声道："我……我没事，你快先走吧。"

边说边捂着肚子,挣扎着想要站起来。

忽然,她感觉到下身一坠,随即一股鲜血,就从旗袍里缓缓流了下来!

秋菊见状,不由惊叫起来:"血!血!太太,你流血了!"

孟采薇强忍痛苦说:"秋菊,你……快走吧,别管我!"

秋菊摇头道:"不行,老太太要我照顾你的,我不能丢下你一个人不管!"边说边吃力地想要把她搀扶起来。

孟采薇无法,只好咬紧牙关站起来,但是身子还没站直,忽然感觉到眼前一黑,差点儿晕倒。

秋菊连忙扶住她,着急地问:"太太,你没事吧?"

但是孟采薇已经疼得说不出话来了!

恰在这时,涛涛因为人小力单,所以车子推得很慢,也落到了后头。

当他气喘吁吁赶过来时,已经是一头一脸的汗了。

跟在车旁的柳兰香,首先看到了孟采薇和地上的血,冷哼一声,就想绕道而走。

车上的徐立春看到这一幕后,却立刻惊叫起来。

他当即命令道:"停车停车!"

涛涛很听话地停下脚步。

柳兰香不高兴地说:"当初佩萍的死,姓臧的是有责任的,你不要管他们!"

徐立春瞪了她一眼，没好气道："都什么时候了，还提老皇历？还不过去看看！"

柳兰香虽然翻了翻白眼，但还是走过去问："远航家的，你是不是要生了？"

与此同时，孟采薇腿上又流出两条小溪一样的血水，额头上也渗出了豆大的汗珠。

她疼得表情都有些扭曲了，但还是痛苦地说："我、我好疼啊，可、可能是要生了。"

柳兰香望着她大大的肚子，也着急起来："小鬼子马上就来了，这可怎么是好啊。"

徐立春闻言，毫不犹豫地说："远航家的，来，坐我的车。"

他边说边走下车来，因为没拿稳拐杖，差点跌倒。

涛涛连忙过去搀扶住他，才勉强没有跌倒。

孟采薇歉然道："可、可是徐大，您、您的身体……"

徐立春连连摆手说："我这把老骨头了不碍事，保孩子要紧，你快上车吧。"

这时，不远处传来激烈的枪声。

秋菊连忙去扶孟采薇上了车，然后又从涛涛手中接过车把。

徐立春嘱咐道："掌好车把！"

说完这话，便在妻子和外孙的搀扶下，急急慌慌而去。

随即，秋菊便拉着平车，向运河码头飞奔。

孟采薇感觉到下腹部的疼痛一阵紧似一阵，平车下很快就渗出了一条血线来。

秋菊吓得边拉车边大哭起来:"血!血!太太流血了,太太要死了……"

运河码头上,原先停靠在岸边的船只还剩下最后一条。

好在,徐立春夫妇和涛涛在即将开船的一刹那,终于赶到了。

他们上船后,徐佩芸也想跟在后面,忽然看到,亦盼被人群簇拥着边哭边喊着妈妈。

徐佩芸连忙问她:"亦盼,你妈妈呢?"

亦盼边哭边喊:"我不知道啊,呜呜呜。"

涛涛立刻说:"我看到了,她妈妈流了好多血,外公就把车让给她坐了。"

徐佩芸立刻向远处眺望,果然看到,不远处的大运河堰上,秋菊拉着平车,正急急忙忙赶过来。

这时,枪声越来越近了!

徐立春催促道:"快上来吧,再晚就来不及了!"

徐佩芸却严肃地说:"远航带领抗日救国团去前线参战,他的太太遇到困难,我不能坐视不管。"说完,便将亦盼往继母怀里一推,严肃道,"你们先走,我去找她!"

徐立春焦急道:"佩芸,危险……"

但是徐佩芸迅速转过身,逆着人群,径直向北跑去!

第67章 劫后相守

大运河堰，秋菊推着孟采薇，眼看离码头越来越近了。

忽然，从北面又冲过来一群跑反的人，边跑边喊："鬼子来了，鬼子来了……"

秋菊吓得脸都白了，立刻拦住一个女人，焦急地问："大嫂，鬼子真的来了吗？"

大嫂点点头，惊慌失措地说："是的，听说已经过臧口子了！你还不快走，鬼子见人就杀、见房就烧。"忽然看到地上的血迹，惊叫道，"怎么这个时候生孩子？真是造孽！"

她说完这话，便随着人流迅速往南跑去。

秋菊急忙拉起车来，想要跟上去。

没想到，车子却陷进一片泥沼之中，无论她怎么使劲，车子都纹丝不动。

秋菊毕竟年轻，不由绝望地哭喊道："太太，我们怎么办啊？"

但是此时,孟采薇身下的血流得更多了,已经疼得说不出话来了。

正在这时,就看到徐佩芸冲到平车前,气喘吁吁地站定了。

秋菊仿佛抓住救命稻草般,急切道:"吴太太,我们怎么办啊?"

徐佩芸回望已经没有一只船的码头,果断地说:"必须马上离开这里!"

于是,两人合力将平车拉出泥沼,连推带抬弄进运河岸边的芦苇荡边,却很难再往里进了。好在水并不算深,只到膝盖上方。

徐佩芸命令道:"你来撑住车把,我去找一条小船。"

秋菊带着哭腔说:"吴太太你快回来呀,我怕。"

徐佩芸点点头,迅速钻进芦苇荡。好在不远处,有一条小船搁浅在岸边,虽然船帮有点破,但勉强还能用。

她立刻奔过去,想要解下绳索,但是忽然,运河堰上传来一阵惨叫声。

徐佩芸立刻跑过去,只见平车已经翻在一边,孟采薇躺在地上,身上一大片血迹,显然宫口已经开了。

徐佩芸焦急地说:"快把她抬到船上来!"

秋菊立刻尖叫道:"啊,太太要死了,太太要死了。"

徐佩芸急急地说:"不会的,快和我一起把她抬到船上!"

于是,两人一个抬头一个抱腰,艰难地把孟采薇移到了小船上。

大运河里，孟采薇躺在小船上，身下还在汩汩地向外流血，婴儿已经露出了黑乎乎的小脑袋。

这种情况下，想要向南行驶，已经来不及了。

徐佩芸决定就地生产，为了躲避随时来到的日本人，又招呼秋菊，将小船抬到了芦苇荡里。

然后，她努力回忆着自己生产时的情景，小心托着婴儿的头部，鼓励道："使劲，再使劲！"

孟采薇两手紧紧抓着船舷，咬紧牙关，拼命使着劲。

徐佩芸头上冒出了豆大的汗珠，焦虑地念叨着："老天保佑，老天保佑，孩子你赶快出来吧……"

此时大运河堰上，又有一群人从北向南跑反而来。

他们边跑边惊恐地叫着："鬼子来了，鬼子来了……"

忽然，一个男声大声喊道："我已经看到他们军刀的亮光了，来不及逃了，赶紧跳进芦苇荡！"

于是，走投无路的人群，便"扑通通"连续跳进了河水里！

没有犹豫，因为别无选择！

大运河岸边芦苇荡里，孩子仍然没有生下来！

强烈的宫缩，让孟采薇疼得浑身颤抖，甚至把嘴唇都咬出了血，却始终没有叫出来。

秋菊望着运河堰上拼命奔跑的人群，也惊恐起来，带着哭腔问："吴太太，鬼子来了，我们怎么办啊？"

徐佩芸并没有回答她，而是厉声对产妇说："使劲！再使劲啊！等鬼子来了，我们就全完了！"

孟采薇闻言，不由打了个激灵，然后拼尽全身的力气，倏地发出一阵破划长空的惨叫！

随即，激烈的枪声中，忽然响起婴儿响亮清脆的啼哭声："哇哇哇……"

秋菊立刻惊喜道："生了，生了，终于生了！"

与此同时，徐佩芸的手中多了一个小小的婴儿。

她一手抱着婴儿，一手折下一根芦苇，用锋利的芦秆割断母婴相连的脐带，然后脱下自己的紫红色坎肩，将婴儿小心包住，放在了产妇的身旁。

婴儿在几声嘹亮啼哭后，便紧闭着小眼，很快就进入了梦乡。

孟采薇终于缓缓睁开眼睛，苍白的脸上浮现出一丝笑意。

徐佩芸紧紧握住她的手，含笑道："恭喜，是个男婴。"

孟采薇苍白的脸上，微微浮现一丝笑意，欣慰地说："佩、芸，谢、谢、你……"

虽然五月中旬的天气，但是对于一个流了太多鲜血和汗水的产妇来说，却有些冷了，更何况，天气阴沉得可怕，并不时有阴风吹过，再加上小船上湿漉漉的，所以她下身的血虽然止住了，却冷得不时打着寒战,看上去十分虚弱。

徐佩芸知道这样下去不行,连忙安慰道:"再坚持一下,我们立刻回家……"

没想到话音未落,就听到不远处,隐隐传来一阵响亮的马蹄声和整齐划一的脚步声,并且似乎越来越近了!

徐佩芸当即大吃一惊,立刻循声望去。

大运河堰上,一队膏药旗开路的日军,正自南向北而来!

队伍前面,三匹高头大马上坐着三名日本军官,军官们个个身佩军刀,在阳光下闪闪发光,在他们后面,还有百余人的鬼子队伍。

最前头的日军军官,四十多岁的年纪,留着浓黑的人丹胡,看上去十分凶恶。当他看到"运河码头"字样,便冲后面挥了挥手,部队立刻停止前进!

然后,他拿出一份地图,和另两名军官在图纸上比画着什么。

大运河岸边芦苇荡里,所有人都屏住了呼吸。

秋菊惊得目瞪口呆,好半天才张了张嘴。

徐佩芸立刻伸手捂住她的嘴,那句刚刚出口的"啊"字,便被生生地咽了回去。

秋菊大大的眼睛蓄满了泪水,胆怯地向她身边靠了靠。

徐佩芸望着她还未褪去稚气的脸，不由一阵心疼，爱怜地握住了她的手。

一时间，两人都能听到彼此的心跳。

大运河堰上，三个日军军官已经将目光从图纸上移开了，并同时望向东边的窑湾城！

大运河芦苇荡里的人们见状，似乎看到了一丝希望，都把心提到了嗓子眼。

没想到，恰在这时，忽然一阵"哗啦啦"的声音由远及近而来。

几乎是毫无预兆，就看到几个巨大的黄色浪头打过来，原本平静清澈的河水，竟然在瞬息之间变得湍急黄浊起来，并迅速涨出了半人高！

徐佩芸率先反应过来，迅速将婴儿抱了起来。

几乎是眨眼之间，再一波快又急的浪头打过来，立刻把小船卷翻了！

徐佩芸立刻惊一声，就要伸手去捞。但是又一波巨大的洪水冲了过来，里面夹裹着尸体、树木和各种各样的东西！

忽然，秋菊惨叫一声，当即就被卷走了！

徐佩芸越发恐慌了起来，赶忙从小船上抱起孩子，并紧紧搂在怀中。与此同时，她感觉自己的身体完全像一叶浮萍似的，只能随波逐流。

她情急之中，抓住了一根柳树的树枝，并将婴儿放在了树干上，这才稍稍喘了一口气。好在，刚才翻滚不已的惊涛骇浪，很快就平静了下来，即便是芦苇荡里的水深，也几乎到了胸部，勉强可以站立。

但是放眼望去，孟采薇、秋菊和小船，早已经不见了踪影！

与此同时，芦苇荡里藏身的人们，也不停地发出一阵阵惊恐的尖叫和撕心裂肺的哀号！

随即，很多衣物棉被甚至尸体，纷纷漂浮了出去！

大运河堰上，原本为首的日军军官，已经举起了军刀，准备指挥部队转向东边的窑湾城！

他听到芦苇荡里的哭喊声，先是一怔，随即发出狼嚎一般的笑声，然后将军刀向芦苇荡中一挥。

随即，日军便对着芦苇荡内胡乱射击。

就这样，离得近的人们，便像树叶一样倒下去！

他们的鲜血将大运河水染得血红一片，他们的惨叫飘荡在大运河上空，久久都没有散去！

终于，为首的日军军官见芦苇荡里并无还击，知道只是普通老百姓，便把军刀一挥。

于是，枪声终于停止了！

大运河臧口河段里，窑湾抗日救国团残部乘着木筏，顺流而下！

王建平望着不远处的城市轮廓，担忧地说："现在窑湾剩下的大多是老人、女人和孩子，不知道怎么样了？"

臧远航点头道："是啊，我也担心鬼子会先行一步……"

他刚说到这里，忽然听到远处传来一声隐约的异样声响，脸色陡然一变，便侧耳向前细听！

王建平连忙问："你听到什么了？"

臧远航脸色铁青，急急道："如果我没猜错的话，鬼子已经到窑湾了！"

王建平闻言，立刻加大了撑篙力度！

随即，一只只木筏，如离弦的箭一样，顺流而下！

大运河岸边芦苇荡里，到处都是淫笑的鬼子、惊恐的女人以及老人和孩子。

徐佩芸捂住婴儿的两只小耳朵，躲在树身后，浑身的血液仿佛凝固了一般。

大运河堰上，忽然，为首的日军军官挥了挥指挥刀，狞笑一声道："把他们诱骗上来，一次性毁灭！"

于是，日军立刻停止追逐和射击，却在河堰上一字排开，对着芦苇荡，架起了十几挺机关枪！

然后，日军翻译大声喊道："乡亲们，皇军给你们十分钟时间，上来的，饶你们不死；不上来的，十分钟后就开始机枪扫射！"

在日军的淫威下，有一部分人开始走出了芦苇荡，走向了河堰。

徐佩芸虽然吓得浑身颤抖，却仍然躲在树身后，一动都不敢动。

不大一会儿，日军翻译便开始大喊："十分钟……九分钟……"

于是，越来越多的人从芦苇荡走上了运河堰，站成几排人墙。

与此同时，运河码头管理处后面，臧远航和王建平率领抗日救国团残部，已经悄然下了小木筏，并迅速隐藏在芦苇荡里！

王建平小声说："他们武器精良，又占据有利地形，硬拼我们肯定拼不过，怎么办？"

臧远航坚定道："我有办法！"说完，立刻起身，率部悄无声息地走过运河堰，从西城门快速进入！

大运河堰上，日本机枪手严阵以待。

日军翻译竖起拇指，阴险地说："还有最后十秒钟，十、九、八……"

徐佩芸看到越来越多的人走出了芦苇荡，望了望怀中的婴儿，心理防线终于崩塌，犹豫了一下，便也想要站起身来。

忽然，"砰"的一声枪响，为首的日军军官应声而倒！

刚才还嚣张到不可一世的日军，立刻乱成一团。

另两名日军军官立刻抽出大刀,"咿里哇啦"地大叫一声,迅速率部向城内冲去!

西城门内,抗日救国团早已经占领了城内制高点。

纵然日军武器精良,但是在奇门遁甲八卦迷魂阵前,也只能像草垛一样地倒在地上,毫无反抗之力!

这一场战斗,虽然双方力量悬殊,但是却结束得非常干净利索!

大运河堰上的人,痛哭声却连成了一片!

那些被洪水冲走的亲人,那些倒在日军枪口下的亲人,再也回不来了!

与此同时,日军被赶走的消息,也像长了翅膀一样被传到四面八方。

于是那些跑到骆马湖里的人,纷纷乘着船,陆续返回了运河码头。

一度寥落的运河码头,重新又热闹了起来。

人们在劫后重生时,也终于搞清楚,原来这场突如其来的洪水,是因为黄河花园口决堤了,所以才激起了大运河航道里的滔天巨浪。

之所以快速平息,说起来,还得感谢骆马湖。

骆马湖是江苏省四大湖泊之一,历史上又名乐马湖,位于马陵山西侧,原本只是一片洼地,沂水入泗水后形成四个互不相连的小湖，属于典型的地壳运动构造湖。黄河侵泗夺淮以后，泗水河床逐渐淤高，至明代中后期，入泗水的沂水严重受阻，被迫滞潴于此，致使四个小湖连成一片，从高处看，形状像一匹大马的脊背，它的尾巴扫着大运河，故称之为骆马湖，骆马即是白马，鬃毛为黑色。《诗经·小雅》有诗云："四牡骓骓，啴啴骆马，岂不怀归？"

骆马湖又名鯀湖，顾名思义是为纪念中华民族的治水英雄鯀，传说其曾在此治过洪水。骆马湖水多来自沂蒙山洪和天然雨水，常年水体清澈透明，湖滩浅水中生长着密密匝匝的芦苇和众多浮游生物。

今年正好因为天气连年大旱，骆马湖水位下降得厉害，甚至有部分地方干涸了，所以此次黄河决堤的洪水，在途经大运河后，又奔腾进了骆马湖，致使其水位迅速上升，并很快成为一片泽国，有效缓解了大运河水位的压力。

否则，大运河水一旦漫过运河堰，势必会大大冲击堰两岸人烟密集的城镇和乡村，后果简直不堪设想！

在洪水和日军枪口下劫后余生的人们，有的痛哭不幸遇难的亲人，有的庆幸逃过一劫，更多的人则担心日军的再次到来。

就在人们七嘴八舌议论的同时，臧远航却在焦急地寻找着："采薇，采薇……"

与此同时，徐佩芸怀抱着一个小小的婴儿，浑身湿漉漉的，疲倦地行走在人群中。

臧远航看到她怀中的婴儿，心中不由一动，立刻迎上来问："佩芸，你看到采薇了吗？"

徐佩芸眼泪立刻就流了下来，将婴儿递到她面前，哽咽道："她刚给你生下了儿子，就被洪水卷走了。对不起，我没有保护好她。"

臧远航的眼里，迅速涌上了眼泪，然后强忍着悲痛，将儿子紧紧搂进怀里，忍不住泪流满面！

窑湾城内，到处都笼罩在一片愁云惨雾之中。

很多人家门前都挂满了白幡红幡，即便没有亲人去世的人家，也都穿着孝衣戴着孝帽，因为这次全城祭奠的，不仅是大运河里遇难的妇孺老弱，更有在徐州会战中牺牲的抗日救国团团员们，他们个个都是家中的顶梁柱。

一时间哭声震天！

市礼堂内，此刻三百六十余家商户济济一堂，个个神情严肃而凝重。

在此次劫难之中，同时失去父亲和妻子的臧远航，强忍着悲痛，语气沉重地说："各位父老乡亲，抗日救国团六百余名团员，在徐州会战后，现在仅剩三百余人，我作为团长，在这里向各位表示深深的歉意！"说完，向台下深深地一鞠躬。

有一位老年商户擦着眼泪，却哽咽道："孩子，保国卫家乃是大丈夫根本,这怎么能怪你呢?"

其余商户也纷纷附和说:"是啊,这怎么能怪你呢?"

臧远航红着眼圈,感动道:"谢谢父老乡亲的理解!"然后面色一凛,继续说,"可是现在,这一切都只不过是刚刚开始!徐州沦陷了,我们窑湾作为苏北重要的水旱两用码头,日本人绝不会就此罢休!他们来过一次,肯定还会再来!"

众商户闻言,立刻焦急起来:"那怎么办呢?"

臧远航叹了口气,这才说:"各位不必着急!今天把大家从各货运站召集回来,就是为了商量这件事情。我们商会刚刚接到南京政府命令,为保存民族工商业,窑湾所有商户,必须在近日内全部迁往江南!政府已经在南京、上海、苏州等地,分别为我们开辟了多条以'窑湾'两字命名的街巷……"

此言一说,商人们立刻像炸开了锅似的,议论纷纷。

有的说:"我们已经在此生活几十年甚至几代十几代了,怎么能说迁就迁呢?"

有的商户说:"有本事把日本人赶走,凭什么要我们迁?"

有的商户则直接说:"故土难离啊!"

此言一出,立刻得到大家的一致附和:"是啊,故土难离!"

……

臧远航见状,便无奈地说:"各位,我理解你们对窑湾的感情。你们也可以不迁,但是如果不迁,就要做好心理准备。日本人随时都有可能驻扎此地,到那时,肯定会有更大的牺牲!"

商人们闻言,再次沸腾起来!

有的商户说:"唉,迁也难不迁也难!"

有的商户说:"不迁,打死都不迁!"

有的商户则说:"好吧,我迁。"

大多数商户纷纷附和道:"我也迁吧。"

……

在商户们议论的时候,徐佩芸一直站在角落里,默默地望着臧远航。

街道上的店铺,虽然门口还是原封不动,但是大多数人家,都开始收拾存货和行李,到处都是一片狼藉。

随即,迁和不迁的商人们,纷纷挥泪告别。

正午时分,运河码头上,重又变得喧嚣了起来。

岸边停靠着大大小小的船只,商人们一边扶老携幼上船,一边指挥脚夫们搬运货物、财产、家具等。

一时间,船上和船下的依依惜别,哭声震天。

终于,随着一声声悠长的"开船"声,满载三百余家南迁商户及其财产、货物的船队,沿着大运河航道,缓缓向南行驶,浩浩荡荡的,一眼望不到头。

南迁的商户们站在船舷上,依依不舍地向岸上的人们挥手告别。

　　王建平站在船舷，边挥手边大声道："窑湾的父老乡亲们，多多保重。等把日本鬼子赶出中国，我们还会回来的！"

　　随即，所有南迁的商户们，都站在船上齐声喊："我们还会回来的……"

　　这声音雄壮有力，响彻天际，将大运河两岸的鸟儿，都惊得飞上了天！

　　臧远航恋恋不舍地向南去的船队挥手，抹了抹眼泪，落寞地转身，走上了大运河堰。

　　大运河堰上，徐佩芸正缓步向他走来。

　　臧远航双眼不由一亮，立刻迎上去，诧异地说："你？没走？"

　　徐佩芸微微一笑道："你不是也没走吗？"

　　臧远航望着不远处的"运河码头"牌楼，表情凝重地说："以前，我总以为，大运河漕运肯定会被铁路运输取代，但是经过这么多事情，我才幡然醒悟，大运河不仅有运输功能，更是中国人智慧的结晶和精神的图腾，其价值是不可估量的。所以只要运河码头在，我就在！"

　　徐佩芸深情道："你在，我就在！"

　　臧远航忍不住握着她的手，激动地说："佩芸！"

　　徐佩芸任由他握着，不由得潸然泪下！

臧远航看到她空荡荡的右耳朵,忽然想起什么,便从贴身口袋里,拿出一枚珍珠耳坠,深情地帮她戴了上去。

徐佩芸摸了摸耳坠,情不自禁地依偎在他身边。

随即,两人同时向大运河望去。

南迁的船队已经渐行渐远,并很快只剩下一个个黑点了!

此时秋高气爽、万里无云,大运河上的整个天空,都被金色的太阳照射得熠熠生辉、光芒万丈!

—完—

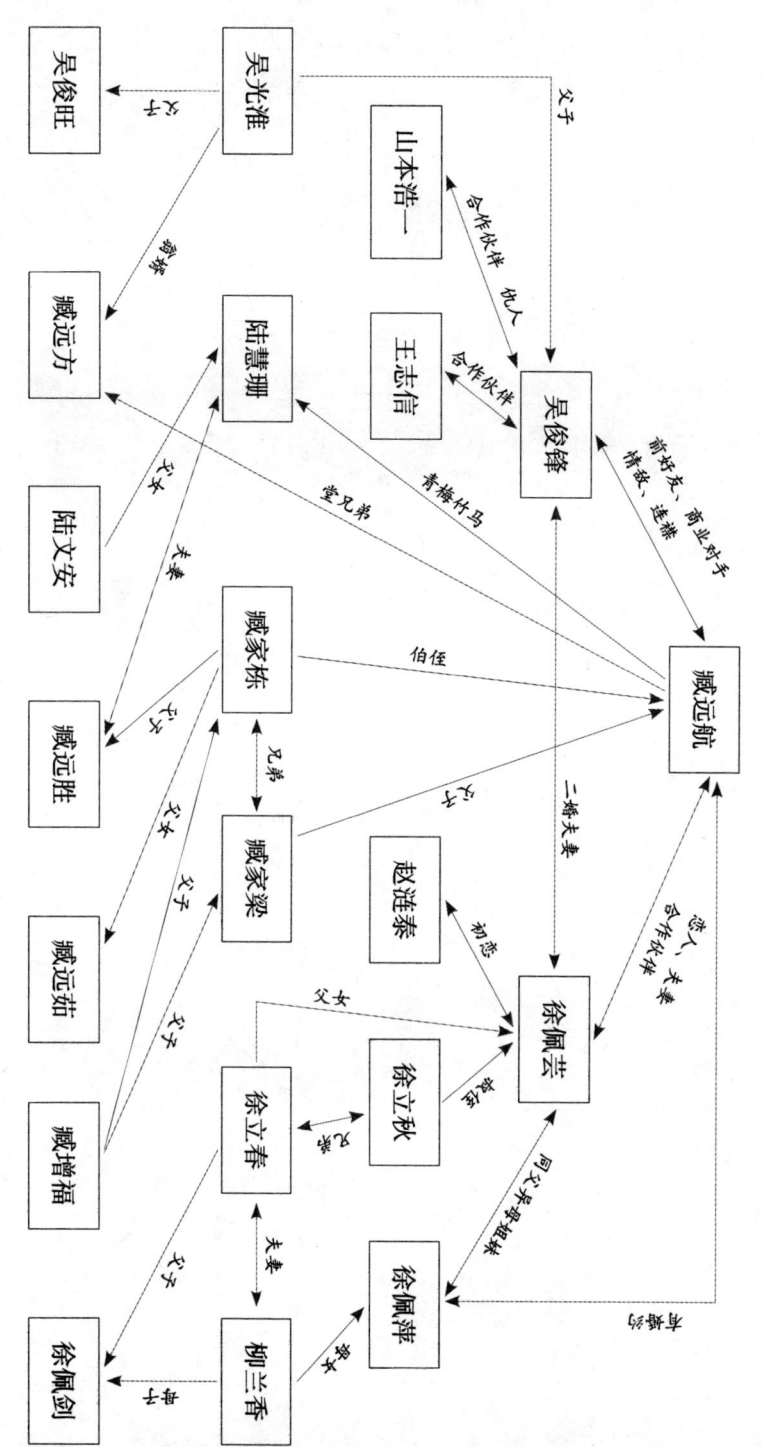